Les frères Holt

Marcia Davenport

Les frères Holt

Traduit de l'anglais
par F. de Bardy

LE PROMENEUR

Projet graphique :
Pier Luigi Cerri.

Titre original : MY BROTHER'S KEEPER.

PREMIÈRE PARTIE

Jamais je n'ai rencontré les frères Holt, et pourtant, quelques semaines à peine après leur mort, j'avais l'étrange impression que personne ne les avait connus mieux que moi. Je n'ai jamais vu Seymour Holt, et ce que j'ai pu entrevoir de Randall était le spectacle le plus effroyable dont un homme puisse, de sa vie entière, être témoin. Il me fallut cependant être présent quand on ramassa à la pelle sur le plancher pourri cette chose innommable qu'on emporta aussitôt dans un panier soigneusement recouvert.

Comme le reste du monde, je fus d'abord mis au courant par les journaux avec leurs communiqués à sensation. Peu de lecteurs ont oublié comment Seymour Holt fut trouvé mort dans cette maison laissée à l'abandon et remplie de la cave au grenier de cent soixante-dix tonnes de détritus accumulés, et comment, après vingt-deux jours de recherches, la police découvrit le corps de Randall enseveli sous un de ses propres traquenards, dans la chambre même où Seymour était mort.

Jour après jour, la première page des journaux de New York publia l'affaire dans tous ses détails, et je la suivis dans leurs éditions européennes qui m'arrivaient à Milan par avion. Le *Corriere*, naturellement, la reproduisit ; son très habile correspondant américain tira le maximum d'un drame qui ne pouvait manquer d'empoigner l'imagination de lecteurs italiens. Il n'était partout question que de cela. Je terminais alors un stage de dix-huit mois, échangé par ma banque avec le *Credito Settentrionale*, qui avait envoyé un agent à ma place à notre service étranger à New York. L'idée était excellente ; j'en appris plus ainsi que je n'aurais pu le faire autrement et je passai en outre une année et demie infiniment agréable. Je ne serai jamais plus, je le crains, l'homme du sandwich rapide et d'une tasse de café avalés hâtivement sur le coin d'un comptoir ou de mon bureau, après mes paisibles déjeuners longs de deux heures que j'appris à déguster, peut-être trop bien, en l'aimable compagnie de mes amis italiens, avec le confortable sentiment qu'on n'avait rien de mieux à faire de son temps, puisque tous les bureaux et établissements de commerce étaient fermés comme le nôtre. Les Américains qui travaillent sur le continent éprouvent d'abord devant cette méthode une certaine surprise, mais je dois avouer que nous nous y adaptons très vite et que nous cessons rapidement de protester en bougonnant contre le temps perdu et le médiocre rendement.

Gianfranco Pozzi et moi revenions justement de déjeuner au *Gino e Biki*, où la cuisine est l'un des plus hauts plaisirs de la vie à Milan, quand je me trouvai plongé la tête la première dans l'effarante histoire des frères Holt. Une pareille chose, qui est monnaie courante pour un journaliste, un médecin ou un avocat, n'aurait jamais dû m'arriver à moi. Nous venions de parcourir les journaux de New York tout en buvant notre café après le repas ; on commençait à donner la liste des débris qu'on lançait dans l'arrière-cour par une fenêtre de la maison Holt, tandis que la police se creusait un chemin pas à pas à travers des montagnes de journaux ficelés par paquets et des objets de toute sorte entassés jusqu'aux plafonds. Je vois encore d'ici la figure de Gianfranco, les yeux ronds d'étonnement, pendant que je lui lisais l'article en traduisant à mesure : vieilles dynamos, bicyclettes hors d'usage, mannequins de couturière, des jouets, un trombone, une capote de voiture, des morceaux d'automobiles, de vieux programmes d'opéras, des réchauds à pétrole, des chapeaux et des corsets de femmes, d'innombrables vieilles valises défoncées, une paire d'avirons, une guitare, un échiquier... Tout cela n'était rien auprès de ce que je vis, quand j'entrai en personne dans la maison. Mais ce jour-là, à Milan, j'étais encore abasourdi de ce que je venais de lire, quand, un quart d'heure plus tard, il me sembla, chose incroyable, que la main morte de Seymour Holt venait, à travers l'Atlantique, me toucher, moi, dans une banque milanaise, entre tant de gens étrangers à l'affaire.

Le commendatore Nerini, un des directeurs, me fit appeler à son bureau. Il détacha une lettre de tout un dossier contenu dans une enveloppe qui venait sans doute de lui parvenir par avion et, beaucoup trop italien pour affecter l'attitude impassible d'un banquier, il me la tendit en disant :

— Tenez, Vichairli, voici quelque chose d'extraordinaire, *molto strano*. Lisez.

Il parlait un très bon anglais, soigneusement prononcé et accentué, et j'aurais souvent voulu m'excuser de donner tant de peine à ces aimables Italiens en portant un nom comme Wicherly.

La lettre, écrite quatre jours auparavant, était du chef de notre service des Dépôts, Bowen Dugdale. Elle datait de quarante-huit heures après la découverte du cadavre de Seymour Holt et nous apprenait qu'il avait été client de notre banque, laquelle était désignée, avec le notaire de Holt, comme exécuteur testamentaire. Le testament, expliquait Dugdale, contenait un legs provisionnel pour lequel il était nécessaire d'obtenir des renseignements immédiats et certifiés. Seymour Holt stipulait que, si une certaine Renata Tosi, vivant, aux dernières nouvelles, à San Bernardo di Bellagio, pouvait fournir une preuve indiscutable de l'identité du père de son fils, connu sous le nom de Sebastiano Gandolfi, ladite Renata recevrait une rente viagère prise sur l'ensemble des revenus de Seymour Holt, le principal devant revenir à Sebastiano Gandolfi après le décès de ladite Renata Tosi. Au cas où Renata Tosi décéderait avant Seymour Holt, Sebastiano Gandolfi devrait lui-même fournir la preuve de l'identité de son père avant d'être mis en possession de l'héritage.

J'interrompis ma lecture et regardai le commendatore Nerini. Je fus surpris de l'expression scandalisée qui se lisait dans son regard. Il faisait une moue et fronçait les sourcils.

— *Cosa dice ?* demanda-t-il en haussant les épaules.

— C'est fantastique !

— Fantastique. Même sans tenir compte des détails stupéfiants de cette mort et du caractère de ce Holt. Mais quant à susciter ici un autre *scandalo*...

Sa figure se mua en point d'exclamation.

— Mais, commendatore, dis-je, pourquoi cela ? Une femme quelconque, un fils illégitime, ça arrive partout, tous les jours !

— Mais pas, de préférence, à un homme célèbre.

— Oh !

Je posai les papiers sur le bureau et réfléchis un instant. A l'étranger, les noms ne disent pas grand-chose, à moins d'être particulièrement connus. Et, presque tout de suite, je commençai à comprendre pourquoi Nerini semblait si soucieux.

— Vous croyez, demandai-je, que cela pourrait être le professeur Gandolfi ? Le...

— Le savant, acquiesça-t-il, le physicien, le ministre, un des hommes les plus respectés d'Italie, d'Europe. Un grand patriote...

— Un Prix Nobel, murmurai-je tandis que chaque détail s'ajustait dans mon esprit. Mais pourquoi pensez-vous que cela puisse être lui ?

— Il vient de ce même village, son nom est porté par la moitié des paysans de la région et il est le seul Gandolfi au renom universel. Comment pourrait-ce en être un autre ?

— Mais... — Je repris la lettre. — Le nom du grand homme n'est probablement pas du tout Gandolfi.

Nerini en convint.

— Vous serez peut-être celui qui aura la tâche ingrate de l'en informer, ou, s'il est au courant, d'obtenir de lui qu'il admette le fait.

Je n'avais aucun moyen de refuser. Bowen Dugdale avait demandé qu'on m'envoie chercher le renseignement, puisque je devais revenir prochainement à New York, où il faudrait cataloguer tout ce qu'on avait trouvé avant de pouvoir gérer les biens de Seymour Holt. Dugdale ajoutait :

— Il nous est impossible d'entreprendre une enquête auprès du frère de Seymour Holt, parce que Randall n'a pas été vu depuis la découverte du corps de Seymour. Randall Holt a clos son compte chèque chez nous en 1913, et notre banque n'a eu depuis aucun rapport avec lui. Tant que son décès n'est pas prouvé, nous ne pouvons pas faire grand-chose de ce côté.

Me voyant continuer à lire, Nerini comprit, je suppose, que je doutais quelque peu de mon habileté à obtenir le renseignement pour Dugdale, mais nous tombâmes d'accord en estimant qu'il fallait essayer.

— J'espère seulement, ajoutai-je, que mon italien sera suffisant.

— Mais oui, il est suffisant. Je puis naturellement envoyer quelqu'un avec vous si vous voulez, mais...

— Oui, je comprends.

— Il faudra savoir d'abord si la femme vit encore, et, quoi

qu'elle ait à dire, elle hésitera plus à le faire devant deux hommes que devant un seul. Et si elle est morte...

— J'espère que non !

— Moi aussi. *Dunque*, vous partirez demain.

Ma mission fut un complet échec, et je dus revenir à Milan les mains vides, après une journée étrange et décevante dans un village niché dans la montagne au-dessus du lac de Côme. Je câblai mon rapport à Bowen Dugdale, et, le jour suivant, il m'appela au téléphone transatlantique.

— Prenez le premier avion en partance, Dick, me dit-il. On a sorti des tonnes d'affaires de cette maison, et j'ai parcouru suffisamment de paperasses pour trouver cent fois le nom de la femme.

— Est-ce qu'on jette toujours le matériel par les fenêtres ? demandai-je.

— Non, on a arrêté ça. Revenez nous aider à trier tout cela, puis vous remporterez en Italie des preuves tangibles et vous tâcherez d'arriver à un résultat. C'est la seule chose à faire.

Je m'envolai donc immédiatement pour New York, et, sans ces vingt-quatre heures de répit où je n'eus qu'à rester assis dans l'avion sans avoir rien à faire et sans pouvoir dormir, je crois que jamais les frères Holt n'auraient pris un tel empire sur mon imagination, si bien que, pendant des semaines, ce fut pour moi une idée fixe. J'ai traversé tant de fois le ciel de l'Atlantique — et celui du Pacifique, d'ailleurs — que le voyage ne me fait pas plus d'effet qu'un trajet en taxi. Mais ce vol de Milan à New York me parut une chevauchée sur un balai de sorcière qui me précipitait à travers l'espace vers le but le plus sinistre qu'un voyage puisse avoir. L'avion atterrit au début de l'après-midi ; n'ayant à peu près pas de bagages, je passai rapidement la douane et me trouvai dans un taxi en moins d'une demi-heure.

Bowen Dugdale m'avait suggéré d'aller à son club où il m'avait retenu une chambre, de prendre un bain et de faire une sieste de quelques heures. C'est généralement la seule ambition d'un voyageur après un long vol. Il devait me rejoindre pour dîner.

En quittant l'aéroport, je pris une décision soudaine et dis au chauffeur de passer par le tunnel du centre de la ville pour aller à Chelsea à l'adresse de la maison Holt. Non seulement ma curiosité était éveillée, mais une sorte de force étrange me poussait. Le chauffeur protesta avec humeur contre cette sacrée course au pire moment de la journée, mais je lui assurai que je lui revaudrais ça et me félicitai de ce qu'il n'était pas un de ces intarissables bavards. Je voulais pouvoir penser sans être dérangé. Effectivement, il resta silencieux, tandis que nous avancions au tour de roue au milieu d'une circulation intense, pour atteindre la Dixième Avenue et revenir ensuite vers l'Est par la 24e Rue. Nous venions de prendre le tournant, quand je vis le chauffeur se gratter la nuque.

— Dites, monsieur, s'informa-t-il, ce numéro-là, est-ce que ça n'est pas la baraque pleine de vieux trucs où ce type a été trouvé mort ?

— Ça se peut bien, dis-je vaguement.

A quelques centaines de mètres de la maison, j'aperçus une foule rassemblée dans la rue.

— Je vais descendre ici, repris-je.

Et je donnai à l'homme un pourboire suffisant pour calmer sa mauvaise humeur, sinon sa curiosité. Il ne passerait certainement pas devant la maison sans se tordre le cou pour essayer de voir quelque chose.

Mon sac de voyage à la main, j'avançai lentement sur le trottoir. La maison était un de ces anciens hôtels particuliers de Chelsea, construits très en retrait et précédés par un espace plus large que la rue. L'île de Manhattan ne contient rien de plus affreux que ces quelques jardins qui subsistent encore, abandonnés, livrés à une destruction lente, pleins de détritus, de rats, de chats errants qui leur donnent la chasse. Les taudis les plus misérables des bas quartiers, le long du chemin de fer à l'est de la ville ou vers Harlem, sont moins atroces que ces bâtiments lépreux. Ce furent autrefois des maisons de belle apparence, dont les riches propriétaires étaient fiers, des maisons qu'ils aimaient un peu comme les enfants qu'ils y élevaient.

Quelque cent personnes stationnaient sur le trottoir et jusque sur la chaussée, silencieuses pour la plupart. Beaucoup avaient sans doute passé là la majeure partie de leur temps depuis que ce lieu macabre avait été désigné à l'attention du public. On était au neuvième jour après la découverte du cadavre de Seymour Holt, et les spectateurs devaient être des voisins. Les journaux avaient raconté qu'une populace de plus de mille personnes était présente quand la police avait jeté les débris par la fenêtre, et, quand cette opération avait cessé, le nombre des curieux avait notablement diminué. On ne laissait pas pénétrer dans la cour intérieure, que cernait un cordon de police et dont l'entrée était gardée par deux officiers de paix à l'air ennuyé. Des policiers se tenaient sur le perron qui formait une terrasse aux marches disjointes, d'autres encore étaient à l'intérieur, près de la porte ouverte. Je m'arrêtai un instant, tendant le cou pour voir par-dessus les têtes.

La haute façade était sinistre, partout se voyaient des marques de déchéance. Des morceaux de la corniche et des sculptures autour des fenêtres s'étaient brisés, laissant des brèches dans les moulures partout semblables, œuvre de quelque architecte des années 1850. Les maisons voisines n'étaient pas en meilleur état, mais il y avait entre elles et la demeure des Holt une différence éloquente. Ailleurs, c'étaient des clapiers, habités par une population tapageuse et mouvante; aux fenêtres, une ornementation étonnamment variée : rideaux sales et déchirés, bouteilles de lait, boîtes de fer-blanc, plantes rabougries, chats et chiens, draps de lits grisâtres et guenilles diverses. Au milieu de ce grouillement de vie, la maison Holt, sans un mouvement de la cave jusqu'au toit, avait l'air d'un sépulcre. Je la contemplai longuement. Chaque fenêtre avait autrefois été fermée par des jalousies dont la couleur ne se devinait même plus et qui, aujourd'hui, tombaient en charpie. Impossible de discerner derrière ces barrières ce qui s'amoncelait de l'autre côté des vitres terreuses en un bloc compact. Je me faisais l'effet d'être un fantôme rôdant sur le trottoir; un aigre vent d'automne faisait voler dans la cour des débris répugnants, du vieux papier, des chiffons, un col en lambeaux, le bord d'un chapeau de paille...

J'arrêtai ma flânerie et décidai de ne plus perdre de temps. Je me frayai un chemin à travers la foule, expliquai ma mission au premier agent, si bien que, traversant un groupe après l'autre, je me trouvai bientôt devant la porte.

La première impression éprouvée en pénétrant dans cette maison, c'était son odeur. Réussirai-je à la décrire? Persistante, inéluctable... Rien qu'en y pensant, la nausée me monte à la gorge. Je signale en passant que mon unité fut celle qui entra, en avril 1945, dans le camp de Buchenwald. Nous y trouvâmes, entassés jusqu'aux plafonds, des corps rangés comme des bûches entre les chambres à gaz et les fours crématoires. Nous eûmes aussi à nous occuper d'un train entier de wagons de marchandises ouverts, débordants de cadavres et abandonnés en plein soleil sur une voie de garage. Je ne puis trouver d'autres points de comparaison. La puanteur de la maison Holt n'en différait que par le degré d'intensité. L'odeur de mort, de putréfaction et d'abjection était la même, plus infecte encore ici, peut-être, car, ainsi que chacun sait, tout était rempli d'une masse compacte de journaux et d'objets de toute sorte, percée çà et là de terrifiants tunnels. Jamais une fenêtre n'avait été ouverte depuis au moins trente-cinq ans. De fait, la seule fenêtre libre de tout l'immeuble était celle du premier étage, sur l'arrière-cour, auprès de laquelle Seymour Holt, paralysé et aveugle, s'était tenu assis jusqu'à sa mort. La police dut passer par là pour entrer, après avoir reçu un mystérieux coup de téléphone suggérant d'aller voir ce qui se passait dans la maison Holt. On y appliqua une échelle de pompiers, et ce fut le seul accès praticable, comme aussi la seule voie par laquelle on put sortir le corps de Seymour. Toutes les autres fenêtres étaient solidement obstruées. Rien d'étonnant si les détectives travaillant à l'intérieur laissaient la porte ouverte, ce qui apportait d'ailleurs peu de différence.

L'agent de police près de la porte mit ses mains en porte-voix et lança un appel vers le fétide trou noir. J'attendis avec un haut-le-cœur, et bientôt apparurent deux hommes revêtus de bleus sales ; l'un venait d'une caverne sombre à droite, où je discernai seulement des piles et des piles de je ne savais encore quoi, et le second descendait avec précaution l'escalier en s'éclairant à l'aide d'une forte lampe électrique et en surveillant chacun de ses pas. Il ne s'appuya pas à la rampe qui avait dû autrefois avoir une ligne élégante et qui s'inclinait maintenant bizarrement sur le vide ; certains barreaux pendaient ; d'autres manquaient. Il secoua lentement la tête en me rejoignant et fit un pas dehors pour respirer et allumer une cigarette.

— Enchanté de vous voir, Mr. Wicherly, dit-il. Mr. Cullom avait prévenu que vous viendriez sans doute aujourd'hui. — Cullom était le notaire de Seymour Holt. — Je m'appelle Deering, et voici mon collègue Sam Blyfeld.

Les deux hommes enlevèrent de leur main droite, avec un air de dégoût, un gant de travail noirci et me serrèrent la main.

— Un drôle de fouillis, tout ça ! reprit Deering.

— Comment arrivez-vous à savoir ce que vous faites ? demandai-je.

Deering repoussa vers sa nuque une casquette de coutil et respira profondément une bouffée de l'air extérieur.

— Seigneur ! s'exclama-t-il, si seulement je le savais !

— En principe, nous recherchons Randall Holt, dit Blyfeld.

— Vous avez des indices ?

Tous deux secouèrent la tête.

— Une idée seulement, expliqua Deering, mais nous avons tous la même, et Cullom aussi. Il a envoyé des messages partout où cet homme pouvait se trouver, la police également. Mais, si vous voulez mon avis, il est ici même, dans cette maison.

— L'odeur..., dit Blyfeld. Ça me suffit. Le vieux Seymour a été emmené il y a neuf jours et ça sent toujours aussi mauvais. Sûrement, il y a une raison.

Ils expliquèrent pourquoi les recherches devaient procéder si lentement et avec tant de prudence. Les différentes pièces, autant qu'ils avaient pu les explorer jusqu'à présent, avaient été remplies selon un plan défini, exemple singulier de folie méthodique. D'abord un soubassement comprenant les meubles qui avaient garni la chambre, renforcés par un assortiment étrange d'objets tels que ceux qu'on avait jetés dehors du premier étage ; le *Times* les avait décrits dans l'article que j'avais lu à Gianfranco Pozzi. Sous cette masse, autour et par-dessus, il y avait des journaux ficelés en paquets serrés et entassés partout jusqu'au plafond, d'un mur à l'autre, sauf aux endroits où des tunnels avaient été ménagés. Ces tunnels ne semblaient répondre à aucun plan spécial, sinon comme moyens de communication d'une pièce à l'autre : quelquefois incurvés, quelquefois courts et droits et tournant à angle aigu, partout défendus par des pièges : de monstrueuses combinaisons de ficelles et de fil de fer, de pièces d'automobile et de morceaux de meubles brisés. Deering et Blyfeld m'expliquèrent que certaines n'étaient que des signaux d'alarme, parvenant à des boîtes de fer-blanc vides et à des bouteilles destinées à dégringoler avec fracas et à signaler l'arrivée éventuelle d'intrus. Mais d'autres pièges, ajouta Deering, étaient mortels ; ils actionnaient des cordes qui feraient tomber dans un tunnel une demi-tonne de paquets de journaux en obstruant entièrement tout passage.

— Comprend-on la raison de ces journaux ? demandai-je.

Je m'étais posé la question depuis le début.

— Certainement, dit Blyfeld. Randall était assez connu dans le voisinage. Plusieurs des gens d'ici l'avaient vu autrefois. Il avait l'habitude de s'asseoir sur la terrasse, habillé d'une sorte de veston de velours brun tout usé et d'un pantalon rayé, avec une casquette qu'il portait la visière dans le cou. Et il parlait aux gens quand il en avait envie. Il parlait généralement de son frère.

— Disait-il des choses sensées ?

— Ça dépend de ce que vous entendez par « sensées ». Regardez là-dedans et vous comprendrez vite que le pauvre diable était dingo. Écoutez les gens répéter ce qu'il leur disait, et vous en aurez pitié... C'est drôle, cette façon que nous avons de parler de lui comme s'il était mort... D'ailleurs, je parie bien qu'il l'est !

— A propos de ces journaux, dit Blyfeld, ça fait pitié, mais on se rend bien compte qu'il était timbré. Il prenait soin de Seymour comme d'un bébé, et Seymour semble être au fond de beaucoup de choses ici. Il était aveugle, vous savez ça, je pense, et Randall s'était mis dans sa tête de mule une sacrée idée : il était persuadé, assurait-il, qu'il allait rendre la vue à son frère, et, quand celui-ci verrait de nouveau, il voudrait sûrement lire tous les journaux pour se mettre au courant de ce qu'il n'avait pas pu lire lui-même depuis trente-cinq ans. Qu'est-ce que vous en dites ?

Deering regarda sa montre.

— Voilà notre journée finie, dit-il à Blyfeld.

Puis s'adressant à moi :

— Mr. Cullom a prévenu que vous seriez souvent ici pendant que nous y travaillons, à cause des choses que la banque voudrait trouver. Si vous avez envie d'aller très loin là-dedans — il fit un geste vers la caverne puante —, vous ferez bien de mettre un bleu comme nous. Ça dépasse tout ce qu'on peut imaginer, et pourtant j'en ai vu beaucoup. Et maintenant, les gars, un bain pour moi, deux même ! Bonsoir.

Le jour suivant, je me joignis effectivement aux recherches. Je passai là douze jours entiers avec Deering, Blyfeld et les aides envoyés par la Police et les services de l'Hygiène. Eux cherchaient Randall Holt, et moi, tout ce qui pourrait convaincre Renata Tosi d'accepter les conditions du testament de Seymour Holt. Tel était du moins mon premier objectif, et, si j'avais pu limiter à cela mon intérêt, j'aurais eu l'esprit plus en repos et plus de loisirs à consacrer à mon travail personnel. Cela me devint très rapidement impossible ; le drame était à la fois trop pathétique et trop horrible. En outre, je recherchais des indices concernant Seymour, or ceux que je trouvai intéressaient le plus souvent Randall. A mesure que nous découvrions les objets les plus hétéroclites, de plus en plus ils acquéraient un sens ; si je les dénombrais ici, ils ne présenteraient qu'un informe ramassis.

Rendez-vous compte, si vous y parvenez, de mon état d'esprit, quand nous extirpâmes de là une série de pianos : deux, trois, sept, finalement quatorze pianos... des malles pleines de vêtements féminins moisis, mais encore d'aspect élégant, un châssis d'auto, des masses de musique manuscrite et imprimée, dont les marges effritées étaient recouvertes d'une écriture fine comme un cheveu, celle de Randall, ainsi que je le sus bientôt, un cahier de recettes de cuisine recueillies par la mère des Holt, mais où une autre main avait noté des pages absolument hors de propos, qui m'apportèrent souvent la clé de ce que je trouvais par ailleurs. Que pouvais-je penser d'un objet appelé par eux « chariot de bébé première édition », où d'une glacière de nursery, ou encore d'une petite baignoire et je ne sais combien de voitures d'enfants de toutes formes ?... Je connaissais la raison des boîtes et des corbeilles pleines de coupures de journaux sur les représentations de l'Opéra au début du siècle, mais pourquoi des douzaines de paquets non ouverts contenant des billets invendus pour une fête de charité organisée par la paroisse ? Pourquoi un cheval à bascule mangé des mites, avec la facture acquittée de chez Schwartz collée à la selle ? Pourquoi tant de paniers à légumes, tous pareils et de la même forme un peu arrondie ? L'un d'eux fut trouvé dans le foyer d'un poêle à pétrole rouillé, avec un lambeau de ruban fané, autrefois rose, attaché à l'anse... Quelques-unes de mes questions reçurent leur réponse peu avant la fin de nos travaux. Nous avions creusé une tranchée vers l'unique salle de bains de la maison, que les Holt n'avaient jamais utilisée. Ils n'employaient ni robinets, ni écoulement d'eau, pas de gaz ni d'électricité. Le profond tub de zinc, à la mode des années 1870, était criblé de trous rouillés, et au fond, les pieds en l'air, il y avait un pupitre d'enfant auquel un lourd cadenas de cuivre avait été fixé. L'objet était caché sous d'épaisses couches de débris divers, de vieilles portières en peluche, des oreillers troués et des chiffons. Quand les hommes y touchèrent, un rat s'en échappa et disparut dans le mur pourri. Ce petit bureau, quand nous en forçâmes la fermeture, contenait un trop grand nombre des secrets de Randall pour que le découvreur se contente de passer indifférent en haussant les épaules.

Comment aurais-je pu m'empêcher de songer, de me poser cent questions, de rassembler ces innombrables témoignages reflétant ce qu'avait été l'existence des Holt ? Mais j'ai beau méditer, j'en reste toujours au même point, je suis préoccupé, hanté par leur mystère, forcé en dépit de ma volonté d'étudier plus à fond ces vies faussées depuis leur enfance jusqu'à leur fin navrante. Mon imagination ne trouve pas tant sa nourriture dans les faits, si fantastiques soient-ils, mais je cherche surtout à comprendre comment les caractères de ces malheureux furent cause de ces faits et amenèrent le destin dont ils furent victimes. Mon esprit ne trouve nulle part la paix. Si j'étais écrivain, je ferais un livre de tout cela et me délivrerais.

Seulement je ne suis pas un écrivain, et cette histoire étrange avec ses conséquences extravagantes ne fait que se tourner et se retourner dans ma tête et me laisse désemparé, faute du talent qu'il faudrait pour la transcrire. Je suis sûr de connaître ce qui s'est passé, je sais comment et pourquoi ces hommes sont devenus ce qu'ils ont été, je vois se dérouler les causes et les effets ; instinctivement, je veux mettre de l'ordre dans ce chaos. Ainsi l'exigent mes habitudes professionnelles : ne nous faut-il pas être précis, garder en ordre tout ce qui nous est confié, mener avec netteté à bonne fin le moindre détail de nos entreprises ? Dans le cas présent, au lieu d'en finir et de classer définitivement cette affaire, comme je le ferais avec tout autre, je suis déconcerté. L'histoire que j'écrirais si je le pouvais, je la vois et je la sens en imagination. Tout est clair, tout est réel, tout s'enchaîne logiquement. Et, vraiment, il faut que j'essaye de dire ce que je crois vrai, ce que je pense, ce que je ressens, ce que mon esprit conclut de ce que j'ai vu de mes yeux...

DEUXIÈME PARTIE

CHAPITRE PREMIER

Grand-maman avait dû oublier, pensa Seymour, qu'il était en train de jouer à sa place favorite, sous la table ronde aux pieds torses dont le tapis de peluche épaisse aux longues franges pendait jusque par terre. Là-dessous, il faisait noir, chaud, secret. Seymour pouvait à sa guise baptiser ce lieu caverne de voleurs, tunnel de chemin de fer, soute au charbon d'un navire... Cet après-midi, c'était une galerie de mine, comme celle où Curdie travaillait avec son père dans la montagne. Bien sûr, Seymour ne croyait pas un mot de toutes les histoires de gobelins et de sorcières que Randall écoutait, les yeux écarquillés, et qui lui donnaient des cauchemars quand Nana avait éteint la lumière dans leur chambre. Seymour avait quatre ans de plus que Randall, et rien de tout cela ne lui faisait peur.

Ce qu'il savait bien, par exemple, c'est qu'une mine, c'est vraiment plein d'or et d'argent, et de bijoux de toutes les couleurs les plus merveilleuses, et ici, dans le noir, il rampait à quatre pattes entre les pieds massifs de la table, grattait les dessins du tapis et prétendait avoir découvert des rubis, un lingot d'or, une poignée de diamants. Il était diligemment en train de ramasser des diamants — les brins blancs tissés dans le tapis — quand il entendit le pas lourd de Papa qui traversait la pièce et s'arrêta près du fauteuil de Grand-maman près de la fenêtre.

— Eh bien! John, dit-elle, tu rentres de bonne heure aujourd'hui.

— Oui. — Seymour entendit le grincement du fauteuil dans lequel son père s'assit en face de Grand-maman. — En effet. J'ai pensé que je pouvais revenir encore à temps pour prendre le thé avec Lily.

— Elle est au salon, prononça la voix sèche et désagréable de Grand-maman. Elle n'a pas pris le thé avec moi aujourd'hui.

— Je l'ai entendue jouer. Je suis monté tout de suite.

— Lily est trop âgée pour prendre des leçons de piano, déclara Grand-maman. Je trouve stupide que tu le permettes.

— Elle adore la musique, dit Papa.

— Elle peut en entendre à l'Opéra comme tout le monde et elle n'a pas besoin de prendre ces leçons ridicules. Cela ne convient pas à une femme mariée. Et qui est ce Mr. Malvern qui vient ici ?

La voix de Grand-maman était basse, mais très nette.

— Oh ! Mère, ça n'a aucune importance, ce n'est qu'un professeur de piano.

Quand Papa prenait cette manière traînante de parler, Seymour s'imaginait qu'il allait fermer les yeux et s'endormir.

— Je désapprouve cela complètement, dit Grand-maman. Ce n'est pas la première fois que je te le dis, John. Je trouve que tu devrais mettre fin à cette sottise.

Seymour ne pensait plus du tout à sa mine. Il était assis, les jambes croisées, et écoutait.

— Mère, dit Papa d'une voix patiente. — Seymour comprenait très bien le sens des tons de voix ; ça peut tout dire sans paroles. — Mère, ne croyez-vous pas que vous êtes un peu dure pour Lily ? Elle est si jeune !

— Trop jeune, en effet, répliqua Grand-maman, et il est grand temps qu'elle vieillisse. Elle te fera tourner en dérision, John. Tu es évidemment responsable de ton choix, mais qu'est-ce qui a bien pu te décider, je me le demande !

— Je l'aime.

Papa parlait lentement.

— C'est de la pure bêtise. On ne se marie pas pour une raison pareille. Tu étais assez âgé pour le savoir. Tu m'avais près de toi pour te prévenir. Maintenant que tu as sur les bras cette créature sotte et sans consistance, il faut que tu lui mettes un peu de raison dans la cervelle.

— Lily est artiste, dit Papa. Elle aime la musique.

— La musique ! C'est son sang étranger, voilà ce que c'est. Tu n'aurais jamais dû l'épouser.

— Je vous en prie, Mère ! Vous exagérez tellement ! Vous n'aviez rien à dire contre Lily au début, vous l'avez admis vous-même. Les Randall ont toujours été nos amis, et ce n'est pas une grand-mère française... Pourquoi toujours recommencer cette discussion ?

— Tu te trouvais très bien avant ça.

Seymour dut, pour entendre, avancer imperceptiblement et baisser la tête jusqu'à la frange du tapis. Il étouffait, il avait trop chaud, mais il n'essayerait pas maintenant de s'en aller, jamais il n'oserait.

— Ne répétez plus ça, Mère, s'il vous plaît. Pourquoi ne pouvons-nous pas vivre heureux tous ensemble ? Vous aimez nos enfants.

— Beaucoup, dit Grand-maman d'un ton si dur que les huits ans de Seymour frissonnèrent. C'est pourquoi je trouve que Lily pourrait cesser d'être aussi « artiste » et se donner plus à ses responsabilités.

Seymour attendit longtemps avant d'entendre la réponse de Papa.

— Vous rendez-vous compte à quel point vous lui rendez cela difficile ?

— John !

— C'est la vérité, Mère. J'ai essayé de vous le dire déjà. Lily n'a pas de maison à tenir, ni aucune responsabilité à assumer, pas même celle des garçons, puisqu'il y a vous et Nana.

— Nana ! Tu crois que j'aurais laissé une fille de vingt ans choisir une nounou quand Seymour est né ?

— Non, je ne crois pas. Mais, si vous ne laissez pas Lily tenir la maison ou s'occuper de ses propres enfants, que lui reste-t-il à faire ?

— Elle peut faire ce que je dis ; elle peut apprendre en me voyant faire.

— Elle a essayé.

Seymour comprenait, en sentant se serrer sa propre gorge, que Papa devait s'empêcher de dire quelque chose. Le petit garçon entendait la respiration bruyante et lente qu'avait toujours Grand-maman quand elle était fâchée. Il commençait à s'inquiéter pour son père. Il aurait voulu se glisser dehors et s'en aller, mais il voulait aussi entendre la suite. Quelque chose d'épouvantable se passerait sûrement s'il les laissait découvrir qu'il était là sous la table depuis le début. Il retint son souffle et se blottit, les bras autour des genoux.

Papa toussa et reprit rapidement :

— Tôt ou tard, il nous faudra changer tout cela, Mère. Je...

nous... Lily, les garçons et moi, nous devrions habiter chez nous dans une autre maison.

Seymour dressa l'oreille encore plus attentivement. Quelle idée étonnante ! Puis il entendit sa grand-mère :

— Et que fais-tu de ta promesse ? Tu ne l'as pas oubliée, je le sais, donc c'est ta sotte de femme qui a encore recommencé à insister. Plus un mot là-dessus, John, je n'écoute plus rien.

Seymour attendit un long, un très long moment. Il savait exactement comment Grand-maman et Papa étaient assis, raides, irrités, se ressemblant tellement, avec leurs sourcils froncés et leurs lèvres étroitement serrées, très droits sur les sièges rouges qui glissaient — Seymour avait la chair de poule quand il les touchait —, les yeux fixés sur la large fenêtre qui donnait sur le jardin, où la neige était trop vieille et trop noircie pour qu'on puisse jouer avec ; aussi l'enfant était resté à la maison. Il attendit, attendit, et enfin Papa se leva et dit :

— Je vais là-haut voir les garçons.

— Oui, dit Grand-maman.

Seymour connaissait exactement sa façon de jeter un coup d'œil le long de son nez vers son épaule gauche, où une broche en fleur de lis fixait une montre d'or. Elle regardait toujours cette montre et elle avait appris à Seymour à lire l'heure et aussi à dire « fleur de lis ».

— Oui, reprit-elle. Il est presque l'heure de leur dîner. Je vais voir si cette nouvelle cuisinière fait leur bouillie convenablement.

Seymour entendit le froissement bruyant de sa jupe quand elle quitta son siège. Il eut peur. Tous deux allaient monter à la nursery et verraient qu'il n'y était pas, alors on irait tout de suite à sa recherche. Il ne fallait pas qu'on le trouve là. Et, pendant qu'il réfléchissait à ce problème, il pensa soudain à Maman. Sûrement, elle était plus en danger que lui. Il fallait courir la prévenir. Grand-maman et Papa quittèrent la pièce. Quand ils furent presque en haut, Seymour surgit de dessous la table, traversa en courant la chambre et descendit au salon sur l'épais tapis de l'escalier aussi vite qu'il put sans faire aucun bruit. Tout en descendant les marches, il entendit le piano. Qu'allait-il dire à Maman ? Il ne savait pas au juste, mais il voulait se précipiter vers elle, la serrer dans ses bras, lui murmurer tout bas : « Fais attention, Maman, prends garde ! Prends garde à Grand-maman ! »

Il se glissa dans le salon et referma la porte derrière lui. Il courut vers sa mère au piano, pressé de tout lui raconter. Et puis il s'arrêta. Elle était assise, et Mr. Malvern était également assis sur une chaise à côté d'elle, et elle avait Randall sur les genoux. Elle lui soutenait la main droite en hochant la tête avec un sourire, tandis que les petits doigts frappaient les touches.

— Vous voyez ! s'écria-t-elle. Il trouve ses notes ! Voyez comme il aime ça !

Seymour voulut l'appeler, mais aucun son ne vint. Il resta là et les regardait, elle et cet homme aux épais favoris, qui tous deux hochaient la tête et contemplaient Randall en souriant. Ce qu'il voulait dire à sa mère n'avait plus aucune importance. Il se rappelait à peine ce qu'il avait eu l'intention de lui confier. La main gauche de Maman, avec son lourd anneau d'or, maintenait Randall sur ses genoux, et sa main droite tenait le poignet de l'enfant. Elle chantonnait à mi-voix, et Randall trouvait les notes de l'air. De temps en temps, elle tournait sa tête brune vers Mr. Malvern et souriait.

Seymour rassembla ses pieds bien serrés, plia les genoux, sauta en l'air aussi haut qu'il put et retomba sur ses semelles ferrées avec bruit en criant de toutes ses forces :

— Hou ! hou !

Maman poussa un cri, Mr. Malvern bondit, Randall se mit à pleurer.

— Seymour ! s'écria Maman, que tu m'as fait peur !

Elle se leva, posa Randall à terre et vint à Seymour.

— Hou ! hou ! recommença celui-ci. Hou ! hou !

Maman se mit à genoux près de lui et lui passa les bras autour de la taille.

— Chut ! dit-elle, ne fais pas ça, Seymour. Ce n'est pas gentil ! — Randall pleurnichait dans un coin. — Tu as fait peur à ton petit frère, et tu es très mal élevé.

Son expression était triste, et Seymour se rappela qu'il avait de la peine pour elle, mais il cria tout de même :

— Ça m'est égal !

Maman secoua la tête.

— Dis à ton frère que tu regrettes d'avoir fait cela.

Elle tendit la main à Randall qui resta dans son coin, un doigt dans la bouche et pleurant toujours.

— Viens, Bébé, dit-elle, sois un gentil garçon.

Elle eut un regard de reproche vers Seymour et ajouta :

— Je devrais te punir.

— Mais vous ne le ferez pas, s'écria Seymour. Vous ne voudriez...

Il s'interrompit, bouche bée. La porte s'était ouverte toute grande, et Grand-maman était là, redressée de toute sa taille et les sourcils froncés à la vue de Lily agenouillée, entourant ses deux fils de ses bras.

— Que veut dire ceci ? demanda Mrs. Holt. — Sa longue figure était rouge et irritée. — Lily, pourquoi avez-vous amené les enfants en bas ? L'heure de leur dîner est passée. Et qu'avez-vous fait à Randall ?

Seymour observait, anxieux. Maman mordit ses lèvres pâles.

— Je regrette beaucoup, ma mère, dit-elle.

— Pourquoi les avez-vous amenés ici ?

Lily ne répondit pas. Elle essuya le nez de Randall avec son mouchoir et lissa les cheveux de Seymour.

— Répondez-moi, je vous prie, répéta Mrs. Holt.

Seymour cria :

— Parce qu'elle voulait le faire !

Sa grand-mère avança d'un pas, l'arracha des bras de sa mère, le poussa vers la porte, puis elle prit Randall par la main, s'apprêtant à l'emmener. Seymour monta lentement le premier étage, regardant vers le salon à travers les barreaux de la rampe. Grand-maman entraînait Randall, mais s'arrêta à la porte et prononça :

— Lily, je crois que ces stupides leçons de musique ont assez duré. Comment amenez-vous vos fils dans votre... dans votre... — Elle leva son nez pincé du côté de Mr. Malvern. — Vraiment, c'en est trop !

Elle suivit Seymour dans l'escalier avec Randall qui continuait à pleurer. Seymour se dépêcha. Grand-maman allait lentement à cause des petites jambes de Randall.

John Holt resta plus d'une heure auprès du lit de sa femme, essayant d'arrêter ses larmes. Il ne l'avait jamais vue ainsi ; ses sanglots semblaient lui déchirer la poitrine. Il avait supplié, calmé, cajolé, caressé, murmurant tous les mots et les expressions tendres qu'il pouvait imaginer, mais les gros sanglots qui lui secouaient tout le corps ne cessaient pas. Sur le marbre de la table de chevet, on voyait des sels, une vinaigrette, un bol d'eau glacée, où il trempait des mouchoirs pliés pour baigner sa figure gonflée. Gauchement, il voulut maintenir les compresses froides sur les yeux ruisselants et rouges, mais elle se tordait et se retournait pour pleurer dans son oreiller. Il lui caressa la nuque, posa sa joue contre ses boucles brunes en broussaille et tout bas la supplia de nouveau.

— Calme-toi, il le faut, ma chérie, dit-il, ma bien-aimée, ne pleure plus !

Peu à peu, la crise de larmes s'apaisa. John s'assit sur le bord du haut lit de noyer et souleva sa femme en la serrant contre sa poitrine.

— Voilà qui va mieux, murmura-t-il. C'est bien, ma chérie, te sens-tu mieux maintenant ? — Il ne voulut pas voir la dénégation violente de son mouvement de tête. — Mais si, tu te sens mieux, assura-t-il avec douceur d'un ton artificiel dont il sentait lui-même la maladresse et la sottise. Tu te sens beaucoup mieux.

— Non, dit-elle. — Elle s'assit et le regarda dans les yeux. Sa jolie figure était toute marbrée et gonflée, ses bandeaux ondulés pendaient par mèches devant son front. — Emmène-moi d'ici, John.

Ses yeux étaient pitoyables. Il éprouva le sentiment d'avoir battu un petit animal innocent.

— Il faut que tu m'emmènes loin d'elle !

— Calme-toi, chérie, dit-il en l'embrassant.

Elle repoussa son étreinte et s'appuya sur les mains.

— Ne dis pas ça, haleta-t-elle, c'est inutile. Il faut que tu me le promettes tout de suite.

Elle le regarda fixement de ses yeux rougis, et il se sentit lâche parce qu'il détourna les siens, ne pouvant soutenir ce regard. Morne, il embrassa d'un coup d'œil la chambre sombre au mobilier massif, maigrement éclairée par un seul bec de gaz au-dessus de la commode en bois de rose.

— Tu me l'as déjà promis, insista-t-elle, et plusieurs fois, et toujours tu as remis à plus tard... Est-ce vrai ?

Il courba la tête, et elle vit le rouge lui monter au front. Il abaissa les yeux vers ses doigts crispés sur ses genoux. Les mains glacées de sa femme lui entourèrent le visage. Elle se pencha vers lui et dit lentement, moins haletante maintenant :

— C'est vrai, et tu le sais. Tu m'as promis de m'emmener. Quand le feras-tu, John ? Dis-moi !

Elle le regarda au fond des yeux. L'écho de toutes ses

supplications lui résonnait encore aux oreilles. « Tout ce que tu voudras, avait-il dit en la suppliant de ne plus pleurer, n'importe quoi, mais je t'en prie, chérie... je t'en prie, Lily... » Et maintenant elle le voyait troublé, confus, irrésolu. Une femme plus âgée, plus avisée, mariée depuis plus longtemps, aurait compris et se serait résignée à admettre la vérité, mais elle avait vingt-huit ans, et son mari en avait quarante-sept.

Elle lui secoua doucement la tête de ses mains, et sa voix se fit plus aiguë pour forcer son attention.

— Pourquoi ne m'emmènes-tu pas, John ? Pourquoi m'as-tu promis ?

— Je n'aurais pas dû.

— Mais *pourquoi* ? Tu sais que nous ne pouvons pas continuer ainsi !

Il ne répondit rien. Lily tremblait, et sa respiration était saccadée.

— Pourquoi ne pouvons-nous pas avoir la maison que tu m'as promise, une maison à nous tout seuls ?

Elle l'entendit marmonner quelque chose comme :

— ... Pas facile à comprendre !...

— Il faut que je sache ! Il faut que tu me le dises ! Pourquoi ne pouvons-nous pas tout simplement nous en aller ?

— Et l'argent pour le faire ? murmura-t-il, toujours sans la regarder.

— Mais tu es riche ! Mon père me l'a dit.

Elle était sans artifice.

— Ma mère, oui, comprends-tu ? L'argent est à elle. Et elle m'a dit... Ou plutôt elle m'a fait...

Contre sa tête, les mains de Lily se raidirent, puis retombèrent inertes. Il leva les yeux, embarrassé, honteux, et la vit pâlir ; ses yeux devinrent immenses.

— Oh ! dit-elle dans un souffle. Oh ! tu lui as promis en premier, tu lui as promis il y a longtemps... Tu lui as dit que tu ne la quitterais jamais... Tu lui as dit que nous habiterions tous avec elle... John ! protesta-t-elle, terrifiée, comment as-tu pu faire une chose pareille ?

Il resta silencieux, sans réponse. Lily porta ses mains à ses tempes et repoussa ses cheveux embrouillés, le regardant avec crainte et stupéfaction.

— Tu as fait cela, murmura-t-elle, tu as fait cela à moi et à tes petits garçons !

De longs et lents frissons la secouaient, tout à fait différents des sanglots hystériques de tout à l'heure. Il vit qu'elle pleurait de nouveau, mais sans violence et sans bruit. Ses yeux étaient toujours grands ouverts et fixes, et de grosses larmes glissaient sur ses joues, l'une après l'autre, lentement : c'était l'aveu de la défaite. Elle renonçait à ces tempêtes de protestations vaines.

Elle s'éloigna de lui, ses mains blanches abandonnées sans force sur ses genoux. Il détourna lentement la tête.

— Tu savais ce que tu faisais, murmura-t-elle, tu le savais et tu m'as menti toutes ces années passées. Tu ne m'as jamais dit la vérité jusqu'à aujourd'hui. John ! Je ne te savais pas cruel !

Chaque mot était séparé par une pause. Peu à peu, la surprise, la révolte déformèrent les traits de son visage. « Cruel !... Oh ! » Elle se couvrit les yeux de la main, comme si elle ne voulait plus le voir.

— Lily ! Non ! Non !

Il essaya de lui prendre l'autre main, mais elle le repoussa. Ils tressaillirent tous deux en entendant frapper à la porte.

La femme de chambre ouvrit.

— S'il vous plaît, monsieur, Mrs. Holt vous fait dire que l'heure du dîner est passée. Elle attend dans le salon.

— Dites-lui que nous sommes désolés, Nora. Mrs. John n'est pas bien et ne descendra pas dîner. Demandez à ma mère de ne pas m'attendre.

La porte se referma, et John vit Lily se détourner de lui, révoltée. Lentement, elle s'étendit sur le côté gauche, lui tournant le dos. Il resta là assis, malheureux, honteux, indécis. Que faisait-on, que pouvait-on faire dans une situation pareille ? Sans un sou à soi, comment acheter ou même louer une maison convenable pour sa famille ? Il n'avait jamais gagné d'argent, il n'en avait jamais éprouvé le besoin. Sa mère était d'avis qu'un homme bien né n'avait pas à le faire. Ce qu'il touchait en qualité de plus jeune associé d'une firme légale vétuste n'aurait pas payé une petite fraction de ce que l'entretien d'une famille comme la sienne lui coûterait. Sa mère s'était toujours occupée de tout, et à bon droit, car elle possédait une ample fortune et, sa vie durant, l'usufruit entier de celle de son mari. John n'était encore qu'un enfant à la mort de son père, et le fils ne se demandait que maintenant, avec un étonnement soudain, comment une situation pareille avait pu se produire ? Il aurait été infiniment plus naturel que son père eût désiré le faire entrer à sa majorité en possession de son héritage. Alors pourquoi en était-il autrement ? John se sentait presque pris de vertige en se posant froidement ces questions jusqu'alors interdites. Qu'avait bien pu faire sa mère pour s'assurer un testament pareil de la part de son père ?

Elle avait pris grand soin qu'il ne le sache jamais. Toute sa vie, il avait accepté sa loi. D'autres avaient trouvé cette loi pénible, il s'en était bien aperçu, mais, dans les étroites limites qu'elle tolérait, elle avait été bonne pour lui. Jusqu'à son mariage, il ne les avait jamais dépassées et, sans l'affreuse détresse de Lily, il n'aurait peut-être jamais pris la résolution de secouer le joug. Sa mère avait commis l'erreur de l'acculer à un choix. Il le fit, ce choix, avec un sentiment de volonté forte, extraordinairement peu familier. Il se pencha et posa sa main sur l'épaule de Lily.

— Ma chérie, commença-t-il. — Elle évita sa main. — Non, je t'en prie... Écoute-moi, chérie, il faut que je te dise quelque chose.

— Je n'y croirai pas, dit-elle d'une voix sans timbre.

— Il faut y croire.

— Tu vas me dire que tu nous emmèneras, John, et je ne peux plus te croire, dit-elle, un bras devant les yeux.

— Je le sais, je ne mérite pas d'être cru. J'ai été... j'ai été faible, Lily, mais je suis décidé maintenant. En toute vérité, ma décision est prise.

— Et quand partirons-nous ? reprit-elle. Comment trouveras-tu l'argent ?

Il n'osa pas lui dire qu'il n'en savait rien. Et pourtant il ne voulait plus lui mentir, mais, quand l'action ne suivait pas les paroles, les mots venaient trop aisément !

— Je changerai de profession, dit-il. — Cette idée ne lui était encore jamais venue, et, l'ayant exprimée, il se sentit immensément soulagé, car il savait qu'il n'avait pas laissé échapper une parole vaine. — Je chercherai une autre firme plus moderne (une de celles que sa mère qualifiait de « parvenues », pensa-t-il). Je ne suis pas obligé de rester dans la firme Wright et Pettengill.

Lily se retourna, roulant son corps mince sur le large matelas, et reposa en face de lui sur son côté droit. A la maigre lumière du gaz, ses joues ne paraissaient plus aussi pâles que tout à l'heure. Peut-être avait-elle repris courage... Elle leva les yeux vers lui et dit enfin :

— C'est réellement ton intention, John ?

— Oh ! oui, crois-moi ! — Il se pencha et effleura ses lèvres. — Je ne peux plus supporter de te voir souffrir.

La porte s'ouvrit brutalement derrière eux. Ils sursautèrent, tendus. Lily poussa une faible exclamation.

— John ! — Dans la porte, la silhouette de Mrs. Holt s'encadrait à la lumière du vestibule, monumentale et raide dans sa robe de taffetas. — Tu es une heure en retard pour le dîner.

La main de Lily lui serra le bras comme pour lui dire de ne pas se mettre debout. Il n'en avait nullement eu l'intention.

— J'en suis fâché, Mère, je vous ai fait dire par Nora de ne pas m'attendre, que Lily était souffrante.

— Elle allait parfaitement bien cet après-midi, suffisamment pour pouvoir jouer du piano. Elle peut...

— Elle n'est pas bien à présent.

— Qu'est-ce qu'elle a ?

— Vous le voyez vous-même, Mère, Lily a été bouleversée.

— C'est de sa faute. Tu la gâtes et tu encourages ces sornettes avec tes dorloteries. Elle n'a rien du tout.

John serra plus fort Lily contre lui et dit :

— En tout cas, elle ne veut pas dîner, et je vous ai demandé de ne pas m'attendre.

— C'est moi qui décide quand je désire dîner.

— Très bien, Mère, mais je ne descendrai pas ce soir. Nora peut m'apporter une tasse de bouillon ou n'importe quoi.

— C'est moi qui donne les ordres dans cette maison, John.

Il sentit Lily frémir contre son épaule.

— Exactement, Mère. Cela ne fait rien, je n'ai pas faim. Ne m'attendez pas plus longtemps, je vous prie.

Mrs. Holt se tourna comme si elle allait se retirer, puis s'arrêta. John l'avait prévu. Elle dit :

— Je veux te voir dans la bibliothèque, John.

— Pas ce soir, Mère, je vous en prie. Je ne veux pas quitter Lily.

Malgré le peu de lumière, il put voir sa mère serrer les mâchoires avec colère. Son souffle bruyant, presque sifflant, souleva brusquement sa poitrine.

— Je suis profondément scandalisée, dit-elle de son ton le plus dur et le plus froid. Ta perfidie envers moi et envers ton foyer me choque au dernier point.

— C'est très regrettable, Mère, mais cela ne peut pas beaucoup vous surprendre. Cet après-midi même, j'ai essayé de vous dire qu'il nous faudra aller habiter dans une maison à nous. Je l'ai promis à Lily.

— *Tu* l'as promis ? Et sur quoi te bases-tu, je te prie ?

Le dédain de la vieille femme aurait dû le confondre, mais il se sentit au contraire réconforté par la surprenante pensée qu'elle était plutôt ridicule. Toute sa vie, se dit-il, il avait entendu des remarques du genre de celles qui se pratiquent dans les drames au théâtre. Le contact de Lily dans ses bras lui donnait du courage. Était-il vrai, ainsi qu'il l'avait souvent lu ou entendu sans jamais oser en faire l'expérience, que devant une affirmation énergique le pouvoir d'un tyran peut se dissiper ? Sa mère n'attendit pas sa réponse, comme pour montrer par son mépris qu'il n'en existait pas. Elle se contenta de dire :

— Que Lily découvre par elle-même la valeur de tes promesses.

Puis elle sortit en claquant la porte.

Les petits garçons étaient assis à table, bien droits, ainsi qu'on le leur avait appris, Seymour à la droite de Grand-maman et Randall, perché sur un gros dictionnaire, à sa gauche. Leurs soyeux cheveux blonds, ceux de l'aîné plats et ceux du plus jeune bouclés, luisaient, encore un peu humides des coups de brosses administrés par Nana qui leur avait lavé les mains, tiré leurs habits droits et refait les larges nœuds de leurs cravates avant de les envoyer en bas. De sa place, entre John et Randall, Lily examinait ses enfants et se demanda s'ils étaient trop jeunes pour se rendre compte que ce déjeuner du dimanche différait de tous ceux qui l'avaient précédé, avec leurs rites rigides et immuables fixés par Mrs. Holt des années avant les premiers souvenirs de John Holt.

Le dimanche se passait toujours de la même manière. La journée commençait par un petit déjeuner indigeste avec des crêpes épaisses ; ensuite il y avait le trajet solennel en voiture jusqu'à l'église Saint-Georges, où le banc de la famille était le théâtre d'une manifestation de discipline militaire par la précision des mouvements et l'obéissance immédiate de tous aux commandements muets des signes de tête de Mrs. Holt. Celle-ci ne tolérait pas des absurdités telles que de faire sortir discrètement avant le sermon les enfants trop jeunes, pour les ramener à la maison. Ils restaient tous assis, les mains croisées, sans un mouvement, dans une immobilité inhumaine. Une fois le service fini, venait le rite interminable des politesses au recteur à la porte de l'église et aux relations sur le parvis, tandis que les familles, dans tout l'apparat de leurs toilettes du dimanche, attendaient chacune leur voiture pour les ramener une à une à la maison où attendaient d'énormes déjeuners. Le menu traditionnel pouvait varier d'une maison à l'autre selon les familles, mais, dans chacune de ces cellules sacrées, c'était le même, sans le plus petit changement, du premier dimanche de l'année au dernier. Chez les Holt, il y avait un potage épais, un rôti de bœuf avec de la purée de pommes de terre et un plat sucré choisi spécialement pour les enfants, car c'était le seul repas de la semaine qu'ils partageaient avec leurs aînés. Lily exécrait tout gâteau au lait, mais avait souffert des années en avalant une crème au caramel ou une île flottante qu'elle n'avait pas la permission de refuser. Elle devait donner l'exemple aux garçons, commandait Mrs. Holt, et ceux-ci devaient manger tout ce qu'on leur servait.

Comme leur vie serait différente quand ils vivraient chez eux, et bientôt peut-être ! Enfin Lily osait se permettre cet espoir ! En ce court espace d'une journée, elle s'était forgé tout un monde en imagination, et chaque détail était si précis que, ce matin à l'église, tout en voyant ses enfants souffrir en silence, elle avait résolu de changer d'église dès qu'ils n'habiteraient plus sous le même toit que Mrs. Holt. Ils iraient à celle de sa famille, l'église de l'Ascension, où Lily n'était presque jamais retournée depuis son mariage, car Mrs. Holt avait rendu cela impossible après la mort de ses parents. Peut-être, si Eugène Randall ne s'était pas ruiné, faisant ainsi de sa fille une personne peu digne d'avoir épousé... Lily avait-elle réellement entendu Mrs. Holt prononcer cette phrase, ou son imagination se donnait-elle carrière pour l'aider à supporter l'épreuve du déjeuner dominical ?

Elle sourit à ses enfants qui, les yeux écarquillés, ne soufflaient mot. Ils se ressemblaient beaucoup, mais la figure de Seymour était plus longue que celle de Randall et montrait déjà la mâchoire longue et la lèvre supérieure prononcée que John possédait comme sa mère. Le visage de Randall était plus rond et ses contours plus adoucis ; les pommettes plus larges et la légère fossette du menton montraient mieux sa ressemblance avec Lily que l'ovale un peu flou de son visage de bébé. Lily estimait que Randall était encore un bébé ; il avait pourtant quatre ans passés, et Mrs. Holt lui avait à maintes reprises reproché cette faiblesse. Mais c'était une habitude difficile à perdre ; lorsque Lily contemplait Randall, elle était saisie d'un sentiment de tendresse passionnée à la vue de sa fragile nuque blanche frangée de fines boucles dorées. Elle le vit porter soigneusement à sa bouche de petites bouchées de rôti et de légumes coupés spécialement fin pour lui. Il n'avait pas beaucoup d'appétit, et, quelquefois, il y avait des scènes parce qu'il ne mangeait pas tout. Lily pensa avec extase qu'après-demain, quand John mettrait à exécution ses idées nouvelles, ses enfants seraient enfin à elle. Bientôt, ils seraient installés dans une maison à eux, loin de Mrs. Holt et hors de sa portée. Ce serait Lily qui serait assise à table avec ses enfants à côté d'elle, à droite et à gauche, et son mari en face d'elle. Elle osait à peine l'espérer, mais, toute la journée d'hier, elle avait tiré des plans avec John qui l'avait peu quittée depuis vendredi soir, alors que le miracle, ainsi qu'elle le qualifiait, s'était produit. Bien sûr, elle n'avait jamais vraiment douté de son affection, mais la crainte, l'attente et la déception lui en avaient donné l'impression. Même aujourd'hui où elle était sûre que John voulait réaliser ses projets, elle n'arrivait pas à croire qu'elle serait bientôt délivrée de ses souffrances. A l'église, elle avait remercié Dieu avec ferveur, elle avait murmuré dans ses mains jointes l'expression de sa gratitude tumultueuse.

— Encore une tranche de rôti, Mère ? demanda John.

— Non, merci.

La voix de Mrs. Holt était basse et sèche.

— Et toi, Lily ?

— Non, chéri.

Elle jeta à son mari un sourire tendre pour lui faire comprendre qu'elle était trop heureuse pour avoir faim.

Le silence tomba. Nora entra, le pas lourd et la figure sévère, pour enlever le plat posé devant John et changer les assiettes. Les enfants la suivaient de leurs grands yeux graves. Quand ils eurent fini jusqu'à la dernière cuillerée de leur pudding au caramel, leur grand-mère resta un moment assise sans bouger, comme pour imposer aux siens la toute-puissance de son autorité. Puis elle se leva avec un grand mouvement de jupe et précéda le cortège silencieux dans l'escalier, jusqu'au salon du premier étage. A la porte, elle se pencha, raide, et offrit l'angle de son menton rugueux au baiser des enfants, rituellement donné avant de monter à la nursery pour leur sieste. Mais, au lieu de se remettre à monter les marches jusqu'au second, Seymour attendit sa mère qui était encore dans le hall en bas avec son père. Et Randall, comme toujours, fit la même chose que son frère. Les petits garçons voulaient embrasser aussi leurs parents, étant encore à l'âge où chaque séparation et chaque revoir devait être ponctué par un baiser.

— Montez, enfants, dit Mrs. Holt.

— Oui, Grand-maman, dit Seymour, auquel Randall fit écho.

Puis ils coururent à leurs parents.

— Seymour ! dit Mrs. Holt de la porte du salon.

— Nous montons ! cria Seymour.

Mais il avait les bras autour du cou de sa mère, et Randall sautait d'un pied sur l'autre, attendant son tour.

Mrs. Holt avança d'un pas. John Holt passa devant Lily et les enfants et, avec un léger salut, invita sa mère à entrer au salon.

— Les enfants doivent monter immédiatement. Nana les attend, dit-elle.

— Les enfants désirent d'abord embrasser leur mère, dit John.

Lily, les bras de Randall autour d'elle et Seymour accroché à sa jupe, se sentit transportée. Elle pouvait à peine y croire, la joie la submergeait, ses jambes fléchissaient sous elle. Elle enfouit son visage dans le cou de Randall pour cacher les larmes qu'elle ne put retenir. « Si Mrs. Holt me voyait, comme elle serait furieuse ! pensa-t-elle. Oh ! tant pis ! Qu'est-ce que cela fait à présent ! Bientôt nous serons libres !... » Elle sécha ses yeux bien vite, tout en se penchant vers les enfants, et leur murmura d'obéir à Grand-maman et de courir en haut tout de suite faire leur somme.

Mais, dans le salon, assise avec John et sa mère pour prendre le café, dans un silence aussi lourd que les draperies de peluche marron et le mobilier d'ébène incrusté, Lily eut une pensée terrifiante. Le dimanche après-midi, John emmenait toujours les garçons se promener après leur sieste. C'était une coutume du quartier de Chelsea qui les enchantait tous trois, Lily le savait. John lui avait souvent décrit le spectacle de son père et de lui-même, alors un enfant de cinq ans, en habits du dimanche, marchant avec dignité le long de la 23e Rue jusqu'à la rive verdoyante du fleuve où tous leurs amis et voisins se promenaient aussi, prenaient l'air et se saluaient les uns les autres, inclinant solennellement la tête avec de larges mouvements de chapeaux. John avait plusieurs raisons pour conserver affectueusement cet usage. La moindre n'était-elle pas, comme pour son père, le plaisir d'une heure de liberté, loin du régime de fer de Mrs. Holt, loin de Mrs. Holt elle-même, peut-être ? Lily aurait éprouvé un agréable plaisir à cette pensée audacieuse, si elle n'avait pas été si anxieuse de savoir ce qui se passerait cet après-midi. Elle avait peur de rester seule à la maison avec Mrs. Holt après le départ de John et des garçons. Elle aurait bien voulu aller avec eux, mais le temps était gris et bas, et elle ne pouvait guère marcher dans la rue. Sur les trottoirs, il y avait une épaisse couche de boue et de neige fondue ; John et ses fils pouvaient porter des caoutchoucs à haute tige, mais Lily aurait été bien embarrassée de sa jupe et ne possédait même pas de chaussures convenables pour la marche dans des conditions pareilles, qu'aucune femme bien née n'aurait jamais l'idée d'entreprendre.

Encore une fois, John la surprit. Il posa sa tasse et rompit le pesant silence en disant tranquillement :

— Mère, il fait si mauvais marcher aujourd'hui que je me demande si vous verriez un obstacle à ce que je prenne les chevaux pour sortir ? Ainsi Lily pourrait venir avec nous.

Lily sentit son cœur battre à grands coups sous son corsage gorge-de-pigeon. Les narines de Mrs. Holt se contractèrent, et elle dit sans presque remuer les lèvres :

— C'est le jour de congé de Reilly.

— Je sais. Je n'ai pas besoin de lui. Je pensais louer une voiture en ville et y atteler nos chevaux que je conduirais moi-même.

Lily jeta sur Mrs. Holt un regard anxieux. La vieille dame, visiblement, aurait voulu refuser tout net, mais agir ainsi devant sa belle-fille l'aurait mise dans une situation si notoirement déplaisante qu'elle le comprit elle-même et se contenta de dire :

— Eh bien ! je pense...

Puis elle se leva brusquement pour s'en aller. John, debout, l'escorta jusqu'à la porte, puis revint près de la chaise de Lily et la regarda tendrement.

— Oh ! John ! dit-elle en lui saisissant les mains qu'elle pressa contre sa poitrine, que tu es bon ! Tu as compris !

Il sourit. Sa figure avait une expression de force et de calme que sa femme ne lui avait jamais vue et qu'elle se rappela par la suite. Elle ne pouvait se rendre compte de l'assurance qu'il avait acquise en un si court laps de temps, deux jours à peine ; enfin il avait regardé en face la vérité touchant sa mère, sa famille, lui-même, et y avait trouvé la résolution d'agir en homme. Il avait dit la veille à Lily qu'il éprouvait le sentiment qu'une fois indépendant et installé chez lui il aurait pour la première fois de sa vie gagné le respect de sa mère. Peut-être même lui donnerait-elle des fonds suffisants, qui lui appartenaient d'ailleurs, pour s'établir confortablement dans leur existence nouvelle. Il se pencha vers elle.

— J'ai pensé, dit-il, que nous pourrions aller jusqu'à Murray Hill pour voir les maisons neuves qu'on vient d'y construire. Nous ne ferons aujourd'hui que passer devant pour nous en donner une idée...

Lily porta la main de son mari à sa joue et la caressa.

— C'est trop merveilleux! murmura-t-elle. Trop pour être vrai!... Mon chéri!...

Elle le regarda, les yeux humides. Il l'embrassa et lui tapota l'épaule.

— Je vais jusqu'aux remises, dit-il, et serai de retour avec la voiture d'ici une demi-heure. Sois en bas avec les garçons.

Les joues roses après leur somme, les enfants, tout surexcités à l'idée de la promenade, étaient prêts et attendaient impatiemment leur père à la fenêtre du salon. Lily, debout derrière eux, se sentait aussi enfant qu'eux dans sa joie. Mais il fallait continuer à être sur ses gardes, il y avait dans cette maison tant de lois à observer! Tant de choses étaient à craindre...

— Mes chéris, murmura-t-elle, remettant doucement leurs mains le long de leurs corps, rappelez-vous qu'il ne faut pas toucher aux rideaux... N'appuyez pas vos nez aux vitres... Vous savez que Grand-maman n'aime pas vous voir regarder aux fenêtres...

— Mais il faut que nous voyions Papa arriver! s'écria Seymour en allongeant le cou.

Randall, haussé sur la pointe des pieds, fit écho :

— ...Voyions Papa arriver!...

— Oui, bien sûr... Il sera là dans un instant.

Lily regarda sur la cheminée la pendule en forme de monument funéraire. Il y avait cinquante minutes que John était parti, il devrait être revenu. L'arrangement pour la location de la voiture avait évidemment pris plus de temps qu'il ne prévoyait. Elle se sentait mal à l'aise, et, surtout, la pensée de Mrs. Holt la lancinait. Ce projet pour l'après-midi, dès le début, lui avait paru trop beau pour être vrai, et Lily était hantée par une crainte qu'elle ne s'avouait que maintenant : Mrs. Holt s'apprêtait sûrement à le gâter d'une façon ou d'une autre. « Il ne faut pas que je m'inquiète, se dit-elle, il *faut* que je cesse de m'inquiéter. » Elle passa un bras autour des épaules de chacun des garçons et leur proposa :

— Pourquoi ne pas aller au piano chanter une chanson en attendant Papa ?

Randall battit des mains, mais Seymour secoua la tête. Randall vit qu'il s'était trompé et, comme son frère, secoua sa tête bouclée.

— Non, s'écrièrent-ils, nous devons guetter l'arrivée de Papa !

Encore dix minutes. Une heure s'était écoulée. Maintenant Lily avait peur. Où était John ? Elle avait espéré qu'il reviendrait et les emmènerait avant que Mrs. Holt ne trouve une raison de quitter la bibliothèque au premier étage, où elle se tenait quand elle était seule, et ne descende avec quelque idée infernale qui les empêcherait malgré tout de sortir. Comme pour confirmer ses craintes, Lily, qui avait l'oreille attentive au moindre bruit d'un sabot de cheval dans la rue, entendit le pas lourd et régulier de Mrs. Holt en haut. A genoux derrière ses enfants, un bras autour de chacun, Lily retint son souffle et écouta dans une attente presque douloureuse. Entendrait-elle les chevaux ? Arriveraient-ils en un trot rapide, aussi rapide que la prière qu'elle murmurait ? Mrs. Holt prendrait-elle par miracle le couloir de sa chambre au lieu d'arriver avec quelque intention maléfique contre Lily ?

Non. Le cœur de Lily battit follement, tandis que les pas résonnèrent dans l'escalier, marche après marche, délibérés, inexorables. La jeune femme tenait les garçons dans ses bras et priait presque à haute voix pour que John se dépêche. Plus tendue que jamais, elle essayait d'entendre le premier son lointain de la voiture roulant sur le pavé. Mrs. Holt était à moitié de l'escalier, puis plus bas... Lily sursauta avec un cri étouffé ; il y avait du bruit dans la rue. Non pas le trot des chevaux, mais un homme qui courait. Les pas de Mrs. Holt passèrent devant la porte du salon, et Lily, défaillante, regarda à la fenêtre. Un jeune garçon hors d'haleine courait aussi vite qu'il pouvait dans la direction de la grille, puis à travers la cour... Il grimpait le perron...

— Qu'est-ce qu'il y a ? cria Randall.

Et Seymour demanda :

— Où est Papa ?

— Chut !... Chut !...

Lily ne se doutait pas que les enfants la sentaient trembler contre eux dans sa terreur monstrueuse. Elle écouta. Mrs. Holt ouvrit la porte d'entrée. La voix haletante du coureur prononça rapidement quelques mots dans un jargon incompréhensible. A pas chancelants, Lily se dirigea vers la porte, entraînant les enfants qu'elle tenait aux épaules. Seymour atteignit la porte et l'ouvrit. La haute silhouette de Mrs. Holt se dessinait dans l'entrée, en face de l'homme haletant.

— Un accident ? demandait la voix froide et lourde de Mrs. Holt. Il y a eu un accident ?

— Oui, madame, c'était ce rouan de Mr. Durye ! Il s'est emballé dans la cour, et Mr. Holt, madame, il a essayé de l'arrêter. — La voix de l'homme s'interrompit et il gémit. — Oh ! Sainte Mère de Dieu ! Oh ! madame !

— Un peu de tenue, l'homme ! Qu'est-il arrivé ?

La voix de Mrs. Holt était comme une gifle en pleine figure.

— Il... il a glissé, madame. Il y avait de la glace autour de l'abreuvoir, il attendait là pendant qu'on attelait, et puis ce rouan de malheur s'est échappé tout à coup, l'air mauvais, en ruant dans la voiture... Vous comprenez ! Vous voyez comment ça c'est passé !

Lily vacilla et s'accrocha à ses enfants.

— Comment quoi s'est passé ? entendit-elle demander par Mrs. Holt. Que voulez-vous dire ? Que voulez-vous dire ? Mon fils ?

— Oh ! Dieu me pardonne, madame, c'est ce que j'essaye de vous expliquer... Il... il... c'est sa tête, madame, qui a tout reçu... Il est...

— Non ! cria Lily. — Elle hurlait comme un animal blessé. — Non ! Pas ça !... Non !... Non !...

CHAPITRE II

En rentrant de classe, Seymour trouva qu'il faisait chaud, autant qu'en juillet. Ça ne ressemblait pas du tout à un mois de mai. La lourdeur suffocante des étés de New York s'était déjà abattue sur la ville comme un couvercle chauffé au rouge sur une marmite, et Seymour, tout en se traînant péniblement, songeait à la liberté et à l'Ile aux Lièvres. En imagination, il respirait le bon air salin, et, au lieu de cette cour poussiéreuse et torride, ses yeux ne voyaient que doris, canots, mâts, rochers couverts de coquillages et casiers à homards. A mesure qu'il avançait dans la cour, son pas se ralentissait de plus en plus. Il comptait les semaines, puis les jours qui le séparaient des vacances. Pourtant il ferait mieux de se presser un peu s'il voulait s'éviter des ennuis. A la minute fixée de trois heures et demie, il avait passé la grille. Immuablement, sa grand-mère l'attendait, assise dans son fauteuil de satin rouge, devant la grande fenêtre de la bibliothèque qui donnait derrière la maison, mais elle savait toujours à la seconde le moment où il rentrait. Elle postait Nana ou quelque femme de chambre en observation pour le voir arriver, et la porte d'entrée s'ouvrait toute grande dès qu'il atteignait les premières marches du perron.

Pas question d'être en retard. Mais comme il aurait aimé ça aujourd'hui ! Le printemps lui donnait la fièvre, il se sentait à la fois agité et sans force, avec une terrible envie de ne pas obéir au rite quotidien d'aller se présenter à sa grand-mère. Il aurait préféré flâner, perdre son temps, faire siffler une badine. Bien mieux, il aurait aimé aller jusqu'au bord de la rivière avec Tom Berry et Willy Dean pour s'y promener, comme il faisait autrefois avec son père. Quelques camarades se moquaient de lui parce qu'on ne lui permettait pas d'aller où il voulait et de jouer comme il voulait. D'autres lui conseillaient d'agir comme si sa grand-mère n'existait pas.

— Qu'est-ce qu'elle peut te faire? demanda Willy Dean. T'administrer une correction? Ça ne te ferait pas grand mal, elle est si vieille! Ah! si c'était le bras droit de mon papa!... Alors ça!...

A son secret avis, un garçon de treize ans qui n'avait pas de père pour exercer sur lui son autorité avait plutôt de la chance.

— Non, répondait Seymour. C'est seulement parce que...

Il pouvait difficilement expliquer — quelquefois il aurait voulu ne pas pouvoir se l'expliquer à lui-même — que tout en revenait toujours à Maman et Grand-maman. Quand Seymour était en retard, Grand-maman trouvait moyen d'en rejeter le blâme sur Maman. Avec une prudence très au-dessus de son âge, Seymour savait conserver une paix précaire. S'il y avait des scènes, il préférait ne pas en être cause, et, quand elles commençaient, la voie la plus sage était de se mettre du côté de Grand-maman.

Il traînait les pieds en remontant l'allée, dégoûté d'avance du languissant après-midi qui s'ouvrait devant lui. Il jouerait à un jeu enfantin avec Randall dans l'arrière-cour, et Grand-maman les surveillerait de sa fenêtre. Et, pendant ce temps, Tom et Willy pataugeraient délicieusement dans les creux de rochers au bord de l'eau, ou pêcheraient à la ligne sur la digue où on leur défendait expressément d'aller. Et, quand ils rentreraient à la maison, ils s'arrêteraient à la boutique du glacier Mickle, dans la Dixième Avenue, chose également défendue, et dégusteraient une glace multicolore servie dans une coupe de fer-blanc boiteuse, avec des cuillers dont Maman elle-même disait en frissonnant qu'elles ne devaient jamais être lavées. Et Maman n'émettait pas souvent son avis sur ces sujets-là.

Seymour monta les hauts degrés du perron, s'attendant à trouver la porte ouverte. Mais au lieu de voir Nana ou Minnie, ce fut Maman qu'il aperçut, le guettant derrière la porte avec un doigt sur les lèvres. Elle lui sourit et se pencha pour recevoir son baiser. Mais il se retint, avec la sensation trop familière d'un malaise qui se glissait en lui, présageant quelque désagrément. Il posa sa casquette sur la table du vestibule.

— Maman, ne faites pas ça, vous le savez bien! Vous devriez retourner auprès de Randall.

Il indiqua d'un signe la porte du salon entrouverte, alors qu'elle aurait dû être fermée sur Maman et Randall qui étudiait son piano, attendant que Grand-maman lui donne le signal d'aller jouer dehors.

— Je voulais simplement te voir, mon chéri, dit Lily d'une voix plus enfantine que celle de Seymour.

— Elle n'aime pas ça, Maman. Si elle n'entend plus le piano...

Il passa la tête dans le salon et fit signe à Randall de continuer à jouer tant qu'il pouvait. Puis il gagna l'escalier. Lily restait là, boudeuse.

— Tu ne m'as pas embrassée ! protesta-t-elle avec une moue.

Seymour lui lança un petit baiser rapide sur la joue et se dépêcha de monter sans regarder derrière lui, pour ne pas voir l'air désolé de sa mère et ses yeux pleins de larmes.

Comme d'habitude, sa grand-mère était assise droite et raide dans son fauteuil, tournant le dos à la porte.

— Bon après-midi, Seymour, prononça-t-elle.

Il perçut de l'âpreté dans sa voix.

— Bon après-midi, Grand-maman.

Il s'approcha. Mais là, pas d'absurde baiser. Seymour était déclaré trop âgé pour une sensiblerie pareille. Cela n'était admis qu'au coucher et au petit déjeuner.

— Pourquoi est-ce ta mère qui t'a ouvert la porte, Seymour ?

— Je ne sais pas, Grand-maman. Elle voulait seulement...

— Seulement quoi ? Fait-elle travailler Randall ou ne le fait-elle pas ?

Pour la millième fois, il vint à la pensée de Seymour que sa grand-mère ne devrait pas lui dire des choses pareilles, mais il savait très bien pourquoi elle les disait. Il n'eut qu'à jeter un coup d'œil sur le tapis de peluche de la table pour retrouver sa sensation d'avoir écouté aux portes, le jour où elle avait parlé avec son père, et il eut l'impression aujourd'hui qu'il était indiscret vis-à-vis de lui-même. Sa grand-mère lui parlait avec le même mélange d'intimité et de commandement qu'à son père, mais ne le traitait jamais en égal, pas plus qu'elle ne l'avait fait avec Papa, un homme pourtant. Seymour se tint devant elle dans une attitude de déférence, mais sa physionomie affable cachait une pensée : « Elle n'a pas l'air plus vieux d'un jour... Elle a soixante-seize ans et elle peut vivre éternellement. Je me demande ce qui arriverait si je cessais tout à coup de lui obéir... » Mais il n'était pas encore prêt à agir ainsi, il le savait très bien. Il n'avait jamais réfléchi à fond à tout cela, c'était complètement inutile. Tout se ramenait à sa mère et à Randall.

— As-tu rapporté ton exercice latin corrigé, Seymour ? Déjà hier, il y avait eu des observations à ce sujet.

— Oui, Grand-maman.

Il ouvrit son cartable et lui tendit son cahier, tout en pensant qu'elle n'en comprenait pas un mot. Il eut tout de même pour elle une certaine admiration devant la comédie qu'elle joua : elle examina attentivement les pages, le sourcil froncé, hochant la tête aux corrections du professeur, puis lui rendit le cahier. Enfin elle regarda sa montre. Seymour connaissait par cœur chacun de ses gestes.

— Il est l'heure pour Randall de s'arrêter, dit-elle. Tu peux aller le lui dire. Sortez tous deux, et fais-le jouer à quelque chose de tranquille, près du vernis du Japon. Le soleil est chaud aujourd'hui.

— Très chaud.

Si Seymour l'avait osé, il aurait mis dans sa voix autant d'aigreur qu'il en éprouvait.

Sa grand-mère remua légèrement la tête, avec ce mouvement en avant du menton qui était un signe de congé, et Seymour quitta la pièce avec un mélange de soulagement et d'ennui à l'idée de l'heure qui allait suivre. Il descendit au salon et, sans faire attention s'il interrompait Randall au milieu d'un trait, lui dit qu'il était temps de sortir.

Lily leva la main pour arrêter Seymour. Elle avait presque toujours l'air d'un agneau effrayé, mais, chose curieuse, lorsqu'il s'agissait de l'étude de Randall, elle prenait autant de décision que Mrs. Holt elle-même. Elle fit signe à Randall de continuer, et Seymour resta là un moment, les regardant tous deux. Pour Randall, étudier était un plaisir. Ses doigts, au lieu d'être raides et noircis comme ceux d'un petit écolier quelconque, étaient agiles et propres, et ses mains se mouvaient rapidement sur le clavier, leur dos immobile, les doigts seuls s'articulant avec une aisance qui provenait d'un don réel, d'un bon enseignement et d'un travail acharné. Il étudiait un passage du *Gradus ad Parnassum*.

Seymour n'estimait que peu les capacités de Randall et le trouvait souvent un très ennuyeux bébé ; il était pourtant forcé d'admettre que son frère jouait déjà mieux que quiconque à sa connaissance et il savait que c'était une des deux raisons pour lesquelles sa grand-mère lui avait fait donner des leçons de piano et le laissait si souvent avec sa mère. L'autre raison était d'un domaine que Seymour, avec une compréhension bien au-dessus de son âge, n'osait même pas admettre vis-à-vis de lui-même. Il écouta Randall et contempla sa mère. Assise sur le bord de sa chaise, une main levée, elle battait de l'index le premier temps de chaque mesure. Seymour se demanda comment elle pouvait faire pour continuer indéfiniment cette occupation, jour après jour. Il avait entendu le professeur Mundt dire que beaucoup des progrès de Randall étaient dus à la surveillance exacte de sa mère quand il étudiait. Tout cela paraissait à son frère beaucoup d'embarras pour pas grand-chose. Et il avait toujours eu cette impression. Il se rappelait des moments innombrables où, à force d'ennui, il avait interrompu le temps de l'étude par quelque éclat soudain, destiné à lui amener une punition exemplaire. Seulement, comme toute punition était du domaine exclusif de sa grand-mère, il n'en résultait jamais rien. Sauf le jour où il avait mis le feu au piano.

Peut-être ferait-il bien, pensa-t-il, de pousser quelques cris. S'il les laissait finir leur page, il y aurait du grabuge du côté de Grand-maman, qui ne les verrait pas assez vite au jardin. Il ouvrait la bouche dans cette intention, quand un long roulement de tonnerre lui épargna cette peine. Le salon était si sombre, avec ses épais rideaux, que personne n'avait remarqué à quel point le temps s'était couvert. Hourrah! Un orage! Quelle chance inespérée!... Sa mère bondit avec une exclamation; elle avait peur des orages, des chevaux, de l'eau, du feu, d'à peu près tout. Randall s'arrêta, et Lily courut à Seymour, lui jeta ses bras autour du corps et cacha sa figure dans son cou.

— Oh! cria-t-elle. Oh! Seymour! J'ai si peur! Maman a tellement peur!

— Bah! dit-il un peu brutalement, ce n'est rien, Maman.

Il lui tapota l'épaule. La pluie se mit à tomber à torrents.

Inévitablement, la porte s'ouvrit, et Mrs Holt prononça :

— Vous n'allez pas pouvoir jouer dehors, enfants.

Elle examina Lily qui s'accrochait à Seymour et dit à celui-ci :

— Va travailler en bas dans ton atelier.

Le remerciement poli de Seymour fut étouffé par un coup de tonnerre assourdissant. Un éclair illumina les fenêtres, et Lily, tremblante, poussa un cri.

— Allons, allons! dit Mrs. Holt, ne faites pas l'idiote, Lily. Seymour, tu peux t'en aller.

— Oh! laissez-le rester ici, gémit Lily. — Elle était tombée à genoux, les bras autour de Seymour et la figure cachée dans son épaule. — Je vous en prie, laissez-le-moi!

— Quelle sottise! Il n'y a rien qui puisse vous faire du mal. — Mrs. Holt avança d'un pas, et instinctivement Seymour se rapprocha de sa mère. — Lily, conduisez Randall en haut à Nana et, si vous n'êtes pas capable de vous dominer, du moins restez dans votre chambre jusqu'à la fin de l'orage.

Lily se colla à Seymour. Il la sentit se raidir et retenir son souffle, tandis qu'un autre éclair avec un formidable coup de tonnerre ébranlait toute la maison. Randall avait glissé en bas de son tabouret de piano et tournait autour de Lily et de Seymour, essayant, lui aussi, de réconforter sa mère.

— N'ayez pas peur, Maman, dit-il de sa petite voix haute en lui caressant le bras. Nous ne laisserons pas le tonnerre vous faire du mal, n'est-ce pas, Seymour?

— Ne fais pas attention, Randall, dit Mrs. Holt, ni toi non plus, Seymour. Va faire ce que je dis.

Elle parlait un peu plus doucement qu'à son ordinaire, et Seymour se demanda si, par hasard, elle avait pitié de sa mère. Il se dégagea des bras de Lily et dit :

— Oui, Grand-maman. Voulez-vous que je conduise Randall là-haut d'abord?

Ce qu'il suggérait là était tout à fait ridicule, car Randall, à neuf ans, pensez donc! était parfaitement capable de monter tout seul au second étage.

— Inutile, dit Mrs. Holt.

Seymour quitta la pièce et descendit par l'escalier du sous-sol, jusqu'au coin de la cave où on lui avait aménagé un atelier. Une fenêtre l'éclairait et, juste au-dessus de l'établi, un bec de gaz, placé à une hauteur qu'il pouvait facilement atteindre. Depuis l'année dernière, il avait la permission de l'allumer lui-même au lieu d'aller demander à quelqu'un de le faire pour lui. Il l'alluma, puis enleva son veston avec un sifflement de soulagement et le lança n'importe comment dans un coin, sur une sorte de carcasse recouverte d'une toile.

Il aurait dû suspendre soigneusement la veste au crochet placé à cet effet, mais il éprouvait à faire le contraire une certaine satisfaction. De même pour une douzaine d'autres détails insignifiants, s'il réussissait à ne pas être surpris.

Un moment, il contempla un modèle qu'il était en train de

construire, un bac à vapeur imaginaire, devant constituer un ingénieux progrès sur les ferrys pataudes, aux grandes roues à aubes de chaque côté, qu'il avait vus toute sa vie, fendant l'eau du fleuve jusqu'à la rive de New Jersey et retour. Au plus lointain de son souvenir, Seymour avait possédé ce don de fabriquer des bateaux bizarres et originaux avec n'importe quoi : des bouts de bois, des boîtes de conserves, de la ficelle, du fil de fer, si bien que tout le monde dans la maison avait l'habitude bien établie de mettre de côté pour lui tous les restes dépareillés et petits débris divers. Quelques-unes de ses idées lui vinrent à la vue des centaines d'embarcations qui montaient ou descendaient l'Hudson, à deux rues à peine de la maison, quand il allait y rêvasser, regarder et musarder chaque fois qu'il réussissait à y entraîner Nana ou sa mère, et naturellement Randall, pour faire des promenades qui changeaient un peu de ces assommantes heures de jeu dans l'arrière-cour. Mais les bateaux qu'il préférait à tous lui étaient suggérés par les richesses merveilleuses de l'Ile aux Lièvres : la vilaine petite barque si merveilleusement appropriée à la pêche au harpon, les doris des langoustiers, les voiliers aux formes gracieuses, les sloops de course, les yoles et les petits canots; encore mieux, les magnifiques yachts qui appartenaient aux gens chic de Newport et qui s'amarraient dans le port en pleine vue de leurs fenêtres quand ils allaient partir en croisière.

Sur un rayon au-dessus de l'établi, il y avait une goélette à deux mâts entièrement terminée, avec toute sa voilure, une de ses meilleures œuvres. Généralement, il faisait cadeau de ses bateaux à Maman quand il les avait finis, et elle les gardait précieusement dans sa chambre avec orgueil. Celui-ci lui appartenait aussi, mais Seymour l'avait rapporté dans son atelier parce qu'il voulait modifier quelque chose aux agrès. Travail compliqué qu'il ne pouvait mener à bien que dans certaines conditions d'humeur. Aujourd'hui, il n'eut pas envie de continuer son ferry. Il tourna l'objet dans ses mains pour mesurer et remesurer une pièce de la coque qui n'était pas très bien ajustée et il essaya d'avoir le courage de tout démonter pour retailler le morceau. Mais son attention avait de la peine à se fixer, il pensait à toutes sortes de choses... Tom et Willy n'avaient-ils pas été surpris par l'orage, là-bas sur la digue ?... Maman allait-elle mieux à présent, et Randall avait-il reçu la permission de rester avec elle, ou avait-il été envoyé en haut avec Nana ?... Ne devrait-il pas... (ici, il fit tout son possible pour ne plus penser à rien), ne devrait-il pas accrocher convenablement son veston au lieu de le laisser là où il l'avait jeté ? Au fond, ce n'était pas à sa veste qu'il en avait, mais au vieux piano caché sous la toile. Il le haïssait d'être là, et c'était précisément pour cela qu'il y était. « Ce sera ta punition, avait déclaré Grand-maman. Ce piano restera dans le coin de la maison qui est à toi aussi longtemps que la maison existera. Tu le garderas là toujours, et il t'aura appris une bonne leçon, Seymour. »

Elle aurait dû le jeter à la poubelle, tout au moins le vendre au vieil ébéniste qui avait assuré qu'on pouvait utiliser là de bonnes planches de palissandre. L'intérieur seul était brûlé, et elle n'avait pas le droit de prendre une pareille décision, puisque, après tout, ce piano appartenait à Maman. Son père lui en avait fait cadeau à son mariage. Maman avait raconté à Seymour comment il le lui avait acheté quelques mois à peine avant sa ruine et sa mort. « Si seulement, pensa Seymour, tous les hommes de la famille n'avaient pas eu cette façon de mourir tout à coup en laissant tout entre les mains de Grand-maman !... » Il n'avait jamais connu ses deux grands-pères ; vaguement, il avait entendu mentionner un oncle George, un frère de Maman, qui était mort depuis longtemps. Et l'enfant ne se rappelait que trop bien la mort de son père il y avait cinq ans. Randall n'avait déjà plus qu'un vague souvenir de Papa ; ce n'était plus guère qu'un nom, et encore parce que Maman le répétait souvent, mais Seymour s'en souvenait parfaitement et essayait souvent de faire comme s'il n'était pas mort du tout, mais seulement absent pour un moment. Une certaine image s'offrait souvent à son indignation : Papa, habillé pour sortir et partant comme pour un voyage. Ses valises et sa couverture étaient prêts dans le vestibule, et Seymour se tenait avec Maman dans l'embrasure de la porte du salon, tandis que Grand-maman était dans le vestibule, leur masquant Papa à moitié en lui disant au revoir. Alors Seymour s'avançait et poussait Grand-maman de côté avec un salut poli, et Papa disait :

— Bravo, Seymour ! C'est toi qui es l'homme ici pendant mon absence. Prends bien soin de ta mère et de Grand-maman et de Randall, et vois à ce que tout le monde...

Ensuite, Seymour ne voyait plus bien clairement ce que son père aurait voulu que tout le monde fasse. Peut-être aller s'installer dans la nouvelle maison dont il avait parlé cet après-midi-là, pendant que Seymour était sous la table ? Mais comment faire cela sans Papa ?

Lentement, il commença à séparer les pièces collées de son bateau. Ses doigts travaillaient adroitement sans que sa pensée s'attache beaucoup au changement qu'il allait apporter dans la coque. Dehors, la pluie faisait rage, et Seymour se sentit heureux d'être ici à l'abri, délivré de l'ennui d'avoir à jouer avec Randall. Par moments, il aimait bien être avec Randall, mais ces moments devaient venir d'eux-mêmes et non être décrétés par Grand-maman ou Nana... Toutes les pièces de son ferry étaient maintenant décollées, et il essaya de retrouver assez d'intérêt pour le recommencer, mais c'était un de ces instants où ce gros objet dans le coin là-bas lui faisait penser à une chose alors qu'il eût voulu penser à une autre...

Deux ans auparavant, un après-midi d'hiver, juste la veille des vacances de Noël... Il était alors trop jeune pour faire seul le trajet, et Nana l'accompagnait toujours jusqu'à l'école et venait le rechercher. Il avait terminé son cadeau de Noël pour Maman, un petit album où il avait copié à l'encre blanche brillante le poème *La Nuit avant Noël.* Les pages étaient en papier rouge vif, et chacune était ornée d'images et de paysages de neige, avec de petits cristaux brillants parsemés et collés. Les bois du renne étaient sculptés dans de petits copeaux de planche, et la barbe de saint Nicolas était faite d'un flocon d'ouate, subrepticement arrachée au bord d'un couvre-pieds. Seymour était extrêmement fier de son œuvre.

Dès que la porte fut ouverte par Nana, il ne fit qu'un bond vers le salon, ne pouvant attendre une seconde avant de donner son cadeau. Nana le rappela. Seymour savait qu'il aurait dû lui obéir et qu'elle avait parfaitement raison en lui disant de mettre son cadeau de côté pour ne le donner à sa mère que le matin de Noël. Mais, sur le moment, il ne voulut rien entendre, même quand Nana lui dit :

— Votre grand-mère d'abord, monsieur Seymour. Montez tout de suite à la bibliothèque.

— Je ne veux pas! répondit-il, ce qui était extrêmement méchant, et il courut à sa mère qui était assise devant le piano avec Randall.

Il lui tendit l'album, mais elle se contenta de sourire, secoua la tête, mit son doigt sur ses lèvres et lui montra le plafond pour lui rappeler qu'il fallait monter se présenter à Grand-maman.

Randall continua à jouer un de ces exercices idiots où il répétait indéfiniment trois notes pareilles... Seymour se sentit soudain pris de haine contre tout ce qu'il voyait et touchait et entendait dans cette pièce : Maman, Randall, le piano, tout. Il resta un moment immobile près de Maman, mais elle ne faisait plus attention à lui, il se retourna et se retira en claquant la porte derrière lui.

Grand-maman ne fut pas contente de ce qu'il avait fait, et il fut envoyé passer une heure tout seul dans sa chambre, debout dans un coin, face au mur. Il avait caché dans sa veste son superbe album ; il le prit et le déchira en aussi petits morceaux qu'il put. Quand ce fut fait et que le parquet autour de lui fut jonché de minuscules fragments de papier, il écouta avec attention pour situer tous les gens de la maison. Grand-maman était toujours dans la bibliothèque ; quand elle la quittait, on entendait son pas sur le palier. Randall avait terminé son étude ; Seymour l'entendit entrer dans la nursery avec Nana. Ce qui voulait dire que Maman s'était retirée dans sa chambre. L'après-midi était déjà avancé, mais pas encore assez pour que Minnie aille par toute la maison tirer les épais rideaux doublés et allumer le gaz des lustres. Pourtant elle viendrait bientôt, et Seymour réfléchit. Toute sa vie il avait vu Nora ou celles qui lui avaient succédé allumer les becs du lustre avec une mince bougie de cire fixée au bout d'une longue perche qui se trouvait dans un coin de l'office. Les bougies étaient rangées dans un tiroir tout près de là, avec une provision d'allumettes soufrées.

Tout semblait favoriser Seymour. Personne ne le vit se glisser à travers les couloirs et descendre l'escalier sur la pointe des pieds jusqu'à l'office. Minnie n'y était pas quand il poussa la porte un tout petit peu et regarda à travers la fente. Il alla au tiroir, prit une poignée de bougies et plusieurs allumettes et fourra le tout dans la ceinture de sa blouse. Toujours inaperçu, il gagna le salon et referma silencieusement la porte derrière lui. Il ouvrit le couvercle du piano droit, prit les bougies, gratta une allumette — la chose la plus strictement défendue entre toutes les choses défendues —, alluma les bougies et lança le tout avec le reste des allumettes dans l'intérieur du piano.

De tout ce qui se passa ensuite : les cris et les gémissements de Maman, les hurlements terrifiés de Randall, les exclamations des domestiques invoquant la Sainte Vierge et tous les saints du Paradis, l'odeur âcre et écœurante du feutre et du vernis brûlés,

Grand-maman avec sa voix la plus terrible à son diapason le plus profond, mais le plus retentissant, Reilly lançant des seaux d'eau dans le piano rougeoyant, le gâchis final du salon avec sa peluche marron aux ganses à festons, son papier de mur écarlate, ses sofas et crapauds renversés bêtement sur le dos, les pieds en l'air, de tout cela, Seymour se rappelait le plus nettement ce qui était venu ensuite : Grand-maman était debout devant la cheminée de marbre; son dessus tout de travers en peluche à bouillonnés ruisselait d'une eau rosâtre sur le foyer. Les domestiques avaient été priés de se retirer, et il n'y avait personne dans cette horrible pièce que Grand-maman, Maman et les deux garçons. Lily pleurnichait et essaya de gagner subrepticement la porte, la main de Randall crispée dans la sienne.

— Non, dit Grand-maman d'une voix qui rappelait la Bible. Il faut que vous restiez, Lily, et Randall aussi.

Randall leva vers elle ses grands yeux bleus pleins d'étonnement. Seymour se tenait aussi loin d'elle qu'il le pouvait, dans un coin de fenêtre, l'œil fixé sur le bout de ses souliers. S'il avait levé les yeux, il savait qu'il verrait le visage peiné et surpris de Maman, sans colère, mais plein de reproche. Elle ne s'était jamais mise en colère contre lui ni contre son frère, et Seymour savait bien pourquoi. La colère de Grand-maman était tout ce qu'une maison et une famille pouvaient supporter.

— Et maintenant, pourquoi — elle s'adressa à Seymour — pourquoi as-tu fait cette méchante action, cette chose inqualifiable ?

Silence. Seymour regardait ses pieds avec entêtement, les lèvres serrées et les mâchoires grinçantes. Il se sentait les oreilles brûlantes; elles devaient être rouge feu.

— Réponds-moi.

Seymour garda le silence.

— Seymour!

Un ton pareil devait s'entendre de la cave au grenier.

Seymour commença à se sentir tout drôle, comme si sa tête enflait et allait se détacher de son cou et s'envoler comme un ballon. Il avala sa salive, respira longuement par le nez et n'articula pas un mot.

Maman murmura alors d'une voix tremblante :

— Réponds à Grand-maman, Seymour.

Pour l'amour de Maman, il aurait parlé s'il avait su quoi dire. Tous le regardaient, il sentait leurs regards le transpercer et essayer de voir ce qu'il avait en lui. Il se passa la langue sur les lèvres rapidement, plusieurs fois, puis les referma.

— Je vous en prie!

Il entendit sa mère parler d'une voix haletante et comprit qu'elle essayait de retenir Grand-maman.

Il leva les yeux et fixa le mur trempé; quelle idée de mettre la chambre dans un tel état! Et il marmonna entre ses dents :

— Je ne sais pas.

— Ce n'est pas une réponse, dit Grand-maman. J'en veux une à ma question : pourquoi as-tu essayé de brûler le piano?

Seymour garda la tête baissée et fit clairement voir qu'il n'éprouvait ni humiliation ni honte. Il défiait. En silence, il entendit encore les supplications de sa mère, puis Grand-maman reprit d'une voix coupante :

— Cela suffit, Lily. Je suis là.

Et à Seymour :

— Tu vas me dire immédiatement pourquoi tu as fait cela. Tu vas me donner une raison.

Il rejeta la tête en arrière, ouvrit la bouche et cria :

— JE NE SAIS PAS!

La longue figure ridée de sa grand-mère se durcit et prit une forme que Seymour ne lui avait jamais vue auparavant, un rectangle aux arêtes vives comme les têtes des animaux en pierres sculptées sur les bâtiments du jardin zoologique. Elle semblait avoir pris une sorte de teint gris étrange, couleur de pierre. Seymour en fut effrayé, plus encore qu'aux moments qu'il venait de subir, mais, pour la première fois aussi, il éprouva autre chose : une sensation aiguë comme un coup de couteau transperça cette boule que la peur lui avait mise dans la gorge, un sentiment imprévu de triomphe, la dernière chose qu'il se serait attendu à ressentir aujourd'hui. S'il restait sur ses positions et refusait de répondre, il gagnerait la partie, quoi qu'elle puisse faire pour le forcer à parler. Peut-être le battrait-elle! Ce qu'elle n'avait presque jamais fait, car elle prétendait orgueilleusement pouvoir dresser et former les enfants par la force de sa volonté et de son caractère, sans avoir besoin de recourir aux punitions corporelles.

— Ton insolence, dit-elle, va te coûter plus cher que tous les dégâts que tu as causés. J'aurai ta réponse, Seymour, et tu resteras en pénitence tant que tu ne me l'auras pas donnée. Personne ne te parlera ni ne fera attention à toi. On agira comme si tu n'étais pas dans la maison. Tu resteras assis sur une chaise dans ta chambre, les mains croisées, aussi longtemps que tu n'auras pas répondu à ma question.

— Il... il..., commença Lily.

Grand-maman se tourna vers elle.

— Allez-vous-en, Lily, dit-elle, montez chez vous et prenez Randall avec vous.

Seymour les regarda partir. Il aurait dû être encore plus effrayé qu'avant en se trouvant tout seul avec Grand-maman, mais il découvrit qu'en somme ça lui était assez égal. Il écouta avec indifférence ce qu'elle ajouta :

— J'aurai ta réponse, Seymour, ton motif pour avoir détruit le piano de Randall.

— Ce n'est pas celui de Randall, marmonna-t-il, c'est à Maman.

— Ne me contredis pas. Tout ceci te sera compté dans ta punition. Ce piano était celui de Randall, et il va en avoir un neuf, un meilleur, ce qu'on peut acheter de mieux.

Seymour, avec un manque total d'intérêt, regarda Grand-maman. Qu'est-ce que ça pouvait lui faire si elle achetait un autre piano, ou une douzaine de pianos ? Tout lui était égal maintenant.

— Et c'est toi qui le payeras, reprit Grand-maman.

Seymour ouvrit des yeux ronds. Comment pouvait-elle lui ordonner d'acheter un piano à Randall sur une pension de cinq sous par semaine ?

— Ceci est de l'insolence aussi, dit-elle. Je vois bien l'expression de ta figure. Je te dis que tu payeras le piano neuf de Randall, et, quand tu seras plus vieux, tu comprendras ce que j'ai voulu dire. Tu ne sais pas à présent ce que c'est que l'argent. Tu le sauras plus tard. Tu le découvriras quand...

— C'était le piano de Maman ! cria Seymour. — Interrompre Grand-maman était une chose terrible, et il le fit sans hésiter. — C'est à Maman que j'achèterai un piano neuf !

— Monte là-haut ! tonna sa grand-mère. Fais ce que je t'ai dit. Assieds-toi sur la chaise cannée dans le coin de ta chambre, et, si tu bouges un muscle, tu auras affaire à moi.

Seymour s'apprêta à quitter la pièce.

— Et dans le cas où tu croirais, ajouta-t-elle, qu'acheter un autre piano à Randall avec de l'argent qui ne te dit rien n'est pas une punition tellement considérable, tu penseras au piano que tu viens de détruire. Il restera à un endroit où tu seras bien forcé d'y penser.

Elle décréta alors que le piano brûlé serait placé dans l'atelier de Seymour à la cave, comme un reproche exaspérant et continuel devant ses yeux et son souvenir. Au moment même, cela ne lui avait pas semblé tellement terrible. De fait, il avait appris à l'ignorer la plupart du temps. C'était seulement un gros tas de bois, là, dans le coin. Mais quelquefois, comme aujourd'hui, il se sentait maussade, hargneux, troublé; quelquefois, il avait une vague idée que Grand-maman, en le punissant, avait en réalité essayé de punir Maman. Mais de quoi ? Et pourquoi toute cette histoire pour un piano, et qu'est-ce que ça faisait s'il appartenait à l'un ou à l'autre ? Devant son établi, Seymour étudiait les différentes parties de son bateau, essayant de s'intéresser à la forme de sa coque, mais impossible de fixer son attention, elle se dispersait partout où il refusait qu'elle aille, au lieu de rester tranquille et de faire ce qu'il voulait. Il se sentait énervé et brutal. Chacune de ses pensées : Grand-maman, Maman, Randall, les pianos, les bateaux, fabriquer des choses, accomplir des actions, était plus exaspérante l'une que l'autre. Soudain, il saisit sur le rayon la magnifique goélette et, la tenant à deux mains, il la cogna de toutes ses forces sur l'angle du piano brûlé. Les morceaux brisés tombèrent sur le ciment autour de lui, et Seymour, levant le pied, les écrasa rageusement à coups de talon.

Le jour de l'incendie du piano, Lily, une fois dans sa vie, se força à avoir le courage d'intercéder auprès de Mrs. Holt. Seymour était assis là-haut depuis des heures, sombre, provocant, refusant toujours de dire la raison de ce qu'il avait fait. Pendant les intervalles, entre les moments où la vieille femme montait l'interroger, Lily avait rôdé devant la porte, espérant l'aider, mais trop effrayée pour désobéir à la défense qui lui avait été faite de parler à son fils. Elle aurait voulu lui conseiller de dire n'importe quoi plutôt que de faire traîner plus longtemps sa punition stupide. Elle comprenait le mélange détonnant de révolte et de jalousie qui l'avait poussé, mais n'aurait pu, elle, le justifier par des mots; à plus forte raison un enfant.

Elle frappa à la porte de la bibliothèque et entra, tremblante, pour affronter sa belle-mère. Mrs. Holt était assise, toute droite dans son fauteuil près du feu, les yeux fixés sur les flammes. Elle leva ses épais sourcils à l'entrée de Lily, mais, quand elle demanda : « Qu'y a-t-il ? », ses manières étaient plutôt moins raides que d'habitude.

Lily avala sa salive et essaya de garder une voix calme.

— J'ai pensé, commença-t-elle... Je voudrais...

— Asseyez-vous.

Timidement, elle prit un second fauteuil de satin rouge, de l'autre côté de la cheminée. Elle allait parler, quand Mrs. Holt l'arrêta.

— Je suppose, dit-elle, que vous venez au sujet de Seymour.

Lily acquiesça d'un signe, les yeux baissés.

— Vous savez, c'était réellement mon piano, ma mère, dit-elle. Seymour a été bien méchant, mais...

— Je sais que c'était votre piano. Avez-vous de quoi en acheter un autre à Randall ?

Lily secoua la tête, ses lèvres tremblèrent, et elle reprit :

— Je le voudrais bien, si cela pouvait faire une différence vis-à-vis de Seymour.

— Pas la moindre, Lily. Il faut que Seymour soit puni. Je puis parfaitement acheter un autre piano, mais je me demande si je parviendrai à extirper de Seymour cette violence terrible de caractère et ce plaisir de destruction.

Elle parlait d'un ton pensif.

Lily leva les yeux, prit une profonde respiration et pria pour avoir du courage.

— Etes-vous sûre que c'est le bon moyen ? demanda-t-elle. — Son cœur battait à grands coups et elle pensait : « Oh ! pourvu que je ne provoque pas une nouvelle scène !... » — Ne serait-il pas possible que vous soyez trop stricte envers lui ?

Sa propre témérité l'effrayait, et elle craignait en même temps que son courage ne l'abandonne tout à coup. A sa grande surprise, la vieille femme, au lieu de la foudroyer de sa colère, dit lentement :

— Dans les circonstances présentes, je ne le crois pas.

Elle s'interrompit, comme si elle réfléchissait, puis ajouta :

— Seymour a trop des mêmes traits de caractère que mon mari.

— Oh !

Jamais jusqu'ici Lily n'avait entendu mentionner le père de John Holt. Elle regarda la vieille femme et s'efforça de la comprendre. Un long moment on n'entendit pas d'autre bruit que les faibles pétillements et les sifflements des charbons enflammés. Lily murmura enfin :

— John ne m'a jamais parlé de son père.

— Il l'a à peine connu. Mon mari est mort quand John avait cinq ans, et je n'avais nulle envie de garder vivant son souvenir.

Lily voyait pour la première fois Mrs. Holt sous ce jour et ne l'aurait jamais jugée capable d'une confidence. Plusieurs questions se pressèrent dans son esprit, mais elle n'osa pas les formuler. Son silence sembla apaiser sa belle-mère. Elles restèrent un moment l'une près de l'autre dans une intimité jamais partagée jusque-là, et Lily avait beau être une créature assez sotte et peu capable de raisonnement, elle comprit, au-delà de ses craintes et de son anxiété pour son fils, que Mrs. Holt, inconsciemment peut-être, faisait appel à sa compréhension, sinon à sa sympathie. Comment aurait-elle supposé que ce caractère rigide et amer eût un jour pu avoir assez de sensibilité pour souffrir de coups pareils à ceux qu'elle distribuait journellement autour d'elle.

— Mon mari, reprit lentement Mrs. Holt en regardant le feu, était un bon à rien, dissolu, rempli de passions mauvaises et très violent. Je n'en savais rien quand je l'ai épousé. Je l'ai découvert ensuite.

— Vraiment, questionna Lily, vous avez été...

Mrs. Holt soupira. Quelle sotte de s'exprimer ainsi !

— Naturellement, je l'aimais, répondit-elle avec brusquerie. J'ai été jeune autrefois, moi aussi ; et personne ne se le rappelle maintenant, mais on me trouvait jolie et intelligente. Tout le monde était d'avis que c'était un bon mariage.

— Il... il était riche, je pense ?

— Très. Riche et beau. Je m'attendais à être heureuse.

Elle s'interrompit, les sourcils froncés, et Lily se demanda si elle allait continuer. Mais elle reprit :

— A peine six mois après mon mariage, je ne voyais déjà presque jamais plus mon mari. Il était toujours parti aux courses ou au jeu, entouré d'hommes du même genre que lui et des femmes dont ils font généralement leur compagnie. — Son rugueux visage se contracta. — Je n'ignore rien des hommes comme celui-là et de ce qu'ils font à leurs femmes et à leurs enfants. Il était parti faire la noce depuis huit jours quand son fils est né.

Lily se pencha en avant, muette de stupeur. Ce n'était pas tant l'histoire qui la surprenait, que le fait d'entendre Mrs. Holt se laisser aller à la raconter. Sa réserve une fois battue en brèche, la vieille femme continua :

— Ainsi vous comprenez peut-être, dit-elle, pourquoi le seul but de ma vie a été de faire de mon propre fils, et à présent de vos deux garçons, des hommes ne ressemblant pas à mon mari, à un cheveu près. Pour cela, il faut de l'autorité, et mon mari n'était pas en situation de me la refuser.

Voilà pourquoi, pensa Lily, il avait dû lui laisser toute sa fortune et rien directement à John. « Je me demande s'il aurait pu prévoir quel en serait le résultat. » Elle ne savait que répondre et avait sur le bout de la langue de demander si John ou un de ses fils avait jamais donné à penser à Mrs. Holt qu'ils eussent quelque ressemblance avec son mari. Il y avait bien ces explosions de colère chez Seymour... Sûrement rien du côté de Randall qui avait un caractère d'ange. Et son John ? Elle dit doucement :

— John n'a pas pu vous donner de soucis, il était si bon, si calme...

— Il n'a jamais eu l'occasion d'être autrement.

Mentalement, Lily s'interrogea... Mrs. Holt continua :

— Il aurait mieux valu qu'il ne se marie pas. Je ne le désirais pas pour lui.

— Je le sais. J'ai toujours senti que vous ne m'aimiez pas.

— Je n'aurais pas plus aimé n'importe quelle autre femme de John.

— Mais, moi, je l'aimais tant ! dit Lily, comme si une pareille raison eût été propre à adoucir maintenant sa belle-mère.

La figure de Mrs. Holt se tendit, elle regarda Lily d'un œil méprisant. Pour Sabina Holt, le mot « amour » avait longtemps été le synonyme de « damnation ». Si l'amour était pur, il annonçait des souffrances pareilles aux siennes ; s'il était impur, c'était le symbole de la dépravation de son mari. Cette idiote sentimentale en face d'elle était incapable de comprendre, ni de se rendre compte, que la mort de John Holt, si tragique qu'elle ait été, paraissait à sa mère la justification de l'ordre qu'elle lui avait intimé de ne jamais la quitter, et surtout pas à l'instigation importune d'une épouse. S'il n'avait pas eu de femme, il ne serait pas mort... « A quoi bon tout cela ! » pensa la vieille dame qui commençait à regretter d'avoir si librement parlé à Lily. Peut-être était-ce une erreur... L'ayant faite, il valait mieux en rester là.

— Vous pouvez monter près de Seymour, dit-elle sans la regarder, et le mettre au lit. Je sais pourquoi il a brûlé le piano, mais j'ai cru nécessaire de le lui faire dire.

— Je ne crois vraiment pas qu'il le puisse, ma mère. Il ne recommencera plus jamais.

— S'il recommence, sa punition recommencera aussi.

Lorsque Randall fut laissé au salon avec Maman et Grand-maman, il écouta avec ravissement la pluie qui crépitait bruyamment dehors. Il n'aurait pas à sortir cet après-midi, et peut-être même, avec de la chance, lui serait-il permis de rester un moment dans la chambre de Maman au lieu de monter à la nursery. Ceci pouvait exiger un certain doigté. Un instant, il regretta l'absence de Seymour ; ils s'entendaient très bien tous deux pour s'entraider dans leurs manœuvres. Mais, après tout, non ; quand il s'agit de Maman, Seymour est presque aussi épouvantable que Grand-maman. Maman était encore toute tremblante et gémissante à cause de l'orage. Au lieu de continuer à lui tapoter l'épaule et à la réconforter, Randall se dirigea tranquillement vers le piano pour ranger sa musique.

Randall était très soigneux. Toute sa musique était placée dans un certain meuble, et il la gardait très en ordre sans qu'on ait besoin de le surveiller. Il rangea le Clémenti et le Czerny ainsi que le Schumann dans leur ordre alphabétique, ferma le meuble et le piano et poussa le tabouret exactement là où il fallait, et la petite chaise de Maman fut remise auprès d'autres semblables près d'une étagère de bambou doré. Tout ceci fut exécuté avec une attention grave, comme s'il ne se doutait pas que Grand-maman l'observait. Puis, levant ses yeux bleus innocents et très enfantins, il demanda :

— Que désirez-vous que je fasse maintenant, Grand-maman ?

— Eh bien !... — Randall eut un frisson de contentement. Cette hésitation était bon signe. Elle ne se produisait que si on demandait ses ordres à Grand-maman au lieu d'attendre qu'elle vous les jette. — As-tu fini d'apprendre ta leçon de français pour demain ?

— Pas tout à fait.

En réalité, non seulement il avait lu et traduit *Le Corbeau et le Renard*, mais il le savait par cœur, car il mettait tous ses efforts à bien faire ce qui devait être révisé par Maman. Grand-maman avait depuis longtemps renoncé au geste vain d'apprendre des mots français aux garçons ; inutile de nier que Lily le parlait bien depuis son enfance. Qu'elle l'enseigne donc à Randall, et aussi le piano, ce don mièvre et efféminé qu'il tenait d'elle. Seymour était de fibre différente, et de lui on pouvait espérer faire quelque chose.

— Alors, reprit Mrs. Holt, finis d'apprendre ta fable pour demain. Lily, vous vous sentez tout à fait bien maintenant, n'est-ce pas ?

— Oh ! oui, ma mère. — Lily parlait avec un entrain qui ne fit illusion ni à son fils ni à sa belle-mère. — Je me sens parfaitement bien. Je suis désolée... désolée...

Mrs. Holt secoua la tête comme pour déclarer l'incident clos et sortit pesamment de la pièce.

— Je vous attendrai à cinq heures et demie exactement dans la bibliothèque, Seymour et toi, dit-elle à Randall.

C'était la demi-heure consacrée à leur lire la Bible chaque soir avant leur dîner.

— Bien, Grand-maman, dit Randall avec soumission, et il suivit dans l'escalier les deux amples jupes froufroutantes.

Mrs. Holt disparut dans la bibliothèque, et Lily continua jusqu'au second étage, suivie par Randall. Chacun savait que l'autre, sans la présence de la vieille femme derrière sa porte, se serait mis à courir et aurait fui là-haut jusqu'au refuge après lequel tous deux soupiraient impatiemment. Mais ils continuèrent tranquillement. La vaste chambre de Lily au deuxième étage donnait sur le devant de la maison. Elle l'avait partagée avec son mari, et la pièce était restée exactement pareille à ce qu'elle était de son vivant. Elle s'y glissa enfin, et Randall après elle, comme s'ils avaient été deux conspirateurs, et la porte n'était pas plus tôt refermée qu'ils coururent dans les bras l'un de l'autre rapidement et avec ferveur, comme deux amoureux séparés depuis des jours. Lily serra Randall contre son cœur, caressa ses boucles blondes, embrassa son front et ses paupières, et Randall lui baisa les joues et les bras autour de son cou, murmura :

— Maman chérie, je vous en prie, essayez de ne plus penser à elle, essayez de l'oublier !

— Oui, oui, répondit-elle dans un souffle. Oh ! Randall, mon chéri ! Que deviendrais-je sans toi !

Ils firent semblant un moment de revoir la leçon de Randall. Assis sur le canapé, serrés l'un contre l'autre, Lily avait passé son bras autour des épaules de son fils et se penchait avec lui sur le livre de La Fontaine, sa joue contre celle de l'enfant. Mais il savait déjà sa fable, et, très vite, ils mirent le livre de côté. Randall se nicha près d'elle, la tête sur l'épaule de sa mère. Quelquefois elle lui chantait quelque chose pendant ces instants dérobés et quelquefois elle parlait, s'attardant sur ses rares souvenirs heureux que Randall savait lui faire évoquer. Elle aimait à le voir ouvrir l'un ou l'autre de ses tiroirs, son armoire, un coffret quelconque, où elle conservait tous les objets qui, pour elle, représentaient un moment du passé. Sa chambre en était pleine, et, bien qu'extérieurement en ordre, il y avait partout des fouillis soigneusement dissimulés, chacun portant le témoignage d'un sentiment ardent. Devant un album de photographies ouvert sur la table, une boîte remplie de carnets de bals jaunis aux rubans fanés et aux dorures ternies, ou encore devant le petit tiroir de la toilette de Papa, pleine de boutons de cols, de fers à moustache, de brosses, de pots de pommade pour les cheveux, de ciseaux à ongles ou de limes, ils se perdaient dans des conversations où fondait en eux la glace de la crainte dont ils étaient constamment pénétrés.

Aujourd'hui, Randall alla prendre sur un rayon un album qui faisait partie d'une série que Lily, dans sa petite jeunesse, avait intitulée ses « livres de souvenirs ». Toutes ses amies en avaient de semblables, aux couvertures de velours, aux pages de bristol blanc à petites fentes, dans lesquelles on glissait des daguerréotypes et des esquisses, des cartes d'invitation à des bals ou à des réunions, des fleurs pressées dans des enveloppes de mica, le tout marquant ces années émouvantes entre les débuts dans le monde et le mariage. Il y avait aussi d'autres albums, ceux qui contenaient les souvenirs sacrés du mariage, les précieuses émotions de la lune de miel, le volume chéri qui commençait avec la naissance du bébé, suivi d'autres aux couvertures de satin rose pâle ou bleu, ornées de peintures à la main avec des chérubins ailés et des guirlandes de myosotis. Mais ce que Randall préférait à tout, c'était les plus anciens albums qui montraient comme Maman avait été jolie, gaie, charmante, et à quelles superbes réceptions elle était allée quand elle était jeune.

— Mais pourquoi, demanda-t-il, n'êtes-vous allée dans le monde qu'avant votre mariage ? Est-ce que les gens mariés n'y vont plus ?

— Certainement si, mon chéri, naturellement.

— Mais vous n'y allez plus jamais maintenant. Il n'y a jamais rien ici.

— Tu vois, c'est que je suis veuve, et sans Papa...

Randall ne se rappelait pas bien le temps où Papa était encore là, mais il était à peu près sûr qu'il n'y avait jamais eu de réceptions non plus à ce moment-là.

— Y en avait-il ? Alliez-vous à des bals chez les autres avec Papa, ou bien y en avait-il ici ?

— Pas... pas exactement.

— Pourquoi pas ?

— C'est que, vois-tu, Grand-maman... nous n'aimions pas à sortir en la laissant seule.

Randall aurait pu demander pourquoi, dans ce cas, Maman et Papa n'invitaient pas leurs amis ici à la maison, mais il ne pouvait imaginer une réception telle que celles décrites par Maman, avec des danses et de belles toilettes, de la musique et des fleurs, ici dans la même maison que Grand-maman.

— Est-ce que j'irai au bal quand je serai grand ? demanda-t-il.

Lily se mit à rire.

— J'espère bien ! Les jeunes gens sont ceux qui y prennent le plus de plaisir. Et toi, tu feras quelque chose de bien mieux : tu iras en Europe étudier la musique.

— Vous dites toujours ça, Maman, mais comment en êtes-vous si sûre ?

— Que veux-tu dire, mon chéri ? Naturellement, j'en suis sûre ! — Lily ouvrit tout grands ses yeux et prit Randall aux épaules. — Il faut que tu y ailles.

— Je sais bien, mais...

— Mais quoi ? Ne le désires-tu pas, toi ?

— Bien sûr que si, je le désire si tu le veux.

— Le professeur Mundt le dit aussi. Il faut que tu ailles à Vienne quand tu seras plus âgé, c'est le seul endroit ; et tu prendras des leçons avec un grand maître, Leschetizky, peut-être, et tu entendras tous les merveilleux concerts et les opéras, et tu te feras des quantités de bons amis, et...

— Mais... — Randall avait un pli soucieux au front. — Et vous, Maman ? Ne viendrez-vous pas avec moi ?

— Certainement. Nous aurons un appartement, ou une petite maison quelque part, avec un jardin, et...

Randall acquiesça avec enthousiasme. Rien de tout cela n'était nouveau, ils en avaient parlé bien souvent déjà. C'était un peu comme ses études de piano, quelque chose qu'il connaissait par cœur avant de savoir le jouer vraiment. Mais, cette fois-ci, il posa une question nouvelle :

— Et que fera Seymour ?

Lily s'interrompit et pesa la question de Randall, et il perçut du vague dans son regard, tandis qu'il examinait anxieusement son visage.

— Que fera mon frère ? répéta-t-il.

— Oh ! dit Lily, il... il ne voudra peut-être pas venir, mon chéri... Je veux dire... c'est-à-dire, il... Grand-maman ne le laissera jamais partir.

— Mais ce sera quand je serai grand, reprit Randall. Est-ce que Grand-maman... — Lily le regarda nerveusement. — Va-t-elle vivre toujours, Maman ?

— Chut !... — Sa figure rougit soudain. Elle jeta un rapide regard vers la porte. — Il ne faut pas... Tu ne dois pas...

— Mais ce n'est pas méchant de dire ça, murmura Randall. Je dis seulement qu'elle est très vieille, et c'est vrai. Ne pensez-vous jamais à ça, Maman ?

— Oh ! mon chéri !

Comment pouvait-elle lui crier : « Si tu savais !... »

— Eh bien ! supposez qu'elle... qu'elle... vous savez.... supposez que nous soyons seulement nous trois. Ne serions-nous pas ensemble ?

— Certainement !

Lily se trouva soudain devant une pensée si naturelle qu'elle se demanda comment elle ne l'avait pas eue déjà. Elle pouvait rêver et espérer ; des années, elle avait demandé dans ses prières d'être libre. Et, maintenant, si elle devenait libre, voici que la situation contenait un problème là où auparavant elle n'avait vu que clarté et bonheur comme devant la porte du Paradis. Qu'était exactement ce problème ? Lily ne se l'expliquait pas nettement. Cela prenait la forme d'un obstacle indéfinissable devant son plus cher espoir. Et c'était les neuf ans de Randall qui le lui signalaient.

— Oh ! dit-elle, nous avons le temps d'y penser. Tout ira magnifiquement, j'en suis sûre.

Randall bondit loin d'elle dans la chambre en entendant frapper à la porte, et Lily, refermant l'album sur la table, répondit allégrement :

— Entrez !

C'était Seymour. Il grignotait un morceau de pain beurré saupoudré de cassonade, et Lily eut un petit rire conspirateur quand elle le vit.

— Ferme vite la porte, murmura-t-elle.

Ce que fit Seymour avec une décision qui était de la pure bravade.

— Comment as-tu eu ça ? demanda-t-elle, car Mrs. Holt défendait de manger entre les repas, et on ne pouvait que difficilement obtenir la moindre chose de la cuisinière ou de Minnie.

La vieille dame tenait un compte rigoureux de tout ce qu'il y avait dans la maison, connaissait le nombre des tranches de rôti qui restaient dans le plat, et des gâteaux, et la quantité des crèmes, et de tout où un manque pouvait se remarquer facilement. Mais le pain, le beurre et le sucre étaient moins faciles à surveiller.

— Il n'y avait personne dans la cuisine, expliqua brièvement Seymour. Elles doivent être en haut à changer de tabliers.

Il savait parfaitement, et Lily ne l'ignorait pas, à quels moments les servantes n'étaient pas dans la cuisine, où et quand se passait chaque événement, où se trouvait dans la maison tout objet capable de présenter un intérêt quelconque.

— Tu en veux ? demanda-t-il à Randall. Je vais aller t'en chercher.

Ce qui était une autre bravade, et Lily se demanda ce qui mettait Seymour dans une humeur pareille.

Randall refusa d'un signe. Il aurait volontiers mordu un morceau de la tartine de Seymour, mais il n'avait pas assez faim pour une tartine entière, ce qu'il expliqua à son frère.

— Ah ! non, dit Seymour. Tu peux en avoir une pour toi, mais rien de la mienne.

Lily leva les sourcils comme pour en demander la raison, mais elle ne voulut pas relever un aussi petit détail alors qu'elle goûtait la joie d'avoir ses deux garçons avec elle un moment. Elle tapota le canapé près d'elle pour inviter Seymour à s'y asseoir, puis mit ses bras autour des épaules des deux frères et les embrassa tous deux. Seymour se soumit à ce geste avec une expression de tolérance et aperçut sur la table l'album fermé.

— Encore la même chose ! dit-il. Ça ne vous fatigue donc pas de ressasser toujours les mêmes vieilles images, ou ces vieilles fleurs et ces vieux déballages ?

— Ce n'est pas pire que ton fouillis à la cave, répliqua Randall.

— Allons, mes chéris ! Voulez-vous vous taire !

Lily était scandalisée.

— Qu'est-ce que ça me fait, dit Seymour qui avalait la dernière bouchée de son pain, s'il est trop bête pour comprendre ce que je fabrique avec mes affaires...

— Chut ! Pas de chamailleries, mes enfants ! Profitons de ces quelques minutes où nous pouvons être heureux ensemble ! — Lily attira ses fils à elle, les bras autour de leurs épaules et leurs joues contre son visage. — Comme ce serait merveilleux, soupira-t-elle, si seulement...

Ils sursautèrent. La voix de Mrs. Holt se faisait entendre à l'étage inférieur ; la porte de la bibliothèque devait être ouverte, leur grand-mère donnait un ordre à Minnie qu'elle avait sonnée.

Les yeux de Lily, ceux de Randall, bleus et étonnés, ceux de Seymour d'un gris froid, se tournèrent d'un commun accord vers la pendule de cristal au tic tac affairé sur la table de chevet. Elle indiquait cinq heures vingt-cinq.

— Nous avons encore dix minutes, dit Lily anxieuse.

Seymour secoua la tête et se déroba, tandis qu'elle essayait de le retenir.

— Mmm, Mmm, fit-il entendre, la bouche close. Elle veut savoir si nous sommes en haut à nous laver les mains. — Il s'arracha à son étreinte et se leva. — Viens, Randall, ajouta-t-il.

— Oh ! Seigneur !

Lily serra Randall plus fort contre elle et leva vers Seymour des yeux puérils et suppliants. Seymour avait pris un air sévère, avec un regard que Lily n'arrivait pas à comprendre et qui donnait à son visage d'enfant des lignes dures, en complet désaccord avec sa peau douce et ses fins cheveux clairs.

— Inutile, Maman. Vous voulez donc nous faire avoir des histoires ?

Lily poussa un soupir et laissa aller Randall. Il se leva, puis lui jeta rapidement les bras autour du cou et lui donna un gros baiser.

— Je t'ai dit de venir, Ran, dit Seymour qui les observait. Il est trop vieux pour que vous le traitiez en bébé comme ça, Maman.

Lily regarda Seymour avec son expression la plus docile, et Randall s'exclama :

— Il n'est pas Grand-maman, vous n'avez pas à lui obéir, Maman !

— Il... il a raison, mon chéri. Il essaye seulement de nous éviter des ennuis, comprends-tu ?

— Peut-être, je crois que oui, dit Randall avec un peu d'affectation. Je viens, frère.

Et, comme Seymour se dirigeait vers la porte, il ajouta anxieusement :

— Tu as quelque chose à lui montrer ?

Ils montèrent à leurs chambres. Leur grand-mère leur demandait généralement compte de leur emploi du temps ; un après-midi comme celui-ci, elle voudrait certainement voir ce que Seymour avait construit et réclamerait à Randall ce qu'il avait appris par cœur. Ils gagnèrent la nursery et échangèrent un sourire complice. Nana n'était pas là, probablement descendue à la cuisine pour avaler son éternelle tasse de thé, et ils se dépêchèrent de se laver les mains, qu'elle reviendrait inspecter avant de les envoyer à la bibliothèque.

— As-tu quelque chose ? répéta Randall.

Seymour rit sous cape.

— Qu'est-ce qui te rend si futé aujourd'hui ? demanda-t-il tout en s'essuyant les mains.

Il rangea la serviette et fouilla dans ses poches.

Randall eut aussi un petit rire. Il montra du doigt à Seymour son soulier droit qui avait évidemment pris de la colle, car un embrouillage de fils blancs et de petits morceaux de coton déchirés y était resté fixé. Seymour regarda, leva les yeux vers Randall et rougit.

— Seigneur !... murmura-t-il. Merci, vieux !

Il s'assit par terre et nettoya sa chaussure, puis mit les débris dans la corbeille à papier. De nouveau, il demanda à son frère, par un signe interrogateur, une rapide inspection. Il tira de sa poche un morceau de bois raboté et dit :

— Voilà qui fera l'affaire. C'est un machin.

— Un quoi ?

— Un machin. Je lui dirai que c'est le rouf d'une péniche à charbon.

— Et c'est vraiment ça ?

— Qu'est-ce que tu en penses ?

— Qu'est-ce qu'*elle* en pensera ?

— Voilà Nana, dit Seymour avec une petite grimace. Nous sommes prêts, Nana, ajouta-t-il aimablement. Viens, Ran, et mets beaucoup de temps à lui réciter ton français quand elle te le demandera, veux-tu ?

Ils défilèrent devant leur vieille nounou qui, de son lourd

regard de bête de somme, les vit passer. Comme une bête de somme, elle avait été amenée par des années de dressage à une série de réactions machinales et obéissantes. Et, comme une bête de somme, elle savait reconnaître un maître.

— Il est tout comme elle, murmura-t-elle, tandis que les gros souliers des garçons résonnaient sur le chemin de la bibliothèque. Exactement pareil.

Elle hocha la tête et, silencieusement, se félicita parce qu'une autre place auprès d'enfants plus jeunes allait lui être trouvée à la fin de cette année. M. Seymour, si on voulait l'en croire, serait sous peu plutôt difficile à manier. Et quant à M. Randall... trop de pianotage et de sornettes dans sa tête, comme dans celle de cette pauvre créature faible et geignarde !

CHAPITRE III

Seymour venait de gagner les régates du samedi après-midi. C'était sa sixième victoire, et, dans quinze jours, ce serait la Coupe de la Saison. Excité, plein de joie, il ramenait son bateau à son point d'attache. Il approcha, largua la grand-voile et se glissa à sa place avec une courbe savante par une adroite manœuvre. Debout à l'avant, Randall accrocha le youyou.

Seymour ne se lassait jamais de naviguer et, des années, il avait attendu la joie suprême de posséder son propre bateau. Randall était encore plus fier que lui et, tandis qu'ils carguaient les voiles, il remarqua :

— Aujourd'hui, tu as été merveilleux ! — Il adressa à son frère un grand sourire admiratif. — Vrai ! tu es un fameux marin !

— Oh ! avec un bateau comme ça... Et tu es un bon matelot.

Ils essayaient de se surpasser l'un l'autre en générosité. La course avait été belle. En dehors de la baie, il y avait une bonne brise, et virer de bord n'avait pas été tâche aisée. Les bateaux de Crawley et de Richmond... tous deux disqualifiés ! Et pourtant les hommes qui les manœuvraient étaient des adultes et participaient aux régates depuis des années. Seymour n'avait reçu son bateau que deux mois avant, en juin, et ce cadeau devait commémorer plusieurs événements importants : ses dix-huit ans cet hiver, ses examens passés avec mention à la fin de ses études secondaires et la manière digne d'éloge dont il avait cédé aux instances de sa grand-mère et accepté d'entrer à l'Université de Columbia à l'automne, tout en habitant à la maison, au lieu de partir, comme il l'espérait, pour l'Institut du Massachusetts à Boston.

— Il vaut bien ça, je crois, dit-il à Randall en lui jetant un tricot, et il ajouta : Passe ça, mon garçon.

Il indiqua du menton leur jardin, de l'autre côté du port, où on pouvait apercevoir Mrs. Holt, massive et comme toujours vêtue de noir, la jumelle à l'œil.

— J'ai eu mon rhume, dit Randall avec lassitude, il y a des semaines.

— Je sais bien, mais crois-tu que je veuille faire ce soir des discours en ta faveur ?

— Je croyais que tu allais à la plage avec les Milbrun ?

— J'espère bien ! C'est pour ça que je ne veux pas d'histoires.

Randall passa le tricot par-dessus sa tête et continua son travail.

— Ce foc est trop mouillé pour être ferlé, dit Seymour. Ramenons-le à la maison, et il pourra sécher. Je ne serai pas là plus tard pour venir le chercher ici si nous le laissons sécher sur le bout-dehors.

— Je pourrais venir, moi, proposa Randall.

— Non, ça ferait toute une affaire. Jamais on ne m'a laissé prendre seul le canot après le dîner quand je faisais partie de l'équipage de Mr. Jarett, et ce serait la même chose pour toi. Crois-tu que je veuille...

— Ça va, dit Randall en riant. Tu as raison... A quoi ça ressemble-t-il, ces dîners à la plage, Seymour ?

Ses doigts fins et adroits travaillaient rapidement au ferlage de la grand-voile, et son visage était songeur.

— C'est amusant. Tu seras bientôt d'âge à y aller. On a de bonnes choses à manger et on est assis autour d'un grand feu. Et ensuite on chante, on fait griller de la guimauve, et ce soir il y aura pleine lune.

Randall savait ce que Seymour en attendait, mais, cela, c'était des choses dont on ne parlait pas ; cela faisait partie de ce qui avait fait tant changer Seymour ces derniers mois et qui le rendait comme lointain.

Tout était en ordre à bord. Ils firent tomber dans le youyou le foc et y sautèrent à leur tour, le détachèrent, et Randall demanda à prendre les avirons, à quoi Seymour s'opposa.

— Il vaut mieux pas, tu sais pourquoi.

C'était à Maman qu'il fallait faire attention à présent ; elle voulait toujours faire promettre à Randall de ne pas ramer et de ne pas se faire des mains calleuses. Ils traversèrent le port, et Randall dit soudain :

— Tiens, frère, regarde ! Voilà Dorothy Bayliss qui te fait des signes.

Il observa le visage de Seymour et le vit se recouvrir d'une sorte de masque d'impassibilité. Seymour tourna la tête : sa grand-mère avait abandonné son poste d'observation. Alors il agita la main rapidement et comme par hasard dans la direction de la villa Bayliss, puis se pencha de nouveau sur les avirons.

— Elle veut te féliciter après la course, je pense, dit Randall. Tu la verras ce soir, n'est-ce pas ?

— Probablement.

— Tout le monde dit que c'est la plus jolie fille de l'île.

— Oh !... — Seymour n'exprima pas ce qu'il avait commencé à dire. S'il essayait d'imposer silence à Randall, l'enfant ne ferait que ressasser la chose d'autant plus. — Il y en a bien d'autres, se contenta-t-il de remarquer.

Randall était trop fin pour insister. D'ailleurs ils étaient arrivés, et il n'y avait plus temps de bavarder. Ils grimpèrent la pente jusqu'à la soi-disant « chaumière », recouverte de tuiles brunies par l'âge, où Mrs. Holt passait ses étés depuis que son mari avait fait bâtir cette vaste maison au début de son mariage. L'Ile aux Lièvres respirait le conservatisme et était à cette époque plus ennuyeuse et plus fermée que Newport, alors un village encore endormi, ne prévoyant nullement sa brillante destinée. Les gens de l'Ile aux Lièvres étaient suffisants, satisfaits d'eux-mêmes, ne possédant rien de cette ambition et de cette agitation si vulgaires, à quoi l'on devait, ainsi qu'ils le diraient un jour, l'invasion barbare de Newport par les nouveaux millionnaires. En réalité, la colonie de l'Ile aux Lièvres n'était pas et ne devint jamais assez riche pour s'imposer. Elle était composée de familles anciennes descendues en droite ligne du sang bleu des premiers colons anglais à New York. Ce qui expliquait le seul illogisme dans la rigidité de l'éducation donnée à ses petits-fils par Mrs. Holt : l'immense différence pour les garçons entre leurs hivers à New York et leurs étés à l'Ile aux Lièvres. En été, ils jouissaient de la seule liberté qu'ils connurent jamais, parce que leur grand-mère estimait que rien de mauvais ne leur arriverait et qu'aucune influence vicieuse ne pouvait s'exercer sur cette île éloignée de la terre ferme de plusieurs milles et étroitement colonisée par des gens qu'elle connaissait depuis toujours.

Lily, malgré ses idées naïvement romanesques, manifestait en l'occasion un réalisme surprenant. Elle était beaucoup moins sûre que sa belle-mère de ne trouver à l'Ile aux Lièvres aucune communication avec la vie réelle et le monde extérieur. Elle avait encore assez de jeunesse pour être capable de voir Seymour avec les mêmes yeux que ses contemporains : très beau physiquement, avec une tendance très attrayante, à des silences que ses traits finement modelés et le regard profond de ses yeux gris rendaient éloquents. Seymour valait vraiment la peine qu'on le regarde.

Randall avait encore l'ingénuité d'un être que le moule rigide imposé par Mrs. Holt n'avait pas forcé jusqu'ici à se protéger par un vernis dur et affable à la fois, résultant d'un instinct avisé de conservation.

Lily prenait le thé en ce moment, assise à côté de sa belle-mère, et, quand le pas des garçons résonna sur les marches du porche d'entrée, elle dut se retenir pour ne pas se précipiter vers eux les bras ouverts, avec tout l'enthousiasme que méritait la victoire de Seymour. Patiemment, elle attendit qu'ils entrent, bronzés, essoufflés, affamés, et ils se jetèrent sur les tartines beurrées et les gâteaux.

— C'est merveilleux, cria Lily qui aurait bien voulu courir à Seymour pour l'embrasser. Raconte-nous tout!

— Oh! il n'y a rien eu d'extraordinaire, dit-il, la bouche pleine. Merci, Grand-maman. — Il prit la tasse de thé qu'elle venait de lui servir. — Quelques bateaux ont été un peu en difficulté aux récifs des Chatons.

— Mais Seymour a fait comme ça! — Et Randall indiqua par quelques gestes des mains comment Seymour avait viré de bord rapidement à plusieurs reprises et comment son bateau s'était ainsi faufilé en tête. — Mr. Jarrett a été très aimable, il nous a hélés au passage et a salué Seymour.

— Edwin Jarrett est un homme très bien, dit Mrs. Holt.

— Un véritable homme de sport, dit Seymour.

Mrs. Holt leva les sourcils, comme pour rappeler à son petit-fils que ses jugements étaient définitifs et qu'aucune opinion autre ne devait suivre. Lily n'avait rien à ajouter à la conversation et se contenta de sourire aux garçons et de regarder subrepticement la pendule. Il était plus de cinq heures, et elle savait que Seymour avait rendez-vous avec ses amis à six heures devant le bureau de poste, où tout le monde devait se retrouver pour partir dans des charrettes à foin vers la plage de Barren.

Chaque fois que Seymour devait sortir et se mêler à une des distractions de son âge et que sa bonne conduite lui avait permis d'en arracher l'autorisation à la vieille femme, celle-ci ne la donnait jamais qu'à regret, et Lily souffrait les tourments d'une attente anxieuse jusqu'à ce que son aîné soit sorti de la maison. Elle aimait à voir Seymour apprécier la société, elle le suivait en imagination, tandis qu'il rencontrait le groupe joyeux de jeunes gens et de jeunes filles qui l'admiraient et le retrouvaient avec plaisir, Lily le savait; les filles parce qu'il était beau, et les garçons parce qu'il était capable de véritables prouesses en navigation. Quelquefois, en été, Lily, seule avec lui pendant un instant, lui murmurait :

— Fais attention! Oh! Seymour! J'ai tellement peur quelquefois qu'elle ne... Tu comprends!

Il lui avait tapoté la joue pour la rassurer.

— Si je ne savais pas encore faire attention à l'heure qu'il est, Maman, je serais vraiment un imbécile, dit-il en riant.

A son grand soulagement, il lui fut permis de se retirer à temps pour monter dans sa chambre se changer. Lily vit que Randall mourait d'envie de le suivre. Il aurait ainsi regardé Seymour s'habiller pour la soirée, seule façon pour lui de participer à des fêtes qui lui semblaient indéfiniment éloignées. Lily savait qu'il trouvait dur de rester seul dans son coin après tant d'années où il avait tout fait avec Seymour. Elle aurait voulu lui donner une occupation qui aurait compensé son actuelle déception, mais Mrs. Holt rendit cela impossible. Il n'y avait rien à l'Ile aux Lièvres pour remplacer les concerts que Lily et Randall avaient l'autorisation d'entendre à New York, car Mrs. Holt les considérait comme faisant partie de l'éducation musicale de Randall, ne concevant pas la musique comme un plaisir. Lily soupira. Elle n'eut à proposer à Randall qu'une partie de dominos après le dîner, tandis que Mrs. Holt, assise près d'eux, tricotait sous la lampe.

Seymour entra rapidement dans le salon pour dire bonsoir. Lily fit de son mieux pour ne pas le contempler avec une admiration aimante. Elle avait déjà reçu des blâmes pour cela et, aujourd'hui, elle risquait, en se faisant gronder, de gâcher sa soirée à Seymour. Mais comme il était beau! Ses cheveux blonds, décolorés par le soleil et coupés ras, surmontaient son front bronzé d'une ligne nette. Ses yeux gris étaient doublement frappants dans sa figure hâlée, et il portait un tricot rayé et un pantalon de flanelle blanche avec une grâce aisée qui lui rappela de façon poignante son mari qu'elle n'avait pourtant connu que de vingt ans plus âgé que Seymour actuellement. Mais, toute sa vie, John Holt avait conservé cette même grâce juvénile de stature et de mouvements qui rendait Seymour si charmant à voir. Lily, se remémorant le passé, se plongea dans une rêverie qui la fit paraître préoccupée et même, heureusement pour Seymour, presque indifférente.

— A onze heures et demie juste, Seymour, dit la vieille dame.

A quatre-vingt-deux ans, sa voix était toujours aussi âpre et autoritaire.

— Oui, Grand-maman.

— Tu arrêteras la pendule en rentrant.

C'était sa manière de le maintenir dans l'ordre, une humiliation exaspérante qu'il était impossible de cacher à ses amis. Il aurait vraiment fallu avoir la peau dure pour y rester insensible. A présent du moins, il était dispensé de venir se présenter à elle dans sa chambre en rentrant, comme il avait dû le faire l'an dernier quand il commença à avoir la permission d'aller dans le monde le soir.

— Alors, bonsoir.

Sa grand-mère inclina dans sa direction l'angle poilu de son menton. Il l'embrassa, embrassa sur la joue sa mère qui lui murmura : « Amuse-toi bien, mon chéri », et donna à Randall une tape amicale sur l'épaule.

Puis, retenant son souffle, il gagna le porche et d'un bond fut au bas des marches. Il prit sa bicyclette sous le hangar, serra soigneusement le bas de son pantalon dans des pinces et roula sur la route, jouissant de la merveilleuse saveur de la liberté, comme si elle avait un goût d'une rare délicatesse. Quand il arriva à fond de train sur la place de la Poste, les trois grosses charrettes étaient là, se remplissant d'une jeunesse bavarde et rieuse, les jeunes filles vêtues d'amples robes de mousseline qu'elles retenaient en riant autour de leurs chevilles, tandis qu'on les aidait à s'installer sur les hautes banquettes de foin frais. Les amis de Seymour l'accueillirent avec des clameurs et des félicitations, et plusieurs lui crièrent de leurs perchoirs :

— Ici, Seymour ! Nous t'avons gardé une place !

Mais il savait que, sans aucune remarque, il en avait une réservée auprès de Dorothy Bayliss. D'autres le savaient aussi, mais tant pis. Presque tous avaient un petit arrangement de ce genre. Dorothy était populaire, et il y avait autour d'elle une certaine compétition. Seymour sauta dans la charrette où elle était assise, lui souriant timidement, et il écarta avec modestie le chœur des compliments pour la course d'aujourd'hui.

— Vraiment, c'était merveilleux, dit doucement Dorothy. J'étais avec Papa dans le bateau du jury et j'ai très bien vu.

— Je vous ai vue, dit Seymour.

— Menteur ! Vous aviez tant à faire que vous n'avez rien vu du tout !

— C'est ça, j'étais aveugle comme une chauve-souris, admit Seymour. Je ne vous ai pas vue non plus quand vous avez fait signe de votre jardin, une fois rentrée.

— En tout cas, vous avez été splendide, soupira Dorothy, heureuse.

Seymour regarda ses jolies petites mains croisées sur la mousseline bleu pâle de sa jupe. Il aurait aimé en prendre une et la garder dans les siennes juste une minute. Mais il n'y fallait pas songer. Dorothy le regarda et devint soudain toute rose. Seymour se pencha vers son voisin George Parson et lui dit quelques mots au sujet d'une partie de tennis pour le lendemain, mais George lui rappela, à sa grande confusion, que le tennis ne lui était pas permis le dimanche, mais que lundi conviendrait peut-être aussi bien. Pendant ce temps, les derniers arrivants se tassaient dans les charrettes, et, avec un chœur de joyeuses exclamations, les grands attelages s'ébranlèrent vers la plage de Barren à deux milles de là.

La soupe de palourdes avait mijoté toute la journée, et, quand les véhicules s'arrêtèrent sur la falaise qui dominait de haut la longue bande de galets sur la plage de Barren, l'odeur délicieuse de la fumée d'un feu de bois, des homards grillés et des palourdes brûlantes s'élevait dans l'air salin. Il y avait une descente raide et rocailleuse qui menait de la falaise à la plage, et Seymour, par un secret accord entre lui et Dorothy, la laissa descendre au bras de quelqu'un d'autre, tandis qu'il allait aider Mrs. Milburn à porter ses nombreux châles. Dorothy lui garderait une place au souper.

Le couvert fut mis sur de grandes toiles blanches étalées sur le sable, autour desquelles les trente et quelques invités s'assirent sur des coussins ou des couvertures. Seymour trouva sa place et s'assit par terre, les jambes croisées, à côté de Dorothy, qui avait John Borden de l'autre côté et Edith Lincoln au-delà de Borden.

Toute cette savante organisation avait été convenue d'avance entre Dorothy et Edith, sa meilleure amie. John Borden était l'ami préféré d'Edith, et Dorothy n'avait guère à faire attention à lui.

Seymour nageait dans la joie. Quelle journée! Ces fameux soupers aux palourdes du vieux Nezer White avaient beau être une tradition de l'Ile aux Lièvres, aussi familiers à ses habitants que du pain et du beurre, ils n'en étaient pas moins appréciés, et l'apparition de chaque service, apporté par quelques-uns des pêcheurs de Nezer, était saluée de cris affamés. Il y eut d'abord des bols de bouillon de palourdes brûlant et, à côté, de grands plats de palourdes cuites que l'on trempait avec les doigts dans des assiettes de fer-blanc pleines de beurre fondu. Puis vinrent les homards, cuits au gril par Nezer, comme personne d'autre n'était capable de le faire, et mangés avec de plaisantes excuses par des hôtes aux mentons graissés de beurre et aux doigts qu'il fallait absolument lécher. Les palourdes, enveloppées d'algues épicées, avaient cuit à la vapeur dans des tonneaux. Au-dessous, on retira des moitiés de poulets de grain et, d'en dessous encore, des pommes de terres cuites sous la cendre, noires au-dehors, mais au-dedans blanches comme neige et pénétrées d'une saveur de fumée un peu âcre.

Il y eut ensuite un instant de répit. La lumière du soir se faisait lentement plus sombre, et la mer, aujourd'hui paresseuse et d'heureuse humeur, se brisait en volutes calmes sur la grève à quelques pas de là. La grande falaise derrière eux les protégeait du vent. Cette anse peu profonde, disaient les anciens, avait été créée par la nature pour être le cadre parfait de pareilles agapes.

— Oh! comme c'est amusant!

Les jeunes filles picoraient gracieusement un os de poulet et refusaient avec de petits cris de protestation un nouveau plat.

— Encore un peu de ceci! Et un peu de cela!

— Impossible! j'éclaterais!

— Je vais en reprendre, moi!

— Oh! Mary! Non!

— Mais si!

La pauvre Mary, l'inévitable grosse fille de toute réunion! On l'avait assise entre Mr. Milburn et Ronny Cole qui bégayait et portait d'épaisses lunettes!

— Hourrah! Voilà le maïs!

Maintenant, leur appétit revenu, ils tombèrent sur les épis

gras et fumants d'un maïs de la meilleure espèce, tout enduits de beurre. Seymour, affamé au début du dîner, avait rapidement comblé les vides de son estomac ; il ne voulait plus rien, et Dorothy n'avait pas non plus mangé grand-chose. Il essaya de se joindre aux rires et aux bavardages, mais tout ce qu'il désirait, c'était de rester tranquille et de contempler Dorothy en attendant qu'elle lui parle. Ses yeux rieurs, ses cheveux bouclés et son petit nez court parsemé de taches de rousseur auraient été ordinaires chez tout autre, mais chez elle semblaient enchanteurs. Il aimait ses fins poignets et ses chevilles et la souplesse rapide de ses mouvements. Mais, mieux que tout, à son sens, il aimait sa voix quand elle parlait, une voix profonde et calme, d'une surprenante qualité. La plupart des jeunes filles émettent un flot aigu et constant de paroles, souvent assez plaisant, mais, de l'avis de Seymour, totalement dépourvu de sens. Tandis que la douceur de velours du langage de Dorothy l'émouvait profondément chaque fois qu'elle disait un mot. Quand cette voix merveilleuse avait-elle émergé du timbre confus d'une voix d'enfant ? Seymour ne pouvait bien se le rappeler, car il connaissait Dorothy depuis qu'ils avaient commencé à jouer ensemble sur la plage avec la bande de leurs amis. Ils faisaient naviguer des petits bateaux et bâtissaient des châteaux de sable, pendant que leurs nounous restaient assises en rang sur des pliants, leurs ombrelles ouvertes sur leurs têtes.

— Je ne veux plus rien manger, dit Dorothy.

— Moi non plus.

Seymour leva les yeux sur les deux joyeuses rangées de visages hâlés ; Mr. et Mrs. Milburn présidaient à un bout de la nappe, et leurs enfants, Charlie et Grâce, à l'autre bout.

— Pourquoi ne nous amusons-nous pas ainsi au cours de l'hiver ?

— Je ne sais pas. Les soirées à New York sont tellement guindées ! Et vous ne semblez pas...

Elle s'interrompit, un peu embarrassée.

— Je comprends.

Inutile d'introduire Mrs. Holt dans la conversation. Seymour n'avait jamais été aux leçons de danse comme les autres et n'avait reçu que rarement la permission d'aller à des réunions en ville.

— Mais l'hiver prochain, ce sera différent, n'est-ce pas ? — Dorothy eut un sourire timide. — Viendrez-vous à mon premier bal ?

— Je vous crois ! Après tout, je serai à l'Université.

— Ça sera amusant, n'est-ce pas ?

— J'espère. Mais ce n'est pas pour ça que j'irai.

— Ce n'est pas ce que je voulais dire... Je parlais de mon premier bal.

— Vous aimerez tant cela ? — Seymour parlait en hésitant. — Est-ce que...

Il s'arrêta.

— Quoi donc ?

— Oh ! rien.

Comment dire qu'il espérait bien qu'elle ne s'amuserait pas trop et ne se laisserait pas entraîner par trop de danseurs ? Il voulait être sûr que sa place était la première et il voulait être assuré de la garder. Dorothy se mit à rire, il pensa qu'elle l'avait compris.

Quand on eut fini de manger, les toiles furent roulées et le feu sur le sable fut renouvelé avec de grands et de petits morceaux de bois flotté. La bande vint s'installer en un large demi-cercle autour du feu, le dos à la falaise. Le crépuscule prolongé de l'été se transformait en une merveilleuse nuit d'étoiles. Le ciel et la mer tournèrent au sombre, l'horizon disparut dans un velours de cobalt, la mer marquée par sa voix éternelle, et le ciel par ses joyaux, comme si sa cassette de diamants avait été ouverte et répandue partout avec une folle prodigalité. Tous ici avaient vu d'innombrables fois ce spectacle, mais ils s'exclamèrent et s'émerveillèrent, car ce miracle ancien possède le don de paraître perpétuellement nouveau.

Quelqu'un se mit à chanter, et, par groupes de trois ou quatre, d'autres s'y joignirent, et bientôt tous chantaient. Ils connaissaient le répertoire : les chansons, comme les charrettes à foin et le menu, et le vieux Nezer, les odeurs et les sons, tout faisait partie de la tradition. Quelques-uns ajoutaient une partie, d'autres se contentaient de chanter l'air et d'autres pouvaient à peine émettre une note, mais tous s'y mirent. Ils chantèrent : *Après le bal* et *La Douce Rosie O'Grady, Adeline, la belle* et *J'ai travaillé sur le rail*. Mais l'air préféré de Seymour était *Juanita* :

Nita, Juanita,
Faut-il donc nous séparer...

La voix profonde de Dorothy sonnait à ses oreilles, le doux

contralto qu'il aimait tant à entendre. Il s'arrêta pour l'écouter. Ses yeux étaient fixés sur les étincelles et les flammèches bleues et orange du grand feu se découpant sur le ciel magnifique.

— Faut-il donc nous séparer...

Sans tourner la tête, Seymour avança doucement la main sur la couverture qui leur servait de siège, prit la main de Dorothy et la cacha dans un pli du lainage. Il avait la respiration courte et se sentait suffoquer. Les vers trouvaient un écho dans sa tête, dans sa gorge, et lui donnaient le courage de presser cette main, de sentir cette ossature fragile et cette peau délicate et tiède. Il aurait voulu l'attirer plus près de lui, mais, cela, il ne le pouvait. L'air semblait rempli de sensations pareilles qui faisaient battre le sang de tous ces jeunes hommes et de ces jeunes filles, et tous étaient retenus par les barrières des conventions et du bon ton. Combien il aurait été facile, pensa Seymour, de faire un très léger mouvement vers Dorothy, de l'approcher de lui un tant soit peu et de lui glisser son bras autour de la taille, ainsi qu'il aurait presque douloureusement désiré le faire. Mais jamais, sauf en de rares occasions où il avait dansé avec elle au cours de l'été, il ne lui avait même touché les doigts, et il fallait maintenant se contenter de tenir cette main dans la sienne. Il se demanda ce qu'elle ressentait. Il attendit une réponse, et quand elle vint, quand les petits doigts se fermèrent un instant sur les siens, il ne put que regarder le feu plus fixement encore ; il avala sa salive et n'osa pas se risquer à tourner la tête de son côté.

Si seulement cette soirée pouvait ne pas finir ! Il avait gardé la main de Dorothy dans la sienne et, malgré sa retenue, se rapprocha autant qu'il osa le faire. Puis les chansons autour du feu se terminèrent, il était temps de rentrer. Quelques soupirs, çà et là un petit rire de jeune fille qu'on aidait à se mettre debout, des appels : « Où est mon tricot ? » ou « Je vais vous aider... » ou « Laissez-moi porter cela », et tous remontèrent vers le sentier où des lanternes avaient été placées pour éclairer le chemin. Ils grimpèrent sur la falaise, s'empilèrent de nouveau dans les charrettes, et ce fut la route du retour.

La lune était maintenant levée, haute et blanche dans le ciel, et la route sablonneuse semblait une voie crémeuse versée entre deux masses d'un vert terne. Seymour installa Dorothy dans la voiture et risqua alors une hardiesse qui l'effraya lui-même. En s'asseyant auprès d'elle, il laissa tomber son bras derrière elle et lui entoura les épaules. Il retint son souffle, peu sûr de lui-même, anxieux qu'elle n'en prenne offense et n'essaye de se dégager, attirant ainsi l'attention sur eux, ce qui était la dernière chose à souhaiter. Mais elle ne fit rien ; elle resta tranquillement assise, les mains sur les genoux, et, sous le couvert de l'affairement général, alors que tous s'installaient comme ils pouvaient, Seymour respira plus librement. Il s'appuya en arrière, et, quand il eut pris suffisamment d'audace pour la regarder, elle sourit, doucement incertaine.

— Vous êtes délicieuse, murmura-t-il sans trop savoir si elle l'entendait.

Le véhicule prit le départ au milieu d'un concert d'exclamations ; puis ce fut le long et cahotant retour au clair de lune, et tout le monde, Seymour le devinait, éprouvait la même chose que Dorothy et lui. On arriva finalement sur la place de la Poste. L'horloge, au blanc clocher de l'église de l'autre côté de la place, marquait onze heures vingt. Aucune possibilité d'accompagner Dorothy et d'être rentré chez lui en dix minutes. Il se mordit la lèvre d'un air sombre. Dorothy dit :

— Vous ferez mieux de ne pas essayer ! — Remarque qui rendait la situation encore plus humiliante, puisqu'elle la connaissait. — Je puis rentrer avec John et Edith, continua-t-elle.

La villa des Lincoln était voisine de celle des Bayliss.

Seymour sentit son visage en feu. Il avala sa salive et tourna brusquement la tête, résolu et provocant.

— Quelle bêtise ! dit-il. Naturellement, je vous raccompagne chez vous.

Elle n'ajouta pas un mot. Il sauta à bas de la charrette, leva les bras pour l'aider à sauter et pensa que toute la compagnie allait entendre les battements de son cœur quand elle pesa un court instant dans ses bras. Ils allèrent à Mr. et Mrs. Milburn pour les remercier et prendre congé, et Seymour s'engagea avec Dorothy dans la direction de la maison Bayliss.

— Et votre bicyclette ? dit-elle en riant.

— Ah ! sapristi ! C'est vrai !

Il était embarrassé, il ne voulait pas pousser sa bicyclette par le guidon tout en marchant à côté d'elle, mais le moyen de faire autrement ! Il n'osait pas perdre quelques minutes en revenant la chercher à la poste, ce qui l'obligerait à faire deux fois le trajet qui l'éloignait de chez lui. Il marmonna quelque chose qui n'était pas destiné aux oreilles de Dorothy, mais elle rit sous cape.

— Oh ! venez donc, dit-elle.

Ils prirent un sentier qui traversait les dunes entre la place et le port entouré de villas. Leurs deux demeures étaient à cinq ou six cents mètres l'une de l'autre. Les maisons des estivants se trouvaient tout le long de leur chemin, et, comme ils marchaient lentement, leurs amis, en groupes ou par couples, étaient devant et derrière eux et rentraient à mesure qu'ils passaient devant leur porte, avec des « Bonsoir », « Bonne nuit », souvent répétés. Enfin Seymour se trouva presque seul avec Dorothy, la maison Bayliss étant la plus éloignée sur le port. Edith Lincoln et John Borden disparurent dans la maison de la jeune fille. Seymour savait que Mrs. Bayliss serait là pour accueillir sa fille. Cet instant magique était si limité dans sa durée qu'en passant devant un buisson de lauriers, il s'arrêta à leur ombre, posa sa bicyclette et se mit à regarder Dorothy à la clarté de la lune. Elle sembla surprise, ses lèvres s'entrouvrirent et ses sourcils se levèrent, interrogateurs. Mais ce fut Seymour qui parla et, ce faisant, il se sentit stupide. Il prononça seulement :

— Dorothy !

Elle resta silencieuse. Il lui prit lentement la main et la garda un moment entre les deux siennes, puis :

— Vous comprenez...

Il ne trouva rien d'autre chose à dire.

— Quelle bonne soirée ! dit-elle.

— Merveilleuse !

Il aurait voulu la serrer contre lui et il sentait, à la langueur de sa main et de son bras, qu'elle ne résisterait pas. Mais il manqua d'audace.

— Ne vous mettez pas en retard, Seymour, murmura-t-elle.

Et maintenant, au lieu de se sentir honteux de ce qu'elle connût les humiliations de son existence, il en éprouva un soulagement. Il voulait qu'elle sache, et il vit qu'en effet elle comprenait.

Il commença en hésitant, puis résolument :

— Cela... cela ne sera pas toujours ainsi, Dorothy.

— Bien sûr que non.

— Et, un jour, je veux vous demander... vous demander...

— Quoi donc ?

— Si cela ne vous... ne vous fait rien... d'attendre... Je sais que je ne peux pas vous apporter grand-chose en ce moment, étant donné les circonstances, mais un jour...

— Oui, Seymour, je sais.

— Peut-être, mais, pendant ce temps, vous allez faire un tas de nouvelles connaissances, et vous savez comme ma vie à New York est difficile. Ici, c'est déjà dur, mais l'hiver...

— Voyons, Seymour..., dit-elle, et sa voix profonde vibra aux oreilles du jeune homme. Les autres, les nouveaux, n'auront jamais... — Il la vit rougir au clair de lune, tandis qu'elle hésitait. — Ils n'auront aucune importance, reprit-elle.

Il lui tint la main, tout surpris de se sentir trembler, et, un moment, il ne put articuler un mot. Puis il avala et dit :

— Dorothy, voulez-vous dire que, moi, j'en ai pour vous ?

Elle baissa la tête, et, si elle répondit, il ne l'entendit pas.

— Oh ! prononça-t-il très doucement, je n'osais pas l'espérer. Mais j'éprouvais tant de choses depuis longtemps déjà...

Il s'interrompit et, malgré lui, ajouta :

— Vous ne m'avez pas trouvé idiot ? M'avez-vous vraiment... compris ?

De nouveau, elle fit « oui » de la tête sans parler. Les mains de Seymour lui tinrent les avant-bras, et il l'attira doucement dans l'ombre des buissons. Ils étaient très près l'un de l'autre : Seymour, très grand, se pencha pour voir son visage et la regarder au fond des yeux, qui, pour la première fois, lui rendirent son regard bien en face, grands ouverts et pleins d'une tendresse qu'elle ne pouvait exprimer par des mots.

— Oh ! dit-il, Dorothy, vraiment, croyez-vous qu'un jour vous voudriez... Toute cette attente... Vous consentiriez ?

Elle hocha la tête lentement en le regardant. Puis elle la leva, et Seymour lui toucha les lèvres des siennes. Ses bras voulurent l'entourer, et, une seconde, il la sentit contre lui, tiède et un peu tremblante. Puis elle se dégagea en murmurant :

— Il faut nous en aller, Seymour. Ma mère m'attend, moi aussi.

— Je sais... Je... Oh ! Dorothy, vraiment, vous pensez ce que vous dites ?

Une fois encore, il frôla ses lèvres, délicates, timides, veloutées comme devait l'être une aile de papillon. Elle détourna la tête, et Seymour, qui mourait d'envie de la presser dans ses bras de toute la force nouvelle qui montait soudainement en lui, la laissa doucement aller. Ils dépassèrent rapidement les arbustes jusqu'au sentier qui menait à la maison et montèrent en hâte les marches du perron. La porte s'ouvrit, et Mrs. Bayliss les accueillit avec un bon sourire.

— Vous êtes-vous amusés ? demanda-t-elle, tandis que Dorothy l'embrassait.

— Beaucoup. C'était tout simplement merveilleux.

— Une réunion magnifique, dit Seymour.

— Alors une bonne journée, dit la mère de Dorothy. Mr. Bayliss dit que vous avez manié votre bateau superbement pendant la course, Seymour. Sûrement, vous gagnerez la Coupe de la Saison.

— Je vous remercie. Ce n'est vraiment pas grand-chose.

— Mais si ! Je ne vous demande pas d'entrer, il est déjà tard. Mais nous vous reverrons bientôt, j'espère.

— Bonsoir, dit doucement Dorothy.

— Bonsoir, Dorothy. Bonne nuit, Mrs. Bayliss.

— Merci d'avoir accompagné Dorothy jusqu'ici. Bonne nuit.

La porte fut refermée. Seymour bondit en bas des marches, saisit sa bicyclette et pédala jusqu'à la maison furieusement, non seulement parce qu'il était très en retard, mais parce qu'en lui son sang bouillonnait et le poussait en avant, et, dans son exaltation, il se sentait comme transporté dans les airs. Il ne parvenait pas à y croire ! Qu'avait-il donc dit, et qu'avait bien pu répondre Dorothy ? Il ne se rappelait plus, mais elle lui était destinée, et il l'avait embrassée, elle l'aimait mieux que quiconque et elle s'apprêtait à continuer et à l'aimer de plus en plus avec le temps. Il avait rêvé cela sans penser que cela pourrait arriver un jour, et ce jour était venu. C'était trop bon pour être vrai, mais c'était tout de même vrai, et, avec cet objectif, on pouvait endurer n'importe quoi, même les soucis exaspérants de l'existence.

Il rentra par la porte de côté où le verrou n'avait pas été tiré et il traversa sur la pointe des pieds le vestibule et le salon jusqu'à la cheminée. La lune était si claire qu'il n'eut pas besoin d'allumer une bougie. Seymour contempla la pendule, écouta son tic tac plein de reproche, tout en prêtant une oreille exercée par des années de pratique aux bruits éventuels dans la maison. Tout était silencieux, et la pendule indiquait quatorze minutes après minuit. Seymour ouvrit le verre devant le cadran, prit le balancier dans sa main et l'arrêta. Puis il hésita. Plus attentivement encore, il écouta si on discernait le moindre son. Il se baissa, enleva ses chaussures et alla sur ses chaussettes jusqu'au bas de l'escalier, où il écouta encore. La maison avait ce silence vibrant, mais pénétrant dénotant une demeure profondément endormie.

Il retourna à la pendule et la regarda. Pour une question de quarante-quatre minutes, peut-être découvrirait-il demain qu'un châtiment écrasant lui serait infligé, une catastrophe dont il ne pouvait, dont il n'osait pas imaginer l'ampleur. Jamais encore il n'avait fait ce qu'il projetait d'accomplir maintenant. Il y avait déjà pensé, mais jamais — jusque-là — la nécessité n'en était venue. En matière de protection personnelle, Seymour avait presque tout envisagé. La fraude était un risque, et il détestait cela, mais d'autres dangers plus menaçants étaient à craindre. L'oreille toujours tendue, il allongea la main, s'efforçant d'ignorer les battements de son cœur, puis lentement il recula les aiguilles de la pendule de ses doigts de mécanicien. Quand il termina le travail, la pendule marquait deux minutes après la demie de onze heures. Seymour ferma le couvercle sur le cadran, prit ses chaussures à la main et, sans un bruit, regagna sa chambre.

Quand il descendit pour le petit déjeuner sur le coup de huit heures, sa grand-mère et Randall étaient déjà à table. Mrs. Holt, vêtue de noir comme toujours, était assise derrière la cafetière d'argent au haut bout de la table, en face de la porte. Surmontant son haut col de ses lourdes bajoues, son visage aux sourcils froncés, au lieu de se tourner vers Seymour, se penchait vers le bol de porridge qu'elle absorbait tous les matins. Seymour alla à sa chaise et, debout, inclina la tête en disant : « Bonjour, Grand-maman », salutation qui avait remplacé, depuis qu'il avait atteint un âge plus avancé, le baiser matinal que toute son enfance il avait redouté. Randall était encore obligé à ce rite chaque matin et, en son privé, avait exprimé là-dessus son opinion à Seymour. Randall détestait le porridge, et le petit déjeuner lui était un supplice quotidien. Il envoya à Seymour un regard de côté si chargé de sens que Seymour en conçut aussitôt un sentiment d'alarme : il y avait un drame sous roche. Sa grand-mère n'avait rien répondu à son salut.

Seymour s'assit donc avec répulsion devant sa propre assiette de bouillie d'avoine. Comment pourrait-il engouffrer cette horreur alors qu'il avait déjà la gorge serrée par l'anxiété ? A ce moment, il entendit le pas léger de sa mère qui descendait en courant l'escalier. Elle entra en s'écriant :

— Bonjour, ma mère, bonjour, mes garçons !

Comme des automates, les jeunes gens se levèrent, et Randall recula la chaise de sa mère. Ils l'embrassèrent tous deux rapidement et revinrent à leur place. Mrs. Holt n'avait pas dit un mot, pas levé les yeux. Lily la regarda un instant, puis jeta un coup d'œil du côté de Seymour qui vit la couleur se retirer de son visage. Elle s'assit, s'essuya nerveusement les lèvres et essaya de ne plus regarder Seymour. Dans un pareil cas, personne ne savait trop que faire, surtout lorsqu'on était, comme Lily et Randall, parfaitement innocent de toute infraction aux règles. Quelquefois, il était préférable d'engager une conversation banale, mais cela demandait une hardiesse que l'atmosphère de ce matin n'encourageait guère. Seymour fit semblant de manger et tenta d'attraper l'œil de la femme de chambre pour qu'elle lui enlève son assiette aussi vite et aussi discrètement que possible.

— Est-ce que..., commença sa mère allégrement, dans son désir anxieux de rompre le pesant silence, puis elle s'arrêta. — Pouvait-elle demander des nouvelles de la soirée, alors qu'il avait certainement dû se passer quelque chose cette nuit où Seymour était impliqué. — Est-ce qu'il a fait beau ? demanda-t-elle assez pauvrement.

— Très beau, dit Seymour.

Il s'était débarrassé du bol de porridge, ce qui aurait déjà dû soulever des conséquences dramatiques. Il attendit son café que sa grand-mère lui servait toujours. Elle continua à l'ignorer. La suite du déjeuner arriva : les inévitables crêpes du dimanche, le bacon qui prenait en été la place des saucisses de l'hiver. Seymour n'aurait pu avaler une bouchée. Son cerveau tournait en rond, et il se répétait inlassablement les mêmes réflexions. Sa grand-mère savait tout, mais comment avait-elle pu, à moins d'être restée éveillée hier soir et d'avoir été aux aguets sans produire un son, l'œil fixé probablement sur le réveil de sa table de chevet pour mieux le surprendre ! Il réprima un soupir. Il avait suffisamment d'années d'expérience pour savoir maintenant qu'il n'avait qu'une ressource : faire face carrément à la situation et la discuter lui-même avec la vieille femme. Il attendit encore un peu son café et, comme elle ne le lui donnait pas, il le lui demanda. Elle lui lança un regard mauvais de ses yeux soulignés de poches et voilés par les verres de ses lunettes, lui servit son café et lui tendit la tasse sans un mot. Il but, puis, rassemblant le courage nécessaire, plutôt pour affronter l'humiliation qu'il allait subir devant sa mère et Randall que pour l'épreuve qui l'attendait, il dit :

— Puis-je aller vous dire un mot, Grand-maman, avant de partir pour l'église ?

— Tu ne vas pas à l'église, dit-elle avec une colère non dissimulée.

Jamais encore elle n'avait prononcé ces paroles. Lily recula, de promptes larmes de crainte dans les yeux, et Randall contempla sa grand-mère avec une stupéfaction horrifiée. Que pouvait-elle avoir en tête ?

— Tu ne vas nulle part, dit Mrs. Holt, jusqu'à notre départ demain pour New York.

La tasse de Seymour tomba sur sa soucoupe, et il sentit sa figure devenir cramoisie et si brûlante que ses yeux le piquaient. Il resta pétrifié, muet. Il pouvait lui demander une explication, mais il la connaissait d'avance.

Souvenirs après souvenirs déferlaient en lui en vagues qui lui tournaient le cœur : toutes les choses blessantes qu'elle lui avait dites sur sa mère, toutes les remarques méprisantes sur le désastreux mariage de son père. Il n'avait même pas besoin de se rappeler les premières et ineffaçables impressions laissées par tout ce qu'il avait entendu, il savait. Elle avait son ou ses espions : comment et par quels moyens, il l'ignorait toujours, mais, si elle avait été elle-même présente entre lui et Dorothy Bayliss à chaque moment de sa soirée d'hier, elle n'aurait pas été mieux informée. Elle n'était capable que de desseins venimeux et dénaturés. Tous les sentiments, elle les travestissait, elle les avilissait. Une colère telle qu'il n'en avait jamais éprouvée se leva en lui et le suffoqua. En dépit de son caractère violent et des actes de destructions sauvages qu'il avait été amené à accomplir, jamais il n'avait ressenti ce qu'il ressentait maintenant, une juste rage, si immense, qu'elle balaya d'un seul coup son attitude habituelle de déférence soumise et hypocrite. Sans s'en apercevoir, il s'était dressé et il cria :

— Vous êtes méprisable ! Vous êtes une vile espionne, vous m'avez fait surveiller ! Vous n'êtes qu'une ignoble vieille femme !

Il ne savait plus ce qu'il disait, au milieu de l'indescriptible déchaînement des sanglots criards de Lily et des lamentations de Randall qui gémissait :

— La Coupe de la Saison ! Il ne peut pas manquer la course !

— Silence ! tonna Mrs. Holt.

— Oui, c'est le silence que vous aurez, rétorqua Seymour. J'étais sur le point de m'aplatir devant vous et de confesser comme un enfant ce que j'ai fait à la pendule. Maintenant, c'est fini. Personne ne s'est jamais trouvé dans une situation pareille. Vous l'aurez, votre silence. Ramenez-nous à votre prison de New York. Je n'y peux rien. Mais, quand même vous me battriez à mort, vous n'aurez plus de moi que le silence.

Il ramassa sa tasse et sa soucoupe et les lança à travers la pièce sur le marbre du foyer, où elles se brisèrent. Puis il repoussa violemment sa chaise en arrière d'un coup de pied et sortit.

CHAPITRE IV

Pour la neuvième fois, Randall recommença depuis la marque au crayon rouge, là où débutait le deuxième thème du *Larghetto*. On croyait le passage tout simple, mais, en réalité, il était très difficile et exigeait une profondeur d'expression — ce que le professeur Mundt appelait *Innerlichkeit* — bien plus grande que dans tout le reste du mouvement, si plein d'une merveilleuse poésie.

— C'est précisément pour ce passage-là que tu joues le concerto *beim Konzert*, dit-il.

Randall étudiait sans relâche pour le Concert des Étudiants qui devait se donner la veille de la fête de *Thanksgiving*, à la fin de novembre. Depuis plusieurs années, il participait à chacun de ces concerts qui avaient lieu trois fois par hiver. Mais, pour la première fois, il affrontait un concerto accompagné par un orchestre peu nombreux, mais composé de professionnels. Randall avait choisi ce concerto et, malgré les doutes du professeur Mundt, il l'avait supplié de le lui laisser jouer. C'était celui de Mozart en *ut mineur*. Le professeur Mundt insistait pour l'intituler : *Köchel vier hundert ein und neunzig*. Il était trop important et trop difficile pour lui, estimait son maître, et Randall était encore trop jeune. Mais le professeur était d'avis qu'il fallait laisser ses élèves suivre leur goût.

Cela n'allait pas sans peine. Randall essayait de faire refléter à la pensive et transparente mélodie l'atmosphère de tristesse anxieuse qui imprégnait la maison et entourait sa mère et lui comme d'un brouillard. Il ne faut pas être par trop personnel, il le savait, dans ses efforts d'interprétation qui ne doivent jamais être forcés. Mais ici, avec toutes les raisons du monde pour pouvoir y réussir : pas de véritables difficultés de technique, une musique qu'il adorait et le désir de tirer tout ce qu'il ressentait du motif nostalgique, il n'arrivait pas à lui donner vie. Il tenta un moment, en restant très tranquille, d'évoquer l'ambiance des vents plaintifs dans les bois par où le thème commençait, thème d'une telle simplicité que ce n'était que cinq petites notes, mais rendues immortelles par le génie. L'hiver d'avant, il avait entendu Paderewski jouer le concerto, et ce passage lui avait mis les larmes aux yeux. Il n'éprouvait plus maintenant qu'un intense désir de retrouver cette émotion, mais ses mains ne lui obéissaient pas. Un soudain découragement l'envahit avec la pensée qu'il n'aurait jamais dû entreprendre cette tâche. Il appuya ses bras sur le pupitre et y posa son front, regrettant bien de ne plus être assez petit pour pouvoir pleurer.

Il entendit la porte s'ouvrir et se refermer et, levant la tête, il vit Seymour debout près de lui. La pièce, sauf le bec de gaz près du piano, était sombre, et Randall se rendit compte qu'il devait être plus de six heures, une heure plus tard que celle où Seymour rentrait de l'Université.

— Qu'est-ce qu'il y a donc, mon petit ?

Randall indiqua sa musique d'un geste.

— Oh ! rien... C'est difficile... Dis donc, est-ce que tu n'es pas très en retard ?

Seymour haussa les épaules. Randall savait qu'il venait de faire une visite chez les Bayliss, et cette raison était même la seule capable de faire braver par Seymour la règle de cette année qui l'obligeait à être de retour à la maison sur le coup de cinq heures tous les jours. L'autorité de la vieille Mrs. Holt sur Seymour était devenue quelque peu une dérision. La seule arme qu'elle pouvait agiter au-dessus de sa tête était le refus de payer ses cours à l'Université de Columbia. Elle n'aurait guère pu l'emprisonner. Il ne lui était guère possible de l'emprisonner matériellement dans la maison, mais, quelquefois, Randall se demandait non sans malaise si elle n'était pas capable de payer quelqu'un pour escorter secrètement Seymour quand il allait à l'Université et en revenait. Voyant de l'extérieur cet antagonisme, Randall avait l'impression qu'il était mieux que Seymour à même de deviner jusqu'où le caractère vindicatif de leur grand-mère pourrait l'entraîner. C'était parfait d'admirer passionnément Seymour comme le faisait Randall, parce qu'il avait le courage de s'en tenir à son vœu, mais le prix à payer pouvait devenir hors de toute mesure, et Seymour ne serait pas le seul à en souffrir. Assis à son piano, Randall y songeait en regardant le visage de son frère, beau, mais sombre et tourmenté.

— Où est Maman ? demanda Seymour en se laissant tomber assis dans un des petits fauteuils capitonnés du salon.

D'un signe du menton, Randall indiqua les étages supérieurs.

— Tous ces après-midi, elle a été presque constamment étendue, les stores baissés et des compresses sur les yeux.

— A-t-Elle...

Ils avaient une façon à eux de prononcer ce pronom quand ils parlaient de leur grand-mère. Entre eux, ils ne la désignaient jamais autrement.

— Pas que je sache aujourd'hui. Quand je suis rentré du collège, Maman a simplement dit qu'elle ne se sentait pas bien, et je n'avais pas besoin d'elle ici.

Lily n'assistait plus régulièrement aux études de Randall. Il était assez avancé pour ne plus être aidé pendant ses longues heures de gammes et d'exercices et les études de technique. Quant au reste, le vieux professeur Mundt avait déclaré qu'il était ou devenu assez musicien pour se fixer à lui-même le but à atteindre, ou alors il n'arriverait jamais à rien.

Seymour, penché en avant, le menton sur ses poings, semblait très malheureux. Randall commença à se demander s'il n'avait pas quelque souci autre que sa situation tragique ici à la maison. Il essaya de trouver une façon de s'en enquérir avec tact, puis y renonça. Seymour se confierait à lui s'il en éprouvait le besoin, mais jamais d'aucune manière s'il ne le faisait pas de lui-même. Randall se contenta de remarquer :

— Je crois que Maman se tourmente terriblement.

— Je le sais bien. C'est ce qui me tracasse. Elle n'est pas réellement aussi malade qu'elle le dit, elle n'a pas de migraines comme elle le prétend.

— Bien sûr que non, elle ne fait cela que pour qu'on la laisse tranquille.

— Plus elle le fait, plus elle finira par se croire vraiment malade.

— Frère, elle est très malheureuse.

— Je le sais, et toi aussi, et moi de même. Mais veux-tu me dire si ça allait mieux avant ? A présent du moins, j'ai infligé un échec complet à cette vieille brute.

Randall essaya encore une fois d'avoir le courage de prévenir

Seymour que cela n'était peut-être ni tellement vrai, ni tellement simple. Il était plus souvent à la maison que son frère, même s'il passait ces heures à son piano, et il se sentait constamment mal à l'aise.

— Il se passe quelque chose d'étrange, dit-il lentement. Il se passe sûrement quelque chose.

— Quoi ça ?

— Je ne peux pas te dire, voilà l'ennui. J'ai comme l'impression qu'Elle... qu'Elle fait quelque chose à Maman quand nous sommes sortis.

— Que peut-Elle faire ? Maman reste tout le temps dans sa chambre quand tu vas à tes cours ; c'est ce qu'elle a toujours fait. *Elle* n'y entre jamais, et c'est pour ça que Maman s'est mise à s'enfermer comme ça.

— Je me trompe peut-être, dit Randall avec un ton d'espoir qui ne fit aucune illusion à son frère.

Le jeune garçon était anxieux, ce qui ajouta encore aux soucis de Seymour que Randall ne soupçonnait pas.

— Oui, peut-être, dit-il. Si tu veux dire... Écoute, je ne me le suis pas encore admis à moi-même, mais je trouve chez Maman une différence. Je vois ce que tu veux dire.

Randall acquiesça. Ses lèvres aux coins tombants avaient une expression triste.

— Et aussi chez Elle il y a une différence. Elle a l'air... je ne sais pas... l'air secret, renfermée en elle-même. Ça me serait égal si ça ne faisait pas présager des drames quelconques ! Elle m'obligeait à aller la trouver pour lui rendre compte de tout, comme nous avons toujours dû le faire, et maintenant elle ne me fait pas venir si souvent.

— Alors, de quoi te plains-tu ? dit Seymour avec un rire grinçant. Tu me dois une fameuse chandelle ! J'aurais bien voulu que quelqu'un en fasse autant pour moi il y a quatre ans.

— C'est peut-être qu'Elle va mourir, dit froidement Randall.

Il fallait du cran pour articuler pareilles paroles, et il se sentit fier de lui.

— Que pourrait-elle faire de mieux ? — Seymour se leva et consulta la pendule funéraire. — Le dîner est dans un quart d'heure. Allons, lavez-vous les mains, monsieur Randall, et changez de col.

Il imitait l'accent de la vieille Nana, partie voilà des années et qu'il s'était toujours amusé à singer. Tous deux se mirent à rire et montèrent dans leurs chambres.

Après dîner, Seymour s'en alla travailler chez lui, mais les calculs qu'il faisait d'ordinaire si facilement furent par hasard très difficiles. Il réussissait brillamment à Columbia, et le doyen disait de lui que peu de jeunes étudiants montraient autant d'aptitudes pour les mathématiques et la mécanique. Selon toute probabilité, Seymour pourrait terminer ses cours en trois ans au lieu de quatre. Après un cours de mathématiques spéciales, il pourrait faire son chemin dans la construction navale, chose à laquelle il avait toute sa vie rêvé. Depuis longtemps, il savait que personne plus que lui n'avait de sérieux motifs pour se faire une situation indépendante. Il y avait sûrement beaucoup de fortune dans la famille, mais, si peu qu'il en connût les détails, il pouvait être sûr que sa grand-mère prendrait toutes les dispositions possibles pour le garder financièrement en son pouvoir, qu'elle soit vivante ou morte. Il lui fallait se procurer à lui-même le moyen de s'en aller.

Les chiffres dansaient devant ses yeux. Seymour repoussa son livre et, de son coude, envoya par terre son cahier avec ses notes et ses figures nettes et fines comme de la gravure. Il mit sa tête entre ses mains.

Huit ou dix semaines plus tôt, comme tout lui avait paru simple ! Au-delà de son intention inflexible de s'en tenir à ce qu'il avait déclaré dans sa rage, il était prêt à être aussi raisonnable que possible. S'il restait hors de la maison en dehors des heures de cours, sa mère et Randall en subiraient la punition. Il s'était donc résigné à ne voir presque jamais Dorothy. La situation ne durerait pas éternellement. Ce qui le tourmentait, c'est qu'il n'avait pas eu l'occasion d'en dire un mot à la jeune fille ou de se trouver seul avec elle. Jamais il n'avait parlé de leur départ précipité de l'Ile aux Lièvres. Lors de ses quelques visites chez les Bayliss à Gramercy Park, il n'avait jamais trouvé Dorothy seule. Ou bien sa mère recevait des visites, et Dorothy la secondait, ou bien Dorothy avait elle-même des amies, et tout ce monde papotait, s'agitait, tout excité par les réceptions de la saison qui allait débuter à la fin de novembre, après la fête de *Thanksgiving*.

Cet après-midi même, il avait vu Dorothy pour la quatrième fois seulement depuis août dernier. Incapable en ce moment d'étudier, nerveux, lanciné par le sentiment d'une catastrophe imminente, il se rappela chaque instant de la demi-heure passée dans le salon des Bayliss. Puis il compara sa visite d'aujourd'hui avec les autres, et quelque chose de froid et de nauséeux le prit à la gorge, tandis qu'il était forcé de s'avouer avec surprise et chagrin que Dorothy avait changé. Non seulement elle avait changé, mais elle semblait contrainte, ce qu'il avait d'abord attribué à de la timidité. Mais, chaque fois qu'il la voyait, le changement s'accentuait. Seymour poussa un profond soupir et s'épongea le front de son mouchoir. Avait-il été complètement stupide de ne pas s'en apercevoir plus tôt, ou tout autre aurait-il été aussi lent que lui à comprendre? Mais qu'est-ce qui ne marchait pas? Seymour ne se souvenait pas d'avoir jamais dit un mot à Dorothy, ni éprouvé un sentiment, qui n'ait pas été l'expression de ce qu'il avait de meilleur en lui. Sous tous les aspects imaginables, il examina son propre cœur, et tout ceci venant à la suite de son intention à peine exprimée mais non douteuse, le soir du dîner sur la plage, le rendit absolument certain que ni l'un ni l'autre n'avait fait ou dit quelque chose de blâmable. Sa conscience était nette et il avait foi en Dorothy. Ce n'était pas une coquette et elle n'avait pas joué avec ses sentiments à lui. Qu'était-il donc arrivé?

Il l'avait trouvée aujourd'hui dans le second des deux salons de sa maison, assise avec deux jeunes filles qu'il connaissait vaguement et qui passaient leurs étés à Newport. Mrs. Bayliss servait le thé dans le grand salon et bavardait avec des visiteuses et Seymour était le seul homme présent. Mrs. Bayliss lui avait servi une tasse de thé, et maintenant qu'il se remémorait chaque moment de l'après-midi, il s'aperçut avec un frisson qu'elle aussi avait changé depuis l'été. Il entendait encore sa voix aimable le remerciant ce soir-là d'avoir ramené Dorothy chez elle et assurant qu'on lui ferait signe bientôt. Mais cette invitation n'avait pas été répétée. Mrs. Bayliss aujourd'hui avait été agréable et paisible, mais à peine cordiale. Quand il eut fini son thé, elle appela vers l'autre salon.

— Dorothy, Seymour est venu faire une visite.

Et elle l'avait envoyé rejoindre les trois jeunes filles.

Celles-ci étaient assises autour d'une table basse sur laquelle s'étalaient de longues feuilles de papier et elles les examinaient ligne par ligne. Seymour comprit tout de suite que c'était la liste des invitations pour le premier bal de Dorothy. Quand il franchit la baie entre les deux pièces, elle leva la tête, et, avant qu'elle eût prononcé un mot, son visage, que Seymour avait tâché de ne pas regarder trop fixement, devint tout rose.

Seymour, tassé dans son fauteuil de bureau, se tordit les mains, horrifié, comprenant soudain. Elle n'avait pas rougi de timidité ou de joie en le voyant, mais d'embarras. Pourquoi ?

— Bonjour, Seymour, dit-elle en lui tendant la jolie main qu'il aimait. Vous connaissiez Seymour Holt, je crois, ajouta-t-elle pour ses amies qu'elle nomma : Virginia Godwin et Ellen Van Thuyl.

Il salua, elles murmurèrent quelques mots, et il s'assit sur le bord d'une chaise.

— C'est passionnant, tous ces bals, commença Miss Van Thuyl. Nous étions en train...

— J'ai peur que cela ne fasse trop de monde, dit vivement Dorothy.

Elle avait replié les feuilles et les mit sous un livre, sur la tablette inférieure du guéridon.

— Il ne peut pas y avoir trop de monde !

L'autre jeune fille était grande et d'une beauté plus hardie, et Seymour la voyait très bien être la reine de tous les bals. Il rit un peu et dit :

— Quant à moi, ça ne sera pas les bals trop nombreux qui risqueront de m'agiter.

Dorothy n'avait rien dit. Sur le moment, il ne s'était pas souvenu immédiatement de ses paroles de l'été, quand elle lui avait demandé sa promesse de venir à son premier bal, disant que ce serait si amusant et combien elle attendait avec impatience les réceptions de cet hiver. Mais maintenant ces paroles se brisaient sur sa tête comme une vague glacée. Il ne lui avait pas entendu dire un seul mot de son bal, et il se rendit compte tout à coup avec un choc qu'il n'allait pas être invité. Dans le sillage de cette pensée, suivit un flot d'autres remarques plus graves. Dorothy n'avait pas été timide, et elle n'essayait pas de se reprendre après un moment où elle avait cédé au sentiment. Quelque chose de plus sérieux et de plus menaçant se passait. Des heures après avoir entendu Randall monter se coucher, Seymour resta assis devant son bureau, les yeux dans le vague.

Le jour suivant, il se présenta à la maison des Bayliss et fut introduit par une domestique impassible dans un salon vide. Le deuxième salon était vide également.

— Mrs. Bayliss prend le thé en haut dans la bibliothèque, monsieur, dit-elle. Je vais vous annoncer.

— Je...

Seymour n'eut pas le loisir de dire qu'il était venu pour voir Miss Dorothy, la servante avait quitté la pièce. Il attendit, le pouls battant, le cœur serré et l'attente lui tordant le creux de l'estomac. La domestique lui sembla absente une heure; en fait, elle fut très longue avant de revenir, et Seymour, debout sans bouger devant la cheminée, aurait voulu marcher de long en large jusqu'à user le tapis. Enfin elle parut à la porte.

— Voulez-vous monter à la bibliothèque, monsieur, dit-elle.

Seymour la suivit et passa la porte, qu'elle lui tint ouverte.

Mrs. Bayliss était assise d'un côté du feu, et, en face d'elle, le dos à la porte, le père de Dorothy. Seymour se rendit compte tout à coup que c'était samedi. Il avait perdu trace de tout depuis hier soir et ne s'attendait pas à trouver Mr. Bayliss revenu de son bureau en ville. Dorothy était assise entre les deux sur une chaise basse, pâle et les lèvres tremblantes. Seymour vit qu'elle avait pleuré et, plus fort que sa propre appréhension, surgit en lui le désir ardent de la réconforter et de la rassurer. Mais rien de plus vain, de plus impossible. Il serra la main des parents de Dorothy, puis la sienne, qu'il sentit glacée entre ses doigts.

— Non, merci beaucoup, dit-il à Mrs. Bayliss qui s'apprêtait à lui servir une tasse de thé. Je ne prendrai rien, merci.

Il resta debout, portant avec un cœur défaillant ses regards de la douce figure de Mrs. Bayliss, visiblement troublée, à celle de son mari, qui depuis toujours avait connu Seymour et son père. Dorothy baissait la tête en une attitude de faiblesse et de résignation qui le blessa d'une angoisse pénible. Il ne pouvait voir que le haut de sa tête, ses boucles brunes légères qui luisaient au reflet du feu. Follement, Seymour pensa combien il aimerait la toucher, lui mettre la main sous le menton et lui relever la tête pour qu'il puisse voir son visage. Mais le moment n'était pas à de tels rêves, et il attendit juste assez de temps pour comprendre que la réponse à la question qu'il était venu demander ne lui serait donnée que par le père de Dorothy, ou avec sa permission.

— Je ne m'attendais pas à vous voir, monsieur, dit le jeune homme, mais peut-être est-ce aussi bien. Je voulais vous demander si je pourrais parler à Dorothy.

Allan Bayliss regarda sa femme, puis Seymour, avec une expression à la fois sévère et pleine d'un affectueux regret.

— Cela ne me surprend pas, Seymour. Je sais, je comprends pourquoi tu es venu.

Il jeta un rapide regard vers Dorothy qui était assise, les mains jointes par-dessus son petit mouchoir.

— Ne crois-tu pas, ma chérie, qu'il vaudrait mieux que ta mère et toi nous laissiez seuls ici, Seymour et moi ?

Elle fit un mouvement pour se lever, puis resta assise toute droite, et les yeux de Seymour le brûlèrent en entendant sa voix douce prononcer avec un effort courageux :

— Seymour a demandé à me parler, Père. Je puis... je veux...

Elle suffoqua. Sa mère tendit la main et prit celle de sa fille. Seymour avala sa salive et dit :

— Dorothy, je vous suis infiniment reconnaissant, mais je crois que votre père a raison. Allez, je vous en prie.

— Assieds-toi, Seymour, invita Allan Bayliss aussitôt la porte refermée. Fumes-tu ? As-tu une pipe ?

— Non, monsieur. — Seymour eut un pauvre sourire. — Je n'ai jamais fumé.

Et il s'assit lentement en face du père de Dorothy.

— Je... il fallait que ce moment arrive, dit Mr. Bayliss. J'aurais voulu te l'épargner, mon garçon, et le pire, c'est que j'ai à te demander une pleine compréhension pour chacun des mots que je vais te dire.

— Cela ne sera pas très difficile à comprendre, je le crains, dit Seymour.

Par un avertissement soudain, comme si une porte fermée venait de s'entrouvrir, il s'attendit à ce qui allait venir.

— Tu es courageux, dit Bayliss. Tu as beaucoup d'autres qualités que j'admire et, soyons absolument francs là-dessus, que Dorothy aimerait tout naturellement. Vous êtes très jeunes, tous les deux, mais pas trop pour devenir amoureux. — Il tira pensivement quelques bouffées de sa pipe, puis il la posa sur la table à côté de lui, se pencha en avant et reprit doucement la tête. — Je l'ai dit à Dorothy, c'est ce qu'il faut absolument éviter.

— Mais... mais... je... nous...

Seymour essaya de trouver un moyen de parler de ses craintes en toute vérité.

— Un instant, dit Bayliss. J'ai très bien vu l'été dernier ce qui allait se passer. Je pesais dans mon esprit ce que je penserais si les choses devenaient sérieuses. J'ai parlé à Dorothy après la soirée où tu l'as ramenée chez elle. Elle m'a tout raconté de ce qui s'était passé entre vous. Aucun mal à cela, aucun.

— Je suis heureux de vous l'entendre dire, monsieur.

Bayliss sourit tristement.

— C'est la vérité, et je pense exactement de même aujourd'hui. Mais, dès le jour suivant, j'ai été obligé de considérer à quelle situation Dorothy devrait faire face si je laissais les choses suivre leur cours, si je lui permettais de te voir aussi souvent que vous auriez voulu tous deux.

Il s'interrompit et regarda Seymour bien en face. Seymour attendit un instant et dit :

— Vous pouvez imaginer ce que j'ai éprouvé.

— Certes. Ta grand-mère a fait une chose indigne qui a rejailli non seulement sur toi, mais sur ma fille. Naturellement, à l'Ile aux Lièvres, aucun de nos amis ni personne ne s'y est trompé. Malheureusement, nous la connaissons trop bien, et c'est là le nœud de la question, Seymour.

Celui-ci, tristement, garda le silence. Rien de tout cela n'était fait pour le surprendre. Bayliss ne dit rien un instant, puis reprit doucement :

— Il y avait toujours la possibilité que ce premier amour ne soit qu'un feu de paille ; cela arrive, tu sais. Mais cela pouvait également être le contraire.

— Vraiment, monsieur... Je n'ai encore jamais considéré très sérieusement mon avenir. J'ai à finir mes années d'université, à trouver une situation...

— Naturellement. Et personne ne désire voir sa fille tenue par une promesse à aussi longue échéance. Mais telle n'est pas mon objection, Seymour. Il faut que tu le saches. L'objection, c'est ta grand-mère. Tant que cette femme vivra, je ne laisserai pas ma fille courir le risque d'un... d'un attachement profond pour toi. Rien, il n'y aura rien entre vous, aucune rencontre, sauf dans des circonstances dépourvues de tout caractère d'intimité.

Il se pencha vers Seymour, prêt à échanger un regard, quelque douloureux soit-il, avec le jeune homme. Mais Seymour, la tête dans ses mains, ne voyait rien. Bayliss se sentit plein de pitié et de regret. Seymour dit lentement :

— Ma grand-mère a plus de quatre-vingts ans.

— Je le sais, mon garçon. Je te comprends. Mais, même après sa mort, je demanderais encore du temps. Le temps de voir ce que cette éducation a fait de toi, pour te parler franchement. Ton père était mon ami, tu le sais, et n'avait que six ans de plus que moi. J'ai vu le travail de ta grand-mère d'aussi loin que je me souvienne, et je ne vais pas laisser ma fille courir un tel danger.

Il s'arrêta, Seymour leva la tête et vit qu'il hésitait devant ses prochaines paroles. Puis il ajouta pensivement :

— Je me souviens aussi de Lily Randall, quand elle a épousé ton père. J'assistais à leur mariage. Elle... elle ressemblait beaucoup à Dorothy.

Seymour se remit la tête entre les mains. Bayliss serra les lèvres et se moucha. « Un homme, pensa-t-il, serait une pierre s'il n'était pas ému jusqu'aux larmes par l'affreuse situation de ce garçon. » Quant à Seymour, il était dans la nuit, les yeux fermés, les dents serrées, une sourde douleur quelque part, n'importe où, partout au-dedans de lui. Pour la première fois de sa vie, il se voyait, non en ce moment, non pas dans les années de son enfance, mais dans l'avenir, cet avenir qui, maintenant, lui semblait un espace effrayant, imperméable, d'obscurité sans fin. S'était-il fait des illusions en estimant que, s'il prenait l'initiative, s'il bravait la vieille femme en faisant avec entêtement les premiers pas vers l'indépendance, il pourrait espérer échapper à son destin, ce destin que cet homme bon et admirable craignait évidemment pour lui ? « Pourquoi, se demanda Seymour, pourquoi en est-il ainsi ? Ne puis-je donc commencer à vivre quand elle sera morte ? » Et le souvenir qu'avait conservé Bayliss de sa mère : une jeune fille qui ressemblait à Dorothy, comparaison que Seymour n'avait jamais songé à faire, lui revenait à présent pour évoquer toute une nouvelle suite de pensées anxieuses et inquiètes au sujet de sa mère, si vague, si craintive, si naïve et incapable... Où tout cela le mènerait-il ? Que voyait-il devant lui sinon la tristesse, le vide, la douleur ? Il leva lentement la tête, montrant sans crainte et sans honte ses yeux humides à Allan Bayliss, qui, en lui infligeant un coup terrible, infiniment douloureux, lui avait témoigné plus de bonté qu'il n'en avait jamais rencontré.

— Il n'y a donc aucun espoir pour moi ? demanda Seymour, luttant pour garder la maîtrise de sa voix.

— Comment puis-je connaître l'avenir, mon garçon ? Je sais seulement que j'attache plus d'importance à ma fille et à son bonheur qu'à toute autre chose en ce monde. J'essaye de faire ce que je crois le mieux, et ce n'est pas, cela n'a pas été facile, ni pour Dorothy non plus. — Il vit Seymour mordre ses lèvres blanches. — C'est une bonne fille et elle n'est pas sotte. Il est très rare qu'une jeune fille accepte les conseils avant qu'il soit trop tard.

— Vous avez raison, dit Seymour, et Bayliss trouva sa voix imposante dans sa maîtrise.

— Tu me fais une profonde impression, dit Bayliss doucement. Tu t'es montré plus que viril dans cette épreuve. Je ne puis assez te dire combien je regrette ce que j'ai dû faire. Je voudrais pouvoir me rétracter, mais, mon pauvre garçon, cela m'est impossible.

— Je comprends.

— C'est ce que j'avais fait prévoir à Dorothy. Quand je l'ai priée de t'envoyer ce mot, je lui avais dit qu'elle pouvait y compter.

— Un mot? demanda Seymour. Dorothy m'a envoyé un mot, à moi, Mr. Bayliss?

— Oui, à toi. — Ils se regardèrent un instant. — Il y a huit jours, je crois, quand les invitations à son bal ont été mises à la poste.

Seymour avait les mains crispées sur les bras de son fauteuil. Bayliss vit blanchir ses articulations.

— Nous en avons discuté, naturellement. Il fallait rendre une fois pour toutes la situation nette, et j'ai pensé que ce serait plus facile pour toi si nous ne t'invitions pas à ce bal et j'ai dit à Dorothy qu'il serait mieux et plus honnête de sa part si elle t'écrivait pour te l'expliquer. Une fois pour toutes, répéta-t-il.

— Ainsi... ainsi... — Seymour étouffait presque. — Ainsi, elle ne s'attendait naturellement pas à me voir hier.

Il se leva brusquement, et Bayliss fit de même. Ils restèrent un moment devant la cheminée et échangèrent un regard épouvanté.

— Vous voyez ce qui est arrivé, monsieur, reprit Seymour. Cela ne prouve que trop combien vous avez raison.

Il tendit la main. Bayliss la lui serra chaleureusement. Seymour ajouta :

— Adieu, monsieur, je ne puis rester plus longtemps.

Bayliss, encore une fois, lui prit la main longuement et, quand Seymour eut quitté la pièce, il secoua la tête et regarda tristement le feu.

A la maison, Seymour tira longuement et violemment le cordon de sonnette. Il n'avait pas la clé. Quand la nouvelle domestique lui ouvrit — tout le personnel avait été changé depuis le retour de l'Ile aux Lièvres —, il passa devant elle sans un mot. Il alla droit en haut et ouvrit brusquement la porte de la bibliothèque sans frapper. Sa grand-mère, selon son habitude, était assise dans son affreux fauteuil de satin rouge qu'elle tournait du côté du feu quand les rideaux étaient tirés et le gaz allumé. Seymour n'était pas entré dans cette pièce depuis l'année précédente. Il fit claquer la porte derrière lui pour la refermer.

— Je veux la lettre de Dorothy Bayliss que vous avez interceptée, dit-il d'une voix vibrante de colère.

— Je l'ai brûlée, dit Mrs. Holt, du même ton qu'elle lui aurait indiqué l'heure.

— Je m'y attendais. Je suis venu en réalité vous dire que je sais ce que vous avez fait. Je vous ai dit cet été que vous étiez méprisable, si j'avais un mot pire, je l'emploierais maintenant.

Sa grand-mère rit. Les oreilles de Seymour, la colère aidant, en bourdonnèrent.

— Des mots! dit-elle de sa voix lourde et résonnante. Ceux-ci ne valent pas cher, et tu ne fais que te rendre ridicule en les employant. Tu es d'ailleurs stupide.

— Oui, je l'ai été de me laisser tyranniser par vous. Mais c'est fini. A partir de maintenant, je ferai comme je l'entendrai.

— Encore des mots. Ne les gaspille pas, Seymour. Tu es absolument dépendant et tu n'as pas le choix.

— Mais si. Je peux quitter la maison aujourd'hui et trouver du travail n'importe où.

— Et ton éducation?

— Cela ne fera qu'une chose de plus que vous aurez gâchée, en me privant de cela comme du reste.

— Oh! Tu devrais finir tes études.

Il ne put dire si elle voulait être ironique ou bien, de quelque façon impénétrable, raisonnable.

— Alors je les finirai à mes propres conditions. Je dirai que je veux aller à Boston, à l'Institut du Massachusetts, seulement je ne veux pas laisser ma mère et Randall seuls dans cette maison avec vous. Vous me paierez donc cela ici. Vous me donnerez une clé de la porte et une pension, et, si vous refusez, je m'en vais et j'irai travailler ailleurs.

— Laissant ton idiote de mère et cette poule mouillée de tapeur de piano ici?

— Ce qu'ils sont devenus, c'est entièrement de votre faute.

— Ils n'ont pas ton étoffe, dit, chose stupéfiante, la vieille femme. — Seymour apprit ainsi que, s'il l'avait traitée de cette façon depuis des années, il se serait épargné, et aux autres également, des tortures indicibles. — Tu arriveras à donner quelque chose si tu ne perds pas ton temps avec une rien du tout comme cette petite Bayliss.

— Assez ! Ne prononcez pas son nom, méchante femme ! Je peux aussi bien vous dire que les Bayliss, comme nous tous, attendent impatiemment le jour de votre mort. Si je ne puis voir Dorothy Bayliss jusqu'à ce jour-là, c'est parce que vous ignorez ce que pensent les gens comme il faut. Et l'été prochain à l'Ile aux Lièvres...

Sa grand-mère l'interrompit rudement.

— Bah ! l'Ile aux Lièvres ! J'ai vendu la maison de l'île et j'ai placé l'argent dans des fonds inaliénables où tu ne pourras toucher à rien.

Seymour resta la bouche ouverte, comprenant mal ce qu'elle venait de dire. Puis, le front froncé, il demanda :

— Et mon bateau ?

— *Ton* bateau ? Je t'ai déjà dit que tu étais stupide. Un mineur n'a aucun droit de propriété.

— Monstre ! — La voix de Seymour éclata, sauvage. Tous les coups et les humiliations de ce jour terrible culminèrent en un cri de protestation pour son bateau. Pour ce qu'il avait perdu, pour Dorothy, il pouvait réussir à souffrir comme un homme, courageusement et en silence. Mais ceci était autre chose. — Vous êtes l'être le plus vil qui existe. Quel mal vous ai-je fait avec ce bateau ? La seule...

Il s'interrompit et reprit son souffle, car il suffoquait, et il fit effort pour ne pas éclater en sanglots en lui donnant la satisfaction de le voir souffrir. Elle resta assise, regardant froidement le long de son nez, comme si rien de particulier ne se passait.

— Oh ! Je veux que vous sachiez combien je vous hais, dit Seymour quand il eut repris le contrôle de sa voix. Je veux que vous sachiez tout. Tout ce que j'ai appris depuis que j'étais un petit garçon, sur la manière dont vous avez traité Papa et tout ce que vous avez fait souffrir à ma mère.

— Cette idiote geignarde ! dit la vieille femme.

Les poings de Seymour se fermèrent, et il approcha de son fauteuil, debout près d'elle.

— Vous êtes un monstre, je l'ai déjà dit. Mais qu'est-ce qui se passe en vous ? Pourquoi avez-vous cette manie de tout abîmer ? Pourquoi un sentiment pur devient-il empoisonné dès que vous y touchez ? Tout le monde vous déteste. Tout le monde a peur de vous... Seulement je ne vous crains plus, moi, non, c'est fini. Je n'ai jamais ressenti pour vous qu'une immense haine. Je vous hais et j'espère votre mort. Pourquoi donc ne mourez-vous pas ?

Il lui jeta ce cri dans la figure en se penchant sur elle et répéta :

— Pourquoi ne mourez-vous pas ?

A sa stupéfaction, il se passa quelque chose sur ce visage. Un côté se releva, tordu et retroussé comme un morceau de papier qui brûle, jusqu'aux frisons de cheveux blancs qui encadraient son front étroit. Et l'autre côté du visage s'abaissa, affaissé et également tordu jusqu'à la mâchoire. Ses yeux, derrière les verres de ses lunettes, s'arrondirent et regardèrent fixement, mais chacun de leur côté. Puis un œil se ferma, dans une sorte d'absurde clin d'œil, et l'autre resta grand ouvert, vitreux comme un œil de poupée. De la salive coula du coin de sa bouche. Seymour recula, horrifié de constater, sans en éprouver de surprise, que tout le corps était tordu comme le visage. Les mains et les pieds s'en allaient tout de travers, ceux du côté gauche en l'air et ceux du côté droit affaissés vers la terre. Une sorte de gargouillement se faisait entendre. Seymour, immobile, l'observa un instant, puis il alla au cordon de sonnette, le tira et, quand la femme de chambre entra, il dit froidement :

— Ma grand-mère a une attaque. Allez vite chercher le docteur Wharton. — Puis il se rappela que cette femme était nouvellement dans la maison et il la rappela. — Le docteur Prentice Wharton. A trois maisons d'ici à l'ouest, sur le même côté de la rue.

Mrs. Holt mourut la veille de Noël, laissant un testament qui fut lu après l'enterrement à Seymour, à Randall et à leur mère, le lendemain de Noël. De la manière la plus ingénieuse et sans outrepasser l'extrême limite de son droit, la vieille femme avait immobilisé sa fortune, la sienne propre et celle de son mari, entre les mains de deux dépositaires, par le même procédé dont elle avait usé pour maintenir emprisonné son fils John. Seymour était l'héritier éventuel de la majeure partie et Randall du reste. La part de Seymour devait rester placée en fonds irrévocables jusqu'à sa quarantième année et la part de Randall jusqu'à sa quarante-cinquième. Pendant leur minorité, les deux frères ne recevaient rien directement, mais seulement de petites pensions, dont le curateur fixerait le montant. A l'âge de vingt et un ans, ils recevraient une maigre partie de leurs revenus, mais le reste devait être réinvesti. Après dix ans, ils toucheraient un revenu double, mais pas le tout. Aucun d'eux, jusqu'à plus de quarante ans, n'aurait jamais une seule fois entre les mains une somme suffisante pour pouvoir, par exemple, acheter une maison ou toute autre propriété importante. En attendant, la maison de Chelsea était constituée en société entre les mains des dépositaires, d'une façon qui en interdisait la vente. A cet endroit, Seymour s'exclama :

— Mais c'est de la folie ! Le quartier devient de plus en plus médiocre. On le voit changer chaque semaine.

Le notaire qui lisait le testament jeta à Seymour un regard pouvant aussi bien s'interpréter comme l'opinion que tout le document entier était de la folie, mais il continua à lire. Les curateurs de Seymour étaient la banque, ce même notaire et un autre homme de loi, un magistrat en retraite presque plus inflexible que Mrs. Holt elle-même. Mais, dans le cas de Randall, le testament contenait une surprise : quand Seymour aurait atteint sa majorité, il deviendrait un des tuteurs de Randall, mais seulement en ce qui concernait les questions regardant son instruction et son éducation.

Les deux frères se regardèrent avec stupéfaction.

— Par exemple ! dit Seymour. Qu'est-ce qu'elle pouvait bien vouloir dire par ça ? Qu'en penses-tu ?

— Je ne sais pas, dit Randall, mais c'est tant mieux pour moi.

Leur mère ne dit rien. Le testament l'ignorait. Elle était assise dans un coin de la pièce, les mains croisées sur ses genoux, pâle, effacée, ne prêtant que peu d'attention à ce qui se passait. Sa robe noire au col haut la rendait laide et gauche. Ni elle ni ses fils n'avaient manifesté le moindre chagrin, ce qui n'aurait été qu'une concession hypocrite aux convenances devant des serviteurs indifférents, perpétuellement changés, et les quelques vieilles connaissances de la famille qui étaient venues par devoir. Lily et les garçons étaient en noir, parce qu'il ne leur était pas venu à l'idée d'être autrement. Ils porteraient le deuil le temps requis et se retireraient provisoirement du monde pour la même raison. Seymour, à cela, n'avait pu s'empêcher d'observer :

— Pouvez-vous me dire de quoi nous nous retirons ? Comment peut-on se retirer d'une retraite ? Personne ne nous a jamais invité nulle part.

— Vraiment, dit Lily, très vague, on ne le ferait naturellement pas en ce moment.

— On le fera, dit Seymour, la figure sombre. Dès que cette période sera passée.

— Oh! mon chéri, dit sa mère de sa voix nerveuse et plaintive, tu ne comptes pas *recevoir*?

— Certainement si. N'avons-nous pas été suffisamment en prison toute notre vie?

— Je ne vois pas... Je ne saurais pas...

Les mains de Lily se portèrent à ses lèvres.

— Oh! nous avons le temps, dit Seymour. Habituons-nous à être d'abord nous-mêmes.

Il découvrit que la seule provision pour sa mère était une lettre écrite par sa grand-mère aux curateurs, leur ordonnant de payer les notes de Lily, représentant les nécessités indispensables de la vie courante, et une somme annuelle infime pour ses vêtements, prise sur les revenus des fonds placés. Les frais de la maison seraient couverts de la même façon. Les choses devaient rester aussi semblables que possible à ce qu'elles étaient du temps de Mrs. Holt.

Seymour ferma la bouche avec un claquement.

— Je transformerai tout cela, dit-il à Randall.

Et, quand celui-ci lui demanda comment, il répondit :

— Attends et tu verras.

Il avait l'intention de commencer immédiatement par des changements suffisants pour secouer sa mère et Randall hors de leur routine de tant d'années, qu'ils continuaient d'observer par pure habitude. Il renvoya les domestiques et demanda à sa mère d'engager de nouveaux serviteurs. Elle pâlit et murmura :

— Seigneur! Je t'en prie, je... Pourquoi faut-il?...

— Maman, dit-il, ce que je vous demande, c'est dans votre propre intérêt et le nôtre. Nous voulons ici des gens qui n'aient jamais rien eu affaire avec Elle. Ceux que nous venons d'avoir, nous leur sommes totalement indifférents. Jamais nous n'en avons eu d'autres. Et qu'auriez-vous fait à leur place?

— Mais, Seymour, je ne sais pas comment on trouve les domestiques.

— Vous allez à un bureau de placement et vous dites ce que vous désirez, puis vous vous asseyez et vous parlez aux gens qu'on vous présente. Du moins je suppose que ça se passe ainsi.

— Seigneur! gémit Lily.

— Et quand vous aurez une nouvelle cuisinière, continua Seymour, je voudrais que vous fassiez en sorte qu'elle ne connaisse jamais les menus que Grand-maman nous servait. Jamais plus de haricot de mouton le lundi, jamais plus de crêpes ni de bœuf rôti le dimanche, jamais plus de morue le vendredi, jamais plus de bouillie pour le petit déjeuner. Jamais plus!

— Hourrah! cria Randall de l'escalier qu'il descendait pour aller étudier.

Mais Seymour pouvait bien exprimer des désirs. Tout autre chose était que sa mère les mette à exécution. Elle en était incapable, et ses tentatives pour le contenter mirent la maison sens dessus dessous. Longtemps, Seymour fut très patient. Randall n'eut pas besoin de lui conseiller timidement d'aller doucement et de laisser le temps à Maman de s'habituer à tenir une maison. Il voulait lui donner toutes les chances possibles et il fit des quantités de suggestions qui avaient l'intention de l'aider.

— Pourquoi ne nous installons-nous pas dans la bibliothèque? demanda-t-il. Changez les meubles et arrangez-les pour que vous puissiez avoir là votre salon. Vous n'avez jamais eu un coin à vous dans la maison, sauf...

— Oh! non, protesta Lily. Pas la bibliothèque! Je ne resterai dans cette pièce pour rien au monde.

Elle se tordit nerveusement les mains.

— Mais elle serait toute différente, dit patiemment Seymour. C'est ce que j'ai voulu dire. Il y aura des rideaux et des meubles différents. Nous pouvons amener des meubles de toute la maison et nous débarrasser de ces horribles fauteuils rouges, ajouta-t-il avec rancune.

Ils évoquaient la vieille femme chaque fois qu'on les voyait.

— Non, pas la bibliothèque! pleurnicha Lily. Je t'en prie!

— Très bien. — Il maîtrisa son irritation et l'impulsion qui lui était venue un instant de reprendre vivement sa mère. — Très bien, je la prendrai pour moi. Je ne vois pas pourquoi je continuerais à travailler dans ma chambre.

Il aurait pu ajouter qu'il ne voulait ni travailler ni vivre dans cette maison. Columbia n'était nullement l'endroit idéal pour les cours de mathématiques dont il avait besoin, et il serait parti pour Boston avec soulagement. Mais il ne pouvait être question de laisser sa mère et Randall continuer à tourner en rond dans la même ornière ici tout seuls.

Un moment, ils furent tous satisfaits de jouir du luxe que représentait l'absence de Mrs. Holt. Ils observèrent les premières semaines de leur deuil avec une exactitude directement hors de proportion avec leurs sentiments réels. Comme le disait

Randall, ses yeux bleus grands ouverts dans une sincérité ingénue :

— Vous savez, nous ne devrions pas nous sentir si contents et soulagés. Tout le monde s'imagine que nous restons à la maison parce que nous portons vraiment le deuil de Grand-maman.

— N'en crois rien, dit Seymour. — « Tout le monde », pour lui, c'était la famille Bayliss. Il n'attendait que le moment propice indiqué par son instinct pour aller y faire une visite et voir où il en était maintenant de ce côté. — Toutes les personnes qui nous connaissent savent exactement ce que nous ressentons. Ils seraient idiots s'ils ne le savaient pas.

Il choisit finalement le jeudi après-midi de la semaine après le début du carême. Les bals seraient finis. Dorothy avait joui de trois mois de distractions si nombreuses que, même du fond de son isolement, Seymour en avait eu des échos : elle passait pour la débutante la plus jolie et la plus populaire de la saison. Il n'avait aucune raison de penser qu'il recevrait des encouragements à venir la voir, mais maintenant on ne le lui défendrait certainement pas. Chaque mot de sa conversation avec Allan Bayliss lui était aussi présent qu'au moment où il les avait entendus. Il serait mis à l'épreuve pour bien des raisons, mais surtout parce que Mr. Bayliss voudrait avoir le temps de voir « ce que ton éducation aura fait de toi ». Cette condition semblait dure à Seymour, mais non sans espoir. C'était sa chance de rachat, et il était résolu à en tirer le meilleur parti. En comparaison, l'obstacle de sa jeunesse et la longue perspective de ses années d'université et de travail semblaient tout à fait secondaires.

Il trouva Mrs. Bayliss seule au salon, ce qui le soulagea autant que l'absence de Dorothy le déçut. Mrs. Bayliss l'accueillit cordialement et lui demanda des nouvelles de sa mère. En même temps, elle expliqua :

— Dorothy est au Cercle de couture cet après-midi. Toutes les jeunes filles, comme vous savez...

Seymour regretta de ne pas avoir été au courant. Comment se serait-il souvenu que le Cercle de couture se réunissait le mercredi pendant le carême ? Il l'avait oublié si tant est qu'il l'eût jamais su.

— Comment se porte Mr. Bayliss ? demanda-t-il.

Il se sentait gauche, sinon stupide. Il aurait aussi bien pu demander tout de suite où en étaient les sentiments de Mr. Bayliss en ce moment.

— Très bien, merci.

Seymour but son thé nerveusement, reconnaissant à Mrs. Bayliss de trouver des sujets insignifiants sur lesquels bavarder. Il n'aurait pas pu tenir la moindre conversation alors que ses sentiments le poussaient à mille questions qu'il ne pouvait poser. Il éprouva soudain la crainte presque douloureuse que Mrs. Bayliss ne fasse allusion à l'Ile aux Lièvres, ou à des bateaux, ou à l'été prochain. Et puis il se rendit compte qu'elle et tous les autres devaient être au courant de ce que sa grand-mère avait fait. Il se raidit contre un sentiment de mortification qui l'envahit, cruellement augmenté par l'idée de sa propre stupidité, parce qu'il n'avait pas pensé plus tôt à cela. Après tout, s'il y avait pensé, aurait-il eu le courage de faire la visite d'aujourd'hui ? Il prit congé dès qu'il le put et ne fut que faiblement réconforté quand Mrs. Bayliss lui dit avec bonté.

— J'ai été heureuse de vous voir, Seymour.

— Je vous en prie... je vous prie de présenter mes compliments à Dorothy.

— Certainement, et dites les miens à votre mère.

Elle sourit, il salua et se retira. C'était aussi peu satisfaisant que possible, et Seymour ne savait toujours rien du véritable état de ses affaires. Dans l'omnibus à chevaux de la 23e Rue, il regarda dehors la boue de février, les équipages rangés devant les portes des grands magasins, les voitures de livraison et les camions avec leurs grands chevaux fumants, les foules se hâtant sur les trottoirs. Toutes les choses et tous les gens qu'il voyait semblaient avoir un but et une existence plus assurés que lui. Il soupira, tandis que l'omnibus traversait la Neuvième Avenue et approchait lentement de son quartier.

Quand cela avait-il commencé ? Il ne pouvait se le rappeler. Depuis quelques années seulement, peut-être : Chelsea se transformait en quelque chose de laid et de sinistre. L'une après l'autre, ses belles maisons dégénéraient en taudis, les pavés étaient mal entretenus, les arbres non remplacés quand ils mouraient. Beaucoup des voisins parmi lesquels il avait grandi étaient partis pour d'autres quartiers, vers l'est et le haut de la ville. Et il était là avec Randall, condamné à vivre dans la maison de Chelsea quoi qu'il arrive, à moins que lui ou tous deux ne gagnent suffisamment d'argent pour pouvoir choisir eux-mêmes leur genre d'existence et abandonner la vieille maison à la pourriture, si tel devait être son sort.

Il tourna l'angle de la Dixième Avenue vers l'est et prit à pied la 24e Rue. Comme il approchait de la grille, il fut étonné de voir une grande voiture de déménagement stationnée dans la rue. Ses portes de derrière étaient ouvertes, et deux grosses planches allaient de la voiture au trottoir. Les chevaux piétinaient dans la boue. Seymour jeta un coup d'œil dans la voiture et vit qu'elle était vide. Il remonta l'allée, examinant la porte ouverte et le vestibule de la maison. Un piano droit, entouré de quatre hommes en vestes bleues était là, et Randall et Lily discutaient pour savoir où le faire mettre.

— Qu'est-ce que c'est que ça? demanda Seymour. D'où vient ce piano?

— C'est celui de l'Ile aux Lièvres, expliqua Randall. Tiens, regarde.

Il lui tendit une feuille de papier, remise par le conducteur de la voiture. Seymour vit d'un coup d'œil que c'était un ordre de livraison provenant des exécuteurs testamentaires de Mrs. Holt, ce qui prouvait que la seule chose non vendue en même temps que la maison de l'île était ce piano. Seymour lui jeta un regard hostile. Randall ajouta :

— C'est dommage. Ce piano ne vaut rien. L'humidité de l'île, tu comprends... — Il s'interrompit et regarda Seymour avec une soudaine grimace d'émotion. — J'aurais mieux aimé...

Sa voix s'étrangla. Seymour, d'un geste, demanda une explication, et Randall, malheureusement, continua :

— J'aurais mieux aimé que ce soit ton bateau.

— S'il vous plaît, madame, dit rudement le conducteur à Lily, il faudrait nous dire où mettre ce piano. Nous n'avons pas toute la journée devant nous.

Lily s'exclama : « Oh!... » et regarda Seymour d'un air suppliant.

— Descendez-le à la cave, dit celui-ci avec brutalité. Par ici.

Il indiqua la porte sous l'escalier.

— Mettez-le près de l'autre qui s'y trouve déjà.

Il n'avait pas l'habitude, contrairement à beaucoup de jeunes gens de sa génération, de proférer des paroles blasphématoires, mais aujourd'hui, une fois rentré dans la bibliothèque, il claqua la porte derrière lui et jura.

Une quinzaine plus tard, il frappa un jour à la porte de sa mère, pénétra dans sa chambre et vit qu'elle tournait nerveusement les pages d'un carnet. Ces pages étaient couvertes de son écriture floue et enfantine, et elle ferma le cahier avec un petit cri quand il fut assez près d'elle pour risquer de voir ce qui était écrit.

— C'est mon livre de comptes, dit-elle un peu haletante. Assieds-toi, mon chéri.

Seymour regarda un instant autour de lui, se demandant où il pourrait trouver place. Partout un désordre épouvantable, chaque meuble encombré d'une pile de boîtes et d'objets, des bouts de ruban, des morceaux de dentelle, des garnitures de chapeaux, des tricots commencés. Tout cela avait considérablement augmenté depuis un an ou deux. Maman avait toujours rempli sa chambre d'un tas de choses disparates, mais y avait conservé un certain ordre apparent. Il semblait maintenant que le système, si tant est qu'elle en ait jamais eu un, était usé et avait fait éclater les jointures.

Seymour repoussa un monceau de photographies sur le bout du divan et s'assit.

— Je suis heureux que vous vous occupiez vraiment de la maison, dit-il avec un sourire. Ce n'est pas tellement difficile, n'est-ce pas ?

— Oh ! si.

Les lèvres de Lily tremblèrent, et elle reprit :

— Je fais tout ce que je veux pour te contenter, aussi je... — Elle tapota le carnet fermé sur ses genoux. — Je copie des recettes dans le *Journal des Dames* et j'essaye de penser à des menus.

— La cuisinière ne vous aide-t-elle pas pour cela ?

Lily soupira :

— Oh ! les cuisinières sont tellement indifférentes ! Quand je lui demande... ce que nous pourrions avoir, elle reste là sans bouger et répond : « C'est à vous de dire ce que vous désirez, madame. » Cela me donne... j'ai presque l'impression qu'elle se moque de moi, Seymour.

Les yeux de Lily se remplirent de larmes.

— Ne vous mettez pas en tête de telles idées. Vous n'êtes pas encore habituée à elle. Ça marche très bien... Et je voudrais que vous fassiez quelque chose pour moi, Maman.

Il lui sourit, mais elle sentit derrière ce sourire une volonté ferme et résolue qui lui fit comprendre sans doute possible que Seymour n'était plus un jeune garçon et n'avait plus rien de commun avec Randall qui ne montrait pas ces traits durs. Et il ne le ferait jamais, Lily en était sûre, il était si doux et si affectueux avec elle ! Si seulement Seymour n'avait pas annoncé qu'il voulait lui demander quelque chose ! Elle était mal à son aise parce qu'il attendait visiblement qu'elle lui fasse une question à ce sujet.

Timidement, elle dit :

— Eh bien ?

— Je voudrais que vous écriviez un mot à Mrs. Bayliss pour l'inviter à dîner le dimanche de la semaine prochaine avec Mr. Bayliss et Dorothy.

Lily s'affaissa sur son siège, comme si Seymour avait dit une énormité.

— Oh ! protesta-t-elle faiblement, je t'en prie... je t'en prie, non !

Seymour serra la mâchoire et reprit froidement :

— Maman, réfléchissez, s'il vous plaît. Ce n'est pas raisonnable. Nous ne pouvons pas continuer comme ça tout le temps.

— Mais il est trop tôt pour donner des réceptions !

— Ce n'est pas une « réception ». Un dîner de dimanche pendant le carême ne peut pas être ainsi qualifié. Je vous ai dit que je voulais avoir les Bayliss ici et, en effet, je le désire vivement.

Avec ennui, il la vit se mettre à pleurer.

— Je... je ne peux pas, sanglota-t-elle. C'est trop tôt ! Je... je veux dire...

— Vous n'avez rien à dire qui soit sensé le moins du monde.

— Je... je suis.

La voix de Lily s'étrangla.

— Vous n'y êtes pas habituée, reprit Seymour aussi patiemment qu'il put. Je le sais. Mais, Maman, il faudrait vraiment que vous compreniez... Ce n'est pas seulement que nous avons le droit d'être comme les autres gens, mais tout ce temps perdu qu'il nous faut rattraper !... En outre, cela fait pour moi une immense différence.

Sa mère le regarda et hocha lentement la tête. Des larmes lui coulaient sur les joues, et elle dit d'une voix maussade :

— Je vois, mais, tout de même, je ne peux pas, Seymour. Pas encore. J'ai peur.

— Mais de quoi ? Certainement pas de vieux amis que vous avez toujours connus ?

— Je ne sais pas, gémit-elle. Cesse de me harceler. Simplement, je ne sais pas. J'essaierai plus tard, je te le promets. Je t'en prie, donne-moi du temps...

Elle posa la main sur son bras et leva les yeux vers lui. Sa figure blême, bouffie, avec ses yeux bordés de rouge, ses cheveux sans couleur et pendants par mèches qui ne formaient plus sur son front ses jolies boucles d'autrefois, ses lèvres tremblantes et son nez qui semblait avoir pris une forme plus longue au lieu du petit nez court amusant de ses photographies de jeunesse, tout cela composait un ensemble peu attrayant et confus qui s'appareillait avec le désordre et la demi-obscurité de cette chambre, avec sa vague odeur de moisi et son atmosphère de mystère.

— Je t'en prie, donne-moi du temps, répéta-t-elle. Ne me fais pas faire cela maintenant, Seymour, je t'en prie. Je ne peux pas.

Elle mit son perpétuel mouchoir sur son visage et se remit à pleurer. Il se leva et dit sèchement :

— Très bien alors; il nous faudra attendre un peu. Mais rappelez-vous que je vous l'ai demandé, et, d'une façon ou d'une autre, il faudra vous habituer à cette idée. Je parle sérieusement.

Il sortit.

Le lundi de Pâques, Mr. et Mrs. Bayliss firent part des fiançailles de leur fille Dorothy avec Paul Parsons, le fils aîné des Parsons de Dorsey qui habitaient Gramercy Park et l'Ile aux Lièvres. Le mariage eut lieu en juin à l'église de Grâce. Le marié était un jeune et riche banquier, de sept ans plus âgé que la mariée, et le mariage fut considéré comme hautement convenable. Seymour, joignant la carte de sa mère à la sienne, envoya une douzaine d'assiettes à salade de chez Tiffany.

CHAPITRE V

Le professeur Mundt, de son fauteuil râpé, regarda par-dessus les demi-verres de ses lunettes et hocha lentement sa tête blanche. Randall venait de finir la *Sonate* de Waldstein et restait assis, fatigué, les mains sur les genoux. Quelquefois, à ces moments-là, il penchait la tête d'une certaine manière qui touchait le vieux maître et lui donnait en même temps un sentiment d'anxiété. Il y avait chez Randall une soumission, un manque d'assurance, comme s'il réclamait silencieusement une approbation, qui n'entrait nullement dans la personnalité d'un artiste. Il jouait très bien pourtant. Sa technique était excellente, son goût musical très bon dans la mesure où il était formé, sa maîtrise du clavier plus que satisfaisante chez un étudiant de son âge, surtout, pensa le professeur, chez quelqu'un autant dépourvu chez lui d'ambiance musicale. Le professeur Mundt avait toujours assuré que Randall avait, certes, du talent, et aussi cette qualité essentielle que le vieil homme appelait *echt Pianismus*, mais qu'il ne parviendrait au rang des vrais artistes que par une étude acharnée, et cela en Europe, préférablement à Vienne, puisque là était né le vieillard et que le Conservatoire était son foyer quant à la musique. Cette idée avait depuis si longtemps été considérée comme acquise, et pourtant décidée avec tant de vague, que, pour Seymour, elle était devenue indiscutable, comme le papier pourpre du salon, rayé de moire, au sujet duquel il faudrait prendre un de ces jours une décision. Et son maître savait que le temps en était venu pour Randall. Le jeune homme avait presque dix-neuf ans, il n'y avait plus de temps à perdre.

— *So*, dit le professeur, *es geht schön*. J'en ai fini avec toi.

Randall le regarda sans comprendre.

— Que voulez-vous dire, Maître ?

— Exactement ce que j'ai dit. J'ai fait pour toi tout ce dont je suis capable, tu ne peux pas aller plus loin avec moi. Maintenant tu vas à Vienne.

— Je ne pensais pas faire cela déjà, dit Randall en hésitant.

— Tu devrais. Maintenant il faut terminer tes écoles, en finir avec les bêtises inutiles ; *entweder* tu adoptes maintenant *das Künstlerleben, oder...*

Les vieilles mains se levèrent en un geste concluant. Randall se leva lentement de son tabouret et resta debout devant le piano, les mains dans les poches de son veston. Son maître le regarda, hochant la tête inconsciemment à ses propres pensées : « Un charmant jeune homme, très beau... Regardez cette tête fine avec ses boucles dorées, les grands yeux bleus, le large front intelligent, la bouche et le menton pourtant un peu mous... Trop de sa mère de ce côté-là. *Ach !* Il pourrait laisser pousser sa barbe ! »

— Comment saurai-je si je puis entrer au Conservatoire ? demanda Randall. Je ne joue peut-être pas assez bien.

— Je t'ai préparé aux examens. Je te dis que tu réussis, tu me laisses *also* décider ces détails-là. Le voyage *undsoweiter* est par ton frère arrangé, n'est-ce pas ?

— Probablement, oui. Naturellement, ma mère...

— Ta mère n'a aucune autorité. — Le professeur n'avait pas été pour rien le maître de Randall pendant dix ans. — Déjà, depuis l'année dernière, ton frère peut donner la permission. Envoie-le-moi ici, dis-lui que je désire lui parler.

— Il est très pris en ce moment, dit Randall mal à l'aise. Il sort de Columbia le mois prochain et travaille comme un nègre pour ses derniers examens.

— *Doch !* Et toi, est-ce que tu ne passes pas aussi des examens en vue d'un diplôme ? *Auch* tu étudies ton piano assez bien pour me jouer comme tu l'as fait aujourd'hui. Tu m'enverras ton frère.

Seymour n'accorda qu'à regret le temps et l'attention nécessaires aux affaires de Randall. Nul problème n'est jamais devenu moins ennuyeux en le renvoyant à plus tard, mais celui-là poussait des tentacules dans tant de directions différentes qu'il aurait aimé pouvoir trancher le tout d'un seul grand coup. Il fallait que les projets de Randall soient décidés avant l'été.

Depuis la vente de l'Ile aux Lièvres, leurs étés avaient constitué une sérieuse difficulté. Pour Lily et Randall, on avait trouvé des expédients temporaires dans des pensions de famille à la montagne ou au bord de la mer, dans de petites stations assez peu chères pour que les mesquines limites imposées par les curateurs ne soient pas dépassées. Pendant ce temps, Seymour restait en ville et travaillait en qualité de stagiaire non payé dans les bureaux de Grew et Minturn, la grande firme de construction navale. Cet été, quand il aurait obtenu ses degrés universitaires, cette même firme lui offrait une situation permanente. Le salaire négligeable ne le préoccupait pas beaucoup, car il recevait aussi la petite partie de revenus stipulée à partir de ses vingt et un ans. En d'autres circonstances, pensait-il souvent — et il se hâtait de rejeter au loin ces insinuantes tentations, considérées par lui comme une défection vis-à-vis des siens —, il pourrait commencer à mener une existence fort agréable. Un jeune célibataire pouvait très bien se contenter de ce qu'il avait... Si sa mère et Randall n'étaient pas là, il fermerait cette affreuse et pesante et trop grande maison... et louerait deux chambres à Murray Hill... ferait partie d'un club choisi où il pourrait dîner et se trouver en agréable compagnie... partirait en croisière avec des clients de sa firme dont les problèmes nautiques réclamaient une solution... La perspective était si attrayante qu'il avait résolu, dans l'espoir de la rendre réalisable, d'abandonner son projet d'agrégation que Mr. Minturn jugeait inutile. Tout ce dont il avait besoin à présent, c'était de liberté. Et, en rentrant lentement de son entretien avec le professeur Mundt, il tournait et retournait mentalement ce nœud du problème : sa liberté. Elle était à portée de sa main. Mais où était son devoir ?

La perspective trouble de son avenir dans la maison de la 24e Rue finissait par lui inspirer un véritable dégoût. Il fallait maintenant faire un effort volontaire pour se rappeler ce qu'elle avait pu être autrefois, quand les cours de devant, le long de la rue, étaient de véritables jardins, remplis de plates-bandes aux fleurs rouges et jaunes et d'herbe bien ratissée, avec des urnes en fer forgé sur des piédestaux compliqués pleins de géraniums et de guirlandes de lierre. La rue actuelle n'était pas encore complètement défoncée; à quelques endroits, comme devant chez eux, elle conservait un semblant d'entretien. Mais les fumées de la ville rendaient impossibles les fleurs et les pelouses. Une chose en entraînant une autre, on ne trouvait plus que difficilement ce personnage démodé qu'était un jardinier venant de temps à autre s'occuper de ces jardins. Seymour gronda en passant devant l'ancien hôtel des Willett, à deux portes de la leur. En deux ans, il avait déchu d'une façon incroyable. Les vitres jamais lavées avaient ou n'avaient pas de rideaux, le jardinet devant la façade avait vu ses derniers brins d'herbe remplacés par une croûte de cendres; une bicyclette cassée rouillait contre le mur depuis des mois, et la dégradation dernière de cette demeure était proclamée par un écriteau à une fenêtre indiquant : « Garnis à louer ». Seymour détourna la tête, écœuré, et continua jusqu'à sa propre grille. Il avait abandonné tout effort pour conserver des fleurs dans les deux corbeilles de chaque côté de l'allée centrale, mais la pelouse subsistait, comme une protestation contre l'envahissement de la pierraille. Seymour pensa avec une grimace à la main morte qui lui avait imposé ce cauchemar, après avoir longuement élaboré ce plan et forgé les liens qui le tenaient attaché aux responsabilités inéluctables personnifiées par sa mère et Randall.

Il monta lentement les marches du perron et, avec un soupir, pénétra dans la maison. Les exigences du professeur Mundt en ce qui concernait Randall étaient justes et nécessaires, mais c'était lui, Seymour, qui devrait en acquitter le prix, et le moment, pensa-t-il, était cruel pour le lui demander. Il posa son chapeau sur la table du vestibule et s'arrêta un moment devant la porte du salon. Randall étudiait, comme à l'accoutumée, répétant indéfiniment quelques mesures difficiles, exercice qui faisait grincer des dents à Seymour. Le vestibule était sombre et le semblait plus encore après le brillant soleil printanier du dehors. Seymour se couvrit un instant les yeux de sa main, parce que le brusque passage de la lumière à l'ombre lui avait donné une contraction, et il lui semblait voir des étincelles brillantes danser devant lui.

— Bon sang! marmonna-t-il en commençant à monter l'escalier.

Il trouva sa mère assise comme toujours sur son divan encombré, dans sa chambre sombre et sans air, les genoux pleins du contenu de quelque boîte qu'elle avait vidée, et, auprès d'elle, une vieille valise ouverte recevait tout ce que sa main rencontrait. Elle leva les yeux vers Seymour avec un sourire plus animé que de coutume, car le plus souvent elle avait un air vague et languissant.

— Oh ! Seymour chéri, dit-elle, c'est toi. — Il l'embrassa et resta un instant à regarder ses mains qui choisissaient les objets sur ses genoux. — J'ai pensé que je pouvais commencer à me préparer.

— A vous préparer, Maman ? dit-il en souriant. Je dois dire que je n'ai pas encore pensé à faire des projets pour cet été.

— Oh ! ce n'est pas ce que je veux dire, reprit Lily vivement. J'aurai tant à faire avant d'aller à Vienne, j'ai pensé que je pouvais commencer pendant que tu...

Chose étrange, le silence de Seymour transmit son chagrin à sa mère. Sa voix se perdit, et elle leva vers lui un visage portant une expression d'effroi. Puis ses yeux se remplirent des inévitables larmes. Mais elle ajouta :

— Naturellement, nous partirons dès que Randall...

Seymour eut, comme toujours, un mouvement embarrassé qui était devenu une habitude, pour trouver où s'asseoir. Puis il enleva du divan un tas informe qu'il déposa par terre et s'assit près de sa mère. Il lui mit affectueusement la main sur l'épaule et, avec un soupir, lui dit :

— Maman chérie, vous ne partez pas pour Vienne avec Randall, vous savez.

Elle le regarda, stupéfaite, et murmura :

— Mais... mais si, voyons, j'y vais. J'ai toujours... c'était...

— Oui, il y a longtemps, dit Seymour qui cherchait des mots simples et tendres pour lui faire comprendre la cruelle situation. Vous formiez un beau rêve, Randall et vous, quand Grand-maman vivait et que nous tous... — il lui caressa la joue et tenta de toutes les manières, par son regard, par le ton de sa voix, de la réconforter pendant qu'il parlait —... pendant que nous tous nous avions besoin de rêver à quelque chose qui représenterait notre évasion loin d'elle. J'ai eu mes rêves, moi aussi, vous le savez.

— Mais ce n'était *pas* un rêve, insista Lily. Randall et moi devons aller à Vienne et nous nous installerons dans un joli petit appartement et nous irons au...

Un moment, Seymour détourna la tête, et dans son esprit passa une pensée hardie et fugitive : « Et si je les laissais partir ? Si je faisais la chose la plus facile ? » L'existence qu'il pourrait alors mener librement ouvrait devant lui comme une perspective de paradis, lui donnant l'impression qu'il se trouvait debout sur la cime de sa liberté et pouvait regarder tout autour de lui, aussi loin que sa vue pouvait porter, vers les joies de tout ce qu'il aurait désiré faire. Puis la bizarre odeur morte de la pièce lui monta aux narines, sa gorge se serra, sa tête lui parut de plomb. Il regarda les fenêtres aux jalousies perpétuellement tirées, ce qui était venu en même temps que les migraines imaginaires de Lily et devint habituel on ne savait très bien à partir de quel moment. Il examina de nouveau sa mère, dont les traits, sur son visage enfantin et qui prenait de l'âge, étaient rendus confus par les brumes dans lesquelles elle vivait. « Elle a maintenant quarante-quatre ans, pensa-t-il, elle a l'air d'en avoir soixante, soixante-dix, que sais-je ! C'est une femme vieille, et elle peut vivre encore la moitié de mon existence. Que ferai-je ? » Il n'était pas de ceux dont l'esprit patauge indéfiniment autour d'une question épineuse. Il savait et il se donna une réponse tout haut. Et, ce faisant, il sentit comme une vitalité qui se retirait de lui, il eut froid et, mettant sa main à son front, il la sentit effectivement glacée.

— Maman, reprit-il en parlant lentement, et tendrement il l'espérait, il faut essayer de comprendre. Les choses sont complètement différentes à présent. Vous avez rêvé d'aller à Vienne avec Randall quand il était un petit garçon. Vous n'imaginiez pas alors qu'il deviendrait un homme capable de faire seul son chemin. Et nous tous, je viens de vous le dire, nous rêvions de nous échapper loin d'Elle.

Il s'interrompit. Lily reniflait spasmodiquement. Il reprit :

— Mais maintenant vous n'avez plus rien à craindre d'elle. Vous êtes en sûreté ici, vous comprenez ?

Il se pencha pour voir son visage et essayer d'en tirer une réponse. Mais déjà elle fondait en larmes en gémissant et pleurait dans son mouchoir, y cachant ses yeux et son nez qui rougissait au premier sanglot.

— Vous avez toute confiance dans le professeur Mundt, dit Seymour qui cherchait en tâtonnant un moyen raisonnable de renforcer son opinion propre. Il est d'avis que Randall parte, et le plus tôt serait le mieux, nous savons cela. Et il dit que Randall doit partir seul.

Lily frissonna, et Seymour l'entendit pleurnicher : « Non, non, non », dans son mouchoir.

Il reprit :

— Je suis infiniment désolé de vous désappointer, ma pauvre Maman. Je ne veux pas vous blesser et je ne veux pas être celui qui veut tout empêcher. Nous avons eu suffisamment de ça pour le reste de notre vie. Mais c'est important. Il faut qu'une décision soit prise.

Lily continua à pleurer avec de petits gémissements aigus et, après une série d'étouffements et d'étranglements, elle émit :

— Il... il... est trop jeune. Il a besoin de moi.

Ensuite Seymour crut discerner : « ... Petit garçon... Il ne peut pas aller tout seul. »

Il se leva brusquement, poussé à un mouvement rapide pour laisser passer une vague de colère. Il fourra ses mains dans ses poches et dit, la voix froide et cinglante :

— Maman, cessez de pleurer et regardez-moi.

Lily suffoqua d'étonnement et leva soudain la tête. Seymour fronça les sourcils. Sa bouche aux coins abaissés lui donna une telle ressemblance avec la source de toutes ses terreurs que Lily s'affaissa sur elle-même, la bouche ouverte et le menton tremblant.

— Je suis désolé de vous sembler si dur, Maman, mais il faut que vous compreniez, une fois pour toutes... Randall n'est non seulement plus un petit garçon ni un enfant, mais c'est un jeune homme. Il faut qu'il se sépare de... de nous et qu'il vive l'existence d'un étudiant en musique, puisque c'est un musicien qu'il veut être.

— Mais il... il ne sait pas...

La bouche de Lily s'ouvrait et se fermait comme celle d'un poisson hors de l'eau, et Seymour ne savait que trop ce qu'elle essayait de dire.

— Ne vous donnez pas la peine de parler, Maman. Je comprends. Je vous répète que Randall doit aller à Vienne seul, et c'est mon dernier mot.

Lily s'effondra de nouveau en pleurant bruyamment. Seymour ajouta, non sans brusquerie :

— Au cas où vous pensez que cette décision n'est que la mienne, j'aime autant vous dire que le professeur Mundt est aussi de cet avis, et encore plus énergiquement que moi.

— Il a toujours *su*, gémit Lily, que nous partions ensemble.

— Quoi qu'il ait su il y a des années, il sait maintenant que Randall doit partir seul.

— Il ne *peut pas* partir seul ! — La voix enfantine de Lily suivait les hauts et les bas de ses sanglots. — Il est trop petit, il est trop...

— Il ira seul, dit Seymour d'un ton qu'elle ne lui avait jamais encore entendu. Il ira seul, ou il n'ira pas.

Seymour se retourna pour s'en aller au moment où Randall ouvrait la porte. Tous deux se trouvèrent face à face. Randall referma la porte et dit :

— Je t'ai entendu.

— Eh bien! dit Seymour, ça ne doit pas te surprendre beaucoup.

— Non.

— Alors, voilà. Tu peux partir le lendemain du jour où tes cours seront terminés.

Randall resta sans voix, regardant Seymour, mais écoutant sa mère. Il fit un geste comme pour aller à elle la consoler et se livrer au genre de petites manifestations affectueuses qui était la seule façon de calmer rapidement Lily quand elle se mettait dans un pareil état. Mais Seymour, les bras croisés, avec cet air sévère qui leur était si terriblement familier, l'obligea silencieusement à plus de retenue. Randall remua gauchement les pieds, mais n'alla pas plus loin. Les hululements spasmodiques de Lily n'en étaient que plus aigus auprès de ce silence de mort entre les deux frères. Enfin Randall parla.

— Je ne vois pas comment je pourrais partir, dit-il en faisant un geste dans la direction de Lily.

— C'est moi qui serai juge de cela.

Seymour était en train de découvrir en lui une capacité de dureté dont il n'avait jamais pris mesure auparavant.

— Mais..., commença Randall.

Seymour le regarda fixement.

— Tu as entendu ce que j'ai dit, Randall. Je ne pensais pas que les « mais » viendraient de toi. Je croyais que tu voulais devenir un vrai virtuose.

— Oui, bien sûr.

Tous deux regardèrent leur mère, puis Seymour haussa les épaules, comme pour dire qu'il avait déjà été si loin en faisant connaître à Lily l'exacte vérité qu'il n'y avait plus lieu de dissimuler quoi que ce soit. D'ailleurs, qui pouvait savoir ce qu'elle comprenait réellement.

— Alors, pars, et deviens-en un.

Randall pencha la tête et resta là, prenant inconsciemment une attitude de telle faiblesse que cela fit naître en Seymour un sentiment d'alarme. « Il est trop doux, avait dit cet après-midi le professeur Mundt, trop *kindlich.* » La grosse voix lourde résonnait encore aux oreilles de Seymour. « Si bon il est, si gentil, *ja*, c'est ce qui rend l'artiste si sensible. Mais ce n'est pas assez. *Kraft muss er auch haben*, il lui faut la forte volonté. » Seymour lui avait fait entendre par un regard combien d'efforts avaient déjà été imposés à son frère et à lui, mais le vieillard, qui les connaissait bien tous deux, avait secoué la tête en ajoutant : « *Nein*, c'est quelque chose de différent. Loin de vous, de sa maman, *weit weg* il ira. Il trouvera de la misère, c'est sûr, mais *auch* il trouvera *die Stärke*. Sans elle, il n'y a pas de *Künstler*. »

Amèrement, Seymour envisagea un instant ce que cela signifierait pour lui si la situation se trouvait retournée entre lui et son frère. Être envoyé loin de tout ceci, être forcé à se lancer dans le monde, pouvoir agir en homme et avoir à compter avec les conséquences de ses actions d'homme ! Au lieu de cela, il était amené par sa propre conscience et par la main forte d'une vieille femme, par le spectacle effarant des ruines qu'elle avait causées, à endosser une responsabilité dont il ne pouvait prévoir les limites. « Rien que de la responsabilité, pensa-t-il, et aucun de ses privilèges. Il regarda Randall qui vacillait visiblement au vent de l'incertitude, comme un arbre dans la tempête, et il regarda sa mère, incapable de tout et curieusement inerte vis-à-vis de tous les problèmes qu'elle représentait. Pour le moment, il n'y avait plus rien à dire. Il jeta à Randall un regard significatif et quitta la chambre. Il descendit à la bibliothèque et se jeta dans son fauteuil devant son bureau. Il avait un long travail à faire et pouvait difficilement s'y trouver moins préparé en humeur et en esprit, après la scène qu'il venait de subir. Il fronça les sourcils devant un diagramme compliqué sur la page ouverte devant lui, mâchonnant le tuyau de sa pipe entre ses dents.

Un léger coup fut frappé à la porte, et Seymour cria : « Entrez ! » avec impatience. Il s'attendait bien à voir arriver Randall.

— Qu'est-ce que tu veux ? demanda-t-il brusquement, tandis que Randall refermait la porte. Tu sais que j'ai cette préparation à faire.

— Oui, je le sais, bien sûr. — Seymour tressaillit à la timidité qui se discernait dans la voix de son frère. — Mais j'ai pensé... j'ai pensé... Je crois...

— Quoi donc ?

— Oh ! je ne sais pas exactement... — Randall s'appuya sur le bureau en se penchant vers son frère et, avec une expression suppliante, le regarda. — C'est terriblement dur pour Maman, frère, ne le vois-tu pas ?

— Bien sûr que je le vois. Me prends-tu pour un idiot ?

— Alors pourquoi...

— Parce qu'après tout il est inutile de faire encore plus de ravages ici qu'il n'en a déjà été fait. Maman est... Tu sais ce qu'elle est, qualifie ça comme tu voudras. Le fait est qu'elle ne sera jamais moins enfant et moins incapable que maintenant, et si l'un de nous doit l'avoir sur le dos... — Seymour ne voulut pas voir l'air scandalisé que prit le visage de Randall — il vaut mieux que ce soit moi. Je n'ai pas à aller en Europe pour mon travail comme toi.

— Mais peut-être, dit Randall hésitant, n'aurais-je pas besoin non plus d'y aller.

Seymour le regarda de travers.

— Qu'est-ce que ça signifie ? Tu veux dire que tu as peur de partir ?

— Oh ! non, protesta vivement Randall.

— Alors de quoi parles-tu ? Je l'ai expliqué assez clairement. Tu vas là-bas et tu y vas seul.

— Je la prendrais volontiers avec moi. — Randall évitait de regarder son frère. — Elle ne me gênerait pas.

Seymour ferma son livre avec bruit et rencontra les yeux effrayés de Randall avec un regard froid qui dénotait chez lui une montante colère.

— Je commence à en avoir assez, dit-il. Toute la question, c'est qu'elle ne partira pas avec toi. Elle n'ira nulle part. Elle va rester ici, sacrebleu ! où elle sera sous ma responsabilité ; et toi, ou bien tu vas à Vienne raisonnablement, ou tu n'y vas pas. Le choix est ton affaire. Tu le feras, et aujourd'hui même. Et quand tu l'auras fait, il restera fait.

Randall se retourna lentement et marcha jusqu'à la fenêtre, où il resta à contempler l'arrière-cour. Il avait si longtemps redouté cette discussion qu'il avait l'impression de l'avoir déjà vécue et de refaire de nouveau ce même mauvais rêve.

Seymour avait raison, il le savait bien, il aurait voulu être d'accord avec lui ; les meilleurs moments de toute son existence avaient été ceux où il s'était bien entendu avec Seymour, ceux où ils avaient agi ensemble, ceux surtout où il lui avait laissé faire le choix pour lui et prendre les décisions. Et, soudain, cette forte charpente semblait s'effondrer sous ses pieds et, à la place, il n'y avait rien de solide, rien, sauf les filaments ténus et tremblotants d'une situation dont Randall avait toujours su qu'elle était précaire. Seymour, lui, aurait regardé en face la trouble et vacillante difficulté, il réglerait la question et en finirait une fois pour toutes. Mais Randall, tordant entre ses mains un gland de l'épais cordon de rideau, ne fit que regarder dehors vers la cour grise, intensément conscient de l'impatience irritée de son frère derrière son dos.

— Je vais... je veux... — Randall s'arrêta. Seymour ne fit rien pour lui venir en aide. — Je te dirai après dîner, dit enfin Randall en se forçant à parler.

— Je n'y serai pas.

— Tu ne seras pas là ?

Le ton de Randall réclamait une explication.

— Non. J'emmène une femme dîner chez Jack, dit Seymour d'une voix si rude qu'il en criait presque, et ensuite je vais chez elle. Tu comprends ? Et ça te ferait rudement de bien si tu en faisais autant.

CHAPITRE VI

— En premier lieu, tu n'aurais jamais dû venir.

Steingruber était un homme aigri et maladif, à l'expression grimaçante, et ses mains épaisses sortaient de manchettes douteuses. Il marchait de long en large au bout de la pièce, tandis que Randall, muet, restait assis au piano.

— Voilà déjà un an que tu travailles avec moi, et j'ai d'abord pensé : « Bien, oui, assez bon. » Tu apprends bien, le travail est bon, tu joues bien. Mais il y a quelque chose qui te manque.

Il s'interrompit et gratta sa courte brosse de cheveux grisonnants et poussiéreux.

— Alors je pense : « *Nein, hoffunugloss!* Il est comme tous les autres Anglais, il est trop... trop... »

— Je ne suis pas Anglais.

— Je parle ! hurla Steingruber. Anglais, *Amerikaner, s'ist mir ganz Wurst. Es fehlt euch allen etwas.* Tiens, pourquoi est-ce que je parle allemand ? Je connais votre stupide langage !

— Je vois.

— *Ja.* Tu comprends ? Alors pourquoi me faire perdre mon temps ?

— J'ignorais que je vous le faisais perdre.

Randall avait un teint de cendre. Il se mordait les lèvres et cachait ses mains crispées sous le clavier. Il dut se forcer la voix pour produire un son.

— *Barmherziger Gott!* Tu ne sens pas ça ? Tu ne savais pas ?

Randall leva la tête et regarda Steingruber en face.

— Vous me trouvez idiot, dit-il en respirant avec force. Cela vous rendra-t-il les choses plus faciles si je continue à me conduire comme un idiot ?

— Plus faciles à moi ? — Steingruber, traînant ses semelles, traversa la pièce et vint s'accouder au pupitre, regardant avec surprise les yeux bleus attristés de Randall. — *Mein lieber Kerl*, pourquoi penser à moi ? C'est de ta vie qu'il s'agit, non de la mienne. — Son irritation rude avait fait place à de l'étonnement. — Pourquoi te préoccuper de ce qui est plus ou moins facile pour moi ?

— Parce que si ça n'avait pas été difficile, vous me l'auriez probablement dit il y a longtemps... dès le début peut-être.

— Mais proteste donc ! reprit Steingruber, indigné. Dis-moi que je suis une brute, ou un imbécile qui ne te comprend pas ! Et puis file trouver quelqu'un d'autre, à Leipzig, à Varsovie...

— Je ne trouve pas que vous soyez une brute. Je pense que vous avez peut-être raison.

Randall dut faire un effort énergique pour maîtriser sa voix qui tremblait. Il eut avec Steingruber le premier regard absolument vrai qu'ils eussent osé échanger. Les lignes amères et pincées se détendirent autour du long nez de Steingruber, et il prit une expression presque affectueuse.

— Dis-moi, reprit-il, ça, est-ce vraiment ce que tu désires ? Il tapa sur le piano avec sa main. Randall ne répondit pas tout de suite. Après un moment, il dit :

— Oui, dans une certaine mesure. Ce n'était pas mon idée tout d'abord. Je n'ai jamais pensé ne pas le faire.

— *Ach, so !* Encore la maman, *ja*, le vieux Max Mundt me l'a écrit. D'abord je n'y ai pas cru, *ausgeschlossen*. Nous voyons ça très souvent, tu comprends. Et puis il m'a supplié au moins de t'entendre. Pouvais-je refuser ? J'ai écouté. — Steingruber se gratta de nouveau la tête, des pellicules volèrent jusque sur le piano. — Donc, comme je l'ai dit, le talent est là. Tu as réussi l'examen. *Aber warum ? Für welchen Zweck ?* Il faut bien que je me le demande, je suis un honnête homme, je n'y peux rien, j'en suis fâché. — Il étendit les mains brusquement. — *Es tut mir furchtbar Leid.*

— Ça ne fait rien, dit Randall faiblement.

Steingruber se pencha en avant et le regarda attentivement.

— Mais quoi ? Que penses-tu faire ? Que vas-tu devenir ?

— C'est ce que j'allais vous demander.

— *A moi ?* — Le gros doigt du maître cogna sa poitrine. — *Um Gottes Willen*, pourquoi à moi ?

— A qui d'autre puis-je demander ? — Les bons yeux bleus innocents le regardèrent en face. — Je...

Randall avala sa salive, prit une longue respiration et acheva avec effort :

— Je ne veux pas revenir à New York sur un échec complet. Même si ça m'est indifférent de ne pas devenir un grand virtuose, il y a les autres, vous voyez. Ils... Ce sont eux qui y tiennent.

— La mère et... ?

— Et mon frère.

— Il est bon ? Tu l'aimes bien ?

— Oh ! oui, beaucoup.

— C'est lui qui paye pour toi ?

— Non, non, ce n'est pas une question d'argent.

Steingruber, pensif, vit la couleur revenir au visage du jeune homme, puis se retirer, le laissant plus pâle qu'avant. « Comment peut-il y avoir de tels imbéciles, pensa-t-il. Un doux, un timide, si sensible aux coups, ne possédant pas un gramme du toupet nécessaire pour affronter les luttes brutales du monde des concerts. Peut-être la mère et le frère en ignorent-ils tout, mais Mundt ! » Steingruber secoua la tête.

— Ainsi, reprit-il lentement, si tu ne deviens pas un artiste de concert, tu préférerais *trotzdem* faire quelque chose de ton piano ?

Randall hocha affirmativement la tête, sans se rendre compte que le lent affaissement de ses épaules ne montrait que trop son soulagement, son anxiété, le fardeau de son orgueil ébranlé. Pensivement, Steingruber reprit :

— Tu es un bon musicien, c'est vrai. Propre, sain, *sehr sympathisch*. Tu déchiffres admirablement. Tu serais un excellent *Begleiter*, un accompagnateur.

Il surveilla avec attention l'expression de Randall pour voir si cette perspective lui paraîtrait une humiliation, une déchéance au rang de simple utilité, à un rang subalterne. Randall ne manifesta rien. Steingruber ajouta vivement :

— Certains chanteurs sont des bestiaux qui ne possèdent qu'une voix, jusqu'à ce que leur accompagnateur, leur *Einpauker*, leur montre comment s'en servir.

Randall ne dit rien. Steingruber ne put deviner ce qu'il pensait. Au moment où son maître cherchait un mot, n'importe lequel, pour adoucir la médecine amère qu'il venait de lui administrer, Randall leva les yeux et dit tranquillement :

— J'aurais pensé qu'il y avait à Vienne tant de gens comme

moi, qu'il serait impossible de trouver une occupation pour un individu de plus.

Steingruber hocha lourdement la tête.

— Un bon *Bursch, bist Du*. Pas sot du tout. Tu as raison, ce que tu dis est vrai. Mais ça va pour ceux qui restent à Vienne. *Mein Gott!* Même les très bons meurent de faim. Tu n'as pas l'intention de rester à Vienne, *aber*?

— Non, oh! non. Seulement le temps de mes études.

— Bon. Tu travailles, tu prends de l'expérience, de l'autorité. L'Opéra de la Cour donne beaucoup de prestige. Puis tu retournes en Amérique, tu y trouves tout le travail que tu veux. *Glaube mir*, une vie comme celle-là est mille fois préférable à celle d'un mauvais virtuose, et préférable aussi à celle d'un professeur, ajouta-t-il amèrement.

— Oh!

— *Ja*. Regarde-moi! gronda Steingruber qui se pencha soudain vers Randall en se tapant sur la poitrine. Tu t'imagines que je m'attendais, *moi*, à devenir professeur? Personne ne s'y attend. Ha! Tous sont d'autres Lizst, plus grands que Lizst. Moi, toi, tout le monde. Dix mille lizst! *Wunderbar!*

Randall repoussa son tabouret et se leva. Il marcha jusqu'au *Kachelofen* vert et s'y appuya des épaules, réconforté par sa chaleur douce. Steingruber se jeta dans un fauteuil près du piano et commença à bourrer sa longue pipe. Randall ne l'avait jamais considéré comme un homme ordinaire. Il terrifiait ses élèves qui allaient à ses leçons comme à une de leurs pires épreuves. Il voyait maintenant qu'on pouvait avoir avec lui des rapports simplement humains, en lui disant tout uniment la vérité. Pour la première fois, en cette année entière étrange et biscornue, Randall se sentit calme, presque heureux.

— *Herr Professor*, dit-il, auriez-vous la bonté de m'aider à faire ce que vous me suggérez? A aller là où il faut pour apprendre?

— *Natürlich!* Tu m'as écouté de telle façon... Tu penses bien que je vais t'aider. Je parlerai à Kippler au *Hofoper*. Peut-être te donnera-t-il, et même bientôt, quelque chose à faire, qui sait!

— Qui est Kippler?

Steingruber haussa les épaules et soupira d'impatience parce qu'un individu, ne serait-il qu'un étudiant américain novice, ne connaissait pas les principales personnalités musicales.

— Kippler, c'est Klipper. *Gott weiss!* On l'appelle peut-être

« chef corépétiteur » ou « surveillant en chef des répétitions », je ne sais pas exactement. C'est avec Kippler qu'on prépare les chanteurs aux *Orchester-Proben*. Il y faut pas mal de jeunes pianistes, tu t'en doutes.

Il agita les mains de nouveau.

Randall, les lèvres contractées et les sourcils levés, considérait avec un immense soulagement cette idée qui le délivrait d'un avenir qu'il n'avait jamais pris très au sérieux et qu'il n'envisageait pas sans crainte. Il ne savait encore trop que penser de la proposition de Steingruber, mais il était prêt à apprendre ce qu'il pouvait pour la réaliser. Les quelques soirées qu'il avait passées au poulailler de l'Opéra l'avaient plus ébloui par le spectacle des souverains et des beautés dans les loges que par la musique sur la scène et à l'orchestre et ne l'avaient pas préparé à l'idée de travailler avec les chanteurs. Il n'hésita pas à le dire.

— *Doch*, dit Steingruber en haussant les épaules, et par où tout le monde devrait-il commencer ? Par ce qu'on est capable de faire. Alors on trouve l'endroit où le faire. De même pour toi. Va-t'en maintenant, ajouta-t-il en jetant un coup d'œil sur le coucou pendu au mur encombré. Va. C'est le tour d'un autre pauvre diable. *Ach !*

Seymour ne lut pas intégralement la lettre de Randall à leur mère, mais seulement ce qui ne l'enlèverait pas à ses rêves. Lily Holt était devenue un fantôme vague et effacé et s'isolait volontairement de tout contact avec la réalité, sauf quand il s'agissait de Randall. Pour s'assurer paix et indépendance, Seymour administrait à sa mère des doses judicieusement renouvelées de bonnes nouvelles sur Randall et la gardait ainsi continuellement satisfaite et occupée, vivant dans un monde musical imaginaire où Randall était devenu une personnalité de premier plan. Seymour put facilement extraire de la longue lettre de Randall des passages qui faisaient de son nouveau travail à l'Opéra le résultat de la découverte par le directeur de ce jeune pianiste de génie. Le théâtre, pour une raison laissée commodément dans le vague, ne pouvait plus s'en passer. Lily ne manifesta aucun étonnement et ne pensa pas à demander comment il se faisait que Randall, sans un jour d'expérience théâtrale, ait pu bondir tout droit du Conservatoire au plus grand théâtre d'Europe.

— Et si jamais elle le découvre un jour ? dit Seymour au vieux professeur Mundt qu'il était allé consulter tout d'abord.

— Découvre quoi ? Elle est de moins en moins capable de comprendre. Le temps qu'elle y arrive, ce sera peut-être devenu vrai.

Contre cela, aucun argument valable. Après avoir lu à sa mère la lettre dûment censurée, Seymour la mit soigneusement de côté et, comme il n'avait aucune raison de la relire, il finit par acquérir lui-même une semi-certitude qu'enfin Randall commençait à poser fermement les pieds par terre et arriverait peut-être aussi loin que le vieux Mundt l'avait auguré.

Plusieurs mois passèrent, et Seymour s'organisa une vie fort agréable. Il aimait passionnément son travail, il avait de l'entrain, il pouvait choisir parmi les nombreuses invitations qu'il recevait, ses soirées se partageaient entre un judicieux mélange de société masculine et de compagnie féminine. Et ce qu'il préférait à tout, c'était les voyages d'essai et les croisières imprévues sur les bateaux et les yachts que sa firme avait construits. Il avait trouvé une brave Irlandaise un peu âgée qui vivait avec sa mère au second étage, que Lily ne quittait maintenant jamais. Et, pour le reste, Seymour était rarement à la maison. Il venait généralement saluer sa mère vers la fin de la journée, juste avant de s'habiller pour sortir en soirée. Il la trouvait toujours absorbée dans la dernière lettre de Randall, la lissant et la caressant de ses mains vagues et toujours agitées, et, sur ses genoux, elle tenait la boîte de maroquin dans laquelle elle les gardait toutes comme un trésor. Randall avait reçu la consigne de ne pas dissiper l'illusion que Seymour avait cru bon de fabriquer à Lily, et, après quelques protestations, il avait pris l'habitude facile, non de mentir sur ce qu'il faisait, mais d'en exagérer l'importance. Seymour se laissait aller à la perspective peu réaliste que l'avenir s'arrangerait tout seul. Aussi il éprouva un choc incroyable quand il reçut de Randall un câble qu'il lut avec crainte et surprise.

Obligé quitter Vienne. Adresse poste restante Dresde. Réponds vite à ma lettre.

Qu'était-il arrivé ? Seymour résista à son premier mouvement, ne câbla pas et ne demanda pas d'explications. Randall, sûrement, avait déjà écrit. L'imagination de Seymour le tortura tout au long des deux semaines que mit la lettre de son frère à lui parvenir. Quand elle arriva, rien n'avait préparé Seymour à l'absurde aventure qui s'était abattue sur son frère si paisible et innocent. C'était vers *Fasching*, le temps du carnaval, que cela avait commencé.

Randall avait passé l'hiver à travailler ferme avec Anton Pachl, un des répétiteurs de l'Opéra et l'accompagnateur préféré des chanteurs pour leurs *Liederabende*. Pachl, comme tous les autres professeurs de Randall, se rendit mal compte tout d'abord du véritable talent du jeune musicien et quelle habileté se cachait avec de très sérieuses connaissances derrière sa personnalité trop timide et douce.

— Tu devrais sortir davantage, conseilla Pachl en un allemand que Randall comprenait très bien à présent. — Pachl était jeune lui-même, et ses conseils n'étaient pas uniquement théoriques. — Sois frivole, sois comme tout le monde. Nous sommes à Vienne, que diable ! Pourquoi y vivre comme dans un couvent ?

Pourquoi, en effet ? Randall n'osa pas avouer qu'il ne savait pas comment transformer l'existence monotone qu'il avait menée depuis qu'il était à Vienne. Comment rattacher sa vie austère et frugale et ses heures d'étude dans une chambre sombre de la Riemergasse aux splendeurs éblouissantes qu'il entrevoyait pendant les quelques pas de son trajet entre sa maison et l'Opéra ? D'après les on-dit, rien ne valait le spectacle de la Kärnerstrasse, et peut-être était-ce vrai. Où aurait-on pu contempler un si prodigieux déploiement, tant de paons humains faisant la roue, tant de jolies femmes richement habillées, les dames dans leurs landaus et leurs victorias se rendant à la Ringstrasse, les demi-mondaines y allant à pied. Les vitrines des magasins foisonnaient de bijoux, de fourrures, de fantaisies. Les parfums et aussi un arôme de chocolat et de café remplissaient l'air. On aurait presque pu voir de façon tangible la trame de loisirs, de relâchement et de malignité dont ces existences étaient tissées. Mais en quoi cela importait-il à Randall ? Encore moins pouvait-il établir une comparaison quelconque entre sa vie et celle des gens de l'Opéra. On ne pouvait passer une heure au travail dans une des pièces obscures sous les combles où se faisaient les répétitions sans entendre malgré soi des mots chuchotés, sans percevoir les courants d'intrigues et de scandales qui liaient les chanteuses ou les ballerines aux ornements masculins de la Cour, dont le quartier général se trouvait de l'autre côté de la rue, chez Sacher. Randall ne pouvait pas plus échapper aux plaisanteries douteuses et aux affectueuses taquineries des artistes qui n'avaient aucune réserve sur aucun sujet.

A peine avait-il commencé à en connaître quelques-uns que

leur curiosité amusée au sujet de sa vie privée mit en évidence le fait que le jeune homme était encore vierge. Quelqu'un le surnomma joyeusement *der Keucher*, le chaste, ce qui devint inévitablement Keuscherl, ou Keuschi. Ce surnom avait le don de le faire rougir jusqu'au blanc des yeux chaque fois qu'on le saluait ainsi. Pourtant, Pachl lui assura qu'il devrait être enchanté; personne n'en possédait d'aussi original, et il ne lui restait plus maintenant qu'à se moquer des gens qui prenaient cela au pied de la lettre.

— Viens donc au bal masqué avec moi, proposa-t-il, et nous verrons ce que nous verrons.

— Oh! non. Ce n'est pas possible! — Randall était vraiment effrayé. — Je... je ne suis jamais allé à un bal. Je ne sais même pas danser.

— Eh bien! c'est le meilleur endroit pour apprendre.

— Mais pas à ce bal-là, supplia Randall. Des gens comme... comme nous... ne vont pas à ce genre de bals!

— Tout le monde va au *Musikverein* pour le carnaval. Tout le monde! Tu n'as pas entendu parler une seule fois de l'impératrice Élisabeth?

— Non, pourquoi?

— *Ach!* J'oublie! Pauvre enfant! Et Américain par-dessus le marché!... Ça ne fait rien. Nous irons.

— Mais je n'ai pas... Je ne peux pas me payer... un costume!

— Et moi, tu crois que je peux? Nous allons prendre quelque chose ici dans le magasin des costumes, comme tout le monde. *Ai Gott!* s'exclama-t-il en regardant sa montre, Lisl Dunkler m'attend. — Il se passa la langue sur les lèvres et fit un geste moqueur vers le piano. — Elle aime son travail.

Randall soupira. Combien de temps pourrait-il rester à Vienne sans plus être scandalisé par la franche et cordiale promiscuité, l'effervescence joyeuse dans lesquelles les gens vivaient ici? Il essaya de rattacher cela à sa vie d'autrefois et ne put découvrir un seul point de contact, sauf, à sa surprise, quand il pensait à Seymour. Seymour, lui, saurait comment se comporter ici et en tirerait le meilleur parti possible. Randall ne s'y sentirait jamais autrement qu'un étranger désorienté.

Pachl le traîna au bal du carnaval le soir du Mardi gras, après avoir choisi deux dominos et des masques dans le magasin de l'Opéra. Ils débouchèrent sur le ring; la rue était un torrent de lumières, remplie dans toute sa largeur par une foule qui criait, chantait, dansait, soufflait dans des trompes et lançait des serpentins tout en avançant. La Karlsplatz était merveilleusement décorée d'oriflammes et de lampions, et les énormes portes du Musikverein, grandes ouvertes, ruisselaient de lumières, invitant tout Vienne à cet événement unique dans l'année. Pachl, qui tenait Randall fermement par le coude, avança, et, une fois entré, Randall s'aperçut qu'il lui serait impossible de s'enfuir. Jamais il n'avait vu une telle foule, et jamais foule aussi bon enfant. Impossible de se mouvoir à sa guise, on était entraîné avec le courant principal, qui remontait par les vestibules jusqu'au grand hall central flanqué de salons étincelants de lumières. La foule était si compacte que la musique en était étouffée. Finalement, Randall parvint à apercevoir le grand orchestre qui jouait l'irrésistible *Wiener Blut*. Il fallait être dans la salle de bal même pour parvenir à entendre sa pleine sonorité. Le jeune homme se fraya un chemin jusqu'à un coin sous le balcon, soulagé d'avoir perdu Pachl dans la foule et fasciné par ce premier spectacle de Vienne valsant, plus joyeuse que jamais derrière le secret de ses masques. Randall était perdu dans sa contemplation, quand, à son horreur, une main de femme se glissa le long de son avant-bras sous la large manche de son domino, et une figure masquée approcha la sienne de si près qu'il recula avec terreur.

— *Nah!* murmura la femme en mettant ses lèvres contre l'oreille de Randall, allons boire un coup.

Elle parlait presque patois.

— Merci, balbutia Randall, je préfère... Je ne suis pas...

— Quelle bêtise! C'est le carnaval aujourd'hui, vous ne pouvez pas dire non.

Seul, il n'aurait jamais réussi à traverser cette foule grouillante. Ils sortirent de la salle de bal et traversèrent un labyrinthe de vestibules, d'escaliers et de corridors qui étaient de moins en moins fréquentés. Sa compagne, accrochée à son bras, avançait d'un pas ferme. Elle savait évidemment où elle allait, et Randall, tremblant d'incertitude, se sentait pris sans espoir de fuite. Une fois, il s'arrêta à l'entrée d'un buffet et proposa :

— Entrons ici, le vin...

Mais elle continua avec un petit rire, comme si elle n'avait pas entendu. Ils arrivèrent à un couloir crasseux tapissé de papier vert foncé et faiblement éclairé par un bec de gaz. Randall toussota.

— Je crois que nous..., commença-t-il... Vous faites erreur, je crois.

Elle ne fit que rire, s'arrêta et, les yeux brillants derrière les fentes de son masque, elle glissa sa main gauche le long d'une moulure, tandis que la droite restait accrochée au bras de Randall. Derrière elle, le mur s'ouvrit. Randall se raidit; elle ricana :

— Ce n'est rien, ce n'est qu'une porte de derrière.

Et, le provoquant toujours du regard, elle recula dans le mur en l'entraînant avec elle.

Il se trouva dans une petite pièce tout ordinaire, évidemment le bureau ou le studio d'un fonctionnaire de la maison. Il y avait un piano, un bureau, un classeur plein de partitions d'opéras, une étagère surmontée des bustes en plâtre des plus célèbres compositeurs et un étroit canapé de crin.

— Voyez! dit-elle en riant et en soulevant le voile de dentelle noire qui pendait de son masque.

Et, avant que Randall ait pu l'arrêter, elle se laissa tomber sur le sofa en l'y faisant tomber avec elle et colla sa bouche à la sienne en un baiser d'une autorité terrifiante. D'abord il lui fut impossible de respirer, puis d'autres sensations plus alarmantes le traversèrent. Il se sentit comme déchiré, il avait horreur de ce qui lui arrivait. Il aurait pu brutaliser cette femme pour s'en délivrer, mais, en même temps, ce qu'il éprouvait n'était pas entièrement désagréable. En esprit, il était retenu dans des fers, il était furieux et cherchait à s'échapper. Le reste de lui-même, comme paralysé, resta d'abord passif, et puis fit ce que sa compagne voulait obtenir pour son évident plaisir, car elle en parlait abondamment. Enfin, à la honte profonde de Randall, elle soupira voluptueusement, le prit dans ses bras et murmura :

— Comment aurais-je pu le croire! C'était vrai! *Keuschi!*

Et, ne se tenant plus de joie, elle s'assit d'un bond et arracha son masque.

— Oh! ah! Dieu! — Randall entendit sa respiration s'échapper avec un sifflement. — Ott... Otti!

Il se retourna et s'effondra contre le mur.

— *Ja!* s'écria-t-elle, rayonnante comme un feu follet. *Ja, was sagst Du?* Otti Kunz!

Sa voix résonna au-dessus de lui en éclats de rire aigus.

— Allez, allez-vous-en, laissez-moi sortir d'ici, dit-il.

Il se trouvait pris dans la masse de ses jupes, de ses volants et de ses grands bras musculeux.

— Pourquoi ? s'exclama-t-elle, pourquoi partir ? *Solch' na' schaina Jungerl !*

— Laissez-moi aller, reprit-il, les dents serrées.

Il l'aurait volontiers giflée, mais elle lui maintenait les bras, tandis qu'elle continuait à l'embrasser avec un entrain horrifiant.

— *Immer 'was neues !* cria-t-elle, joyeuse. — Sa voix tourbillonnait de haut en bas, patoisant avec excitation. — On n'échappe pas à Otti ! Je me suis toujours promis ça. Je ne suis pas une imbécile.

— Oh ! Dieu ! marmonna-t-il.

Elle le secoua gaiement par les épaules.

— Bêta ! Idiot ! Pourquoi vis-tu ! Sans plaisir, qu'est-ce qu'il y a ? *Komm... Nochmal !*

Une fois de plus elle le domina. Dans sa tête roulaient des fragments de pensées... « Tu peux aussi bien... Qu'est-ce que j'ai à perdre... Seymour ferait... Comment a-t-elle reconnu... » Il finit par le lui demander.

— *Gott !* Quel enfant ! Tu crois qu'un masque peut cacher une chose si on la cherche ? — Elle s'étira comme un chat. Il y avait sur l'étagère une pendule dont le tic tac attira son attention. — Maintenant, je te laisse aller, dit-elle. — Elle lui secoua son index sous le nez. — Mais pas pour longtemps !

S'il avait imaginé qu'il serait un jour lancé dans le maelström de plaisir insouciant où les artistes se complaisaient, il n'aurait jamais pensé que ce serait avec Ottilie Kunz. Elle était un des six grands sopranos de l'Opéra et n'aurait probablement jamais vu Randall si, un jour, au milieu des répétitions de *Feuersnot*, Pachl n'avait pas attrapé la grippe. Randall avait été désigné pour le remplacer pendant huit jours. Il ne soupçonnait même pas que la célèbre prima donna l'avait remarqué. Elle était entourée du tribut habituel d'attentions obséquieuses, mais aussi son sillage s'accompagnait d'un grésillement de potins que Randall, tout en les comprenant, était trop naïf pour croire. Et maintenant il était absorbé par elle. Quand il se permettait de penser à quoi que ce soit, c'était à Seymour qui ne pourrait plus lui donner des conseils de son ton supérieur et ironique. Seulement Randall n'avait plus le loisir de penser beaucoup. Il était très occupé, il eut même du travail en supplément et, quand il recevait un ordre par un murmure péremptoire ou par un mot griffonné par Otti, il obéissait. Elle l'avait pris au piège par le désir qu'il avait de ne se montrer ni puéril ni prude.

Un mot lui fut glissé dans la main un soir de printemps où il venait d'entendre des coulisses la *Walküre*, où Otti ne chantait pas. Il poussa un soupir. Il avait à peu près décidé qu'il en avait assez et, pendant l'ennui interminable de la scène entre Wotan et Fricka, il cherchait un moyen de laisser tomber Otti sans se rendre ridicule. Le mot disait :

Viens immédiatement chez Sacher, appartement 141. Prends avec toi une partition et dis au concierge que tu es attendu.

Randall sortit du couloir et resta un moment hésitant. Ceci lui semblait louche. Elle ne pouvait être chez Sacher qu'à l'instigation de quelqu'un appartenant à la maison, et pourquoi, alors, l'envoyait-elle chercher ? Mal à l'aise, il réfléchissait. Quelle farce cachait ce rendez-vous ? Il n'aimait guère les complications. Puis il pensa : « Après tout, tant pis ! c'est peut-être la seule occasion que j'aurai de voir ce qui se passe chez Sacher, et quel mal peut-elle me faire si j'entre là où je ne devrais pas, avec ma partition sous le bras ? »

Il se rendit à la bibliothèque, y demanda *Othello* et traversa la rue pour entrer chez Sacher.

Otti l'accueillit impétueusement. Il la trouva étendue sur une bergère, au milieu d'un luxe tel que, malgré tous les racontars entendus, il n'aurait pu en imaginer de semblable. La chambre était une bonbonnière : des murs tendus de soie, des dorures, un mobilier d'une complication éperdue, d'énormes rideaux à festons, des lumières sous des abat-jour roses, un épais tapis à fleurs, et, à ce que Randall remarqua assez curieusement, pas un souffle d'air. Otti riait et tournait ses doigts autour du goulot d'une bouteille de champagne ensevelie dans un seau de glace. Randall, muet d'étonnement, contemplait bouche bée une alcôve dont les lourds rideaux de damas encadraient, plutôt qu'ils ne dissimulaient, un vaste lit de cuivre couvert de dentelles et d'oreillers enrubannés. Il tourna ses yeux bleus scandalisés vers Otti Kunz et la vit lever ses grands bras épais. Elle dit en riant :

— Viens, un baiser !

Il recula.

— Que faites-vous là ? Pourquoi m'avez-vous appelé ?

— Ce que je fais là ? *Ach !* quel enfant ! *Schluss* avec tes questions !

— Alors c'est donc vrai ? dit-il sottement. Ce qui se dit sur le prince Werdenstein ? C'est son appartement ?

— Bien sûr que c'est vrai. Il n'y a aucun secret. Viens, embrasse-moi.

— Jamais de la vie. Je m'en vais.

— *Ach!* Qu'est-ce que ça te fait ? Ce pauvre Ludo t'est bien indifférent, Dieu sait ! Et tu ne tiens pas tellement à moi.

— Certainement non.

— Alors viens boire du *Sekt* et ne sois pas si désagréable. Tiens !

Elle remplit un verre et le lui tendit.

— Otti, soyez raisonnable. N'avez-vous pas honte ! Où est votre... votre prince ?

— Pas ici, *selbstverständlich*. Il m'a fait dire qu'il avait un empêchement à la dernière minute, alors j'ai commencé à m'ennuyer et je t'ai fait chercher.

— Eh bien ! ça ne me plaît pas. Bonsoir. — Randall tourna les talons pour sortir. Otti Kunz bondit de son siège et l'enveloppa de ses formidables bras. — Laissez-moi aller ! marmonna-t-il, tandis qu'elle essayait de le faire taire sous ses baisers.

Elle avait vaincu dans toutes leurs luttes précédentes, et c'était chose réglée d'avance qu'aujourd'hui il en serait de même. Comme toujours, le plus facile était de céder et après tout d'en tirer un moment d'agrément. Jamais il ne jouerait plus ce jeu dans un pareil décor, pensa Randall.

Ils étaient au lit quand ils entendirent la clé dans la serrure. Otti appliqua sa main sur la bouche de Randall, comme si elle s'attendait à l'entendre hurler. De l'autre main, elle indiqua vivement une armoire dans un coin.

— Là, là, souffla-t-elle, *schnell* !

Mais la porte fut ouverte toute grande par le valet, obséquieusement courbé en deux, qui avait introduit Randall, et celui-ci, ne prenant pas le temps de jeter un coup d'œil sur l'être incroyable qui s'avançait, plongea sous les draps. Il se trouva enroulé très serré, trempé de sueur, trop terrifié pour émettre un son, et il entendit, comme dans le lointain, une voix froide et méprisante dire avec ironie :

— Eh bien ! Otti ? Une sotte, décidément, aussi bien qu'une putain.

Il y eut un silence mortel. Le lit était secoué par le tremblement d'Otti. Randall pria pour obtenir de s'évanouir, il espérait qu'on le trouverait mort quand le nouveau venu ouvrirait les couvertures, comme il le ferait sûrement. Au lieu de cela, il entendit la voix glacée prononcer :

— Je dirai un mot dans le salon à votre hôte quand il sera prêt à partir.

Les gros anneaux de cuivre des rideaux s'entrechoquèrent quand les rideaux furent fermés. Randall serait mort sur place plutôt que de regarder Otti, mais il réussit à ramper hors du lit et à se rendre présentable, tout en cherchant anxieusement des yeux, dans les murs de damas de l'alcôve, l'inévitable petite porte tapissée du même tissu par laquelle on pouvait s'enfuir. Il n'y en avait pas.

Le jeune homme resta un moment étourdi, mortifié. Dans son dos, Otti Kunz soufflait comme un cheval poussif, évidemment trop terrifiée ou trop ahurie pour se reprendre et sortir du lit. La situation était si insensée, si impossible, et tellement étrangère à tout ce qu'il était, lui, Randall Holt, qui n'avait jamais demandé à jouer le moindre rôle dans ce qui se passait dans cette chambre, dans cette ville, dans ce pays, que son irréalité même en ce qui le concernait fondit sur lui comme une vague énorme. Une image se forma dans son esprit : la sainte décence de la côte américaine, l'honnêteté salubre de l'air et du monde auxquels il appartenait et où une chose comme celle-ci n'aurait pu se passer. En même temps, quelque chose en lui s'interrogea. Qui saurait lui indiquer ce qu'il fallait faire ? Qui ?

Instinctivement, il redressa les épaules et raidit le dos. Qui ? Mais Seymour, naturellement. « Que ferait Seymour dans un pétrin pareil ? Je ne sais pas, mais je vais tâcher de faire comme si je savais. »

Il marcha d'un pas ferme jusqu'aux rideaux, les tira en arrière en faisant sonner les anneaux et s'avança, le menton haut. Le prince était debout, le coude appuyé sur la cheminée et buvait un verre de champagne. Jamais Randall n'avait vu de si près un tel personnage. Jusqu'ici, il n'en avait aperçu que de loin. Pantalon très collant d'un blanc de neige, tunique bleu pâle surchargée de galons d'or et de dentelle, croix et médailles, ceinture écarlate, col droit démesurément haut surmonté d'un petit visage insipide entouré de favoris blonds frisés de cheveux blonds clairsemés... « Cet animal, pensa Randall, a l'air d'un sacré idiot ! Ce n'est pas un homme qu'il y a derrière ce déguisement ! »

— Qui êtes-vous ? demanda le prince Werdenstein avec la plus grande insolence.

— Cela n'a aucune importance pour le moment, répondit

Randall en anglais, et vous interprétez la situation de façon correcte. Avec votre permission...

Il s'interrompit, parce qu'à sa gauche, dans le mur, il vit la petite porte tapissée de damas, et elle s'entrouvrait. « Pourquoi diable, se dit-il, ne se trouvait-elle pas dans cette maudite alcôve ? » Et puis il sursauta à un cri affolé que poussait Otti Kunz dans son lit.

— Franz ! cria-t-elle d'une voix aiguë, *Du Verdammter Idiot !*

Le prince et Randall regardèrent d'un œil stupide le garçon d'hôtel qui entrait, portant des verres propres sur un plateau. Puis ils se tournèrent vers Otti Kunz, rouge comme une pivoine, ses formes opulentes agitées comme de la gélatine. Randall était stupéfait, mais il ne pensait qu'à s'en aller. Il fit même un pas vers la porte, mais un « Halte ! » hurlé par le prince l'arrêta involontairement. Il se retourna et vit le serveur qui se tordait les mains, se courbait et rampait devant le prince en bégayant :

— *Exzellenz !* Excusez-moi ! Une erreur, une...

— Qui diable est cet homme ? — Le prince s'approcha de la femme couchée. — Qu'est-ce qui se passe ? Cet homme ne fait pas partie du personnel.

— *Nein*, gémit Otti Kunz. *O Gott !... O Gott !... O Gott !...* Les bras joints, elle se balançait dans son affolement.

Randall se frotta le menton, examinant le garçon attentivement. Quelque part... Quelque chose de familier... Otez-lui ce tablier et ce gilet rayé... Rôdant autour de l'Opéra...

— C'est son mari, expliqua-t-il.

— *Donnerwetter !* C'est vrai ? — Otti Kunz hocha la tête, honteuse. Le prince jeta un regard méprisant au petit être terrifié. — Comment osez-vous ?...

— Excusez-moi, dit de nouveau l'homme qui pleurait à moitié. Je voudrais... Je devrais expliquer... Croyez-moi, continua-t-il, servile, ce n'était pas Votre Altesse, votre Haute Excellence, c'était... ceci... — Il fit un geste vers Randall. Ce qui est honorable et bien compréhensible... Il fit un autre salut en se tordant les mains. — Mais, *Exzellenz*, ce... cet *Amerikaner...*

Le prince caressa ses favoris, une expression fourbe traversa ses froids yeux gris. Il jeta à Randall un regard railleur, puis un autre sur le déplaisant petit homme et la femme dans le lit.

— On semble penser, dit-il en anglais à Randall, qu'il vous

faudra payer pour vos divertissements extrêmement mal agencés.

— Eh bien! c'est ce que je ne ferai pas.

Le prince fit une grimace sardonique et méditative.

— Je me le demande, fit-il. — Il se tourna vers Kunz. — C'était bien là votre idée?

— *Ach!* dit Kunz.

— Naturellement, reprit le prince dans son anglais raffiné, si vous étiez d'un rang acceptable, je vous provoquerais en duel. — Il prit une cigarette russe dans un étui orné de pierreries et l'alluma délicatement. — Non pas, évidemment, à cause de ça — il fit un geste insultant du côté d'Otti Kunz —, mais les principes, l'honneur...

— Les principes, l'honneur? cria Randall. — Il parcourut du regard ces visages vicieux l'un après l'autre, du plus haut au plus bas dans le genre. — Écoutez, reprit-il, ce n'est pas moi qui ai voulu venir ici. On s'est joué de moi. Je ne veux pas de votre femme — il s'adressa à l'un des hommes — ni de votre maîtresse — il s'adressa à l'autre. — Tout ce que je veux, c'est de m'éloigner de ce bourbier.

— Personne ne discutera ce terme avec vous, dit le prince. Mais la lèse-majesté...

— Je suis américain. Nous ne reconnaissons pas...

— Psst! chuchota Kunz en se faufilant derrière Randall. L'*Exzellenz* est le mari de l'archiduchesse Franziska...

Randall ne comprit pas en quoi une épouse royale faisait une différence. Le prince dit :

— Vous quitterez Vienne sur-le-champ.

— Pourquoi?

Dès qu'il eut prononcé ce mot, Randall s'aperçut de sa naïveté. L'histoire courrait partout dans la capitale demain, et sa présence à lui susciterait une tempête de ridicule autour de Werdenstein. Randall reprit :

— J'ai l'intention de rester à Vienne et de terminer le travail pour lequel je suis venu.

— Pas si le chambellan impérial a des raisons pour organiser votre départ.

Randall ouvrait la bouche pour répondre avec la hauteur qu'il estimait convenable, quand ils sursautèrent tous au bruit de coups frappés à la porte. Otti Kunz se renfonça plus profondément dans ses draps, le faux garçon se glissa vers un rideau, le principe fronça les sourcils et Randall resta muet.

— Allez-vous-en ! cria le prince.

Mais il y eut un nouveau coup. Une voix de basse résonna.

— *Hoheit*, c'est moi !

Et, sans plus de cérémonie, la porte s'ouvrit, et Randall faillit s'étrangler d'étonnement en voyant entrer une femme moustachue et menaçante en forme de tonneau capitonné de noir, qui tenait entre deux gros doigts un cigare allumé. Elle considéra la scène d'un œil irrité et tonna du côté de Werdenstein :

— Jamais mon hôtel n'a vu une telle honte. Deux imposteurs, de la canaille, se sont introduits dans cet appartement cette nuit. Jamais, jamais..., répéta-t-elle en fermant la mâchoire avec un claquement.

Elle tira une bouffée de son cigare.

— Vous savez, Frau Sacher, que je n'ai rien eu à voir à cela. J'en finissais avec cette racaille quand vous avez eu l'effronterie de m'importuner.

— Vous importuner ? gronda le vieux cheval de retour, dans ma propre maison, vous importuner ?

Randall s'attendait à voir le prince faire quelque chose de dramatique ou de péremptoire. Mais il se contenta d'aller vers une table, ramassa son képi doré et ses gants blancs et, sans un regard vers quiconque, se dirigea vers la porte. Là, il se retourna et dit :

— Puisque vous préférez vous occuper vous-même de ce rebut, faites donc, Frau Sacher, je vous en prie.

— Une minute, dit Randall, surpris lui-même de son audace. On m'a déjà appelé de trois noms orduriers, et je vous avertis que j'en ai assez.

Il suivit le prince à la porte.

— Assez ? hurla Frau Sacher. C'est la police qui mettra fin à cette affaire !

— Pas en ce qui me concerne, dit Randall. — Il tremblait intérieurement. Son estomac, il en était sûr, allait lui jouer un tour ! — Vous n'allez appeler ni police, ni personne, parce que, si vous le faites, quelqu'un de la légation américaine va rendre la situation assez embarrassante pour ce... pour Son Altesse.

Il mit les mains dans ses poches pour dissimuler leur tremblement. Le prince regarda le long de son nez vers Randall, puis, furtivement, vers Frau Sacher.

— Peut-être, dit-il avec une faible manifestation d'autorité, sera-t-il suffisant que cette personne quitte immédiatement Vienne.

— Peut-être, dit Randall, qui ne put jamais se rappeler comment et par quels mouvements il s'était retrouvé dans la rue.

« Tu comprends, frère, lut Seymour, je ne savais pas exactement quoi faire, et pour le moment je suis à Dresde. Je pense que je pourrais y continuer le travail entrepris à Vienne, l'Opéra est très bon ici, mais je n'en ai guère envie. Pour te dire toute la vérité, maintenant que je t'en ai déjà tant dit, je n'aime pas l'Europe. Je n'ai jamais eu l'impression d'y être à l'aise, et j'ai pourtant essayé. Tout le monde dit que je joue bien, mais je ne suis pas vraiment un virtuose. On m'a dit de travailler avec des chanteurs, et vois ce qui m'est arrivé. Si beaucoup de chanteurs sont comme ce à quoi j'ai été mêlé, je ne veux rien avoir à faire avec eux. Je suppose que je ne m'étais jamais rendu compte de tout ce qu'il y a dans la vie d'un musicien à côté de la musique et je n'aime pas spécialement le côté qui n'est pas la musique. Dans tous les cas, je ne sais plus quoi faire maintenant et je voudrais bien que tu me dises ce que tu en penses. »

Seymour câbla à Randall de revenir à la maison.

CHAPITRE VII

Avant d'entrer, Randall s'arrêta devant la maison. Seymour l'observait. Il vit le regard de son frère parcourir la rue d'un bout à l'autre, comme pour confirmer la première impression qui l'avait frappé, celle de l'aspect de plus en plus misérable de leur voisinage. Puis les yeux bleus étonnés revinrent à la cour poussiéreuse devant la maison Holt, pas encore complètement abandonnée comme ses voisines, mais perdant du terrain de jour en jour dans sa bataille contre la suie, la fumée et la tendance de la ville à s'éloigner de ce quartier. La maison elle-même se présenta soudain aux yeux de Seymour surpris telle que la voyait Randall, démodée, peu attrayante. Seymour, avec trop de laisser-aller, avait pris l'habitude de ne plus la voir. Randall passa en revue la façade, puis les fenêtres du rez-de-chaussée et du second étage, dont les jalousies étaient abaissées comme celles du troisième et des mansardes en haut. Seules les fenêtres du premier manifestaient des signes de vie. Randall se tourna vers son frère, ne comprenant pas, une question dans les yeux, puis s'immobilisa devant l'aspect de Seymour, bien mis, élégant avec sa mince moustache blonde, ses vêtements de bonne coupe et ses gants de pécari.

— La maison doit paraître bizarre, c'est vrai, quand on n'y est pas habitué, observa celui-ci. Je ne me rends pas compte... Personne n'utilise ces chambres, Ran. Maman, tu sais... — Il lança un coup d'œil aux fenêtres du second. Lily ne les avait pas fait ouvrir depuis des années. — Moi, j'habite le premier, aussi c'est tout différent : la chambre de Grand-maman et la bibliothèque.

— Tu n'y es pas bien souvent, je suppose.

— A dire vrai...

Seymour se mit à rire.

Ils remontèrent l'allée centrale. Randall était de plus en plus troublé. Seymour comprit qu'il attendait sa mère. La porte allait-elle s'ouvrir toute grande, n'allait-elle pas apparaître sur le seuil ? Seymour expliqua avec calme pourquoi cela ne serait pas.

— Elle n'est plus descendue depuis... tu sais depuis quand c'était avant ton départ. Elle est terriblement agitée par ton retour. Plus agitée même qu'elle ne devrait, j'en ai peur. Mais même cela ne la ferait pas descendre.

Il ouvrit la porte avec sa clé. Le vestibule était très sombre. Seymour s'excusa et alluma le gaz.

— Je ne laisse rien d'allumé, dit-il. Tu comprends pourquoi. Ça pourrait être dangereux...

Au pied de l'escalier, ils s'arrêtèrent. Randall savait qu'il aurait dû monter tout droit chez sa mère, et pourtant, le pied sur la première marche, il hésitait. Seymour dit :

— Ça paraît toujours étrange quand on a été longtemps absent. Tout semble rapetissé, n'est-ce pas ?

— Oui, et.... tout est si sombre, si vide... Et, c'est curieux, on étouffe, il n'y a pas d'air !

— Tu as probablement raison. J'ai peur de n'y avoir pas fait attention. Il faudrait, en effct, aérer une maison de temps en temps, même si on n'utilise pas toutes les pièces.

— Oh ! tu as autre chose à faire !

Randall commença à monter.

— Dis donc, Ran, commença Seymour qui le suivait.

Randall perçut dans sa voix un certain malaise. Il s'arrêta.

— Qu'est-ce qu'il y a ? répondit-il.

— Il vaut mieux que je te prévienne. C'est une surprise, naturellement, mais, entre nous, ça sera... un coup, pour dire le moins. Tu le supporteras mieux si tu t'y attends.

— Supporter quoi ? Quelle surprise ?

— En tout cas, ne me reproche rien. Maman t'a acheté un piano.

— Un quoi ? — Randall lâcha la rampe et se pressa le front entre ses mains. — Frère, tu ne parles pas sérieusement ?

— Hélas ! si.

— Mais que veux-tu dire ? Pourquoi a-t-elle fait cela ? La maison est pleine de...

Randall resta la bouche ouverte.

— Oh ! je sais, dit Seymour. Elle a acheté un Steinway de concert pour toi, le meilleur piano du monde, assure-t-elle. Et elle a mis celui du salon dans sa chambre pour que tu puisses aller lui jouer de temps en temps.

Randall gémit.

— C'est horrible, Seymour ! Où a-t-elle trouvé l'argent ?

— Elle a vendu sa bague de fiançailles, une très grosse pierre, si tu te rappelles.

— Et tu l'as laissée faire ? Tu as laissé apporter ça ici ?

— J'étais parti essayer un bateau neuf.

— Oh ! non, se lamenta Randall. Qu'allons-nous faire ?

— Rien, dit Seymour. J'en ai parlé au médecin, il dit que, si nous voulons continuer ce que nous avons commencé, il faut accepter. Elle est si heureuse quand elle pense à toi ! Elle croit...

Randall frissonna et se passa la main sur les yeux. Dans la demi-obscurité, Seymour le vit très pâle.

— C'est horrible ! répéta-t-il.

— Oui, dit Seymour. C'est une de ces choses qu'on commence sans savoir comment on les finira. Maintenant nous n'avons plus le choix, il nous faut continuer à la tromper sur ton compte. — Il vit Randall frémir de nouveau. — C'est-à-dire, laissons-la croire ce qu'elle désire croire.

— Ça va être plutôt dur pour moi, tu ne crois pas ? dit Randall.

Ses traits étaient tirés. Seymour esquissa un pauvre sourire. Une expression de tendresse frémissante passa sur son visage. Il monta quelques marches et mit son bras autour des épaules de Randall.

— Je sais, dit-il. Je n'aurais pas voulu en imposer tout le fardeau à tes épaules, Ran. Si j'avais été pour elle un peu ce que tu es, j'aurais volontiers pris ta place. Mais elle a si peu de ressort... Seigneur ! tu le sais mieux que moi !

— C'est vrai.

— Je t'aiderai, Ran, sois-en sûr. Je pourrai t'aider de beaucoup de manières. Fais seulement quelque chose qui touche, même de loin, à ce qu'elle imagine...

— Entendu. Bien sûr, je le ferai. Ça va demander un peu de temps pour mettre la chose au point.

Randall se remit à monter l'escalier. En haut, il s'immobilisa encore, regarda Seymour et dit un peu sèchement :

— Pourquoi la maison est-elle si vide ? Où sont les domestiques ?

— Comment, tu ne sais pas ? Je te l'ai écrit.
— Ah ! vraiment ?
— Mais oui. Qu'est-ce que j'en aurais fait, Ran ? Mrs. Gerrity a sa chambre au second étage près de Maman et lui fait sa cuisine dans une petite pièce que j'ai fait aménager. Je les ai tous renvoyés, et quelqu'un vient faire le ménage.
— Je vois.
Randall monta vers le deuxième étage. Seymour regarda ses épaules courbées, affaissées.
— Tout ira bien, lui cria-t-il. Tu pourras venir dîner à mon club avec moi.
— Quand tu y seras, répondit Randall du palier supérieur.
Il était déconcerté par tout ce qu'il voyait depuis son entrée dans la maison. Sa conversation avec Seymour, en reculant d'un instant sa rencontre avec sa mère, n'avait fait que lui découvrir une série d'embûches à travers lesquelles il lui faudrait avancer en tâtonnant. Il n'avait pas attendu beaucoup de joie de son retour à la maison, mais n'avait tout de même pas un instant imaginé tant de soucis. Le fait d'avoir été séparé de Lily deux ans et demi ne facilitait pas leur réunion actuelle. Depuis deux ans et demi, il n'avait pu aller chercher près d'elle ni réconfort ni encouragement. De longues minutes s'écoulèrent, tandis qu'il hésitait ainsi sur le palier sombre, douloureusement conscient des quelques pas seulement qui le séparaient de sa mère. Il entendit des chuchotements et des bruits étouffés dans la chambre, puis la porte s'ouvrit et sa mère s'avança, les bras ouverts.
— Mon cher garçon ! Mon merveilleux garçon !
— Maman chérie ! Quel bonheur de vous voir !
Le corps frêle qu'il tenait dans ses bras était drapé dans une indescriptible masse de châles et de voiles, le pâle visage inexpressif s'encadrait de cheveux bizarrement incolores. Randall essaya un instant de bien la regarder, mais on n'y voyait pas assez dans la chambre mal éclairée. Tout se mélangeait en un brouillard confus, les meubles en noyer et bois de rose, massifs comme des tombes, l'immense lit, les fauteuils et les canapés encombrés de boîtes, de paniers, de photos, de papiers, rubans, dentelles, pantoufles, vêtements, le piano dans le coin là-bas près des épais rideaux fermés. Lily avait ouvert le piano et levé le couvercle. Randall dissimula une grimace de répulsion en se baissant pour embrasser sa mère.

— Merveilleux ! continua-t-elle d'un ton chantant. Randall, mon chéri, tu es merveilleux ! Tu n'imagines pas combien je suis fière de toi !

— Ce n'est rien, Maman, dit-il. — Et il aurait tellement voulu qu'elle sache à quel point c'était vrai ! — Je n'ai vraiment rien fait.

Lily eut un petit rire argentin de bébé.

— Allons, ne fais pas le bêta ! gronda-t-elle en agitant un index tremblant. Ne crois pas que je ne t'ai pas suivi à chaque minute ! — Elle se tourna et se dirigea en vacillant vers un coffret en cuir fatigué, à moitié caché par les oreilles de son lit. — Regarde, dit-elle, prenant et caressant le paquet de lettres qu'elle en avait sorti. Vois comme je les ai gardées précieusement. Tu as été si bon, mon chéri, si bon pour moi ! Tes lettres sont si merveilleuses !

Elle se pencha sur le lit, maniant, et lissant, et repliant les lettres en murmurant pour elle-même des mots indistincts et visiblement retombée dans la brume au milieu de laquelle elle vivait. Elle avait oublié la présence de Randall. Il resta là, hésitant, et se demanda quoi faire et s'il pouvait se glisser dehors et reprendre le fil une autre fois. Il alla sans bruit vers la porte, mais elle s'ouvrit avant qu'il l'eût atteinte, et une grosse femme autoritaire entra, portant sur un plateau un verre et une cuillère.

— Eh bien ! dit-elle d'un ton trop bruyant pour les nerfs de Randall, nous voilà donc ? C'est-y pas bien de revoir votre fameux garçon à la maison, madame ?

— Que... quoi... — Randall examina sa mère qui reprenait un peu conscience de ce qui se passait. — Oh ! continua-t-elle sur un ton aigu, oh ! oui ! Merveilleux ! Randall, viens ici, regarde ! Il est là, tu vois. Je l'ai fait monter ici. — Elle s'accrocha à son bras, le regardant avec un bizarre regard suppliant. — Ne l'avais-tu pas vu ?

Elle le tira vers le piano dans le coin.

— Je... certainement, Maman. — Il essaya de mettre un peu d'entrain dans sa voix. — J'étais trop occupé de vous revoir pour le remarquer tout de suite. Oui, c'est parfait si vous trouvez cela bien.

Il s'arrêta, mal à l'aise.

— Ah ! la grande surprise ! dit la voix épaisse de Mrs. Gerrity.

— Oui, dit Lily avec une ardeur fiévreuse. Naturellement, tu ne l'as pas encore... Tu es monté tout droit m'embrasser, n'est-ce pas ? Mais attends, bientôt tu verras !

— Quoi donc, Maman ?

— Ma surprise ! En bas dans le grand salon, mon chéri. Oh ! je suis tellement fière de toi et on m'a dit que c'était le plus beau qu'on ait jamais fait et que Paderewski aurait voulu l'acheter. Oh ! Randall, tu l'aimeras tant et, quand tu n'étudieras pas pour tes concerts, j'ai pensé que tu me jouerais quelquefois ici, c'est vraiment le meilleur, m'a-t-on assuré, le meilleur qu'on ait jamais...

Randall lut un signal d'alarme dans les yeux à lunettes de Mrs. Gerrity.

— C'est parfait, dit-il un peu pauvrement, parfait ! Je ne sais pas comment vous remercier.

— Tu ne l'as pas encore vu ! Il faut que tu ailles le voir. Essaye-le.

— Certainement, j'y vais. — Il reprit son souffle, espérant qu'il aurait le courage et la chance de dire ce qu'il fallait. — Ne voulez-vous pas venir le voir avec moi, Maman ?

Il lui mit doucement le bras autour des épaules.

— Moi ? — Lily recula, son visage se rida et se fronça, ses yeux s'embrumèrent. — Mais... Oh !... — Elle haletait, regarda le fouillis sombre de sa chambre et porta ses mains agitées à son visage. — Oh ! tu comprends, je ne pourrais pas faire *cela* ! — Elle se tourna vers une chaise et se mit à passer les mains sur tout ce qui l'encombrait. — J'ai tant à faire, tu comprends, je voulais tout préparer....

Sa voix sombra dans des chuchotements.

De sa tête grise, l'infirmière fit un signe à Randall qui sortit de la chambre et se mit à la recherche de Seymour. La bibliothèque lui fut un soulagement rassurant. Seymour travaillait à son bureau. Quand Randall entra, il s'appuya à son dossier, lâcha sa règle à calcul et son crayon et enleva ses lunettes. Il les posa devant lui, se frotta les yeux et scruta le visage de Randall pour savoir comment il avait supporté la réunion là-haut. Randall s'assit sans hâte.

— Dis donc, demanda-t-il, tu n'aurais pas une goutte d'eau-de-vie, ou quelque chose dans ce genre ?

— Bien sûr ! Une rudement bonne idée !

Seymour se leva et alla vers une petite armoire chercher un carafon et des verres. Randall resta silencieux, trop secoué pour essayer de rejeter loin de lui sa détresse. Les yeux dans le vague et ne regardant rien de spécial, comme on fait dans de pareils moments, il remarqua les lunettes que Seymour venait d'enlever. Les verres étaient extrêmement épais et si lourds que la monture d'or avait une force particulière pour pouvoir les tenir. Seymour vint s'asseoir en face de Randall et lui tendit un petit verre de cognac. Randall le regarda attentivement. Ses yeux paraissaient fatigués, sans expression.

— Quel genre de lunettes as-tu là, frère ? demanda-t-il, intrigué.

— Lesquelles ? Celles-ci ?

Il tira de sa poche intérieure une paire de lunettes ordinaires et se mit à les frotter.

— Non, celles-là.

Randall indiqua celles du bureau. Seymour haussa les épaules et dit :

— Rien de spécial. Des tas de gens les emploient pour des travaux très minutieux, des tableaux, des plans bleus... Comment trouves-tu Maman, Ran ?

Ils dégustèrent leur cognac à petites gorgées. Randall s'appuya à son dossier et reposa sa tête sur un coussin. Le mouvement du bateau l'agitait encore, et, les premiers jours de la traversée, il avait eu le mal de mer. Maintenant il ressentait une immense fatigue. Un long moment, il resta silencieux, puis lentement répondit à la question de Seymour :

— C'est affreux, Seymour ! Elle est tout simplement... Voyons... Elle est...

— Mais tu savais ça. Elle en prenait le chemin déjà quelque temps avant ton départ pour l'Europe.

— C'est vrai, mais c'est plus difficile à admettre quand on n'a pas vécu près d'elle.

— Ça doit être.

Randall frémit. Seymour n'avait probablement pas eu l'intention de dire ce que les mots semblaient exprimer.

— Je ne comprends pas bien pourquoi il est nécessaire de lui jouer cette comédie à propos de mon travail, dit-il. Je croirais plutôt qu'elle est tellement... comment dire ?... dans un état si avancé déjà, que cela ne ferait guère de différence.

— Ce n'est pas l'avis du docteur Slade. Il dit que le choc, si ce genre de malades venait à se voir retirer brutalement ses illusions, ou ses obsessions, peut être très dangereux. Ils se portent bien tant qu'on les laisse imaginer ce qu'ils désirent. La chose principale est de les garder occupés. Maman croit qu'elle a terriblement à faire à présent que tu es devenu une importante personnalité musicale et que tu vas donner des concerts, et le reste.

— Mais c'est ce que je ne vais pas faire, justement ! — Randall, presque pris de panique, se pencha en avant. — Nous n'avions pas dit ça. Tout ce que nous avions convenu de lui raconter, tu le sais. Je tâcherai de trouver un travail quelconque pour appuyer un peu nos dires, mais pas ce qui ne peut qu'aboutir à faire de nous la risée publique.

— Mais non, mais non, je t'assure, dit Seymour, essayant de le calmer. Prends ton temps, Ran. Ne te laisse pas bouleverser ainsi.

— Bouleverser ? Tu ne serais pas bouleversé, toi, s'il fallait que tu te mettes délibérément à tenir perpétuellement un rôle et si tu avais ce maudit piano pendu au cou ?

— C'est vrai, ce n'est pas drôle.

— C'est horrible ! Quand on pense au passé et à ceux... Frère, y sont-ils toujours, ceux de la cave ?

— Oui, je pense.

— Débarrassons-nous-en. Au moins nous pouvons enfin faire là une chose raisonnable, ne crois-tu pas ?

Seymour répondit avec répugnance :

— Oh !... non..., jetant à Randall un regard de côté.

— Non ? Pourquoi, diable ? Ils ne valent rien, tu le sais bien.

— Pas complètement. Ils sont pleins de fils de cuivre, de clés d'acier et de machins que je peux utiliser.

— Oh ! Tu fais toujours des modèles de bateaux ?

Seymour fronça les sourcils, et Randall vit sa mâchoire se crisper, ce qui dénotait une tension d'esprit. Il eut l'intuition soudaine que Seymour lui cachait quelque chose. Il avait beaucoup changé pendant les années de l'absence de Randall, Randall aussi, d'ailleurs. Tous deux en avaient conscience et le voyaient chez l'autre. Quelque chose comme un émail d'assurance et de confiance froide dans son charme physique avait formé une sorte de coquille autour de Seymour ; Randall l'avait remarqué ce matin dès le premier abord. Par contraste, Randall, même avec la protection de ses vêtements à l'européenne, sa connaissance d'un nouveau langage et son expérience d'un nouveau milieu, avait conservé ses manières influençables et dociles. Tous deux étaient charmants à voir, l'aîné se durcissant dans un moule distingué et anguleux, le plus jeune presque beau et suggérant une jeunesse dans sa fleur. Ils restèrent silencieux. Randall regarda Seymour et pensa : « Il doit avoir un succès fou parmi les femmes. » Et Seymour se dit : « L'enfant n'a pas assez changé, il sera toujours trop facilement blessé. »

Randall ne savait que faire. Ce soir de décembre, il était déjà tard, et Seymour, à sept heures et demie, n'était pas rentré. Il commença à avoir peur. Le dîner où ils devaient aller était à huit heures. Vêtu d'un habit que Seymour l'avait forcé à s'acheter, il attendait dans le vestibule, sa montre à la main, écoutant s'il entendait dehors le pas de son frère. A huit heures moins le quart, il fut pris de panique ; il fallait partir s'il voulait arriver à temps. Mais comment aller sans Seymour ? Et que diable pourrait-il dire ? Cette pensée fondit le peu de courage qu'il avait rassemblé pour affronter cette soirée. A huit heures moins cinq, il pensa avec horreur qu'il devrait absolument envoyer un message à Mrs. Mac Rae et il ne pouvait imaginer lequel, sauf quelque bon gros mensonge. Mais, quoi qu'il en soit, c'est maintenant qu'elle aurait dû le recevoir.

— Au diable cette maison ! dit-il à mi-voix, sans un domestique à envoyer faire une course !

Il s'épongea le front avec le fin mouchoir qu'il avait également acheté sur les conseils pressants de Seymour, consulta de nouveau sa montre et vit qu'il était neuf heures moins vingt. Non ! pas possible ! Il n'était pas là depuis trente-cinq minutes dans ce vestibule plein de courants d'air, paralysé par ses hésitations !... Il commença à se demander s'il n'était rien arrivé à Seymour. Peut-être avait-il eu un accident, peut-être était-il malade ? Randall eut conscience au même moment que ce n'était pas cela. Il marcha de long en large, très certain de ce qu'il ne fallait pas penser, mais la tête perdue quand il cherchait une explication. Puis il éprouva une certaine irritation. Seymour se moquait de lui ! « D'autant plus que ce n'est pas moi qui voulais aller à ce dîner ! Ça m'est totalement indifférent si je rencontre jamais ces gens ou qui que ce soit. Mais pourquoi Seymour est-il capable de me mettre dans une pareille situation ? »

Après un bon moment, il monta chez lui, se débarrassa de l'habit neuf, du gilet blanc, de la chemise empesée et de la cravate blanche qu'il avait eu tant de mal à nouer et les lança dans un coin. Il se passa un tricot par-dessus la tête et s'assit tout droit sur le bord d'une chaise. Que fallait-il faire à présent ?

Neuf heures étaient passées depuis longtemps, il avait froid, il était en colère et se sentit soudain une faim canine. Il aurait voulu manger quelque chose de bon, quelque chose de chaud, de bien nourrissant, de confortable comme la nourriture autrichienne qu'il avait fini par apprécier, *Beuschel mit Knödel*, ou *Kalbsgulyash mit Knockerl.* L'eau lui en vint à la bouche. Il en avait assez des biftecks, et des côtelettes, et des rôtis, et des huîtres élégamment servis au club de Seymour ou dans les restaurants où ils allaient à l'occasion. Il en avait encore plus assez des soirées de plus en plus fréquentes qu'il passait seul et du restaurant d'une catégorie infiniment plus simple où il allait quand Seymour n'était pas là. Les endroits sans prétention étaient, à Vienne, accueillants et amicaux, et il retrouvait toujours quelqu'un du Conservatoire ou de l'Opéra à la table de qui il pouvait aller s'asseoir et manger de compagnie. Ici, avec chaque bouchée, il fallait résoudre un problème, avaler un ennui.

Il descendit, mit un cache-nez autour de son cou, endossa son pardessus, tira sa casquette sur ses yeux et sortit. Le froid le saisit. Jamais il n'en avait éprouvé de pareil, intense, piquant, dur comme de la glace noire. Il enfonça ses mains dans ses poches et tourna vers l'est. Il n'avait aucun but spécial, mais la 23e Rue était pleine de restaurants. Il marcha vite, poussé par le froid, longea la 23e Rue et s'arrêta un instant, attiré par les brillantes lumières de *Cavanagh*. L'endroit était bon, et les deux frères le connaissait bien. « Je peux aussi bien entrer là », pensa Randall qui voyait à travers les vitres embuées les grandes tables blanches, les sièges confortables où étaient installés des convives lourds et bien nourris. L'un d'eux souriait largement au plat qu'on venait de placer devant lui : un homard si énorme que jamais Randall n'en avait vu de pareil.

Il mit la main sur la poignée de la porte, puis recula soudain. « Ma parole, pensa-t-il, impossible d'entrer là, je n'ai ni col ni cravate... Qu'est-ce que j'ai donc ? Pourquoi est-ce que je me préoccupe de ce que fait Seymour ? Je devrais être enchanté, je ne voulais pas aller à ce damné dîner ni au bal ensuite... » Il continua son chemin, perdant tout intérêt à sa nourriture à mesure qu'il passait devant des bars et des restaurants bon marché, ne sachant plus ce qu'il voulait, ne comprenant pas la raison de sa détresse. « Au diable ! songea-t-il en marchant rapidement sans but, qu'est-ce que j'ai donc ? Pourquoi ne puis-je me décider à rien ? Simplement parce que je n'aime pas manger seul ? »

Il rentra et descendit dans la cuisine obscure et abandonnée, utilisée seulement le matin, quand la femme de ménage faisait un pot de café pour le petit déjeuner des deux frères. La boulangerie au coin de la Dixième Avenue envoyait le mitron apporter des petits pains, et c'était là toute leur tenue de maison. Randall alluma un bec de gaz et frissonna en voyant grouiller des cafards qui se sauvaient. Il ouvrit des portes et des placards, sachant d'avance qu'il ne trouverait rien, mais faisant quand même le geste. Dans une écuelle, il découvrit un petit pain tellement rassis qu'il put à peine le casser. Dans une casserole de fer-blanc, il y avait un peu de thé. Il haussa les épaules avec dégoût et mit de l'eau à chauffer sur le gaz. Le vieux fourneau n'avait pas été allumé depuis des années, et le sous-sol humide était si froid qu'il garda son pardessus.

La seule pièce chauffée de la maison était la bibliothèque. Il n'aimait pas beaucoup s'en servir quand Seymour n'était pas là, mais il y alla tout de même pour se réchauffer. Il mit du charbon sur la grille et s'assit dans le fauteuil en face de celui de Seymour, tendant aux braises rougeoyantes ses mains gelées et bleuies. « Je ne devrais pas faire ça, pensa-t-il, c'est mauvais pour les mains. » Puis il tomba dans un labyrinthe de pensées confuses sur ce qu'il devrait faire de ses mains et de la musique, à quoi elles étaient uniquement bonnes, ce qui l'amena tout naturellement à ressasser les mensonges pleins de bonnes intentions dans lesquels il se trouvait pris au piège. Assis au coin du feu, il regarda les ouvrages qui garnissaient les vieux murs bruns et pensa qu'il aimerait lire et se mettre autre chose dans la tête que cet affreux embrouillamini... Les livres glissaient et se balançaient, les couleurs des reliures se confondaient les unes avec les autres... Je ne veux pas m'endormir, je veux rester éveillé et dire ce que je pense à Seymour quand il rentrera...

Il sursauta quand Seymour fit claquer la porte. Randall bondit. Son frère était là, au milieu de la pièce, légèrement titubant. Le regard de Randall examina le visage blême et fatigué de Seymour, aux yeux rapprochés, à la bouche mince et amère, puis se porta sur le cadran de la pendule et de nouveau sur Seymour. Il était trois heures et demie. Seymour avait encore son chapeau, repoussé en arrière sur son front déjà un peu chauve, et Randall n'avait pas enlevé le long cache-nez de son cou. Ils se regardèrent l'un l'autre d'un œil méprisant.

— Nous avons un drôle d'air tous les deux, hein ?

Seymour avait la voix pâteuse et empestait le vin. Randall frissonna.

— Tu es ivre, dit-il.

— Tu parles en homme d'expérience.

— J'aurais dû prévoir de quoi tu étais capable !

— Avons manqué la soirée... T'ai fait manquer la soirée... Tous deux manqué la soirée... Merde !

— Seymour ! — Randall scandalisé en avait les larmes aux yeux. — Garde tes ordures pour ta...

Il étouffait.

— T'as raison. Ça lui est égal. Bien égal. Pense jamais à rien... A rien de rien. — Il ôta son chapeau et le lança dans la pièce. — Tout lui est égal, et à toi aussi.

— Alors pourquoi ne me laisses-tu pas tranquille ? Va-t'en mener une vie de cochon, mais laisse-moi en paix !

— Un cochon ! Ha ! ah !... b... b.... de cochon !

Seymour, avec un hoquet, se plia en deux et se cacha la figure dans ses mains. Randall s'approcha de lui, défaillant et grimaçant de dégoût à l'odeur de l'alcool, mais il posa la main sur l'épaule de Seymour.

— Tu es malade, dit-il, inquiet en dépit de lui-même. Je vais t'aider à te coucher.

— M'aider ! Sacr... ! Je sais tenir l'alcool, je sais tenir tout. Pas comme toi.

Et il se secoua pour échapper à la main de Randall.

— Eh bien ! tiens-le, alors ! — Randall sentit la colère le prendre de nouveau. — Seulement ne t'avise pas de me rendre ridicule quand tu recommenceras.

— Trop facile ! Ridicule... Jamais une Autrichienne ne m'a rendu ridicule, moi !

— Tais-toi !

— Tais-toi toi-même et deviens un adulte, bon Dieu !... Petit Randall, gentil petit Randall... Le Petit Randall à sa maman...

— Veux-tu te taire ?

Randall frémit au son de sa propre voix, aiguë et presque pleurarde. Il prit une longue respiration et força sa voix à descendre dans sa poitrine, puis reprit :

— Finis et ne dis pas un mot de Maman dans cet état. Tu m'as mis dans ce pétrin avec tes mensonges et ton égoïsme et tu me fourres tout sur le dos. Sors d'ici et va-t'en te coucher. Tu es saoul et tu pues.

— C'est vrai, dit lentement Seymour.

Il se retourna en vacillant et traversa la pièce. Randall le regarda, irrité et dégoûté. Son frère s'arrêta à la porte, leva le menton en regardant Randall et dit :

— Pauvre Randall ! — Il hocha la tête à plusieurs reprises. — Pauvre Seymour ! Tu sais ce que je veux dire ? Pauvre Seymour !....

Il regagna sa chambre à pas inégaux.

Assez tard, cet après-midi-là, Seymour Holt descendait le perron d'une grande maison de Murray Hill. Son visage était presque caché entre le col de fourrure de son manteau relevé, pour le protéger du froid très vif, et son chapeau abaissé sur son front. Il prit l'Avenue Madison, cherchant un fiacre. Il n'avait plus beaucoup de temps devant lui pour rentrer s'habiller avant le dîner chez les Mac Rae de Wellington qui avaient aussi invité Randall. Ils devaient ensuite aller au bal des Van Dreesen. Seymour s'était même disputé avec Randall pour qu'il accepte de l'accompagner. Le monde effrayait Randall, il était intimidé, il assurait être incapable de causer pendant le dîner et de danser au bal. Seymour envoya promener ses arguments : Randall n'avait qu'à se voir avec les mêmes yeux que ses hôtesses, pour qui deux années dans la Vienne impériale apportaient un lustre définitif à cette perle désirable, un jeune célibataire débutant dans le monde.

— C'est ça, avait répondu Randall, sombre. Deux années dans une petite rue noire et un seul bal où je...

— Aucune importance. J'ai dit que je t'amènerai, et tu viendras.

Il n'y avait pas un fiacre en vue, et l'air était si froid que son nez lui faisait mal. Il lui faudrait prendre l'omnibus de l'Avenue Madison jusqu'à la 23ᵉ Rue et, là, l'omnibus transversal jusqu'à la maison, et il serait très en retard. Quel ennui pour Randall qui serait affolé. Mais, à ce moment, Seymour n'y attacha pas grande importance. Rien ne semblait réel, sauf la pièce obscure dont il sortait, la nuit silencieuse, la respiration bruyante de l'homme qui était assis en face de lui, très près, les genoux touchant les siens, les yeux dans les yeux, séparés seulement par une barrière d'instruments noirs. Parce qu'il avait les mains croisées sur ses genoux, Seymour avait par hasard senti les battements fous et inégaux de son pouls. « Tout ceci n'est pas nouveau, se dit-il. Tu sais déjà tout ça, ne sois pas surpris, ne te laisse surtout pas prendre par surprise. Ce n'est pas la façon de faire front. Ne te laisse pas surprendre. »

Et il n'eut pas de surprise. Seulement une confirmation de ce qu'on lui avait déjà dit, quand cela ? Quatre mois auparavant ? Et encore six mois avant cela... « Ne sois pas surpris ! Il y a un an, sacrebleu ! Ne manifeste rien, il ne peut pas te surprendre. Ses paroles ne sont que la continuation de ce qu'il t'a déjà dit toutes ces fois-là. »

— Il y a eu du progrès, Mr. Holt, cela change, mais pas du côté que j'avais espéré... Très désirable d'éviter un travail précis qui concentre en un seul point.... Je vous conseille fortement... Il résulte de la consultation... En Allemagne, si vous le désirez, mais...

— Savez-vous combien de temps cela durera ? demanda Seymour, la voix ferme et froide.

— Cela dépend beaucoup de vous. Si vous pouviez changer entièrement de travail, supprimer toute application de la vue.... Un temps indéfini, peut-être... C'est très possible.

S'il n'avait pas scellé en lui tout moyen d'expression, Seymour en aurait crié. « Quoi faire, Seigneur ! Que deviendrai-je ? Je connais le démon qui est en moi, il ne restera pas pendu avec résignation à cette croix ! Que fera-t-il quand vous m'aurez enlevé mon travail et laissé oisif dans cette maison ? Dois-je expliquer... et comment ?... aux pauvres et faibles miens si incapables de quoi que ce soit ! » Il oublia un moment qu'il devait rentrer et marcha très vite, descendant du trottoir à chaque rue pour la traverser sans regarder où il allait. A la 13e Rue, il s'arrêta, tourna à l'est et marcha jusqu'aux lumières et à l'odeur chaude et aigre d'un petit café.

Après son troisième whisky, il demanda au patron s'il avait un garçon de courses. Sur sa réponse affirmative, Seymour griffonna un mot sur une page de son calepin.

— Tiens, dit-il en donnant au garçon un demi-dollar, porte ça à Lexington Avenue, appartements Montagu, pour Miss Florie La Bréa. C'est personnel, tu comprends.

Et il reprit sa place au bar.

Plus que quiconque, Mrs. Gerrity joua le jeu de Randall, parce que cela occupait sa malade. La plus vague suggestion suffisait à contenter Lily qui partait indéfiniment dans des imaginations tissées autour de Randall. Celui-ci, pensait-elle, se distinguait de plus en plus et prenait une importance croissante, en même temps qu'augmentaient le nombre de ses engagements et l'étendue de son répertoire. Lily posait très peu de questions directes. Une simple allusion à des prétendus concerts en dehors de la ville avait éloigné longtemps son désir de savoir quand il se produirait à New York même. Randall se tourmentait parce qu'il savait que cela ne durerait pas toujours. Il avait acquis beaucoup d'adresse pour satisfaire sa mère sans lui dire de net et, quand il craignait d'approcher de la zone dangereuse, il faisait appel à Seymour qui semblait toujours savoir quoi dire pour franchir le point scabreux.

Quand Lily commença à se tracasser en pensant que Randall donnerait son concert de début au Palais Carnegie avant la fin de la saison, Mrs. Gerrity attira son attention sur ses toilettes. Il lui faudrait naturellement revoir sa garde-robe si elle se mettait à suivre de nouveau les concerts. Mrs. Gerrity lui amena une vieille couturière de ses amies qui apporta des mannequins, des journaux de mode, des gravures, tout un attirail. Comme Lily n'avait jamais rien jeté de sa vie, on trouva des malles pleines de robes du temps de ses débuts dans le monde et de son mariage et on les remit à la mode, travail qui s'étendit sur des semaines. Ceci l'absorba plus que la confection de n'importe quelle robe neuve et, un moment, la satisfit pleinement.

Quand, par hasard, ses fils entraient un instant, ils la trouvaient entourée de montagnes de vêtements fanés, sentant le moisi, qu'elle secouait et dont elle caressait les ruchés et les dentelles, lissait les corsages de satin qui allaient encore à sa taille amaigrie et prenait devant la glace des poses qui rendaient son visage égaré et ses mèches de cheveux grisâtres plus impressionnants par contraste. La situation était vraiment tragique et portait en elle la menace d'une fin sinistre, mais que faire d'autre ? Randall comprit que le pire était arrivé quand Seymour, après plusieurs soirs d'un silence absorbé et évasif, lui fit part de la nouvelle.

— Elle assure que ses robes sont prêtes, dit-il. Et, quand elle t'écoute étudier en bas, elle prend un crayon et un papier et dit qu'elle t'aide à composer ton programme.

— As-tu remarqué qu'elle ne m'a jamais une seule fois demandé de lui jouer sur le piano qu'elle a fait monter chez elle ?

— Oui, je sais, elle est comme ça. Si on la laisse faire comme elle veut pour une chose déterminée, elle oublie en quelque sorte et laisse tomber. C'est pour ça que nous ne nous sommes pas opposés à l'histoire du piano avant ton retour. Mais maintenant... — Seymour tira distraitement sa moustache. — Je ne sais plus. J'ai peur de m'être trompé.

— Tu as fait quelque chose ? Quoi donc ?

— Eh bien!... — Seymour le regarda avec une inquiétude visible, tout en bourrant sa pipe. — Tu comprends, Ran, elle insistait tellement, et j'ai demandé son avis au docteur Slade...

— Je pense que je sais ce que tu vas dire.

Randall prit une attitude accablée.

— Slade a trouvé que nous ne pouvions pas faire autrement. Sur son avis, j'ai dit que tu donnais un concert à Carnegie Hall, espérant que la préparation de sa robe la tiendrait suffisamment occupée pour qu'elle oublie.

— Seigneur Dieu ! Quelle histoire !

— Pas trop grave, j'espère. C'est dur pour toi, et j'en suis désolé. Il ne nous reste plus qu'à espérer que nous nous en tirerons.

— Tu lui as fixé une date ?

— Oui. Elle s'est agitée, a insisté, c'est toujours le point dangereux. Alors je ne sais pas pourquoi, j'ai parlé du 26 février. Je me suis jeté à l'eau, c'est tout.

— Dans trois semaines ! Mon Dieu ! murmura Randall avec un coup au cœur. C'est bien pire que si c'était vrai.

— Tu es rudement gentil de le prendre comme ça, mon vieux. — Seymour lui jeta un sourire pathétique. — J'ai idée... J'ai bien des choses à réparer vis-à-vis de toi ! Je te fais mes excuses pour l'autre soir, Randall, j'en ai des remords depuis.

— Oh ! ce n'est rien, frère ! — Les yeux de Randall eurent un éclat subit. — N'y pense plus. — Il eut un petit rire forcé. — Je ne voulais pas aller à ces réceptions. Mais c'est dommage que tu les aies manquées.

Seymour fit une grimace.

— Elles m'assomment pour la plupart. Seulement on n'a quelquefois rien de mieux à faire.

— Je suis vraiment ennuyé de Maman, reprit Randall. Elle va sûrement faire des tas de projets.

— Certainement, c'est ce que dit Slade. Il a d'autres cas exactement semblables. Mrs. Mattingley, par exemple, qui habite Cinquième Avenue. Elle continue à donner son bal annuel et sa série de dîners, exactement comme elle le faisait avant de... avant de perdre l'esprit. On fait tous les arrangements et les préparations, seulement en réalité, il n'y a rien. On agit pour elle exactement comme nous faisons pour Maman.

Ainsi prévenu, Randall put supporter les préparatifs de sa mère pour « son concert ». Elle passait des journées à faire des listes de gens qu'elle inviterait dans sa loge. Deux sur cinq étaient morts, mais Lily n'en savait rien. Lorsque enfin elle eut écrit et copié et recopié ses invitations, elle les donna à Seymour à mettre à la poste, et il les enferma dans son bureau. Cent fois, elle redit ses autres désirs à Seymour, quel genre de voiture elle voulait exactement, ainsi que la couleur des chevaux à commander à l'écurie Grogan (déménagée de la Cinquième Avenue depuis neuf ans). Elle décida chaque détail de sa toilette, mais tous les jours elle changeait d'avis et tout était à recommencer. Quand elle se mit à parler de donner une petite réception pour Randall après le concert, Seymour s'alarma et consulta une fois de plus le docteur Slade.

— Là n'est pas le moment le plus difficile, dit le docteur. Laissez-la aller aussi loin qu'elle voudra dans les arrangements qu'elle pourra faire, à condition toutefois que vous puissiez intercepter ses commandes. Laissez-la tout préparer le soir du « concert ». Lâchez-lui la bride. Quand elle sera prête à sortir... Je crois d'ailleurs plus probable qu'une fois arrivée là elle aura tout embrouillé et refusera de quitter sa chambre...

— Vous comptez absolument là-dessus ? dit Seymour vivement.

— Non, ce serait imprudent, mais cela se pourrait très bien. Sinon, et si elle insiste pour sortir, Mrs. Gerrity lui donnera à boire quelque chose de chaud en disant que c'est un tonique qui lui donnera des forces pour les fatigues de la soirée. Et, naturellement, le « tonique » sera... — Il leva les sourcils avec une expression significative. — Ne vous inquiétez pas de cela, Mr. Holt. Le calmant sera fort et agira vite. Quand elle se réveillera le jour suivant, elle ne se rappellera aucun détail. En fait, elle sera très probablement fort heureuse et fière du concert. Sa satisfaction durera quelque temps.

Quand le moment vint pour Randall d'aller revêtir son maudit habit et de jouer la lamentable comédie d'aller dire bonsoir à sa mère « avant de partir pour Carnegie Hall », il était très malheureux.

— Sois-y de bonne heure, chéri. Pas *trop* tôt, mais suffisamment pour bien te réchauffer les mains. — Lily essaya de lui faire accepter un vieux manchon de phoque pour y mettre ses mains pendant le trajet. — Personne ne le verra, supplia-t-elle en lui caressant le bras. Je t'en prie, chéri !

Randall trouvait plus réaliste de refuser, mais Seymour qui entrait à ce moment lui lança l'ombre d'un clin d'œil, et Randall prit le vieux manchon mité et, sous prétexte de nervosité avant le concert, abrégea son « bonsoir ». Sa mère se colla à lui, et Randall dut se forcer pour l'embrasser une dernière fois, pour « lui porter bonheur ». Jamais il ne s'était senti si déprimé et méprisable. Tous ses efforts pour justifier l'innocente tromperie et la baptiser juste et nécessaire firent place à une soudaine révolte devant cette tension d'esprit, ces mensonges, et aussi à la crainte de quelque conséquence tragique et imprévue. Il s'échappa enfin et, comme il l'avait organisé d'avance avec Seymour, descendit jusqu'en bas. Sa mère prêterait l'oreille à tous les bruits qu'elle entendrait jusqu'à ce qu'il soit sorti de la maison, seulement elle n'irait jamais jusqu'à une fenêtre pour le voir s'éloigner en fiacre. Son obsession la plus ancrée était son refus de découvrir une fenêtre et de regarder dehors.

Seymour avait néanmoins commandé une voiture pour Randall, au cas où Lily serait restée à écouter. La neige tombait depuis ce matin, et les rues étaient maintenant couvertes d'une couche si épaisse que les sabots d'un cheval ne pouvaient s'entendre. Seymour décida donc qu'il n'était pas nécessaire de commander une deuxième voiture pour le trajet fictif de sa mère au Palais Carnegie. Une fois calmée pour la nuit, il avait l'intention d'aller vite à son club rejoindre Randall pour le dîner.

L'attente devint bientôt presque intolérable pendant la grande heure qu'il fallut à Lily et à Mrs. Gerrity pour s'habiller. Seymour marchait de long en large dans la bibliothèque, se demandant ce que faisait Randall, s'inquiétant d'un risque de fausse manœuvre dans les plans du docteur, pensant tout à coup avec une terreur panique à ce qu'il ferait si sa mère demandait ensuite à voir les comptes rendus de ce début de Randall et les critiques du concert dans les journaux. Que n'avait-il pensé à cela plus tôt !... Mais qu'aurait-il fait s'il y avait pensé ? A ce moment, la porte de sa mère s'ouvrit en haut, elle l'appela de sa voix haute et gémissante :

— Es-tu prêt, Seymour ? Est-il l'heure ?

Il sortit sur le palier et regarda vers sa mère qui se trouvait dans sa chambre, devant sa porte ouverte. « Dieu sait quelle toilette elle a mise, pensa-t-il, mais c'est sûrement une robe décolletée, et j'espère qu'elle ne prendra pas froid d'ici que Gerrity puisse la mettre au lit. » Il répondit :

— Oui, Maman, je viens.

Il retourna à la bibliothèque, se versa un verre de quelque chose de fort qu'il avala d'un trait, puis il monta.

— La voiture est-elle là, Seymour ?

Sa mère était debout devant sa grande glace, arrangeant et réarrangeant un boa de plumes d'autruche autour de ses épaules. Son visage était crispé et tendu, et ses yeux semblaient des morceaux de verre brisé.

— Dans une minute, Maman. Nous avons largement le temps. Il est même trop tôt.

Mal à l'aise, il eut un coup d'œil vers Mrs. Gerrity, plus experte que lui à juger de l'état de sa mère et à prévoir ses actes. Lily consentirait-elle à la fin à quitter sa chambre, ou refuserait-elle ? Le lourd visage de Mrs. Gerrity était figé et sévère. De toute évidence, elle s'attendait à ce que Lily veuille réellement sortir.

Il devait recevoir d'elle un signe, après quoi il descendrait et attendrait dans la bibliothèque jusqu'à ce que Mrs. Gerrity ait fait avaler à sa mère son bouillon chaud, ou du lait, ou une boisson quelconque, et vienne ensuite le prévenir que la drogue avait produit son effet.

— Elle le boira plus volontiers, monsieur, avait dit la garde, si vous venez de lui dire qu'il était trop tôt pour partir et que vous allez encore attendre un peu.

Les minutes se traînèrent. Seymour se tenait debout près de la porte de la bibliothèque, sa montre à la main. Jusqu'au début réel de cette affreuse comédie, il avait pensé que tout se passerait bien. A présent, il était malade d'appréhension. La nuit était froide et la pièce nullement surchauffée, mais Seymour avait le front trempé de sueur et la paume des mains moite. Il avala sa salive, malheureux, guettant le moindre bruit de là-haut qui lui ferait savoir comment les choses se passaient. Puis son malaise devint intolérable. La tension d'esprit et la peur produisirent leur effet naturel, et Seymour se hâta vers les cabinets, à l'autre bout du vestibule, près de la salle de bains.

Là-haut, Lily, en proie à une excitation fébrile, courait de son miroir à la porte, puis à la fenêtre couverte d'un épais rideau, où elle tendait l'oreille au bruit éventuel de sa voiture, puis revenait à la porte. Le passage de cette porte pour aller dans le vestibule, voilà le grand obstacle que son esprit embrumé ne s'était pas encore décidé à surmonter. Plusieurs fois, elle étendit son bras, maigre comme une baguette et tremblant dans son long gant chiffonné, et toucha le bouton de la porte, puis elle recula avec un frisson. Elle n'avait plus la notion du temps et n'aurait pu dire combien d'heures ou de secondes cette hésitation avait duré. Cela lui sembla interminable, mais en vérité quelques minutes à peine s'étaient écoulées depuis que Mrs. Gerrity avait disparu dans la petite cuisine pour faire chauffer une casserole. Lily l'avait oubliée, ainsi que la boisson chaude qu'elle lui préparait.

Soudain, elle saisit le bouton de la porte, le tourna et, étouffant un gémissement de terreur, se força à passer dans le vestibule. Là, elle s'arrêta. A l'étage au-dessous, la porte de la bibliothèque était ouverte. Elle pouvait en voir la lumière de sa chambre. Elle appela Seymour et ne reçut aucune réponse.

— Seymour ! appela-t-elle de nouveau, mais pas beaucoup plus fort.

Comme par un éclair, elle fut traversée d'un soupçon sinistre. Lorsqu'à son second appel il n'y eut pas de réponse, elle resta en haut des marches, frappée de terreur. Puis elle releva la traîne de sa robe d'une main, de l'autre s'appuya à la rampe et descendit sans bruit à petits pas. Sa peur des escaliers et des vestibules fut balayée par la peur plus grande d'une vague menace qu'elle sentait planer sur elle. Où était Seymour ? Où était la voiture ? Au premier étage, elle s'arrêta, jeta un coup d'œil dans la bibliothèque et appela faiblement Seymour. Tout ce qu'elle entendit fut un bruit d'eau qu'elle ne s'expliqua pas. Seymour était probablement en bas. Elle courut dans l'escalier jusqu'au rez-de-chaussée. Maintenant sa panique submergeait tout le reste. Poussée par son affolement, elle traversa la maison. Où était Seymour ? Qu'arrivait-il ? Dans le vestibule d'en bas, sombre et balayé de courants d'air, elle aperçut à la lueur tremblotante d'un seul bec de gaz son image reflétée dans le vieux miroir du porte-manteau de l'entrée.

— Seymour ! répéta-t-elle encore, mais presque bas, car maintenant, devenue rusée, elle faisait attention que Mrs. Gerrity ne puisse l'entendre.

Pas de réponse. Dans le miroir, une figure blafarde et grise la regardait. Un moment, Lily la fixa, puis la montra du doigt et vit un bras tremblant se lever, un long gant de peau flottant autour de ce bras.

— Ils ont honte ! gémit-elle, ils ont honte de m'emmener. Ils ne veulent pas que j'aille au concert de Randall.

Elle s'arrêta, cria :

— Non, Seymour !

Elle se faufila comme un serpent jusqu'à l'entrée. Elle ouvrit la porte et sortit sur le seuil couvert de neige. Elle regarda de tous les côtés, cherchant sa voiture. « Je suis trop loin, pensa-t-elle, je ne peux rien voir d'ici. Il faut que je me rapproche. » Elle saisit à deux mains sa longue traîne et, en descendant les marches, glissa dans la neige épaisse ; elle faillit tomber et continua en trébuchant jusqu'à la grille. Il n'y avait pas de voiture devant la porte, pas un être vivant en vue, pas un son.

— Seymour ! — Maintenant elle criait, sans plus penser à Mrs. Gerrity. — Où est ma voiture ? Où es-tu ?

Elle regarda à droite et à gauche dans la rue et commença à chanceler sur ses jambes, pleurnichant et gémissant :

— Ma voiture ! La voiture de Grogan ! Mon concert, mon bébé, je vais être en retard, qu'est-ce qu'ils font ?... — Elle courait en gesticulant, butant dans la neige épaisse. — Neuvième Avenue ! haleta-t-elle avec effort. — Des gémissements sortaient de ses poumons épuisés. — Grogan... Neuvième Avenue... Pourquoi n'a-t-on pas envoyé ma voiture ?... Comment osent-ils ?... Pourquoi... Où est... Aux écuries... Je vais... Une voiture avec deux chevaux bais. Randall...

Une sorte d'instinct de conservation dut la saisir au moment où ses jambes fléchirent, car, lorsque Seymour et Mrs. Gerrity, appelant et courant dans la rue, la trouvèrent un peu plus tard, elle était étendue à l'entrée d'un escalier de service, à moitié ensevelie sous une couche de neige.

Quand elle mourut d'une pneumonie, huit jours après, Randall s'effondra complètement. Tout seul, Seymour traversa six journées interminables, succombant sous les remords, désespéré, enviant quelquefois à Randall cette sorte de léthargie inconsciente qui avait suivi une terrible crise d'hystérie près du lit de mort de sa mère. Il ne savait plus ce qu'il faisait, hurlait après Seymour, battait l'air de ses poings et sanglotait :

— Tu l'as tuée ! Tu savais que ça la tuerait, toi et cet assassin de docteur ! Vous l'avez laissée mourir...

— Non, Randall, je t'assure, ce n'est pas de notre faute!

Seymour essaya de mettre son bras autour des épaules de Randall, de saisir ses mains qui battaient l'air et lança un regard suppliant vers Slade qui, devant la fenêtre, introduisait quelque chose dans une seringue hypodermique. Le docteur s'avança vers Randall qui essaya de lutter contre lui, et Seymour reprit :

— Je t'en supplie, Ran! Je souffre aussi, aie pitié de moi pour l'amour du Ciel! J'ai essayé de faire pour le mieux, j'ai essayé de l'aider à vivre... Écoute le docteur.

— Non, non, renvoie-le, je n'écouterai rien! cria Randall.

Mais, au bout de quelques minutes, une détente soudaine se produisit et une complète apathie suivit. Le docteur lui fit sa piqûre et recommanda à Seymour de le garder au lit et de ne pas le laisser aller à l'enterrement.

Seymour décida de n'annoncer la mort de sa mère à personne avant la cérémonie. Seul, il suivit le catafalque noir jusqu'au cimetière de Brooklyn. Seul, il piétina dans la neige mêlée de boue, regardant fixement la hideuse terre jaune gelée, les colonnes de granit noir plus hideuses encore qui marquaient les tombes des Holt depuis un siècle. Il voyait en imagination les noms et les visages grisâtres qui leur avaient appartenu, à tous ces Holt, ces Whetstone, ces Jones, ces Seymour et ces Randall, ces épouses condamnées à des vies pires que leurs morts... « Sommes-nous des damnés ? pensa Seymour sans écouter la basse continue du pasteur qui murmurait par acquit de conscience des paroles sans conviction. Sommes-nous tous des damnés ? Moi ? Mon frère ? Vivons-nous, sommes-nous en vie d'une manière quelconque, ou mourrons-nous plus misérablement que ceux-ci ? » Il leva les yeux de son affreuse rêverie parce que le murmure avait cessé, parce que le gant noir d'un employé des pompes funèbres venait de lui mettre quelque chose dans la main. Seymour regarda, contracté, prêt à reculer, regarda de plus près. C'était un morceau de roc, non, de terre, de cette horrible terre gelée. Se détournant un peu pour ne pas voir, Seymour la jeta sur le cercueil dans la fosse et, repoussant le pasteur scandalisé, il courut d'un pas chancelant vers la grille, où il avait laissé sa voiture.

Après cet instant de prescience terrible, comme en équilibre sur le bord d'un gouffre effrayant et irrésistible, Seymour se ressaisit au bout de quelques jours et résolut de s'atteler à la tâche et de ranger le second étage dont sa mère avait fait un maquis impénétrable. Tôt ou tard, il faudrait vider cette maison. Même s'ils n'arrivaient jamais à s'en débarrasser, Seymour commençait à juger qu'il fallait en partir, Randall et lui. Que feraient-ils ? Comment vivraient-ils ? Ces problèmes étaient encore recouverts d'un voile. Mieux valait essayer d'envisager un avenir possible pour Randall que regarder en face perpétuellement son impossible avenir à lui. Et pourquoi ne pas commencer par ce qui était à portée de sa main ? Randall était calme, encore très en léthargie, et était resté couché depuis déjà quelques jours. Le laissant endormi au début de l'après-midi, Seymour monta. Il était décidé à accomplir sa tâche sans céder aux émotions qui l'auraient miné et démoralisé s'il ne s'était pas d'abord juré de n'y pas céder. Il ouvrit la porte de sa mère et alluma le bec de gaz au-dessus de la commode.

Plus que jamais, il resta effaré devant le désordre inouï et inextricable. Lily Holt s'était obstinément refusée à s'en apercevoir. Et maintenant le silence et l'absence semblaient avoir communiqué à tous ces objets follement accumulés son identité et la personnalité qu'elle avait perdu. » Mais par où commencer ? pensa Seymour, et comment ? Voyez là et là, et encore là... Que ferait-on de tout cela si on se contentait de transférer le tout d'un endroit à un autre ? »

Il était au milieu de la chambre bondée, se sentant comme un nain ou une souris devant les piles de cartons, et d'albums, et de garnitures, et de paquets laissant échapper des ruchés fanés, des rubans, des dentelles, des objets de layette, des cols jaunis, des gilets de fantaisie à leur père, les souvenirs ternis de joies anciennes.

— Mon Dieu ! murmura-t-il, mon Dieu ! C'est horrible ! Je ne soupçonnais pas que c'en était à ce point.

Il se fraya un chemin avec difficulté jusqu'aux fenêtres, repoussant et bougeant des objets entassés de tous les côtés pour lui barrer le passage. En premier lieu, il fallait ouvrir les fenêtres et aérer la pièce. L'atmosphère était suffocante, et il se demanda depuis combien d'années cela n'avait pas été fait. Quand il saisit le cordon des rideaux, il lui cassa dans la main. Comment faire pour rattraper le bout qui pendait là-haut bien au-dessus de sa tête ? Il se posait la question quand il entendit un bruit derrière lui. Vivement il se retourna en faisant tomber une pile de boîtes. Randall, pieds nus, était dans la porte en chemise de nuit.

— Qu'est-ce que tu fais là ? cria-t-il.

Sa voix était aiguë et discordante. C'était la première fois qu'il parlait depuis une semaine.

— Tu le vois, j'allais aérer un peu la chambre. Tu ne devrais pas être hors de ton lit, Randall, tu vas prendre froid.

— Arrête ! Ne touche à rien ici !

Seymour enjamba le fouillis répandu par terre et rejoignit son frère, dont il entoura du bras les épaules maigres.

— Je ne fais rien qui puisse te fâcher, dit-il du ton le plus apaisant qu'il put. Ne t'en agite pas, Randall. J'ai seulement pensé qu'il fallait commencer ici. Tu vois bien qu'il nous faudra ranger tout ça.

— Non ! — Les yeux bleus lancèrent un éclair. — Non. Laisse ses pauvres affaires tranquilles, ne touche à rien.

— Mais...

Seymour essaya de l'emmener.

— Non ! — Randall frissonnait de froid. — Va-t'en d'ici, laisse ses choses tranquilles.

Seymour poussa un soupir.

— Très bien, dit-il doucement. — La première chose à faire était de ramener Randall dans son lit. — Descendons, Ran, nous laisserons la chambre fermée un moment, jusqu'à ce que tu ailles mieux.

Il éteignit le gaz, ferma la porte à clé et, tendrement, emmena Randall.

CHAPITRE VIII

Le recteur de Saint-Timothy désirait faire chanter le *Stabat Mater* de Rossini pendant la semaine sainte. Il était extrêmement fier de la musique à Saint-Timothy et restait indifférent aux critiques d'une minorité de ses paroissiens qui s'irritaient de ses façons haute église et de son ardente propagande pour la musique papiste. Même les plus mécontents, toutefois, se rangeaient peu à peu à l'idée qu'il existait des arguments en faveur d'une entreprise qui amenait des foules et la célébrité à Saint-Timothy. Après tout, raisonnaient-ils, nous n'avons ces cantates et ces messes romaines qu'au moment des grandes fêtes. Notre pâture habituelle reste le Bach, et notre recteur n'en est pas moins un protestant parfaitement sincère.

Ce *Stabat Mater* comporterait des répétitions supplémentaires, de longues heures d'un travail intensif avec la chorale, l'engagement de solistes choisis dans les ténèbres extérieures du monde des concerts et du théâtre. Randall était depuis deux ans organiste et maître de chapelle adjoint, et on le chargeait de s'occuper des détails d'organisation et de préparer les répétitions. Il aimait énormément son travail, mais ne comprenait pas très bien comment il avait été choisi pour le faire. Seymour prit grand soin qu'il ne le sache jamais. L'idée venait du docteur Slade. Depuis la mort de sa mère, Randall avait toujours la conviction que le docteur en était responsable et refusait obstinément de le voir ou de lui adresser la parole.

— Ne dis pas ça, lui répétait souvent Seymour, et ne le crois pas. Tu en arrives ainsi à rejeter également le blâme sur moi.

— Et pourquoi pas ? Et à vous deux, en outre, vous avez fait de moi un misérable encore pire que vous.

Randall se tourna avec soulagement vers un honnête travail avec la satisfaction de savoir qu'il était capable de bien l'accomplir. Il aimait le calme isolement de la pièce réservée à la chorale dans la maison paroissiale; il aimait aussi ses études à l'orgue sous les voûtes grises, tout en haut de l'église, et la douce personnalité jointe à une science musicale profonde du docteur Merion Fitzhugh, le célèbre organiste de l'église, qui avait étudié à la Thomaskirche de Leipzig et à Notre-Dame de Paris. Randall se remémora sa tumultueuse expérience de Vienne et déplora son incapacité à juger de ce qu'il aurait dû faire et qui était sa véritable voie, au lieu de se mêler à une bande de sauvages à l'Opéra. Il avait raconté une partie de ce qui s'était passé au docteur Fitzhugh, à mesure que sa timidité se dissipait, et Fitzhugh lui avait répondu en riant :

— Je suis très heureux que vous ayez eu ces mois de travail à l'Opéra. Vous êtes ainsi mieux préparé que moi à tenir tête à cette bohème quand il nous faudra l'employer ici.

Randall n'en était pas pleinement persuadé quand il rencontra pour la première fois le quatuor de solistes engagés pour chanter le *Stabat Mater*. Les deux femmes et le ténor étaient de l'Opéra, la basse était Edouard Ricker, spécialiste de l'oratorio et de la musique sacrée. Il était originaire de l'Ohio, avant chanté dans toutes les parties du monde et avait retenu de partout les vices les plus marquants. Il était aussi gros que Pou-Taï, il fumait des cigares spécialement forts, il arrivait quelquefois aux répétitions en sortant tout droit d'un déjeuner chez *Mouquin* ou *Delmonico* et décrivait fièrement les menus en les ponctuant de hoquets qui rendaient Randall malade. L'homme aurait dû tomber raide mort de gloutonnerie. Au contraire, il se levait et chantait comme l'ange Gabriel. Quand il ne chantait pas, il restait assis, son énorme ventre déployé sur ses genoux, et il faisait les yeux doux à la jolie soprano recommandée par l'Opéra (qui, selon la coutume, prélèverait une commission sur ses modestes honoraires). Son nom était Renata Tosi. « Elle parle très peu anglais, avait expliqué le sous-directeur, mais elle a une jeune voix fraîche, exactement de la qualité qu'il vous faut. Elle connaît la musique. Nous l'avons ramenée d'Europe à l'automne dernier pour de petits rôles, et elle a fait très bien. »

A en juger d'après les regards et les gestes de Ricker et du jeune ténor chevelu qui venait de Milan, Randall pensa qu'elle devait faire plus que très bien. Ils possédaient évidemment entre eux trois quelque plaisanterie à se tordre, car, au moindre mot murmuré à son oreille par l'un ou l'autre des deux hommes, les yeux bruns de la chanteuse dansaient de joie, et une fois Randall la vit devenir écarlate et chuchoter : « *Taci!* » au ténor qui se détourna avec un petit rire. Le seul membre du quatuor qui restait parfaitement indifférent était le mezzo-soprano, une forte Italienne d'une quarantaine d'années qui ressemblait à une excellente cuisinière et qui, de fait, en était une. Entre ses morceaux, elle restait assise, telle une vache patiente, et attendait sa prochaine réplique. A la deuxième répétition, Randall en resta abasourdi, quand vers la fin elle alla à lui, tâta ses bras et ses épaules osseuses et dit de sa voix ample :

— *Poveretto! Bisogna mangiare!*

— Si! éclata Ricker en hochant sa grosse tête. Prenez-la vite au mot, Mr. Holt. Elle fait le plus merveilleux risotto du monde. *Vero,* Monguzzi?

Monguzzi approuva pleinement. Randall se demandait si elle avait réellement l'intention de l'inviter à dîner quand ils tressaillirent à un hurlement de joie de Renata Tosi derrière eux, et près d'elle le ténor lui chuchotait quelque chose à l'oreille. Elle lui agita sa main dans la figure pour le faire taire et rit de plus en plus fort.

Randall était embarrassé. Ce genre d'hilarité était fort peu convenable dans la maison paroissiale de Saint-Timothy, et il pensa qu'il devrait immédiatement y mettre fin. Seulement il était aussi incapable de faire montre d'une pareille autorité que de jeter Edward Ricker par la fenêtre. Il se mordit les lèvres et jeta un coup d'œil gêné vers Tosi et le ténor, puis vers Ricker. Celui-ci, seul Américain de la bande, comprendrait la situation et, par respect des convenances, il aiderait Randall dans cette conjoncture. Mais Ricker était entré dans le jeu, quel qu'il fût, et, quand il laissa à son tour échapper un tonnerre d'éclats de rire, Randall pâlit. Entre deux explosions, Ricker traduisit :

— Il dit... Dino dit... que si elle continue... Ha! ha! ha!... à chanter dans les églises américaines... ce qu'on fait chanter aux *castrati*... à Rome... Ha! ha! ha!... à quoi va-t-elle... Ha! ha! ha!... arriver?

Il épongea sa face lunaire. Seulement il le dit avec tous les détails!

Randall rougit, anxieux également de ne pas avoir l'air trop désespérément prude.

— Mais, dit-il timidement... Euh!... On ne... fait plus ça... maintenant... Je crois vraiment...

— Assez, Dino, finis! — Ricker toussait et se mouchait, encore secoué par le rire. — Va-t'en, continua-t-il en donnant une bourrade au ténor, rentre chez toi, *Basta 'sta porcheria*. Le voilà maintenant qui parle des *ragazzi*, des petits garçons!

« Seigneur! pensa Randall, les chanteurs d'opéra sont donc tous les mêmes! » Il entrevit d'avance avec bonheur les semaines paisibles qui suivraient le Rossini, quand ces vagabonds licencieux seraient retournés à leurs tanières et le laisseraient revenir à la sérénité cloîtrée de son travail qu'il s'était mis à aimer beaucoup. Mais, dès la répétition suivante, il lui fallut renoncer à cet espoir, car Renata Tosi arriva, d'une humeur toute différente. Elle ne riait pas et semblait au contraire bouleversée. Son anglais était si limité qu'il consistait, dans son état d'agitation extrême, en quelques mots isolés entre des torrents d'italien que Randall laissa passer puisqu'il n'y comprenait rien. Il la suivit tout de même quand elle dit et répéta à plusieurs reprises :

— Vous aidez moi? Vous aidez moi?

Elle lui fourra dans la main une bande de papier rose qui se trouva être un avis de l'Opéra, lui enjoignant de se trouver dans dix jours au théâtre pour commencer les répétitions. On lui confiait le rôle de l'oiseau de la Forêt dans *Siegfried*.

— A moi! — Elle joignit les mains sur sa poitrine couverte de dentelle. — Je dis non, je dis à eux *impossibile. Non parlo tedesco, non canto tedesco*. Pourquoi ils veulent Wagner pour moi? *Pazzi! Cretini!*

Elle était encore plus jolie en colère que riant, ses grands yeux brillaient, pleins de larmes, ses joues étaient roses et ses lèvres s'entrouvraient sur d'exquises dents blanches. Elle posa sa main gantée sur le bras de Randall et supplia :

— Vous aidez moi, oui?

La cause de toute cette agitation, c'était l'entêtement du directeur à vouloir monter un opéra de Wagner sans avoir à sa disposition le nombre voulu de chanteurs de qualité. Il proposa de confier les rôles secondaires à n'importe qui. Et pourquoi pas? Tout soprano lyrique est capable de chanter l'*Oiseau de la Forêt*! Il avait raison. Quand Tosi protesta qu'elle n'avait jamais chanté une seule note en allemand, il lui dit d'aller se présenter au répétiteur allemand qu'il avait engagé en toute hâte pour cette entreprise. Tosi venait de voir le *brutto porco* (pour employer son vocabulaire) à la nuque épaisse hurler après le malchanceux Italien à qui l'on avait assené le rôle d'Albérich et refusa avec indignation. On lui répondit qu'il fallait se soumettre ou s'en aller. Elle rétorqua qu'elle ne chanterait le rôle que si on la laissait l'étudier toute seule de son côté — ici elle fit quelques gestes éloquents et flatteurs que Randall essaya timidement de refuser — avec quelqu'un de réellement compétent, un personnage de haute culture qui avait travaillé à Vienne pour Schalk et Mahler, *un artista molto raffinato e gentile.*

— Oh ! non ! protesta Randall, écarlate d'embarras. Je... vraiment...

— *No ? Perchè no ?* Vous connaissez bien cette musique, eh ?

— Mais... mais... vous dites que vous ne savez pas un mot d'allemand.

Renata Tosi rejeta fièrement la tête en arrière.

— Pour ce misérable rôle, j'apprends cette *porca lingua* ?

— Non, mais tout de même assez de mots pour chanter l'air de l'*Oiseau.*

— *Va bene, va bene.* Vous dites les bruits, je dis les mêmes que vous. Personne remarque ce que je dis. *Tutta nascosta.* — Elle cligna de l'œil. — Ça doit être, comment ? *facile ?*

— Mais alors, remarqua Randall avec une simplicité désarmante, pourquoi tout cet embarras ?

— *Madonna santa !* Comment autrement garder ma... comment dites ?... — Ses gestes impatients voulaient indiquer sa dignité. — *Sono una donna !... Basta !*

Randall se mit à rire. Elle répéta :

— Vous aidez ?

— Il le faudra bien ! accorda-t-il sans enthousiasme.

Ils prirent rendez-vous pour le lundi de Pâques dans la matinée. Comme presque toute la colonie des artistes de l'Opéra, elle habitait à l'hôtel *Ansonia.* Pendant le long trajet en omnibus, Randall eut tout le temps de se demander dans quel guêpier il s'était laissé entraîner. Signorina Tosi présentait un aspect alarmant de frivolité. Malgré lui, il se rappela avec gêne une remarque de Seymour une heure auparavant. Ils quittaient la maison ensemble, chose peu habituelle, car Randall ne sortait généralement pas le matin. C'était lui qui faisait leur petit déjeuner à tous deux, le café des femmes de ménage étant imbuvable, et leur manque de soin formait un désagréable décor au début de la journée. Après déjeuner, Randall étudiait deux heures avant d'aller travailler à l'orgue de Saint-Timothy. Si bien que, aujourd'hui, quand il sortit avec Seymour, ils allèrent à pied ensemble jusqu'à l'arrêt de l'omnibus et il expliqua tout naturellement l'objet de sa sortie. Seymour l'approuva fort.

— Est-elle jolie ? demanda-t-il, tout en balançant cavalièrement sa canne.

Il souriait comme à quelque plaisanterie intime, et ses yeux gris étaient particulièrement vifs derrière les verres de son pince-nez d'or que retenait un élégant cordon de soie noire. « Il est vraiment extrêmement séduisant », pensa Randall qui, tout haut, répondit :

— Euh ! oui... Du moins, je le suppose.

— Tu le supposes ? Tu n'en es pas sûr ?

— Si, elle est très jolie.

— Ah ! ah ! voilà qui est mieux. — Les jambes de Seymour, revêtues d'un pantalon collant bien coupé, dévoraient la distance. — Deuxième point ?

— Elle a une voix charmante.

— Discutable. Et quoi encore ?

— Que veux-tu dire ?

— Tu me dis qu'elle est jeune et jolie et qu'elle a des exigences suffisamment modestes pour que ton église puisse en faire les frais. Mais elle habite à l'hôtel *Ansonia*, mon cher Randall.

— Presque tous les artistes descendent à l'*Ansonia*, dit Randall sèchement.

— Même les jeunes beautés désargentées ? Comme la direction est charitable !

— A quoi veux-tu en venir ?

Randall se rendit compte non sans irritation qu'il faisait piètrement semblant de ne pas comprendre.

— Je demande seulement, avec toute la délicatesse possible, qui est le monsieur qui entretient cette jeune dame.

— Tu as toujours des idées grossières !

Randall se sentit rougir et, s'il avait eu l'habitude du vocabulaire de Seymour, il aurait juré.

— Grossières ? — Seymour souleva son chapeau en un salut moqueur. — Tiens, voilà ton arrêt. Je suis peut-être grossier, mon cher frère, mais ce n'est pas nécessairement le même mot que réaliste. Prends garde aux Latins de sang chaud cachés quelque part dans les boiseries.

Le coup frappé à la porte de Renata Tosi reçut pour réponse un enthousiaste : « *Avanti!* » sur un ton de soprano, et il entra dans la chambre.

— *Già!* s'exclama-t-elle.

Mais elle était invisible. La chambre était un étonnant fouillis de mobilier de style français imitation, avec des coussins entassés, des rideaux de dentelle, des roses fanées dans des vases, ici une pantoufle, là un petit tas qui devait être une robe jetée à terre. Sur un guéridon de bambou, un plateau portait une tasse à café vide. Dans un coin, un piano droit sur lequel s'entassaient des cahiers de musique, un chapeau emplumé, un mouchoir, un flacon de parfum et, grand ouvert, un petit réticule en mailles de métal doré. Randall resta muet devant cette scène.

— Attendez un moment, cria la signora Tosi derrière une porte entrebâillée. Prenez un siège, *s'accomodi...*

Tandis qu'il hésitait, cherchant une chaise sur laquelle il n'y eût rien d'étalé ou d'entassé, la porte du coin s'ouvrit plus grande et laissa passer une bouffée de vapeur parfumée indiquant que là était la salle de bains de l'appartement. Derrière le paravent doré dans l'autre coin, par-dessus lequel un objet transparent et très brodé qui fit rougir Randall avait été jeté, devait se trouver le lit. Certains souvenirs de Vienne, constata Randall, subsistaient encore en lui. Son chapeau à la main et *Siegfried* sous le bras, il resta là debout, regrettant d'être venu. Un éclat de rire retentit, et il se retourna pour voir Renata Tosi, enveloppée dans une masse de fanfreluches, ses cheveux noirs entortillés sans ordre sur le haut de sa tête. Elle sortait tout droit de son bain, pensa-t-il en espérant anxieusement que son embarras ne se voyait pas trop.

— Vous êtes là si tôt! s'écria-t-elle. *Come mai?* Elles sont seulement les dix heures!

— Notre rendez-vous n'était-il pas pour dix heures?

— *Pensa?* Moi, j'a dit dix heures? — Elle s'indiqua elle-même de l'index avec une stupéfaction si comique que Randall éclata de rire, et elle fit écho avec joie. — Ça, c'est mieux, dit-elle. Il faut pas m'effrayer, vous faisiez d'abord une figure si sérieuse!

— Vous dites des choses si drôles, dit Randall. Je ne vous ai encore presque jamais entendue parler anglais.

— Oui, c'est pas mal, eh? Depuis quelques mois seulement, et il faut traduire depuis ici! — Elle se toucha l'oreille, puis le front. – Ici est *italiano*, mais dans ma bouche il faut *inglese... Formidabile* comment je consens à pareille chose.

– L'anglais est facile, dit Randall qui se sentait stupide. Seymour aurait certainement trouvé autre chose.

– Pour vous!... *Ben'!* vous m'apprenez, vous parlez, j'écoute.

– Ce n'est pas ce que je suis venu faire, dit-il en posant son chapeau et en lui montrant *Siegfried*. Connaissez-vous un peu d'allemand ?

– Moi ? *Per carità!*

– Ça ne fait rien, je vous l'ai déjà dit. Il ne s'agit que de quelques lignes. Vous pouvez les apprendre phonétiquement.

– *Ecco*... Je l'ai dit, c'est facile, non ?

– On racontait ça à Vienne, mais je ne crois pas que Wagner soit jamais facile.

– Facile pour moi ou je ne chante pas. – Elle agita la main d'un geste insouciant et courut au cordon de sonnette. – D'abord il faut boire un *caffè, poi vediamo.*

– Si je comprends bien, c'est ainsi que vous décidez si vous chantez ou non ? Seulement si ça vous semble facile ?

Randall ouvrait des yeux ronds.

– *Cosa vuoi?* dit-elle en haussant les épaules. Vous croyez j'aime travailler beaucoup ?

– *Le Stabat Mater* n'est pas facile, et vous l'avez très bien chanté.

– *Ma che! Un aria, un duettino, niente!*

– Et cinq morceaux d'ensemble. Je n'appelle pas ça rien.

– C'était rien, insista-t-elle. Quelque chose que vous savez, c'est rien. *Non mi piace lavorare.* – Elle fit une grimace au piano. – Je n'aime pas apprendre rôles nouveaux.

– Quand avez-vous appris le *Stabat Mater* ?

– Au *Conservatorio*. J'étais obligée. Maintenant, je suis plus obligée, *invece* ce *cretino* qui veut Wagner. Alors Verdi pas assez bon ? Puccini ? *Ah! ecco il caffè!*

Elle mit deux morceaux de sucre dans une petite tasse, la remplit et la tendit à Randall sans lui laisser la possibilité de dire qu'il ne prenait pas de sucre. Il s'étrangla presque à la première gorgée.

– *E buono, no?* s'exclama-t-elle en avalant sa tasse d'un trait. – Randall se remettait à peine du choc brûlant, noir, sirupeux, doux et âcre à la fois, que sa langue avait reçu. – Vous aimez pas ? continua-t-elle, anxieuse. Perchè ?

— Je n'y suis pas habitué, je pense.

Il se demanda comment il avalerait le reste.

Elle rit, moqueuse, sa tête rejetée en arrière, sa jeune gorge incurvée comme un cou de cygne. Sa peau était blanche pour une Italienne, mais pas d'un blanc bleuté comme celui des Irlandaises brunes à qui elle ressemblait. Il y avait de la chaleur dans sa pâleur robuste et dans ses lèvres richement colorées. Randall, dans son innocence, n'avait même pas fait attention, quand il l'avait vue auparavant, si elle se fardait ou non. A présent, fraîchement sortie du bain, son visage était libre de tout artifice, et cela ne l'embarrassait nullement.

Randall ne voulait pas finir son café et aurait voulu posséder l'habileté de réussir à s'en débarrasser et de commencer la leçon. Elle sourit devant son hésitation. Il était de plus en plus gêné. Jusqu'ici, il n'avait pas eu la hardiesse d'admettre que la créature fort appétissante qu'il avait devant lui était de toute évidence nue sous un peignoir abondamment orné de dentelles et qu'elle ne voyait rien de bizarre à cette situation. Il pensa qu'il vaudrait mieux ne plus la regarder, mais chaque trait de sa figure railleuse l'y invitait. Il se détourna légèrement en disant :

— Ne devriez-vous pas... Euh !... Je veux dire, n'aimeriez-vous pas mieux... que je sorte dans le vestibule pendant... pendant que vous finissez de vous habiller ?

— Non, non, dit-elle, *stia comodo*. M'habiller ? — Elle regarda son peignoir, comme soudain surprise de ce négligé. — *Va bene*, attendez une minute. — Elle courut au paravent et disparut. — Vous pouvez peut-être jouer cette musique pendant que vous attendez. *E complicata, la melodia ?*

— Pas le moins du monde, dit-il, infiniment soulagé. Voilà.

Il joua, elle commença à chanter en suivant les notes, puis vint se mettre près du piano, très convenable avec une chemisette blanche empesée et une jupe noire brodée de soutache. Randall continua à jouer, lui indiquant ses passages, mais elle secoua la tête et fit un geste vers lui.

— Vous me dites, vous faites un signe à moi, *basta*. Pour ce que je sais les notes !

— Est-ce ainsi qu'on vous a appris ? demanda-t-il sévèrement. Seulement à chanter ce que vous entendez ?

— *Ma no !* — Ses yeux bruns étaient ronds d'étonnement. — A Milano *al Conservatorio*, vous croyez que nous sommes *ignoranti* ?

— Non, dit-il, agacé, bien sûr que non. C'est pour cela que je pensais que vous saviez lire la musique.

— J'ai dit que je n'aimais pas travailler. Lire est travail. *Vocalizare* est *niente. Andiamo.*

Il soupira. Elle ne semblait pas suffisamment ferme dans ses intentions pour qu'on puisse la taxer d'entêtement, mais Randall se savait mauvais juge des femmes. Il eut un instant l'idée que ce ton léger était de la pose et qu'elle était bonne musicienne malgré son refus de prendre son travail au sérieux. Sa voix était exquisement fraîche, plus légère que les plus légères entendues par lui à Vienne, et elle l'employait avec grâce et avec goût. Elle retint sans effort la partie de l'*Oiseau* après quelques reprises. Pendant qu'elle chantait, répétant plusieurs fois chaque phrase à mesure que Randall les jouait, elle se promenait à travers la chambre pour y remettre un semblant d'ordre. Quand Randall se leva du piano, la plupart des objets jetés çà et là, avaient disparu.

— Et maintenant, au texte, dit-il. Commençons...

— Maintenant ? Aujourd'hui ? Absolument non !

— Mais...

Elle vint à lui et, avec une grande délicatesse, fit une chose terriblement vulgaire. Elle lui releva le menton avec deux doigts en riant comme une enfant taquine. Il rougit et prit un air raide.

— Vraiment ! protesta-t-il d'un ton sévère et souhaitant à part lui de savoir comment lui faire honte.

Au contraire, il se sentit mortifié, comme trop souvent les chanteurs le lui avaient fait éprouver à Vienne. Il se tourna de côté, visiblement choqué, et reprit son chapeau.

— Très bien, reprit-il en se dirigeant vers la porte.

Il l'entendit courir après lui. Cette femme ne marchait donc jamais ? Chaque fois qu'elle avait un but à atteindre, elle courait.

— *Domani?* lui cria-t-elle gaiement. Demain ?

Il se tourna vers elle et fronça le sourcil.

— Je ne pensais pas que vous désiriez continuer, dit-il. Et si vraiment vous le voulez...

— Oui !

— Vous n'avez pas assez fait de travail aujourd'hui pour que je perde mon temps à revenir. Vous n'aimez peut-être pas à travailler, mais il existe des gens qui prennent les choses au sérieux !

— Oh !

Elle ouvrit un peu la bouche, et ses grands yeux noirs s'agrandirent encore de surprise. La chose dite, il se sentit mieux et moins idiot. Il avait redressé la situation. Il suivit de l'œil la légère rougeur qui teinta sa figure animée et son ossature délicate, ses narines inclinées et le front bas au-dessus duquel les cheveux bruns naissaient si joliment. Elle avait l'air d'une fleur sur une tige mince, son cou entouré d'un haut col baleiné.

— Je suis désolée, dit-elle. Je ne voyais pas avec vos yeux.

— Allons, n'en parlons plus.

— Vous revenez demain, dites ?

— Entendu, je reviendrai. Est-ce que je vous laisse la partition au cas où vous voudriez la regarder ?

Elle se mordit la lèvre, encore un peu indécise, puis il vit une lueur espiègle éclairer subitement ses yeux. Elle eut un petit rire.

— Vous pensez vraiment ça ? dit-elle. Vous croyez que j'étudie ?

— Ça ne vous ferait pas de mal.

Elle tourna la tête et se tapota le lobe de l'oreille, une oreille bien faite, mais plus grande en proportion que sa petite tête finement modelée.

— *Così* j'apprends, dit-elle. Croyez-moi. Je ne perds pas votre temps. Je suis... comment vous dites ?... reconnaissante. *Poltrona*, paresseuse, peut-être, mais bête, non.

— Ça va bien, conclut-il gauchement. Je vous verrai demain.

Elle tendit la main, il la prit, la secoua et la laissa aller. En se retournant pour sortir, il se rendit compte qu'il aurait dû la baiser. « Seigneur ! pensa-t-il, les cantatrices me rendront-elles toujours idiot ? » Il longea le corridor de l'hôtel, mais pas assez vite pour ne pas entendre un *sotto-voce* rieur du seuil de sa porte.

— *Bello !* dit-elle.

Ce soir-là, au club de la Marine, Seymour demanda à Randall en dînant comment sa matinée s'était passée. Randall avala quelques cuillerées de potage à la tortue avant de répondre.

— Assez bien, dit-il.

— Était-ce bien amusant ?

— Je n'y vais pas pour m'amuser, donc je n'ai pas été amusé.

— Déclaration qui n'est pas confirmée par cette lueur que tu as dans l'œil.

— Moi, une lueur ?

Seymour mastiqua la dernière bouchée de sa côtelette et eut un petit rire tranquille.

— Quelque chose t'a rendu heureux comme un roi, depuis la demi-heure que je te vois. Je t'avais bien dit que ton alouette italienne tournerait plutôt à l'oiseau moqueur.

— Elle n'est pas « mon » alouette italienne, et je ne te comprends pas. Qu'entends-tu par oiseau moqueur ?

— Elle te taquine, elle flirte. Mon petit doigt me le dit.

— Je n'en sais rien.

— Jamais je n'ai vu innocence pareille à celle de ces yeux bleus. C'est égal ! Nous sommes tous deux de drôles d'animaux, mais tout de même pas à ce point-là. Personnellement, je pense que tu es tombé sur un heureux hasard.

Randall soupira.

— Arrives-tu quelquefois à penser qu'une femme peut être une cantatrice et non un jouet ?

— C'est possible, mais pas dans le cas présent. Comment était-elle habillée ? Qu'avait-elle sur elle ?

Randall aurait volontiers plongé sous la table pour dissimuler le rouge qui lui envahit la figure.

— Je n'ai pas la moindre idée, dit-il en essayant de montrer de l'aplomb.

— Je vois. Garçon, ce bifteck est trop cuit. Enlevez ça et envoyez-moi le maître d'hôtel.

— Oh ! frère, je t'en prie, ne fais pas d'histoires ! — Randall était toujours très embarrassé par l'intolérance de Seymour en matière gastronomique. — Je préfère une fricassée de poulet.

— Je le sais bien, mais la viande rouge est beaucoup plus ce qu'il te faut, et j'ai commandé un faux filet saignant pour deux. Et nous allons l'avoir.

La nourriture laissait Randall fort indifférent, et il ne partageait nullement l'enthousiasme de Seymour pour le rôti de bœuf et les épais biftecks bien saignants. Mais inutile de discuter là-dessus en ce moment. Il préférait voir Seymour batailler avec le maître d'hôtel et le chef que continuer à le taquiner à propos de Renata Tosi. Il émietta nerveusement son pain pendant que Seymour dogmatisait sur les steaks et la cuisine en général. Il fallut attendre un bon moment pendant qu'on leur faisait une autre grillade. Désireux de détourner l'attention de Seymour, Randall lui annonça que le toit de la maison sur l'arrière-façade avait besoin de réparation. La femme de ménage avait prévenu Randall que beaucoup d'humidité était venue cet hiver dans les mansardes.

— Il faudrait faire arranger ça, conclut-il.

— C'est vrai, mais est-il bien utile de dépenser quoi que ce soit pour ce vieux tombeau ? Si nous commençons avec le toit, on nous dira qu'une autre réparation est nécessaire, une chose en entraînera une autre, tu vois ça d'ici !

— C'est évident. Mais ne crois-tu pas que nous pourrions nous résigner à la situation une bonne fois ? Les frais doivent être payés par les administrateurs, n'est-ce pas ? Allons-nous continuer à vivre là-dedans dans l'état où c'est ?

— Je n'en sais rien. — Seymour réfléchissait tout en parlant lentement. — C'est moi qui voulais nous en faire partir, et je pense toujours de même... pour ainsi dire, mais...

Randall ne fit aucune remarque et attendit l'explication de Seymour. Celui-ci reprit :

— J'ai toujours désiré un petit appartement, et, à nous deux, nous pourrions en supporter la dépense. Mais je ne peux pas me payer ça, et en même temps autre chose que je désire encore plus, je crois.

— Quoi donc ?

— Ne sois pas trop surpris, Ran. Vraiment je voudrais cela beaucoup.

Seymour sourit avec une expression pensive de petit garçon. Il était rarement de pareille humeur, et Randall demanda :

— Que désires-tu, frère ? Un bateau ?

— Non. Un bateau coûterait plus que je ne puis payer, du moins un bateau qui en vaudrait la peine. Non, je voudrais une automobile.

— Une *automobile* ? — Randall resta la bouche ouverte d'étonnement et suivit distraitement du regard le garçon qui découpait le bifteck et disposait les portions sur chaque assiette avec une énorme pomme de terre au four. Randall poussa aussitôt la partie molle de la pomme de terre dans le jus de bœuf saignant, la trempant de façon à pouvoir ne pas la regarder. — N'est-ce pas épouvantablement dangereux, frère ?

Seymour se mit à rire.

— Pas si dangereux que coûteux, je l'avoue. Elles ne sont plus une curiosité comme autrefois, Randall, des tas de gens en ont. Et j'en voudrais une pendant que...

Il s'interrompit et se mit à manger.

— Pendant que quoi ?

— Pendant qu'elles sont encore à l'état expérimental. Tu sais comme j'aime tripoter une mécanique.

— Oui, je sais. Mais que coûterait une automobile ?

Randall était stupéfait par l'audace de cette idée.

— Environ deux mille cinq cents dollars, du moins celle que je veux, une Stevens Duryea.

Randall ouvrit de grands yeux.

— Diable ! C'est une somme ! N'y en a-t-il pas de moins chères ?

— Certainement, mais elles ne sont pas intéressantes. C'est comme pour un bateau, ce n'est pas la peine d'en avoir un qui ne soit pas de taille à faire des croisières en haute mer, et cela dépasserait largement mes moyens. Mais je peux acheter une bonne automobile si... — il leva les sourcils avec un autre sourire d'enfant — si nous continuons à habiter ici. Tu sais que je n'ai jamais autant que toi voulu en partir. Je n'aime pas particulièrement cette maison, mais, de la manière dont nous nous arrangeons, nous y sommes vraiment très peu. Je peux y dormir et y travailler aussi bien qu'ailleurs.

Randall savait d'avance que n'importe où il aurait toujours devant lui le même problème : le vide lugubre des soirées et des repas où Seymour était pris autre part. Le remède eût été pour Randall de se faire des amis de son côté, mais il reculait devant cet effort avec la même timidité qui lui faisait éprouver en ce moment un réel soulagement à l'idée de ne pas avoir à rompre avec le vieux logis.

— En ce qui me concerne, reprit-il, va de l'avant et achète ton automobile. Je comprends pourquoi tu ne peux envisager une autre dépense en même temps que celle-ci. Ça va te prendre une année de revenus, n'est-ce pas ?

Seymour acquiesça d'un signe, tout en buvant un verre de bière. Il essuya ses moustaches.

— Exactement. Si nous restons encore un an dans cette maison, je pourrai acheter l'automobile maintenant, et ce que je gagne suffira pour le reste. — Il fit un geste englobant le restaurant. — Ce sera juste, mais...

— Je te passerai volontiers de mon argent, dit vivement Randall. Je ne le dépense jamais entièrement.

— J'aimerais beaucoup mieux que tu l'emploies, dit Seymour avec un sourire. Tu vas peut-être t'y mettre un de ces jours. En tout cas, dans un an, nous pourrons envisager de quitter la maison si nous en avons envie. Et dans quatre ans j'aurai le double de revenus, et dans huit ans ce sera ton tour. Qui sait ! —

Son expression se fit lointaine. – On peut toujours faire des projets.

Il haussa les épaules. Randall crut percevoir une ombre de tension ou d'amertume dans les derniers mots de Seymour et sentit renaître un soupçon déjà ancien qui ne semblait pas s'accorder avec l'existence joyeuse de son frère. Il laissa cela de côté et se contenta de remarquer :

– Quand j'aurai trente et un ans, nous aurons à nous deux un très joli revenu, n'est-ce pas ?

– A peu près huit mille dollars. Mais ça ne sera peut-être pas « à nous deux ». Tu te marieras, Randall.

Randall tressaillit.

– Oh ! c'est peu probable, dit-il. Ce sera plutôt toi.

– Ça m'étonnerait. Et, puisque tu en parles, j'ai idée que nous ne sommes guère faits pour le mariage, ni l'un ni l'autre, mais spécialement pas moi. La correction et les convenances m'assomment, comme le genre de mariages que cela comporte. Ça dépend, je suppose, de la façon dont on commence. – Son visage prit une expression morose. – J'en ai trop vu. Je me rappelle trop bien Papa et la pauvre Maman. Et, Seigneur ! regarde maintenant Dorothy Parsons après huit années ! Collet monté comme une duchesse !... Ça m'a guéri du romanesque.

– Quel malheur de t'entendre parler ainsi !

– Il y a bien des choses qui sont des malheurs. En tout cas, nous avons pris une décision : nous restons dans cette maison. Allons-nous y dépenser de l'argent, nous ou la succession ? Franchement, je n'en vois pas l'intérêt.

– Et si le toit s'effondre ?

– Parions qu'il durera encore bien un an. Ensuite nous déménagerons très probablement. La vieille a fait ce testament absurde, et je préfère laisser la maison cuire dans son jus. Si nous ne réclamons jamais rien des administrateurs pour qu'ils fassent des réparations, nous serons riches comme Crésus quand leur tâche finira. Et probablement aussi trop vieux pour en jouir, ajouta-t-il.

On apporta à Seymour du fromage de Stilton et du céleri et à Randall une meringue glacée. Seymour le regarda en tenant son pince-nez sur le bout de son nez. Il frissonna et s'exclama :

– Comment peux-tu ?

– Mais j'aime ça, exactement comme tu aimes cette horrible viande sanguinolente.

— Tu as pris à Vienne des goûts de cocotte : bonbons, chocolat, crème fouettée !

— Alors tu devrais être enchanté de dîner en face de moi ! dit Randall avec une malice inaccoutumée.

Et Seymour eut un petit rire ravi.

— Je n'aurais pas cru ça de toi, dit-il. Revois-tu demain ton nouveau joujou ?

— Frère, je t'ai dit...

— Taratata ! Elle semble charmante.

— Je ne t'en ai pas dit un mot, sauf pour répondre à tes questions déplacées. Tu es décidé à imaginer des choses.

— Peut-être. Pour je ne sais quelle raison, elle excite ma curiosité.

— Pas la mienne.

— Tu n'en as pas assez, mais tu y viendras, mon enfant, tu y viendras ! Ça va te tomber dessus un de ces jours !

Randall revint seul à la maison après avoir quitté Seymour sur le perron du club. Presque toujours, Seymour avait un rendez-vous tardif sur lequel il jetait un voile discret, et Randall n'aurait pas eu l'idée de l'interroger. L'habitude était en lui si forte, et s'en départir un effort si grand, qu'il revenait automatiquement à la maison vide sans particulièrement le désirer ni le vouloir. Une fois par hasard, Seymour, ou quelque circonstance, le forçait à envisager une alternative : un concert où Randall savait qu'il devrait aller, ou une vague invitation de Seymour à venir avec lui faire un quatrième à un souper tardif chez *Jack* ou *Mouquin*. Il y aurait quelqu'un de fort joli pour lui tenir compagnie... Mais il fallait que Seymour gronde son frère pour arriver à lui faire accepter une pareille soirée, et cela arrivait rarement.

Il traversa la cour et ses cailloux, heureux de ne pas voir dans la nuit le piètre résultat de pathétiques efforts pour répondre à l'appel du printemps. Au dernier automne, saisi d'un instinct de protestation contre la laideur envahissante du voisinage, il avait planté quelques oignons de jacinthes et de tulipes, et, la semaine précédente, les jacinthes étaient sorties de terre. Leur bonne volonté et leur optimisme lui avaient fait honte. Comment avait-il pu leur demander de fleurir en un pareil endroit ! Il entra dans la maison noire et alluma le bec du vestibule. Il suspendit son chapeau et son pardessus à une patère et commença à monter l'escalier. La rampe était gluante sous sa main. Comment la femme de ménage nettoyait-elle le matin ? Personne n'était là pour y voir, et aucun des deux frères n'y tenait suffisamment pour aller passer des inspections qui les mettraient certainement dans une situation désagréable. Il était plus facile d'ignorer la chose, comme pour le reste de la maison. Randall s'arrêta et leva les yeux vers l'obscurité de là-haut. « Je me demande, songea-t-il, si Seymour est jamais retourné au-delà du premier étage depuis... depuis... » Sa pensée se porta sur les jours qui avaient suivi la mort de leur mère. Plus de deux ans s'étaient écoulés depuis qu'il avait arrêté Seymour dans ses efforts de rangements. Randall n'avait jamais eu l'intention de laisser passer tant de temps. Il ne s'était pas encore senti prêt à cette épreuve si tôt après sa terrible fin. Mais, une fois la porte verrouillée par Seymour, elle l'était restée. Randall y pensait maintenant, tout confus. Chacune de leurs façons d'être, à Seymour et à lui, étaient des habitudes qu'ils avaient prises sans s'en douter. S'il restait là et se mettait à penser à cette maison, pièce après pièce, combien dénombrerait-il de chambres fermées où Seymour et lui n'avaient jamais pénétré ! Ce n'était pas de leur faute. Ils n'avaient pas demandé à être encombrés de cette vieille baraque. La seule façon de pouvoir l'habiter était d'ignorer l'existence de l'espace inutilisé. « Mais quel désordre dans tout ça ! pensa Randall avec un certain malaise. Nous devrions vraiment y faire quelque chose. Et, pour commencer, je devrais aller voir ces mansardes où le toit laisse passer l'eau. » Il ne le savait que par Mrs. McBane, la femme de ménage, et n'était pas monté y voir.

Pourquoi faire cela maintenant ? Il ne se rappelait plus où se trouvaient les becs de gaz, il buterait partout... « Je pourrais prendre une bougie... Et aussi attendre à demain matin... Mais je ne veux pas aller là le matin. » Le matin, c'est une image charmante qui l'attendait, quelque peu refroidie par les taquineries de Seymour et sa propre austérité devant la paresse et la légèreté de la Signorina Tosi, mais suffisamment plaisante pour qu'il ne veuille pas l'assombrir en entreprenant auparavant une tâche désagréable. « Non, je ferais mieux d'y aller maintenant », décida-t-il. Il monta dans sa chambre, la petite près de celle de Seymour qui était autrefois celle de leur grand-mère et qui complétait, avec la bibliothèque donnant derrière la maison, le premier étage habité par les deux frères. Le seul espace utilisé par eux en dehors de celui-là était le salon du rez-de-chaussée, où Randall travaillait son piano, et l'atelier de Seymour à la cave, où personne que lui ne pénétrait. L'arrangement était bizarre, réfléchit Randall, maintenant qu'il y pensait, mais provenait tout naturellement de leur obligation d'occuper la maison. Il alluma la bougie qui se trouvait sur sa table de chevet dans un bougeoir de porcelaine, la prit et grimpa l'escalier jusqu'au second étage. Sur le palier, il alluma le bec de gaz et regarda un moment la porte de la chambre de sa mère. « Il faut que nous l'ouvrions », pensa-t-il, mais il recula avec une sensation bizarre en imaginant le fouillis pathétique dans lequel elle avait passé sa pauvre vie divagante. Il préférait se la rappeler jeune, et, l'esprit fixé sur cette image plus attrayante, il monta un autre étage. Il n'était pas allé jusque-là depuis l'âge où Seymour et lui avaient été promus de la nursery à des chambres moins élevées. A la lueur de sa bougie, il trouva le bec de gaz et le tourna pour l'allumer. Il sursauta, troublé par un gémissement aigu comme le cri d'un petit animal. Le bec était plein d'air et ne voulut pas s'enflammer. Il ferma le robinet et, tenant son bougeoir assez haut au-dessus de sa tête, il continua à monter les marches raides qui menaient à l'étage des chambres de domestiques. Il y faisait une obscurité profonde, sauf le cercle de faible lumière jaune autour de sa bougie. Il alla lentement jusqu'à l'endroit où l'humidité lui avait été signalée, mit la main sur une poignée de porte et commençait à la tourner quand il s'immobilisa. A l'intérieur de la chambre, au lieu du silence de mort qui régnait partout ailleurs dans la maison vide, il entendit du bruit : on grattait, on traînait quelque chose. Sa main devint moite contre le bouton de porcelaine. Sa gorge se serra. « Ça ne peut pas être des rats, pensa-t-il, essayant de se rassurer. Oh ! Dieu ! je ne peux pas entrer là s'il y a des rats ! »

Il se rappela avoir lu quelque part qu'on arrivait à les effrayer. Il leva son pied chaussé d'une forte chaussure et sonna des coups sonores sur le parquet et la porte, puis, prenant une profonde respiration, il poussa un cri aussi fort qu'il put et ouvrit bruyamment la porte. Sa bougie vacillante ne lui montra qu'une laideur nue, mais il se garda bien de regarder par terre. Il avança avec tant de bruit qu'il ne les aurait pas entendus courir. Il se tint au milieu de la chambre en se tournant de tous les côtés et, à la lueur de sa bougie, examina les murs et le plafond. Ses narines se pincèrent pour éviter l'odeur désagréable de moisissure et d'un mélange d'humidité, de poussière et d'autre chose qui tenait vraisemblablement à ce qu'il avait refusé de voir. Le toit, après tout, n'était pas tellement traversé que ça. Les gens comme cette femme McBane exagéraient toujours. Là, dans un coin, le plafond et le mur étaient tachés et rayés, mais le plâtre semblait intact, et il se passerait sûrement longtemps avant qu'il arrive rien de grave. « Bien avant cela, pensa-t-il, Seymour et lui seraient partis. » Il étouffait dans l'air nauséabond et se tourna vers la porte sans vouloir regarder les deux étroits lits de fer et leurs matelas minces et usés, pleins de trous, par lesquels de la laine grisâtre s'échappait par touffes. Randall ne chercha pas à comprendre ce qui les avait mis dans un tel état. Il sortit rapidement et claqua la porte derrière lui. Il se dépêcha de descendre, se lava les mains, échangea son veston contre une veste d'appartement en velours brun que Seymour lui avait donnée à Noël et ses chaussures contre une paire de pantoufles, puis s'installa dans la bibliothèque avec un motet de Palestrina qu'il préparait pour le faire chanter à la chorale la semaine suivante. Cette étude lui serait la plus calmante des occupations et effacerait de son esprit l'impression de ce qu'il avait vu là-haut. Cela n'avait aucune importance, s'affirma-t-il, il n'avait qu'à l'oublier. En général, il étudiait ses partitions avec soin sans avoir besoin de faire un particulier effort de concentration d'esprit. Ce soir, il n'en fut pas de même. Ses pensées semblaient errer et s'échapper dans toutes les directions. Quelques-unes étaient amusantes — les souvenirs de sa matinée avec Renata Tosi —, d'autres moins. Il aurait aimé ne pas être allé là-haut, et, après tout, ce n'était même pas utile. Il avait les yeux sur sa musique, la lisait sans que cela entre en lui et, distraitement, de son crayon, se mit à griffonner sur les marges.

CHAPITRE IX

Seymour se réveilla tard le lendemain matin, maussade et mal reposé. Il resta au lit dans la chambre obscure, traversé par des impressions fragmentaires de ses divertissements de la veille. Non pas que la soirée ait été désagréable, mais il s'était ennuyé. Quand il s'amusait réellement, il dormait bien et se réveillait de bonne humeur. Mais ces moments-là se faisaient de moins en moins fréquents. Sans regarder sa montre, il savait qu'il était à peu près dix heures. Il avait une notion du temps très précise, résultat, croyait-il, de sa destinée qui le portait à tirer le maximum de chaque heure et de chaque jour où il jouissait encore de sa vue. Il mesurait toute chose d'après la durée ténue de son pouvoir de vision, et beaucoup de sa réserve lui était venue de son habitude de ne jamais parler de ses yeux. Il n'avait jamais révélé à Randall la vérité et il avait éludé toute remarque ou question capable de l'amener à se douter de quelque chose. Quelquefois, il se demandait jusqu'à quel point il avait réussi ; pas aussi bien, craignait-il, qu'il l'aurait désiré. Souvent il surprenait le regard de Randall anxieusement fixé sur lui et sur ses nombreuses paires de lunettes avec une curiosité gênée.

« Tant pis, pensa-t-il en se retournant dans son lit pour se coucher la face sur l'oreiller. Moins j'en dis à présent, moins il y aura à en dire plus tard. » Il aurait tout de même pu en parler un peu à dîner hier soir. Mais pourquoi déjà imposer à Randall ce fardeau ? Les années à venir raconteraient bien assez vite ce qu'elles avaient à dire. Il continuerait de même, prenant tout le plaisir qu'il pourrait jusqu'à ce qu'il n'en ait plus du tout. Quelquefois, le meilleur côté de sa nature lui faisait des reproches. Quand on est devenu aveugle, quelle valeur prend ce genre de vie dans le souvenir ? Mais pouvait-on faire mieux ? En proie à de telles pensées, il se sentait à la fois tendu et déprimé. Enfin, voulant s'y soustraire, il s'assit pendant quelques minutes sur son lit pour accoutumer graduellement ses yeux à la faible lumière qui filtrait au bord des rideaux opaques, puis s'élança hors du lit. En chemise de nuit, traînant ses pantoufles à travers la chambre, il semblait encore plus grand et plus décharné qu'une fois habillé. Avec précaution, il écarta les rideaux juste assez pour voir que cette matinée de printemps était claire et ensoleillée. Il laissa donc les rideaux fermés. La lumière trop forte le faisait souffrir, surtout par contraste avec l'obscurité. Il alla et vint dans sa chambre, se rasa et s'habilla presque uniquement à tâtons. Il n'était plus très méticuleux et était même devenu assez peu soigné, sauf quand il voulait avoir un aspect particulièrement avantageux. Il apprenait à faire tout cela sans regarder : secret étrange, presque pervers à présent, comme s'il s'exerçait en vue d'un avenir où il lui faudrait compter uniquement sur l'habitude.

Quand il fut prêt, il alla à la bibliothèque, où il prenait son café avec Randall tous les matins. Ils avaient organisé une tablette derrière un paravent et y avaient installé le petit réchaud à gaz dont Mrs. Gerrity se servait pour faire les repas de leur mère. Randall y faisait leur café du matin et de temps en temps une tasse de thé. Ils n'utilisaient plus jamais la cuisine en sous-sol.

Seymour leva avec précaution les stores sur les quatre pans de la baie vitrée, ne les remontant que de quelques pouces pour garder la pièce dans une demi-ombre. Il alluma le réchaud pour remettre sur le feu le café que Randall lui avait laissé et, mettant les lunettes spéciales qu'il était obligé d'employer, il prit le *Times* pour le lire. Il avait pris l'habitude de doser les efforts de sa vue défaillante et l'employait surtout pour le travail qu'il pouvait encore accomplir, puis, comme il ne pouvait que très peu lire, il donnait la préférence au journal quotidien, parce que l'idée qu'il se tenait au courant de ce qui se passait dans le monde l'aidait à écarter sa pensée principale, sa peur angoissée du temps où il serait coupé de tout. Ce matin, les nouvelles n'étaient pas intéressantes. Il but lentement son café, mangea un petit pain rassis, tout en parcourant les colonnes imprimées qui, aujourd'hui, ne lui apprenaient rien. Le journal glissa à terre. Ces matinées où il se levait tard et n'allait pas à son bureau étaient démoralisantes. Comme beaucoup d'autres détails le concernant, il les gardait secrètes autant que possible. L'an dernier, il avait dû faire une exception à cette règle et avoua à Wilfred Minturn la vérité. Il trouva dans son interlocuteur beaucoup de bonté, de compréhension et de sympathie, mais les firmes importantes ne peuvent pas garder leur personnel par charité. Apprenant que quatre ou cinq ans était le maximum de durée que Seymour pouvait espérer, Mr. Minturn avait décidé avec lui que Seymour resterait aussi longtemps qu'il le pourrait, sans recevoir d'augmentation de traitement, mais avec la liberté d'aller et de venir et de s'absenter de son bureau chaque fois qu'un repos devenait nécessaire à ses yeux.

Seymour soupira. Il apprenait petit à petit à vivre avec son destin, mais l'instinct de se révolter et de rendre les coups était puissant en lui. C'était peut-être idiot de vouloir s'acheter une automobile, mais il en désirait une passionnément. Sa vue était meilleure de loin, il avait confiance d'y voir suffisamment pour bien conduire, et les doigts lui démangeaient à l'idée de manier une pareille mécanique. Et alors, quelle joie ! N'importe qui est deux fois plus amusant quand il peut offrir une promenade en auto. L'idée excitait de plus en plus sa curiosité. Pourquoi ne pas sortir tout de suite et aller voir les gens de Stevens-Duryea pour savoir combien de temps il leur faudrait pour lui livrer une voiture ?

Il avait laissé leur catalogue avec un tas d'autres dans son atelier, en bas dans la cave. Il fallait y jeter un autre coup d'œil pour une comparaison finale avant d'aller commander sa voiture. En descendant l'escalier, il rencontra Mrs. McBane qui passait mollement un chiffon mouillé sur les dalles de l'entrée. Il lui dit bonjour, et elle lui répondit d'un air grognon.

— Vous n'allez plus dans la bibliothèque, monsieur ? demanda-t-elle.

Elle était toujours de mauvaise humeur quand Seymour se levait tard et la faisait attendre pour finir son travail.

— Non, dit-il. Vous pouvez y aller maintenant.

Il passa auprès de sa masse malpropre, à genoux sur le tapis du vestibule, et se dirigea vers l'escalier de la cave.

— Mr. Holt, s'il vous plaît, dit-elle.

— Oui ?

Il s'arrêta.

— Ces chambres du haut, j'en ai parlé à votre frère, monsieur. Je l'ai prévenu que le toit coulait et que ça faisait du mauvais là-haut. Ça devrait être réparé.

— Nous verrons ça quand nous le désirerons.

— Je pourrais vous avoir un prix pour le toit, monsieur. Mon beau-frère...

— Je vous ai dit que nous verrions cela nous-mêmes, dit Seymour d'un ton sec. Quelle différence cela vous fait-il ? Touchez-vous une commission sur le travail que vous procurez à votre beau-frère ?

La femme rapprocha ses yeux et prit un air sombre. Seymour était déconcerté. Pourquoi s'était-il laissé aller à cette sortie et pourquoi cette remarque blessante ? Maintenant la chose était dite, il n'y avait plus à y revenir. Elle marmonna une remarque, tandis qu'il s'éloignait, quelque chose qui ressemblait à « une maison de fous ». Il tourna sur ses talons et lança :

— Et que faisiez-vous au dernier étage ? Vous connaissez vos ordres.

— Mes ordres, c'est de nettoyer les vestibules et les escaliers. Si je vais là-haut et si je sens le plâtre mouillé... et le moisi... et d'autres choses, je n'ai pas besoin de vos insultes pour savoir que, *moi*, j'ai tout mon bon sens.

Elle jeta sa toile à laver dans le seau et se remit péniblement sur ses pieds. Puis, s'avançant vers Seymour en essuyant ses mains sur son tablier, elle ajouta :

— Si vous me donnez mes gages jusqu'à samedi, je m'en vais dès maintenant, et bien contente de partir.

Elle termina par un reniflement. Seymour prit un billet dans son portefeuille et le lui tendit du bout des doigts.

— Remettez-moi votre clé de la maison, dit-il.

Elle souleva sa jupe de calicot, révélant un jupon de flanelle rouge et un portefeuille noir qui lui pendait de la taille. Elle enleva la clé de son porte-monnaie et la lança dans la main tendue, rejeta la tête en arrière avec un autre reniflement, puis elle dit :

— Regardez-la bien, Mr. Holt, assurez-vous que c'est la bonne. — Elle eut un rire nasillard. — C'est bien ça, hein ? Vous vous sentez mieux ?

Elle s'en alla dignement en détachant les cordons de son tablier.

Seymour descendit à la cave. Il tremblait de colère. Sa rage contre la mégère était moins violente que sa colère contre lui-même. La femme connaissait la maison trop bien, elle était là depuis longtemps. Elle habitait un taudis de l'autre côté de la Dixième Avenue, à un pâté de maisons plus loin, et ne manquerait pas de clabauder dans tout le voisinage des racontars plus ou moins inventés. Au diable la créature ! Il se rappela la décision prise hier avec Randall de prendre l'année prochaine un joli appartement... L'année prochaine !... N'importe quelle année... Tout ce qui avait rapport à l'avenir... De telles pensées, lorsqu'il se sentait oppressé et bouleversé, provoquaient en lui une véritable panique. Debout, immobile au milieu de son atelier, il pouvait voir autour de lui une masse d'objets venus s'accumuler les uns après les autres depuis près de vingt ans. Chacun était parfaitement raisonnable en soi, avait une destination et un usage déterminés : un travail qui intéressait Seymour, une mécanique, une invention. Qu'y avait-il là d'extraordinaire ?

— Et ça, qu'est-ce que cela a d'extraordinaire ? cria-t-il soudain avec une grimace.

Il donna un coup de pied à une vieille bicyclette appuyée contre une caisse vide. La bicyclette tomba sur le côté, Seymour se précipita, piétina la roue arrière et recommença jusqu'à ce que les rayons soient tordus, brisés, emmêlés comme un jeu de jonchets. L'un d'eux s'accrocha dans la jambe de son pantalon. Il se baissa avec un juron et se dégagea. Un moment, il regarda autour de lui, hochant la tête, l'air égaré, puis il s'effondra dans un coin et laissa tomber sa tête dans ses mains avec un gémissement rauque.

A peu près vers le même moment, Randall était dans le corridor de l'hôtel et frappait à la porte de l'appartement de Renata Tosi. Elle lui avait recommandé de venir une demi-heure plus tard qu'hier, assurant gaiement que les dix heures étaient trop tôt. Randall lui accorda même un quart d'heure de grâce et, un peu avant onze heures, arriva à l'*Ansonia*. Rien ne répondit au coup frappé. Il attendit un instant et frappa de nouveau, sans plus de résultat. Quel ennui ! Elle était bien capable d'avoir oublié son rendez-vous et d'être sortie. Il hésita. Il avait l'habitude d'arriver à Saint-Timothy chaque jour avant midi. Pendant une heure, il étudiait à l'orgue, puis partait faire un léger repas. Après le déjeuner, il conférait ordinairement avec le docteur Fitzhugh et travaillait un moment avec lui. L'après-midi, la plupart du temps, il faisait répéter la chorale de trois à cinq heures. Son travail avec Renata Tosi avait beau ne devoir durer que quelques jours, il se sentait mal à l'aise d'avoir dû déranger sa routine ordinaire de la matinée. Dès le début, il s'en était méfié; elle n'était pas moins capricieuse que les autres chanteurs de sa connaissance. Il fallait convenir qu'elle le faisait avec plus de charme.

Mais il en avait assez. Il se retourna pour se retirer, mais, pour s'affirmer à lui-même qu'il avait fait tout son devoir, il cogna vigoureusement une dernière fois à la porte avant d'abandonner la place.

— *Avanti!*

Un cri se fit entendre dans la chambre, mais sur un ton si étouffé, si étonné que Randall comprit qu'elle avait dormi profondément. « Au diable cette femme! pensa-t-il. Que faire maintenant? Si seulement j'étais parti une minute plus tôt! » Pas une seconde il n'eut l'idée d'entrer et de la trouver comme elle devait être en ce moment. Elle appela impatiemment :

— *Avanti! Cameriere*, entrez! C'est mon *caffè*?

— Non, dit Randall à travers la porte, ce n'est pas votre café.

— Oh! *Dio!* C'est vous! *Allora* entrez, entrez!

Que faire? Rester derrière la porte fermée à argumenter dans un corridor d'hôtel? Il tourna la poignée de la porte qui s'ouvrit, à son grand ennui, car il la supposait fermée à clé.

— *Buon giorno!* cria Tosi derrière son paravent. Vous m'excusez, s'il vous plaît, je suis fâchée. C'est *quel asino*, comment vous dites, le garçon! J'ai commandé hier soir il me réveille avec le *caffè*. Il oublie. C'est rien. Je commande maintenant. Nous devons avoir le *caffè*.

— Merci, dit Randall sèchement. J'ai pris le mien. Puisque vous n'êtes pas encore levée, madame Tosi, je ferai aussi bien de m'en aller. Je ne peux vraiment pas...

— Quoi vous dites? Pourquoi ces paroles? Venez ici.

— Je...

— Vous entendez pas? Vous avez la peur? Comment est-ce possible parler à travers un *mobile*? Venez.

— Je ne suis pas venu pour parler, dit Randall, exaspéré. Ni pour boire du café. Je suis venu vous donner une leçon pour laquelle vous n'êtes pas prête et je ne peux pas attendre que vous le soyez. Quand j'ai cru la chose possible, je me suis trompé. Nous allons abandonner cette idée. Il faut que je m'en aille. J'ai mon propre travail à faire aujourd'hui.

— *Sei un bel tipo tu!* Est-ce si important chaque minute? Vous avez jamais dormi après vous vous êtes amusé très tard le soir?

Peut-être le croirait-elle si elle le voyait réellement ennuyé. Il traversa la chambre, encombrée comme hier des vêtements portés la veille qu'elle avait jetés çà et là, et tourna le coin du paravent.

Elle était assise sur son lit, rieuse, et quand il vit son sourire ravi, la fraîcheur de son visage innocent de tout fard et encadré de luisantes boucles brunes qui tombaient sur ses épaules et sur son dos, le courage de la gronder fondit comme neige au soleil. Elle avait sur les épaules un genre de cape en bouillonnés de dentelle, et il devait être aussi inutile de se fâcher contre elle que contre une poupée parlante. Cette femme n'avait littéralement aucune idée ni aucune notion des convenances, ni des manières, ni de sa responsabilité vis-à-vis de son travail à lui. Seymour persistait, sans l'avoir jamais vue, à la traiter de jouet, et Randall admit tout à coup qu'il avait raison. « Si seulement, pensa-t-il, elle n'était pas une telle artiste! C'est le seul obstacle qui m'empêche de lui donner mon congé et de l'oublier... Je vais le faire quand même. »

Les yeux profondément enfoncés de Renata Tosi fixaient son visage. Il la regarda bien en face parce qu'il ne voulait pas avoir l'air de remarquer aucun autre détail. Il vit donc une série d'expressions se succéder sur son visage mobile : elle fronça les sourcils, elle les leva avec désapprobation, elle rentra le menton et pinça les lèvres, et soudain Randall s'aperçut qu'elle imitait et reflétait avec malice la suite des pensées qui lui avait traversé l'esprit. Puis elle ne put se retenir davantage, et Randall se sentit ridiculement confondu quand ils éclatèrent de rire tous les deux en même temps. Elle rit comme elle avait ri dans la maison paroissiale, par cascades d'un rire d'enfant, irrésistible et joyeux, et Randall rit comme jamais encore il n'avait ri de sa vie. Il pouvait à peine reprendre haleine. Chaque fois qu'il essayait, elle pointait vers lui son index, faisait une grimace et elle repartait en tempête avec des cris de joie en l'entraînant à son exemple. Finalement, elle s'arrêta, prit une longue respiration et s'essuya les yeux avec un pan de sa cape. Randall étouffait dans son mouchoir, les muscles douloureux.

— *Ecco!* dit-elle. Vous n'êtes pas seul à enseigner quelque chose.

Elle agita la main devant sa figure et dit :

— Allez, attendez un moment que je sois prête. Buvez votre *caffè*.

Le garçon était venu et reparti.

— J'attendrai, dit-il, essayant toujours de reprendre souffle. — Il secoua la tête. — Vous devez donner du fil à retordre à celui qui...

Il s'interrompit.

— *Ma che!* Je suis gentille, *molto amabile*. Buvez le *caffè*.

— Je peux aussi bien vous dire, lança-t-il, que je n'en veux pas, parce que je n'aime pas votre café italien.

— Non ? *Come mai?* Vous n'aimez pas ? Vous aimez votre *orribile caffè americano* ? — Elle frémit. — Comme l'eau de lessive ! *Va bene*, sonnez pour qu'on vous apporte.

— Ça ne fait rien, merci, je n'en ai pas besoin. — Il consulta sa montre; il était trop tard pour aller à Saint-Timothy avant l'heure du déjeuner. — Vous ne mettrez pas longtemps, surtout, dit-il avec un sourire. J'ai du travail à faire aussitôt après déjeuner.

— Que vous êtes sérieux ! Pour quoi vous vivez ? *Nienta altro?* Bon, je vous laisserai aller *prestissimo*.

C'est ce qu'elle fit, à la surprise de Randall. Il n'aurait jamais cru qu'après toutes ses folies d'hier elle avait retenu la musique de son rôle, si court fût-il, et quelques mots dans un langage qui n'avait pour elle aucun sens. Aujourd'hui elle se promenait à travers la chambre, légèrement vêtue, mais du moins entièrement couverte de vêtements, et il ne trouva rien de mieux à faire que de suivre son conseil et de prononcer les mots allemands pendant qu'il jouait les notes de l'air. Elle suivit avec beaucoup d'exactitude, formant les syllabes selon ses indications et répétant chaque phrase plusieurs fois avant de passer à la suivante. Quand elle s'arrêta, il demanda :

— Cela vous est indifférent de ne jamais savoir le sens de ce que vous chantez ?

— Tout à fait. *Basta*, je sais que c'est un tas de *sciocchezze*. Comment vous dites ? — Elle émit une suite de sons sans aucun sens — *Così!* Si vous racontez cette *storia tedesca*, je ris très fort sur la scène.

— Vous ne serez pas sur la scène. On suppose que vous êtes perchée sur un arbre.

— Et vous croyez je prends *sul serio* cette bêtise ? Un oiseau qui parle ? *Siamo ragionievoli, noi Italiani!*

— Certes, dit sèchement Randall. Vous ne croyez pas aux miracles ni à des histoires impossibles dans votre religion ?

— Mais ils sont vrais, ils sont réels ! Pas comme les bêtises de ces Allemands barbares !

Bizarre ! Chez cette femme qui ne semblait jamais rien prendre sérieusement et qui le taquinait quand lui le faisait, voilà qu'une pointe de bigoterie apparaissait soudain ! Sa connaissance assez étendue de culture allemande lui aurait permis de discuter, mais à quoi bon ? Les affirmations convaincues de Renata Tosi portaient la marque de siècles de préjugés ! Un moment il eut la conscience très nette de ces siècles, tandis qu'elle se tenait là debout, ses pieds un peu écartés, fermement plantés par terre, ses poings sur les hanches et ses yeux lançant des éclairs de défi sur un sujet qui ne lui serait jamais entré seul dans l'esprit. Randall rit et dit :

— En tout cas, vous apprenez vite, et je l'admets sans enthousiasme, car vous êtes trop paresseuse et sans soin.

Elle haussa les épaules.

— Vous revenez demain ?

— Pourquoi ? Vous en avez à peine besoin.

— Si, encore deux fois.

— Pourquoi deux ?

— Et mes répliques ?

Il se serait battu. Il venait de lui lancer, assez adroitement pensait-il, un froid reproche sur sa paresse, et la voilà qui lui rappelait de son côté que, si elle savait ses propres passages, il lui restait encore à apprendre les répliques des autres pour ne pas manquer ses entrées. Il fut tenté de lui dire de garder la partition et de les apprendre toute seule, puis il comprit que c'était inutile ; elle lui rétorquerait quelque chose de piquant, or, sans encore s'en douter, il commençait à goûter fort les réponses piquantes.

— Très bien, dit-il. Je suppose que vous dormirez et que vous ne serez pas présentable, à quelque heure que je vienne.

— Sûrement, admit-elle gaiement. Je serai fatiguée, ce soir, je chante *Musette*.

Ses traits prirent une expression modeste et réservée.

— J'ai idée que ce n'est pas seulement *Musette* qui vous fera dormir toute la matinée.

Elle se mit à rire.

— Voulez-vous entendre ma *Musette* ? proposa-t-elle. C'est assez bien.

Il se mordit les lèvres. Comment avait-il eu assez peu d'initiative pour oublier d'aller l'entendre à l'Opéra !

— Mais certainement, dit-il malgré lui.

— *Va bene*. Vous allez à la porte des artistes, vous trouverez le *biglietto*. J'arrangerai pour vous.

— Merci beaucoup.

Il fallait qu'il parte, il était pressé de s'en aller, non seulement parce que toute la matinée était passée, mais parce qu'il se sentait étrangement embarrassé. Il ne savait jamais quand cette sensation de gaucherie viendrait contrecarrer ses pauvres tentatives d'un badinage qui lui était si nouveau et si peu familier. Il ne se rendit compte de sa maladresse qu'après avoir quitté l'hôtel, tandis qu'il regagnait la ville basse. Il aurait dû l'inviter à souper après l'Opéra, ou du moins lui dire qu'il viendrait lui présenter ses hommages dans sa loge. Maintenant, rien ne semblerait spontané. Quand il eut ragé une partie de l'après-midi, il avait à peu près décidé de ne pas aller voir la *Vie de Bohème*.

Et il y alla finalement, parce que, se dit-il, Seymour était absent ce soir-là. Sur son chemin, il trouva une solution au problème en entrant chez un fleuriste et en faisant porter des roses à Renata Tosi au théâtre. Après la représentation, il ne put se résoudre à aller la voir ; elle avait pourtant chanté d'une façon ravissante, et il aurait pu le lui dire en toute sincérité. Mais qui rencontrerait-il dans les coulisses ? Il n'avait pour expérience que ses lamentables souvenirs de Vienne.

Le quatrième et dernier matin, en arrivant travailler avec Tosi, son coup à la porte eut pour réponse, non pas son joyeux « *Avanti !* », mais un battant ouvert cérémonieusement et qui la révéla, vêtue d'un costume correct et la main sur la poignée de la porte.

— Bonjour, dit-elle avec réserve.

— Bonjour.

Randall entra avec une confiance affermie par ses précédentes visites. Hier, la séance avait été délicieuse, et Renata, gracieuse et charmée par ses roses et ses compliments sur son chant, avait été moins malicieuse, et lui plus à son aise. Il posa son chapeau sur une chaise et se dirigea vers le piano. Puis il s'arrêta net.

Assis dans un fauteuil avec un air de propriétaire agressif, un gros homme haut en couleur, aux moustaches noires cirées effilées comme des aiguilles, se carrait avec complaisance. Il portait un pantalon rayé très collant, une jaquette noire, des bottines à boutons aux bouts vernis et aux tiges de drap fauve. Randall, stupéfait, jeta un coup d'œil à Renata Tosi, dont l'attitude plus correcte était démentie par un éclair provocant au coin des yeux.

— Je vous présente signor Ugo Baldini, dit-elle.

— Comment allez-vous ? dit Randall, plus abasourdi que de raison.

— *Piacere*, grogna Baldini, l'air furieux.

Randall regarda de nouveau Renata, qui se mit à rire.

— Mon ami, expliqua-t-elle avec une gaieté nerveuse et visiblement forcée. Il est tellement intéressé ! Il vient écouter comment vous m'apprenez cet oiseau allemand. *Non è vero*, Ugo ?

L'examen parfaitement impoli qu'il fit subir à Randall témoignait d'un manque total d'attention pour les oiseaux allemands. Renata Tosi hésita, puis elle dit anxieusement à Randall :

— Vous avez entendu Baldini *al teatro*, *no* ? Vous avez admiré ses Ranfis, Ferrando, Leporello ?

Randall essaya d'acquiescer en souriant, bien qu'il n'eût jamais ouï une note de cet homme, et il avait déclaré à Renata qu'il allait rarement à l'Opéra. Elle continua à bavarder, énumérant les « Sparafucile, Colline, Mefistofele, Angelotti », comme un camelot vantant sa marchandise. Enfin Baldini grogna :

— *Basta ! Taci !*

Et Randall ne sut que dire. Enfin il murmura :

— Oui, oui, certainement.

Et, cherchant une façon rapide de terminer cette rencontre, il ajouta :

— Vous n'aurez besoin aujourd'hui que d'une minute. Je suis sûr que vous connaissez parfaitement vos répliques maintenant. Et même, vous n'avez peut-être pas besoin de revoir cela une autre fois.

— Mais il faut ! cria-t-elle. Ce que j'ai travaillé pour apprendre ce *porco tedesco* ! — Elle leva au ciel ses yeux et ses mains jointes. Randall aurait ri de bon cœur sans la présence déprimante de Baldini. Renata lui enleva la partition des mains et courut vers le piano, froissant les pages pour retrouver l'endroit. — *Ecco !* s'écria-t-elle. *Andiamo al lavaro !*

Randall, nerveux, s'assit et se balança sur son tabouret. Il envoyait de tout son cœur Renata Tosi au bout du monde et

Baldini au diable. La vraie raison de son trouble, c'est que chaque mot des ironiques remarques de Seymour se trouvait juste. Randall n'avait jamais rien pensé, jamais rien dit qui puisse avoir provoqué l'attitude de Baldini. Il ne pouvait qu'imaginer la scène de vilaine jalousie qui avait sans doute précédé son arrivée ce matin, scène qui avait peut-être suivi une nuit dont la seule pensée amena à son front un ton de brique cuite. Comme il aimerait être hors d'ici ! Mais Renata Tosi se tenait à côté de lui comme une élève docile, les yeux fixés sur la musique — ce qu'elle n'avait jamais encore fait —, et il n'y avait qu'à continuer.

Elle chanta merveilleusement les deux courts passages sans une hésitation et avec une grâce parfaite. Malgré lui, Randall fut forcé d'admirer son sens artistique suffisamment sûr pour l'élever au-dessus de ses nerfs et lui permettre de chanter sans une défaillance. Il fut étonné du fini et de l'apparente facilité de sa prononciation allemande. Pourtant, le ridiculisait-elle assez, tandis qu'elle l'apprenait phonétiquement et refusait de s'ennuyer à essayer de le comprendre ! *Un amasso di sciocchezze !* assurait-elle. En ce moment, elle chantait avec une intensité profonde, décrivant à un Siegfried absent les merveilles d'une Brünnhilde endormie sur son rocher et la puissance miraculeuse des trésors cachés dans la caverne de Fafner. Tosi n'avait pas la moindre idée de ce qu'elle chantait, mais elle trouva moyen de faire comprendre à Randall que, pour une fois, il lui fallait essayer de prendre un air sérieux. Randall eut l'idée fugitive qu'elle avait peut-être un peu peur de Baldini, et son ressentiment fit place en partie à une certaine sollicitude. Puis il pensa aux remarques que pourrait faire Seymour s'il les voyait. Cette femme sait parfaitement ce qu'elle fait. Elle n'est pas plus innocente et a autant besoin d'être aidée qu'un chat malin... Randall termina avec une impression de soulagement ; l'épreuve touchait à sa fin.

— C'est vraiment tout à fait bien, dit-il, tandis que Renata se tournait vers Baldini, les sourcils levés comme si elle recherchait son approbation.

Ce dernier haussa les épaules et émit quelques commentaires en italien.

— Il est surpris, dit-elle à Randall avec un peu trop de volubilité. Il n'aurait pas cru possible qu'on puisse apprendre du Wagner aussi vite. — Elle s'approcha nerveusement d'une table, prit dans une assiette un macaron et le grignota. — Il comprendrait mieux s'il avait été là depuis le début, mais il était parti, engagé pour une semaine à Chicago.

Voilà donc où elle voulait en venir ! Elle essayait d'expliquer sa situation à présent qu'elle était devenue fort claire. Elle était décidément plus sotte qu'il ne pensait. Baldini ne savait certainement pas un mot d'anglais, car son expression n'avait pas changé d'une ligne jusqu'à ce qu'elle ait prononcé le mot de « Chicago », et à cet instant ses yeux se dilatèrent, et Randall ressentit encore une fois de l'inquiétude pour Renata. Elle avait fait la gaffe... Jamais elle n'aurait dû mentionner l'absence de Baldini ni expliquer sa présence.

Randall se leva, prit son chapeau et la partition sur le piano. Renata secoua la tête quand il referma le volume et dit :

— Oh ! je vous en prie, laissez-moi la *musica* jusqu'à la fin des répétitions.

Où voulait-elle en venir ? Il se rappela chaque mot de ses refus malicieux quand il suggérait qu'elle regarde sa partie ou apprenne une ligne autrement que par l'oreille. Mais impossible en ce moment de la taquiner là-dessus.

— Mais certainement, dit-il, et il remit la musique sur le pupitre.

— *Tante grazie*. La première répétition est lundi à les onze heures.

Elle eut un infime clin d'œil, rappelant sa désinvolture habituelle, mais il crut percevoir une supplication dans l'expression soudain sérieuse, mais aussitôt effacée, qui lui passa dans les yeux. Il fit comme s'il n'avait rien remarqué ni entendu, s'avança vers Baldini, qui ne bougea pas de son fauteuil, et lui tendit la main, que l'autre prit avec indifférence. Puis il serra la main de Renata Tosi d'une façon aussi américaine que possible et, sans ajouter un mot, il ouvrit la porte et s'éloigna. Vers Broadway, marchant dans le soleil, il avait fermement décidé qu'il était enchanté d'être sorti de possibles complications et reconnaissant d'en avoir suffisamment appris à Vienne pour ne plus se laisser ridiculiser. Il ne voyait pas en quoi Renata Tosi pourrait se servir de lui et il se sentait nulle envie d'avoir quoi que ce soit à faire avec elle. Pourquoi avait-elle gardé sa partition et lui avait-elle en fait demandé d'assister à ses répétitions ? Peut-être pour avoir un prétexte de le revoir ? Mais pourquoi diable ? C'était une petite écervelée, la maîtresse d'un butor italien jaloux, et son propre bon sens lui conseillait sagement, comme le ferait Seymour s'il lui demandait son avis, comme il l'avait déjà décidé de lui-même, de ne plus rien avoir à faire avec elle.

Seulement Randall était plus naïf qu'il ne pensait. Il aurait pu être un peu intrigué par Renata Tosi et ses manœuvres s'il avait pu se voir lui-même descendant Broadway vers un arrêt d'omnibus. Les gens sincèrement sans vanité ne voient pas dans les miroirs matériels devant lesquels ils se rasent ou s'habillent la personnalité qu'ils présentent aux yeux des autres. Randall n'avait aucune idée que le jeune homme à l'allure gracieuse, aux larges épaules, à la tête fine avec ses grands yeux bleus, ses lignes harmonieuses et ses boucles blond foncé, pouvait provoquer un vif intérêt chez des femmes aimant à être émoustillées. Il croyait avoir rayé de son horizon ce genre de personnes, il avait la ferme intention d'en rayer également Renata Tosi. Ses raisons de la voir n'existaient plus et ses raisons de ne plus la voir étaient claires. Il continua son chemin, confortablement affermi dans sa décision et, somme toute, assez satisfait de lui-même.

Cette satisfaction intime dura plusieurs jours, puis alla en diminuant. Seymour était tout occupé et excité par son automobile qui lui serait livrée, raconta-t-il, dans quelques jours. Il en était si rempli qu'il oublia de taquiner Randall sur ses préoccupations. En quatre jours, ils ne dînèrent ensemble qu'une fois, et Randall passa trois soirées solitaires, prenant ses repas dans les petits restaurants qu'il fréquentait quand il était seul. Ensuite il regagnait la bibliothèque avec un crayon et ses partitions qu'il annotait, remplissant aussi de griffonnages plusieurs pages de papier à musique. Il avait une bizarre façon de les oublier une fois qu'il les avait écrites et les fourrait dans sa chambre entre les pages des cahiers de musique qu'il rangeait dans une vieille armoire vitrée autrefois placée en haut dans la nursery. Peu à peu, Randall perdit la trace de ces pages. Il en avait accumulé et oublié une quantité considérable au cours des deux années qui venaient de s'écouler et n'aurait peut-être jamais pensé à les changer de place si un jour plusieurs de ces feuilles n'étaient tombées d'un volume de *Préludes* de Bach qu'il était en train d'étudier à l'orgue. Il décida alors de leur trouver une place quelque part ailleurs, en contradiction avec son intention première qui avait été de les détruire. Par un soir solitaire, il parcourut la maison pour chercher où ranger ses papiers. Personne n'allait jamais au troisième étage, et il trouva là un pupitre d'enfant où il avait appris ses premières leçons, avec un dessus incliné qui se soulevait et, à l'intérieur, plusieurs tiroirs et une rangée de cases. Exactement l'affaire, pensa Randall, qui l'employa aussitôt. Il y déposa son papier à musique et d'autres objets pour lesquels il n'avait pas de place spéciale.

La semaine passa, longue, ennuyeuse et solitaire, coupée seulement par les répétitions de la chorale et les services à Saint-Timothy. A partir de cette fin de printemps, et plus encore pendant l'été, la musique à l'église serait plus simple et lui prendrait moins de temps. Quand il se réveilla le lundi matin, il se rappela qu'il n'avait rien à faire à Saint-Timothy jusqu'à mercredi après-midi.

Ces journées sans emploi bâillaient devant lui. Avec la meilleure volonté du monde, il ne voyait pas comment il pourrait tuer le temps pendant presque trois jours, sans parler des soirées redoutées, entre son piano et son orgue. Il ne se sentait pas en humeur d'étudier. Agité et nerveux, il en avait assez d'être seul. Seymour dormait encore et resterait peut-être au lit toute la matinée. Randall descendit à la porte de service et y prit le litre de lait quotidien que le laitier y déposait, le paquet de petits pains et le journal de Seymour. Il remarqua la poussière qui s'accumulait sur l'escalier, comme dans la bibliothèque et dans sa propre chambre. Cela lui rappela désagréablement qu'il lui faudrait sortir et tâcher de trouver une autre femme de ménage. Jusque-là, il avait feint de ne pas remarquer l'absence de Mrs. McBane. Il faisait vaguement son lit en tirant un peu les draps et il lavait la vaisselle du petit déjeuner à l'eau froide dans la salle de bains. Seymour et lui se donnaient rarement le mal d'allumer du feu dans la chaudière de la cuisine déserte pour avoir de l'eau chaude. Un peu d'eau chauffée dans la bouillotte sur le gaz pour se raser, et cela leur suffisait en ce qui concernait l'eau pour la toilette quotidienne. Ils se baignaient quelquefois, prenaient l'été des douches avec de l'eau froide dans un tub de zinc. En hiver, ils allumaient de temps en temps la chaudière à eau chaude, mais considéraient cela comme un gros ennui. Cet état de choses manquait d'ordre et de confort, mais, en même temps, Randall en faisait une sorte de défi. Cela ne regardait personne. Les gens bien ne vivaient pas ainsi, mais les gens bien n'étaient pas forcés de vivre dans une affreuse vieille tanière avec le souci constant de ne pas être entièrement absorbé par elle. Randall enviait à Seymour sa force de volonté et son sens plus net de ce qu'il désirait. Si seulement il avait pu, lui, être celui qui aurait voulu le plus ardemment quitter cette maison ! Et, à présent que Seymour en était empêché pendant un an, Randall n'allait certainement pas s'en aller de son côté. Cette compagnie fragmentaire de son frère valait mieux que la pensée de vivre seul.

Il se sentait de plus en plus agacé et troublé. Le café était mauvais, il avait dû ne pas faire attention et mal le doser, et la perspective de n'avoir rien à faire aujourd'hui était simplement insupportable. Il descendit et étudia des exercices pendant un moment, puis devint distrait et s'arrêta en tapant sur le piano. Ce genre de mauvais travail était pire que pas de travail du tout. Il erra jusqu'à la bibliothèque et regarda la pendule. Dix heures un peu passées, et pas un mouvement de Seymour. Il avait dû sortir toute la nuit !

Randall se jeta dans son fauteuil, en face de celui de Seymour de l'autre côté de la cheminée. Il prit le numéro plié du *Times*, se sentant coupable comme un enfant à cause de la loi ridicule édictée par Seymour : c'était *son* journal, et il s'irritait violemment quand Randall l'ouvrait le premier. Un moment, le journal sur les genoux, il resta sans l'ouvrir, puis, avec un haussement d'épaule, il le déplia et se mit à le parcourir. Rien ne fixa son attention jusqu'à la page des nouvelles musicales et théâtrales. A ce point, il eut le sentiment très ténu d'un rideau fin et brumeux qui se levait, quelque chose qui avait erré devant les fenêtres de son esprit, obscurcissant la claire intention qui n'avait jamais cessé d'être présente. Sa décision d'oublier Renata Tosi paraissait maintenant gauche et artificielle. En vérité, il ne l'avait pas oubliée, il avait seulement réussi à la voiler derrière ce rideau symbolique. Tout le temps, elle avait été là. Et on était au lundi matin, et elle avait essayé de lui faire comprendre qu'elle espérait le voir à la répétition de onze heures — ou, du moins, c'est ce qu'il pensait. Pas une minute il n'avait eu l'idée d'y aller. A présent, il se demanda pourquoi il n'irait pas. Pourquoi ne pas aller voir comment il l'avait préparée à quelque chose de si nouveau pour elle et de si étranger ?

Ses yeux tombèrent sur l'article annonçant le programme de la semaine à l'Opéra. « Avant-dernière semaine de la saison d'opéra », tel était le titre. Alors une autre pensée se présenta qu'il devait avoir tenue cachée depuis quelque temps : qu'adviendrait-il de Renata Tosi quand la saison serait terminée ? Et en quoi cela pouvait-il bien le regarder, lui ? Il jeta un coup d'œil sur le programme de ce soir. On donnait *Aïda*. Ugo Baldini chantait, mais pas Renata Tosi. Randall médita un moment. L'idée qui prenait forme en lui l'effraya presque par sa nouveauté hardie, il s'y reconnaissait à peine. Sa timidité lutta un court moment avec l'envie qu'il en avait, puis se retira, vaincue. Il replia soigneusement le journal de Seymour dans ses plis et le posa sur le bras de son fauteuil. Puis il descendit, prit son chapeau et se dirigea vers la ville haute et l'Opéra.

CHAPITRE X

Ils en étaient à la moitié du dîner, et Renata riait encore et disait :

— Je suis si surprise ! Comment vous avez pensé quelque chose si *intelligente e furbo* ?

— Que veut dire *furbo* ?

Elle agita la main comme si elle voulait attraper le mot au vol.

— Oh ! *Dio !* Je ne sais pas. Ça veut dire... Comment ?... Habile, trop habile peut-être... C'est possible ?

— Quoi donc ? Rusé ? Trompeur ?

Elle protesta drôlement par une grimace.

— *Ma no !* — Ses yeux s'ouvraient tout grands. — Je trompe jamais personne. Sûrement vous trompez jamais personne ?

— Mon Dieu, non... pas en organisant moi-même une tromperie... jusqu'à aujourd'hui. Vous comprenez ? ajouta-t-il vivement. Je n'avais pas l'intention... Je veux dire que je ne pensais pas à... euh !... à votre ami.

— Non ? — Encore une surprise moqueuse. — Alors pourquoi sommes-nous là ? — Il donna toute son attention au morceau de poulet sur son assiette. Elle continua son bavardage. — Si vous ne pensez pas à Baldini, pourquoi nous arrangeons si soigneusement venir ici après le commencement d'*Aïda* ? Et vous me ramenez chez moi avec le *mal di testa* avant la fin ?

— Vous devriez avoir honte, dit-il en levant soudain la tête.

— *Io ?* — Elle en eut le souffle coupé et étala ses deux mains carrées sur sa poitrine. — Moi, j'ai inventé tous ces *inganni*... je veux dire ces tromperies ? Moi ?

— Vous savez... au sujet de Mr. Bal...

Randall s'étrangla, puis avala et continua plus fermement :

— Baldini.

— *Ma perchè ?*

Cette fois, sa surprise était sincère. Randall soupira.

— Écoutez, dit-il, est-ce donc la coutume, en Italie, des arrangements comme celui que vous semblez avoir avec lui ?

— Ça dépend. — Elle haussa les épaules. — En Italie, *per esempio*, Baldini n'est pas libre comme ici. Quelquefois il s'échappe, mais...

— Il est marié ?

— Naturellement. Très jalouse, sa femme, et il fait beaucoup de *bambini* pour l'occuper.

— Combien de *bambini* ?

Inconsciemment, il répéta le mot.

— Six, à Piacenza.

Elle but un peu de vin qu'il avait failli oublier de commander et lui fit un sourire charmant. A la lumière douce des bougies sur la table, elle était particulièrement jolie. Elle portait une des chemisettes qu'elle semblait affectionner, faite d'innombrables rangs fins bouillonnés en filet, avec des manches ballon. Jamais il n'aurait pu concevoir qu'elle faisait tout cela elle-même, ou qu'elle avait elle-même garni le chapeau qui encadrait ses boucles brunes et son front blanc de petites cocardes de plumes roses. Il supposait, simplement, parce qu'elle était actrice et qu'il désapprouvait à peu près tout ce qu'elle faisait, qu'elle devait aussi se maquiller, mais on n'en voyait nulle preuve. Son teint avait la même pâleur fraîche et claire et ses lèvres la même chaude coloration qu'au matin, à peine réveillée. Ses yeux, par-dessus le bord de son verre, riaient et, malgré son opinion qu'elle devrait avoir honte, semblaient singulièrement calmes et sincères.

Il la regarda à travers la table sans se douter que ses propres yeux étaient beaucoup plus éloquents que sa langue hésitante. Il pensa à ce qu'il voulait dire et en fut incapable. Puis il laissa échapper :

— Quand j'essaye de vous parler, il m'arrive une chose curieuse : ou bien je ne sais pas quoi vous dire, ou bien je fais des remarques personnelles qui ne me regardent pas du tout.

— Pourquoi ça ne vous regarde pas ? Vous êtes jaloux de Baldini, vous le dites. *E naturale*.

Elle leva les épaules.

— Je ne suis pas jaloux de Baldini ! — Il se sentit rougir. — Je vous connais à peine, j'ai seulement dit que vous devriez avoir honte de votre situation vis-à-vis de lui, et c'est vrai.

— *D'accordo*, dit-elle en riant, avec un clin d'œil. Convenons-en. Baldini ne vous regarde pas. Il part bientôt, retourne à la Scala, à la femme et les six *bambini. Anche sette finora, puo darsi*, ajouta-t-elle entre ses dents.

— Qu'avez-vous dit ?

— J'ai dit peut-être maintenant sept. Pourquoi vous me faites parler anglais ? Ça me fatigue. *Invece*, c'est mieux je vous apprends italien. Pour certaines choses, seulement possible l'italien.

— Quelles choses ?

— Pour faire l'amour, dit-elle aussi tranquillement que si elle décrivait un pas de danse. L'anglais serait *scandoloso*.

« Oh ! Dieu ! pensa-t-il, elle est impossible ! »

— Vous parleriez bien l'italien, murmura-t-elle, le menton appuyé sur ses mains jointes et les coudes sur la table. *Bel giovane che sei !*

Randall, suivant son instinct, ignora la remarque. Il craignait d'avoir compris. N'avait-elle pas dit qu'il était beau ?

— Non, sérieusement, reprit-il. Que feriez-vous si je vous posais des questions ? Et sans essayer de décider si elles sont trop personnelles ou non ?

— Je répondrais, dit-elle avec calme. Je dis des mensonges seulement pour ne pas avoir d'histoires. Ce qui est ainsi est ainsi.

— En effet, soupira-t-il. Je n'arrive pas à comprendre pourquoi vous avez... pourquoi vous... Ah !... pourquoi... Baldini ! — Il reprit haleine, rassembla son courage et acheva : — Vous ne l'aimez sûrement pas !

— *Ecco !* Enfin vous voilà sensé !

— Alors, pourquoi ?...

Elle secoua un peu la tête et sourit, comme pour excuser un enfant ignorant :

— Jamais vous avez été pauvre ? demanda-t-elle doucement. Très pauvre, comme nous ? Les paysans et les *artigiani* ?

— Je regrette que vous ayez eu à me demander ça. — Il se sentait un peu honteux de lui-même. — Vous devez avoir une meilleure situation maintenant, n'est-il pas vrai ? Et vous aviez fait un bon début à Milan, sans cela on ne vous aurait pas envoyée ici.

Elle mangeait une glace à petites cuillerées et dit soudain :

— Ah ! Milano ! Vous devriez goûter les *gelati* là-bas. *Una meraviglia !*

— Les glaces de Milan me sont indifférentes. Je parlais de vous. Voulez-vous vraiment dire que vous avez besoin de Baldini ? Madame, Signorina...

— Renata. Et je vous appelle Randalo. *Che bel nome !*

Elle sourit comme un enfant ravi, et l'attention de Randall se porta sur ses dents délicieusement blanches. Il les avait déjà remarquées ; sa bouche, grande, mais admirablement dessinée, avec ses fraîches lèvres rouges, était un de ses traits les plus séduisants. Elle savait en jouer quand elle le voulait et en usait en ce moment et le détournait de son but austère. Il décida de ne pas la laisser s'en échapper et répéta :

— Tout cela... — il voulait indiquer Baldini — est-il nécessaire ?

— Oh ! *Dio !* Vous parlez comme un prêtre ! *Madonna !* s'exclama-t-elle, soudain horrifiée. Comment savoir ce que vous êtes dans votre église païenne !

— Rien, dit-il froidement. — Il voyait qu'il était inutile de discuter avec elle si on ne pouvait se maintenir sur ses positions. — Je ne suis rien dans cette église qu'un musicien en second engagé à travailler là. Et nous sommes tout aussi chrétiens que vous, donc rengainez vos insultes. Maintenant, écoutez-moi... Renata. — Il prononça son nom avec un plaisir évident, et elle s'épanouit. — Faut-il vraiment que vous continuiez ainsi ? J'ai essayé de vous le dire, ce n'est pas... Les gens de ce pays-ci ne voient pas les choses comme vous. Nous...

— Quels gens ? interrompit-elle.

— Mais...

Il fronça les sourcils. Elle éclata de rire, se pencha en avant et posa sa main sur celle de Randall.

— *Sei troppo serio*, dit-elle. Les gens que vous connaissez, ça leur est bien égal ce que je fais, ce que fait Baldini, ce que font les artistes. Nous aimons jouer, nous aimons le plaisir.

— Alors vous jouez aussi avec moi, dit-il avec amertume. Je parie que Baldini ne serait pas amusé. Ça ne doit pas être son idée du jeu.

— Bien sûr que non. *E gelosissimo, lui !*

— Ainsi vous jouez avec le feu comme vous jouez avec moi et Baldini et... — Il revit soudain sa chambre telle qu'il l'avait vue le matin, jonchée des toilettes qu'elle avait portées le soir précédent. — Avec d'autres aussi, je suppose, ajouta-t-il tristement.

Il décida de laisser là ce sujet. La tête baissée, il émietta machinalement une gaufrette et, de l'index, poussa les miettes en lignes vagues. Elle l'observait. Très certainement, se disait-elle, il est beau, un beau jeune homme, et différent de tout ce qu'elle connaissait. Peut-être était-ce cette différence, ce caractère étranger qui l'avait attirée et qui l'avait amenée assez loin pour être en ce moment assise en face de lui. Ses idées étaient absurdes. Tout autre que lui, aussi sérieux et convaincu, serait d'une pruderie et d'un ennui intolérables. Mais cet homme-ci exerçait une attraction étrange ; son aspect peut-être, peut-être son extraordinaire innocence qui semblait virginale à son œil réaliste, bien qu'elle ne pût y croire. Jusqu'ici, Renata avait trouvé rafraîchissant et flatteur de le voir visiblement tomber amoureux d'elle, ce dont, avec cette même innocence, il ne se doutait pas encore. Quand il en serait là, il aurait peur de prendre l'initiative, et son caractère américain, solennel et puritain, ne lui permettrait jamais de prendre du plaisir... à moins qu'elle ne le lui apprenne. Elle soupira. En valait-il vraiment la peine ? Toutes ces questions qu'il avait soulevées, et beaucoup qu'elle s'efforçait de bannir loin d'elle... Peut-être devrait-elle couper court immédiatement avant que cela ne le fasse trop souffrir. Jamais elle n'avait rencontré un homme qu'elle eût chagriné moins volontiers.

— Quel âge avez-vous, Randalo ? demanda-t-elle presque bas.

— Vingt-trois ans.

Il ne leva pas la tête.

Deux ans de moins qu'elle, son âge véritable qu'elle n'avouait jamais comme tous les chanteurs. Elle reprit doucement :

— C'est parce que vous êtes jeune, je crois, que vous avez si peu de *pazienza*. La nature humaine elle n'est pas comment vous pensez qu'elle doit être. Elle est seulement comment elle est.

Il fut si surpris par ces paroles, prononcées avec un ton de sincérité calme et, après tout, de véritable sagesse, qu'il leva la tête et la regarda, en dépit de son intention de n'en rien faire. Il fut encore plus étonné de ce qu'il vit. Sur son visage, il n'y avait plus aucune raillerie, aucune espièglerie. Ses mains, appuyées sur le bord de la table, étaient jointes, et, surmontant le haut ruché de son col, ses traits avaient la sérénité d'un masque classique. Elle sourit doucement, d'un sourire empreint de bonté et dépourvu de l'étincelle de sa gaieté habituelle. Elle avait eu la pensée de lui dire qu'il serait sage s'il suivait son chemin et l'oubliait. Mais, devant la confiance claire qui dans ses yeux prenait le dessus sur son ressentiment, sa résolution vacilla et elle resta hésitante sur la pointe d'épingle d'un rare moment de sérieux.

— Vous pensez beaucoup de mal de moi, dit-elle. Peut-être je le mérite. Mais ce n'est pas pour vous que je changerais, ni pour aucun homme. La vie me changera, comme vous, comme *tutti*. Quand le temps viendra, ce sera. Jusqu'à ce temps-là, je veux avoir du plaisir. Vous ne savez pas comment je vis parce que c'est *troppo di lusso*, et Baldini paye une partie. Mais pas tout, comprenez ? lança-t-elle avec de nouveau son clin d'œil espiègle. Quand je dis je n'aime pas travailler beaucoup, vous êtes choqué. Un jour, je vous dirai comment j'ai travaillé *da bambina* et peut-être vous comprenez pourquoi je veux le plaisir pendant que je suis encore jeune. Et aussi, c'est ma nature. *Basta*. Je parle trop.

— Me raconterez-vous vraiment tout cela un jour ?

— *Vediamo*. Maintenant il n'y a plus le temps. Voyez votre montre.

Il regarda et vit qu'il était l'heure de partir. Ils sortirent, prirent un fiacre, et Randall dit au cocher de se presser. Quand la portière se ferma, Renata s'installa dans un coin avec la certitude, nouvelle pour elle, que cet homme n'allait pas se mettre immédiatement à l'importuner de baisers comme tous les autres l'auraient fait. Il resta assis, les mains sur les genoux, et elle copia son attitude réservée. Ils bavardèrent sur l'Opéra, tandis que le fiacre les cahotait sur les pavés de Broadway, sur le programme de la semaine, ce qui pour Randall était une façon de s'informer des soirs où elle chanterait, ainsi que Baldini. Il eut bientôt le renseignement. Mercredi, tous deux dans *Rigoletto*, Renata jouant le rôle de la contessa Ceprano. Jeudi, elle chantait Micaela dans *Carmen* sans Baldini, et Baldini jouait vendredi le rôle d'Angelotti. Renata eut un rire soudain en affirmant qu'il n'y aurait jamais de rôle pour elle dans la *Tosca*, à moins qu'elle ne vise elle-même au rôle principal.

— Moi ? plaisanta-t-elle. *Troppo lavoro !*

Tout cela lui donnait un soir de liberté le vendredi. Randall la regarda, une question informulée aux yeux, elle fit un signe affirmatif, rit de nouveau, et ils n'en parlèrent pas davantage. Elle se rencogna un peu plus. Ses yeux brillaient à la faible lumière des becs de gaz, mais son expression était modeste, et elle se demanda ce qui arriverait si elle lui laissait clairement entendre qu'elle accepterait volontiers, qu'elle attendait même un baiser de lui maintenant ou bientôt. Elle se demanda également s'il en prendrait l'initiative avant qu'elle commence à s'ennuyer avec lui.

— La première de *Siegfried* est bien lundi prochain ? demanda-t-il.

— Oui. Ridicule ! Deux fois on représente, seulement la dernière semaine. Et tout ce travail !

— Il veut seulement, sans doute, tenter l'expérience. Si le spectacle ne réussit pas, il disparaît tranquillement et n'aura pas fait vraiment partie du répertoire de cette année. Si tout va bien, on commencera par là à la prochaine saison.

Elle fit une grimace.

— Pas pour moi. Plus de Wagner.

— Inutile de vous en tourmenter. Il n'y a qu'un seul autre rôle dans Wagner qu'on puisse vous demander de chanter, celui du berger dans *Tannhaüser*. Et la direction ne peut songer à un deuxième Wagner sans engager toute une autre troupe de chanteurs.

Renata haussa les épaules. Randall hésita soudain à lui poser des questions cependant beaucoup moins personnelles que celles de tout à l'heure. Elle comprit sans doute la difficulté, car elle leva interrogativement les sourcils comme pour l'inviter à parler. Il dit avec un peu de gêne :

— Je présume que vous avez sans doute été réengagée pour l'année prochaine ?

— Oh ! oui.

— Et dans l'intervalle ? — Voilà ce qui le préoccupait véritablement. — Après la fin de la saison ?

— Je vais en Italie, naturellement.

— Je vois. — Sa voix était neutre. C'était bien ce qu'il attendait. — Avez-vous quelques engagements là-bas ? Ou bien... — il essayait de supprimer cette pensée — ne ferez-vous que suivre Baldini à la remorque ?

— Mais bien sûr ! La Scala continue jusqu'en juin. *Poi*, il y a beaucoup d'endroits, Bologna, Genova... — Elle les dénombra sur ses doigts. – Ravenne, Como... Oh! *Dio!* – Elle secoua la tête. – *Poi Verono, all' Arena*. C'est terrible, tant de travail.

– Vous devriez être fière d'en avoir autant, dit-il, revêche.

– *Ma!* dit-elle.

Le fiacre stoppa devant l'hôtel, et Randall l'aida à descendre. Il fit quelques pas pour l'accompagner jusqu'à la porte, mais elle lui fit signe que non et lui tendit la main. Il sentit de la raideur dans son bras, ce qui le maintint à la plus grande distance possible. Elle fut surprise quand elle le vit s'incliner et lui baiser la main comme n'importe qui l'aurait fait.

– *Buona notte*, murmura-t-elle, puis elle se tourna très vite et s'éloigna.

Ils n'avaient pas dit de façon précise s'ils se reverraient vendredi, elle n'y avait fait qu'une allusion et elle n'avait pas dit un mot des prochaines répétitions de *Siegfried*. Aucune raison pour qu'il y revienne. Il se sentait l'esprit si troublé qu'il remonta dans le fiacre et dit au cocher de le ramener chez lui. Habituellement, il aurait prit l'omnibus, avec son sens de l'économie. Assis les bras croisés, il fronçait les sourcils au souvenir des rebuffades taquines qu'elle lui avait lancées toute la soirée. Mais aussi elle lui avait laissé entrevoir un côté tout différent de son caractère, et puis la porte s'était aussitôt refermée sur la personnalité ainsi révélée.

« Je devrais l'oublier, se dit-il à mi-voix. Je n'ai rien de commun avec une femme pareille. » Il ne la comprenait pas. Elle avait, et plein à craquer, son calendrier de tournées dans des opéras de province en Italie et, par ailleurs, elle soulignait à plaisir son horreur du travail et ne le considérait que comme un moyen de satisfaire son goût du plaisir. « Dit-elle jamais la vérité ? » se demanda-t-il.

Arrivé devant chez lui, il considéra la triste façade de sa maison. Elle se dessinait devant lui, menaçante, sombre, rébarbative. Avec répugnance, il avança dans l'allée, entra par la lourde porte dépeinte, chercha son chemin à tâtons jusqu'au bec de gaz asthmatique. Ce lieu faisait partie de Seymour et de lui, mais il était étranger à tout ce qui pourrait jamais entrer dans leurs vies. Quand ils tournaient le dos à d'autres occupations, à d'autres associations, il éprouvait le sentiment de passer par la porte de cette maison dans un monde aussi sombrement légendaire que la rive la plus éloignée du Styx. Et puis, une fois entré, le reste du monde devenait irréel. Seymour avait raison, il fallait s'en aller d'ici, et il avait aussi raison de trouver que ce serait gaspiller leur capital et faire le geste fou de laisser des otages à la fortune que de la réparer. Mieux valait qu'elle pourrisse jusqu'à la ruine, et ce serait leur meilleur défi au destin qui complotait de les garder ici.

Lentement, Randall monta les degrés du perron. On étouffait dans cette maison, en vérité ! Pourquoi ses pensées y revenaient-elles toujours, à la place d'autres infiniment plus plaisantes ? Il parvenait quelquefois à dominer ces assauts, quelquefois il n'y réussissait pas. Aujourd'hui, il sentit la petite légion de ces laids tourmenteurs se former pour l'attaquer. Depuis la nuit où il était monté au grenier, il ne leur avait pas permis de revenir. A présent, même avec les autres soucis qui pressaient de toute part son oreille et son esprit, il ne pouvait effacer de son souvenir l'affreux bruit de grattements et de petites pattes galopantes entendu là-haut. « C'est infernal, pensa-t-il. Je ne veux pas laisser tout cela m'atteindre, je ne veux pas les entendre, je n'ai rien à entendre... » Il entra dans le salon, alluma le gaz dans tous les lustres, enleva son pardessus, s'assit au piano et se plongea dans une fugue de Bach. Il jouait avec vigueur et une pleine sonorité, avec l'intention de continuer à jouer jusqu'au retour de Seymour, à quelque heure que ce fût. Il avait décidé de ne pas monter seul là-haut ce soir.

Le lendemain matin, Seymour arriva déjeuner de bonne heure. Il était d'une bonne humeur inaccoutumée, tandis que Randall était distrait et sombre. La matinée était magnifique, et il alla jusqu'à la baie vitrée pour lever les jalousies. La cafetière se trouvait sur la table, et il remplissait le pot de lait chaud quand Seymour, allant à son tour jusqu'à la fenêtre, fit retomber à moitié les stores.

— Pourquoi fais-tu ça ? protesta Randall. Cette pièce n'est-elle pas suffisamment sombre pour ton goût ?

Il se dirigea vers la fenêtre.

— Je suis désolé...

La voix de Seymour était plus affectueuse qu'à l'ordinaire, et Randall s'arrêta, la main sur un des stores, et regarda vers son frère qui s'asseyait. Il avait tourné son siège le plus possible le dos à la lumière, tout en restant en face de Randall. Celui-ci quitta la fenêtre, traversa la pièce et vint mettre sa main sur l'épaule de Seymour.

— Frère, dit-il doucement, la lumière te fait-elle donc si mal aux yeux ?

Seymour eut un petit rire.

— Oh ! ce n'est rien. Tu sais que je n'ai jamais aimé un jour trop vif. Viens prendre ton café.

Randall s'assit et regarda attentivement Seymour.

— Sais-tu, dit-il, j'ai idée que j'ai été terriblement stupide ces temps derniers à ton égard. — Il se pencha en avant. — Dis-moi, Seymour, tes yeux deviendraient-ils plus faibles ? Te donnent-ils du souci ?

— Bien sûr que non. Ne va pas t'imaginer des tas de choses. Tu sais que je n'ai jamais eu une très bonne vue, et je pense que ce matin le jour me semble plus clair que d'habitude parce qu'il a plu tous ces temps derniers. N'y pense plus.

Randall, soupçonneux, leva les sourcils, mais ne pouvait rien ajouter sans ennuyer Seymour, ce qui serait vraiment dommage aujourd'hui où il semblait si en train. Il se borna à demander :

— Et ton automobile ? Quand l'auras-tu ?

La figure de Seymour s'éclaira.

— Aujourd'hui !

— Oh ! je ne m'étais pas rendu compte. Tu dois être sur des charbons ardents !

Randall commença à manger son pain et des confitures et reprit, la bouche pleine :

— Et pour la conduire ?

— J'ai appris tous ces temps-ci. Quand on commande une voiture, on vous envoie un instructeur pendant quelques jours pour vous montrer comment faire, et ce n'est vraiment pas difficile.

— C'est vrai ? J'aurais peur d'essayer, je crois.

— Aussi je ne te laisserais pas le faire. Là où il y a surtout à faire attention, c'est aux chevaux qui ont peur. Quelquefois cela cause des accidents.

— Seigneur ! Je ne suis même pas sûr que j'aimerais sortir avec toi.

— Je ne t'ai pas encore invité.

— Qui vas-tu emmener pour ta première promenade ?

— Eh bien ! pourquoi pas toi ? Je vais ce matin la chercher chez Stevens, n'importe quand après onze heures, m'ont-ils dit.

— Oh !

Randall aurait très bien pu y aller, il n'avait rien à faire jusqu'à demain après-midi. Ce serait certainement un moment important dans la vie de Seymour et il aurait aimé le partager. Il avait déjà décidé de ne pas aller ce matin à la répétition de *Siegfried* et ouvrit la bouche pour dire à son frère qu'il irait volontiers avec lui, mais, au lieu de cela, il s'entendit prononcer :

— Quel dommage ! J'aurais beaucoup aimé y aller, mais j'ai du travail.

Il savait si peu mentir qu'il se sentit les mains toutes moites et retint presque sa respiration dans l'effort qu'il fit pour se garder une figure impassible. A part lui, il se traitait d'imbécile. Pourquoi avait-il caché au fond de lui-même cette intention d'aller à la répétition, tout cela pour traîner dans les coulisses du théâtre sombre, juste pour apercevoir une ou deux fois Renata Tosi ? Il serait à moitié mort de honte si Seymour le rencontrait dehors à ce moment.

Mais celui-ci était beaucoup trop occupé de sa voiture et dit seulement :

— Ce n'est pas de chance. Tu la verras cet après-midi, ou bientôt.

— Certainement, dit Randall avec un soupir. Mais je ne serai pas un de tes invités favoris, je crois, et de loin. Je me demande qui ce sera ? Trouves-tu toujours, suivant ta théorie habituelle, que la sécurité est dans le nombre ?

Seymour se mit à rire.

— Je l'espère bien, dit-il. Mais, si je suis la ligne de moindre résistance, je crois que j'emmènerai assez souvent Miss Marietta Pawling. Pourtant je suis en train de terminer ça en queue de poisson.

— Oh ! vraiment ?

— A parler franchement, dit Seymour, je commence à souhaiter Miss Marietta Pawling à la distance du mont Everest.

Il prit un air un peu honteux, mais lissa nonchalamment sa longue moustache du revers de l'index.

— Marietta Pawling, dit Randall songeur. — La plupart des « dames » que fréquentait Seymour étaient anonymes, mais il en connaissait quelques-unes, à cause des quelques soupers tardifs où Seymour l'avait entraîné. — Est-ce la jolie aux cheveux un peu rouges, le soir où nous avons été chez *Mouquin* ?

— Exactement. Jolie et rouquine. Veux-tu prendre en charge l'intérêt fort modéré que je lui porte ? Je l'effacerais complètement et bien volontiers de mon ardoise, mais elle semble avoir d'autres idées.

— Tout ça ne te ressemble pas du tout. Tu n'as jamais eu aucune difficulté à te débarrasser d'aucune.

— Oh ! un ou deux moments d'indécision de ma part, ce qui ne me ressemble guère. Généralement, on les quitte sans douter un instant de ses intentions finales, mais j'ai peur d'avoir un peu embrouillé les cartes... Oh ! tant pis ! — Il alluma une cigarette turque. Il ne prenait maintenant sa pipe que lorsqu'il travaillait ou qu'il partait en bateau. — Et toi, à propos, où en es-tu ? Comment va ton alouette ?

— Elle retourne en Italie dans une quinzaine de jours.

Randall se découvrit un intense désir de garder bien secret l'intérêt qu'il prenait à Renata. Le mieux serait peut-être de raconter à Seymour l'existence de Baldini, ce qui serait un suffisant motif pour laisser tomber le sujet et donner à Seymour par la même occasion la satisfaction d'avoir eu raison. Il dit donc d'un ton aussi indifférent que possible :

— Tu avais deviné juste au sujet du Latin au mauvais caractère. Il est là, et voilà tout.

— Dommage ! dit Seymour. Elle a l'air amusante.

— Elle l'est, plutôt, dit Randall avec un haussement d'épaules. — Il était résolu à n'avoir aucune expression ni dans la voix ni sur le visage, ni cette « lueur » dans l'œil sur quoi Seymour l'avait taquiné l'autre semaine. — J'ai fini le travail commencé avec elle, et c'est tout.

— Elle t'a payé ?

— Bien sûr !

La question d'un paiement quelconque n'avait jamais été abordée.

— Eh bien ! dit Seymour qui étendit en souriant ses longues jambes devant lui, c'est dommage qu'elle parte pour l'Italie avec son amant. Je parie qu'elle préférerait rester ici. Il est plutôt terrible, n'est-ce pas ?

Randall décrivit Baldini.

— Seigneur Dieu ! s'écria Seymour en frissonnant. Et tu ne peux pas la sauver de ça ?

— Certainement non. Finis de dire des bêtises. Et, d'abord, elle ne veut pas être sauvée. Elle l'aime bien.

Seymour se leva, simulant un soupir.

— Une occasion manquée ! Tu n'as aucune initiative. Ne pourrais-je t'aider ? acheva-t-il en se tournant tout à coup vers son frère.

Randall s'arrêta à un cheveu d'une réponse mordante. Chaque mot de leur conversation pouvait devenir un piège. Seymour essayait de le prendre par surprise pour lui faire avouer un intérêt quelconque, et même un engagement, vis-à-vis de Renata Tosi. Randall savait qu'il n'était pas assez adroit pour parer l'attaque plus longtemps et il fut lui-même surpris de l'importance qu'il y attachait. Il se contenta de rire en imitant du mieux qu'il put le persiflage de Seymour et changea de sujet. Faisant un geste vers les assiettes du déjeuner et la pièce mal tenue, il remarqua :

— Il faut absolument que nous trouvions une autre femme de ménage.

— En effet, c'est ce que nous devrions faire. — L'humeur de Seymour changea, il remua les épaules comme si cette pensée le gênait. — C'est follement ennuyeux, ces femmes qui fouillent partout et regardent tout dans la maison.

— Nous pourrions lui dire de n'aller nulle part, sauf ici, dans les vestibules et dans le salon...

— Comment l'en empêcheras-tu ? La dernière...

— Nous n'avons qu'à fermer à clé les portes qui ne le sont pas déjà. A moins que nous ne nous attaquions à la maison entière pour tout trier.

— Pourquoi ? dit Seymour. Ce serait affreusement fatigant, et que faire de tout le... Oh ! tu sais bien... toutes les affaires de Maman et...

— Je sais. C'est plus difficile de décider quoi faire de chaque objet que de tout laisser tel quel.

— Surtout si nous sommes sûrs de partir d'ici dans un an. Si nous devions un jour vendre la maison, ça vaudrait la peine de passer par là. Mais du moment qu'il en est autrement...

— Bon, alors fermons les portes et n'en parlons plus. Nous dirons simplement à la femme de nettoyer partout où ce n'est pas fermé.

— Si nous prenions quelqu'un qui n'habite pas le voisinage ? dit Seymour, essayant de ne manifester aucune gêne dans son ton. Cette femme McBane... — Il s'interrompit. — Elle est toquée, ajouta-t-il.

— Ces gens-là clabaudent, c'est vrai. Aussitôt qu'ils voient quelqu'un d'un peu différent...

— Je ne veux aucun clabaudage à notre sujet, déclara Seymour d'un ton grognon. Rappelle-toi ça.

— Moi non plus. Je trouverai bien quelqu'un. Tu ne vas pas à ton bureau avant de chercher ton automobile ?

— Je devrais. — L'humeur de Seymour changea rapidement et il eut un large sourire. — Mais je n'irai pas.

— Comment, frère ?

Il n'y avait pas que de la surprise dans la voix de Randall, mais aussi de l'inquiétude. De plus en plus souvent, ces temps derniers, il avait remarqué que Seymour n'allait pas à son travail. Quelle qu'en soit la raison, Randall trouvait la chose difficile à admettre. Si Seymour se mettait à devenir paresseux et insouciant, il faudrait en subir bientôt les conséquences. Mais Randall en doutait. Seymour aimait ce qu'il faisait et réussissait bien. Il semblait être dans les meilleurs termes avec les directeurs de sa firme. Ses absences du bureau ne semblaient pas lui amener d'observations. Alors que se passait-il ? De temps en temps, dernièrement, Randall avait cédé à son anxiété et avait surveillé son frère d'un œil plus curieux qu'il n'eût osé l'avouer. Tout ce qu'il en avait retiré, c'est que Seymour passait plus de temps qu'auparavant dans son atelier à la cave, et Randall en avait tiré la seule conclusion possible : Seymour devait être en train de fabriquer un modèle plutôt qu'un projet sur papier. Tant mieux. L'abstention de ce matin devait venir de son agitation au sujet de sa voiture neuve. Randall mit de côté son inquiétude et dit d'un ton léger :

— N'importe qui, je suppose, serait trop excité pour aller travailler aujourd'hui. Tu as de la chance, pourtant, qu'on n'ait pas l'air d'y faire attention.

— Oh ! ils m'aiment ! dit Seymour d'un ton suffisamment ironique pour amener Randall à poser de nouvelles questions. Ils pensent que je suis indispensable, et il faudrait être idiot pour ne pas en profiter. Pourquoi ne viens-tu pas avec moi ? J'ai quelques courses à faire.

— Quelles courses ? Pourquoi irais-je ?

— Tu pourrais aussi bien que moi t'acheter un costume d'automobile. Tu en auras besoin.

— Ma parole, je n'avais pas pensé à ça. Les vêtements ordinaires ne suffisent pas ?

— Sûrement non. Viens, Ran, laisse le désordre tranquille pour cette fois, et allons jusque chez Stern voir ses cache-poussière.

Seymour lui montra une annonce dans le *Times* du matin : « Beaux cache-poussière de toile pour trois dollars et demi. »

Vers la 23e Rue, Seymour dit soudain :

— Et pourquoi ne viendrais-tu pas dîner avec moi et Marietta et quelqu'un d'autre un soir de cette semaine ? Peut-être pourrions-nous amorcer tranquillement une petite manœuvre de transfert. Elle n'est pas mal dans son genre, tu sais. J'aimerais assez...

— Tu aimerais assez gagner le large sans feu d'artifice ? Je vois très bien. Mais...

— Oh ! ne dis pas « mais » à tout ! Que dirais-tu de vendredi ?

— Désolé, dit Randall. Je ne peux pas. — Il prit une grande respiration et mentit énergiquement. — J'ai promis au docteur Fitzhugh de dîner avec lui vendredi et de faire ensuite un plan de travail pour l'été.

Seymour regarda narquoisement Randall derrière les gros verres de ses lunettes.

— Hum ! dit-il.

Lui aussi avait parcouru dans le *Times* le programme de la semaine à l'Opéra et il étouffa un petit rire.

Le vendeur fit avec lui deux fois la longueur de Central Park et revint par Broadway jusqu'au magasin où il descendit, et Seymour, lentement et fièrement, conduisit son automobile par la Septième Avenue. La circulation était intense. La rue fourmillait de charrettes, de voitures de livraison, de fiacres et de voitures de maîtres avec des femmes élégantes allant faire des courses dans les grands magasins groupés le long des Sixième et Septième Avenues, au croisement de la 23e Rue et plus bas. Seymour s'y engagea profondément avant de se rendre compte qu'il aurait dû choisir une voie moins fréquentée. Il avançait à la même allure que les véhicules à chevaux, n'osant pas doubler une charrette ou un camion, au risque d'effrayer les chevaux. Il était soulagé parce que ses grosses lunettes d'automobiliste, faites spécialement d'après l'ordonnance de son oculiste pour voir à distance, lui permettaient de voir bien mieux, estima-t-il, qu'il ne l'aurait fait dans n'importe quelle autre circonstance. La voiture avançait très aisément, ce qui était aussi un soulagement. Il ne voulait pas avoir à changer trop souvent ses vitesses pendant que toute son attention devait se concentrer sur la circulation. Les gens sur les trottoirs se montraient avec de grands gestes l'impressionnante voiture rouge vif, et, de temps en temps, malgré ses soigneux efforts pour ne pas effrayer les chevaux, il était obligé d'en dépasser un, qui aussitôt faisait un écart. Le conducteur envoya une bordée d'injures à Seymour, celui-ci ne mit pas longtemps, après quelques expériences renouvelées, à répondre joyeusement par un pied de nez aux hommes des charrettes. Il prit si bien confiance qu'en atteignant la 24e Rue il réussit magistralement un tournant à droite, malgré les chevaux, et continua jusqu'à la Neuvième Avenue, où le problème compliqué d'un tournant à gauche fut résolu sans encombre. Il soupira de soulagement. Ensuite la longueur de dix pâtés de maisons se fit sans histoire, il tourna à droite dans la 24e Rue, se rangea le long du trottoir devant la maison et arrêta le moteur, triomphant comme un roi sur son trône.

Tout le long de la rue, des têtes apparurent aux fenêtres, des femmes malpropres coururent jusqu'au bas des perrons dégradés, des garçons de courses et des passants s'arrêtèrent, et le facteur qui faisait sa deuxième tournée alla vers Seymour et lui fit ses compliments. Assis à la place du conducteur, maître de cette coûteuse et merveilleuse machine, Seymour contempla son capot brillant et tous ses détails enchanteurs, puis tourna les yeux vers l'allée et la cour lugubre où les jacinthes de Randall s'épanouissaient bravement, puis vers la façade jaunâtre de la maison. Toutes les fenêtres, sauf celles du premier étage, étaient recouvertes d'une jalousie tirée; comment faire autrement dans une maison à peu près inhabitée ? Seymour la trouva par trop rébarbative.

— Seigneur! murmura-t-il, quel bonheur quand je pourrai sortir de là! Si je n'avais pas *cela*...

Sa main caressa le beau vernis rouge de la carrosserie, et il sourit. *Cela* en valait la peine. Posséder *cela* valait tout ce qu'il avait supporté, ce trésor unique qu'il conserverait aussi longtemps qu'il lui serait possible de jouir de quoi que ce soit.

« Et nous avons bien raison de ne pas faire trop attention au désordre de la maison et de ne pas donner un sou pour l'empêcher de tomber en morceaux, dedans ou dehors. Quand j'en arriverai à... — ici sa bouche frémit, il se mordit les lèvres et tira sur sa moustache — ... à ce moment-là, nous ne serons plus ici. Je ne veux pas habiter une maison où il y aura des marches à monter et du gaz à allumer à tâtons... Idiot! — Son esprit aigu et cruel se reprit durement. — Idiot! Sauras-tu s'il est allumé ou non ? Pas de ça, finis-en! Laisse-ça à... à qui ? A Randall ? Non. »

Il avait décidé depuis des années de ne pas devenir un fardeau pour Randall. « Alors comment vivras-tu ? Sacré nom de nom ! dit-il à mi-voix. Pourquoi penser à tout ça maintenant ? Peux-tu y faire quelque chose ? Est-il nécessaire de s'y précipiter d'avance ? » Il secoua la tête avec colère, comme pour en chasser ces pensées, et sauta à bas de son trône. Il avait devant lui une besogne merveilleuse, quelque chose qu'il ferait lui-même avec un plaisir immense, alors que d'autres prendraient un mécanicien. Sous la voûte de la maison, il y avait une caisse et, dans cette caisse, une bâche pour couvrir la voiture qu'il avait achetée la semaine dernière pour son automobile. Seymour ôta son long cache-poussière et changea son veston contre un autre en alpaga. Il amena des outils de son atelier, ouvrit la caisse, sortit la bâche dans la rue et se mit à l'ouvrage pour la monter sur la voiture. Il se sentait si heureux qu'à un moment il s'arrêta alors qu'il était en train de forer des trous pour les écrous et se dit : « Tu n'es qu'un imbécile. Tu agis comme un enfant à Noël. »

Juste à ce moment, quelqu'un renifla derrière lui, et une voix à l'accent irlandais prononça quelques mots injurieux et grossiers qui finissaient par « un nid de punaises ». Il tourna la tête et vit Mary McBane qui passait en savatant, son panier au bras, ses hanches cahotantes.

— Sale chienne ! dit-il tout haut, puis il reprit son travail.

Quand il y repensa plus tard, Randall s'émerveilla devant la manière dont Renata Tosi arrangeait le temps et le lieu de ses rendez-vous sans avoir l'air d'en parler. Le vendredi soir, il la retrouva dans une boutique de fleuriste de Broadway, à un pâté de maisons de l'Opéra. Il savait qu'elle avait passé voir Baldini dans sa loge avant la représentation et il rassembla toute son audace pour lui demander :

— Vous lui avez dit, je suppose, que vous seriez chez vous ce soir.

— Non, ce soir, il y a une réunion. Je dois revenir au *teatro* avant la fin parce que, après, nous allons au *Ristorante Brunetti*, beaucoup d'artistes, pour la Saint-Georges, la fête de Giorgio Morosini.

Il n'y avait donc pas beaucoup de temps et il pensa qu'elle ne voudrait pas dîner puisqu'elle irait ensuite à un souper. Mais elle remarqua :

— Est-ce nécessaire aller quelque part, non ? Où habitez-vous, Randalo ?

Il fut surpris. Suggérait-elle par hasard de dîner chez lui ? Il éluda la question en disant vaguement :

— Oh ! vers la ville basse. Allons vite chercher un dîner quelque part. Vous auriez trop faim avant votre réunion.

— *Va bene*, dit-elle sans se compromettre.

Sur le point de proposer le tranquille petit restaurant français près du Square Madison où ils avaient dîné lundi, il se rappela qu'il connaissait l'endroit par Seymour qui y allait quelquefois, et il eut l'impression que mieux valait l'éviter. Il se décida pour l'hôtel de Murray Hill, sachant pertinemment que Seymour ne le pratiquait jamais. On les plaça dans un coin retiré, et Renata fit une petite grimace quand il lui demanda ce qu'elle voulait manger.

— C'est vendredi, soupira-t-elle. Je n'aime pas le poisson. Peut-être il y a pas de poisson sur la *carta* ? ajouta-t-elle avec espoir.

Il rit.

— Je répondrais mieux en sachant exactement si vous parlez sérieusement. Vous êtes très dévote, Renata ?

— Mais oui. Seulement quand il y a pas de poisson je fais une exception.

— Je crains que New York ne soit encore un port de mer. Essayons de trouver un poisson américain que vous ne connaissez pas. Peut-être est-ce seulement le poisson italien que vous n'aimez pas.

— Le poisson est le poisson, dit-elle. Mais j'essaye. Lequel est bon, de vos poissons américains ?

— Les œufs d'alose ?

— Quoi c'est ça ?

Il lui expliqua. Elle loucha avec dégoût.

— *Schifoso !* Des œufs de poisson ! Non, non, c'est mieux si je mange des vrais œufs. C'est léger. Plus tard, ils nous donnent de la viande, personne fait attention pendant une réunion. Et puis je retourne bientôt chez moi, je confesse tout.

Elle rit avec insouciance.

— Vraiment tout ?

Elle leva le menton avec défi.

— Absolument tout.

— Diable ! dit-il. Vous êtes plus courageuse que je ne le serais.

Elle haussa les épaules.

— Mes péchés, ils sont comme ceux de tout le monde, pas meilleurs, pas pires.

— Vous en êtes sûre ? Et le signor Baldini ?

— *Dio santissimo !* Encore une fois nous avons la *predica*, comment vous dites ? Le prêche sur Baldini ! Vous me faites fâchée pour lui.

— Oh ! je n'avais pas cette intention, dit-il vivement.

— Bon. Alors vous devez accepter la réalité. J'ai décidé que je ne le tromperais pas.

Plus exactement elle avait décidé que cette affirmation était le seul expédient pour parvenir peut-être à quelque chose d'intéressant. Mais Randall l'étonna en lui demandant brusquement :

— Et comment êtes-vous certaine que lui ne vous trompe pas ?

Elle s'appuya en arrière et ouvrit de grands yeux, laissant Randall un moment sans réponse. Puis elle dit :

— C'est pas la même chose. Comme les poissons, les hommes sont les hommes. Ils trompent tout le monde. Une femme, elle proteste seulement quand elle est *innamorata*, elle est *gelosa*. C'est naturel, non ? Autrement... — Elle haussa les épaules. — C'est la vie, *cosa vuoi* !

Il la regarda avec tristesse.

— Ce serait merveilleux si vous pouviez être sérieuse de temps en temps, dit-il.

Il était sur le point de lui rappeler quelques-uns de ces moments, puis sagement se ravisa.

— Ça ne serait pas merveilleux, dit-elle, fronçant un peu le sourcil, ça serait *noioso*.

— Alors vous devez me trouver *noioso*, je suppose. Si je comprends bien, cela veut dire ennuyeux ?

— Non, pas complètement. Quelquefois oui. Mais vous êtes beau, dit-elle.

— Je vous en prie ! — Il se serait caché la figure derrière ses mains. — Nous n'employons pas ce mot comme vous le faites. Et on ne dit pas des choses comme ça à un homme, Renata. N'êtes-vous pas en Amérique depuis assez longtemps pour le savoir ?

— En Amérique, la nature elle est pas différente de l'Europe. Est seulement différente la *commedia*, personne dit ce qu'on pense. *Mi piaci, tu*, tu me plais beaucoup. Combien de temps vous pensez nécessaire de garder ça un secret ?

— Et si je vous disais, moi, quelque chose de semblable ? Il la regarda hardiment et tenta d'étouffer sous le poids d'un sentiment vrai l'espièglerie qui rayonnait d'elle comme l'électricité d'une peau de chat.

— Je dirais *Benissimo* ! Pourquoi nous attendons plus longtemps ?

— Parce que je veux que Baldini soit hors du chemin, dit lentement Randall, et aussi le genre des idées qui vont avec tout cela.

— Alors vous pourrez attendre toujours !

Le visage de Renata était rose de colère et ses yeux plus grands et plus sombres qu'il ne les avait jamais vus. Elle tripotait distraitement des morceaux d'omelette avec sa fourchette. Maintenant, elle repoussa son assiette et croisa brusquement les bras. Aucun ne parla un moment, tous deux détournaient les yeux l'un de l'autre, et Randall attendit aussi longtemps qu'il put, puis lui jeta un regard de côté. Elle avait les lèvres serrées, son perpétuel sourire s'était effacé et la ligne de son menton formait un bel angle de défi.

— Je vois que vous pensez ce que vous dites, prononça-t-il enfin. Vous ne voulez pas permettre à un homme convenable d'éprouver pour vous des sentiments sérieux. Mon Dieu ! s'écria-t-il, j'aurais plus de respect pour vous si vous étiez vraiment amoureuse de Baldini !

— Des idées comme ça, c'est votre malheur, dit-elle en haussant froidement les épaules. C'est différent ce que je crois honnête et ce que vous croyez. J'ai dit déjà, est aussi différent amour, amusement, responsabilité. *Tutti diversi*. Ceci je veux, cela je ne veux pas. Alors je choisis. Je n'embrouille rien. Mais vous, vous êtes comme ce qu'on dit des Américains. Tout est embrouillé, le plaisir, *l'amore, il matrimonio*. Non, merci !

Elle croisa les mains sur la table. De nouveau un silence tomba, mais, cette fois, c'est elle qui leva les yeux la première vers son visage malheureux et déconcerté, sa bouche aux coins tombants, son regard fixé sur la table. Tout à coup, elle se pencha en avant, posa vivement sa main sur celle de Randall et dit :

— Ne soyez pas si blessé, Randalo, croyez-moi, c'est pas si important. Je suis fâchée de vous surprendre tellement.

— Oh ! je ne suis pas surpris. Et vous ne savez pas tout des Américains. J'ai...

Il s'arrêta.

— Vous avez quoi ?

— Rien.

Il avait été sur le point de dire : « J'ai un frère exactement comme vous. » Mais il s'était ravisé immédiatement. La vérité était si déconcertante qu'il comprit clairement la raison qui l'incitait à empêcher Seymour d'approcher de Renata. Il fut horrifié. Pourquoi avoir peur de son propre frère ? Pourquoi être effrayé par quiconque ? Il fallait donc que ses sentiments fussent beaucoup plus profonds qu'il ne se l'était admis jusqu'ici. « Grand Dieu ! Je devrais avoir la raison de m'arracher de tout ceci ! Je serais idiot si je hasardais quoi que ce soit sur une femme pareille, même si elle n'était pas aussi compromise. Entièrement frivole, entièrement superficielle... » Il leva lentement la tête et revint à la réalité du moment pour voir Renata Tosi qui lui souriait, toute sa bonne humeur reparue, mais avec une teinte de mélancolie. Elle penchait un peu la tête d'un côté, et la gentille grimace de sa jolie bouche suggérait une moue déçue.

— Ce n'est pas nécessaire nous disputer, dit-elle. Nous sommes différents, c'est mieux si nous restons comme maintenant. *Così* personne regrette rien.

— Quand embarquerez-vous pour l'Italie ? demanda-t-il soudain.

— Lundi en huit.

— Le premier bateau après la fermeture de l'Opéra ?

— Oui. Quelquefois, je ne suis pas contente de partir. J'aime beaucoup New York.

— N'aimez-vous pas Milan ?

— Oh ! si. Pour certaines choses, c'est mieux. Mais...

Elle fit un geste.

— Vous m'avez dit que vous me parleriez de l'Italie, dit-il.

— Ça, c'était avant nous trouvons mieux ne pas continuer cette... cette... — Elle rit tout à coup. — Pourquoi vous voulez savoir quelque chose de moi, puisque nous nous rencontrons plus ?

— Est-ce vrai ? — Surmontant sa timidité, il se pencha et lui prit la main par-dessus la table, la regardant dans les yeux. Elle vit dans ceux de Randall une sincérité qu'avec son sens des réalités elle considéra comme un avertissement : mieux valait renoncer à essayer de jouer avec ce jeune homme étonnamment attrayant. De ce côté, aucun jeu en perspective, mais seulement une défaite probable pour elle, une souffrance pour lui ou pour tous deux. — J'en serais très malheureux Renata, dit-il.

Elle ne répondit pas tout de suite. Puis elle secoua la tête et soupira :

— Pourquoi vous ne comprenez pas ? Je vous ai dit déjà, pas pour moi les choses sérieuses. Je ne veux pas répéter encore.

— Vous avez sûrement raison, dit-il lentement.

Elle examina sa figure à l'expression déçue et même, après ce qu'elle venait de dire, toute désorientée. Il avait les yeux fixés sur la nappe, résistant à l'instinct de les lever et de la regarder, et cependant son regard à elle, tant qu'il ne le voyait pas, s'adoucit d'une inconsciente tendresse. Puis il la fit tressaillir en levant tout à coup la tête, et elle vit des larmes embrumer le bleu clair de ses yeux, et ces yeux, se redit-elle, étaient vraiment très beaux. Elle fut troublée en découvrant qu'elle était elle-même au bord d'une émotion semblable et elle prit la chose vivement en main, résolue à ne pas dévier de ses projets.

— Oui, dit-elle en prenant ses gants et son sac doré. J'ai raison, et c'est mieux ne pas rencontrer encore, pour redire beaucoup de fois la même chose. Je vais en Italie, vous faites ici votre vie, vous avez la *famiglia*, la vôtre...

— Mais je n'en ai pas ! protesta-t-il avec une sensation de froid, comme si un courant d'air glacé avait sifflé dans une cheminée vide.

— Non ? Quoi vous dites ? Comment est-ce possible ? Vous avez personne ?

— Seulement mon frère.

— Et lui ? Il est plus âgé ? Il est marié ?

— Plus âgé, et nous vivons ensemble. Il n'y a personne d'autre.

— *Pensa !* Moi, *invece*, nous, nous avons toujours beaucoup de famille. *Quanti !* Tout le monde à San Bernardo est mes parents.

— Quoi ? — Il se pencha, la bouche ouverte. — Qu'avez-vous dit ?

— *Ma niente*. Pourquoi vous avez l'air si drôle ? Je dis seulement tout le monde dans mon village est les cousins, les tantes, les oncles. Comment vous dites, les *parenti* ?

— Des parents. Oh ! Renata ! — La mélancolie de Randall fut chassée par un éclat de rire. — Vous êtes impayable. Quand nous disons : mes parents, nous voulons dire nos père et mère.

— Oh ! *i genitori !* Je vois, c'est drôle. Mais les miens, ce n'était pas drôle quand ils sont morts et me laissent une *bambina*, et j'ai habité avec ces *parenti* qui vous font rire. Moi, je ne riais pas. *Basta.* Maintenant nous comprenons, nous disons : *Addio, senza rancor.* Je reviens en *ottobre*, peut-être alors c'est différent. Qui sait !

— Que voulez-vous dire ? reprit-il, tandis qu'elle poussait un gémissement comiquement désespéré. Vous aurez peut-être décidé de quitter Baldini ?

— Je veux dire vous aurez peut-être appris la vie est pas toujours tellement sérieuse, ni vous non plus.

Pendant le court trajet jusqu'à l'Opéra, elle ne fit rien pour adoucir sa décision et ne l'encouragea pas à venir l'entendre dans *Siegfried* ni dans l'autre représentation où elle chantait cette semaine. Le fiacre s'arrêta au coin de la Cinquième Avenue, et le réverbère éclaira son visage. Randall retint son impulsion soudaine de la serrer contre lui et de l'embrasser. Il joignit ses doigts et serra les lèvres avec force. Non, il ne ferait pas cela. C'était là ce qu'elle aurait voulu, et il avait déjà décidé de ne rien avoir affaire avec elle, sinon aux conditions qu'il exigerait. Il constatait à présent sans surprise que des conditions existaient, et ce qu'il voulait, lui, il ne le savait que trop.

CHAPITRE XI

Un dimanche, après le service du soir, Randall quitta l'église et entra à la maison paroissiale pour ranger la musique, reprendre son pardessus et tout fermer. Le regard fixé sur le bout de ses chaussures, il traversa lentement le corridor couvert de linoléum qui faisait communiquer les deux édifices. Il se sentait abattu au-delà de toute endurance et solitaire au-delà de tout ce qu'il avait éprouvé jusqu'ici. Pendant le service, la première soprano avait chanté le *Bist Du bei mir*, de toutes les arias de Bach celle qu'il préférait, et la majestueuse mélodie, les paroles claires et confiantes lui avaient littéralement broyé le cœur. Depuis ses mauvais jours après la mort de sa mère, il ne s'était pas senti si isolé.

« Et pourquoi, se dit-il, en est-il ainsi ? Un homme ne peut pas réellement tomber amoureux d'une folle créature comme Renata, et je ne crois pas honnêtement l'avoir fait. Elle m'excite en quelque façon quand je suis avec elle, mais il en serait probablement de même avec n'importe quelle femme aussi jolie et amusante. Elle ne veut rien de ce que je puis lui offrir et ne saurait qu'en faire si elle le voulait. Ce qu'elle a, c'est ce qu'elle veut. Elle a parfaitement raison quand elle dit que je dois oublier. Non, mon mal, c'est la solitude. » Il hésitait à la pensée de quitter même un endroit aussi austère que la maison paroissiale, dont la justification était de lui donner une occupation, et de retourner à ce vide silencieux, à cette odeur de vieux, cette ambiance de secrets accumulés, amassés pour la seule raison qu'on ne pouvait se décider à disperser tout cela et à s'en débarrasser. Le plus souvent, il n'éprouvait pas cette sensation, il l'écartait de lui, parce que son intention et celle de son frère était en réalité de quitter cette maison le plus tôt possible. Seule sa solitude insupportable, dont il savait très bien que la cause résidait dans sa propre inertie et sa défiance de soi, le plongeait dans la désolation qu'il endurait en ce moment.

Ce soir d'avril était doux et beau, et il ne faisait pas encore nuit. Tandis qu'il changeait de vêtements, il regarda par la haute fenêtre le ciel doré par le couchant. Un jeune érable, dehors, commençait à avoir ses feuilles, et sa silhouette nette et délicate personnifiait aux yeux de Randall la fragilité mélancolique de tout sentiment neuf. Il entendait au-dehors des pas et des voix qui diminuaient en s'éloignant, tandis que les choristes quittaient la maison. La lumière s'affaiblit graduellement, et, bientôt, le silence familier l'enveloppa et lui fit connaître qu'il était seul. Il s'attarda à la fenêtre, essayant de se décider à faire quelque chose, à aller quelque part, quand ce ne serait qu'au club de Seymour, plutôt que de rentrer se cacher à la maison. Il pensa à Renata, l'imaginant au milieu de compagnons bruyants et gais de son milieu particulier, le tout sous l'autorité de Baldini. Voilà ce qu'elle aimait, et il avait fait sa dernière tentative pour l'en séparer. Ce soir, ils se réuniraient probablement dans quelque restaurant italien vers la 30e Rue, boiraient du chianti, chanteraient et feraient des plaisanteries extravagantes, quelques-unes peut-être à ses dépens, si Baldini et Renata possédaient la cruauté d'esprit dont il les soupçonnait. Renata avait raison, elle et Randall n'avaient rien de commun, et mieux valait en avoir fini.

Il ressassait tout cela depuis quarante-huit heures, et sa raison était convaincue. Mais son cœur n'acceptait rien, il était troublé, blessé, déconcerté, et, s'il lui fallait se résigner à effacer Renata de sa vie, il lui semblait impossible de trouver rien ni personne pour la remplacer. « Je n'aurais pas dû la voir aussi souvent », pensa-t-il en passant son pardessus et en remettant dans ses poches ses diverses possessions. Toute cette folie et ce caractère étranger n'avaient aucun rapport avec cela. « Cela », c'était le vide. « Cela », c'était rester comme il restait en ce moment, désespéré devant la beauté de ce merveilleux soir d'avril, douloureux parce qu'il n'avait personne avec qui partager sa peine. Debout devant la fenêtre, il était submergé par son malheur.

Soudain il sursauta. Le silencieux dimanche soir, la tranquille petite rue de Chelsea retentirent du bruit éclatant d'une trompe d'automobile. Randall regarda par la fenêtre. Qui se permettait ce tapage incongru ? Tournant le coin, Seymour, au volant de sa Stevens-Duryea, la conduisait fièrement d'une main et de l'autre pressait la poire de caoutchouc de la trompe. Assise auprès de Seymour, une femme rieuse était enveloppée d'un long cache-poussière, un grand chapeau attaché par une écharpe de mousseline sur la tête. Une seconde femme était assise seule par-derrière. Seymour arrêta la voiture devant la porte de la maison paroissiale et corna encore une fois en regardant en haut vers les fenêtres. Randall ouvrit vivement et appela à mi-voix :

— Chut ! Je descends !

Il se hâta de sortir et referma la porte à clé derrière lui, et, dans la rue, Seymour retira sa casquette d'automobiliste avec un large geste.

— Miss Lillian McCoy, présenta-t-il avec un geste courtois vers sa compagne. Miss Marietta Pawling que tu connais déjà. — Il fit un signe vers celle qui était assise derrière. — Je t'ai apporté ton cache-poussière et ta casquette, ajouta-t-il en les lui tendant. Mets-les et repartons vite.

— Mais..., protesta faiblement Randall.

— Il n'y a pas de « mais ». Nous allons dîner à l'île de Glen, et toi... — Seymour leva ses lunettes d'automobile et jeta à Randall un regard d'autorité — tu viens avec nous.

— L'île de Glen ? Mais c'est très loin sur le Détroit !

— Oui ! s'écria Marietta Pawling. Presque aussi loin que la Nouvelle-Rochelle. Comme c'est amusant !

— Cela fait tout près de trente-cinq kilomètres, dit Randall, incrédule.

— Parfaitement, dit Seymour avec fierté. Nous ne mettrons pas plus de deux heures. Il est maintenant six heures moins le quart, nous arriverons juste à temps pour dîner confortablement.

— Mais il fera noir quand nous reviendrons.

— C'est ce qui se passe généralement la nuit.

— Et tu as l'intention de conduire dans l'obscurité ?

Miss Pawling intervint :

— Il y a des lampes à la voiture. Vous savez, Mr. Holt, ce n'est vraiment pas dangereux. Des quantités de gens le font.

Randall ne voulait pas être ridicule. Il ouvrit la portière et monta. Les sièges étaient confortablement capitonnés de cuir noir, et il prit place à droite derrière Seymour, avec Miss Pawling à sa gauche. Elle l'accueillit avec enthousiasme, et presque immédiatement il la surprit jetant un coup d'œil sur Seymour, puis sur lui, comparaison qu'un enfant se serait gardé de faire. Le résultat fut vraisemblablement favorable à Randall, et, une fois de plus, il étouffa en lui le souvenir de Renata Tosi en remarquant calmement : « Vous êtes joli. »

« Et quand ce serait vrai ? pensa-t-il avec un curieux détachement. Si c'est vrai, je suppose qu'elles pensent toutes la même chose. » Mais, en Renata seule, il trouvait cela choquant. « Si d'autres ont cette idée, décida-t-il froidement, je puis aussi bien leur rendre la main. » Il chassa résolument Renata loin de lui et se jeta dans l'esprit de l'excursion. Seymour était en pleine forme. Ils remontèrent l'Avenue Madison, le moteur proclamant leur avance par un ronronnement continu, mais discret, que Seymour semblait approuver. Il conduisait très bien, se frayant un chemin au milieu des chevaux et ralentissant aux coins de rues pour faire attention à la circulation transversale. Il n'y en avait pas beaucoup le dimanche soir, et peu de gens étaient dehors.

— Les jours de semaine, dit Seymour, je vois maintenant presque autant d'automobiles que de voitures à chevaux.

— C'est vrai, dit Miss McCoy. L'autre jour, j'ai pris un fiacre automobile. Imaginez !

— Il y en a depuis un certain temps déjà.

— Je me demande si elles remplaceront complètement les fiacres ?

— Cela semble difficile à croire.

— Êtes-vous déjà monté dans cette automobile-ci ? demanda Marietta Pawling à Randall.

— Seulement pour de courts trajets. Je crois que c'est la première grande promenade que Seymour entreprend avec elle, n'est-ce pas ?

— Oui. J'ai été aussi loin que le parc des Van Cortland, dit Seymour, mais je veux aller à une certaine distance dans la campagne pour voir vraiment ce dont elle est capable.

Seymour corna parce qu'un gros homme restait immobile au milieu de la chaussée, attendant un omnibus à trolley qui n'était pas encore en vue. L'homme tendit le poing et hurla :

— Procurez-vous un cheval !

— Il retarde, dit en riant Miss McCoy. On a cessé de crier ça depuis trois ans.

— A quelle vitesse crois-tu qu'elle puisse aller, Seymour ? demanda Randall, espérant que sa voix ne trahissait nulle appréhension.

— Oh! avec nous quatre, peut-être quarante à l'heure.

— Seigneur! s'écrièrent les femmes. Vous voulez nous faire peur!

Seymour rit orgueilleusement. Ils continuèrent leur teuf-teuf, traversèrent Harlem et passèrent le pont de la 125e Rue. Là, Seymour se rapprocha du trottoir et arrêta la voiture sans stopper le moteur.

— Qu'est-ce qui se passe? demandèrent-ils avec ensemble. Quelque chose ne va pas?

— Non, mais je crois qu'il est temps d'allumer les lampes.

Randall sauta à terre pour aider son frère. Pendant qu'ils frottaient des allumettes, ouvraient les glaces, réglaient les flammes et refermaient avec un claquement les cadres des lampes, Randall dit :

— Tu ne vas pas essayer de conduire vite cette nuit, n'est-ce pas, frère?

— Pourquoi? dit Seymour d'un ton bizarre. Tu as peur?

— Non, bien sûr. — Randall ferma le verre rouge de la lanterne arrière, enleva ses lunettes d'automobiliste et regarda Seymour en face. — Tu sais ce que je pense. Je crois que tu vois aussi bien qu'un autre, mais, quelquefois, je commence à en douter. Je te demande seulement d'être prudent. C'est tout.

Seymour avait fermé la bouche avec une grimace dure, et un moment la colère l'envahit. Puis il secoua les épaules, reprit son souffle et dit :

— Sois tranquille, je serai prudent.

— Je le sais. — Randall appuya un moment sa main sur le bras de Seymour. — Je t'en prie, ne fais pas attention à ce que j'ai dit.

— Ça va. Remontons et partons.

Ils reprirent leur place dans la voiture. Seymour lâcha prudemment le frein et mit en prise.

— Est-elle belle! dit-il, rayonnant. Elle n'a pas calé pendant que nous étions arrêtés. Le mélange est juste à point.

La soirée fut très gaie. Ils arrivèrent au restaurant de l'île de Glen, et Seymour commanda un excellent dîner de bord de mer, du champagne et ensuite des liqueurs pour les dames. Randall remarqua que Seymour but très peu, ce qui prouvait son jugement, et il sut distraire habilement ses hôtes. Quoi qu'il ait dit ou fait comprendre à Marietta Pawling, elle avait évidemment admis qu'elle ne pourrait continuer à le voir qu'à la condition d'accepter de temps en temps Randall en échange. Seymour constata avec satisfaction que la chose n'allait pas lui être très dure. « Mon Dieu ! pensa-t-il, tandis que l'orchestre jouait les airs à la mode de l'opérette *Mademoiselle Modiste*, si ce gosse se rendait compte de son charme, il les aurait toutes devant lui en rang et n'aurait qu'à les faire venir au sifflet. » Il étudia le visage de son frère, absorbé en apparence par le bavardage des filles, mais l'observation aiguë de Seymour y décela un masque qui ne dissimulait pas complètement une immense mélancolie. Était-il possible que ce garçon ait été touché profondément par cette Italienne ? De tout ce qu'il en savait, Seymour en avait conclu qu'elle était très experte et fort habile dans un domaine où Randall était sans résistance. Il n'y a jamais deux épisodes semblables, et l'histoire incroyable de Vienne n'avait pu se répéter. Quoi qu'il en soit, la détresse visible de Randall inquiéta sérieusement son frère, et il résolut de faire tout ce qu'il pourrait pour rendre moins dure à Randall cette leçon : il était inutile de déposer un sentiment sincère aux pieds d'une femme pareille. En même temps, Seymour sentit naître en lui une immense curiosité de connaître la tête qu'elle pouvait bien avoir. Il causait avec Marietta Pawling, quand elle s'exclama :

— Je ne savais pas que votre frère était tellement épatant !

— Soyez tranquille avec lui, Marietta, répondit-il. Il vaut mieux que nous tous tant que nous sommes.

— Oh ! je serai gentille, assura-t-elle.

— Mais gentille selon son idée à lui, et non selon votre idée à vous, recommanda Seymour.

Depuis son enfance, Seymour n'était entré que très rarement à l'Opéra. La musique lui était indifférente, et il aimait peu celle des opéras. Mais, le mercredi soir où Renata Tosi devait chanter *Musette*, il s'invita lui-même dans la loge de la vieille Mrs. Waterworth, à qui il n'avait pas présenté ses hommages depuis des années. La douairière fut flattée. Seymour avait apporté la plus petite de ses lorgnettes qui avait des verres extrêmement puissants. Debout dans le fond de la loge, il les employa sans qu'on puisse le voir. Presque sans écouter son chant, il suivit l'entrée de Renata et son jeu ensorcelant. L'expression de son visage était l'image de l'étonnement et d'une approbation de connaisseur. Il ne s'était pas du tout attendu à cela. Pendant les rappels devant le rideau, il projeta ses lorgnettes sur les fauteuils d'orchestre et vit ce qu'il s'attendait à voir : Randall debout près de la rampe, et tout ce qu'il y avait à savoir de lui était inscrit clairement sur les traits de son visage, alors qu'il se croyait seul, désiré de personne et inconnu de tous.

L'existence de la Stevens-Duryea voulait dire que Seymour serait absent chaque fin de semaine. Avant même de recevoir la voiture, il s'était mis à rassembler cartes et renseignements sur les routes et les endroits à aller visiter. Il avait acheté un portefeuille de cuir pour y mettre les papiers et les avoir avec lui dans l'automobile. Il avait passé beaucoup de temps pendant la semaine à équiper la voiture d'accessoires de luxe tels que le pare-brise et aussi d'un nécessaire de réparations pour les pneus et d'une pompe pneumatique d'invention récente qu'il espérait ne pas employer trop vite. Il envisageait même l'adjonction d'une capote pliante démontable qu'il pourrait dresser rapidement en cas de pluie, mais elle était trop chère et il faudrait se contenter d'imperméables pour le moment.

Seymour était tellement absorbé par son nouveau trésor qu'il en oublia les prosaïques détails du temps, des lieux et du travail, tant le sien que celui de Randall. Le vendredi matin, il demanda à Randall de venir avec lui dans l'excursion qu'il projetait à la fin de la semaine et le regarda avec stupeur quand celui-ci lui répondit :

— Mais, frère, tu sais bien que je ne peux pas m'absenter le samedi ni le dimanche. J'ai à...

— Oh ! dit Seymour en riant d'un air penaud. Tu sais, je me conduis vraiment comme un enfant de dix ans devant cette machine.

— Et pourquoi pas ? C'est merveilleux de savoir si exactement ce que tu veux et de pouvoir l'avoir.

Seymour lui lança un regard de côté. Il était beaucoup plus préoccupé de Randall depuis sa visite à l'Opéra hier soir. Une fois Renata Tosi partie après lundi, Randall accepterait plus facilement d'être distrait, et il se pourrait fort bien que, par une réaction toute naturelle, il commence à s'amuser avec une autre femme, une fois tranché le fil de son intense sentiment pour l'Italienne. Quel dommage qu'il passe justement tout seul cette triste fin de semaine ! Mais qu'y faire ? Seymour lui rappela pourtant qu'il y aurait au cours de l'été de nombreuses fins de semaines.

— Fais en sorte, surtout, que tu t'organises des vacances

convenables, recommanda-t-il. Tu as besoin de t'habituer à un peu de protection personnelle. Ne laisse pas Fitzhugh prendre sur toi le meilleur de l'été.

Randall sourit un peu tristement.

— Entendu, frère, dit-il. J'essaierai... Il me semble que tu as été extrêmement fraternel ces temps derniers. Est-ce que je me trompe ?

Il regarda Seymour dans les yeux.

— Je ne sais pas. Peut-être est-ce que je le suis trop peu le reste du temps. Je suis un sale égoïste, et qui le sait mieux que toi !

Randall lui donna une tape affectueuse sur l'épaule et alla ouvrir à la nouvelle femme de ménage qui sonnait à la porte de service. Seymour avait suggéré de ne pas lui donner le passe-partout avant d'être sûr de pouvoir sans crainte la laisser entrer et sortir et qu'elle ne ressemblait pas à cette vieille curieuse de mère McBane. Comme c'était ennuyeux d'avoir affaire à de telles gens, mais il fallait bien que quelqu'un nettoie les pièces dans lesquelles ils vivaient.

Le samedi et le dimanche se traînèrent. Randall accepta l'invitation du recteur et de sa femme à déjeuner chez eux le dimanche après l'église. Ce fut guindé et ennuyeux, mais en même temps vaguement réconfortant. Le recteur était pompeux et étonnamment plein de lui-même, et chacun de ses gestes et de ses mots était soigneusement étudié. Mais un coup d'œil sur sa maison, sur son salon compliqué, embelli de peluche, sur la sombre salle à manger cérémonieuse où ils mangèrent le traditionnel rôti de bœuf, le pudding de Yorkshire et la crème glacée au chocolat de classique mémoire dominicale, rappelèrent au jeune homme un monde, une façon de vivre et un point de vue qui lui étaient plus naturels que le tourbillon où il avait erré tous ces temps-ci. Il pensa même un moment, tandis qu'il sirotait un verre de punch après déjeuner, quel soulagement ce serait quand Renata Tosi serait partie et disparue pour toujours toute possibilité de la voir. L'automne prochain semblait à une si considérable distance que cela ne possédait encore aucune réalité.

Randall partit après le déjeuner l'esprit plus calme et l'humeur infiniment améliorée. Son effort entêté à ne pas penser que c'était la dernière soirée de Renata à New York avait assez bien réussi, et pourtant ceci avait été rendu plus difficile parce qu'il avait lu (tout en essayant de ne pas le voir) l'annonce du « Grand

Finale de Gala » de l'Opéra ce soir, le dernier concert de la saison. Renata n'y paraissait pas, mais Baldini était au programme, car cela consistait entièrement en morceaux favoris du répertoire, et Baldini en était une des basses les plus marquantes. Randall se traîna comme il put à travers les heures de l'après-midi et le début de la soirée, puis s'attela à son travail, heureux de l'absence de Merion Fitzhugh qui lui laissait la responsabilité de l'office du soir. Quand ce fut fini, il resta à la fenêtre de la maison paroissiale, comme la semaine précédente, et envisagea d'avance une autre soirée de solitude. Il compta les dix longs jours pendant lesquels il n'avait pas vu Renata (sans parler des instants fugitifs à l'Opéra les jours où elle avait chanté) et, encore une fois, il se répéta que, s'il ne devait pas la revoir, il valait cent fois mieux qu'elle parte pour l'Italie. Puis il dut faire effort pour rejeter loin de lui l'idée qu'il ne lui était pas impossible de la revoir, maintenant ou dans l'avenir. Il n'avait qu'à l'accepter à ses propres conditions et il serait avec elle aussi souvent qu'il pourrait le manigancer en secret.

— Et cela, je ne le veux pas, dit-il à mi-voix. Je ne veux rien de pareil. J'en ai fini. *Fini.*

Il prit son chapeau et rentra à pied par les rues tranquilles. Il n'avait pas assez faim pour penser à manger encore une fois aujourd'hui, après cet énorme déjeuner dont il n'avait plus l'habitude, et il résolut de passer la soirée à s'absorber dans quelque travail compliqué au lieu de rêvasser selon sa fantaisie. Il s'installa dans la bibliothèque avec un verre de brandy et soda et le volume de Spitta sur Bach. Une ou deux fois, il se surprit à lire des lignes qui ne signifiaient rien; il se redressait alors, secouait violemment la tête et ramenait ses pensées aux limites austères du *Cantor* et de son milieu. A plusieurs reprises, il jeta inconsciemment un coup d'œil vers la cheminée, où la vieille pendule dorée avait fait résonner son tic tac du plus loin qu'il se rappelait. Elle s'était arrêtée récemment, et Seymour l'avait emportée dans son atelier en disant qu'il allait essayer d'y adapter un mouvement neuf. Dans cette intention, il avait acheté une pendule américaine de mêmes dimensions. Randall s'était moqué de ses prétentions à vouloir faire l'horloger. « Il est plus raisonnable que moi, pensa-t-il, et il tire certainement de la vie plus que moi. »

Encore une fois, il se surprit avec sa montre à la main et le volume abandonné sur ses genoux. Il le rattrapa au moment où il allait glisser à terre et remit sa montre dans sa poche. Il était neuf heures moins cinq. S'il sortait à l'instant et prenait un fiacre, il pourrait passer devant l'Opéra, et, si Renata Tosi n'y était pas, il serait encore temps d'aller jusqu'à l'*Ansonia*, où il la trouverait sûrement en train de faire ses paquets. Son bateau partait à midi demain. Elle rentrerait tard ce soir, certainement, de la dernière soirée d'adieu qui suivrait le concert. Plus il y pensait, plus il était certain qu'elle devait être à son hôtel en ce moment. Le recevrait-elle ? Il en était persuadé, et il savait aussi que, s'il ne l'avait pas prise au mot depuis vendredi, elle l'aurait vu chaque fois qu'il l'aurait voulu. Qu'en serait-il advenu ?... Il fit un effort pour ne plus penser. Le lourd volume tomba par terre avec bruit. Il n'y fit aucune attention, se leva d'un bond et se mit à arpenter la pièce de long en large. De nouveau, il entendait sa jolie voix gazouillante, son anglais ridicule, les choses incroyables qu'elle disait et dont la vérité sans fard le laissait confondu.

– Oh ! Dieu, s'exclama-t-il tout haut, si seulement je ne l'avais jamais rencontrée !

Il alla jusqu'à la porte. Il revint à son fauteuil. Il consulta de nouveau sa montre. Il s'assit, puis se releva, quitta la chambre et descendit l'escalier. En bas, il s'arrêta. Qu'arriverait-il s'il allait la voir maintenant ? Une querelle ? Une défaite ? Quelques instants de passion qui l'amuseraient, elle, et le briseraient, lui ? Quoi que cette heure puisse amener, son départ demain ne le ferait que souffrir davantage. Il passa nerveusement sa main dans ses cheveux, resta un moment indécis sur les marches, puis lentement se retourna et remonta à la bibliothèque.

Le lundi se passa mieux qu'il ne l'espérait, car il dormit plus tard que d'habitude et dut se dépêcher pour que Seymour ait à manger avant de partir pour son bureau. Puis il tourna son attention vers Mrs. Quinn, la nouvelle femme de ménage, qui réclama du charbon pour allumer la chaudière et avoir de l'eau chaude pour ses nettoyages. Il sortit en acheter et fit quelques autres emplettes pour la maison. Quand il rentra, midi était passé. Le bateau de Renata avait levé l'ancre. Il se sentit incontestablement mieux. Pas plus heureux, mais moins désorienté. Elle était hors d'atteinte, et le fait accompli allait l'aider une fois pour toutes à la bannir définitivement de son esprit.

Seymour rentra de bonne heure, incapable de résister à son automobile, et ils partirent tous deux, traversèrent le fleuve par le bac de la 23e Rue avec l'intention de longer la rive droite de l'Hudson jusqu'à ce qu'ils trouvent un endroit sympathique où dîner. Ils n'atteignirent pas ce but parce qu'ils passèrent la plus grande partie de leur temps, sous la pluie battante d'une giboulée, à réparer un pneu crevé. Et, quand Seymour revint au moteur pour le faire partir à la manivelle, rien ne voulut fonctionner, car les bougies étaient mouillées. Seymour remédia à tous ces maux avec une maîtrise qui fit l'admiration de son frère. Il fallut alors reprendre le bac, et ils finirent par manger à onze heures chez *Jack* un bifteck avec un verre de bière. Ils rirent de si bon cœur que Randall en avait mal à l'estomac. Des camarades de Seymour passèrent leur temps à venir à leur table pour discuter les mérites de la Stevens-Duryea qui était rangée dehors sous la garde du portier, tout fier de son rôle, qui s'affaira à chasser loin de la merveilleuse machine rouge tous les jeunes suppôts et descendants de Satan qui se disputaient la gloire de l'avoir touchée.

Ils se couchèrent pleins d'entrain, et Randall dormit tard le mardi matin. Il se réveilla de meilleure humeur que depuis longtemps. Il n'y avait pas à dire : quand tout allait bien, Seymour était le plus agréable des compagnons. Il était rempli de projets pour les mois suivants et y inclut Randall, cela allait de soi. A plusieurs reprises, Randall se retint de lui poser une question :

Comment Seymour pouvait-il si facilement qu'il semblait le dire s'absenter de son bureau ?

Ce matin comme hier, Seymour s'y rendit, et Randall descendit s'enfermer au salon pour étudier. « Je suis mal venu à penser que Seymour est paresseux, se dit-il. Et moi ? Je n'ai pas fait une minute de vrai travail depuis des semaines. » Il s'y plongea résolument : une heure de gammes, d'arpèges, d'exercices d'octaves, puis il prit le *Prélude et fugue* en *ut* mineur et le travailla une autre heure. Son travail à Saint-Timothy avait beau le satisfaire, sa plus grande joie était une étude toujours plus approfondie de Bach et de l'excellent orgue dont il se mettait à jouer de mieux en mieux.

Un peu après onze heures, il prit le cahier et marcha jusqu'à l'église pour continuer son étude à l'orgue. Il remontait l'allée de la maison paroissiale, quand la porte s'ouvrit, et l'un des vicaires descendit rapidement les marches.

— Ah ! vous voilà, Holt, dit-il. C'est parfait. Quelqu'un vous demande au téléphone dans le bureau.

— Au téléphone ?

Randall s'arrêta, la bouche ouverte. Il n'avait presque jamais utilisé le téléphone et n'imaginait pas qui pouvait bien l'appeler. A moins qu'il ne soit arrivé quelque chose à Seymour ? Grey et Minturn avaient le téléphone, il le savait, comme la plupart des bureaux. Mais il était surpris. Il se hâta vers le secrétariat et prit le récepteur qui pendait au bout du fil à côté de la boîte brune accrochée au mur.

— Oui ? dit-il nerveusement. Qu'est-ce que c'est ?

— Allô ! C'est bien Mr. Randall Holt ? dit une voix d'homme.

— Oui, je suis Randall Holt.

Il se demanda si l'homme pouvait l'entendre. Lui entendait clairement, à sa stupéfaction. L'homme reprit :

— Ici, l'hôtel *Ansonia*, Mr. Holt. Le bureau de direction.

Le pouls de Randall se mit à battre. Il eut peur de ne plus entendre et se raidit pour écouter.

— Oui, répéta-t-il. Oui, qu'y a-t-il ?

— C'est au sujet de Miss Renata Tosi, Mr. Holt. Elle est très malade.

— Mais elle est partie hier pour l'Italie, dit bêtement Randall.

— Elle devait partir, mais elle n'a pas pu. Elle a donné votre nom quand nous... quand nous avons demandé...

— Elle est morte ?

Randall ne savait plus ce qu'il disait.

— Non, non, je suis désolé de vous avoir inquiété... Elle est très malade. Nous allions prévenir quelqu'un de l'Opéra, mais elle a insisté pour que ce soit vous.

— J'arrive. Je viens tout de suite.

Randall laissa retomber le récepteur et s'éloigna, tout étourdi. Il sortit et courut jusqu'à la plus prochaine station de fiacres, sauta dans une voiture et cria au cocher de se dépêcher. Tout le long du chemin, assis sur le bord de la banquette, il se tordit les mains et essaya de comprendre ce qu'il venait d'entendre.

Quand il pénétra dans la chambre avec le directeur de l'hôtel, elle était obscurcie par les stores baissés, mais il discerna le désordre des emballages de la dernière minute, les malles et les valises ouvertes qu'il avait imaginées dimanche. Il marcha rapidement autour du paravent et resta stupéfait et terrifié devant le changement qui s'était opéré en Renata. Il comprit qu'elle était affreusement malade et il aurait reculé devant l'odeur atroce qui l'environnait si son aspect ne l'avait pas encore plus inquiété. Elle était couchée sur le côté droit, absolument immobile, la figure sans aucune couleur, les pommettes saillantes et les yeux enfoncés dans leurs orbites, mais grands ouverts. Ses jambes paraissaient recroquevillées sous ses draps, et ses mains, généralement si fermes et si douces, ressemblaient à des griffes blêmes et grattaient spasmodiquement les draps salis. Randall se pencha et lui toucha timidement le front. Il était sec et brûlant. Sa respiration était bizarre, comme si Renata n'osait pas se servir de ses poumons. Il lui garda la main très légèrement sur le front, étonné de ne pas la trouver sans connaissance malgré son état. Elle le reconnut. Ses lèvres bougèrent faiblement, et il crut qu'elle prononçait son nom. Il secoua la tête, essayant de lui faire un sourire rassurant. Il ne connaissait rien à la maladie, mais il n'y avait pas besoin d'en savoir très long pour comprendre qu'il ne fallait pas qu'elle parle. Elle le fixa de ses yeux bruns et dit faiblement :

— *Paura. Ho tanta paura!*

Sa bouche s'affaissa en une grimace de terreur, puis elle se raidit en un spasme douloureux.

— N'ayez pas peur, Renata, murmura-t-il. Essayez de rester très tranquille. Je suis heureux que vous m'ayez envoyé chercher! Tout va aller très bien!

En même temps qu'il parlait, le sentiment de son impuissance l'envahit. Comment savoir ce qu'il fallait faire?

— J'ai la peur, murmura-t-elle avec peine. Peur... Pas *ospedale*!

— Restez absolument tranquille, reprit-il. Je vous en prie, Renata chérie! Je vais prendre soin de vous. — Il fallait aller à ce merveilleux téléphone! — Ne vous inquiétez pas pendant un instant, je vous en prie! — Il lui sourit et repoussa doucement sur l'oreiller la masse emmêlée de ses cheveux. — Seulement cinq minutes.

— Oh! *i dolori!* gémit-elle. Je vais mourir!

— Non, non. — Il secoua la tête et mit un doigt sur ses lèvres. — Je vais au téléphone, expliqua-t-il. Une minute.

Ce n'était pas le moment de poser des questions au personnel de l'hôtel. Il se glissa hors de la chambre et resta un instant hésitant, se demandant quoi faire. Jamais il ne s'était occupé de malades. Mais Seymour savait, il pouvait demander à Seymour... Puis il se rendit compte que Seymour ferait venir le docteur

Slade, et il gagnerait du temps en le faisant lui-même. Il avait juré autrefois de ne jamais plus adresser la parole au docteur Slade, mais c'était de la sottise. Le directeur le mena vers un téléphone dissimulé dans un petit buffet en bas dans le hall, et, un instant après, quelqu'un répondit :

— Le docteur Kenneth Slade est à l'appareil.

Slade écouta la description que lui fit Randall de l'état de Renata et dit :

— Je vous envoie immédiatement John Whitby. Ce n'est pas ma spécialité, et il faut faire quelque chose tout de suite. Que personne ne la touche, et surtout ne la bougez pas.

— Oh! merci!

Randall reprit son souffle avec peine, mais il était si bouleversé qu'il demanda tout à coup :

— Ne pouvez-vous venir aussi, docteur? Je suis tellement... Je n'entends rien à tout ça... Je suis...

Il était presque en larmes.

— Très bien. Nous arrivons tous deux, mais ne faites rien en attendant.

Revenu dans le hall, Randall demanda au directeur depuis combien de temps il connaissait l'état de Renata.

— Il y a seulement une heure que nous nous sommes doutés de quelque chose. J'ai fait venir le médecin de la maison. Hier, on nous a dit qu'elle ne se sentait pas bien et qu'elle remettait son voyage d'une semaine. Nous n'avons rien entendu dans sa chambre et nous avons naturellement cru qu'elle se reposait. Ce matin, la femme de chambre l'a trouvée comme elle est maintenant, et, quand j'ai amené le docteur, il a dit qu'il fallait immédiatement l'emmener à l'hôpital. Elle a été terrifiée. Je n'ai jamais vu une peur pareille. C'est alors qu'elle vous a demandé.

Les deux médecins arrivèrent presque aussitôt. Pendant que le docteur Whitby examinait Renata, Randall essaya d'expliquer au docteur Slade qui elle était.

— Une relation professionnelle, je vois.

— Oui, c'est-à-dire... oui. Mais elle ne connait personne ici et elle a terriblement peur, docteur. J'ai dit... je désire m'occuper d'elle.

Whitby s'était éloigné de la malade. Il avait l'air soucieux.

— Une péritonite, c'est évident, dit-il avec un regard significatif vers Slade. Pas un instant à perdre. Je vais téléphoner.

— Vous allez l'emmener à l'hôpital? demanda Randall.

— Si nous ne le faisons pas... Où est le téléphone ?

Randall le lui montra et revint au docteur Slade qui était près de Renata et la regardait. Elle n'avait pas bougé et était encore plus effrayante de pâleur, et de temps en temps elle murmurait :

— J'ai la peur ! Très peur mourir dans l'*ospedale* !

Randall essaya de la rassurer. Slade lui fit signe de l'autre côté du paravent. Il allait prendre congé, puisqu'il n'avait réellement rien à faire, mais Randall l'arrêta.

— Oh ! docteur, je vous en prie ! Qu'a-t-elle vraiment ? Que va-t-on faire ?

Ils s'écartèrent pour que Renata n'entende pas, et Slade expliqua :

— Elle a un appendice éclaté. Peut-être est-il même trop tard pour opérer, mais c'est la seule chose qu'on puisse tenter.

— Alors pouvez-vous dire aux gens de l'hôpital les soins que je désire pour elle ? — Randall prit une longue respiration. — Vous savez, comme ce que vous feriez pour nous. Qu'on ne la mette pas dans une salle commune ni rien de ce genre.

— Vous pourrez avoir tout ce que vous demanderez, Randall. Mais, si vous la faites installer dans une chambre particulière, avec tous les soins spéciaux que réclamera son état, cela va vous coûter très cher.

— Ça m'est égal. Je peux payer.

— Très bien. — Slade eut un bon sourire. — J'y veillerai...

« Cela ne coûtera peut-être pas tant, pensa-t-il, parce que, si cette femme est encore en vie demain, ça m'étonnerait beaucoup. »

— Elle a tellement peur, répéta Randall. C'est cette idée d'hôpital.

— Tous les étrangers sont comme ça, dit Slade. Ils pensent que tout hôpital est comme une maison de pestiférés et qu'on les y envoie pour mourir.

— Je vais essayer de lui expliquer que ce n'est pas la même chose ici.

Whitby revint dans la chambre.

— Ils sont en route, dit-il. J'y vais immédiatement et je commence à tout préparer. Vous vous rendez compte, monsieur, continua-t-il en s'adressant à Randall, que son état est très grave. Très douteux. Je ne puis rien promettre.

Randall acquiesça d'un lent signe de tête, le regard tendu et les yeux écarquillés. En quittant la chambre avec Slade, Whitby recommanda encore :

— Laissez-la exactement dans la position où elle est jusqu'à ce qu'on arrive. Ils seront là dans quelques minutes.

— Puis-je aller avec l'ambulance ?

— Non, ne faites pas cela. Une infirmière spéciale va venir.

Il salua d'un signe et partit rapidement.

Renata n'avait pas bougé quand Randall revint près d'elle. Elle continuait à bredouiller en italien sa terreur de l'hôpital.

— Je veux pas mourir dans un hôpital ! Je veux pas qu'on m'emmène à l'hôpital !

Randall se pencha tout près d'elle et doucement prit ses mains brûlantes dont les doigts s'agrippaient encore faiblement aux draps.

— Laissez-moi vous expliquer, Renata, dit-il très doucement. Nos hôpitaux ne sont pas des endroits affreux. Croyez-moi, je vous en prie... Je vous en prie ! — Il lui toucha le front avec précaution. — Nous n'avons jamais peur d'aller à l'hôpital, tout le monde se fait soigner à l'hôpital en Amérique, je vous assure !

Elle le regarda avec une appréhension pitoyable. Ses lèvres remuèrent encore, mais il dit :

— N'essayez pas de parler. Je vous demande seulement de me croire. Vous serez là-bas en sûreté et bien installée. On prendra merveilleusement soin de vous.

Il eut la vision soudaine de ce que pouvait représenter à ses yeux un endroit conforme aux paroles de Slade : une maison de pestiférés, et il ajouta :

— Ce n'est pas un horrible endroit public, Renata chérie. Les hôpitaux américains sont tout à fait différents. Vous aurez une jolie chambre tranquille où vous serez seule, et, vous verrez, les infirmières prendront si bien soin de vous ! On ne pourrait pas vous soigner aussi bien ailleurs, vous comprenez ?

Il ne sut dire s'il avait réussi à la rassurer, mais il sourit pour l'encourager et adoucir ses instants avant l'arrivée de l'ambulance. Bientôt la porte s'ouvrit, et les infirmiers entrèrent sans bruit, avec des mouvements rapides et efficaces. Quand Renata les vit, Randall comprit que ses encouragements lui avaient fait du bien. Qui pouvait s'effrayer du jeune médecin calme et souriant, vêtu de blanc, et des infirmières aux uniformes blancs bien empesés avec leurs capes bleues doublées de rouge ? Ils enveloppèrent Renata dans des couvertures et l'étendirent sur un brancard en moins de cinq minutes, et, tandis qu'on l'emportait, Randall se tint auprès d'elle en lui répétant :

— J'arrive vous voir dans quelques instants, Renata. Vous verrez, tout ce que je vous ai dit est vrai.

Il retourna dans la chambre, hébété, désorienté. Machinalement, il regarda sa montre. Il était un peu plus de onze heures, à peu près deux heures après l'appel au téléphone dans la maison paroissiale. Il s'assit sur le bord d'une chaise et examina le désordre environnant en essayant de se persuader que tout ceci n'était pas un rêve. Le dernier sentiment qu'il puisse se rappeler était un mélange de tristesse et de soulagement parce que Renata était partie pour l'Italie. Et maintenant il était devenu seul responsable de ce qui lui arrivait. Il ne pouvait y croire et restait là, hochant la tête. Puis le directeur de l'hôtel entra, et, de nouveau, Randall dut faire face à des détails et à des décisions qu'il lui fallut assumer. Comment résoudre ces divers problèmes ? Il n'en avait pas idée, mais il était nécessaire de faire quelque chose au sujet, par exemple, de ce qui appartenait à Renata. Avec l'aide de la femme de chambre, il rassembla ce qui était resté épars dans la pièce et empaqueta le tout. Quand ce fut presque fini, Randall entra dans la salle de bains pour voir si rien n'avait été oublié. Sur la tablette au-dessus de la cuvette, il vit un flacon vide étiqueté « huile de ricin » et les deux moitiés pressées d'un citron. « Pauvre fille! pensa-t-il, je n'aurais guère aimé avaler toute cette huile! » Il était si ignorant des maladies qu'il n'eut pas un instant l'idée que c'était justement cela qui avait amené le désastre.

Il descendit au bureau de l'hôtel pour payer la note de Renata, mais il apprit qu'elle avait été réglée lundi matin, avec, en outre, une semaine d'avance. « Enfin, se dit-il, Baldini n'est pas parti sans avoir fait ce qu'il pouvait pour elle, pensant la voir arriver par le bateau suivant. » Randall accepta ce que l'hôtel lui rendit, mais, quand l'employé demanda quoi faire des bagages de Miss Tosi, il ne sut que répondre.

— Knabe va faire chercher le piano, dit l'homme, mais où faut-il envoyer les malles ?

Finalement, Randall donna sa propre adresse, puis il distribua des pourboires au personnel de l'hôtel qui l'avait aidé, sortit chercher un fiacre et se hâta vers l'hôpital.

CHAPITRE XII

Il avait refusé d'écouter les docteurs et les infirmières qui lui conseillaient de s'en aller chez lui et de prendre du repos et, bien après onze heures, ce soir-là, il était encore assis dans la salle d'attente, la tête dans ses mains. Quelqu'un entra, et il sentit une main se poser sur son épaule. Il leva la tête. Le docteur Whitby, le chirurgien, était là, pâle et épuisé. Randall se leva lentement et murmura :

— Est-ce... Est-elle... ?

Les mots lui faisaient peur.

Whitby secoua la tête, mais sans le rassurer.

— Elle vit toujours, dit-il, mais cela va mal. Je ne puis vous tromper, Mr. Holt. Je n'ai pas besoin de vous dire que nous faisons tout notre possible, mais ce genre de cas, la plupart du temps...

— Le docteur Slade m'a prévenu aussi.

— Il vaut mieux que vous compreniez. Franchement, je crois que vous devriez rentrer chez vous pour essayer de dormir. Je vais passer la nuit à l'hôpital et, s'il y avait un changement quelconque, je vous téléphonerais.

— Nous n'avons pas le téléphone, docteur. Si cela ne vous fait rien, j'aimerais autant rester ici. Je vais très bien, vraiment.

— Alors faites comme il vous plaira. Si vous voulez vous étendre sur le canapé, je vous fais apporter une couverture. Je voudrais pouvoir vous donner de l'espoir.

— Oh! vous avez été magnifique. Je désire seulement...

Randall s'interrompit, envahi par la timidité. Il ne devrait pas ennuyer cet homme de ses propres sentiments, mais le chirurgien sourit malgré sa grande fatigue et dit :

— Quoi donc ? Dites-le.

Randall avala sa salive et reprit :

— Je veux seulement dire que, si elle ne peut pas survivre, je ne voudrais pas qu'elle se trouve seule. Elle en avait tellement peur !

Il trouva ses propres paroles ridicules et ajouta vivement :

— Mais elle est sans connaissance, naturellement, et au fond elle ne se rendrait pas compte...

— Non, elle n'est pas inconsciente, mais somnolente et extrêmement faible. Tâchez de vous reposer un moment. Il se passera un certain temps avant un changement quelconque.

Il préféra ne pas dire que ce changement se ferait certainement avant l'aube, et du côté du pire. Souriant avec lassitude, il se retira.

Randall sommeilla par bribes sur le dur canapé de crin. Une grande partie de la nuit, il parcourut la pièce banale qu'une seule ampoule électrique éclairait. Quelquefois, il entendait dans les couloirs les pas pressés des infirmières. Alors il allait jusqu'à la porte, l'ouvrait et attendait qu'on vienne lui annoncer que Renata était morte. Mais personne n'approcha. Il savait quelle porte était celle de sa chambre, il la voyait de l'autre côté du hall, il voyait aussi les infirmières ou les internes silencieux qui entraient et sortaient de la chambre, des objets enveloppés de blanc dans les mains. A trois heures, il était complètement réveillé et presque tout le temps debout à la porte, surveillant le hall. « Du moment qu'on fait encore quelque chose, se dit-il, c'est qu'elle n'est pas encore morte. »

Il quitta la porte et se jeta sur une chaise, puis resta l'œil fixé sans le voir sur le mur gris et il essaya de relier ceci à la Renata qui riait, taquine et espiègle, avec son anglais impossible, sa légèreté, son refus exaspérant d'être sérieuse. Il tenta de se rappeler les émotions qui l'avaient bouleversé depuis une quinzaine, mais il n'éprouvait plus rien. Cette Renata aurait aussi bien pu être partie pour l'Italie. Tout ce qu'il ressentait à présent, c'était une préoccupation angoissée : la femme qui se mourait dans une chambre quelque part au-delà du hall, il fallait d'une manière quelconque l'empêcher de mourir. Toute idée autre avait été balayée de son cerveau comme si une main avait retiré une nappe d'une table toute servie, la laissant nue et vide. Une seule fois cette nuit, il avait un instant pensé à Seymour qui devait se demander où il était, mais cela aussi s'évanouit dans l'irréalité.

Il finit par retomber dans le sommeil sans s'en apercevoir et soudain se trouva debout, se frottant les yeux. Le docteur Whitby était devant lui, et le ciel s'éclairait derrière le toit de la clinique de l'autre côté de la rue. Randall ne dit rien, attendant que le docteur parle. Celui-ci dit gravement :

— Aucun changement. J'en suis réellement surpris.

Il sortit sa montre et observa :

— Il est presque sept heures, voyez-vous. Je n'osais pas espérer cela.

— Pensez-vous...

— Ne pensons rien, Mr. Holt. Elle se cramponne encore, c'est assez pour le moment. Je dois avouer que ces Italiens ont une constitution de fer.

— C'est merveilleux! dit Randall, c'est merveilleux!

— Vous devriez vraiment rentrer chez vous et prendre un peu de repos. Vous ne pouvez rester ici vingt-quatre heures par jour.

— Très bien, dit Randall.

Il regarda le docteur d'un air suppliant, n'osant rien demander avec une telle évidence que celui-ci ajouta :

— Vous désirez savoir si vous pouvez la voir?

— Pas à moins que vous ne le permettiez, docteur.

— Je ne vois pas pourquoi je refuserais. Mais seulement un instant. Faites-lui simplement voir que vous êtes là.

Ils s'avancèrent à travers le hall vers la porte fermée. Le docteur l'ouvrit et fit signe à Randall d'entrer. L'infirmière s'éloigna du lit, et Randall approcha sur la pointe des pieds et regarda Renata. Elle était comme hier, sauf qu'elle avait les yeux fermés. Ses mains étaient cachées par le drap remonté jusqu'au menton, et son visage contre le linge blanc était d'un affreux gris jaunâtre. Randall ne la vit pas respirer. Il jeta un coup d'œil au docteur et fut surpris de le voir s'approcher et l'interpeller sans avoir peur de la réveiller :

— Miss Tosi! *Miss Tosi!*

Randall vit ses paupières palpiter et se relever péniblement sur ses yeux enfoncés qui étaient ternes et accablés. Il se pencha et la regarda, espérant qu'elle le verrait. Ses paupières battirent de nouveau. Elle avait les lèvres grises et sèches. Ses narines s'aplatirent dans une respiration difficile. Randall réussit à sourire et lui dit doucement :

— Tout va bien, Renata. Vous voyez, je vous avais dit que tout irait bien ici. Vous allez très bien vous remettre.

Il ne put dire si elle avait compris, mais sans aucun doute elle l'avait vu et reconnu. Ses yeux se refermèrent lentement, et elle sombra de nouveau dans sa somnolence. Randall resta encore un moment à contempler son visage étrangement amoindri et amaigri, puis il se retourna et quitta la chambre. Depuis hier, il avait l'impression d'avoir vécu un siècle. Il traversa les vestibules de l'hôpital, pleins des bruits matinaux et de l'odeur du café et des déjeuners. De jeunes infirmières, en robes à rayures blanches et bleues, le croisèrent, portant des plateaux et poussant des chariots chargés de toutes sortes de choses. Quand il sonna l'ascenseur, il le vit passer sans s'arrêter à son étage, car il y avait dedans un malade sur un brancard entouré d'infirmières. Sans l'attendre, il courut jusqu'au bas de l'escalier et sortit dans la 59e Rue où le soleil brillait et où, chose qui lui parut incroyable, New York avait recommencé sa besogne matinale sans s'occuper de qui avait vécu ou était mort durant la nuit.

A la maison, quand il entra dans la bibliothèque, Seymour laissa tomber son journal par terre et le regarda avec un grand rire.

— Eh bien ! J'en reste stupide ! Voilà mon petit frère qui s'est décidé enfin à découcher !

— Tais-toi !

Randall se laissa tomber dans son fauteuil et lui raconta ce qui était arrivé.

— Grand Dieu ! — Seymour, la bouche ouverte, se redressa tandis que Randall parlait. — Seigneur tout-puissant ! Penser qu'une chose pareille t'est arrivée, à toi !

— A moi ? Mais c'est elle que tu devrais voir ? Elle est affreusement malade, Seymour, elle va probablement mourir !

Seymour eut un sifflement.

— Eh bien ! Pour un bon petit garçon qui reste sagement chez lui et qui n'aime pas courir la prétentaine, on peut dire qu'il t'arrive les choses les plus inouïes.

— Je te crois ! — Randall avait un peu de vertige et ne put réprimer un énorme bâillement. — Je ferais mieux d'aller me coucher, dit-il.

Il jeta un œil vague sur les miettes dans l'assiette de Seymour.

— Depuis quand n'as-tu pas mangé ? dit celui-ci.

— Je n'ai pas la moindre idée. Maintenant que tu m'y fais penser, je crois bien que j'ai faim.

— Il te faut plus qu'un petit pain. Déshabille-toi, et je vais aller te chercher quelque chose chez le marchand du coin.

— Merci.

Les yeux de Randall se fermaient, et il voyait la chambre à travers un brouillard. Il s'appuya contre le dossier de son siège, les mains pendantes sur les bras du fauteuil. Seymour partit, et, quand il revint, un quart d'heure plus tard, Randall dormait profondément. Seymour avait apporté des tranches de jambon, des œufs, du beurre, une boîte de soupe à la tomate et un pot de salade de pommes de terre. Il mania maladroitement le réchaud à gaz, mais réussit à rassembler le bizarre repas sur la table et réveilla son frère.

— C'est une horreur, dit-il, mais mange tout de même.

— Parfait, dit Randall.

Il mangea les œufs sur le plat et le pain, puis remarqua :

— Je préfère ça à des huîtres ou à un potage à la tortue. Dis donc, frère, nous devrions faire installer ici le téléphone.

— Comment ? — Seymour était stupéfait. — Je n'y avais jamais pensé.

— Moi non plus. Mais après hier...

— C'est peut-être une bonne idée, mais tu voudrais l'avoir justement pour cette circonstance, et quand on viendra l'installer...

— Tu ne pourrais pas le commander ce matin ? Tu signaleras que c'est pour un cas urgent...

— J'essaierai toujours. Je verrai ça en allant au bureau. Maintenant va te coucher, tu es mort de fatigue. Tâche de dormir douze heures.

— Certainement.

Randall s'en fut vers sa chambre, mais s'arrêta en rencontrant Mrs. Quinn en train de faire le ménage et lui demanda de le réveiller à midi avant de s'en aller.

Après quatre jours seulement, il y eut un changement suffisant dans l'état de Renata pour que le docteur consente à lui accorder une réelle chance de guérison. Le second jour passé, Randall cessa de se défendre contre un optimisme déraisonnable. Qui peut assister à la lutte d'un être contre la mort sans croire passionnément que la bataille sera gagnée ? Les jours s'écoulèrent, comme des éphémérides enlevées feuille après feuille, sans nom et sans emploi. Le mercredi où il avait généralement une répétition à la chorale, Randall l'oublia complètement. Le docteur Fitzhugh fut très compréhensif et lui dit le jeudi de ne pas s'occuper de son travail jusqu'à ce que sa malade soit hors de danger.

Ainsi, jour et nuit, matin et soir, la routine du sommeil, des repas, des habitudes quotidiennes se confondirent comme une série de couleurs dont le mélange ne produit que du gris. Et tout ce temps, ainsi qu'il se le rappela plus tard, Renata ne fut plus la femme qu'il avait connue ni celle qu'il devait connaître encore mieux par la suite : elle fut « Elle » ou « le cas ». Elle fut l'instrument par lequel, pour la première fois de sa vie, il s'absorba fanatiquement, opiniâtrement, dans la poursuite d'un but qu'il voulait atteindre et qu'il gagnerait à tout prix. Quand le docteur Whitby commença à admettre prudemment qu'elle remontait la pente, Randall ne tint nul compte des heures ni des jours, ni des occupations qui d'habitude remplissaient son temps. Et puis, un matin ensoleillé, il se trouva assis à côté du lit étroit et surélevé, près de Renata un peu redressée sur ses oreillers, encore pâle, mais pas cadavérique, les yeux encore lourds, mais souriants. Son visage, qu'il avait d'abord connu encadré de fanfreluches et de boucles, maintenant accompagné de la laide chemise d'hôpital, était différent, et ses cheveux, séparés au milieu de la tête, retombaient sur ses épaules en deux longues nattes brunes. Ses mains, croisées calmement sur ses couvertures, avaient changé aussi. Elles n'étaient plus carrées et fermes, mais d'un blanc bleuté et frêles. Elle ressemblait, pensa-t-il, aux tableaux qu'il avait vu dans des livres d'histoire et d'art. Il ne s'y connaissait pas suffisamment en peinture pour la comparer aux modèles de Giotto, mais il aurait pu le faire. Elle était trop faible pour parler avec la moindre trace de sa verve pétillante, et sa voix, comme sa personne, était faible et vacillante, mais elle dit :

— Comme vous êtes bon ! Une bonté comme ça, je n'ai jamais vu.

— Quelle bêtise ! dit-il. Vous avez un docteur merveilleux, et vos infirmières...

— Est vrai. Tout est très différent ici ; pourquoi elles ne sont pas des *suore* ?

— Je ne comprends pas très bien ce que vous voulez dire, mais n'essayez pas d'expliquer, ajouta-t-il vivement. Il ne faut pas vous fatiguer à parler.

— *Le suore*, répéta-t-elle, *le monache*. Longues, noires... Quelquefois...

Elle fronça le nez en respirant plusieurs fois. Il rit.

— Oh ! vous voulez dire les sœurs ? Eh bien ! cet hôpital n'est pas un hôpital catholique, Renata.

— Non ? — Elle croisa les mains sur sa poitrine, consternée. — Ça veut dire que j'ai manqué mourir chez les païens ? Oh ! *Dio !* Comment confesser ça ?

— Je crains que ce ne soit pas la pire faute que vous ayez faite. Et nous sommes de très gentils païens, ne trouvez-vous pas ? Mais j'admets que j'aurais dû penser à faire venir un prêtre pour vous. Je regrette. Je ne savais plus ce que je faisais.

— Ça fait rien. Si j'avais vu le prêtre ici, j'aurais su il faut absolument mourir. *Basta* maintenant si peut-être il vient bientôt. Je lui dis ce n'est pas ma faute.

Il fut surpris de constater, en même temps que ses progrès quotidiens, qu'elle ne semblait plus du tout penser à ses anciens projets, ni à aucune des questions qui auraient dû la préoccuper. Elle restait étendue comme un enfant satisfait, se soumettant aux traitements, obéissant sans discuter à ce qu'on lui disait, allant jusqu'à manger la nourriture molle, laiteuse, blanche, de l'hôpital, dégoûtante, confia-t-elle à Randall.

— Qu'aimeriez-vous avoir à la place ? lui demanda-t-il.

Et, quand elle le lui dit, il fut obligé d'admettre qu'il ne connaissait rien de semblable. Il se rappela cependant qu'elle avait quelquefois mentionné le *Ristorante Brunetti*. Il chercha l'endroit et le découvrit dans la partie ouest de la 37e Rue. Il demanda au propriétaire s'il pouvait faire quelque chose pour la signorina Tosi dans les limites de son régime.

— Elle est ici ? Elle est malade ? Elle n'est pas en Italie ? *Mammia mia !*

L'homme se prit la tête à deux mains. Randall lui expliqua.

— Ah ! *poveretta !* Laissez-moi faire, signor. Chaque jour, je fais pour elle quelque chose très bon, très léger. Comme nous donnons aux *bambini*. Je la ferai aller bien, très vite.

Chaque matin, donc, sur son chemin vers l'hôpital, Randall s'arrêta chez Brunetti et y trouva un colis. Il y avait toujours une bouteille de *pastina in brodo* ou autre potage délicat, ou encore un risotto, ou un tendre poulet, ou de *pasta* dans une petite casserole. Quelquefois, il y eut une tasse de ce qui sembla à Randall être de la crème, mais, quand il demanda à Renata pourquoi elle ne pouvait pas aussi bien manger la crème de l'hôpital, elle rit et serra le plat de Brunetti contre son cœur.

— Oh ! non, dit-elle. Ceci est le *zabaione*. Vous avez jamais goûté ? Tenez !

Elle lui fit finir le plat.

Elle se fortifia au régime de la cuisine qu'elle aimait et du fiasco de vin quotidien que le docteur approuva, au grand étonnement des infirmières. Mais, à la fin de la deuxième semaine, elle n'avait pas encore mentionné Milan où elle aurait dû arriver dans quelques jours si elle avait quitté New York à la date primitivement convenue. Le docteur Whitby avait dit à Randall qu'il était hors de question pour elle de chanter avant l'automne et qu'il vaudrait mieux ne pas entreprendre de voyage important avant au moins six semaines. Ne sachant comment le lui annoncer, Randall écarta le sujet presque jusqu'au jour du débarquement manqué en Italie. Il lui demanda alors s'il ne faudrait pas penser à câbler à quelqu'un qu'elle ne venait pas.

— *Pensa !* dit-elle. Est vrai ! Je ne vais pas !

— N'y aviez-vous pas réfléchi ?

Elle sourit faiblement.

— Quelquefois, très difficile de penser. Mais vous avez raison, Randalo. Est nécessaire informer la Scala.

— Et tous vos autres engagements ?

— Oh ! Santarelli, à la Scala, il leur dira.

Randall nota le nom. Il réfléchit un moment, puis regarda Renata. Elle vit qu'il attendait qu'elle parle et elle le laissa attendre. Une expression embarrassée vint aux yeux du jeune homme.

— Quoi vous pensez, Randalo ? fit-elle. Il y a quelque chose ?

— Je me demandais si vous voudriez que je câble aussi à Baldini, expliqua-t-il.

A sa surprise, elle ne lui envoya pas une réplique vive à sa manière habituelle. Elle dit simplement :

— Non, sera temps quand j'écrirai. Merci.

Randall n'osa trop qu'en penser et n'eut pas le courage de le lui demander. Elle le regardait avec un petit sourire, une nouvelle expression enfantine dans les yeux à laquelle il n'était pas accoutumé. Était-ce de la douceur ? de la confiance ? Quoi qu'il en soit, cela signifiait qu'elle avait changé. Il dit avec un peu de gêne.

— J'espère que Baldini a été bon pour vous le jour où vous êtes tombée malade ?

— Il a été bon. Il fait du mieux qu'il peut. Impossible rester.

Je lui dis de partir. Un artiste important ne peut pas abandonner ses engagements.

Elle réfléchit un moment, puis ajouta :

— Mais il a pas été bon comme vous, Randalo. Personne que j'ai jamais vu, personne est bon comme vous.

Et deux grosses larmes roulèrent de ses yeux le long de ses joues.

— Oh! Renata chérie! — Il lui prit la main et y posa sa joue. — Ne me dites pas des choses comme ça, ce n'est pas vrai. Je suis si heureux d'avoir été là! — Il se pencha vers elle, tomba à genoux et lui embrassa la main qu'il posa ensuite sur sa joue. Il prit son autre main et les retint toutes deux dans la sienne, la regarda dans les yeux et essaya de sourire. — Ne voyez-vous pas, Renata, je...

Il s'interrompit parce qu'il étouffait et mit son visage sur leurs mains unies.

— *Tanto buono*, l'entendit-il murmurer. *Un angelo, sei tu.*

— Non, dit-il, se cachant toujours le visage. Mais vous savez, vous savez sûrement...

Ce n'était pas le moment de parler. Elle était encore faible et loin d'aller tout à fait bien, et rien ne devait l'agiter en ce moment. Il resta un moment dans la même position, puis leva la tête et la regarda, doucement dégagea ses mains et se leva.

— Je vais aller envoyer le câble, dit-il. Il faut que vous vous reposiez. Je reviendrai un peu plus tard.

Pendant cette quinzaine, il avait à peine aperçu Seymour. Chaque matin, il partait de bonne heure pour chercher les repas de Renata et faire une rapide visite à l'hôpital avant d'aller à Saint-Timothy. Seymour dormait généralement quand son frère quittait la maison, et ils ne se voyaient jamais à dîner parce que Randall passait ses soirées à l'hôpital. Quand par hasard ils se trouvaient, leur conversation consistait en des nouvelles rapides : Renata faisait des progrès, Seymour chantait les louanges de son automobile. Il offrit d'emmener Randall et Renata se promener quand elle irait assez bien pour pouvoir prendre l'air. Randall assura que ce serait pas avant un certain temps; il préviendrait Seymour. Le *Times* gisait à terre entre eux deux, et Randall le regarda distraitement.

— C'est bizarre, observa-t-il. Je n'ai jamais couru comme toi après les nouvelles, mais, ces derniers quinze jours, je n'ai absolument pas idée de ce qui a pu se passer nulle part.

— Tu n'as pas manqué grand-chose, dit Seymour. Il ne s'est rien passé. San Francisco a été détruit, le Vésuve a fait éruption, une...

— Quoi ? Qu'est-il arrivé à San Francisco ?

— Oh ! pas grand-chose. Un petit tremblement de terre, un petit incendie...

Randall ouvrit de grands yeux.

— En voilà la preuve, dit-il. J'ai absolument vécu dans un autre monde. — Il regarda sa montre. — Il faut que je m'en aille.

Seymour lui fit remarquer que, puisqu'ils avaient maintenant le téléphone, il pouvait aussi bien l'employer pour demander des nouvelles de Renata. Mais Randall protesta :

— On répond toujours la même chose : « Elle va bien. » C'est l'habitude.

— C'est, en effet, exact, n'est-ce pas ?

— Oui, mais je préfère voir par moi-même.

Seymour pouvait également voir par lui-même. Sa curiosité était plus éveillée que jamais au sujet de Renata Tosi. Randall en était tellement coiffé qu'il ne se souciait plus de son aspect extérieur et, s'il s'en était rendu compte, il n'y aurait pas fait plus attention. Il était devenu un homme différent. Il montrait une grande habileté à tirer des plans et à organiser les choses et manifestait un esprit de décision que rien n'avait su lui donner auparavant. La curiosité de Seymour allait plus loin que ce fait évident : Randall était éperdument amoureux, et sa nature romanesque et puérile ne considérerait pas d'autre dénouement que le mariage. Seymour songea. Le diable se ferait moine en un pareil moment. Mais une maladie grave et un immense poids de reconnaissance pouvaient provoquer chez elle un sentiment d'abord bien accueilli, mais qui deviendrait plus tard une servitude et ne transformerait jamais en épouse stable la petite friponne qu'il avait vue minauder sur la scène de l'Opéra. Très probablement le mariage ne l'intéressait nullement, à moins — et c'est là que l'inquiétude de Seymour commençait, autant que sa crainte de voir Randall souffrir — à moins qu'elle ne pense y trouver de l'argent. Il aurait voulu imaginer une façon pleine de tact de poser la question. Et, lorsque Renata fut sur le point de quitter l'hôpital et que Randall, avec une efficacité surprenante, organisait tout, d'abord une semaine dans un hôtel tranquille avec une infirmière, puis un long séjour à la campagne dans une confortable pension de famille, Seymour lui demanda :

— Est-tu sûr de pouvoir payer tout cela, Ran ? N'es-tu pas en train de dépenser un argent fou ?

— Pas autant que t'a coûté ton automobile, répondit Randall. J'ai une bonne somme devant moi. Je t'ai dit que je n'employais jamais tout mon revenu. A quoi pourrais-je le dépenser ?

Seymour se sentait mal à l'aise. Il ne s'était pas attendu à pareille réponse et il ne pensait pas que l'allusion à sa propre prodigalité ou à son égoïsme fût intentionnelle. Il se contenta d'observer :

— Tu n'as probablement pas encore reçu la note de ce chirurgien. Ça va te donner un coup, j'en ai peur.

— Tu crois ? Eh bien ! ça en vaudrait la peine. Comment sais-tu que ce sera si cher ? Tu as donc une telle expérience des médecins.

Seymour se raidit et s'éloigna en disant :

— Pourquoi ne fais-tu pas enlever ces malles et ces valises du salon ?

— Ça ne me gêne pas, dit Randall. Je ne m'occupe pas de ce que tu gardes à la cave.

Il eut tout de même à s'occuper des bagages de Renata la veille du jour où elle devait quitter l'hôpital. Il lui fallait de quoi s'habiller pour le transport à l'hôtel. Puis Randall suggéra qu'elle ne devait pas s'encombrer de tous ces costumes d'opéra et de ses vêtements d'hiver en ce moment et pendant qu'elle serait à la campagne. Elle fit donc une liste d'objets à lui prendre et à lui apporter. Il prit note de tous les articles, et, entre son manque de familiarité avec les noms de chaque chose en italien et même en anglais et son embarras intense devant les explications pittoresques de Renata pour indiquer certains objets, Renata rit tellement que l'infirmière s'inquiéta et dit qu'elle allait arracher les points de suture de son opération.

Elle fut enchantée de la campagne. Randall s'était rappelé un endroit où il avait passé un été avec sa mère après la vente de l'Ile aux Lièvres, une ferme laitière dans le comté de Putnam, à l'est du lac Mahopac. Les propriétaires s'appelaient Maynard, prenaient un ou deux pensionnaires pendant les mois d'été et leur donnaient de grandes chambres confortables dans la ferme et une nourriture délicieuse et abondante. Quand il annonça à Renata où elle devait aller, ses yeux brillèrent et elle dit :

— Ah ! *un lago* ! Je vais me sentir comme moi-même très vite.

— Vous aimez spécialement les lacs ?

— Je suis née *sul Lago di Como*. Mon *paesino*, mon village est là. Quelle beauté !

— Écoutez, Renata, il ne faut pas attendre grand-chose du lac Mahopac. Mais vous ne pouvez voyager plus loin en ce moment.

— Ça doit être beau, dit-elle, c'est un lac.

Les Maynard furent bientôt d'avis qu'elle était la plus charmante pensionnaire qu'ils aient jamais eue. Au début, ils s'étaient un peu méfié. Vous pensez ! Une chanteuse d'Opéra italienne qui parlait mal l'anglais, se remettait d'une longue maladie, se donnerait sûrement de grands airs, prendrait la mouche et des caprices pour tout et serait un fléau... Et puis, pas du tout. Elle les stupéfia par l'intérêt passionné qu'elle prenait à tout ce qui l'entourait et ses commentaires sur la ferme qui semblaient à la famille Maynard et au personnel de la pure folie. Mais elle les faisait tout le temps rire.

— Est si fine l'*erba* ici ! s'exclama-t-elle en montrant d'un geste la riche prairie à l'ouest de la maison. — On était à la fin de mai. — Pourquoi vous la coupez pas déjà ?

— La couper ? Seigneur ! Pourquoi ?

Tom Maynard était horrifié.

— Comment ! dit-elle, étonnée. Vous laissez pousser très longue cette magnifique herbe ? Elle va bientôt sécher ! Serait dommage, non ?

— Dommage ? Bon sang ! — Le fermier se gratta la tête. — Un champ de fourrage comme ça !

— Fourrage ? Quoi c'est, fourrage ?

Randall était présent et expliqua. Elle écouta, louchant dans son étonnement.

— Jamais j'ai entendu ça, dit-elle. Nous couperions maintenant.

— Que savez-vous de tout ça ? Comment savez-vous quand on coupe le foin en Italie ?

— Comment je sais ? *Madonna !* Je suis *contadina*, paysanne. Si je vais pas travailler à Milano, je sais rien excepté marcher quatre *chilometri* en montant et descendant la montagne tous les jours avec le lait sur mon dos pour la *latteria*, ou coudre les *fazzoletti* comme mes tantes.

— Qu'est-ce que des *fazzoletti* ? demanda Randall, abasourdi par ce coup d'œil sur ses origines.

— Comme ça. — Elle sortit son mouchoir. — Mais plus grand, des morceaux de soie comme vous achetez partout pour des cadeaux. Nous cousons les ourlets, toutes les femmes. *Dio mio!* Combien de douzaines, pour deux lires par semaine.

— Combien cela fait-il dans notre monnaie, Renata ? demanda-t-il en voyant l'expression soudain durcie de son visage.

— Oh ! je peux pas bien dire. Attendez, je réfléchis... Peut-être trente-cinq, quarante sous !

— Seigneur ! Et que faisiez-vous à Milan ?

— J'étais *collocata*... comment vous dites ?... chez une couturière. *Così*, j'ai appris, j'étais la *piccolina*. J'avais treize ans.

Il tourna la tête vers elle, comme elle se penchait, appuyée sur la barrière du pré, mince, trop mince, et l'image même de la fraîcheur avec sa longue robe à petits volants. Elle regarda au loin, là où la prairie descendait vers un bouquet d'arbres, puis revint à la grange rougeâtre, solide et massive, une girouette dorée sur le toit et dominée par un silo comme par une tour.

— Comme c'est différent de chez nous ! soupira-t-elle. Si riche, avec quantité de toutes les choses, et tant de terres ! — Puis elle sourit. — Mais pas si beau, continua-t-elle. Dans tout le monde, rien n'est si beau que mon pays. Mais — elle haussa les épaules — ce n'est pas bon être pauvre là-bas.

— Quand avez-vous commencé à chanter ? Et comment ?

— Une cliente de là où je travaillais, elle m'entend chanter pendant que je couds et elle devint intéressée, et quand j'ai seize ans elle m'envoie au *Conservatorio*. Aussi son mari. Eh ! le mari ! — Elle leva le menton avec un geste expressif. — *Ma, cosa vuoi!* C'est comme j'ai dit, les hommes sont les hommes.

Randall cueillit un long brin d'herbe, mâchonna la tendre tige sucrée et s'appuya sur la barrière.

— Je ne suis pas de ce genre d'hommes-là, dit-il tranquillement.

— Non, est vrai. Vous êtes différent et vous êtes bon. Mais vous exigez aucun plaisir, et ça, je ne comprends pas. Vous êtes jeune, vous êtes b... — Elle s'arrêta, et son rire clair résonna dans toute la cour. — *Ecco!* Je l'ai pas dit ! Vous êtes content ?

— C'est vous qui êtes belle, Renata, dit-il, et je vous aime.

— Non, non, non, dit-elle vivement, comme si elle sautait en arrière après avoir touché un fer rouge.

Il tourna la tête et essaya d'attirer son regard, mais elle se tenait très droite, les yeux au loin. Il sentit sa main trembler et les dernières miettes de son courage s'effondrer aux pieds de Renata. Mais il étendit cette main tremblante, prit la sienne et la tint serrée tout en disant :

— Vous agissez comme si vous étiez choquée, Renata. L'idée n'est pas choquante, pourtant, et ne doit guère vous surprendre.

— Je ne suis pas choquée, mais vous me faites de la peine.

— Je vous en prie, regardez-moi ! — Il lui serra la main plus fort et attendit, et enfin elle tourna la tête lentement et le regarda. — Renata, que voulez-vous dire ?

— *Perchè non capisci ? E* si difficile ? Pas pour moi l'amour comme vous dites, si *profondo*... pour moi, c'est mieux quelque chose différent. J'ai dit déjà avant, je veux pas devenir troublée. Je suis très reconnaissante, je sens beaucoup de bonté pour vous, une bonté comme vous. Si vous me laissez vous donner du plaisir comme je comprends, je vous ferai très heureux. Si c'est un amour comme vous voulez, quelque chose si grave, je vous ferai malheureux.

Sa voix se mit à trembler, et Randall cessa brusquement de penser à lui-même et dit très vite :

— Vous êtes fatiguée, vous êtes restée debout trop longtemps... Je ne voulais pas vous ennuyer, Renata chérie. — Il lui soutint la main de son bras et se mit à marcher doucement vers la maison. — J'étais égoïste, je n'aurais pas dû vous dire cela maintenant, vous êtes encore trop faible.

— Comme vous êtes bon !

— Ne parlons plus de cela, voulez-vous. J'aimerais mieux... Je ne sais pas. Peut-être le temps amènera-t-il de la différence. Mais d'abord il faut que vous alliez bien. Je ne vous en dirai plus un mot jusqu'à ce que vous puissiez courir partout comme vous le faisiez avant, au lieu de marcher.

— Surveillez-moi bien alors, dit-elle, son ancien entrain reparaissant soudain. Je courrai vite après vous.

Il ne comprenait pas bien si ce contentement d'être installée au milieu de la vie campagnarde était une concession à sa faiblesse physique ou un retour aux habitudes de son enfance. Il soupçonnait plutôt la première raison, car, si elle voyait se faire sous ses yeux quelque gros travail agricole, elle frémissait comiquement et disait :

— Ceci nous devions le faire *così*... — elle étendait ses jolies mains — ou *così*, faisant le geste de soulever un fardeau sur son dos fragile.

— Seigneur! s'exclama Mrs. Maynard au geste de Renata. Est-ce que les femmes font aussi ces durs ouvrages?

— Mais oui. Pourquoi non?

Ses yeux bruns s'écarquillaient de surprise.

Quand elle fut suffisamment forte pour se promener dans les champs, dont l'immensité l'émerveillait, le maïs avait plus d'un pied de haut, et elle fut choquée de ce qu'elle appelait le gaspillage de Tom Maynard. Trois pieds de belle terre entre chaque rang! Renata n'y comprenait rien et, au repas de midi, elle demanda pourquoi ils laissaient vide toute cette merveilleuse terre.

— Dans mon *paese*, dit-elle, est planté le *grano turco* (vous dites maïs?) entre les pieds de vigne. Nous gaspillons pas le sol précieux, expliqua-t-elle vertueusement.

— Non! Vous entendez? De la vigne dans le maïs! — Tom Maynard en resta la bouche ouverte, sa fourchette en l'air. — Miss Tosi, vous devez avoir un grain! Comment pouvez-vous faire passer le cheval et un cultivateur entre les rangs?

— Un quoi?

Randall se mit à rire et secoua la tête. Ni elle ni Tom Maynard n'avaient le moyen de s'exprimer, ni le vocabulaire, ni la moindre compréhension des diverses nécessités et habitudes d'un autre monde, pour réussir à expliquer qu'ils n'étaient fous ni les uns ni les autres. Ils s'entendaient admirablement parce que personne ne pouvait résister au rire de Renata, à son drôle de langage et à son naturel.

Randall n'était presque plus jamais à New York maintenant. Les offices de la saison d'été à Saint-Timothy demandaient peu de préparation, car la chorale, réduite par les vacances, ne chantait pas d'œuvres nouvelles. Il lui était possible de passer presque toute la semaine à la ferme. Les jours se succédaient, de magnifiques jours de juin aux longs soirs lumineux qui duraient jusqu'après neuf heures, les nuits exquisement parfumées. Il prenait grand soin de Renata, veillant à ce qu'elle n'aille pas au-delà de ses forces, ayant toujours à la main un châle pour elle au cas où l'air se rafraîchirait soudain. Ils explorèrent les champs autour de la ferme et le pays environnant, les rives du lac banal qui ne fit qu'inspirer à Renata le désir que Randall puisse voir un jour son paradis natal; et la seconde suivante elle ajouta en riant :

— Comme j'ai eu de la chance de m'échapper de là !

— Vos parents n'étaient-ils donc pas bons pour vous, Renata ?

— Ils étaient bons, répondit-elle, pensive, mais qu'est-ce que c'est d'être bon ? Ça dépend de beaucoup de choses. Pour des pauvres *contadini*, bon est une chose différente de vous, *per esempio*. Vous êtes bon, et aussi riche, soupira-t-elle.

— Non, je ne le suis pas. Pas du tout.

— Vous avez dépensé tant de *richezze* pour moi ! Pas la peine de dire non.

— Vous n'en savez rien du tout.

— Je sais beaucoup. Est impossible rien cacher à une personne comme moi. Nous savons toujours.

— Vous avez eu vraiment une enfance dure !

— Pas plus, pas moins que les autres. Mais mon oncle Gandolfi, quand ma mère est morte, il a déjà beaucoup de famille. Un homme bon, très bien. Il est comme le Papa pour moi, ma *zia Paola* elle est comme la *Mamma*. Ils sont très bons, très vieux. Mais déjà beaucoup des garçons et des filles, et c'est pas facile, vous comprenez. Est mieux si je travaille à Milano.

Il ne dissimula pas ses doutes.

— A la campagne, cependant...

— Oh ! non, dit elle avec un petit rire. J'aime trop jouir de la vie. Dans la ville, il y a plus... vous savez.

Plus d'occasions, voulait-elle dire. Elle avait certainement profité des siennes. Il commençait à se demander non sans malaise au bout de combien de temps son existence actuelle commencerait à perdre son charme à ses yeux.

Une nuit de juin, il était étendu sur son lit sans dormir, les mains croisées derrière sa tête, les yeux grands ouverts, regardant la pleine lune qui montait lentement dans le ciel, toujours plus haute au-dessus du grand érable devant sa fenêtre. Le ciel avait cette luminosité vivante et chaude de l'été, et il se sentait lui aussi plein de chaleur et de vie, comme jamais jusqu'ici. Mais il était soucieux. Il n'avait pas trouvé moyen de communiquer à Renata ce qu'il avait décidé de lui dire. Elle avait éludé ses quelques tentatives circonspectes, et il était pénétré du sentiment de plus en plus net que les choses ne pouvaient rester comme elles étaient maintenant. Renata reviendrait bientôt à son agitation. Il fallait absolument que l'initiative vienne de lui, et il se demandait comment faire, comment arriver à l'atteindre.

Ses regards erraient par la chambre ; il se raidit en voyant la porte s'ouvrir lentement, très distincte à la clarté de la lune, sans aucun bruit. Renata entra, enveloppée dans une longue robe. Elle ferma la porte silencieusement et marcha vers lui. Ses longs cheveux sombres l'entouraient comme d'un manteau.

Randall se redressa.

— Renata, murmura-t-il, vous ne devriez pas être ici.

Elle ne fit nulle attention à ses paroles et s'assit légèrement sur le bord du lit.

— Vous ne dormez pas, dit-elle d'une voix si basse qu'on n'aurait pu l'entendre à un pas. Je ne dors pas non plus.

Elle le regarda, très calme et aussi franche dans son silence que si elle avait parlé.

— Je préférerais que vous ne soyez pas venue, dit-il.

— Non, Randalo, ça, c'est enfantin. Je viens parce que j'ai décidé ; c'est ridicule comme nous sommes. — Elle posa la main sur son bras. — Pourquoi vous ne voulez pas cesser être *così* ? Vous êtes un homme, je suis... moi. Vous ne m'aimez pas ?

— Vous aimer ? Oh ! Dieu ! — Il jeta son bras devant ses yeux. — Je vous aime éperdument !

— *Non esagerare*. Je vous ai dit plusieurs fois, c'est pas sage, pas *prudente* être comme ça. *Basta* nous avons tous deux le plaisir, la *gioia*. Croyez-moi, je sais. J'ai trop appris déjà. J'aimerais vous donner le plaisir, parce que je vous aime bien d'abord, et puis je suis reconnaissante. De toutes les manières, j'ai raison.

Il resta silencieux un moment, puis il enleva son bras de ses yeux, la regarda et dit :

— Renata, je vous veux aussi, mais pas de la façon que vous dites.

— Pourquoi non ?

— N'essaierez-vous même pas de me comprendre ? Je ne veux pas vous toucher simplement parce que vous êtes reconnaissante. En fait... — Il se souleva sur son coude et avança le menton avec entêtement. — Je ne vous veux pas pour maîtresse, je veux vous épouser.

Elle recula avec une expression blessée, vide. Elle enfonça ses doigts dans ses cheveux au-dessus de ses tempes.

— *Sei impossibile, tu !* Pas possible de vous contenter ! D'abord vous dites Baldini doit partir. Maintenant, Baldini parti, vous dites d'abord le *matrimonio*. Pourquoi vous comprenez pas je suis une femme comme ça ? Je suis honnête, vous devez remercier le bon Dieu pour ça. Pourquoi vous comprenez pas ? répéta-t-elle.

— Parce que je vous aime. Vous pourriez essayer de comprendre, vous aussi. Si je ne vous aimais pas vraiment, j'aurais... nous aurions... déjà recommencé ce qui m'est arrivé une fois. — Il serra la mâchoire. — J'ai détesté cela et je ne suis pas fait pour cela.

— Vous êtes un homme, dit-elle simplement. Vous voulez pas ce que veut un homme ?

Elle le vit se débattre contre sa décision. Puis, les lèvres serrées, il murmura :

— Je vous veux tellement en ce moment même que c'en est intolérable. Mais je ne vous prendrai que comme ma femme. Je voudrais que vous vous retiriez maintenant, Renata. Retournez à votre chambre.

— Jamais j'ai vu un homme comme vous.

Sa voix était sans timbre.

— Eh bien ! vous en connaissez un maintenant.

— Mais non, reprit-elle. Pourquoi vous pensez que je ne veux pas vous marier ? Parce que c'est trop différent, quoi vous êtes et quoi je suis. Un mélange comme ça, ça ne fera pas un *matrimonio*, et aussi vous êtes un étranger.

— Un étranger ? Dieu ! Après ces deux mois ?

— Oui, un étranger. Est si différent votre pays, votre *mondo*, est tout ce que je suis pas. Aussi je vous ai dit avant, le mariage est *una responsabilita tremenda*, et je ne veux pas. Même, ajouta-t-elle, et son ton de protestation disparut de sa voix et fit place à une tendresse rarement entendue jusqu'ici, je veux pas vous faire mal. Si je suis une femme mauvaise, je vous fais très mal.

— Vous me faites suffisamment mal en ce moment.

— Ça me semble est votre faute. Mais inutile que je reste ici et je parle comme ça. — Elle se pencha tout près de lui et lui posa la main sur la joue. — Randalo, murmura-t-elle. — Ses cheveux lui caressèrent le visage, et elle vit sa mâchoire se crisper. — Vous êtes sûr je dois m'en aller maintenant ?

Il haletait.

— Allez ! Et réfléchissez à ce que je vous ai dit. L'un de nous doit céder, et ça ne sera pas moi. Si vous recommencez, je pars. Vous n'avez jamais encore réellement pensé à m'épouser. Réfléchissez-y maintenant et voyez si vous ne changerez pas d'idée.

Elle secoua un peu la tête et se retira en disant :

— Eh bien ! j'essaierai de penser.

Il refusa de la regarder et resta étendu, la tête tournée de l'autre côté et la main sur les yeux.

— Je vous en prie, Renata, épousez-moi ! dit-il d'une voix étouffée. Mais, pour l'amour de Dieu, maintenant, allez-vous-en.

Quand elle fut partie, des larmes coulèrent sur ses joues, tandis qu'il regardait la porte fermée.

CHAPITRE XIII

Par un magnifique soir, quelques jours plus tard, ils étaient tous assis après le dîner sous le porche de la ferme. Tom Maynard se reposait après une rude journée de travail, les pieds sur la balustrade du porche et fumant sa pipe. Mrs. Maynard ourlait une nappe pour le trousseau de sa fille. Emma, qui allait se marier à l'automne. Renata cousait aussi. Elle avait étonné et ravi les Maynard en s'emparant d'un des jupons blancs très simple du trousseau d'Emma et en le garnissant de mètres de jolis ruchés qu'elle faisait à la main avec une rapidité d'éclair. Quand Mrs. Maynard lui demanda où elle avait bien pu apprendre ça, elle se contenta d'envoyer un clin d'œil à Randall. Silencieux, ce dernier avait la tête appuyée au dossier de son fauteuil et se demandait ce qu'il adviendrait, dans l'impasse où il se trouvait.

Renata, quand d'autres personnes étaient présentes, était aussi vive, aussi bavarde et amusante qu'avant sa maladie. Quand elle était seule avec lui, elle était réservée et distante. Il s'inquiétait. La tension entre eux s'accentuait. A présent, il changeait de chemin pour éviter de se trouver seul avec elle. Des moments comme ceux-ci étaient préférables aux heures vides de la matinée et des premières heures de l'après-midi, alors que tout le monde était au travail, sauf les pensionnaires, et il s'était mis à redouter les soirées après le départ des Maynard qui se retiraient de bonne heure. Ses mains, alors, souffraient de ne pas la toucher, il n'osait pas parler de peur que sa voix ne le trahisse. Et, quelquefois, elle levait vers lui ses yeux sombres, profonds, pleins de douceur, de chagrin étonné et de protestation. Quoi qu'il arrive, Randall doutait qu'elle veuille rester ici beaucoup plus longtemps.

Personne ne parlait beaucoup. On discuta sans passion sur le temps, le jeune bétail, les feux d'artifice du Quatre-Juillet proche sur la place du village. Puis il y eut, quelque part au-delà du tournant de la route, le long des grands ormes, un grondement, des crépitements, un halètement. Randall retint son souffle et regarda le bout de ses doigts. Mrs. Maynard s'exclama :

— Jérusalem ! Qu'est-ce que c'est ?

Et, tandis que Tom Maynard se mettait péniblement debout, la Stevens-Duryea rouge parut au tournant et s'arrêta en toussant à la grille des Maynard. Les yeux de Renata se firent grands comme des soucoupes, sa bouche s'ouvrit, et elle battit des mains. Seymour était assis très haut sur son trône, et l'habituelle dame rieuse en cache-poussière était assise à son côté. Randall en aurait hurlé quand il reconnut Marietta Pawling. Les Maynard avec leur fils Walt, Emma avec son fiancé, et tout le personnel, sans compter Renata, étaient tous debout en rang sous le porche, les yeux écarquillés et stupéfaits. Randall seul resta assis.

Seymour sauta en bas de son siège, passant légèrement par-dessus les leviers de vitesse et de frein à sa droite, et s'avança vers la maison. Randall eut un soupir, retrouva ses bonnes manières et se leva pour aller au-devant de Seymour. Ils se serrèrent affectueusement la main.

— Voici mon frère, Seymour Holt, dit-il et, gravement, il nomma chaque visage étonné, en rang le long du porche, finissant par Renata, dont les yeux dansaient de joie.

Seymour les salua tous avec son habituelle élégance et demanda :

— Puis-je aller chercher Miss Pawling ?

Il présenta Marietta, et Mrs. Maynard, qui, après des années de pensionnaires de la ville, était prête à tout sauf aux automobiles, les pria aimablement de s'asseoir.

Randall s'informa d'où ils venaient, et, quand Seymour répondit : « De la ville », ce ne fut qu'un chœur d'exclamations incrédules.

— Oh ! nous n'avons pas mis longtemps, expliqua Seymour. Nous sommes partis à onze heures ce matin, et cela n'a pas mal marché, étant donné que j'ai eu trois crevaisons.

— Quelle distance ça fait-il par la route ?

Tom Maynard jetait encore au monstre rouge des regards de rancune et de suspicion.

— Exactement quatre-vingt-huit kilomètres. J'aurais marché plus vite si certaines routes n'étaient pas tellement mauvaises.

Il sourit à Randall et reprit :

— Nous avons pensé que nous ferions une promenade quelque part demain avec toi et Miss Tosi. Mon frère doit commencer à vous ennuyer à mort, plaisanta-t-il en se tournant vers Renata.

— Oh ! jamais je m'ennuie. Quelquefois il est très sérieux, est vrai. — Elle leva le menton vers Randall et lui lança un coup d'œil mi-espiègle mi-tendre. — Mais nous acceptons avec plaisir, n'est-ce pas, Randalo ?

— Certainement. Mais où allez-vous passer la nuit, Seymour ?

— Eh bien... — Seymour se tourna vers Mrs. Maynard. — Je ne savais pas s'il y aurait des chambres ici, mais j'ai pensé que je demanderais en arrivant.

Mrs. Maynard réfléchit.

— Nous serons un peu serrés, dit-elle, mais, si ça vous est égal de vous tasser, nous allons y arriver. Emma, emporte tes affaires dans la soupente et prépare ta chambre pour Miss Pawling. Et je suppose que ça vous sera égal de coucher dans le même lit que votre frère, Mr. Holt ? C'est à peu près tout ce que nous pouvons faire.

Randall observa Seymour, sachant qu'il avait horreur de partager sa chambre. Mais la figure de Seymour s'éclaira, et il dit :

— Ce sera parfait. C'est très aimable à vous, n'est-ce pas, Randall ?

— Très aimable, approuva Randall. Merci mille fois, Mrs. Maynard.

— Et votre dîner ? s'informa celle-ci. Vous n'avez pas dû pouvoir manger, avec cette mécanique à conduire !

— Oh ! nous avons très bien déjeuné à White-Plains. — Marietta Pawling s'arracha à son discret examen de Renata pour remercier Mrs. Maynard. — Je n'ai pas du tout faim, vraiment.

— Mais je suis sûre que Mr. Holt a très faim. Je prépare quelque chose en une seconde. Il reste du poulet froid, une tarte aux cerises, de la crème fraîche et du gâteau à la noix de coco. Viens, Emma.

Elle disparut. Randall n'osa pas regarder Seymour. De la tarte aux cerises et du gâteau à la noix de coco et de la crème fraîche !

En allant se coucher, Randall lui demanda pourquoi il n'avait pas écrit pour prévenir de leur arrivée.

— Je n'y ai même pas pensé. L'idée m'en est venue tout à coup, et j'ai supposé que tu serais content de me voir.

— Certainement, frère, mais qu'en a dit Mariette ?

Seymour eut un petit rire bienveillant.

— Je n'y peux rien, Randall. Elle est parfaite tant que je lui garde mon pied sur la nuque. Tu le sais, je l'aime assez. Je lui ai fait une peur bleue, et, depuis, elle s'est conduite à merveille.

— Tu es... tu as... je veux dire...

— Je suis toujours seul à jouir de ses faveurs assez généreuses, si c'est là ce que tu essayes de me demander avec tant de tact. Je me fais vieux, probablement, je la trouve plus supportable sur ce pied-là que sur tout autre.

— Enfin tu sembles ne plus essayer de me la refiler.

— A toi ? — Seymour écarquilla ses yeux gris pâle. — Tu es hermétiquement enfermé dans ton paradis, comme s'il n'existait plus personne sur la planète. Elle est exquise, Ran, absolument ensorcelante !

Connaissant son propre instinct de dissimuler toute émotion, et celui de Randall presque aussi bien, il ne s'attendait pas à ce que son frère condescende à lui confier le degré de ses sentiments à l'égard de Renata Tosi. Mais il s'attendait encore moins à l'impression d'anxiété, d'incertitude et de tension qu'il devinait en Randall, aussi sûrement qu'il aurait décelé à l'odorat une orange que quelqu'un aurait pelée dans la pièce. Au nom du ciel, qu'est-ce qui n'allait pas ? pensa-t-il, c'est l'idiot le plus maladroit de la chrétienté. Mais ce verdict était trop cruel pour être vrai ! Et, quelle que fût la réalité, elle provoquait déjà la curiosité de Seymour.

Tout le jour suivant, ils rirent, plaisantèrent, firent en cahotant le chemin à travers la campagne vers Cold Spring et retour. Ils choisirent Cold Spring parce que Seymour jugea que la course ne serait pas trop longue pour Renata, Randall lui ayant rappelé qu'elle n'était pas encore très solide. Après le petit déjeuner, ils partirent, munis par Tom Maynard de l'assurance que le temps ne pouvait pas changer aujourd'hui. Et le temps changea, naturellement ; ils furent pris par un orage qui les aurait trempés jusqu'aux os sans la rapidité de Seymour à découvrir un hangar vide le long de la route et à y précipiter tout droit la voiture. Ils restèrent là assis, écoutant le crépitement de la pluie sur le toit de tôle. Elle tombait avec une régularité dont Renata saisit le rythme en un clin d'œil, et elle se mit à battre la mesure avec une expression pompeuse et un sourcil froncé comme un chef d'orchestre imaginaire. De sa main gauche, elle faisait des gestes compliqués vers des instruments supposés et, quand son introduction mimée fut suffisamment explicite, elle exécuta une parodie étonnante du gros ténor classique et entonna : *Bella figlia dell' amore*, imitant les autres voix à chaque nouvelle entrée, et finalement se pencha vers Seymour en grondant d'une voix comique de basse profonde : « *Taci il piangere non vale* », tout en lui tapotant l'épaule avec un hochement de tête sagace.

Elle était si drôle qu'elle se joignit elle-même aux tempêtes de rires qui l'interrompirent. Ensuite tous se mirent à lui demander un air, puis un autre, et, comme elle se sentait d'humeur favorable, elle continua à chanter comme un oiseau sur une branche. Tout, n'importe quoi, des fragments du *Barbier de Séville*, de *Faust*, et la *Sonnambula* et *Lucia*, puis soudain, le regard fixé sur Randall, elle commença *Vissi d'arte*. Elle chanta avec une chaleur, une ardeur comme il ne lui en avait jamais vu jusque-là, la tête rejetée en arrière, l'expression intensément passionnée. Sous ce hangar étroit, sa voix s'accrut en richesse et en volume. Seymour et Marietta Pawling s'étaient retournés sur le siège avant pour la regarder, lui avec une étincelle dans ses yeux à demi fermés, elle franchement bouche bée. Elle n'avait jamais encore entendu de bons chanteurs. Randall était tendu et profondément remué. Il aurait voulu être seul avec elle, la présence des autres était une intrusion grossière. La supplication des paroles, le phrasé, encore plus poignant que le texte d'une compassion apitoyée, le traversèrent comme un frisson. Personne ne prononça un mot quand elle se tut. Les dernières notes parfaites leur résonnaient encore dans les oreilles. Puis, tandis que Seymour et Marietta commençaient à clamer leur enthousiasme, elle dit à Randall dans un souffle :

— *Hai capito?* Vous avez compris?

Il se contenta de la regarder et dit :

— Je croyais que vous n'apprendriez jamais la *Tosca*?

— *Vero!* répliqua-t-elle, joyeuse. *Non mi piace lavorare... Ecco!* J'ai rappelé le soleil pour vous!

Et c'était vrai. Le soleil brillait sous le hangar, et toute trace de l'orage s'était évanouie, laissant un ciel bleu lavé de tout nuage et une délicieuse odeur un peu âcre de terre, de feuilles et d'herbe mouillées. Seymour mit le contact, ouvrit le volet d'air, s'assura que le levier de vitesse était bien au point mort, et, avec un vibrant : « Tout le monde est prêt ? » il sauta à terre et passa devant pour tourner la manivelle. Le moteur partit avec une explosion et un ronflement, et tous retinrent leur souffle pendant que Seymour, adroitement et prudemment, faisait marche arrière pour sortir du hangar et manœuvrait pour reprendre la route.

— Nous voilà partis ! cria-t-il.

Ils roulèrent, bondirent et dérapèrent à travers une gerbe de boue que la pluie avait délayée sur la route. Renata, enchantée, était assise très droite et regardait avec curiosité à droite et à gauche, son charmant visage avec ses yeux bruns rieurs paraissant un point lumineux entre les plis de son voile de mousseline attaché sous le menton.

— *E bello*, non, Marietta ?

Elle avait déjà fait observer que *Poll-ing* n'était pas un nom, cela ressemblait à poulet, et Marietta était un joli nom civilisé que tout le monde pouvait prononcer. Ce qui les mit tous sur le pied de s'appeler par leurs prénoms, et, au déjeuner qu'ils firent à l'hôtel de Cold Spring, devant une baie vitrée ayant une vue splendide sur West Point de l'autre côté de l'Hudson, Renata demanda :

— Je ne peux pas comprendre quels saints sont vos patrons, avec des noms comme vous avez ! Sémour ! Randalo ! En Amérique, il y a des saints comme ça ?

Les frères se tordirent de rire.

— Nous ne sommes pas nommés d'après des saints, Renata, dit Randall.

Et Seymour ajouta :

— Nous serions une drôle de parodie de ces pauvres types si nous étions nommés d'après eux !

— Mais quoi, alors ? Qu'est-ce que ça veut dire, ces noms-là ?

— Ce sont des noms de famille.

— *Cognomi ?* questionna-t-elle, le sourcil froncé.

— Oui, dit Seymour, c'est ça, des noms de famille.

— Alors votre famille est pleine de saints ? Tout le monde devait être des saints pour faire assez de noms.

Marietta Pawling rit.

— Regardez celle-là, dit Renata. Elle a un nom chrétien, pris à la *Santa Vergine*. On ne pense pas, dans sa famille, des bêtises sur les saints.

Seymour étouffa dans sa serviette.

Après le déjeuner, ils sortirent sur la terrasse de l'hôtel et se promenèrent de long en large, et Seymour, se trouvant à côté de Renata, répondit à ses questions au sujet de la forteresse à tourelles de l'autre côté de la rivière. Quand elle apprit que c'était une école militaire, ses yeux s'illuminèrent et elle s'écria :

— Oh ! *che bello* ! Tant de beaux jeunes hommes ! Ça doit être merveilleux !

Elle entendit Randall qui poussait un soupir.

— J'aime beaucoup les jeunes hommes très beaux, reprit-elle. Comme *i nostri carabinieri*. Une *bellezza* pareille vous pouvez pas imaginer.

Randall s'efforça d'expliquer à Marietta que les adjectifs italiens étaient très différents des adjectifs anglais.

— Oh ! je la trouve tordante, dit Marietta. Je n'ai jamais vu personne comme elle.

— Moi non plus, dit Randall sans humour.

Renata se retourna et regarda Randall par-dessus son épaule, puis elle observa à mi-voix à Seymour :

— Je trouve Randalo est l'homme le plus beau que j'ai jamais vu.

Seymour lui lança un coup d'œil.

— J'espère qu'il connaît votre opinion sur lui, murmura-t-il.

Elle secoua légèrement les épaules.

— Il est *molto giovane, troppo serio*.

— Je n'aimerais pas du tout le voir souffrir.

Seymour parvint à enlever toute expression à son ton de voix.

— Moi non plus, je lui ai dit. J'ai essayé d'expliquer beaucoup de choses.

— Je vois.

— Vous aussi, vous comprenez, *anche* ?

— Parfaitement.

Ils se promenaient autour de l'angle de la grande véranda, et il la regarda une fois dans les yeux. Ils n'étaient pas rieurs en ce moment, ces yeux, ils n'étaient pas sérieux non plus. Ils lui communiquaient, en un langage direct et clair, ceci : « Je crois que nous nous comprenons très bien tous les deux. »

Ils revinrent à la ferme à la nuit tombée, car ils durent s'arrêter deux fois en route pour réparer des crevaisons, ce que Seymour fit avec adresse et, à ce qu'ils lui assurèrent tous, une remarquable bonne humeur.

— J'aurais jamais la *pazienza*, dit Renata.

Et Seymour, qui remontait la voiture avec le cric, regarda froidement les trois silhouettes debout sur la route boueuse et demanda :

— Avez-vous beaucoup de patience pour quoi que ce soit ?

Au dîner, Renata bâilla, n'étant plus habituée à une journée si longue et à une si nombreuse compagnie. Elle sembla ne pas écouter la discussion qui s'était engagée sur ce qu'on ferait le lendemain, mais elle fut surprise quand elle entendit Randall déclarer :

— Non, merci, Seymour, je ne peux pas aller à New York demain avec Marietta et toi, parce que je revois toujours le vendredi après-midi la musique que je dois jouer le dimanche. Tu n'arriverais pas à temps.

Renata avait oublié que c'était demain vendredi et que Randall prenait toujours le train du matin pour New York. Elle leva les yeux et dit :

— Je crois que je vais à New York avec vous demain, Randalo.

— Comment, Renata ? Pourquoi ?

— Il faut que j'achète des choses pour me faire des robes, quelque chose pour l'été. Je viens d'Italie pas préparée pour l'été. — Elle frappa de la main la manche de sa chemisette. — Je suis fatiguée de celles-là, je les porte trop.

Randall fut étonné et aussi, découvrit-il, quelque peu troublé. Pourquoi décidait-elle si subitement qu'elle avait besoin de robes d'été ? En effet, elle s'était jusqu'ici tirée d'affaire comme elle pouvait, mais elle n'avait semblé y faire nulle attention. De toute évidence, il avait raison de penser qu'elle commençait à s'ennuyer ici.

— Alors vous, du moins, vous pourrez revenir avec nous, dit Marietta, qui ne parla que pour faire plaisir à Seymour, car, quant à elle, elle aurait infiniment préféré être seule avec lui.

Renata réfléchit un moment, puis reprit :

— Non, est très *gentile*, merci, et aussi Seymour — car celui-ci avait appuyé l'invitation —, mais je crois c'est mieux si je vais dans le train avec Randalo. *Così*, je veux faire les courses l'après-midi et aussi samedi si je ne suis pas trop fatiguée.

Seymour les conduisit le lendemain matin à la gare avant

d'entreprendre la route du retour à New York. Pendant que Randall se rendait au guichet des billets, Seymour aida Renata à descendre de voiture et l'accompagna jusqu'au quai, laissant Marietta dans la voiture.

— Je reviens tout de suite, lui dit-il.

— Où allez-vous descendre en ville ? demanda-t-il tout en marchant.

Elle nomma l'hôtel où Randall l'avait installée quand elle avait quitté l'hôpital.

— Si je puis faire quelque chose pour vous..., offrit Seymour d'un ton grave.

— Merci. J'aurai peut-être besoin de choses dans mes malles que Randalo a envoyées chez vous.

— J'irai vous prendre demain après déjeuner, dit-il.

— Où est votre automobile ? demanda-t-elle à Seymour le jour suivant en émergeant de son hôtel.

Elle prononça le mot en italien.

— J'ai dû y faire arranger quelque chose.

Il avait jugé préférable de ne pas aller jusque chez lui dans sa voiture avec Renata. Ils prirent donc un fiacre automobile, et, quand ils arrivèrent à la maison Holt, Seymour s'arrêta sur le trottoir, tandis que le véhicule s'en allait. Il vit, tels qu'ils apparaissaient aux yeux étonnés de Renata, le bâtiment tout entier, la maison morne et aveugle avec ses fenêtres fermées, le jardin poussiéreux, la peinture écaillée, les grilles rouillées.

— C'est une bien vilaine maison, j'en ai peur, dit-il. Et plutôt bizarre. Presque tout est fermé, voyez-vous, parce que, Randall et moi, nous vivons seuls ici et qu'il ne nous est pas possible d'habiter toutes les pièces.

Ils remontèrent l'allée entre les rares touffes d'herbe mêlée de sable.

— Évidemment. Mais pourquoi vous ne louez pas beaucoup de chambres ? Jamais j'ai vu si grande maison seulement pour deux personnes. En Italie, jamais ça dans une ville.

Une idée pareille n'était jamais entrée dans la tête de Seymour.

— Ma foi, je n'en sais rien, dit-il. Nous n'y avons pas pensé. Mais je doute que nous aimerions à être entourés de locataires. Notre maison serait comme toutes ces autres... — Il fit un geste vers les maisons dégradées des deux côtés de la rue. — En tout cas... — Il sortit sa clé et ouvrit la porte d'entrée. — Je vous en prie, ne faites pas attention. Nous n'y sommes presque jamais.

— J'ai dit à Randalo hier soir vous avez été aimable d'offrir amener moi ici aujourd'hui pour voir mes affaires pendant qu'il serait à son travail.

— Oui, il m'en a parlé ce matin. Il m'a dit qu'il rentrerait vers cinq heures.

Seymour s'effaça en s'inclinant et la fit entrer. Le vestibule à demi obscur et renfermé présentait un étrange contraste avec le brillant soleil d'été au-dehors. Renata cligna des yeux, essayant d'ajuster sa vue à l'obscurité, et Seymour resta un moment immobile, heureux de ce repos. Il accrocha son chapeau au porte-manteau et se retourna pour ouvrir le salon.

— Les malles sont là, dit-il.

Et il ajouta en mentant :

— Je les ai fait apporter ici du garde-meuble pour que cela vous soit plus commode.

— Ah ! merci beaucoup.

Elle avança dans la pièce, l'examinant avec curiosité. Dans sa longue robe rayée noire et blanche et son grand chapeau garni de roses, elle prenait un aspect incongru devant le papier taché et déchiré qui pendait par places, les boiseries ternes, les rideaux de peluche aux plis lourds, les meubles violets capitonnés, la moquette dont on voyait la trame. Elle était étonnée, Seymour le vit bien. D'une part, elle avait tiré la conclusion, entre la générosité de Randall et l'automobile de Seymour, qu'ils devaient être au moins millionnaires et, d'autre part, que pouvaient-ils bien faire dans un endroit comme celui-ci ? La vraie pauvreté n'avait rien pour la surprendre, elle lui était trop familière. Mais ceci n'était pas de la pauvreté ni réelle, ni simulée. C'était quelque chose d'autre qu'elle n'arrivait pas à comprendre. Mais, comme songer n'était guère son fait, elle se tourna gaiement vers Seymour et dit :

— Je ne mettrai pas longtemps à trouver ce qu'il me faut.

— Non.

Il se tenait tout près d'elle, et, du haut de sa taille un peu plus élevée que celle de Randall, regarda son visage qui à ce moment pétillait de malice. Ses lèvres avaient un sourire lointain et ses fines narines palpitaient faiblement. Elle ne leva pas les yeux vers Seymour, mais vers la hideuse pendule de la cheminée qui marchait toujours, marquant sans défaillance les heures d'étude de Randall.

— J'ai prévenu Randall que je vous amènerais ici vers quatre heures, reprit Seymour.

Il n'était pas encore trois heures. Renata rit, traversa légèrement la pièce et s'assit sur le canapé de style victorien au haut dossier, usé comme le reste du mobilier. Seymour, le coude sur la cheminée, continuait à la regarder.

— Naturellement, vous êtes une femme d'un charme irrésistible, dit-il.

Elle s'amusa à prendre une expression sérieuse et dit en indiquant le piano dans le coin :

— C'est là que Randalo étudie ? C'est son piano ?

Seymour fit un signe affirmatif.

— J'ai peur qu'il étudie trop, ou qu'il ait étudié trop.

— Est vrai. Je vous dis, il est trop sérieux. Ce n'est pas.... — Elle transforma sa remarque en question. — C'est bon pour un jeune homme ? Je vous demande.

— Comme je vous l'ai déjà dit, vous êtes extraordinairement charmante, et je crains que Randall ne sache pas, dirons-nous, l'apprécier ?

— Randalo est bon comme le bon Dieu, mais un enfant.

Il traversa la pièce et vint s'asseoir à côté d'elle sur le canapé.

— Quoi vous en pensez ?

— Oh ! dit-il, j'ai toujours grand soin de ne pas penser.

Elle eut un petit rire et dit :

— Les hommes italiens ne pensent pas non plus. Dans mon pays, un homme beau comme Randalo...

— ... n'aurait pas les vertus de Randall très certainement. Il ne chercherait que le plaisir.

— Comme tout le monde. — Elle ouvrit de grands yeux. — Quelle espèce d'homme vous décrivez ? Ou quelle femme ? — Elle l'examina avec une curiosité franche. — Je me demande....

Après un silence, il continua :

— Je suppose que vous ne vous demandez pas si je suis comme mon frère ?

— Tous deux vous êtes Américains.

— N'essaieriez-vous pas pour voir ?

— Vraiment ?

Elle leva les sourcils. Sa main était posée sur le canapé, il la prit et en posa la paume contre ses lèvres. Elle leva l'autre main et la mit sur la nuque de Seymour. Ils ne prononcèrent plus une parole, absorbés dans leur échange de sensations subtiles. De légères caresses hésitantes furent suivies par de plus appuyées, et celles-ci par un mouvement gracieux qui unit leurs formes enlacées et étendues sur le divan. Une demi-heure passa. Quand ils parlèrent de nouveau, Seymour, assis dans un des fauteuils bas du salon, fumait une de ses cigarettes turques. Renata, qui remettait avec désinvolture de l'ordre dans sa coiffure et dans ses vêtements devant la glace de la cheminée, eut un sourire approbatif, tandis qu'il disait :

— Vous savez admirablement donner du plaisir.

— *E vero*, dit-elle, et *perchè no* ? J'aime aussi le plaisir.

— Votre franchise pourrait être déconcertante, savez-vous ?

— Mais pas pour vous ?

— Oh ! moi !... — Il enleva les épaisses lunettes qu'il venait de mettre un instant avant et les essuya avec son mouchoir. — Je ne suis pas facile à embarrasser, Renata.

— Moi non plus. Mais je veux pas de problème, ceci très facilement en deviendrait un.

— Non, dit Seymour en tortillant sa moustache. Pas si nous considérons cet épisode comme oublié. Un moment isolé...

Elle se détourna du miroir, jolie, gracieuse et pleine de sang-froid.

— *Vediamo*, dit-elle légèrement. Ceci a rien à faire avec rien d'autre.

— C'est aussi mon point de vue, mais...

Il fit un geste englobant la pièce et secoua la tête. Elle hocha la sienne, eut un rire bref et leva le menton en disant :

— Vraiment, vous êtes intelligent. Déjà vous le prouvez...

Elle s'interrompit et prit dans son porte-monnaie les clés de ses malles qu'elle ouvrit pour commencer à chercher les objets dont elle avait besoin.

Randall rentra un peu avant cinq heures. Renata empaquetait dans une valise ce qu'elle avait choisi, et Seymour était toujours assis dans le fauteuil et fumait des cigarettes. Renata se tourna vers Randall avec un sourire ravi et sembla près de l'embrasser.

— Ah ! *eccoti* ! cria-t-elle. Comment est-ce, dans votre *chiesa pagana* ?

— Plus frais que partout ailleurs, Dieu merci.

Randall regarda tout ce qu'elle avait sorti de ses malles et proposa :

— Puis-je vous aider ?

— Oh ! non, *caro*, merci, est presque fini. Quoi nous faisons ce soir ?

Elle réunit les deux frères dans sa question, indiquant ainsi que le projet adopté les inclurait tous deux nécessairement. Seymour répondit :

— La voiture devrait être prête à présent. Je vais la chercher et prendrai Marietta, puis nous irons dîner quelque part.

— *Benissimo*, dit Renata. J'aime beaucoup Marietta. Elle est votre *amante*, non ? demanda-t-elle à Seymour. — Randall eut un geste de désespoir devant ce manque de réserve. — Votre maîtresse ?

Seymour rit bruyamment.

— Je dois dire, confia-t-il à Randall, que ta « dame », à toi, est un phénomène pas ordinaire !

Renata sembla heureuse de regagner la ferme le dimanche soir. Walt Maynard vint les chercher à la gare et les ramena à la maison sous un ciel étoilé. L'air était délicieux après la chaudière bouillante de New York, mais Randall avait déjà remarqué que cela ne semblait nullement incommoder Renata. « Est comme Milano », avait-elle dit en haussant les épaules. Elle s'assit dans la charrette, contente, la main dans celle de Randall, comme une enfant. Dans le train, elle avait été très gentille, un peu fatiguée peut-être, pensa-t-il, mais plus douce et moins pétulante qu'à l'ordinaire. Il se demanda si elle avait vraiment réfléchi à sa requête. Peut-être était-ce une bonne chose qu'elle et Seymour semblent avoir si bien sympathisé. Presque chaque mot qu'elle avait dit devant lui et Marietta les avait fait se tordre de rire. Elle adorait la merveilleuse automobile écarlate et les excursions que cela permettait. Randall aurait préféré la garder pour lui-même tout l'été à la ferme des Maynard, mais il n'avait jamais pensé qu'elle resterait si longtemps dans cette retraite. S'il lui fallait de la gaieté et de la société, mieux valait les avoir tous ensemble.

Le soir suivant, lui et Renata restèrent seuls après que les Maynard furent allés se coucher. A sa surprise, Renata lui demanda :

— Randalo, dites-moi, pourquoi est si étrange votre grande maison dans la ville ?

— Que voulez-vous dire, étrange ?

Il était mal à l'aise devant la question.

— Oh ! ce n'est pas nécessaire expliquer. Je vois qu'elle a été autrefois très élégante, mais maintenant est tellement.... Je ne sais pas quoi elle est. Pour quelqu'un d'autre, elle serait pauvre, mais, vous et le Seymour, vous n'êtes pas pauvres.

Randall réfléchit et décida de lui raconter la vérité. Il expliqua le testament de leur grand-mère et leur intention de quitter la maison aussitôt que possible sans gaspiller un cent à la réparer ni à l'entretenir. Renata réfléchit un moment, puis remarqua :

— Peut-être vous avez raison. Mais c'est si étrange laisser une riche propriété aller en ruine ! En Italie, personne ferait une chose pareille.

— Nous n'y pouvons rien, Renata chérie. C'était une vieille femme très bizarre, et nous n'avons aucune autorité sur ce que doit devenir la maison. Nous la détestons tous deux et nous détestions cette vieille femme. C'est pour cela...

Il lui prit la main, la passa sous son bras et dit en fixant les yeux sur son visage :

— Regardez-moi, Renata, je vous en prie. — Elle tourna la tête et lui accorda un vague et patient sourire. — C'est pour cela que je vous veux. Vous savez ce que je veux : une vie à moi, quelqu'un pour qui vivre, quelqu'un à aimer. Je vous aime, ajouta-t-il timidement, craignant de la voir se dérober à la seule mention de ce mot.

Mais elle resta parfaitement immobile, puis elle mit doucement la main de Randall sur sa joue et dit :

— *Abbi pazienza.* Ne redites plus cela, Randalo. J'ai promis de penser à ce que vous avez demandé. Jusqu'à présent, je ne peux pas être différente. Vous êtes si bon ! murmura-t-elle en secouant tristement la tête. Pourquoi vous voulez la seule chose que je ne suis pas préparée à vous donner ?

— Mais puis-je espérer ? supplia-t-il. Pourquoi continuez-vous à vivre ainsi, sans autres projets... — Il continuait maladroitement, essayant de s'expliquer et terrifié à l'idée qu'elle en prenne offense. — A moins que vous... ne désiriez pas être... près de moi ?

— Je désire, dit-elle simplement, je vous ai dit déjà.

— Et, moi, je vous ai dit aussi : « Je vous aime trop profondément pour penser à vous comme à une... » — Il fit un geste comme pour décrire la conception que Seymour se faisait des femmes. — Ne fermez pas votre esprit à cela. Me laisserez-vous au moins espérer ?

Elle soupira et baissa la tête, et, parce qu'elle ne lui donnait aucune réponse perceptible, il s'imagina qu'il en avait reçu une tacite. Il porta sa main à sa joue et baisa sa peau douce légèrement hâlée, et elle tourna la tête et l'embrassa doucement sur la bouche. Il l'entoura de son bras, attira sa tête contre son épaule et resta un moment assis dans l'obscurité, sans bouger.

Quelques jours plus tard, comme la fin de la semaine approchait, elle lui dit :

— Randalo, je crois ce serait une bonne idée si je revenais maintenant à New York.

Ceci n'était pas une surprise, mais il se sentit tout de même comme si un marteau l'avait assommé.

— Pourquoi, chérie ? demanda-t-il.

Sa question était stupide, et il le savait. Comme toujours, elle fut parfaitement franche.

— Parce que je commence à m'ennuyer ici.

— Ennuyée auprès de moi ?

— *Ma no, caro !* Mais ici est très loin de la vie, du *divertimento*. Voyez quel dérangement mercredi pour notre petite promenade. — En effet, ils avaient été par le train jusqu'à White Plains, où Seymour et Marietta les avaient rejoints en automobile, et ils étaient revenus de la même façon parce que Seymour avait craint un supplément de mauvaises routes pour ses pneus. — Si nous sommes à New York, beaucoup de choses amusantes sont possibles là.

— Je craignais, en effet, que vous vous ennuieriez ici seule avec moi.

— Mais je ne suis pas seule avec vous ! Pas même comme je vous ai offert ! S'il faut être avec au milieu des autres, est plus amusant votre frère avec son *amante* que ces *contadini* ici.

Avec lassitude et une irritation peu habituelle, Randall objecta :

— Il n'y a pas de paysans en Amérique, Renata.

Mais il ne pouvait pas l'empêcher de partir, et peut-être cela valait-il mieux. Il aurait un surcroît de travail en août pendant l'absence du docteur Fitzhugh et, si elle se contentait de rester à New York, il serait plus près d'elle qu'autrement.

— Où voulez-vous aller à New York ? demanda-t-il. Retournerez-vous à l'hôtel *Westwood* ?

Elle eut un air perplexe.

— Je crois que c'est cher, non ?

— Mais... quelle différence cela fait-il ?

Il la regarda avec la tranquille certitude qu'il continuerait à s'occuper d'elle jusqu'à ce qu'elle.... jusqu'à quand ? Il n'avait pas osé se poser à lui-même nettement la question. Capitulerait-elle un jour et l'épouserait-elle ? Sinon, elle avait sa profession, grâce à laquelle elle pouvait très bien se suffire à elle-même. Mais elle le prit par surprise en remarquant :

— J'ai un peu d'argent, Randalo. Je voudrais maintenant ne plus être tellement... — elle eut un sourire un peu triste — tellement dépendante de vous. Déjà vous avez fait tant de choses, *Dio mio* !

Des larmes embuèrent ses yeux ; elle lui saisit la main et dit avec une sincérité passionnée :

— Personne a été bon et *generoso* comme vous. Vous êtes un ange.

Avec embarras, il répliqua :

— Vous ne comptez pas la joie que cela m'a donné. Et, si vous avez mis un peu de côté l'hiver dernier, vous ne pensiez pas le dépenser cet été. Vous pensiez que vous auriez des engagements. Je voudrais que vous le gardiez, Renata, je vous sentirais ainsi plus en sécurité.

— *Vediamo allora*, dit-elle. J'aimerais un petit appartement.... — Elle l'étonna en rougissant soudain, puis elle éclata de rire et se précipita à son cou en l'embrassant. — J'allais dire, comme à l'*Ansonia*, mais j'ai eu honte parce que vous étiez si choqué à cause de Baldini. Mais maintenant, continua-t-elle gaiement, comme un enfant enchanté d'une nouvelle découverte, est mon Randalo pas mieux que Baldini ? *Ecco !* Je trouve un tout petit appartement que j'aime et je paie ce que je peux, et vous... — elle agita la main avec un clin d'œil — peut-être je vous fais un jour mon *amante*.

— Oh ! Renata ! — Randall secoua la tête et la repoussa tendrement. — Peut-être, moi, je vous ferai ma femme. L'un commence à sembler aussi peu probable que l'autre.

CHAPITRE XIV

Seymour passa sans hâte du large lit à un fauteuil voisin et s'assit, étendit ses longues jambes et croisa ses mains derrière sa tête en se donnant le plaisir de regarder Renata. Elle était adossée à ses oreillers, et ses cheveux noirs pendaient autour de ses épaules. Elle souriait à demi, un pli sensuel aux lèvres, et ses yeux bruns, profondément enfoncés sous son front bas et blanc, pétillaient de malice.

— Est dommage si vous ne fumez pas, dit-elle. Vous aimeriez ça maintenant.

— Mon tabac turc est à la fois piquant et persistant, dit-il. Quant à la première de ces qualités, j'accepte en remplacement quelque chose d'encore plus piquant et, quant à la seconde... — Il rit. — Vous êtes extraordinaire, Renata, vous êtes délicieuse. Je pense que vous le savez.

Elle haussa les épaules.

— J'ai entendu ça déjà. Vous êtes gentil de le penser. Je suis contente aussi. Vous me plaisez beaucoup.

Le soleil de l'après-midi était miséricordieusement laissé dehors par des stores tirés, et Seymour goûta le plaisir particulier de regarder Renata sans que ses yeux soient exposés à une lumière trop vive comme dehors en automobile, ou à l'intérieur dans les endroits brillamment illuminés où ils dînaient tous la plupart des soirs. Il étendit le bras et chercha ses lunettes dans la poche de son veston qui s'étalait sur le dos d'une chaise. Il essuya soigneusement les verres et les mit.

— C'est pour mieux te voir, mon enfant ! plaisanta-t-il, sur le ton d'une nounou racontant l'histoire du *Petit Chaperon Rouge*.

— Je remarque plusieurs fois, dit Renata, vous n'avez pas les yeux forts. C'est quelque chose de grave ?

— Non, dit-il en abaissant comiquement les coins de ses lèvres. Bien sûr que non. Juste un peu de myopie, ce qui les rend plus sensibles à la lumière.

(« Et je vous conseille de veiller avec plus de soin à ne pas les exposer à une lumière trop vive, Mr. Holt. Ce n'est pas la première fois que je vous avertis. Cela peut être aussi nocif qu'un travail trop appliqué. Les symptômes sont de moins en moins satisfaisants. »)

Il renfonça violemment dans les oubliettes de sa pensée ce souvenir récent et encore à vif et adressa un froid sourire à Renata. Celle-ci avait pris un air sérieux.

— Je vous en prie, n'y pensez pas une minute. Je ne le fais jamais moi-même, assura-t-il.

— Je ne pensais plus à ça, reprit-elle. Est très *noioso* quand quelqu'un se tourmente, et je n'aime pas être comme ça.

Elle pinça les lèvres et leva les sourcils avec l'expression même de la perplexité.

— Alors je devine que vous vous tourmentez pour Randall ?

Elle acquiesça un peu tristement.

— Avec les mots, vous comprenez, nous ne pouvons pas faire bien. Ce qui est comme ça est comme ça ! Seulement j'ai toujours la peur qu'il soit blessé.

— Il faut calculer ses risques, ma chère.

— *D'accordo*. Mais ce qui commence avec un simple *giuoco* ne demande pas beaucoup de comédies quelquefois pour faire une tragédie.

— Eh bien ? — Seymour leva ses pâles sourcils et la regarda avec une question cynique dans les yeux. — Si vous désirez... naturellement je regretterai...

— Oh ! Vous faites tout si compliqué ! C'est pas ce que je voulais dire. Est pas bien si je marie Randall comme il veut. Qui comprend mieux que vous ?

— Qui en effet ? Je vous trouve délicieuse, mais je ne vous veux nullement pour belle-sœur. Vous ne devriez épouser personne.

— Vous voyez ! Est vrai. Je suis comme... comme ça. — Elle étendit ses mains. — Mais ça serait si triste faire du mal à Randall après toute sa bonté. Je suis si reconnaissante !

— Ce qui est une attitude infiniment différente d'autres attitudes que Randall ne peut pas comprendre. Je suis tout autant préoccupé de lui que vous. Il serait écrasé s'il apprenait quelque chose de ceci, bien que... mais, ça, il voudrait jamais le croire... ça ne peut pas lui faire plus de mal que s'il n'avait jamais connu les personnes en cause.

— *E un pericolo tremendo.*

— Je l'ai déjà dit, c'est un risque à calculer. Quelle somme de plaisir voulez-vous et quelle somme êtes-vous disposée à payer ? Ou préférez-vous rendre à Randall sa dévotion, du moment que vous ne vous séparez pas complètement de lui en devenant célibataire... votre seule alternative, après tout, si vous ne l'épousez pas ?

— Serait plus facile si je vous voyais plus tous deux, dit-elle brusquement.

— Plus facile, sans aucun doute. Serait-ce bien pour Randall ?

— *Taci!* cria-t-elle en se prenant la tête à deux mains. Est trop embrouillé !

— Nous pourrions peut-être nous contenter d'être suffisamment prudents pour ne pas faire d'absurdités, et avec le temps...

Il haussa les épaules, et elle se mit à rire.

— Le temps change tout, approuva-t-elle sagement.

Puis elle reprit :

— Aussi un autre *pericolo* il faut penser.

Elle leva l'index et le secoua.

— Oh! Quoi donc ?

— La Marietta. Si vous faites la moindre *stupidaggine*, elle devient avec des soupçons, *poi* arrive quelque chose *orribile.*

— Ma chère, vous me prenez vraiment pour un maladroit.

— Vous êtes intelligent, *davvero* ? Vous lui faites l'amour très souvent, vous la gardez très satisfaite ?... Sinon, elle devient *gelosa* et fait des histoires terribles.

Seymour eut un petit rire.

— J'aime les femmes intelligentes, Renata, dit-il, dépliant de son fauteuil sa maigre longueur. Vous êtes un délicieux démon.

Il s'assit sur le bord du lit et pencha sa tête jusqu'au cou de la jeune femme.

— C'est dommage, je n'ose pas vous donner le plaisir avec une peau *molto profumata*, murmura-t-elle. Mais ça, remarquerait tout de suite la Marietta.

— La police du flair, dit Seymour en enlevant ses lunettes.

— *Appunto.*

Elle sourit paresseusement et envoya une chiquenaude à ses longues moustaches.

Ce matin-là, après le départ de Seymour de la maison, Randall prit un trousseau de clés dans un compartiment secret du secrétaire de noyer noir dans la chambre de Seymour. Il monta au troisième étage jusqu'à l'ancienne nursery. Il ouvrit la serrure, entra dans la chambre et la referma à clé derrière lui. L'atmosphère était suffocante. Par une cuisante journée d'août comme aujourd'hui, toute pièce fermée serait plus fraîche que la brûlante chaleur du dehors. Mais, ici, le moindre mouvement soulevait une poussière âcre qui se collait à la peau en moiteur. Quand il venait par hasard dans cette pièce en hiver, le froid humide lui bleuissait les lèvres et les mains, et l'odeur du papier de mur moisi au dessein effacé depuis longtemps était écœurante. En été, l'humidité séchait, le plâtre s'effritait et des traînées de mousse verdâtre apparaissaient sur le mur. Randall se croyait maintenant totalement exempt de toute préoccupation à cet égard. De fait, son attitude, lorsqu'il venait ici, était une attitude de défi, comme s'il voulait bien faire comprendre à ce lieu que lui et Seymour en auraient bientôt fini et l'abandonneraient sous peu et pour toujours à sa pourriture.

Il s'avança vers l'armoire branlante dans un coin, dont il gardait toujours la clé en même temps que plusieurs autres à sa chaîne de montre, et il l'ouvrit. A l'intérieur, tourné vers le fond de l'armoire, il y avait son petit pupitre d'enfant. Il le retourna, ouvrit le couvercle et prit dans une case à l'intérieur une liasse de papiers. Il les parcourut rapidement. C'était un mélange de notes acquittées d'hôpital, d'hôtel, de médecins, des Maynard, ses relevés de banque et autres documents financiers qu'il ne lisait jamais quand il les recevait, et aussi le paquet habituel de papier à musique couvert de sa minuscule écriture. Il roula le tout ensemble, le poussa très au fond dans un des casiers du pupitre et plaça devant quelques dessins d'enfant. Puis il referma le couvercle et le remit à l'envers contre le fond de l'armoire. Il s'assura d'un coup d'œil que rien autour de lui ne paraissait avoir été dérangé, quitta la chambre en refermant soigneusement la porte derrière lui et descendit l'escalier.

Sur le palier du second, il s'arrêta à la porte de la chambre de sa mère. Une pensée se tournait et se retournait dans son esprit depuis des semaines avec une telle insistance que tantôt il était sur le point d'y céder, tantôt il l'éloignait violemment de lui et la renvoyait dans le gouffre ténébreux où tous les mauvais souvenirs des quelques années écoulées étaient ensevelis. D'autres souvenirs plus ou moins anciens s'y trouvaient aussi, et parmi ceux-ci la gêne qui l'avait saisi chaque fois qu'il était sur le point de parler à Seymour de Renata. Il aurait dû pouvoir lui confier tout simplement qu'il désirait l'épouser, mais, chose troublante, au moment d'en parler à Seymour, ce désir perdait sa simplicité et se mêlait à des impressions confuses de soucis et d'inquiétudes. Et s'il avait fouillé d'assez près ce marécage, obscurément il craignait de tomber sur le fait de la ressemblance surprenante que Seymour prenait avec sa grand-mère. Ce n'était pas réellement une ressemblance, mais seulement une pensée fugitive, et cela suffisait à lui rappeler qu'on n'aurait jamais eu l'idée de confier à Grand-maman qu'on voulait se marier. Lui fallait-il maintenant ressusciter une peur morte et enterrée, simplement parce que le maxillaire inférieur de Seymour avait par hasard une certaine longueur et un certain angle ? Randall s'assit sur la marche du haut, appuya son menton sur ses mains et, immobile, réfléchit un long moment.

Puis il se leva, serra les lèvres, prit une clé à son trousseau et ouvrit la porte. Il n'était pas entré ici depuis le jour où il en avait renvoyé Seymour qui l'avait ensuite ramené tout frissonnant dans son lit. Il n'y serait pas reparu sans une décision péniblement prise et qu'il voulait mettre à exécution. C'était de choisir parmi les modestes bijoux de sa mère un objet qu'il voulait offrir à Renata en l'adjurant de nouveau, devant ce talisman qui ne pouvait manquer de toucher son cœur, de renoncer à ses arrière-pensées et de l'épouser. Sa main tremblait en tournant la clé, et il faillit ne plus avoir le courage de poursuivre son entreprise. Il se força à faire quelques pas dans la chambre, puis il dut s'arrêter devant un obstacle qui barrait le chemin. Il se cacha la figure dans les mains. Tout cela demandait tant de courage, tout exigeait si inexorablement de regarder en face ce qu'il avait appris laborieusement et mensongèrement à ne plus voir !... Il revit sa mère, les dernières années embrumées de sa vie, errant et bredouillant sans cesse, et il se revit lui-même avant cela, effrayé de tout dans son petit univers, sauf d'elle, se cramponnant à elle, là sur ce divan où ils s'asseyaient tous deux pour regarder les vieux albums de souvenirs, l'oreille constamment tendue vers le pas pesant de la vieille femme et sa voix tonitruante.

Il leva la tête avec un gémissement et commença à se frayer un passage dans la chambre, repoussant ou soulevant de côté des boîtes et des paquets dont le papier trop vieux et les rubans s'effritaient au moindre toucher. Les mites avaient tout ravagé : des manchettes ou des écharpes de ce qui avait été autrefois de la fourrure n'étaient plus maintenant qu'une peau pelée et cassante ; plus un brin de laine, mais un amas de miettes mangées. « Oh ! il faut que nous nettoyions cela, pensa-t-il, il le faut, il le faut, tout cela doit être descendu et brûlé à grand feu dans la chaudière pour que le souvenir en soit purifié. »

Il réussit enfin à gagner la commode en bois de rose, alluma le gaz au-dessus et se mit à chercher avec soin une certaine boîte de nacre incrustée dans laquelle sa mère rangeait ses bijoux. Il la trouva sans peine, et des souvenirs poignants le heurtèrent à mesure qu'il triait les objets. Ce camée qu'elle portait toujours en broche le dimanche, ces boucles d'oreilles en onyx entouré de petites perles qu'elle mettait quand elle se coiffait très haut comme il aimait... L'une après l'autre, il retournait chaque chose. Son seul bijou de valeur, c'était le gros diamant qui avait payé son piano en bas. Il jeta un coup d'œil vers le prédécesseur, muet là-bas dans son coin, dont les feutres étaient sûrement mangés jusqu'au bois, et il pensa aussi à la caisse noircie par les flammes en bas à la cave, dans l'antre de Seymour, et au petit garçon lançant à la figure de la vieille femme son « JE NE SAIS PAS » en défi.

« Je ne sais pas non plus, soupira Randall qui se regarda un instant dans le miroir au tain verdi et craquelé. Je ne sais rien, et moins que tout pourquoi nous sommes ce que nous sommes. » Malgré sa déformation, le visage dans la glace était beau, et il réfléchit pour la première fois que, même si cette pensée ne l'avait jamais effleuré auparavant, Renata, avec toute sa légèreté, avait fini par le lui faire admettre. Mais, depuis un certain temps, elle ne le lui avait pas répété. Elle apprenait peut-être, elle était plus calme, plus douce et plus sérieuse maintenant quand elle était avec lui. Oserait-il espérer que cela signifiait le changement demandé ? Il reprit la boîte de nacre et, après mainte hésitation, il choisit une petite broche en forme de papillon, en émail bleu vif orné de petites pierres et de perles. C'était charmant, et un papillon n'était-il pas un emblème parfait pour Renata ? Il trouva un écrin usé en velours rouge, y enferma le papillon et le mit dans sa poche. Puis il pensa qu'il demanderait à Seymour s'il n'y voyait pas d'inconvénient. Mais il rejeta cette pensée, ce qui le surprit lui-même, non sans une certaine colère. Il éteignit le gaz, sortit après s'être assuré que tout était tel qu'il l'avait trouvé, puis referma la porte et descendit.

Presque tous les matins, au lieu d'étudier, il allait voir Renata. Mais aujourd'hui était vendredi, et il alla tout droit de la maison à Saint-Timothy. En l'absence du docteur Fitzhugh, il lui fallait la journée pour préparer la musique du dimanche. Le mois d'août était mortel dans une église de ville. Le recteur, Fitzhugh, les deux tiers de la chorale et presque tous les paroissiens étaient partis, mais les offices devaient avoir lieu coûte que coûte pour les quelques rares fidèles clairsemés dans l'église vide. Les deux vicaires et Randall assuraient de leurs mieux les diverses tâches qui leur avaient été assignées. L'une d'elles était la préparation du pique-nique de charité annuel qui se faisait à Staten Island en septembre pour marquer l'ouverture de l'année de catéchisme et réunir des fonds pour les œuvres charitables de la paroisse.

A côté des réalités de son attente angoissée au sujet de Renata, des expéditions agitées dans l'automobile de Seymour, de dîners et de soupers dans des endroits savoureux en gaie compagnie, le pique-nique paroissial semblait à Randall le dernier mot de l'invraisemblance. Cinq mois plus tôt, il aurait jugé cela important. A présent, c'était à ses yeux une absurdité, mais pourtant il en éprouvait un certain trouble de conscience. Il trouvait déjà assez dur d'essayer avec constance et persévérance de gagner Renata, ce qui lui était rendu deux fois plus difficile avec la présence de Seymour et de Marietta Pawling qui excitaient son amour des choses frivoles.

Cependant, pensa-t-il en tirant la sonnette du petit appartement qu'elle avait sous-loué à une collègue de l'Opéra, elle était très changée quand elle se trouvait seule avec lui. Voyons ! ce n'était pas son imagination seule qui la lui montrait plus douce et plus calme, il se rappelait trop bien ses façons tapageuses d'un temps encore tout proche. Elle pétillait toujours d'espièglerie quand ils étaient tous les quatre ensemble, elle taquinait toujours Randall et attendait, tel le chat guettant la souris, qu'il rougisse en signe de protestation et que Seymour pousse en s'ébrouant un éclat de rire. Tournant entre ses doigts dans sa poche l'écrin de velours, il se répéta : « Elle n'est plus la même, elle n'est plus la même. » Elle lui ouvrit la porte et le salua. « Voilà, c'est vrai, se dit-il, sa voix est différente aussi, affectueuse, tendre... »

— *Caro*, dit-elle, comment allez-vous ? Est chaud, non ?

Le petit logis était parfaitement en ordre, les stores relevés et les fenêtres ouvertes pour faire pénétrer le peu de brise venant de la mer. Renata semblait fraîche comme une rose, habillée d'une robe de mousseline à fleurs qu'elle avait faite elle-même et qu'elle avait garnie de ses bien-aimés ruchés. Ses cheveux bruns luisants entouraient son front d'ondulations souples. Randall retint un instant sa main contre sa joue.

— Vous êtes fatigué, dit-elle. *S'accomodi*, prenez ici le bon fauteuil près de la fenêtre. J'apporte une *bevanda*.

Il s'appuya au dossier du fauteuil et l'écouta qui chantonnait en brisant des morceaux de glace dans sa petite cuisine. Elle revint en apportant un verre de campari avec de la glace, de l'eau de Seltz et un soupçon de zeste de citron. Elle avait un second verre pour elle-même, le posa sur un guéridon près de sa chaise, s'assit près de Randall et reprit sa couture. Il la suivait des yeux.

— Vous cousez admirablement, Renata.

— *E perchè no ?* Ça ne me plaît pas tellement, mais est comme la seconde nature. Ça vaut pas la peine prendre une *sarta* pour me faire des choses comme ça. — Elle montra sa nouvelle robe. — Quand il faut être *molto elegante*, est différent.

— Vous me paraissez à moi toujours élégante.

— Est comme vous, dit-elle en lui jetant un regard de côté comme pour voir jusqu'où elle oserait aller. Toujours... vous me paraissez comment, Randalo ? Devinez !

Il secoua la tête.

— Je ne me sens pas en train pour cela. Je suis désolé de n'avoir pas pu venir ce matin. Avez-vous passé une journée très longue toute seule ainsi ?

— Oh ! non, dit-elle. Pas trop mauvaise. Quelquefois j'aime rester seule, quand je sais c'est seulement pour un moment court.

— Ainsi vous ne voulez pas rester seule tout le temps.

— *Per carità !* Moi ?

— Eh bien ! moi non plus.

Il posa son verre et la regarda avec une expression tellement significative que les mains de Renata tombèrent sur ses genoux. Elle resta silencieuse, puis elle fit un effort visible et dit légèrement :

— Pourquoi dire que vous êtes seul ? Vous avez votre frère qui est *molto divertente* et vous donne toujours de la compagnie. Et nous avons très souvent beaucoup d'amusements ensemble...

Elle s'interrompit, et il se demanda si elle n'avait pas été sur le point de s'informer si ce n'était pas assez pour le satisfaire.

Il reprit :

— Renata, ne dites pas toutes ces bêtises. Vous comprenez exactement ce que je veux dire même quand je ne prononce pas un mot.

Elle resta silencieuse. Il se pencha, mit sa main sur le bras de Renata, la regarda, et enfin elle leva la tête et le regarda aussi dans les yeux.

— Je suis seul, dit-il lentement. Vous pouvez m'entourer de tous les frères de la chrétienté et de toutes les niaiseries que vous faites tous, je les fais aussi parce que je veux être avec vous, mais cela me laisse tout de même seul, comprenez-vous. Complètement seul. A moins que vous m'épousiez.

Elle ne bougea pas, ses yeux bruns étaient doux et tendres, mais énigmatiques. Il essaya d'y découvrir un indice, un signe lui montrant qu'il avait réussi à la toucher. Très souvent déjà, il les avait regardés, ces yeux, profonds sous des arcades sourcilières au dessin classique, et très souvent il s'était émerveillé devant la finesse sculpturale du nez droit, en contradiction avec son origine paysanne. Mais il avait appris que, si elle voulait rendre son regard impénétrable, il était inutile d'y chercher quelque chose, et en ce moment elle avait ce regard-là.

— Pourquoi rendez-vous cela si difficile ! cria-t-il soudain, comme si une faille s'était produite dans le tissu de contrainte derrière lequel elle le maintenait de force.

Elle soupira profondément : les mots pour ce genre de conversation venaient malaisément à cette obstinée bavarde.

— Si je ne vous connaissais pas si bien, reprit-il avec amertume, je croirais que vous êtes simplement cruelle à mon égard.

— Ça serait impossible, murmura-t-elle. Avec vous ?...

— Alors... alors... — Il prit dans sa poche l'écrin usé. — J'ai là quelque chose qui... Oh ! Dieu ! continua-t-il en essayant de maîtriser sa voix. Comprenez-moi, je vous en supplie !

Il ouvrit l'écrin et dit :

— C'était à ma mère, Renata. Elle le portait quelquefois au temps où elle était jeune et jolie, avant... — il prit une longue respiration et continua avec effort — avant que sa vie soit devenue quelque chose... quelque chose de très triste, Renata chérie, quelque chose de pitoyable... de tragique.

Il essaya encore de garder une voix calme. Elle vit le papillon trembler sur sa main. Ses yeux bleus étaient embués de larmes. Il continua :

— Ne laissez pas la même chose m'arriver, à moi aussi. Quelquefois j'en ai peur, si vous ne m'épousez pas.

Il abandonna toute lutte et cacha sa figure ruisselante de larmes sur ses genoux. Il sentit une main lui toucher les cheveux, un toucher infiniment léger, bienveillant, lointain. Après un moment, il leva la tête, prit sa main et y déposa le bijou.

— Pour l'amour d'elle, dit-il.

Ajoutant presque en un murmure :

— Faites-le pour elle, dites que vous le voulez.

Il parlait presque bas, épiant le moindre mouvement de son visage. Il vit une intense rougeur s'étendre lentement sur son cou mince et sur sa figure jusqu'à la racine des cheveux. A cela aucun précédent; il ne comprit pas non plus la phrase en italien qu'elle prononça sans parler en remuant seulement les lèvres. Il attendit, retenant son souffle, et garda les mains de Renata dans les siennes. Elle ne parla pas, et finalement il supplia.

— Je ne sais pas quoi dire, prononça-t-elle lentement. Je suis très touchée. Je ne suis pas *degna*... Vous dites : digne?

— Non, non! Le mérite n'a rien à voir là, mais seulement ce que vous êtes pour moi. Je vous aime, j'ai besoin de vous aimer, j'ai besoin de vous. Mais à ma propre manière, Renata. Je sais qu'il en existe d'autres, je ne veux pas en entendre parler, je veux seulement une réponse de vous.

Soudain elle suffoqua et fondit en larmes. Jamais il ne l'avait vue ainsi. Elle sanglota comme un enfant. Il tomba à genoux, la prit dans ses bras et la serra contre lui, et elle pleura, la tête sur son épaule, puis ses sanglots se calmèrent, et il lui prit son petit mouchoir dans sa ceinture et lui essuya les yeux et les joues. Il les sécha avec le mouchoir et ensuite avec ses lèvres, lui couvrant le visage de baisers tendres, adorants. Quand elle fut enfin calmée, elle dit :

— *Almeno* je trouve plus possible laisser ceci comme avant, *tutto sospeso*. Randalo, *cara amico*, dites-moi, vous souffririez aussi si nous nous voyons plus jamais tous deux?

— Oh! mon Dieu! haleta-t-il, défaillant.

— Mais aussi je vous fais souffrir, aussi vous me faites souffrir. Est si difficile une décision comme ça! Vous savez pas combien difficile!

Son exclamation semblait s'adresser à une tierce personne, à l'étonnement de Randall.

— *Senti*, reprit-elle, je suis convaincue finalement c'est impossible rien décider jamais. *Hai ragione*. Aussi c'est impossible, *come prima*, décider quelque chose maintenant, aujourd'hui. Peut-être il vaudrait mieux pas être ensemble, mais... — Ils secouèrent en même temps la tête avec découragement. — Que dites-vous, articula-t-elle très lentement, si je promets vous donner une réponse dans trois mois ?

Elle n'attendit pas ses commentaires, mais continua, réfléchissant à mesure qu'elle parlait :

— Dans trois mois, tout est décidé, je promets. Ou j'accepte de vous marier, ou nous convenons jamais plus nous rencontrer, aucun de nous. *Così*, si je dois faire ça, *almeno* il n'y a pas de surprise. Pas de choc. D'accord, Randalo ?

Il la regarda, sans courage, sans paroles. Il essaya de dire quelque chose sans y réussir et finit par prononcer :

— Que puis-je faire d'autre ?

Elle se pencha et l'embrassa sur le front, puis lui prit la main droite, posa le papillon avec soin sur la paume et replia les doigts autour de la broche.

— *Intanto*, ceci reste avec vous. Dans trois mois, si je peux sentir que je mérite, vous me la donnerez.

Au début de la semaine suivante, ils passèrent un après-midi sur la plage de Brighton pour assister aux courses et dînèrent ensuite à l'hôtel voisin. Marietta avait une passion pour les courses et les jeux de hasard. Renata s'était amusée de l'agitation générale et de la foule et avait admiré la vue splendide sur l'Océan. A présent, de la terrasse vitrée ayant vue sur la mer, elle montra les récifs couronnés d'écume à l'horizon de l'Atlantique et remarqua :

— Est très *imponente*, mais je peux admirer seulement d'une distance confortable comme ici.

Les traits de Seymour simulèrent de l'exaspération. Il se tourna vers Randall.

— Ne peux-tu lui faire entendre raison ? N'as-tu donc aucune influence sur elle ?

Il avait plusieurs fois proposé d'aller jusqu'à Larchmont où quelques-uns des clients de sa firme avaient leurs bateaux à l'ancre et, sur leur invitation permanente, il pouvait les utiliser à sa guise. Renata avait obstinément refusé. Une bonne demi-douzaine de fois, il avait suggéré une promenade sur le Sound, et Renata s'était exclamée :

— Non ! Jamais ! Jamais vous me ferez entrer dans aucun *batello a vela*. Je suis terrifiée !

— Mais Seymour est un marin émérite, dit Randall. Réellement, Renata, il l'a fait toute sa vie. En fait... — Randall eut un signe de tête un peu moqueur à l'adresse de Seymour — les bateaux et la mécanique sont tout ce qu'il sait faire.

— Hum ! dit Marietta Pawling.

— *Non importa*, protesta Renata. Ça m'est égal. Le Seymour peut être *più bravo* qu'Amerigo Vespucci, Marco Polo, Cristoforo Colombo, *tutti tre*. Je ne vais pas là-dessus... — elle indiqua l'Atlantique — à moins que c'est nécessaire traverser *in bastimento*. Alors déjà je prie de mourir.

— Le Sound n'est pas l'Océan, commença Seymour.

— Est salé, non ? Est la même eau que la mer ? Je suis malade comme le chien. Cette année, j'ai assez vomi dans l'*ospedale*. Non, merci, *basta*.

— Vous m'aviez dit que vous aimiez l'eau, rappela Randall.

— J'ai dit j'aime les lacs, est vrai. Mais même *il mio lago di Como* il devient quelquefois comme une bête sauvage.

Seymour ricana.

— Non, est vrai, dit-elle gravement. Quelquefois vient *subito* une tempête terrible comme je peux pas décrire. Sont noyés beaucoup de gens chaque année.

— De fameux marins, vos gens de là-bas ! dit ironiquement Seymour.

Renata lui lança un regard souverainement méprisant, que Randall saisit au passage avec stupeur, et il remarqua que Marietta Pawling l'avait également aperçu, et elle rétrécit curieusement ses prunelles.

— Eh bien ! dit Seymour, il faut en tout cas que j'aille à Larchmont après-demain, pour inspecter un travail sur le bateau des Robinson. Vous autres, marins d'eau douce, pourrez venir si vous voulez, et vous tuerez le temps au Yacht Club.

— Je ne peux pas venir, dit Randall, j'ai rendez-vous à la maison paroissiale.

— Quel ennui ! En août ? Pourquoi ça ?

Randall raconta le prochain pique-nique.

— Pique-nique, répéta plaisamment Renata, quel drôle de mot !

On lui expliqua. Renata sourit et approuva de la tête, plus enthousiasmée à chaque mot.

— *Che bello!* cria-t-elle. Est la première fois que j'entends quelque chose de votre *religione pagana* que je peux comprendre.

— Ça n'a rien à voir avec notre religion, dit Randall. C'est une façon de se procurer de l'argent pour certaines œuvres et de mettre les gosses de bonne humeur avant de commencer les catéchismes.

— *Ecco!* Je vous dis, tout comme chez nous. Les *bambini*, ils marchent toujours dans la *Processione*, est très joli. Avec les *bandiere* et les fleurs et les statues des saints.

Seymour se mit à rire. Randall, gêné, dit :

— C'est un peu sot, Renata, vous ne savez pas ce que vous dites.

Marietta observa :

— Il n'y a pas de statues dans les églises protestantes.

— Non ? *Pensa!* Ça ne fait rien, nous allons tous tout de même, il faut que je voie cette *Processione*. — Elle se tourna vers Seymour. — Vous nous menez tous dans la *macchina, va bene* ?

Seymour et Randall échangèrent un coup d'œil. Renata les regardait et vit leurs visages consternés, mais particulièrement celui de Randall.

— *Perchè no*, Randall ? taquina-t-elle. Pourquoi vous faites une figure si drôle ?

— Mais, Renata, ce n'est pas du tout ce que vous croyez. Il y aura un tas de vieilles dames guindées et leurs petits-enfants empesés, et le recteur, et... Non, Renata, c'est hors de question.

Vivement elle recourut à Seymour.

— Vous lui faites dire oui, dit-elle avec brusquerie. Je veux aller.

Le regard de Randall passa d'un visage à l'autre, et il vit Marietta Pawling qui réfléchissait mûrement avant de parler. Elle avait de nouveau dans les yeux la même expression rusée et elle dit :

— Nous aurons l'air complètement ridicules, Renata, et, qui plus est, nous rendrons Randall ridicule aussi.

Puis elle apporta toute son attention à une patte de homard dans son assiette. Un silence gêné suivit, et Seymour y mit fin rapidement en assurant qu'ils s'y ennuieraient mortellement.

— En outre, Renata, ajouta-t-il, on ne peut aller là que par le ferry, et vous nous avez dit assez clairement votre manière de penser au sujet des bateaux.

Personne ne sut exactement quand les promenades dans la Stevens-Duryea et les joyeux dîners à quatre commencèrent à s'espacer. Les projets étaient remis ou changés inopinément. Seymour alla seul à Larchmont par le train, parce qu'il découvrit que sa voiture avait besoin de deux journées de travail sur les freins et le radiateur. Ce soir-là, Randall dîna seul avec Renata et, par une impulsion sentimentale, la conduisit à ce même restaurant où ils avaient dîné ensemble pour la première fois, ce lundi d'avril qui maintenant semblait loin de plusieurs années. La soirée ne fut guère réussie. Randall était mal à l'aise d'une manière qui dépassait de loin la contrainte qu'il avait appris à s'imposer, et Renata fut étrangement silencieuse. Ou bien elle s'ennuyait, ce que Randall n'était que trop prêt à croire, ou elle était de mauvaise humeur. Impossible qu'elle lui garde rancune pour ce pique-nique absurde, voyons ! Pour le savoir, il n'osa pas remettre le sujet sur le tapis.

La prochaine fois qu'ils allèrent se promener en automobile, ils furent pris par un orage épouvantable et une pluie qui tombait en cataractes. Ils furent instantanément trempés jusqu'aux os, et, à moitié route de Claremont, le long de Riverside Drive, Seymour rebroussa chemin et ramena Renata à son appartement, point le plus rapproché de là où ils se trouvaient.

— Je vais ramener Marietta chez elle, dit-il en sautant à terre, puis je reviendrai vous prendre dans une heure environ, quand nous aurons tous changé de vêtements.

— Non, dit Renata, est trop loin de conduire à travers la ville Marietta *tutta bagnata così*. Elle attrape le rhume horrible. Je la garde ici avec moi.

Elle prit la main que Seymour lui tendait et sortit de la voiture en retenant de l'autre main sa jupe trempée.

— Alors nous vous prendrons toutes deux ici.

— Non. Vous ne savez pas s'il y aura encore la pluie. Nous restons seules, la Marietta et moi. J'ai *in casa* les œufs, je fais une *frittata*, nous mangeons du fromage et des fruits. *Basta !* je ne désire plus sortir. *Buona notte*, Randalo, vous nous excusez, s'il vous plaît. Venez, Marietta.

Randall aida Marietta à descendre de voiture. Elle n'avait pas manifesté par le moindre signe son accord, ni son désaccord, ni rien. Remuant à peine les lèvres, elle lui murmura :

— Ne commencez-vous pas à comprendre ?

Il resta un instant sur le trottoir, frissonnant, ses vêtements d'été lui collant au corps. A travers le rideau de pluie, il vit les deux femmes disparaître par la porte de Renata, et Seymour, tout aussi ridiculement transpercé que lui, revint vers la voiture. Tous trois parurent à Randall comme des marionnettes se mouvant au commandement de quelque monstrueuse et incompréhensible imagination. Il n'y avait absolument aucun sens à tirer d'une parole ni d'un regard de Marietta, ce soir pas plus que les autres soirs. Aucun sens. Elle ne fait allusion à rien, elle ne parle que pour s'entendre parler. Elle ne veut rien dire, il n'y a rien à comprendre... elle...

Il sursauta en entendant le moteur pétarader soudain. Il l'avait oublié, ainsi que la pluie torrentielle qui lui coulait sur la tête et les épaules.

— Arrive ! cria Seymour. Pour l'amour du ciel, filons ! Qu'est-ce qui te prend à rêvasser ?

Il avait repoussé ses lunettes sur son front parce que la pluie les cinglait et il conduisait lentement, se penchant nerveusement en avant, fouillant la nuit devant lui avec une circonspection que Randall ne lui connaissait pas.

Après avoir laissé l'automobile dans son abri, autrefois la remise des Dyson plus haut dans la rue, ils coururent jusqu'à la maison et changèrent de tout pour mettre des habits secs.

— Je ne veux rien changer, déclara Randall.

Tout ce temps-là, il avait fait exprès de fermer rétrospectivement son oreille et son œil aux paroles de Marietta. Ou du moins il le croyait. Debout maintenant devant la fenêtre de la bibliothèque, il regardait au-dehors la cour indistincte, noire et déserte, où la pluie avait brassé la poussière et en avait fait une dégoûtante vase noire, le vernis du Japon aux branches allongées sans grâce, sous lequel il avait joué avec Seymour pendant que leur grand-mère, de cette fenêtre, surveillait leurs moindres mouvements. Tous deux avaient appris à détester toute surveillance et par-dessus tout à ne pas se surveiller l'un l'autre. « Et maintenant, qu'avait-elle voulu dire ? *Rien*, gronda-t-il en lui-même, rien. C'est une sotte, une méchante petite gale... Eh quoi ! pourquoi disait-elle des choses comme ça ? Qu'est-ce qu'elle a contre... *Non*, je ne veux plus y penser. Comment puis-je trouver quelque chose, sauf en surveillant Seymour... *Non, je ne veux pas...* »

— Je n'ai pas faim, dit-il en se détournant de la fenêtre quand Seymour insista de nouveau pour qu'ils aillent dîner quelque part.

La pluie avait cessé.

— Allons jusque chez *Cavanagh*, c'est le plus près.

— Non, merci, répéta Randall pour la troisième fois.

— Qu'est-ce qui te prend ?

Seymour traversa la pièce en essuyant ses lunettes. Sa moustache et ses cheveux blonds qui commençaient à se clairsemer, encore mouillés, avaient été soigneusement brossés.

— Rien, marmonna Randall.

— Alors, sapristi ! ne sois pas si grognon. Ce n'est pas ma faute si la soirée a été gâchée.

— Oh ! ça va !

Randall quitta la fenêtre et suivit Seymour dehors. « Si je me mets à le surveiller, pensa-t-il, il ne faut surtout pas qu'il puisse s'en douter. »

Ils n'avaient pas dîné seuls ensemble depuis des mois. Et maintenant ils n'avaient rien à se dire. Seymour fit quelques tentatives décousues de conversation, et Randall répondit par monosyllabes. Il ne mangea rien, qu'un bol de soupe de poisson, et encore il en laissa. Il émiettait son pain dans la bouillie épaisse et y plongeait distraitement sa cuillère.

— Tu sais, dit Seymour, tu avais absolument raison quand Renata a fait toute cette histoire stupide à propos du pique-nique. Naturellement, c'est hors de question.

— Pourquoi parles-tu de ça maintenant ?

Randall secoua les épaules avec irritation.

— Parce qu'elle s'est encore mise à rabâcher ça vendredi quand j'ai été la prendre avant de te chercher.

Randall avait été retenu assez tard à la maison paroissiale.

Et elle était de nouveau revenue là-dessus les trois après-midi que Seymour avait passés avec elle depuis le dîner à Brighton Beach. Il l'avait avertie qu'elle était absolument déraisonnable et trop téméraire. Un caprice comme celui-là pouvait amener à un drame terrible, tout autant que de se laisser aller à la pire jalousie.

— Vous êtes assez intelligente pour ne jamais devenir ce genre de femme, avait-il dit. Quelle mouche vous pique ?

— Je veux aller à cette *Processione*, continua-t-elle, entêtée.

— Ce que vous voulez, dit-il, c'est de nous opposer l'un à l'autre, Randall et moi, pour voir si vous arriverez à quelque chose que vous jugez parfaitement inoffensif. Mais, cette fois, nous ne céderons ni l'un ni l'autre, Renata, et je vous préviens qu'il vaut mieux ne pas insister et ne plus recommencer.

— *E una bella cosa* que vous me préveniez de quelque chose contre votre frère !

— Faites ce que je vous dis à propos de mon frère.

Seymour la domina de toute sa taille, sa longue figure devint rouge, ses yeux faibles brillèrent dans un accès de colère qu'elle n'avait jamais encore rencontré chez lui. Elle se détourna avec mépris, bredouillant quelque chose en italien.

Il décida de parler lui-même de la question à Randall pour clore la discussion une fois pour toutes.

Randall observa :

— Elle n'aura pas à y revenir, ni personne. N'en parlons plus.

Ce que Seymour ignorait, c'est la force de l'impulsion qui faisait dissimuler à Randall toute manifestation d'émotion, aussi puissante dans son genre que l'incroyable discrétion de Seymour au sujet de ses yeux. Il ne savait pas que Randall, lui aussi, avait ses violences d'esprit, plus étranges, plus tortueuses, plus inexplicables que les rages hurlantes et secrètes de Seymour. Il ne savait pas ce qui provoquait des explosions chez Randall dans les profondeurs de son être, et que nul œil fixé sur son beau visage n'aurait pu deviner.

Et Randall ne savait pas non plus. Il savait seulement que le jour où Renata, par un caprice insolite, s'était mise à le taquiner et à l'enjôler pour ce pique-nique, il avait péremptoirement déclaré : « Finissez-en. Ce n'est pas bien de me demander quelque chose que je ne puis pas accorder. Demandez-moi ce que je puis donner, voilà ce que je voudrais de vous, Renata chérie, et vous ne le faites jamais. »

Il était parti pour Saint-Timothy dans une agitation d'esprit hors de proportion avec la sotte question. Et sur sa table, à la maison paroissiale, il avait précisément trouvé une pile de boîtes : les billets pour le pique-nique venaient d'arriver. Il ouvrit celle du dessus, prit un paquet de billets dans sa main, le regarda, le soupesa. « Si ces choses n'existaient pas, se dit-il, il ne pourrait plus y avoir de pique-nique, et, s'il n'y avait plus de pique-nique, Renata ne voudrait pas me rendre ridicule et, si elle ne voulait pas me rendre ridicule, elle m'aimerait, et si elle m'aimait vraiment... »

Il resta là, rêvant, imaginant, détaché de tout sens de l'immédiat et du réel. Il n'eut pas idée du temps qu'il passa là ni de la distance où l'entraîna sa fantaisie. Il sut seulement qu'en regardant la pendule, il vit qu'il était une heure et demie et que les deux vicaires comme le secrétaire étaient partis déjeuner. Il était absolument seul dans la maison paroissiale avec six boîtes pleines des billets pour le pique-nique. « Ce que j'en fais n'a aucune importance, se dit-il, toujours dans son rêve, pas la moindre. Mais, si personne ne les trouve, la question du pique-nique sera réglée. » Tout le rêve ne tenait pas debout, mais comment l'aurait-il compris ? C'était un rêve !

Il trouva un bout de ficelle et attacha ensemble les six boîtes pour pouvoir les porter, puis il remit son chapeau de paille et calmement sortit dans la rue. Là, il se demanda un moment quoi faire de ces boîtes. « Je ne peux les jeter nulle part, pensa-t-il, on les retrouverait. Je pourrais les brûler, mais où découvrirai-je une chaudière allumée au milieu d'août ? » Non, il n'y avait qu'une chose à faire. Randall héla un fiacre et rentra à la maison. Il chercha ses clés, monta au troisième, ouvrit les boîtes et se mit à ranger soigneusement çà et là les paquets de billets. Il y avait dans plusieurs chambres trois ou quatre commodes et armoires déjà bourrées où il pourrait cacher tous les paquets de telle sorte que personne au monde ne réussirait à savoir où ils étaient.

Les jours suivants, chaque fois qu'il était seul, il ressassait les paroles ou les coups d'œil de Marietta. Seule sa volonté bien arrêtée de ne pas comprendre lui évita l'angoisse de comprendre trop bien. Il se persuada qu'elle était de mauvaise humeur, et de quoi cela pouvait-il venir, sinon de ce que Seymour recommençait à s'ennuyer avec elle... Pourquoi cela signifierait-il rien d'autre ? Elle en avait sans doute dit quelques mots à Renata, et c'est pourquoi Renata avait été si gentille avec elle le soir de l'orage, en manière de reproche à Seymour. « C'est possible, discuta-t-il, mais alors pourquoi cela m'a-t-il fait penser, ce même soir, à surveiller Seymour ? Qu'y a-t-il à surveiller ? Rien, *rien...* »

Et il surveilla. Le mercredi soir, ils allèrent jusqu'à Yonkers et dînèrent gaiement à un nouveau restaurant sur les rives de l'Hudson, et il les surveilla tous trois, tous ses sens aiguisés pour ne rien perdre de chaque regard, de chaque parole, non seulement vis-à-vis de Marietta, mais aussi bien de Renata et de Seymour. Renata était dans sa veine la plus amusante, et, comme les autres, Randall, plein d'un désir sans espoir, se tordit de rire devant ses parodies de certains de ses collègues les plus célèbres de l'Opéra, révélant de la façon la plus pittoresque leurs petits côtés les plus secrets. Une seule fois pendant cette soirée, Randall eut un sursaut d'inquiétude, et ce fut au sujet de Seymour quand il le vit tressaillir, puis se reprendre pour garder les yeux ouverts en entrant dans le restaurant inondé de lumières électriques. « Ses yeux devaient sans doute aller plus mal, pensa Randall, ils devaient être plus faibles. Je me demande s'il y fait assez attention. — Jamais il n'avait questionné Seymour sans recevoir une rebuffade. — Je suppose qu'il sait ce qu'il faut faire... » Mais il en était soucieux. Puis il reporta son attention sur ses compagnons.

Sur le chemin du retour, l'air était frais, et Renata se laissa envelopper les épaules d'un châle léger qu'elle avait apporté. Elle s'installa contre le dossier, tout près de lui pour avoir chaud, la main doucement posée dans la sienne, à sa surprise. Il la garda ainsi tout le long du chemin, la portant de temps en temps à ses lèvres. Elle lui sourit, et il se remémora mélancoliquement les jours paisibles à la ferme des Maynard, avant l'intrusion de Marietta, de Seymour et de sa ronflante machine rouge. Il essaya de se tisser le rêve que de pareils jours reviendraient.

Mais le rêve s'obstina à le fuir, comme aussi le sommeil, presque toute cette nuit-là. Il se retourna et discuta avec lui-même. L'un après l'autre, ses soucis le tourmentèrent et percèrent jusqu'à la surface de sa pensée, comme des serpents qui émergent du trou où ils ont hiverné, balançant leurs vilaines têtes et luttant à qui mieux mieux pour attirer son attention. D'abord ils vinrent un à un, chacun d'une couleur et d'un type différents. Puis ils se mêlèrent en une masse compacte et grouillante, chacun d'eux formant un élément dans la combinaison de quelque mal affreux dont les différentes parties n'avaient rien à voir avec sa peur des rats dans le grenier et la scène immanquable qui se produirait au sujet des billets perdus, mais se rejoignaient cependant tous sur un même point : ses soupçons envers Seymour. Mais de quoi le soupçonnait-il ?... Il ne se décidait pas à l'envisager nettement. Enfin un serpent se détacha des autres et, à son horreur, prononça avec sa voix à lui : « J'ai un frère exactement comme vous... *Non*, confia Randall à son oreiller, non, je ne veux rien entendre, je ne veux rien penser... Un frère exactement comme vous, exactement comme vous, exactement comme vous... *Assez !* Que je n'entende plus ça ! »

Il essaya de tout balayer en considérant la grande beauté, propre, tendre, de son amour pour Renata, cet amour dont il croyait qu'il la gagnerait et les unirait et l'éloignerait de tout cela, de tous ces rats et ces serpents de son imagination, avec leurs nids dans tous les coins de la maison. « Je vous supplie, aidez-moi ! haleta-t-il dans la nuit. Je vous supplie, je vous supplie... » Mais priait-il Renata, ou quelque divinité qui n'avait nulle place dans l'église de Saint-Timothy, il ne le savait pas. Il ne pouvait plus supporter l'idée d'être couché, il sortit de son lit et trébucha jusqu'à la fenêtre, où il resta, essayant de se calmer par la fraîcheur de l'air humide à l'aube.

Au matin, il ne voulut pas se trouver en face de Seymour. Un coup d'œil dans la glace sur son visage gris et creusé le décida. Il ne voulait ni café ni nourriture quelconque, il ne voulait pas aller à Saint-Timothy, parce que Saint-Timothy n'était plus le lieu paisible où il travaillait, mais un endroit où quelque chose d'horrible se préparait à cause de ces billets du pique-nique. Son horreur n'était pas inspirée par la crainte d'une disgrâce honteuse, mais par la terreur qu'on ne parvienne à découvrir ses secrets les plus profonds. Il n'irait plus là, tout simplement. Il irait trouver Renata et lui raconterait quelques-unes de ses souffrances de la nuit, et, près d'elle, il recevrait la consolation qu'elle seule pouvait lui donner.

Il se rappela alors sa gentillesse inaccoutumée dans la voiture en revenant de Yonkers, sa tendresse imprévue en laissant sa main dans celle de Randall et en se serrant contre lui parce qu'elle avait froid. Il en avait été réchauffé, lui aussi, et rassuré alors ; mais maintenant il y repensa longuement et il crut voir la chose, comme si elle était montée sur deux écrous, à la façon de certains miroirs anciens, dans un cadre extérieur, pivoter lentement et montrer son envers. « Non, recommença-t-il à se dire, tout frissonnant dans sa chemise, non, je ne vais pas croire cela. Rien ne me le fera croire... *Elle l'a fait pour te tromper, elle l'a fait pour t'égarer.* »

Il mit sa main sur sa bouche, comme s'il avait craint de se mettre à hurler, et il resta devant ce miroir qui avait acquis l'affreux pouvoir de lui montrer ce qu'il ne voulait pas voir. Il y resta jusqu'à ce que ses jambes fléchissent, puis il s'en arracha, retira violemment sa chemise, endossa les premiers vêtements qu'il trouva sous sa main et se précipita en bas de l'escalier et hors de la maison.

Il ne sut pas où il alla tout le jour. Il parcourut les rues, s'assit sur des bancs dans des jardins publics, sa tête serrée entre ses mains, puis marcha encore, resta un temps indéfini appuyé à la balustrade du pont de Brooklyn, l'œil fixé sur les rapides courants qui tournoyaient dans l'eau très bas au-dessous de lui. A trois heures, il se trouva dans Broadway, devant un bureau de poste. A l'intérieur, il y avait une rangée de cabines téléphoniques. Il entra, chercha le numéro de Grew et Minturn, introduisit une pièce dans la boîte et demanda la communication. Quand on répondit, il demanda à parler à Seymour Holt.

— Oh ! il n'est pas là, dit la voix. Mr. Holt ne vient jamais au bureau l'après-midi.

Il sortit, marcha avec une rapidité décidée dont il ne se rendit pas compte. Il prit le métro et descendit dans le haut de la ville à la station la plus proche de l'appartement de Renata. Toujours comme une mécanique remontée, il marcha jusque-là. Un ascenseur montait dans une cage de fer au centre de l'immeuble, et un escalier tournait autour, du rez-de-chaussée jusqu'au toit. Certains employaient l'escalier aussi fréquemment que l'ascenseur, parce qu'ils habitaient aux étages inférieurs et que l'ascenseur allait très lentement. Randall entra dans le vestibule, passa devant la cage qui était vide parce que l'appareil était quelque part plus haut et commença tranquillement à monter les marches. Il ne rencontra personne. Il monta jusqu'au quatrième où habitait Renata et détourna la tête quand l'ascenseur le croisa en redescendant. Il n'avait conscience d'aucun plan, il n'avait pas plus pensé à cette démarche qu'à rien de ce qu'il avait fait aujourd'hui. La même angoisse confuse continuait à lui crisper le cœur. Il s'arrêta à la porte de Renata et, quoiqu'il pensât bien la trouver fermée à clé, il essaya tout de même la poignée. La porte était fermée, en effet. Personne dans le couloir. Il colla son oreille à la porte et n'entendit rien, puis il se rappela la disposition des deux pièces de l'appartement avec une petite entrée qui empêchait d'entendre quoi que ce soit dans les chambres. Il se couvrit un instant le visage de ses mains, malade, hébété, incertain de ce qu'il fallait faire. Mais cela passa. Il connaissait maintenant son intention avec une netteté effrayante.

Il retourna à l'escalier et monta jusqu'au palier entre les deux étages. De là, dissimulé par un extincteur d'incendie pendu au mur, il pouvait observer la porte de Renata. Il y demeura un temps qu'il put mesurer parce qu'il découvrit avec un étonnement vague qu'il avait mis sa montre avec sa chaîne dans sa poche de pantalon quand il était parti ce matin. Cette montre à la main, les yeux tantôt sur le cadran, tantôt sur la porte, il guetta. Une heure passa. Il respirait profondément, à moitié étouffé par les battements lourds de son cœur. Puis la porte s'ouvrit. Randall, paralysé, vit Seymour sortir tranquillement, refermer le battant derrière lui et aller vers l'escalier. « Il va sonner l'ascenseur », pensa Randall qui connaissait les manières de son frère. Mais non, il se mit à descendre les marches, et Randall, aplati dans le renfoncement derrière l'extincteur, pensa : « Il se croit moins remarqué de cette façon. » Randall se pencha sur la rampe et vit Seymour descendre toujours plus bas, reparaissant à chaque tournant de l'escalier ; le bruit de ses pas diminuait de plus en plus. Randall quitta son coin, descendit en courant les quelques marches et appuya fortement son doigt sur le timbre de la porte. Un instant, il n'entendit rien, puis la voix de Renata dit :

— C'est vous, Seymour, vous avez oublié quelque chose ?

— Oui, dit Randall en baissant suffisamment le timbre de sa voix pour qu'elle puisse être confondue avec celle de son frère.

La porte s'ouvrit doucement, il la poussa de tout son poids, pénétra dans l'entrée, la referma derrière lui avec violence. Renata, nue sous une chemise de nuit transparente comme du verre et pieds nus, resta immobile, pâle et muette comme la mort. Randall passa devant elle dans sa chambre. Le lit était en plein désordre, les oreillers par terre, les couvertures jetées n'importe comment. Les volets étaient fermés. Sur le dos d'une chaise, il y avait une mince robe de chambre de soie à Seymour.

Il considéra la chambre et un long moment ne bougea pas. Puis ses mains se levèrent lentement jusqu'à ses yeux, comme pour leur dissimuler cette honte. Enfin il les laissa retomber. Il se retourna et vit Renata debout là où elle était auparavant, le visage toujours blanc comme un linge. Il leva la main droite et la souffleta violemment en disant :

— Entre là !

Elle passa devant lui dans la chambre, marchant lentement à pas raides, comme un automate.

Elle resta immobile au milieu de la chambre, ne regardant ni à droite ni à gauche, fixant les volets des fenêtres, la tête levée. Il vit l'angle ferme de son menton et de sa gorge. Sa joue droite portait des traces rouges là où il l'avait frappée.

— Ainsi voilà ce que tu as essayé de me faire comprendre ? dit-il.

Sa voix était forte et rude, et plus tard, quand il se la rappela rétrospectivement, il ne la reconnut pas.

— Je vous ai dit souvent, dit-elle sourdement. Pour vous, ça ne vous paraît pas ainsi, mais pour moi je suis honnête.

— Honnête ? Oui, comme un animal ! Pourquoi ne m'as-tu pas dit *cela* ?

— Je vous ai dit. Tout. J'ai essayé de vous faire comprendre. Je ne peux pas empêcher si vous êtes un enfant, et aussi un *puritano*. Toujours j'ai su c'est une erreur terrible si j'ai quelque chose à faire avec vous.

— Alors pourquoi l'as-tu fait ? cria-t-il. Pourquoi ?

Elle haussa les épaules, non par mépris, mais avec la pesanteur résignée d'une vieille femme. Elle ne lui répondit que par un long regard grave et éloquent.

Il se mit à s'emporter contre elle, laissant échapper un torrent d'invectives cruelles, d'injustices irréfléchies, de folles protestations contre ce qu'elle aurait dû lui faire connaître. Elle ne répondit pas un mot.

— Je vous aimais, cria-t-il, j'ai cru que je pouvais faire de vous une femme digne d'amour, digne d'être épousée, j'ai rêvé d'une vie avec vous, je...

Elle secoua la tête, lui rappelant tous ses refus et tous ses avertissements. Il n'y fit pas attention et continua ses insultes :

— Je vous ai adorée, je croyais que je pouvais vous faire vouloir ce que je voulais, ce que je pouvais aimer, et non ce qui m'écœure. J'ai eu cela aussi, chienne ! cette ignominie que vous appelez le plaisir, toi et cet ignoble débauché qu'est mon frère. Deux de la même espèce ! Il a vu ce que tu étais, il t'a vite jugée !

Elle continua à le regarder avec une expression que dans sa frénésie il ne reconnut pas pour un infini regret et une infinie pitié.

— J'ai essayé de vous le dire moi-même, reprit-elle avec une étonnante dignité.

Il écouta à peine et continua à crier :

— Oui, je vois que vous l'avez fait, et je n'ai pas voulu vous croire, j'ai cru que je pouvais vous rendre digne d'un véritable amour en vous aimant. Mais vous vous y connaissiez mieux, Seymour et vous. *Seymour!...* Très bien, hurla-t-il. Je te montrerai, moi aussi ! Je te montrerai ce que tu vaux ! — Il arracha ses vêtements. — Je te prendrai à ta propre estimation. Salope ! Prostituée ! Putain !

Il la prit par les épaules et la jeta violemment sur le dos dans le lit.

CHAPITRE XV

L'endroit était sombre et nauséabond. Levant la tête du coin poussiéreux où elle s'appuyait, Randall regarda autour de lui, hébété. Il ne reconnut rien du peu qu'il vit : un mur gris de plomb, un rectangle à barreaux près du plafond bas et quelque chose qui passa devant en traînant. Il se retourna péniblement de l'autre côté. Là, une rangée de choses comme cette couchette où il était étendu, chacune avec une forme couchée dessus ou jetée en tas. Des ronflements, des reniflements, des respirations entrecoupées, des éructations, des murmures indistincts, voilà ce qu'il entendit. Il se souleva sur un coude, louchant vers le mur sale. Sa tête dodelina de droite à gauche, de gauche à droite, en bas, en haut, puis retomba sur le coutil grisâtre.

Quand il se releva de nouveau, il entendit un bruit d'eau qui tombait, dur, régulier. Il s'appuya sur les mains, se souleva, reconnut ce qu'il avait déjà vu. Le rectangle était une fenêtre et le bruit d'eau était de la pluie, et quelques-unes des couchettes le long du mur étaient maintenant vides. Avec une certaine appréhension d'employer ses facultés, il se mit à essayer de comprendre où il était. Devant la fenêtre, c'étaient des pieds qui trébuchaient et traînaient en passant. Le bas des pantalons qui les surmontaient ruisselait d'eau. Ceci devait être une cave, pensa-t-il, et ce fut son premier retour à une idée quelconque depuis un temps sans durée appréciable. Comme la rotation hésitante d'une roue sans huile, son esprit commença avec raideur à fonctionner. Chaque fragment de pensée était une nouvelle poussée pénible de la route ; elle bougeait avec peine, avec des craquements, des grincements, mais elle bougeait. « Ceci est une cave », se répéta-t-il un bon nombre de fois, et il en resta là jusqu'à une nouvelle poussée qui lui fit se demander : « Quelle cave ? » Lentement il s'assit, pivota et chercha le sol de ses pieds. Ses coudes tombèrent sur ses genoux et sa tête dans ses mains, et il resta ainsi un long moment.

Il leva enfin la tête parce que l'odeur ici était épouvantable, une odeur étouffante, aigre, qui lui pénétrait dans l'estomac et allait inévitablement le faire vomir. La pensée de l'air lui vint alors. Peu à peu, par saccades douloureuses, son cerveau, comme la roue rouillée, commença faiblement à fonctionner plus vite. Pourrait-il tenir debout ? Il hésita longtemps avant d'essayer, encore plus longtemps avant de lâcher la barre de fer au pied du lit, pour parvenir à regagner son équilibre sans s'y cramponner, et encore un moment avant de poser un pied tremblant en avant de l'autre qui supporta avec difficulté le poids de son corps. Mais enfin il réussit à marcher. Maintenant il fallait trouver une porte, il fallait sortir de là, puisque c'était dans ce but qu'il avait décidé de marcher. La porte était là-bas, au bout de ce lieu infect, à droite de la fenêtre à barreaux.

Le voilà maintenant dehors, debout, jusqu'aux chevilles dans une flaque d'eau, et la pluie plaquait sa chemise en lambeaux sur son corps. Cette sensation lui était familière, elle appartenait à quelque chose qui était resté de l'autre côté du haut mur noir qui le coupait de tout ce qu'il connaissait. Il ne savait plus qu'une chose : cet endroit était une cave. Debout sous la pluie, frissonnant, il suivit des yeux des gens qui entraient dans une maison. Debout sous la pluie, glacé et trempé... quelqu'un disait quelque chose. Debout sous la pluie, il l'entendit encore, il était sûr de l'entendre, et puis il n'était pas sûr ; non, pourquoi avait-on dit quelque chose ? Qui l'avait dit ? Qu'avait-il entendu, debout sous la pluie ? *N'allez-vous pas enfin commencer à comprendre ?*

Le haut mur noir s'effondra. Randall Holt leva ses mains salies à ses tempes, chancela jusqu'au bâtiment près de lui et s'appuya au mur, et la roue continua à tourner, bien huilée, cette fois, rapide, cruelle. Et maintenant l'autre plateau de la balance s'éleva, chargé de cauchemars, tandis que le temps écoulé depuis vendredi après-midi s'abaissa, perdu, noyé, disparu à jamais. Ses mains glissèrent le long de son visage, touchèrent sur ses joues une barbe de plusieurs jours ; il n'avait sur lui qu'une chemise déchirée et un pantalon. La pluie tombait à torrents et il poussa un cri de terreur en entendant au-dessus de sa tête éclater un grondement brutal. Tremblant de peur, il regarda en l'air.

C'était le métro aérien : un train passait. Il se retourna, les jambes vacillantes, et, se tenant aux murs et aux saillies de la pierre, il tourna le coin et il vit qu'il se trouvait dans la rue de Bowery. D'autres silhouettes pareilles à la sienne trébuchèrent et se traînèrent devant lui, leurs souliers éculés, ruisselants d'eau. Personne ne le regarda. A l'angle, il y avait un café d'où s'échappait un fumet de graisse rance et de mauvais café. Son estomac se révolta, mais il était vide. Randall hésita sur le trottoir, apercevant à travers les vitres sales quelques hommes en guenilles penchés sur des tasses et des bols. Sa main se porta à sa poche. Puis il se revit debout devant le miroir de sa chambre, un vendredi... Quel vendredi ?... Il y avait combien de temps ?... Il avait passé n'importe quels vêtements et fourré dans une poche quelques billets et de la monnaie et dans l'autre sa montre avec sa chaîne, avant de se précipiter dehors... vers le début de tout ceci. Ses mains fouillèrent ses poches de pantalon. Dans celle de gauche, il y avait un demi-dollar. Dans la droite, quelque chose de métallique qu'il sortit : c'était un petit morceau de sa chaîne de montre avec un trousseau de clés suspendu au bout. Les clés à la main, il se demanda pourquoi, en lui arrachant sa montre, on lui avait laissé cinquante cents et ses clés.

« Car ce sont *mes* clés, dit-il tout haut. Mes clés. »

Ses clés, cela signifiait ses affaires, et son petit pupitre, et ses cachettes secrètes, ce qui signifiait la maison, et la maison signifiait Seymour. Il ne pouvait pas penser à Seymour, et tout le reste était dans un brouillard, très loin de là. S'il laissait tout cela venir à lui, cela s'abattait sur lui exactement comme le train là-haut, mené par un démon qui pourrait aussi facilement tuer une douzaine de Randall Holt. Mais il fallait le gagner de ruse. Il ne laisserait pas tout le train l'écraser, voiture après voiture, broyant son corps gisant après le choc du premier wagon. Il pouvait éviter cela, ce qui comportait aussi la protection de ce qui lui appartenait. Tant qu'il possédait ses clés, tout était sauf. Il lui fallait tout retirer de la maison et profiter pour cela des absences de Seymour, en gardant ses visites secrètes jusqu'à ce que tout soit parti et caché en lieu sûr. La besogne serait dure et demanderait assez longtemps, ce serait presque détacher du train meurtrier une des voitures, dans laquelle ce à quoi il tenait serait à l'abri, tandis que le reste du train continuerait sa course folle n'importe où. Il ne reverrait jamais Seymour, ne reverrait jamais ce train ni aucun de ses passagers.

Irait-il dès maintenant et commencerait-il sa tâche longue et secrète ? Vacillant sur ses jambes, il pesa mûrement la question. L'odeur du petit restaurant collait à ses narines et tordait son estomac vide. Elle était repoussante, mais il se sentait faible et savait qu'il fallait manger. « Ensuite, pensa-t-il, je serai capable d'aller jusqu'à la maison. » D'après l'horloge pendue au mur du café, il vit que c'était l'après-midi, et Seymour serait sorti. *Mr. Holt ne vient jamais au bureau l'après-midi.* Il n'est jamais à la maison non plus. L'esprit de Randall repoussa violemment l'idée de l'endroit où Seymour pourrait se trouver, et avec qui. Il essaya de penser à autre chose : des vêtements propres, plusieurs costumes. Il en aurait besoin. Il hésita longtemps, puis entra dans le petit restaurant, se hissa maladroitement sur un tabouret près du comptoir et commanda du café et quelque chose à manger.

Quand il en sortit et se retrouva dans la rue mouillée, il lui restait vingt-cinq cents en poche. Il prit vers le nord la rue de Bowery. La pluie froide lui plaquait sa mince chemise et son pantalon sur le corps et les jambes, et il frissonna. La nourriture trop grasse et le détestable café lui pesaient sur l'estomac. Un moment, leur chaleur l'avait réconforté, mais sans lui rendre ses forces. Il était toujours faible, et maintenant il eut aussi mal au cœur. Il commença à se demander s'il était capable de marcher tout le long du chemin jusqu'à la maison et soudain se décida à prendre un omnibus. « Mais je ne peux pas en prendre un, habillé comme je suis, pensa-t-il. Et je n'ai pas assez d'argent pour un trajet en fiacre. Et, même si j'en avais, il n'y a pas de fiacre en vue. » Il s'appuya contre une maison et serra ses tempes entre ses mains, essayant de se ressaisir. Un instant avant, il se rappelait tout, il avait décidé quelque chose concernant Seymour, mais quoi ? Tout devenait de plus en plus confus. Que s'était-il dit à propos de Seymour ? Qu'il serait à la maison ou non ? N'était-il pas question de se trouver en face de lui à la fin d'un effort énorme qu'il voulait entreprendre ? « Non, pensa-t-il, la tête vague, je ne peux pas faire ça. Je ne veux pas voir Seymour. » Il répéta plusieurs fois ces mots tout haut. Des hommes déguenillés, plus ou moins ivres, passèrent devant lui, ne faisant aucune attention à un vagabond qui parlait tout seul sous la pluie ruisselante. « Oh ! je ne retournerai pas à la maison, marmonna-t-il, je n'en ai jamais eu l'intention... » Mais qu'avait-il eu l'intention de faire quand il avait essayé de décider quelque chose il y a un moment ? Il ne savait plus trop.

Il recommença à marcher, sans rien voir, sans regarder la direction ni les noms des rues. Il tourna plusieurs fois dans le labyrinthe des taudis à l'est de la rue de Bowery et, n'ayant rien d'autre à faire, il continua. Après quelque temps, les voies étroites bordées de maisons misérables et bondées de monde prirent un aspect différent. Elles s'élargirent, et, soudain, il se trouva sur les quais, et, devant lui, il y avait des rangées de lourdes coques de navires avec leurs cheminées, chacune devant leurs appontements. Ahuri, il ne sut pas où il était, mais ces quais ne ressemblaient en rien à ceux de la Rivière du Nord à deux pâtés de maisons de chez lui. « Je n'y serais pas arrivé si vite, se dit-il, et ce n'était pas là que je voulais aller. Où suis-je ? » Il pensa alors à chercher le nom de la rue et trouva bientôt un écriteau : Peck Slip. Son ignorance même de ce nom le mit sur la voie. Ceci devait être la Rivière de l'Est. Ces petits bateaux noirs étaient des cargos, les uns hauts sur l'eau, d'autres très bas, chargés et prêts au départ.

Il resta un moment, le regard vague, devant la poupe rouillée d'un navire chargé, le *Comanche*, de Galveston. « C'est loin d'ici, le Texas, pensa-t-il. Comment un bateau peut-il aller d'ici au Texas ? Est-ce possible ? » Il y réfléchissait quand un homme parut sur le pont arrière et le héla.

— Hé ! cria-t-il, tu veux embarquer ?

— Quoi ?

— Tu veux du travail ? Tu veux être matelot ?

— Mais... — Randall frissonnait, ne sachant quoi dire. — Quand ça ? demanda-t-il sottement.

— Ce soir. J'ai besoin de trois hommes. Tu as l'air de chercher un gîte, pas ?

— Mais... oui... — Randall parlait sans que sa volonté y eût part. — Où allez-vous ?

— La côte, le golfe, Galveston. Et retour. Dépêche-toi de te décider. Je vais à terre pour en engager deux autres. Tu veux le travail ou non ?

— Ou...i, bien sûr.

A peine ces mots prononcés, Randall aurait voulu les reprendre. C'était un cauchemar ! Il ne pouvait s'en aller sur aucun bateau ! Il mourrait du mal de mer ! « Mais, songea-t-il, si je ne fais pas ceci, il faudra rentrer à la maison. » Son cerveau confus se refusait à toute alternative... « Mais voilà une manière de ne plus voir Seymour ! Je le ferai. »

— Combien de temps serez-vous absent ? cria-t-il à l'homme.

— Trois, quatre semaines. Tu veux faire une croisière ? Et pas de pet, hein ! C'est à prendre ou à laisser. Je suis pressé.

— Je viens, dit Randall.

L'homme indiqua du pouce la passerelle conduisant à un trou carré noir. Randall y marcha comme un somnambule, la traversa et disparut dans la cale.

Quatre semaines plus tard, par un après-midi ensoleillé de la fin de septembre, il descendit la même passerelle sur le même appontement de Peck Slip. Il portait une chemise bleue sale et un pantalon de coutil, son visage était hâlé, ses mains tachées et calleuses. Ses cheveux avaient pâli au soleil et étaient presque blancs. Dans sa poche, il avait quatre dollars et soixante-huit cents. Il était maigre, mais musclé et durci comme jamais jusque-là, et, s'il n'avait nulle envie de recommencer l'expérience, il convenait qu'elle n'avait pas été trop mauvaise. Pendant les deux voyages, à l'aller et au retour, il avait été affreusement malade entre Norfolk et le cap Fear. La semaine dernière, au large du cap Hatteras, on l'avait attaché dans sa couchette, et il avait été comme mort pendant vingt-quatre heures. Autrement, la mer avait été calme. Le cabotage le long de la côte, avec des escales à Pensacola, Mobile et La Nouvelle-Orléans, avait compensé par leur intérêt le dur travail, la mauvaise nourriture et la demi-douzaine de brutes au milieu desquels il avait vécu, imitant leurs habitudes et leur langage par peur de paraître différent. Le meilleur fut que cela lui avait tenu lieu d'anesthésique. Il avait presque complètement réussi à ne plus penser. Qu'il eût véritablement chassé de son esprit son frère, le souvenir des mois précédents, et surtout Renata Tosi, ou qu'il n'eût fait que se l'imaginer, il avait du moins gagné un répit. Il se sentait l'esprit calme, clair, et assuré de ce qu'il voulait faire. Il irait droit à la maison, certain que Seymour n'y serait pas à cette heure du jour, il ferait une sérieuse toilette, s'habillerait convenablement, empaqueterait ses vêtements et ce qu'il possédait de plus important et s'en irait chercher un autre logement. Puis, évitant Seymour avec grand soin, il retournerait chaque jour à la maison et peu à peu enlèverait toutes ses affaires, emportant chaque fois tout ce qu'il pourrait, jusqu'à ce qu'il ait tout pris. Plus loin dans le temps, il n'envisageait encore rien.

Il arriva à la grille de fer et resta là un moment, remuant les clés dans sa poche et examinant au-delà de la cour jonchée de débris la façade morte de la maison. Il entendit les pas des gens qui passaient dans la rue derrière lui et se demanda si on le prenait pour un vagabond ; qui pouvait deviner qu'il était devant chez lui ? Qu'il y était autrefois chez lui, rectifia-t-il vivement. Il remonta l'allée, tout en choisissant dans le trousseau la clé de la porte. Il l'ouvrit et la referma sans bruit. Il était silencieux par habitude, mais, aujourd'hui, même avec Seymour absent, il y ajoutait quelque chose de furtif parce que cela lui semblait de la plus haute importance. Un instant, il resta immobile dans le vestibule, remarqua que rien ne paraissait changé et se demanda pour la première fois combien de temps exactement il avait été absent. Vingt-sept jours sur le *Comanche*. Et combien de jours avant cela dans cet horrible endroit dont il ne gardait qu'un affreux mais vague souvenir ? Il ne le saurait jamais. C'était devenu comme une croûte recouvrant une dure cicatrice, sous laquelle la blessure... Il ne fallait pas la sentir, ni même penser...

Il monta les marches, tranquillement, s'étonnant de l'odeur de renfermé qui régnait. La maison avait-elle toujours senti cela ? Il tourna sur le palier pour gagner sa chambre, puis il sursauta, le souffle coupé, et s'agrippa au milieu de la rampe.

— Qui est là ? dit la voix de Seymour de sa chambre, une voix grêle et basse.

Cette voix immobilisa Randall alors qu'il aurait voulu fuir. « Tu ne veux pas voir Seymour », se dit-il, et il posa le pied sur la première marche pour descendre.

— Qui est là ? entendit-il de nouveau, plus bas encore et d'un ton effrayant par sa faiblesse.

Randall avala avec peine et passa sur ses yeux sa main durcie. Il voulait s'en aller, il voulait redescendre vite cet escalier. Contre sa volonté, il se tourna et dit en entrant dans la chambre :

— C'est moi.

Seymour était étendu sur son lit, les mains jointes sur sa poitrine. Ses yeux étaient fermés. Quand il entendit la voix de Randall, sa main droite se leva ; il se raidit comme pour se soulever, mais sa tête resta immobile, et Randall l'entendit haleter et sangloter avec un faible cri enroué. Il alla vers le lit, lui prit la main et dit :

— Qu'est-ce qu'il y a ? Que t'est-il arrivé ? Regarde-moi, Seymour !

Seymour bougea convulsivement. Sa main gauche vint rejoindre la droite sur celle de Randall, mais ses yeux restèrent fermés. Il parla, et Randall s'aperçut qu'il pleurait.

— Oh ! Randall, Randall ! Dieu te bénisse !

Randall tomba à genoux, sa main libre toucha le visage de Seymour.

— Je t'en prie, dit-il, frère, ouvre les yeux et regarde-moi. Dis-moi ce qui t'est arrivé.

— Vas-tu tout à fait bien ? — Des larmes coulèrent de ses yeux clos sur les joues de Seymour, et il serra plus fort la main de Randall. — Dis-moi, vas-tu bien ?

— Oui, oui, ne fais pas attention à moi. Je vais très bien.

Randall fixa le visage de Seymour. Une pensée terrible commençait à insinuer en lui un soupçon si effrayant qu'il n'osa pas s'y arrêter.

— C'est toi qui importes, dit-il.

Il passa doucement sa main sur le front de Seymour, examinant la figure blême et tendue ; il examina, il s'étonna et soudain cria :

— Seymour, ouvre les yeux ! — Il vit la bouche de son frère se crisper, la longue mâchoire se contracta dans un effort pour se maîtriser. — Seymour, murmura-t-il, ne peux-tu pas ouvrir les yeux ?

Un son horrible, un gémissement ou un sanglot... Les yeux demeurèrent fermés. Randall frissonna de terreur à la vue de la lutte de Seymour contre ce qu'il comprit plus tard avoir été le dernier effort d'un orgueil fanatique et du courage vaincu.

— Seymour, reprit-il en suppliant, ne peux-tu ouvrir les yeux ?

— Si, je peux les ouvrir, murmura Seymour d'un ton rauque, mais je suis aveugle.

Il se mit à sangloter comme un enfant.

— Frère ! Frère !... — Randall se pencha sur Seymour. — Oh ! mon Dieu ! mon pauvre frère !... Et je t'ai laissé seul ! Oh ! Seymour ! Qu'ai-je fait !

— Je t'y ai poussé... — Seymour essaya de dominer ses larmes. — C'est moi qui... Pense à ce que je t'ai fait ? Je mérite cela, et pire que cela !

— Non, non ! — Randall toucha de ses doigts les paupières fermées de son frère par un geste curieusement plein de respect, comme s'il prenait contact avec un talisman. — Non, frère, je t'ai laissé seul. Oh! je ne peux pas supporter cette idée! Dis-moi... dis-moi ce que c'est! Quand est-ce arrivé? Dis-moi tout.

— Mais ne le savais-tu pas, Ran? — Seymour ne parla qu'après un long silence. — Je croyais que tu savais.

Randall secoua la tête, affreusement malheureux.

— Comment aurais-je pu? dit-il. Comment pouvais-je imaginer que cela finirait ainsi? Je croyais seulement...

Un instant, il fut incapable de prononcer un mot, puis il reprit :

— Tu le savais depuis longtemps, frère? Tu veux dire que tu as vécu des années... avec ce courage, connaissant cette menace? Oh! mon Dieu!

— Un homme pouvait-il faire autrement?

— Je n'en sais rien. Jamais je n'aurais été aussi brave. Quand as-tu su la première fois? Depuis quand?

— Depuis des années, longtemps avant la mort de Maman. Je l'ai su, et, quand je ne voulais plus le savoir, Willingdon me le rappelait. Mais on lutte contre une chose comme celle-là, on lutte tant qu'on peut.

— Qu'est-ce que c'est, frère? Qu'est-il arrivé à tes yeux?

— Oh! dit Seymour d'un ton morne, le nom ne fait rien à l'affaire.

— Certainement si. Tout fait quelque chose. Il faut que je sache. Oh! quand je pense que je t'ai laissé seul en face de ça! Dis-moi ce que c'est.

Seymour soupira.

— J'avais une extrêmement forte myopie, avec un décollement éventuel de la rétine, ce qui est arrivé finalement. C'est progressif et incurable, et, depuis des années, il m'avait engagé à cesser de faire ceci et cela et tout le damné reste, si bien que j'ai fait tout presque par... Oh! sacr...! Tu comprends.

— Et les... la conduite de l'automobile et toutes les promenades en plein air cet été, ça a-t-il été très mauvais?

— Probablement. Il dit que la fin n'a pas été hâtée par le trop de lumière, ce serait arrivé en tout cas. Mais ça n'a certainement pas fait de bien.

— Et maintenant, frère, est-ce... tu sais ce que je veux dire.

— Définitif? Sans espoir? Oui. Je ne suis pas encore complètement aveugle. — La voix de Seymour commença à regagner un peu de sa fermeté habituelle. — Mais je le serai bientôt, et ça n'a aucune importance, parce que je ne vois pas assez pour que mes yeux me servent à quelque chose. Je vois... oh ! des formes vagues, si elles sont assez grandes, la différence entre le jour et la nuit, c'est à peu près tout. Et ça m'a frappé exactement comme le docteur avait dit. Un matin, je n'ai plus rien vu.

— Quand ça ?

Seymour ne répondit pas tout de suite. Pour la première fois, il souleva ses paupières lentement, et Randall regarda avec une pitié angoissée les yeux gris, en apparence exactement pareils à ce qu'ils étaient auparavant. Comment concevoir qu'ils ne voyaient pas ? il serra très fort la main de Seymour et un instant fut sur le point de dire qu'il ne pouvait y croire. Il faillit crier : « Regarde-moi, frère ! Dis-moi que tu me vois ! » Puis il baissa la tête, désemparé. Une pareille exclamation aurait été d'une telle cruauté ! Seymour restait étendu, absolument immobile, comme s'il regardait le plafond au-dessus de sa tête, et Randall resta tout près et enfin répéta :

— Quand cela s'est-il produit, frère ?

Seymour se tourna sur le côté et fit face à Randall, puis referma les yeux, et Randall pensa qu'il avait recommencé à pleurer. Il sentit le frémissement de ses muscles. Mais, quand Seymour parla enfin, il dit d'une voix ferme :

— Cinq jours après... après ton départ.

— Ton docteur pense-t-il que ce soit dû à un choc ?

— Tu veux dire : est-ce que je sais tout ce qui s'est passé ?

— Oui, murmura Randall.

— Je sais. Tout. Mais, quand tu dis « choc », soyons sûrs que nous voulons dire la même chose. Le choc a été mon anxiété, et mon remords à ton sujet, et ma terreur quand tu as disparu.

— Du remords ? Oh ! frère, c'est moi qui suis malade de remords. J'en suis tellement honteux !

— Non, Ran, il ne faut pas penser ça. Tu as fait ce que n'importe quel homme... La provocation dépassait les forces humaines, et c'est moi qui t'ai infligé cela.

— Ne parlons plus de rien maintenant, frère.

— Si nous le pouvons. Mais je ne veux pas te laisser rester un jour dans la maison sans te demander de toute mon âme de me pardonner. Je suis un misérable égoïste, Ran, personne ne le sait mieux que toi. Mais je t'aime et je te demande de me pardonner si tu le peux. J'ai fait une chose criminelle, et pour une seule raison, toujours la même pour tout ce que je faisais. — Il soupira et fit un geste désespéré vers ses yeux fermés. — J'ai voulu tous les plaisirs pendant que j'y voyais encore pour en jouir.

— Je le comprends à présent. Et je me rends compte que c'est tout ce qu'elle...

Randall s'arrêta, puis se força à continuer :

— C'est tout ce qu'elle était. Elle a toujours essayé de me le dire.

— Cela ne diminue en rien ce que je t'ai fait. Peux-tu me pardonner, Ran ?

— As-tu besoin de le demander !

Il se pencha et posa légèrement la main sur le front de Seymour.

Il répondit brièvement quand Seymour lui demanda où il avait été, tirant même de lui un faible sourire et une ou deux exclamations incrédules devant ses descriptions de lui-même en matelot de pont sur un cargo. Seymour s'émerveilla de ce qu'il ait eu le cran de faire cela, tourmenté par le mal de mer, mais Randall dit :

— Au début, je ne comprenais pas grand-chose et puis, quand j'y ai été habitué, j'aimais assez ça.

Ils causèrent longtemps, Seymour toujours couché dans la même position émouvante, immobile, les yeux fermés et les mains jointes. Randall lui demanda si c'était par ordre du docteur.

— Non, soupira Seymour, je n'ai rien d'autre à faire.

Randall demanda comment il s'en était tiré pour sa nourriture. Mrs. Quinn, expliqua Seymour, lui faisait un déjeuner quelconque vers midi, et le soir il ne mangeait que des fruits.

— Je trouve mon chemin pour faire ça, dit-il, je m'y habituerai avec le temps.

— J'ai besoin, quant à moi, de plus que de fruits ce soir, dit Randall. Je sais... Je vais aller me laver, et puis je prendrai un panier et j'irai jusqu'à la Dixième Avenue à ce restaurant allemand et leur demanderai qu'ils me donnent ce qu'ils ont comme repas aujourd'hui. Je ramènerai ça, et nous mangerons ici.

— Parfait, approuva Seymour.

Il n'avait aucun appétit, mais, à travers la chemise grossière de Randall, il avait senti ses os.

— Je reviens à l'instant. Oh ! j'y pense, dit Randall parce qu'il savait ce que cela avait dû être pour Seymour, qu'as-tu fait de ton automobile ?

— Eh bien !... — Seymour hésita. — Je... j'ai peur que tu ne me croies un sacré imbécile !

— Pourquoi ? J'en serais bien incapable.

— Eh bien ! Elle est ici dans la cave.

Seymour rit nerveusement, puis continua :

— Je suis un sacré imbécile, mais je ne pouvais supporter l'idée de m'en séparer.

— Je comprends parfaitement ce que tu as éprouvé. Mais, frère, comment as-tu réussi à l'introduire dans la cave ?

— Les derniers jours avant... avant que ma vue disparaisse, je savais que cela venait, et j'ai fait venir un mécanicien pour m'aider. Nous avons démonté la voiture, transporté les pièces dans la cave, et, une fois là, nous avons tout remonté.

— Eh bien ! si c'était ce que tu désirais, tu as bien fait, dit Randall.

Puis il prit le panier et partit chercher de quoi manger.

Une sorte de paix, et le sentiment d'un but dans sa vie, fut le résultat pour Randall d'une situation si tragique, alors que l'opposé ne lui avait apporté que trouble et agitation. Les journées n'étaient pas assez longues pour donner le temps de faire pour Seymour tout ce qu'il désirait. Il fut stupéfait de voir comment son frère se tirait d'affaire, comment il se dirigeait dans la maison, dans tout le premier étage, l'escalier, même celui qui descendait à la cave et à son atelier, où il s'essayait à fabriquer un modèle de bateau uniquement par le toucher. Il arrivait à se raser très suffisamment à son gré, à s'habiller et à des quantités d'autres choses d'utilité quotidienne.

— Je suis tellement étonné ! répéta plusieurs fois Randall qui avait bondi pour l'aider, constatant ensuite que ce n'était pas nécessaire. On pourrait presque penser...

— On pourrait penser complètement, à moins d'être un fichu imbécile. Tu crois que je ne me suis pas exercé depuis des années ?

— Oh ! idiot que je suis ! dit vivement Randall. C'est moi qui ai besoin d'apprendre !

— Oh ! non, tu ne te rends pas compte encore. Jusqu'ici, c'est comme une maladie. Je reste à la maison la plupart du temps, étendu sur mon lit, les mains croisées. Mais, quand Willingdon, pour quelque raison qu'il juge importante, me conseille d'accentuer un peu mon activité, où est-ce que j'en arriverai, alors ? A faire un petit tour hygiénique dehors tous les jours ? Jamais de la vie !

— Mais, frère...

— Exactement, Ran. Pourquoi diable irais-je me promener? En tâtant mon chemin devant moi avec une canne, ou conduit par toi? Et être vu ainsi par tout le monde? Sacré nom!...

— Oh! Seymour, ça ne sera pas comme ça, ce n'est pas possible! — Randall posa sa main sur le bras de son frère et le laissa un moment. — Je ne peux pas croire que le docteur Willingdon dise qu'il n'y a aucune chance... Je ne peux pas le croire. Tu me sembles absolument le même qu'avant.

— Seulement je ne peux plus voir les grands yeux bleus que tu as. Ni rien de toi, sauf quelque chose de vaguement plus clair là où est ta figure et de vaguement plus foncé là où sont tes vêtements. Non, Ran. Willingdon me dit ça depuis sept ans. Et, comme ce fils de chien n'est pas le moins du monde un savant sentimental, je ne le vois pas changeant d'idée tout à coup.

— Ça semble te faire sortir tous tes jurons!

— Oh! tu n'as encore rien entendu. Attends un peu que j'attrape une de mes mauvaises périodes. Tu me connais : tu as pu penser une minute que je subirais ça avec une fermeté d'âme et une résignation chrétiennes?

Et cependant, chose étonnante, c'est ce qu'il fit. Il avait eu trois semaines affreuses, abandonné dans cette géhenne, seul avec son crime et les conséquences de ses transgressions. Il s'était débattu dans un enfer d'inquiétude pour Randall, rendu plus aigu encore par le sentiment de son impuissance. Il n'avait pas cru Randall « perdu » dans le sens qu'un appel à la police résoudrait le dilemme en retrouvant son frère. On l'aurait retrouvé, sans aucun doute, mais Seymour savait bien que Randall avait fui dans une crise de dégoût forcené de lui-même, d'elle, de son frère, de tout ce qui avait été sali. Où qu'il fût, Randall était enfoncé dans la fange de cette souillure et devait trouver seul le chemin pour en sortir. Le suivre à la piste, l'entraîner de force hors de là, eût été le plus cruel des égoïsmes de Seymour. Il resta tranquille et fit face dans la solitude à son châtiment.

Marietta Pawling téléphona les premiers jours de sa cécité, et, n'étant nullement une sotte, elle avait senti dans son refus de la voir autre chose que les marques irritées d'une satiété qu'il lui avait clairement manifestée ces derniers temps. La cuirasse de fer de son orgueil ne lui avait permis d'avouer qu'une légère indisposition, mais elle ne s'y trompa pas. Elle savait qu'il se passait quelque chose de sérieux et proposa son aide. Il refusa brutalement.

— Alors vous avez Randall pour s'occuper de vous ? demanda-t-elle avec une circonspection qui montra à Seymour qu'elle avait rencontré Renata.

— Naturellement, répondit Seymour, et je ne veux voir personne.

Il coupa la communication et ajouta tout haut :

— Là ! Qu'ils en fassent ce qu'ils veulent !

Lui, du moins, avait fait ce qu'il pouvait pour protéger Randall.

Et maintenant, lorsque Randall, avec une tendresse à fendre le cœur et une timidité qui faisait tressaillir Seymour, s'excusait pour la nourriture trop simple qu'il apportait au gourmet d'antan, Seymour ne pouvait assez lui témoigner à quel point il y était sensible. Il courbait moralement les épaules devant l'amère humiliation d'avoir à laisser Randall l'aider à manger, il vainquit son orgueil blessé, sourit, remercia son frère, lançant une plaisanterie quand il réussissait à trouver une bêtise quelconque à dire. Chaque matin, Randall lui lisait le journal en entier, passant seulement les rubriques qui ennuyaient Seymour. Page après page, il lut, comme s'il n'existait au monde aucune nouvelle théâtrale ou musicale. Seymour ne le remarqua jamais, et jamais Randall ne s'arrêta pour y jeter un coup d'œil. Dans l'après-midi, il lisait à haute voix des livres ou des revues qui pouvaient intéresser Seymour.

— Tu vas t'abîmer les yeux, toi aussi, Ran, protesta Seymour. Tu n'es pas habitué à lire autant que ça.

— Ça me fait plaisir, dit Randall, vraiment, je t'assure.

Son ton était si chaleureux que les larmes en vinrent aux yeux aveugles de Seymour. « Ce que le pauvre garçon aime surtout, pensa-t-il, c'est de pouvoir s'occuper de quelqu'un à qui il se sent nécessaire, et que je sois le seul misérable moyen de lui procurer cela est plutôt amer ! » Mais Randall semblait heureux. Ses cauchemars avaient cessé, ceux d'avant et ceux d'après, et, pour le moment, il ne ressassait rien. Il ne s'inquiétait pas non plus des terreurs qui l'avaient poursuivi avant son retour ici : le grand train ne passait plus avec fracas pour l'écraser. Il n'y pensait plus. Maintenant qu'il était revenu et que toutes ses affaires étaient enfermées à clé, il n'avait plus besoin d'aller y voir : elles étaient en sûreté.

Seymour ne quittait donc jamais la maison, et Randall ne sortait que pour faire des courses, qui toutes avaient pour objet sa sollicitude pour Seymour.

On était maintenant arrivé au début de décembre. Beaucoup des souvenirs de ces récents mois s'étaient évanouis dans une ombre qu'il serait fou de vouloir pénétrer. Seymour, son terrible avenir déjà tracé devant lui, connaissait la nécessité de s'en tenir à ce *modus vivendi*, dont la seule compensation, assez pitoyable, était de donner à Randall une occupation qui pour le moment lui semblait bonne. Mais comment cela continuerait-il ? Comment laisser cela continuer ? Comment consentir à laisser cela être la fin de la vie de son frère comme de la sienne ?

— Que fais-tu de ton église, Ran ? demanda-t-il un jour. N'aimerais-tu pas y reprendre ton travail, au moins une partie du temps ?— Il ne put voir la sourde terreur qui blêmit le visage de Randall et dirigea ses regards égarés vers le plafond. — Ton travail et ta musique ne te manquent-ils pas ?

Randall eut la sagesse d'attendre avant de répondre qu'il soit sûr de ne pas être trahi par sa voix, puis il dit :

— Oh ! non, frère. Ça commençait justement à m'ennuyer, et je suis beaucoup plus heureux de rester ici avec toi.

— Nous serions dans de drôles de draps si nous n'avions pas du tout d'argent entre nous deux, dit Seymour, sans situation comme nous le sommes !

— Quant à la musique... aimerais-tu que je t'en joue quelquefois ? demanda Randall qui se rendit compte avec surprise qu'il n'y avait pas pensé jusque-là.

Il se frappa le front de son poing comme pour cogner à la porte de son cerveau.

— Mon Dieu... oui.

Cette fois, la réponse de Seymour vint lentement. Il n'avait jamais eu un goût très vif pour la musique, mais, dans les circonstances présentes, ce serait peut-être une réelle ressource, et ce serait aussi très bon pour Randall. Mais il était ennuyé : les malles étaient toujours en bas dans le salon, elle n'avait rien fait pour les reprendre, et, pendant ces quelques jours avant son écroulement, il avait eu bien autre chose en tête que de s'en inquiéter pour les lui renvoyer. Il ne fallait pas que Randall voie ces malles. Ou l'avait-il déjà fait ? Seymour n'osa pas s'en informer. Tout ce qu'il savait, c'est que Randall n'avait pas joué une note de musique depuis son retour à la maison. Plus que probablement il n'était pas entré au salon, ou, s'il y était entré et voyant les malles toujours là, il s'était enfui.

— Je te dis, Randall, dit lentement Seymour, cette maison est vraiment bizarre. Je n'aime que les pièces que j'utilise moi-même. Tu me comprends ? Pas celles qui sont pleines de... comment dire... de souvenirs... de personnalités ! En tout cas, je déteste le salon depuis les années où tu t'y enfermais avec Maman pour étudier et accaparer toute son attention.

— Je faisais ça, frère ?

La voix de Randall était stupéfaite.

— Bien sûr. J'étais jaloux de toi, ne t'en es-tu pas douté ?

« Dieu me pardonne ce mensonge, pensa Seymour, mais n'importe quelle invention qui soit une raison suffisante pour ne pas entrer dans cette pièce ! »

— Je ne l'ai jamais su, dit Randall lentement. Mais c'est peut-être vrai. Je me rappelle comment tu n'as pas voulu la laisser venir en Europe avec moi.

— En tout cas, nous sommes de drôles de types, nous l'avons toujours été, et je ne voudrais vraiment pas m'installer dans ce salon.

— Entendu, dit Randall vivement. Nous... — Il s'arrêta. — Non, ça ne va pas. J'allais suggérer de faire monter le piano ici. Mais il est si grand, il ne tiendrait nulle part à cet étage.

— Ça ne fait rien, dit Seymour. Les jours où je serai spécialement disposé à ne pas être jaloux, nous descendrons, et tu me joueras.

Mais Randall sortit quelques jours après, acheta le plus petit piano droit qu'il put trouver et le fit monter au premier étage et installer dans la partie large du palier, près de la bibliothèque. Là, il ne serait dans le chemin de personne, et il pourrait jouer à Seymour sans que celui-ci ait à se déranger de son fauteuil.

Seymour, quand Randall fut sorti le jour suivant, alla dans le vestibule et toucha gauchement le nouveau piano.

— Seigneur ! murmura-t-il en secouant la tête, ça fait cinq !

A ce moment, le téléphone sonna. Seymour sursauta avec un juron. Ceci n'arrivait pour ainsi dire jamais. La sonnerie reprit, et Seymour chercha son chemin en tâtonnant le long du mur. Et, comme elle sonnait pour la troisième fois, il décrocha le récepteur.

Une semaine plus tard, Randall rentrait chez lui dans l'après-midi. A la 23e Rue où il avait fait ses achats, les grands magasins étaient si brillamment éclairés et les rues si pleines de passants affairés qu'il n'avait pas remarqué la nuit rapide qui tombe sur New York en cette saison, alors qu'on s'imagine qu'il fait encore jour. Il se mit à marcher plus vite. Il n'aimait pas à penser à Seymour seul dans la maison sombre. « Il ne peut pas voir qu'il fait si noir, se dit-il, mais je déteste me l'imaginer là dans son fauteuil, même s'il ne le sait pas. » Il faisait froid, et il voulait regarnir le feu de la bibliothèque, allumer une lampe à gaz et s'assurer que Seymour avait bien tout ce qu'il lui fallait. Il tourna dans sa rue au coin de la Neuvième Avenue et marcha rapidement vers l'ouest. Il était presque arrivé à la maison quand une silhouette de femme apparut près de lui, et ses oreilles, toute sa tête, résonnèrent d'un choc quand il entendit prononcer doucement :

— Randalo !

Il s'arrêta et, regardant droit devant lui, dit :

— Allez-vous-en !

Son sang battait dans sa gorge.

— Je vous en prie, laissez-moi vous parler, dit-elle.

— Non, je ne veux rien entendre. Allez-vous-en.

Il ne la regarda toujours pas, ne l'avait même pas vue. Il fit un pas en avant, mais sentit sa main se poser sur son bras.

— Randalo, murmura-t-elle, pour l'amour de Dieu, laissez-moi vous parler, je vous en prie.

— Je ne veux pas vous écouter, je ne veux rien entendre. — Il secoua sa main. — Allez-vous-en. N'êtes-vous pas suffisamment... — il n'eut pas de mot — sans venir traîner ici ?

— Je viens parce que c'est la *disperazione*. Il faut que je vous dise quelque chose. Je...

Il se retourna et la regarda à la faible lueur du réverbère. Sa figure était pâle comme la mort, ses yeux paraissaient immenses et ses traits étaient tirés. Il lui fit comprendre qu'il avait remarqué sa mine et dit :

— Si vous avez faim, allez faire votre métier ailleurs.

Elle laissa tomber son visage dans ses mains, et, quoiqu'il ait eu l'intention de reprendre sa marche et de s'éloigner d'elle, il ne put ignorer les paroles qu'elle prononça.

— Je n'ai pas faim, dit-elle. Je suis *incinta*. Je vais avoir un enfant.

Il resta pétrifié. D'abord ce qu'il venait d'entendre ne lui sembla pas réel, puis s'identifia à la terrible réalité de sa dernière rencontre avec elle.

— Je vous ai traitée de plusieurs noms la dernière fois que je vous ai vue, dit-il. Ils sont exacts. Faites votre choix. Personne n'a l'ombre d'un souci quand pareille femme a un enfant. Pourquoi moi ?

— *Abbi pietà !* gémit-elle doucement. Cela ne vous ressemble pas, Randalo.

— Je ne suis plus l'homme que vous avez connu. Vous avez pris soin de le détruire.

— Mais l'enfant...

— Assez de paroles. Quelle ignominie, de venir *me* parler de votre enfant !

— Est peut-être le vôtre, Randalo.

Elle murmura les mots, la tête basse, mais il les perçut. Il en eut une nausée et un frisson. Un affreux goût amer lui remplit la bouche.

— Ou celui de n'importe qui. De tout le monde. Pourquoi me choisir, moi ? Parce que j'ai été une fois un pauvre niais ? Ou parce que vous êtes trop rusée pour essayer de le dire à mon frère ?

— J'ai essayé.

— Quoi ?

Il crispa ses poings. Un spasme de rage lui tordit les entrailles. Quand avait-elle essayé ? Comment avait-elle fait ? Comment avait-elle trouvé moyen de vexer et d'humilier son malheureux frère ? Il était fou de colère. Une de ses mains la saisit au bras si fort qu'elle gémit de douleur, et il la vit contracter ses lèvres.

— Éhontée ! Vous avez osé approcher de la maison ? Vous en venez à l'instant ?

— Non, je lui ai parlé une fois au téléphone.

Elle avait fermé les yeux, presque défaillante de souffrance sous son emprise sauvage. Il la bouscula, méprisant, et la lâcha avec une secousse. Elle faillit tomber. Il voyait cela maintenant sous le jour d'une attaque contre Seymour. Rien de ce qu'elle avait dit n'importait, comparé avec sa véhémence pour protéger Seymour. Il se pencha vers elle et gronda :

— Qu'a-t-il dit ? Que vous a-t-il dit ?

— Ce qu'il m'a dit ? — Son visage était hébété de confusion. — Il m'a dit... — elle étouffa — la même chose que vous. Il a dit qu'il me tuerait si je vous en parle.

— Et alors... vous avez risqué votre précieuse existence et vous me l'avez dit tout de même ! Cela vous intéresse-t-il de savoir qu'il ne peut pas vous tuer ni rien vous faire, parce qu'il est aveugle ?

— Oh ! *Dio ! Madonna Santa !*

Elle s'effondra contre la grille de fer toute proche et se mit à sangloter et à gémir.

— Et, si vous essayez jamais de venir le tourmenter encore, je jure par Dieu que c'est moi qui vous tuerai, et je ne suis pas aveugle. Je l'ai été, mais c'est fini. Maintenant, allez.

Il se retourna vers la maison, mais elle le suivit en trébuchant et le saisit par sa manche. Il essaya de la secouer, mais elle s'agrippa à son bras des deux mains.

— Ce n'est pas pour moi, dit-elle. — Elle avait dans la voix une note de désespoir solennel qui l'atteignit par-delà sa colère et le retint immobile, les sourcils froncés. — Vous n'avez pas compris ? C'est pour l'enfant que je prie !

— Alors allez ennuyer les autres hommes qui vous ont possédée.

— Il n'y en a pas eu. Personne.

— Bah !

Elle baissa la tête, mais retint toujours son bras comme dans un étau.

— Je suis restée seule, absolument seule. Ce n'est pas ce que j'ai fait de mon corps ou ce que personne a fait qui m'a poussé à vivre *in penitenza*, mais ce que je vous ai fait *moralmente*. Vous pouvez croire ou ne pas croire. Probablement vous ne croirez pas. Je demande seulement de tout mon cœur que l'enfant ne soit pas puni.

— Vous êtes ce que vous êtes, vous l'avez répété assez souvent. Maintenant je l'ai compris. Des femmes comme vous se débarrassent de ces... choses. Faites-en autant.

Ses mains retombèrent, et elle lâcha son bras. Il aurait pu s'éloigner, mais ses pieds restèrent collés au sol, et il la vit relever la tête par un mouvement de conviction inébranlable.

— Je ne tuerai pas un enfant, dit-elle.

Elle le regarda droit dans les yeux.

Il aurait voulu de toutes ses forces tourner les talons et la laisser là. Sa rage et son dégoût l'auraient poussé. Mais il commit l'erreur de regarder ses yeux. Contre toute la violence de sa colère, de sa désillusion brutale, de sa passion à protéger

Seymour, ce regard portait en lui silencieusement une vérité telle qu'il en fut remué profondément. Il lutta contre lui-même pour garder fermée une porte symbolique derrière laquelle fourmillaient des souvenirs qui pouvaient le perdre. Il avait raison maintenant, il avait eu tort alors. Pour la sécurité de Seymour, il fallait conserver cette raison. Comme à d'autres moments critiques de sa vie, il chercha le seul appui qui lui permettrait de traverser ce passage. Il invoqua la pensée de Seymour et se demanda ce que Seymour dirait ou ferait, et il parla avec ce qu'il pensa être les mots qu'aurait employés Seymour.

— Et depuis combien de temps, ricana-t-il, êtes-vous dans cet état béni ?

— Depuis trois mois et demi.

Elle continua à le regarder fermement dans les yeux, exigeant de lui plutôt que suppliant le simple calcul qui situerait exactement ce qu'elle était venue lui dire.

— Et vous avez conçu l'idée extraordinaire que je... que...

— L'un ou l'autre, dit-elle. Vous ou votre frère. Cela ne fait aucune différence. Je vous répète que je ne pense qu'à l'enfant.

— Que le diable nous emporte en enfer si nous levons le petit doigt pour lui ou pour vous. Comment avez-vous pu être assez folle pour penser autre chose ?

— Je vous ai connu quand vous avez montré une bonté, une *generosità* comme je n'ai jamais connu dans toute ma vie. En ce temps-là, vous l'avez fait pour une femme, vous étiez *innamorato*. En ce temps-ci, je demande au même homme de faire quelque chose pour un enfant innocent.

Il dut se contraindre pour garder sa voix glacée et dit, les lèvres raides :

— Et que pensez-vous qu'on puisse pour l'enfant ?

— Je ne suis pas certaine, dit-elle. Seulement je sais c'est une chose terrible pour un enfant être un *bastardo*. Je suis *straniera* ici, en Amérique je peux rien faire. La seule chose, je peux l'emmener en Italie, et en Italie c'est une tragédie à briser le cœur, cela suit toute la vie un enfant comme ça, comment il est né.

— Il y en a eu sûrement beaucoup d'autres, dit-il. Le vôtre en fera un de plus, c'est tout. Je ne sais pas quelle idée vous avez pu avoir en pensant que nous ferions quelque chose. Certainement, vous n'avez pas pensé... — Il s'interrompit brusquement et il se sentit s'enfoncer dans les sables mouvants de l'écœurement. —

Allez-vous-en d'ici, dit-il sans la moindre logique. Allez-vous-en et ne vous avisez pas de jamais vous approcher de nous.

Il se détourna et marcha presque comme s'il fuyait la courte distance qui le séparait de sa porte. Il entra et la ferma derrière lui et resta là, le dos appuyé au battant, fixant le vestibule et l'escalier sombre. Il entendit la voix de Seymour en haut des marches.

— C'est toi, Ran ?

— Oui, frère.

Randall prit quelques profondes respirations, essayant de maîtriser sa voix de façon que Seymour ne puisse entendre qu'il était bouleversé.

— Ça va bien ? demanda doucement Seymour.

— Très bien. Je suis désolé d'avoir été aussi long, j'essayais de te trouver des pommes spécialement bonnes, tu sais, les rouges et blanches que tu aimes le mieux. J'allume le gaz et je viens immédiatement.

Toute cette soirée-là, tandis qu'il lisait à haute voix, il eut grand soin que sa voix reste haute et claire et ne trahisse pas son agitation. Il surveilla constamment le visage de Seymour, guettant le froncement de sourcils ou l'abaissement nerveux des coins de la bouche, ou toute expression tendue qui aurait révélé que Seymour, lui aussi, essayait de cacher à son frère ce qu'il savait. Mais Seymour avait un masque impénétrable, sauf quand quelque passage le faisait rire, Dieu sait au prix de quels efforts ! parce que Randall lisait *Mr. Dooley*.

Randall eut une nuit affreuse. Heure après heure, il passa son temps à se rappeler d'autres mauvaises nuits, remplies de fragments et de lambeaux atroces : de méchants, de déchirants souvenirs dont il s'écartait en se tournant et se retournant, pour ne trouver ensuite que des souvenirs pires de l'autre côté de son lit. Il était accablé de tristesse au sujet de Seymour, mais quelquefois Seymour, ou une image qui le caricaturait, s'élevait au milieu de cet amas, pour glisser en avant, ironique et élégant, à côté d'une Renata souriante, et tous deux se moquaient de Randall, qui pour les interrompre en aurait crié. Il se retourna encore, essayant de s'accrocher à quelque chose pour chasser cela et se trouva face à face avec une nouvelle image : *Renata abandonnée*, seule dans la rue noire, implorant son aide et sa pitié, pour...

— Non, gémit-il dans son oreiller, non, ce n'est pas vrai... Et, si c'est vrai, c'est la faute de Seymour. Ne m'a-t-elle pas dit qu'elle ne savait pas ? Qu'en savons-nous tous ?... *Quelle différence cela fait-il ?* Cela fait-il beaucoup si nous savons qui de nous deux a été le plus atroce ?...

Dans cette aube affreuse de décembre, il savait seulement qu'il l'avait repoussée avec une cruauté abominable et définitive.

— Et je pensais ce que je disais. Est-ce vrai ? Parlais-tu pour toi-même ou pour Seymour ? Oh ! Dieu ! cria-t-il avec colère.

Il bondit à bas de son lit et s'habilla avec fureur. Puis il monta au troisième et passa une heure dans l'ancienne nursery.

Quand le jour fut à moitié passé, il était parvenu à se convaincre pour la centième fois qu'il avait eu raison et qu'il n'aurait pas pu lui dire autre chose ni prendre une autre attitude. « Et voilà, se dit-il, qui est réglé. » *Qu'est-ce qui est réglé ?* Comment pouvait-il être sûr qu'elle ne reviendrait pas, qu'elle n'essaierait pas d'implorer Seymour de nouveau ? A la rigueur, il pouvait empêcher cela. Seymour était dans sa chambre, couché. Randall courut en bas à l'atelier dans la cave. Il ne connaissait rien aux outils, mais il passa par-dessus des tas hétéroclites pour réussir à trouver un tournevis et des pinces. Il remonta sans bruit dans le vestibule et examina le téléphone sur le mur. Il n'était pas sûr de savoir comment le couper. « Mais, pensa-t-il, même un imbécile comme moi devrait y arriver. »

Il enleva la boîte du mur et était en train de tordre avec les pinces le fil qu'il avait trouvé par-derrière, quand il entendit le pas de Seymour s'arrêter derrière lui, et il regarda par-dessus son épaule pour voir son frère s'avancer en tâtonnant le mur. La main de Seymour se posa sur son épaule, et il dit doucement :

— Randall, es-tu en train de couper le téléphone ?

— Oui.

— Ainsi elle est aussi allée à toi ? Viens ici, Ran. — Il l'attira vers la bibliothèque, s'assit et l'installa sur un coussin près de son fauteuil. — Que lui as-tu dit ?

— A peu près la même chose que toi, je suppose.

Randall était accroupi sur le coussin, la tête appuyée sur ses mains.

— Ainsi tu crois... — Seymour parlait d'un ton anxieux — que j'ai eu raison ?

— Oh ! comment puis-je le savoir ! — La voix de Randall se fit criarde. — Tout cela est un gâchis tellement épouvantable, tellement tragique !

— C'est vrai, mais tu sais toi-même ce qu'elle...

Seymour secoua la tête avec un soupir.

— Elle jure qu'il n'y a eu personne d'autre.

— J'aurais peur de la croire sur parole, quoi qu'elle dise, Ran.

Le souvenir de ses yeux d'hier, le regardant en face et sans crainte, même dans son affolement, revint obstinément à Randall.

— T'a-t-elle dit depuis combien de temps elle est grosse ? demanda-t-il.

— Euh !... oui.

— Eh bien ?

— J'espère, dit lentement Seymour, que tu es convaincu de quelque chose : après ce jour-là, ce jour d'août, tu sais lequel je veux dire, je n'ai jamais...

— Oh ! ne parle pas de ça.

— Il le faut, Ran. C'est la première fois que nous le faisons. Quand tu as disparu, j'ai compris ce qui était arrivé. Pourtant, la première nuit, quand tu n'es pas rentré, j'ai pensé naturellement... — Il secoua les épaules. — S'il en était ainsi, je ne te souhaitais que cela et je ne l'aurais plus touchée pour rien au monde. Mais, quand les jours ont passé et que tu étais toujours absent, j'ai été hors de moi et si inquiet que je suis allé la trouver pour lui demander si elle savait où tu étais. Elle a été bouleversée, et je peux t'assurer que rarement deux êtres se sont haïs plus qu'elle et moi. Nous nous détestions nous-mêmes aussi et ce que nous t'avions fait. Entre elle et moi, ça a été fini en ce qui me concerne.

— Frère, dit Randall d'une voix haute et tendue qui effraya Seymour dont les nerfs et le sens auditif étaient particulièrement sensibles, comprends-tu ce que cela signifie ?

— Je le pense, oui.

La voix de Randall monta encore.

— Elle est enceinte depuis la fin d'août, elle jure qu'elle n'a vu personne depuis, mais, même si elle est la plus effrontée menteuse de la terre, cela ne change rien. L'un de nous... Oh ! mon Dieu !

Il s'arrêta, incapable de continuer.

Seymour se pencha et mit ses bras autour des épaules de Randall. Il le tint ainsi un moment, puis reprit :

— Tu sais, il y a des chances pour que ce soit moi. Je ne veux pas t'y faire penser, ajouta-t-il en sentant Randall tressaillir, mais, tel que je te connais, tu vas essayer de t'en attribuer tout le blâme, et il vaut mieux me l'imposer tout de suite. Cela t'aidera à chasser cela de ton esprit.

— Mais comment y arriverai-je, puisque cela peut tout aussi bien être moi ?

— Tu crois ?

— Pourquoi pas ?

Seymour lâcha les épaules de Randall et s'affaissa sur son fauteuil en couvrant de sa main maigre ses yeux sans regard.

— C'est intolérable, dit-il, de penser que je t'ai fait ça. Maintenant surtout, que tu es...

Il ajouta humblement :

— ... pris au piège avec moi. Oh ! Randall, comme tu dois me détester !

— Mais non, frère, je t'assure ! Peut-être ai-je eu ce sentiment quelquefois, et, même quand cela me reviendrait de temps à autre d'une certaine façon, cela n'a rien à voir avec ce que je ressens véritablement pour toi. Tu le sais bien.

Seymour resta silencieux.

— Ne le sais-tu pas ? s'écria de nouveau Randall. Frère, il faut me croire. Je t'aime plus que tout ce que j'ai pu éprouver quelquefois. Ne me crois-tu pas ?

— Bien sûr, je te crois. — La main de Seymour chercha Randall et s'arrêta un moment sur sa joue. Cette joue était mouillée, et Seymour y laissa sa main comme s'il ne s'en était pas aperçu. — Bien sûr, je te crois, mais je ne le mérite pas.

— Je suis tellement perdu ! dit Randall qui soudain abandonna tout effort pour garder le contrôle de sa voix qui se brisa. Tout cela est tellement embrouillé ! Je lui ai parlé hier exactement comme tu as dû le faire, mais, frère, si c'était à refaire, je ne pourrais plus. — Il leva les yeux vers Seymour comme s'il eût été capable de le voir. — Non, je ne pourrais pas.

— Mais tu as eu raison, dit Seymour. On ne pouvait pas la traiter autrement. Tu sais ce qu'elle était quand tu l'as rencontrée. Et la façon dont elle s'est conduite avec moi ! Je n'essaye pas de me dérober à mes torts, mais, Ran, il faut être deux pour s'accorder. Elle savait ce qu'elle faisait, elle le voulait bien.

— Oh ! je sais ça.

— Alors elle n'a qu'à en subir les conséquences. Et, si tu te mets à faiblir et à penser que tu lui dois quelque chose, tu finiras par un gâchis pire que celui-ci, si c'est possible.

— Je sais. — Randall resta assis la tête basse, les mains pendantes entre ses genoux. — Mais je ne peux pas persister dans mon état d'hier. Quelle rage ! Ni comme j'étais tous ces mois passés. Je me sens comme vidé de tout.

— Tu as de la peine pour elle. C'est bien toi, avec le tendre cœur que tu as. Je t'ai fait plus de tort qu'elle, et vois comme tu es vis-à-vis de moi !

— Tu n'as pas été pire qu'elle, ni moi non plus.

Seymour soupira et reprit d'une façon assez imprévue :

— Ne juge pas. A présent, ce qui est fait est fait, Ran. Nous ne pouvons pas céder. Si tu ne me crois pas pour une raison quelconque, pense du moins que je connais mieux les femmes que toi. Nous avons fait hier ce que nous devions faire, et il faut nous y tenir.

Ils restèrent longtemps silencieux. Seymour souhaitait désespérément voir la figure de Randall. Il n'imaginait que trop son désarroi, mais seuls ses yeux auraient pu lui dire s'il avait ou non réussi à le convaincre. Après un moment, il reprit :

— Ran, as-tu enlevé le téléphone du mur ?

— Presque. Il ne tient plus que par un fil. Que veux-tu que j'en fasse ?

— Oh ! finis ce que tu as commencé. Qu'en avons-nous besoin maintenant ?

Les semaines se suivirent à un train de marche funèbre, un espace vide après un autre espace vide. Seymour vivait dans la terreur que Renata Tosi ne revienne importuner Randall, et il ne pourrait rien pour l'empêcher. Randall était dans l'anxiété parce qu'elle ne le faisait pas. D'un seul coup, il avait éliminé le poison de cette rencontre outrageante et avait l'impression qu'il avait également brisé le vase qui le contenait. Ce poison avait cessé de s'infiltrer en lui, il n'en retenait rien. La purgation lui avait rendu son naturel le plus vrai et le plus simple, et Seymour le retrouvait tel qu'il le connaissait par cœur, mais, pas plus qu'avant, n'arrivait à le comprendre pleinement.

Seymour était capable de prendre une décision sans effort et de s'y tenir sans plus s'inquiéter de rien : ni de l'erreur qu'il avait peut-être commise, ni du fait que la sagesse serait peut-être de la réviser si les circonstances venaient à changer. Pour Randall, toute décision était difficile, et une décision définitive était pour lui un supplice. Celle qui l'agrippait dans son étreinte était brutale, et le fait accompli ne lui laissait pas de repos. Il pensait non à la culpabilité de Renata envers lui, mais à la sienne envers elle. Son esprit était pénétré de souvenirs qu'il aimait, même s'il ne pouvait plus l'aimer, elle. Il avait avec joie veillé à ses côtés quand elle avait eu besoin de son aide. Maintenant, il la voyait en esprit ayant encore plus besoin d'un appui. Pourquoi vivait-il, si ce n'était pour agir selon sa nature ? L'énormité de sa situation le poursuivait et le hantait. Comment vivait-elle ? Où ? Avec quel argent ? Et sa santé ?

Il avait laissé de côté l'illusion de ne plus s'intéresser aux nouvelles musicales dans les journaux, et il suivait minutieusement la liste des rôles à l'Opéra dans les annonces des spectacles. Elle chantait trois fois par semaine. Tant qu'elle pourra continuer, calcula-t-il, elle se tirera d'affaire et, si elle fait très attention, elle mettra suffisamment de côté pour subsister un peu de temps après qu'elle aura été obligée de renoncer à chanter. Mais elle en sera bientôt là maintenant. On était à la fin de janvier. Quand ne lui sera-t-il plus possible de paraître sur la scène ? Et alors que fera-t-elle ? Elle ira en Italie ? Elle avait fait comprendre assez clairement qu'elle redoutait cela plus que tout. Il se rappelait quelques-unes de ses paroles à différents moments, il la revoyait assise en face de lui à la table d'un restaurant, ou debout dans le champ de maïs des Maynard, laissant échapper des bribes de sagesse qu'il rapprochait les unes des autres pour se représenter l'austérité de son enfance. Où pouvait-elle aller, sinon dans son village natal, implorer pour elle et son enfant la pitié de ses parents.

« J'ai travaillé dur *da bambina*... Je ne riais pas... Pour de pauvres *contadini*, c'est une chose différente... Je marchais quatre *chilometri* dans la montagne, portant sur mon dos... trente-cinq sous par semaine... » Il n'avait pas besoin de réfléchir longuement pour deviner ce que serait son existence. Eh bien ! elle s'en ira de nouveau et recommencera à chanter. Oui, mais l'enfant ? *En Italie, c'est une tragédie... cela suit toujours l'enfant*... Mais que pouvait-il faire ? Même s'il parvenait à une décision, laquelle prendre ?

Il le savait bien, et n'importe qui l'aurait compris, seul de l'argent lui ferait traverser le pire moment de son épreuve et la protégerait en partie de ce qu'elle craignait le plus. Elle ne lui en avait pas demandé, mais il n'avait que ce moyen de lui venir en aide. Il était porté à penser comme Seymour que l'enfant était la conséquence d'un acte qu'elle avait elle-même voulu et que la solution du problème lui appartenait. Un acte qu'elle avait elle-même voulu... Un moment, le fardeau de sa culpabilité personnelle s'abattit sur lui de tout son poids, mais il défendit ses positions contre cette attaque parce que ses souvenirs étaient trop nets.

A présent, il fallait trouver le moyen de lui faire parvenir de l'argent sans que Seymour s'en doute et lui faire comprendre que c'était tout ce qui était en son pouvoir. Tout autre procédé la ramènerait dans leur voisinage pour tourmenter Seymour et semer la discorde entre les deux frères. Cela ne devait pas arriver. Non, il fallait de l'argent. Il y pensait le lendemain en descendant chercher le journal et le courrier. Peu de lettres venaient chez les Holt. Mais, aujourd'hui, c'était le 1er février; la poste lui avait apporté le relevé de son compte en banque, ainsi que celui de Seymour, plus une liasse de factures qu'il tria tout en remontant l'escalier. Comme il avait beaucoup pensé à l'argent ces derniers jours, ce qu'il ne faisait jamais habituellement, ou peut-être parce que jusqu'ici le soin qu'il prenait de Seymour l'avait complètement absorbé, il ne s'était fait aucune réflexion au sujet de ces factures qui lui passaient par les mains sans qu'il les ouvre chaque premier jour du mois. Ses soins pour son frère comportaient un respect courtois pour sa correspondance privée, ce qui devenait une lugubre plaisanterie, et jamais encore Seymour, en la recevant, ne s'était soumis à l'humiliation de se faire lire une seule lettre. Randall ne s'était jamais demandé pourquoi.

Il parvint à la porte de la bibliothèque, les mains pleines de ces enveloppes adressées à Seymour, et il se rendit compte tout à coup que son frère, au cours de ces derniers quatre mois, n'avait guère reçu autre chose.

— Tiens, voilà le courrier, Seymour, dit-il en lui posant les lettres sur les genoux.

Puis il s'assit dans son fauteuil et ouvrit le compte de sa banque. Il n'avait jamais beaucoup examiné où il en était et fut stupéfait de voir à quel point la somme à son crédit avait diminué. Il s'appuya en arrière, se passa la main dans les cheveux et essaya de comprendre où avait disparu l'argent. La plus grande partie pour Renata, entre avril et août; sa maladie avait mangé toute l'avance accumulée qu'il n'avait pas dépensée jusque-là. Et depuis il avait lâché son travail et, en examinant un par un les chèques déboursés, il se rendit compte que, depuis quatre mois, il avait payé toutes leurs dépenses de nourriture et d'entretien qu'autrefois ils partageaient toujours. Le gaz, le charbon, la nourriture, les gages de Mrs. Quinn... Cela ne se montait pas à une somme énorme, mais tout de même, en quatre mois, cela faisait un total respectable. Et aussi il avait acheté le piano droit pour pouvoir jouer à Seymour... Allons, il faudrait trouver moyen de suggérer avec tact qu'il remplirait les chèques de son frère et lui guiderait la main pour signer. Mais il calcula que, même remboursé par Seymour, il lui faudrait faire extrêmement attention, être parcimonieux même, s'il voulait envoyer un peu à Renata, suffisamment pour que cela lui soit une aide. Il ruminait tout cela avec inquiétude quand Seymour dit :

— Randall !

Il regarda son frère.

— Oui, dit-il.

Seymour tenait dans ses mains crispées la pile d'enveloppes comme s'il eût voulu les déchirer. Son front était froncé nerveusement et il semblait si tendu que Randall eut un moment l'illusion que c'était la lecture de son courrier qui l'avait mis dans cet état. Seymour tira sa moustache et voulut plusieurs fois commencer à parler, mais referma la bouche sans se décider. Finalement, il posa les lettres sur ses genoux et chercha à tâtons jusqu'à ce qu'il eût trouvé la grande enveloppe de la banque. Il l'ouvrit. Ses longs doigts adroits agirent avec sa précision habituelle. Il en retira le relevé de compte et le déplia. Il ne contenait aucun chèque acquitté. Il tendit à Randall le papier jaune.

— Je suis désolé de t'ennuyer, dit-il... Pourrais-tu me lire la balance de mon compte ?

Randall prit le papier et examina dans la dernière colonne à droite l'unique chiffre mentionné. Sans y penser, complètement abasourdi, il dit :

— Mais... il doit y avoir une erreur, Seymour.

Il y avait moins de deux cents dollars à son crédit.

Seymour resta silencieux. Il ne demanda pas d'explications, puis il se leva brusquement, laissant tout tomber par terre en désordre et se mit à arpenter la chambre en jurant. Randall le suivit des yeux, craignant de dire un mot. Seymour se retourna soudain et dit avec aigreur :

— Pourquoi y aurait-il une erreur ? Tu ne peux pas en être surpris !

— Mais... — Randall hésita avec embarras. Quoi qu'il dise, ce ne serait pas ce qu'il aurait fallu. — J'ai dû supposer...

— Ah ! voilà un monsieur très riche, dit Seymour d'un ton acide, qui peut se permettre de supposer !

— Dis donc, ça suffit, dit Randall, qui n'était nullement d'humeur à tolérer ce genre d'esprit. Qu'est-ce qui te prend ?

Seymour s'arrêta et serra les lèvres avec force. Randall le vit rougir.

— Excuse-moi, Ran, dit-il. — Sa main s'avança vers sa gauche en hésitant et vint se poser sur l'épaule de son frère. — Je te demande pardon, je suis énervé.

— Oh ! ce n'est rien. N'y pense plus. Mais n'y a-t-il pas là une erreur ?

Seymour secoua la tête.

— Non, c'est précisément l'ennui. Je suis dans un grand embarras à cause de cette sacrée machine... — Il se passa la main sur les yeux. — J'aurais mieux aimé crever, mais j'ai peur d'être obligé de te demander si tu pourrais m'aider en ce moment.

— Tu veux parler de toutes ces notes ?

La voix de Randall était morne.

— Oui. Il y en a plusieurs qui me sont parfaitement indifférentes. Les gens peuvent bien attendre. Mais il y a celle de Willingdon...

— Tu veux dire que tu ne l'as pas payé depuis longtemps ?

Seymour tortilla sa moustache.

— Je... non.

Il s'arrêta, comme s'il attendait une remarque de Randall, et, quand rien ne vint, il reprit aigrement :

— C'est scandaleux ! Cet homme est millionnaire, et les prix qu'il prend !... Il devrait avoir honte !

— Est-ce... qu'il insiste ?

— Naturellement. A quoi penses-tu ? Le misérable a le front de me réclamer le paiement des deux dernières fois qu'il est venu ici.

— Depuis combien de temps ne l'as-tu pas payé ?

— Comment le saurais-je ! dit Seymour avec humeur.

Randall ne dit rien. Seymour se remit à marcher de long en large. Le silence les oppressait comme une gigantesque paire de mains qui les aurait maintenus au sol. Randall attendit et, quand il vit que Seymour n'ajoutait rien, il reprit :

— Combien dois-tu au docteur Willingdon, Seymour ?

— Ouvre sa maudite note et vois toi-même.

Randall, l'enveloppe ouverte dans une main et la note dans l'autre, resta immobile. Il voulut parler à plusieurs reprises, puis referma la bouche. Chaque fois, il regardait de nouveau la note, puis Seymour.

— Sapristi ! s'exclama-t-il enfin.

— Eh bien ! qu'y a-t-il là de surprenant ? — Les mains de Seymour tremblaient, et il chercha une cigarette et des allumettes. — Où aurais-tu voulu que j'apprenne combien prenaient ces gredins-là ? Tu te rappelles que je t'en ai averti quand... quand tu as pris ce chirurgien ?

— Oui, mais... il doit y avoir longtemps que ceci court, Seymour, dit Randall. Qu'as-tu fait de ton argent ?... — Il répondit lui-même. — Oh ! l'automobile !

— Naturellement. Je t'ai bien dit ce que je voulais faire.

— Je n'avais pas compris que ceci s'accumulait depuis longtemps.

— Je le savais bien. Mais, d'autre part, cet individu me disait que, si je n'en avais pas une maintenant, je n'en aurais jamais. Et j'ai décidé d'en avoir une, sacrebleu ! Comment pouvais-je supposer qu'il se transformerait soudain en vampire !

Randall regarda encore le papier de la banque et dit avec embarras, car il craignait une nouvelle sortie violente :

— Si tu n'as pas payé ton docteur pendant tellement longtemps, je ne comprends pas bien... Je me mêle peut-être de ce qui ne me regarde pas !

— Bon Dieu ! dit Seymour, si je te demande de m'aider, tu as le droit, je suppose, de demander des explications. J'ai eu l'argent pour l'automobile grâce à un bandit à qui j'ai signé des billets donnant l'ordre à la banque de le payer sur mon revenu tous les trois mois jusqu'à ce qu'il soit remboursé... Avec un beaucoup trop gros intérêt, comme tu peux le penser. Calcule toi-même. J'ai acheté la voiture au printemps. Avant que je sois quitte, il recevra encore mon argent le mois prochain et le trimestre suivant.

— En juin. — Randall secoua la tête. — Ça veut dire que tu n'auras que ça devant toi... — il tapota le compte — jusqu'en septembre prochain.

— Exact, dit Seymour en reprenant son ton cinglant. Quelle intelligence ! Tu serais le premier de ta classe !

— Seymour, veux-tu te taire !

La voix de Randall monta dangereusement. Il se ressaisit et ajouta :

— Cette note du docteur, pourquoi ne demandes-tu pas aux administrateurs de la payer ?

— Mon cher, tu devrais savoir aussi bien que moi qu'aux termes du droit les administrateurs n'ont pas la possibilité de payer un cent de plus que les revenus à nous alloués par le testament sans un ordre spécial du substitut. Crois-tu que le vieux Dickinson et cette momie de juge Bronson penseraient une minute à s'adresser à la Cour sans commencer par percer à jour jusqu'à l'os notre vie privée ? Et quand ils découvriraient que j'ai acheté une automobile au lieu de payer un quelconque fils de chien pour le privilège d'être devenu aveugle...

Randall bondit, laissant tomber tous les papiers.

— Oh ! frère ! s'écria-t-il en l'entourant de ses bras et en le serrant contre lui, bien sûr que je t'aiderai. Je ne sais pas très bien comment nous ferons. Je ne peux absolument pas payer la note du docteur en entier tout de suite, mais j'irai le voir, et nous arrangerons cela. Je n'ai pas beaucoup d'avance non plus, tu sais. J'ai... j'ai dépensé beaucoup d'argent, moi aussi, mais nous trouverons bien moyen...

— Ran, je suis un misérable !

— Quelle idée !

Randall tapota l'épaule de Seymour, tout en calculant éperdument dans une tête peu habituée à ce genre de spéculations et prise en outre de vertige comme si le plafond venait de lui tomber dessus. Entre le moment présent et septembre prochain, il aurait à payer chaque cent des dépenses de Seymour, et aussi cette énorme note d'honoraires, et... Ses yeux tombèrent sur le reste du courrier de Seymour éparpillé sur le parquet. Dieu sait ce que ces enveloppes contenaient ! Il ne resterait pas un cent pour rien, pour personne... nulle part.

Chaque jour, Mrs. Quinn faisait cuire leur terriblement ordinaire repas de midi, rangeait la cuisine maintenant utilisée de nouveau, puis rentrait chez elle, et Seymour allait s'étendre sur son lit. A ce moment, Randall sortait pour faire son frugal marché. Il avait découvert que c'était le meilleur moyen de faire les économies les plus rigoureuses. La nourriture toute préparée apportée par un restaurant était maintenant hors de question, et pourtant Seymour la préférait infiniment, mais cela coûtait le double. Et Randall découvrit aussi qu'en faisant son marché lui-même au lieu de confier cela à Mrs. Quinn il économisait notablement. Non seulement elle y passait plus de temps, mais, ce temps, il fallait le payer.

Ses journées se passaient donc en menus détails, les matinées consacrées à la lecture du journal pour Seymour, les premières heures de l'après-midi à ses patientes recherches de nourriture aux prix les plus bas possible. Il marchait des kilomètres pour épargner trois ou quatre cents et portait à son bras un panier, sans faire attention aux regards curieux et méprisants des ménagères de son voisinage. S'il économisait vingt-cinq cents sur toute la semaine, il était satisfait. Seymour ne pouvait pas voir les carnets de comptes dans la chambre de Randall, remplis d'anxieux calculs. En outre, s'étant déchargé sur son frère de sa dette envers le docteur Willingdon et de toutes leurs dépenses journalières, il chassa la question de son esprit et n'y donna plus une pensée.

Chaque frère s'était maintenant complètement retiré dans la tour d'ivoire de ses préoccupations personnelles. Aucun ne cherchait, ni ne voulait chercher la vérité exacte au sujet de l'autre. Chacun s'interrogeait de temps à autre, mais reculait devant la véritable réponse. Randall n'osait pas explorer les raisons de l'existence que s'était faite Seymour, ensevelie sous sa cécité et scellée sous son orgueil. Était-il terriblement ennuyé et seul ? Qu'étaient devenues ses relations ? Aucune n'avait été des amis au sens réel du mot, mais seulement des compagnons de plaisir, et ceux-là disparaissaient le plus sûrement devant l'épreuve. Et Seymour, écoutant Randall pendant qu'il lui lisait à haute voix avec une patience angélique des heures de suite, ou bavardait sur les petits détails qui remplissaient anormalement son existence, éluda bientôt le problème en se persuadant que son frère ne pensait plus ni à elle ni à rien. Mieux valait qu'il soit très occupé, même si c'était par la recherche de pommes de terre à trois cents de moins par livre.

Mais, quand le nom de Renata disparut de l'affiche à l'Opéra, Randall se demanda anxieusement ce qu'elle avait pu devenir. Était-elle retournée en Italie ? Il ne pouvait imaginer autre chose. Il aurait été soulagé de pouvoir ne plus penser à elle du tout, mais il lui aurait fallu trop de force et de volonté. Parviendrait-il à sortir du marécage où s'enlisait sa conscience et sa pensée angoissée s'il allait s'informer d'elle à la direction de la scène à l'Opéra ? On le connaissait, on le renseignerait. Et alors ? Quel bien pouvait-il en retirer ? Que pouvait-il pour elle ?

Avril et mai se traînèrent. Seymour était souvent de mauvaise humeur. Il parlait avec aigreur, il critiquait la nourriture, il demandait sans réflexion ceci et cela, que Randall ne pouvait acheter sur son budget si réduit. Selon toute apparence, Seymour avait laissé derrière lui ses remords. Sa seule préoccupation était maintenant pour lui-même, ce que Randall trouvait infiniment naturel. Mais sa patience ne rendait pas l'existence plus facile.

Une chaude nuit de la première semaine de juin, il lisait à Seymour dans la bibliothèque, conscient que son frère était agité et ne faisait pas la moindre attention. Quand il était de cette humeur, lui lire était presque impossible. Il bondissait hors de son fauteuil, marchait de long en large un moment, tortillait sa moustache, allumait une cigarette, puis l'écrasait sur la cheminée (et Randall pensait au prix du tabac turc) et reprenait sa marche. Si Randall s'arrêtait, le pensant trop ennuyé pour qu'il continue, Seymour remarquait d'un ton grinçant :

— Eh bien ? Pourquoi t'arrêtes-tu ?

Mais cette fois, quand Randall s'interrompit pour reprendre haleine à la fin d'un chapitre, Seymour appuya son coude sur la cheminée et dit :

— Ran, j'ai pensé à quelque chose.

Randall soupira. Cette phrase présageait habituellement la suggestion d'une dépense.

— Oui ? dit-il.

— Je trouve que nous devrions faire replacer le téléphone.

Randall dit simplement :

— Pourquoi ?

— Comme tu es prévenant ! Tu ne comprends pas par toi-même que c'est la seule façon pour moi de parler avec un être humain ?

— Je vois, dit Randall, la voix tremblante.

— Oh ! je n'ai pas l'intention d'être impoli, se hâta d'ajouter Seymour en s'excusant. Bien sûr, j'apprécie tout ce que...

— Ne fais pas attention à cela, dit Randall. Peut-être aurais-je dû y penser moi-même, mais, à présent qu'il ne marche plus, cela fait quelques dollars de moins à payer chaque mois. Nous ne pouvons plus nous le permettre, Seymour.

— Sacrebleu ! Y a-t-il quelque chose que nous puissions nous permettre ? Je commence à en avoir copieusement assez de tes pieuses économies ! Je crois que tu aimes ça, ma parole ! Je crois que tu aimes vraiment cette épouvantable viande de chien bouilli... avec du chou!

Randall resta immobile, le livre fermé crispé dans ses mains. Il se demanda ce qu'il éprouverait s'il était en ce moment plus irrité que blessé. Ses lèvres étaient si étroitement serrées que sa mâchoire lui en faisait mal. Il ne voulait rien répondre, et Seymour, qui se doutait parfaitement de ses sentiments, resta un moment hésitant. Randall le vit lutter contre sa mauvaise humeur, puis il marmonna d'un ton rogue :

— Excuse-moi, je suis quelquefois très nerveux, Randall... Je ne pensais pas ce que j'ai dit. Mais, tout de même, nous devrions avoir le téléphone.

— Tu as été d'accord pour que je l'enlève.

— Sapristi! Faut-il que je recommence l'explication?

— Non. — Soudain la colère envahit Randall, et il décida que, pour une fois, Seymour n'aurait pas ce qu'il demandait. — Mais tu étais très content que cela te mette hors de portée de tes créanciers et aussi de... de...

— Me prends-tu pour un imbécile? Quand il y a une raison pour quelque chose, on la fait, mais quand la raison a disparu... Randall, ne sois pas si enfant. Naturellement, à présent, tu as arrangé les choses de façon que ces bandits n'essayent plus de m'ennuyer, et nous pouvons compter que... que...

Il s'arrêta, embarrassé.

— Nous pouvons compter quoi? demanda Randall d'un ton aussi glacé que celui de Seymour.

— Eh bien! que... qu'elle est hors de question. Si elle avait dit la vérité, elle aurait déjà eu son enfant, et, quoi qu'elle ait pu raconter, il y a des chances pour qu'elle soit retournée en Italie et ne nous ennuie jamais plus.

Randall retomba dans son fauteuil, la tête dans ses mains. Puis il regarda Seymour et ses yeux rapprochés ironiquement, exactement comme quand il y voyait.

— Ainsi tu y as pensé aussi? dit-il amèrement. Et quelles pensées sages, généreuses, pleines de compassion! Quelquefois je ne peux pas m'empêcher de trouver que tu es le plus égoïste, le plus diabolique...

— Ah! vraiment? — Seymour monta sa voix jusqu'au cri. — Essaye ça sur un de tes pianos de malheur et vois si tu aimes cette musique! Essaye un peu d'être toi-même aveugle! C'est merveilleux! Rien à faire qu'à se tourmenter pour le petit frère...

Il s'interrompit brusquement, haletant et frémissant. A travers la maison, coup après coup, ils entendirent le son fêlé de la sonnette à la porte d'entrée. Quelqu'un tirait à plusieurs reprises le fil rouillé. Randall pâlit. Seymour resta la bouche ouverte, les mains tremblantes.

— Qu'est-ce que c'est ? dit-il en s'étranglant.

— C'est à la porte d'entrée, dit-il.

Randall se leva, se soutint à son siège et passa sa langue sur ses lèvres sèches.

— Personne ne sonne jamais la nuit, dit Seymour qui s'accrocha au manteau de la cheminée.

Le carillon reprit. Il tremblait de frayeur.

— Je vais voir, dit Randall, qui se dirigea vers le vestibule.

— Non, cria Seymour. Ne descends pas, Ran !

— Si, j'y vais.

— Non, non, reste ici ! Quelle heure est-il ?

La sonnette recommença à tinter.

— Une heure moins le quart, dit Randall, qui sortit.

Il descendit. Il entendit Seymour sortir derrière lui sur le palier et, se retournant, il le vit courbé en deux sur la rampe, à laquelle il se cramponnait.

Lentement, Randall ouvrit la porte. Il n'y avait personne. Il regarda, étonné, l'allée centrale, puis à droite et à gauche aussi loin qu'il put. Il ne vit rien. Puis il entendit un son, un tout petit cri clairement reconnaissable. Il regarda à ses pieds. Là, sur le seuil, il y avait une corbeille.

Il tomba à genoux. La corbeille était ovale, avec des coins arrondis, comme son panier pour faire le marché. Un oreiller le remplissait et aussi des châles de lainage, et un nœud de ruban rose était attaché à l'anse. Il discerna la couleur du ruban à la vague lueur de la rue. Il vit le tout petit visage rouge, soigneusement protégé par un châle. Le cri de l'enfant était grêle et pleurard. Randall souleva le panier, le tint serré entre ses bras et l'emmena dans la maison. Il le posa doucement sur la table du vestibule et alluma le bec de gaz. Le petit cri étouffé continua.

Randall regarda en haut de l'escalier. Seymour était toujours penché sur la rampe au premier. Il avait toujours eu l'ouïe fine, et elle l'était devenue encore plus depuis sa cécité. Il avait déjà entendu.

— Qu'est-ce que c'est ? demanda-t-il d'une voix étranglée.

— Tu entends ! dit Randall qui pleurait.

— Non, non, que veux-tu dire ?

Randall se pencha sur la corbeille. Une feuille de papier sortait un peu des châles.

— Il y a un papier, dit-il.

— Comment, un papier ? Une lettre ? Qu'est-ce qu'elle dit ?

Randall ne répondit rien, plié en deux, le papier chiffonné dans la main.

— La lettre, reprit Seymour d'une voix rauque, que dit-elle ?

— Elle dit : *Voilà mon enfant. Renata.*

CHAPITRE XVI

Quand John eut deux ans, Randall fit mettre un tas de sable pour lui dans l'arrière-cour : un carré formé de planches bien rabotées et rempli de sable blanc très propre qui ne coûta pas cher chez le fournisseur de matériaux de construction près de la rivière, au pied de la 24e Rue. Il acheta une petite pelle, un seau et une poignée d'épingles à linge, ce qui occupa et amusa John tout l'après-midi. Randall le surveillait, assis sur une chaise de cuisine branlante sous le vernis du Japon. Le petit garçon était trapu et vigoureux. Dans tous ses mouvements, il avait de la fermeté et de la précision, et sur son visage de bébé se reflétait l'attention concentrée et solennelle avec laquelle il jouait. Quand bien même son dessein en jouant n'était compréhensible à personne, il semblait à Randall qu'il avait toujours un but très défini. C'était un enfant silencieux peu disposé au babillage, ce que Mrs. Quinn et sa fille Maggie trouvaient fort surprenant. La plupart des enfants font tout le temps un bruit quelconque, mais John parlait quand il avait quelque chose à dire et puis, posément, réfléchissant à ce qu'il disait, il l'énonçait clairement.

Il planta ses épingles de bois dans le sable, tapotant tout autour pour les consolider, et Randall l'observait. Puis il se mit à disposer le sable avec sa pelle tout autour et entre les épingles, le formant avec ses mains selon une ligne qui le faisait ressembler à une muraille de Chine en miniature, ponctuée par endroit par les excroissances causées par les épingles à linge. « Je me demande s'il sait qu'il est en train de dessiner quelque chose, pensa Randall. C'est beaucoup trop régulier pour être un simple hasard. Mais il ne peut pas savoir, à son âge... » John regarda par-dessus son épaule vers Randall et lui fit silencieusement un radieux sourire, puis continua son mur. Le soleil était chaud, et Randall soupira d'aise en pensant que cette cour était un endroit merveilleux pour les sorties de John. La palissade de planches avait été réparée et peinte en vert. Au lieu du gravier noir et nu, il y avait du gazon, et Randall avait même tenté de faire pousser quelques fleurs dans une plate-bande étroite le long de la clôture. Qu'aurait-il fait sans cette cour, pensa-t-il, imaginant mal la possibilité d'envoyer l'enfant dehors dans sa voiture qu'on aurait poussée le long de la 24e Rue, dans un sens, puis dans l'autre, sous les regards malveillants des voisins... des gens qui chuchotaient ou ricanaient ou se seraient montré du doigt la voiture... Mais pourquoi y penser ? Il avait depuis longtemps l'habitude de bannir de son esprit ses voisins et le reste du monde. Mais il fallait veiller à chaque minute pour protéger John. Il se précédait toujours lui-même d'un pas s'il fallait en venir à prévoir des complications.

Il entendit la porte de la maison s'ouvrir. Seymour descendit lentement dans la cour. Il cherchait son chemin à tâtons et venait de l'escalier de la cave en traînant derrière lui un vieux tub en zinc qui se cognait sur chaque marche. Randall demanda :

— Que vas-tu faire de ça, frère ?

— J'ai construit un bateau pour John, un bateau à voiles très simple. J'ai pensé que nous pouvions enfoncer le tub dans un coin du sable et mettre de l'eau dedans, et j'arriverai, je crois, à lui montrer comment le faire aller.

— Fameuse idée ! dit Randall. — John était beaucoup trop petit pour faire marcher un bateau, mais pourquoi gâter le plaisir de Seymour ? — Je me demande seulement... J'ai un peu peur qu'il ne tombe dans l'eau. Ce tub est assez grand.

— C'est vrai, dit Seymour. Comment n'y ai-je pas pensé ? Je sais, attache-lui autour de la taille une corde à linge et tiens-en un bout pendant que tu le surveilles. S'il approche trop près du bord, tu le tireras un peu en arrière.

Randall aida Seymour à installer le tub et mit de l'eau dedans, et Seymour apporta son bateau, une simplification d'un ancien modèle qu'il avait fabriqué quand il était un petit garçon. Ils attachèrent une corde autour de John, et Randall guida Seymour jusqu'au coin du tas de sable et l'aida à se mettre à genoux près du bassin ; John se traîna à quatre pattes auprès de Seymour, suivant des yeux le bateau et battant des mains de joie, tandis que Randall tenait le bout de la corde. Il s'émerveilla de voir la façon dont Seymour, sensible au moindre souffle de la brise d'été, ajustait la voilure en miniature de ses doigts nerveux et délicats et disposait le bateau pour que, poussé par le vent, il gagne l'autre côté de l'eau. « Enfin, se dit Randall, il commence à devenir moins difficile, il se réconcilie un peu avec l'existence. Faire ceci pour John le rend heureux ou lui donne un moment l'illusion du bonheur. Dieu soit loué ! » Au début, Randall n'aurait pas osé espérer un moment comme celui-ci.

La nuit, quand Randall était agité et ne dormait pas, quand les mauvais souvenirs lui revenaient comme ils avaient fait toutes ces années passées, il revivait ces heures et ces journées terribles, les pires de tous les jours désastreux vécus jusque-là. Seymour en fureur avait tempêté, menacé, et une fois dans sa vie, Randall était resté inébranlable. Comment avaient-ils pu traverser une crise pareille et comment John avait-il survécu ! Randall réussissait la plupart du temps à garder cela caché, avec beaucoup d'autres choses qui s'y mêlaient, dans le sombre abîme d'un oubli voulu. Mais quelquefois, même maintenant, cela lui revenait, atroce et terriblement net et, surtout gros de menaces pour l'avenir. Il lui fallait vaincre ce sentiment, ce fantôme gris, énorme, qui était toujours à ses côtés. Seymour l'avait suscité dès cette première nuit et lui avait insufflé une vitalité détestable. Et Randall devait constamment lutter là contre et garder John loin de ses atteintes.

La querelle avait été terrible. Jamais ils n'en avaient eue de si féroce. Seymour avait déclaré qu'il ne voulait pas avoir l'enfant dans la maison, même une seule nuit. Randall avait répondu :

— Il reste, ou je pars avec lui.

Seymour avait hurlé :

— Tu ne peux pas partir, tu dois rester. Il y a sûrement une loi qui t'empêche de me quitter pour un bâtard sans nom !

— Sans nom, mais l'un de nous est son père, et nous allons tous deux en prendre la responsabilité.

— Les bâtards n'ont pas de père. Il peut venir de n'importe qui. Il ne vient pas de moi.

— Alors il est de moi, et je le garde.

— Tu ne feras pas ça ! hurla Seymour du haut de l'escalier noir, tandis que l'enfant pleurait dans le panier sur la table. Si tu essayes de le garder ici, je le tuerai.

— Si tu fais ça, je te fais ton affaire. Je parle sérieusement.

Seymour avait compris à la voix de Randall, une voix jamais

entendue encore, qu'il disait vrai. Il recommença à discuter, parlant, sans arrêt, pendant que Randall en bas ne l'écoutait plus et tentait de calmer le bébé. Il était assis sur la marche du bas, l'enfant dans les bras, gauche, maladroit, affolé, ne sachant que faire. Et, là-haut, Seymour, accroché à la balustrade, parlait.

— Emmène-le aux « Enfants Trouvés », cria-t-il. Sors-le de la maison. Porte-le à ce couvent de la 23e Rue. Vas-y tout de suite !

Randall ne fit aucune attention. Seymour parla jusqu'à se donner des nausées et se mettre en sueur, se répétant avec égarement et d'une façon maintenant incohérente, et Randall berçait le bébé dans ses bras sans dire un mot.

Peu à peu, l'enfant se calma. Randall ne comprenait pas qu'il avait trop chaud, que la couverture tricotée qui l'entourait aurait dû lui être enlevée ; il ne savait rien, il ne voyait pas ce qu'il pouvait faire jusqu'au matin où il aurait de l'aide. Enfin l'enfant s'endormit de fatigue. Randall le reposa dans sa corbeille et dit :

— Seymour, tais-toi et va dans ta chambre. Pas un seul mot de ce que tu as dit ne fait aucune différence. Va te coucher.

— Tu te rends compte, dit Seymour, que sa sainte mère est probablement ici à New York et qu'elle a mijoté tout ce complot. Je vais fameusement voir à ce que ça lui soit rapidement rendu !

— Tu ne verras rien du tout, dit Randall, tu es aveugle.

Seymour haleta derrière lui dans l'escalier. Jamais Randall ne se serait cru capable de pareille cruauté. Mais il avait touché le but.

— Au moins, dit Seymour, essaye d'avoir la raison de réfléchir à ce que je te dis. Elle est certainement ici. Nous avons peut-être fait une erreur en ne lui offrant pas d'argent. Si tu vas la trouver maintenant et si tu lui dis que nous lui en donnerons, elle reprendra l'enfant. Tu ne peux pas le garder, Randall, tu as perdu l'esprit !

— Perdu ou non, ça m'est égal, je garde l'enfant.

Toute la nuit, il resta en bas dans le salon, veillant sur le bébé. Chaque heure accroissait son désespoir. Le petit criait faiblement de faim, de gêne, de chaleur, et Randall ne savait pas quoi faire pour modifier la situation. Vers le matin, il eut peur. L'enfant était maintenant tranquille, trop tranquille, pensa-t-il. Et s'il allait mourir ? Il s'agenouilla à côté du divan où il avait placé le panier, mit sa tête dans ses mains et pria ; pria qui, avec quels mots ? Il n'aurait pu le dire. Dès qu'il fit jour, il surveilla la rue par la fenêtre pour appeler le premier passant, et vit bientôt un jeune garçon qui se rendait à quelque travail matinal. Randall ouvrit la fenêtre et le héla. Le garçon vint près de la fenêtre, et Randall, lui donnant une pièce de monnaie, le pria d'aller jusque chez Mrs. Quinn, dans la 27e Rue près de la Onzième Avenue, et de lui demander de venir tout de suite pour un cas urgent.

Randall l'entendit bientôt arriver par la porte de service, sortit dans le vestibule et lui cria de venir dans le salon. L'enfant gémissait faiblement. Mrs. Quinn s'encadra dans la porte, avec ses pauvres vêtements élimés et sur la tête un chapeau de paille troué, garni d'une rose épinglée sur le dessus. Elle avait la bouche ouverte de stupéfaction.

Randall lui dit simplement :

— Je n'explique rien, Mrs. Quinn, mais, je vous en prie, je vous en prie ! prenez soin de cet enfant... je...

Il détourna la tête, incapable de continuer.

La femme arriva près du panier, regarda et, d'un geste compétent, prit le petit et lui enleva sa couverture.

— Oh ! le pauvre enfant ! dit-elle. Sainte Mère de Dieu ! Mr. Holt ! Il a tout au plus une semaine !

— Je sais. — Il était près de la fenêtre, le dos tourné. — Pouvez-vous... Dites-moi, il ne va pas mourir, n'est-ce pas ?

— Mourir ? Plutôt pas ! Laissez-moi faire. — Elle s'assit sur le canapé, fouilla dans le panier et bientôt elle changea l'enfant et lui mit du linge propre. — Voilà qui va mieux, dit-elle. Seigneur ! dans quel état !.... Il se sent mieux maintenant.

— Il ?

— Oui, monsieur. Regardez-moi ce petit homme !

L'enfant s'était calmé.

Plus tard dans la matinée, Randall eut un long entretien avec Mrs. Quinn. Il avait l'intention d'en dire le moins possible, mais, en regardant bien le visage assez vulgaire de la brave créature, il se rendit compte qu'elle ne verrait et ne comprendrait que les réalités élémentaires dans leur simplicité et dit :

— Mrs. Quinn, il n'est pas nécessaire que je vous raconte l'histoire qui se cache là derrière. Si je vous dis des mensonges, vous vous en apercevrez bien, et, la vérité, vous la devinez par vous-même. Lequel de nous deux est le père, c'est ce que je ne vous dirai pas, ni qui est la mère. L'enfant est là, et je le garde. Voulez-vous m'aider ?

La femme dit lentement :

— Monsieur, je ne veux pas me mêler de ce qui ne me regarde pas, mais je ne crois pas que ce serait honnête vis-à-vis de l'enfant de l'élever comme ça. C'est une terrible situation, monsieur.

— Je le sais, et je peux aussi bien vous dire que mon frère pense comme vous. Il voulait que j'aille le porter à un orphelinat cette nuit.

— Eh bien ! monsieur, dans un sens, il n'a pas tort. Ces enfants-là... Pauvres petits !...

— Croyez-vous sincèrement que je puisse lui faire une vie meilleure que celle des enfants trouvés de l'orphelinat ?

— Oh ! ça !...

Elle resta la bouche ouverte.

— Vous voyez. C'est ce que je veux dire. Je n'y connais rien, mais j'apprendrai. Et, au moment où vous avez compris ce que je veux dire, vous avez commencé à être de mon avis.

Elle resta silencieuse, tordant un coin de son tablier. Il vit qu'elle réfléchissait à quelque chose qu'elle hésitait à dire. Il lui fit un signe encourageant et reprit :

— Je sais ce que vous pensez. Nous sommes un peu bizarres tous deux. Cette maison... — il indiqua d'un geste les étages du haut avec toutes leurs chambres fermées et abandonnées — et mon frère aveugle... Vous trouvez sans doute que ce n'est guère un endroit pour un petit enfant. Vous n'avez peut-être pas tort. Tout ce que je sais, c'est que l'enfant est ici... — il se répéta sans s'en rendre compte — et que j'ai l'intention de le garder.

— Très bien, monsieur, dit-elle tranquillement.

— Merci. Maintenant, que faut-il faire pour en prendre soin ?

— J'ose dire que vous devriez avoir une bonne, monsieur. Tant qu'il est si petit, il lui faut quelqu'un qui veille sur lui tout le temps.

— Ne pourriez-vous vous en charger vous-même ? Vous viendriez habiter ici.

— J'ai mon mari, monsieur, et mes trois plus jeunes. On a besoin de moi à la maison. Mais...

Elle secoua la tête.

— Alors trouvez-moi une bonne. J'aimerais mieux avoir quelqu'un que vous connaissez. Quelqu'un... — il eut un pauvre sourire — quelqu'un à qui on puisse confier un enfant et assez charitable pour accepter cette maison grotesque et ses occupants, et même ayant assez de cœur pour ne pas en bavarder au-dehors.

Avec une explosion de franchise soudaine et désarmante, il demanda si c'était trop espérer. Embarrassée, Mrs. Quinn tortilla ses doigts durs et rouges et se mordit la lèvre.

— C'est bien difficile de vous répondre, Mr. Holt.

— Je n'en suis pas étonné. Il y avait une femme ici qui travaillait pour nous, une Mrs. McBane...

— Oui, je sais. Elle est comme beaucoup d'autres. Mais vous ne pouvez pas être comme.... excusez-moi, monsieur... comme vous êtes sans que les gens du voisinage le sachent. Je tâche de me mêler de ce qui me regarde, plus que Mary McBane, mais...

Sa phrase inachevée démontra l'inutilité d'exiger que la nature humaine soit autre qu'elle n'est.

— En tout cas, l'important en ce moment est de trouver une bonne. Pouvez-vous m'indiquer quelqu'un, Mrs. Quinn ?

Elle dit lentement :

— Je pensais à ma fille Maggie. Elle est domestique chez Mrs. Worthington, là-bas à Gramercy Park.

— Alors engagez-la. Je n'espérais pas si bien. Quand pourra-t-elle entrer ?

Mrs. Quinn eut de nouveau un air embarrassé.

— Oh ! assez vite, peut-être. Mais voyez-vous, monsieur...

Elle baissa la tête. Randall l'examina, et une fois encore son silence maladroit lui révéla ce qu'elle ne trouvait pas la manière de lui dire.

— Je vois, soupira-t-il. Vous ne seriez pas trop rassurée si votre fille avait une situation tellement.... tellement en dehors des conventions établies. Je comprends, et je voudrais que ce soit différent. Mais, comme vous le voyez, il me faut de l'aide. S'il ne s'agissait pas d'un petit enfant...

— C'est vrai. Voyez-vous, monsieur, les bonnes places s'obtiennent quand on a de bonnes références, les meilleures même. Et Maggie vient de passer deux ans chez Mrs. Worthington. C'est sa première place. Si elle la quitte pour...

Mrs. Quinn ferma la bouche, soupira, puis ajouta :

— ... pour une place comme celle-ci, qu'est-ce qui arrivera quand elle la quittera pour une autre ?

— Je lui donnerai le meilleur certificat possible, dit-il vivement.

Elle le regarda, comme pour lui demander qui donc, en

vérifiant la valeur d'un certificat venant de lui, ne le jugerait pas sans bienveillance. Profondément mortifié, il dit en détournant les yeux :

— Je comprends. Mais ceci... Il est bien entendu que je paierai votre fille, et vous aussi, beaucoup plus que des gages ordinaires. Et... — il eut un ton d'autorité si inné, si racé, que la bonne Irlandaise en fut à moitié rassurée — quand nous en serons au certificat, nous arrangerons quelque chose de bien, j'en suis sûr.

Elle se mordit les lèvres, tentée par la promesse de gages plus élevés. Il reprit :

— Je vous en prie, Mrs. Quinn, faites-le pour moi.

Il posa la main sur son bras et regarda dans ses durs yeux gris avec une expression si suppliante qu'elle céda à ce que son bon sens lui conseillait de refuser depuis le début. Elle soupira. « On n'a pas un cœur de pierre ! » se dit-elle. Et elle partit voir Maggie.

Seymour fut hors de lui. Il apprit cet arrangement quand il entendit Randall en haut cet après-midi, tirant et poussant des meubles dans la vieille chambre au-dessus de la bibliothèque, celle sur l'arrière-cour, au même étage que la chambre de leur mère qui donnait sur la rue. Il tâtonna son chemin en prenant l'escalier et le vestibule jusque-là et arriva au seuil de la pièce. Les fenêtres étaient grandes ouvertes, et l'air chaud entrait à plein. Mêlé à la poussière et à l'humidité de dix années, il lui porta aux narines une vieille odeur de moisissure.

— Que fais-tu là ? demanda-t-il très inutilement.

— Je prépare cette chambre pour qu'elle puisse être habitée.

— Il n'y a pas dans cette maison une seule chambre qui soit habitable. Elle pue comme une écurie.

— Elle ne puera plus.

Seymour entendit un meuble tomber, et Randall reprit :

— Si tu ne veux pas attraper un mauvais coup, ôte-toi du chemin. J'empile le mobilier dans ce coin de la chambre. Va.

— Pourquoi ?

— Seymour, descends et occupe-toi de ce qui te regarde.

La voix de Seymour se fit nasillarde et sèche :

— Tu vas faire faire des réparations ?

— Oui, ce qui sera nécessaire. Je vais faire arranger le toit pour que l'humidité ne s'infiltre plus dans le mur et je vais faire replâtrer cette chambre et mettre un papier neuf. C'est la seule pièce de la maison où, Dieu merci, je n'ai pas besoin de trier et de jeter un tas de vieilleries.

— Et tu vas demander à nos administrateurs de te payer ça ?

— Certainement. Au moins, quand je leur demanderai, moi, de dépenser de l'argent, ils n'auront pas besoin d'aller devant les juges pour en obtenir la permission.

— Je ne veux pas qu'on dépense mon argent à ça.

— A ta guise. Je leur demanderai de prendre sur le mien.

— Et je leur dirai, cria Seymour, que tu fais arranger cette chambre pour y loger ton bâtard.

— Le nôtre. Je peux aussi leur dire ça, et je le ferai si tu m'y forces. Ou encore je paierai moi-même les réparations au lieu de payer tes notes de médecin pendant trois mois encore. En fait, je ne pense pas que je puisse continuer plus longtemps.

Il marcha vers Seymour, lui prit la figure entre ses deux mains et ajouta :

— Écoute-moi bien. Tu as employé ce mot-là pour la dernière fois, tu entends ? Je pense ce que je te dis là, Seymour. Dieu te vienne en aide si tu le dis encore une seule fois.

Seymour jura et reprit :

— Si tu ne suis pas mon conseil d'aller la retrouver avant de te mettre sur les bras une chose pareille, tu es un plus fieffé imbécile que tu ne l'as été jusqu'ici. Et c'est déjà largement suffisant.

Il tourna les talons et sortit.

Le jour suivant, quand Magie Quinn, enlevée à Mrs. Worthington par une nécessité familiale fictive, fut temporairement installée dans le salon avec le bébé et que Randall eut examiné les réparations à faire avec un entrepreneur, il fut déconcerté de constater que les paroles de Seymour n'arrivaient pas à lui sortir de la tête. Il travailla avec acharnement pour ne plus y penser, mais, alors même qu'il était submergé sous les divers détails de l'installation du deuxième étage, allant chercher au troisième les meubles de la nursery qui pouvaient être nettoyés, repeints et utilisés, et laissant soigneusement ses propres affaires cachées et enfermées là-haut, les remarques de Seymour continuaient à tourner dans sa tête. Son frère pouvait-il avoir raison ? Si Renata était restée à New York, ne faudrait-il pas obtenir d'elle une sorte d'engagement de ne jamais chercher à voir l'enfant ? Il s'assit lourdement et se mit à considérer la possibilité qu'elle revienne un jour dans leur vie et exige de reprendre son enfant.

Cela n'allait avec rien de ce qu'il connaissait d'elle, mais il avait lu des histoires plus étranges sur des situations analogues. Bientôt, il comprit qu'il ne trouverait la paix de l'esprit que lorsqu'il aurait découvert si Seymour avait raison ou non.

Il lui fut étonnamment facile de retrouver la trace de Renata. L'Opéra était fermé, mais le directeur de la scène, celui qui avait envoyé Renata à Saint-Timothy quinze mois auparavant, lui donna une adresse où elle avait évidemment déménagé après l'appartement sous-loué l'autre été. Elle avait également quitté ce nouveau logement pour un endroit dont il eut aussi l'adresse. Il la suivit encore après deux autres changements, chacun de plus en plus modestes, et finalement se trouva vers la fin d'une journée sur le seuil d'une porte, en face d'une lourde et hargneuse Italienne aux yeux noirs et méfiants. Il supposa que la maison était une pension de famille pour musiciens, mais n'osa pas s'en assurer. La femme fut d'abord fermée comme une huître et ne consentit même pas à admettre qu'elle connaissait personne répondant à la description de Renata Tosi. Elle haussa les épaules avec indifférence quand Randall lui assura qu'il ne voulait pas savoir autre chose que l'endroit où la jeune femme se trouvait. Puis, maudissant sa naïveté, il prit dans sa poche son portefeuille et offrit un billet à la créature. Encore une fois il demanda où était Renata Tosi et si, par hasard, elle ne se trouvait pas précisément dans cette maison.

— Non, dit la femme, elle est partie.

— Quand cela ?

— Avant-hier.

— Savez-vous où elle est allée ?

La femme secoua la tête. Mais ses yeux avaient l'air faux.

— Même pas pour un autre billet de cinq dollars, demanda-t-il, vous ne saurez pas où elle est allée ?

La femme secoua la tête de nouveau, mais ajouta en même temps :

— Pour l'Amérique du Sud. Le *piroscafo* est parti le jour avant-hier, dans l'après-midi.

— Elle était seule ?

La question lui échappa sans qu'il puisse la retenir.

— Non. — La femme se tourna pour rentrer. — Elle est partie avec un Signor Baldini.

Seymour se dirigea vers son atelier à la cave. Les murs, les rampes, le nombre des marches lui étaient si familiers qu'il allait vite et sûrement. Ces dernières six semaines, il avait passé plus de temps en bas que dans toute sa vie. La blessure de sa querelle avec Randall était toujours à vif. Il se comportait comme si l'enfant n'existait pas, ni aucune des innovations venues en même temps que lui. Ses habitudes étaient dérangées, et il voulait ignorer les efforts de Randall pour les rétablir. Chaque matin, son frère lui demandait du même ton doux s'il ne voulait pas qu'il lui lise le journal, et, chaque matin, Seymour répondait aigrement : « Non merci », et s'en allait à la cave.

— Très bien, dit plusieurs fois Randall. Je garde les journaux au cas où tu aurais envie d'y retrouver quelque chose.

Ce jour était, comme tous les autres jours, un vide béant, et Seymour entendit la pendule du salon sonner neuf heures, tandis qu'il traversait le vestibule. « Neuf heures, pensa-t-il, et il frémit tout en descendant les marches. Neuf heures, et voilà la journée déjà passée, mais jamais finie. Quatorze, quinze heures à traîner, à compter quand la pendule sonne, à deviner quand elle ne sonne pas. » Ce vide avait duré vingt minutes, et quarante-cinq, cet espace de temps mort. Il ne dormait jamais profondément, parce qu'il n'était jamais physiquement fatigué. Il se résignait à n'importe quelle ratatouille, parce qu'il n'avait pas d'appétit. Il atteignit le bas de l'escalier et suivit son chemin sans se tromper parmi les objets accumulés qui remplissaient presque tout l'espace entre le bas de l'escalier et son établi sous la fenêtre. Il s'était dit, et quelques mois auparavant il l'avait dit à Randall, qu'il pouvait faire beaucoup de choses de ses mains ; pourquoi ne pas en faire l'expérience et se mettre à construire des mécaniques en travaillant au toucher ?

« J'ai menti, pensa-t-il maintenant. Je le pourrais, si j'y attachais suffisamment d'importance. Mais tout m'est indifférent, même la mort. Pourquoi est-ce que je ne veux pas mourir ? »

Il se hissa sur le siège de la Stevens-Duryea, où il passait des heures, et y resta assis, les mains au volant, touchant de temps en temps les leviers et les autres instruments comme pour se rassurer. « Pourquoi est-ce que je ne veux pas mourir ? Pourquoi est-ce que je ne me suicide pas ? »

Il avait eu une conversation avec le docteur Willingdon les derniers temps où il voyait encore, avant qu'il eût trahi sa confiance par son odieuse conduite à l'égard de ses honoraires.

Pris de panique malgré des années de préparation révoltée et n'arrivant pas à croire que pareil sort lui était réservé, il avait demandé au docteur ce que faisaient les gens quand ils devenaient aveugles. Ne décidaient-ils pas immédiatement que la mort était préférable, et beaucoup d'entre eux ne recouraient-ils pas presque automatiquement au suicide ? Quant à lui, c'est ce qu'il ferait. Il ne pouvait concevoir une existence à traîner et devenue un fardeau à lui-même et aux autres.

— Vous n'éprouverez rien de semblable quand vous en serez là, avait dit Willingdon. La cécité est une chose étrange, comme d'autres infirmités permanentes. On éprouve quelquefois un désespoir terrible et une affreuse panique au début, mais la plupart des gens s'y adaptent et très peu, pour ainsi dire aucun, d'après mon expérience, n'essaye jamais d'en finir avec la vie.

— Mais on le devrait, s'était écrié Seymour. Ce sera mon sentiment, je le sais d'avance. Comment puis-je devenir un tel fardeau pour mon frère ? Et, mon Dieu ! quelle horreur sera ma vie pour moi-même ?

Il ne se trompait pas : une horreur au-delà de tout ce qu'il avait pu imaginer. Il entendait encore sa propre voix protestant que ce serait son devoir de libérer Randall de ce boulet : un homme ne pouvait accepter une telle ignominie et traîner toute une existence sans but. « Tout cela était sensé alors, pensa-t-il, et l'est toujours. Alors pourquoi ne fais-je rien ? » Sans réponse vis-à-vis de lui-même, assis dans son automobile fantôme, abandonné à son obscurité et indifférent à l'absurdité tragique du spectacle qu'il offrait, il se demanda s'il viendrait jamais un temps où quelque événement amènerait un changement dans son présent état de mort vivant. Peut-être quelque chose le pousserait, un jour peut-être il déciderait d'en finir. « D'autre part, quand je serai sorti de ma gêne financière actuelle, cela n'amènera pas une grande différence dans ma vie, mais c'est tout de même possible. » En septembre, dans six semaines seulement, il recevrait de nouveau son revenu — il n'envisagea pas qu'il le devrait tout entier à Randall pendant longtemps encore. Dans trois ans, il en aurait le double et, neuf ans plus tard, il serait riche. Là peut-être il y aurait une différence. Ne trouvet-on pas quelqu'un à engager pour vous lire, pour aller avec vous, même pour trouver quelque joli et agréable endroit où habiter ? Dans le recoin où il tenait cachés ses meilleurs instincts, comme beaucoup des objets autrefois fonctionnant et maintenant rouillés et pourris dans cette cave, sa raison lui demanda où il pourrait engager un dévouement comme celui de Randall, donné si chaleureusement et avec tant d'amour vrai ? A côté de cela, tout serait intolérable.

« Quelle bêtise ! se répondit-il soudain à lui-même. Il va falloir changer mes habitudes, puisque Randall m'a abandonné pour ce maudit enfant, a lancé cette insulte à toute décence et à l'intimité de notre vie. Ah ! il t'a vraiment abandonné ? C'est exactement la même chose ! En tout cas, je n'ai pas le choix, il va falloir que je remplisse comme je pourrai mon existence fantôme. Puis-je obtenir cela en cultivant l'usage de mes autres sens ? Et, si je fais cela, arriverai-je à ce que la perte de ma vue ne me fasse pas rester toujours comme maintenant ? »

Ses autres sens, quels étaient-ils ? Cramponné à ce volant qui ne le dirigeait nulle part, il pensa que ses autres sens n'étaient rien, absolument rien qui ne fût moquerie. Le goût, l'odorat ? La nourriture ne l'intéressait plus. Le toucher ? Mais que toucherait-il pour en obtenir une consolation humaine sans qu'on recule devant ce qu'il était devenu ? Ses oreilles ? Elles n'avaient jamais beaucoup contribué à son plaisir. Il en vint à penser aux femmes, une pensée suffisamment provocante pour apporter un stimulant, même à un aveugle. Oui, autrefois il avait pensé cela, avant le cauchemar de cette dernière année. Maintenant cela prenait la figure de cette chose grotesque qui les avait atteints, son frère et lui, cette exigence absurde et exagérée... Le prix du plaisir pouvait donc devenir trop élevé ? Mais qui d'autre que ce sentimental imbécile de Randall insisterait pour le payer, ce prix ? Un imbécile sentimental ! Seymour n'en éprouvait que mépris. En même temps, l'autre côté de sa nature demeurait dans une solitude de désert, malgré les soins, la tendresse, la présence constante que Randall lui avait prodigués sans compter.

Il pencha la tête sur ses bras croisés sur le volant et resta assis là dans sa cave, dans son obscurité.

L'entrepreneur avait réparé le toit sans entrer dans les mansardes. Quand il vit combien l'humidité avait fait de dégâts dans le plâtre du deuxième étage, il suggéra à Randall de réparer aussi les autres pièces, mais Randall écarta cela en disant que c'était tout ce qu'il pouvait envisager cette année, et, les autres chambres n'étant pas employées, on pouvait les laisser sécher toutes seules, puisque le toit était maintenant en bon état. De sorte qu'il eut une bonne chambre propre et saine pour John et sa bonne sans que personne fût entré ni dans les pièces du troisième où se trouvaient ses affaires, ni au grenier, où il n'était plus revenu depuis cette nuit étrange, un an et demi plus tôt. Il avait presque complètement réussi à oublier les mansardes, les odeurs et les bruits de là-haut, qui pouvaient bien vous donner des hallucinations si on avait la faiblesse d'y remonter. Il avait eu bien autre chose en tête dans l'intervalle. Moins que jamais il ne fallait s'en préoccuper. Seulement maintenant, Maggie Quinn habitait la maison. Elle semblait accepter aussi facilement que sa mère le fait qu'on n'avait jamais besoin d'entrer dans aucune de ces chambres inhabitées.

— Ce sont seulement des débarras, expliqua Randall avec assez de vérité, et ce serait perdre son temps si on essayait de les nettoyer. Alors nous les laissons fermés.

Elle n'était pas fâchée de ne pas avoir à monter plus haut que le second. C'était une gentille fille en tout cas, qui comprenait suffisamment la situation, et il avait déclaré une fois pour toutes que sa mère était au courant de tout ce qui était nécessaire au sujet de la maison et de ses habitants.

Mais, une fois la nouvelle nursery prête et Maggie Quinn installée avec John, Randall se mit à penser beaucoup à ces mansardes. Quelquefois, il montait la nuit jusqu'au troisième, s'enfermait dans l'ancienne nursery et y restait, écoutant avec soin, pour se rendre compte s'il entendait au-dessus de sa tête de légers sons de bousculades rapides. A son grand soulagement, rien ne se produisit. Peut-être, s'il y avait eu là quelque chose, il — ou ils — était parti depuis longtemps, faute d'y trouver de quoi manger. Mais, autrefois, n'en était-il pas de même ? Et pourtant ils y vivaient ! Ou n'était-ce qu'un tour de son imagination ? Plutôt que de se représenter ce qu'il pouvait y avoir là maintenant, il se mit à réfléchir à ce qu'on pourrait faire pour isoler les deux petites chambres de telle façon que rien de ce qu'elles contenaient, rien d'aucune sorte, ne serait connu de quiconque dans la maison. « Admettons, pensa-t-il, qu'elles soient complètement remplies de quelque chose de compact, comme du papier par exemple, qui étoufferait le son et obstruerait tout passage... » C'est une bonne idée. Et, se demandant où il en trouverait une quantité suffisante, il pensa aux journaux quotidiens qu'il avait conservés depuis si longtemps, puisque

Seymour refusait qu'il les lui lise. Il les avait accumulés jour après jour en bas dans la vieille salle à manger qu'ils n'utilisaient plus jamais, et il y en avait un bon nombre.

Il attendit jusqu'au milieu de l'après-midi; Maggie Quinn avait emmené John dehors et le poussait de long en large dans sa petite voiture, et sa mère était retournée chez elle. Randall prit une pelote de solide ficelle et attacha les journaux par paquets serrés pour en faire des sortes de blocs. Il les porta jusqu'en haut, ouvrit une des chambres du grenier et, commençant contre le mur extérieur, y empila les blocs de journaux aussi serrés qu'il put. Il n'y en avait pas suffisamment pour achever l'ouvrage tel qu'il l'avait conçu, mais il n'avait qu'à continuer à les garder et à les attacher par paquets jusqu'à ce qu'il ait rempli ces deux horribles petites pièces et qu'elles ne soient plus des chambres, mais des cubes massifs dans lesquels on ne pourrait plus pénétrer. Il se sentit infiniment soulagé.

— Mais pour sûr, monsieur Holt!

Maggie posa John par terre sur une couverture dans la nursery et le regarda avec fierté, tandis qu'il lançait de tous les côtés ses vigoureuses petites jambes et ses bras. Quand il était sur le ventre, il se soulevait sur les bras et, en ce moment, il essayait de ramener ses jambes pour se tenir sur les genoux. Il tournait la tête de Maggie à Randall et de Randall à Maggie, chaque fois avec un grand sourire sans dents.

— Pour sûr qu'il est assez grand pour avoir un arbre de Noël! Ils adorent tout ce qui brille et toutes les jolies choses. Il est malin comme un singe, monsieur. Il va bientôt marcher à quatre pattes.

— C'est donc si remarquable? demanda Randall.

Il s'agenouilla et fit rouler une balle vers John sur la couverture, et l'enfant s'écroula sur la balle en poussant des rugissements de joie.

— Je vous crois, monsieur Holt. Il n'a pas encore sept mois. Il y en a beaucoup qui n'essayent pas de se traîner sur les mains et les genoux avant un an bien passé.

— Alors, Maggie, si vous en jugez ainsi, c'est certainement exceptionnel. Et nous aurons un vrai Noël pour lui.

— Si j'étais vous, monsieur, je ne lui prendrais pas encore de vrais jouets, seulement des choses molles qu'il pourra lancer en l'air. Je m'excuse de vous dire ça, mais souvent les... les messieurs veulent acheter des jouets amusants pour les bébés, des petits trains, des chevaux à bascule, je ne sais quoi.

Randall rit un peu jaune.

— Je crois que vous n'avez pas à vous inquiéter de ça cette année, Maggie, dit-il.

Il partit à la recherche de Seymour. Depuis une semaine, il avait essayé de trouver le courage de dire à Seymour ce que les administrateurs de leur fortune leur avaient écrit à tous deux la dernière quinzaine de novembre. Randall avait demandé chaque matin à Seymour s'il ne voulait pas qu'il lui lise son courrier, et Seymour, après s'être informé d'où venaient les lettres, avait répondu sèchement : « Non, merci. » Mais le 1er décembre était demain, et il fallait absolument que Seymour soit mis au courant avant que la nouvelle lui arrive trop brutalement. Il le trouva dans la bibliothèque, l'air sombre, assis, le menton dans les mains. Randall eut le cœur serré en le voyant ainsi, glacé, amer, torturé visiblement par sa solitude et se nourrissant de sa tristesse. Quelquefois, Randall soupçonnait qu'il ne pensait plus beaucoup à la cause de son amertume, mais qu'il se complaisait dans cette habitude. Il faudrait quelque chose pour le forcer à en sortir.

Randall alla vers lui et lui posa la main sur l'épaule. Seymour se secoua pour se dégager, ce qui était pur orgueil et entêtement, car, depuis l'année passée, cette caresse occasionnelle de la main de Randall avait remplacé le sourire qu'il ne pouvait voir. Randall ne manifesta rien et dit doucement :

— Seymour, j'essaye depuis une semaine de te dire quelque chose que tu devrais savoir, mais tu te dérobes. Si tu dois le découvrir d'une autre manière, j'ai peur que...

— S'agit-il de... de l'enfant ?

— Non, frère, il s'agit d'argent.

— Quel argent ? dit-il avec mauvaise humeur.

Ne le savait-il pas parfaitement bien, qu'il devait de l'argent à Randall ? Alors pourquoi le lui rappeler ?

Randall reprit :

— Ce sont ces lettres qu'on nous écrit et que tu n'as pas voulu que je te lise. On me dit que mon revenu va être terriblement diminué ce trimestre, et je suppose... je crains...

— Sacrebleu ! Et pourquoi ?

— Tu sais qu'il y a en ce moment une panique boursière, et même si je ne te lis presque plus jamais les journaux, personne ne peut l'ignorer complètement.

Seymour crispa ses mains sur les bras de son fauteuil.

— Es-tu en train de m'apprendre que ces mielleux squelettes ont perdu tout notre argent ?

— Non, frère. C'est justement à ce sujet qu'ils nous ont écrit. Je ne m'y connais pas assez pour comprendre tous les détails, mais ils assurent qu'ils sont très satisfaits parce qu'ils ont pu sauver la valeur du capital que nous avons. Mais la plupart des titres ne donnent pas de dividendes, et, sauf pour quelques-uns, nous n'aurons presque pas de revenu. Du moins, c'est ce qu'ils m'ont écrit à moi, et je suppose que tes lettres t'annoncent la même chose.

— Alors sors-les et lis-moi ces sacrées histoires.

Randall les parcourut et dit :

— Elles sont exactement pareilles aux miennes.

— Naturellement. Juste au moment où j'allais recommencer à toucher ce qui me revenait !

Seymour jura.

Randall secoua lentement la tête. Comme c'était bien Seymour de s'attendre à conserver tout son argent, même s'il le devait à Randall ! A quoi bon le lui rappeler ! Mais il n'y avait pas autre chose à faire. Randall avait passé toutes les dernières soirées à faire des calculs, à additionner, à diviser et à essayer d'équilibrer leur budget du trimestre suivant malgré les dépenses beaucoup plus fortes depuis l'arrivée de John. Il avait espéré que Seymour lui rendrait une partie de ses dettes accumulées, et maintenant il ne voyait pas comment s'en tirer à moins d'ajouter presque tout le trimestre de Seymour au sien. A regret et avec anxiété, tâtonnant son chemin en priant pour éviter une nouvelle sortie, il le dit à Seymour. Un instant, personne ne parla. Puis Seymour dit :

— Je croirais presque que tu es aussi résolu à faire durer ma punition que Grand-maman elle-même.

— Oh ! frère, ne pourrais-tu essayer d'être plus juste ? Tu me connais, tu sais très bien que, si nous avions continué à toucher le même revenu, j'aurais prolongé ces paiements au docteur Willingdon et tout le reste aussi longtemps que tu aurais voulu. Je n'y peux rien, Seymour, vraiment !

— Tu as organisé toute une tenue de maison pour...

— Seymour, je t'en supplie, cesse de dire de pareilles choses, et aussi de les penser. — Randall mit sa main contre la joue de Seymour comme pour fixer son attention, exactement comme il l'aurait fait en le regardant au fond des yeux s'il avait pu voir. — Je comprends ton sentiment. Mais John est ici maintenant, et, si tu savais ce que j'éprouve pour lui, tu comprendrais qu'il n'a rien à voir avec tout ce qui est arrivé autrefois. Il vous fait tout oublier quand on est attaché à lui comme je le suis devenu. Quoi qu'il soit arrivé, quoi que nous ayons fait tous, ce n'est pas sa faute, frère. — Randall se mit à genoux, prit les mains de Seymour et les serra entre les siennes. — Je t'en prie, Seymour, je t'en prie, écoute-moi. Tu es bon. Bon et généreux et beaucoup plus au courant de la vie que moi. Redeviens toi-même, frère. Demande-toi s'il est juste de faire porter toute ton amertume à un petit enfant. Ne lui fais pas payer nos erreurs, frère. Il ne peut pas connaître nos raisons, il ne doit pas les connaître. Tout ce qu'il sait, c'est qu'il y a ici un grand étranger qui ne fait jamais attention à lui. Il est maintenant d'âge à s'en apercevoir, et ça lui fera du mal. Seymour, si tu le laissais seulement te connaître comme il me connaît, et aussi Maggie et même Mrs. Quinn, cela te rendrait heureux, crois-moi. — Randall baissa la tête et la posa sur les mains jointes de Seymour. — Crois-moi, je t'en prie. C'est réellement pour ton bien.

Seymour resta muet. Son visage, quand Randall leva la tête et vit sa pâleur, était tiré et rigide. Ses yeux gris, qui ces derniers mois avaient perdu toute expression, étaient maintenant tout aussi vides, mais Randall vit soudain une humidité gagner lentement leur pitoyable imperturbabilité. Il fallait se garder de toucher à cette blessure ouverte et de lui infliger l'humiliation de la regarder frémir, aussi Randall se leva et, du bout des doigts, il ferma doucement les paupières de l'aveugle et, plus doucement encore, se pencha et posa ses lèvres sur l'une, puis sur l'autre. Seymour, tendu, serra les mains de son frère, puis il dit d'une voix rauque :

— Tu l'appelles John ?

— Oui. Tu es d'accord ?

— Oui.

— Prends ton temps, frère. Je ne t'ai rien demandé, seulement de redevenir toi-même.

— Non, dit Seymour, c'est une erreur. Maintenant ou jamais. Amène-le ici.

Randall alla prendre John et l'amena dans la bibliothèque.

— Je ne le mets pas sur tes genoux, dit-il. Attends jusqu'à ce qu'il le veuille lui-même. Nous sommes à côté de toi.

Il s'assit sur le coussin tout près du fauteuil de Seymour, tendit la main et prit l'index de son frère qu'il mit dans la main de John. Les petits doigts potelés se fermèrent, et John secoua la main de haut en bas avec des gargouillements joyeux. Seymour se pencha lentement et posa son autre main sur la tête de l'enfant. Il la tâta doucement, avec la légèreté qui permettait à ses doigts de voir, pour ainsi dire. La main passa avec douceur sur les cheveux de John, sur son front large, sur une joue ronde, puis sur l'autre. John aima cette caresse et gazouilla.

— De quelle couleur sont ses cheveux, Randall ?

— Châtains. Une sorte de châtain clair brillant. Maggie assure qu'ils vont friser.

— Et ses yeux ?

— Ses yeux... Je crois que cela dépend de la lumière. Quelquefois ils semblent plutôt bleus et quelquefois gris.

— Pas aussi bleus que les tiens ?

— Non, quelque chose entre les deux.

— Et son teint ? Sa peau ?

— Oh ! ce n'est encore qu'un bébé. Il est si rose qu'on ne peut pas vraiment dire ce que sera réellement son teint.

— Sa peau est si douce ! dit Seymour comme inconsciemment.

Il parcourut de la main son corps et attrapa un des vigoureux petits pieds. John prit cela pour un jeu et donna de l'autre un coup de talon. Seymour le saisit aussi. John hurla de joie. Il bondissait sur les genoux de Randall. Seymour remarqua :

— Il est vraiment fort, il me semble. Et plein d'activité.

— Et intelligent, à ce que dit Maggie. Je ne sais pas à quoi on reconnaît cela, mais elle assure qu'il l'est beaucoup plus que bien des bébés. Les bonnes sont comme ça pour tous ceux dont elles s'occupent, je pense.

— Il te connaît vraiment ? Par ton nom ?

— Naturellement, il ne m'appelle pas réellement, mais il reconnaît Maggie et sa mère, et moi, et, quand nous nous donnons un nom, il fait un son dont Maggie assure que ce sera bientôt un mot.

— Montre-moi.

Randall dit :

— Où est l'oncle Randall, John ?

L'enfant était assis en face de Seymour et jouait avec son doigt. Seymour sentit qu'il se retournait, et il se jeta vers Randall en émettant un son inarticulé et joyeux. Randall l'entoura de ses bras, puis se pencha et dit :

— Voilà oncle Seymour, tu vois ?... Tends-lui les bras, Seymour, parle-lui.

— Veux-tu venir ici, John ?

La voix de Seymour s'était faite aussi douce qu'il le put. John resta immobile, ne sachant pas encore s'il pouvait se fier à ce personnage peu familier qui jusque-là n'avait été pour lui qu'une statue silencieuse et mobile. Il ne fit pas de mouvement pour aller vers Seymour, et Randall répéta :

— Voilà l'oncle Seymour. Gentil... gentil oncle Seymour.

Seymour pensa tout à coup au paquet de cachets pendus au bout de sa chaîne de montre, de gros cachets d'or qui avaient appartenus à son père et à son grand-père et qu'il portait depuis des années. Il les avait encore par habitude, exactement comme il portait et remontait tous les jours la montre qu'il ne voyait plus. Il sortit la chaîne et fit danser les cachets devant John. Ils cliquetèrent et brillèrent, et John essaya de les attraper avec un gloussement péremptoire. Seymour les posa dans sa main et tint l'autre bout de la chaîne. John les secoua et les fit cliqueter, et Seymour tira doucement sur la chaîne, comme sur une ligne avec un poisson à l'hameçon. Randall se rapprocha et avança le coussin. Quand les cachets furent presque revenus dans la main de Seymour, John se précipita en avant avec une exclamation et se trouva sur les genoux de Seymour. Il parut très satisfait. Il avait le paquet de cachets dans une main et quelque chose d'également nouveau dans l'autre, une longue chose hérissée, un peu comme un manche souple qu'il tira vigoureusement. Le visage à l'autre bout du manche se rapprocha, et Seymour se mit à rire en s'écriant :

— Aïe !

John tira de nouveau sur l'objet, et Seymour répéta : « Aïe ! » Jeu nouveau qui enchanta John. Il poussa un de ses hurlements de plaisir et se jeta sur la poitrine de Seymour. Les bras de celui-ci se refermèrent autour du petit corps, et Randall, se levant sans bruit du coussin, sortit et les laissa.

CHAPITRE XVII

L'air continua, répété une deuxième fois, puis une troisième. Seymour essaya de concentrer son attention sur ses comptes et ses pliages, mais il fronça les sourcils et secoua les épaules avec irritation. L'air n'était rien, une petite chanson où il était question d'un noisetier, et Randall le jouait souvent à John et le lui chantait, mais Seymour commençait à en avoir assez. Il était assis à son bureau dans la bibliothèque, et Randall et John étaient en bas dans le salon, toutes portes fermées ; mais Seymour avait l'ouïe si fine qu'il entendait ce que d'autres n'auraient même pas remarqué. Il continua à compter et à mettre soigneusement de côté son argent. Il avait trouvé un moyen, maintenant que son revenu et celui de Randall étaient retrouvés et que leurs pires soucis financiers étaient passés : puisqu'il ne pouvait avoir rien de secret et qu'il dépendait de Randall pour écrire ses chèques et tenir ses comptes, il avait demandé à la banque de lui remettre un tiers de ses revenus en espèces le premier de chaque mois. L'employé de la banque lui apportait les billets placés dans l'ordre de leur valeur. Ensuite Seymour les pliait de façon différente pour chaque valeur, de telle façon qu'il les connaissait immédiatement. Les billets de un dollar étaient laissés à plat, ceux de cinq dollars étaient pliés en trois, ceux de dix en quatre et ceux de vingt en deux dans leur longueur. Puis il les plaçait dans un coffret d'acier qui avait appartenu à sa grand-mère et qu'il gardait dans le tiroir du bas de son bureau. Les clés du bureau et du coffret étaient toujours dans sa poche. Il se sentit après cela beaucoup plus sûr de lui, et mieux encore quand, sans consulter Randall, il fit réinstaller le téléphone. Il pouvait maintenant acheter ce qui lui plaisait et payer quand on le lui livrait. Non pas qu'il achetât beaucoup de choses, mais il avait trouvé intolérable de dépendre de son frère jusque dans les détails les plus infimes.

Seymour finit de compter, enferma le coffret et écouta un moment, tout en essayant de ne pas entendre cette chanson idiote là-bas au salon. Depuis Noël, cela durait. D'abord Randall avait chanté cet air allemand écœurant de sentimentalité : *Heilige Nacht*, et *Tannenbaum*. Au deuxième Noël de John, trois mois avant, ils avaient vécu enfin un moment de bonheur, mais Seymour n'avait pas spécialement apprécié l'organisation de Randall. Celui-ci avait installé l'arbre de Noël dans le salon, où John aurait beaucoup de place pour jouer avec ses nouveaux jouets. Du moins telle était la raison invoquée par Randall. Or, depuis des années, la bibliothèque était le domaine déclaré de Seymour et le salon celui de Randall, et Seymour se sentit mis de côté en voyant le salon devenir à Noël le centre de la scène. Naturellement les malles et les valises avaient été enlevées depuis longtemps, et Randall n'avait jamais dit où il les avait mises, mais Seymour se sentait encore mal à l'aise dans cette pièce. Il ne s'y risquait jamais très loin et restait près de la porte, assis sur l'un des deux sièges compliqués à la mode victorienne qui la flanquaient. Peut-être avait-il été particulièrement touché par ce fait que la joie d'une fête de Noël pour un petit enfant réside essentiellement dans les merveilles que ses regards découvrent. Il entendit ses cris de plaisir devant l'arbre illuminé et son exclamation constamment répétée de : « Regarde ! Regarde ! » Il sentait encore le contact de John arrivant à lui en trébuchant et mettant dans sa main un éléphant de bois de son arche de Noé en criant :

— Regarde, oncle Seymour, regarde !

John, à dix-neuf mois, ne pouvait comprendre ce que c'était qu'un aveugle, mais il savait que, pour communiquer une perception à Seymour, il fallait recourir à ses longs doigts sensibles ou à des sons par lesquels il attirait son attention, alors qu'un simple sourire, qui toujours trouvait chez Randall un écho, ne recevait de Seymour aucun signe d'attention.

J'avais un petit noisetier,
Qui ne portait aucun fruit.

Seymour, tendu et de mauvaise humeur, restait assis, immobile. Pourquoi détestait-il cet air inoffensif ? Sa conscience lui faisait des reproches, mais il se sentait mal à l'aise, parce que trop souvent il s'irritait de ce que faisait Randall ou le critiquait, et il était trop fin pour ne pas en deviner la cause. Randall ne s'était pas trompé au sujet de John : personne ne pouvait s'empêcher de l'aimer. Seymour l'entendait et le touchait, charmé, même s'il ne pouvait le voir, par ses progrès et la façon dont il devenait chaque mois plus intéressant à suivre. Mais Seymour savait parfaitement que, pour qu'un enfant soit intéressant, il fallait l'intéresser, et, là, Randall prenait tous les avantages. Il lisait à John des histoires ; Seymour les entendait discuter sur les images des livres, et John se mit à en parler avec intelligence dès qu'il put s'exprimer suffisamment. Randall jouait et chantait avec John, Randall prenait soin de lui quand Maggie sortait le mercredi après-midi. Quand John faisait une grande découverte, quand il désirait quelque chose, quand il se cognait la tête, c'était toujours vers Randall qu'il se tournait. Comment pouvait-il en être autrement ? Et comment empêcher que Seymour n'en soit exaspéré ?

Il ne voulait pas que John devienne un petit garçon trop doux et trop sensible comme l'avait été Randall, il ne les voulait pas là-bas dans le salon, exactement comme Randall dans son enfance restait assis des heures auprès de sa mère, faisant de la musique et chantant de petites chansons enfantines sentimentales. Il voulait que John devienne un vrai garçon, actif et bruyant, sportif, et fort, et vif, et ne craignant pas les jeux brutaux. Mais une chose était de vouloir tout cela pour John et une autre de savoir comment l'obtenir. Qui donc lui apprendrait à patiner à roulettes, à monter à bicyclette, à jouer au base-ball et, par-dessus tout, à manœuvrer un bateau ? Seymour n'en savait rien et ne pouvait même pas concevoir un avenir où John serait devenu conforme à ses désirs. Il savait seulement qu'en ce moment il en avait assez de cette chanson exaspérante, comme de toute cette musique et ce chant depuis Noël. Il se leva et descendit rapidement l'escalier.

Randall leva les yeux quand la porte s'ouvrit et fut déconcerté devant l'air sombre de Seymour. Ses mains s'arrêtèrent sur le clavier, et John cria :

— Encore, onc' Ran', encore !

Et il fit tomber vigoureusement son petit poing de bébé sur les notes.

— Non, John, dit Seymour de la porte. Assez de musique pour aujourd'hui.

— Voyons, Seymour !...

Les yeux bleus de Randall se firent étonnés. John se mit à se trémousser d'impatience, réclamant encore la musique.

Seymour reprit :

— Plus de musique aujourd'hui, John. Il est temps de faire autre chose. Pourquoi ne sort-il pas cet après-midi, Randall ?

— Parce qu'il fait mauvais temps, dit Randall. Qu'est-ce qui te prend, Seymour ? Je suis parfaitement capable de décider s'il faut qu'il sorte ou non.

— Chante ! dit John qui tapa de nouveau sur le piano. *Le Noisetier* !

Randall enferma les petits bras de John entre les siens et tint l'enfant en regardant Seymour.

— Pourquoi cette intervention ? demanda-t-il. Je vais le faire monter pour jouer avec toi dans la bibliothèque à cinq heures, comme les autres jours. Laisse-le tranquille en ce moment, Seymour.

— Je ne veux pas qu'il ait autant de musique toute la journée, dit Seymour d'un ton acerbe. Tu vas en faire une vraie fille.

— Quelle bêtise ! Vois donc, il est fort comme un cheval et il est trop actif pour devenir jamais mou et paresseux. Mais il aime la musique et il en entendra tant qu'il voudra.

— Ça, non !

Seymour traversa lentement la pièce avec une expression tirée et tendue que John lui-même discerna, car son front se plissa dans sa stupéfaction. Randall examina Seymour, comme s'il regardait quelque chose d'encore jamais vu.

— Il est grand temps que tu cesses de faire ainsi l'important comme ça autour de cet enfant, reprit Seymour.

— Et pourquoi ?

Randall avait rougi, et ses traits, généralement si calmes, avaient pris un air différent : ses lèvres étaient serrées et sa mâchoire se contractait.

— Parce que je n'aime pas ça, croirais-tu.

— Comme c'est dommage ! dit Randall, franchement en colère. Étant donné les circonstances, je crois que tu serais sage de te taire, Seymour, et de continuer à te taire. Tu as compris ?

Seymour gronda et reprit :

— Je sais comment ce garçon devrait être élevé et je sais aussi pourquoi.

— Vraiment? — Randall se leva du piano, tenant toujours dans ses bras John qui lui entoura le cou et qui regarda les deux frères l'un après l'autre de ses grands yeux perplexes. — Eh bien! je sais exactement la même chose que toi. Et aucun de nous ne peut prouver ce qu'il sait. — Sa voix tremblait et son visage était pâle et grave. — Retourne dans ta bibliothèque et réfléchis à cela avant de rien faire que tu pourrais regretter. Mais ceci ne doit plus se renouveler.

— Chante, répéta John en agitant ses talons, joue *Le Noisetier*!

— Attends une minute, John.

Randall le posa debout par terre, lui prit la main et la mit dans celle de Seymour. Il parla tranquillement.

— Seymour, il faut que tu fasses quelque chose pour le rassurer. Tu lui as fait peur, et, par Dieu, tu ne recommenceras pas. Je n'aime pas à te parler de cette façon devant lui, et cela non plus n'arrivera plus.

La figure de Seymour se contracta. John le regardait, un petit pli entre ses sourcils d'enfant. Il tira Seymour par la main et dit :

— Dada, onc' Seymour, joue au dada!

— Fais-le! dit Randall sans presque remuer les lèvres.

Il vit Seymour se passer la langue sur les lèvres, puis les mordre et avaler plusieurs fois. Il n'imaginait que trop la tempête intérieure que seule la présence de John empêchait d'éclater au-dehors. Seymour resta rigide, John lui tirait la main et regardait avec étonnement la figure à laquelle il n'avait jamais vu jusqu'ici cette expression. Seymour grinça des dents. Puis Randall vit ses mâchoires se détendre, et soudain l'aveugle se trouva par terre sur les mains et les genoux.

— A dada! cria John en sautant de joie.

Il grimpa sur le dos de Seymour, se retint de ses deux bras à son cou, et Seymour avança lentement à quatre pattes à travers la pièce, sous le regard de Randall qui veilla à ce qu'il ne se heurte pas aux meubles.

Il ne se passa rien de fâcheux pendant quelque temps. Seymour essaya même de racheter la conduite insensée qu'il se reprochait secrètement, et Randall fut très conciliant. Il se rendit compte que, dans son immense désir de vaincre l'opposition forcenée de Seymour à la présence de John, il n'avait pas assez pris en considération la nature complexe du problème et de

Seymour, qui devenait de jour en jour plus dominateur et plus pédant. Comment s'attendre à autre chose ? Mais, quand Randall eut saisi la situation dans toute sa gravité présente et future, il ne l'envisagea plus que dans la mesure où elle touchait John. Il fallait protéger John contre le mauvais caractère de Seymour et, bien plus, il fallait considérer son avenir, un problème trop gros de conséquences pour l'envisager à la légère. John avait maintenant deux ans, et ces deux années avaient passé assez lentement, mais le temps commençait à effrayer Randall, le temps se hâtait. Il savait que les enfants vont à l'école à partir de six ans environ. L'école, c'était des gens, l'école, c'était un état civil, l'école, c'était risquer des questions qui, pour Randall, en cette nuit où il avait fait entrer John dans sa maison et dans son cœur, n'avaient pas existé. « Je n'aurais pas agi différemment au début si je m'étais dix fois rendu compte du problème », se dit-il. Cela ne l'empêchait pas d'être devenu plus préoccupant encore aujourd'hui. « Il ne faut pas contrarier Seymour, certes. Je dois le garder de mon côté, il nous faut agir en commun pour donner à John une solide base de départ, quoi qu'il nous en coûte d'efforts et de privations. » Il comprenait maintenant comment une importance particulière donnée à la musique pouvait alarmer Seymour. Il essaierait de la réduire à des proportions plus en rapport avec le reste. Il encouragerait Seymour dans tout ce qu'il entreprendrait et dans les occupations qu'il pourrait partager avec John. Il était donc enchanté du bateau voguant dans le tub, bien que John fût trop jeune pour ce jeu. Et il essaya d'aider autant qu'il put, quand Seymour dit un jour :

— J'ai besoin de quelque chose et je ne sais pas comment faire pour l'avoir.

— Quoi donc, frère ?

Ils déjeunaient ensemble un matin dans la bibliothèque.

— Un moteur électrique. Ça a l'air parfaitement idiot, je le sais, mais...

— Tu en as sans doute l'emploi. Pourquoi le veux-tu ?

— Je voudrais essayer de monter un tour près de mon établi. Je l'utiliserai pour des quantités de travaux ennuyeux à faire à la main... et je manque plutôt de patience, tu le sais.

Seymour eut un petit rire triste.

— J'ignore tout de ces outils, dit Randall. Que faudrait-il pour cela ?

— D'abord un accès au courant électrique, d'une part.

— Aurais-tu l'idée de faire mettre l'électricité dans la maison ?

— Dieu ! non ! J'ai tout autant qu'avant l'intention de la quitter. Tout ce qui nous reste à faire maintenant est d'avoir de la patience en attendant que nos moyens nous permettent de le faire. Tu es d'accord ?

— Complètement.

— Eh bien ! alors, je croirais assez que nous pourrions faire venir un fil qui passerait par la fenêtre de la cave, et j'y brancherais un moteur, auquel j'adapterais tous les outils que je voudrais.

Randall dit avec admiration :

— Tu seras vraiment capable de faire des choses aussi compliquées seulement par le toucher ? Ça semble incroyable.

— Ça ne sera pas très bien, dit Seymour avec une grimace, et je m'abîmerai peut-être un doigt ou deux. Mais, du moins, j'aimerais essayer. Seulement ce n'est pas la peine d'y dépenser beaucoup d'argent, et je ne sais pas bien par quoi commencer.

— Crois-tu qu'on puisse trouver ça d'occasion ? dit Randall.

— Pourquoi pas ?

Ils réfléchirent.

— Je sais ! s'exclama Randall. Je lis tous les jours par le menu tous ces journaux et je ne regarde même pas les pages qui ne nous intéressent pas. — Il ouvrit les journaux du matin. — Écoute ça. Des colonnes entières d'annonces de ventes aux enchères et d'occasions de toutes sortes : cuir, matériaux de construction, quincaillerie, faïence et porcelaine, une usine de bicyclettes... — Il regarda Seymour qui écoutait attentivement. — Épicerie, matériel de tapissier, objets trouvés... Nous y voici ! Un lot de marchandises diverses et équipement électrique : générateurs, dynamos, outils assortis, tours... Voilà exactement ce que tu veux.

— Qu'en sais-tu ? Où est-ce ?

— Il y a une adresse : Abraham Bromberg, commissaire-priseur. Tu veux que j'aille voir ?

— Certainement.

Seymour avait l'air aussi enchanté que John quand il recevait un nouveau jouet.

— Comment saurai-je ce que tu veux dépenser ?

— Trouve à combien le lot est susceptible de monter, téléphone-moi, et nous déciderons jusqu'où nous pourrons aller.

Quand Randall se trouva à l'endroit indiqué, il découvrit que les marchandises diverses venaient d'une petite entreprise commerciale de Brooklyn qui se débarrassait de stocks provenant de quelques usines en faillite. Outre le moteur électrique, il y avait des quantités de choses, deux générateurs et suffisamment de pièces et d'outils pour occuper Seymour des mois. Randall obtint le lot pour une somme insignifiante. Quand le tout eut été amené à la maison, il découvrit parmi les autres articles deux pianos droits et un harmonium. Seymour était tellement excité par ce coup de filet qu'il remarqua à peine ces instruments, mais Randall en resta étourdi. Il assura à son frère qu'il trouverait moyen de les revendre et, en attendant, il les fit mettre dans la salle à manger fermée, dans laquelle personne n'entrait jamais.

Maggie et Mrs. Quinn avalaient une tasse de thé supplémentaire pour faire passer leur déjeuner de midi. John dormait là-haut, et il en avait encore pour une heure avant sa sortie quotidienne. Mrs. Quinn trempa un morceau de gâteau rassis dans son thé, pour faciliter la tâche à ses ennuyeuses gencives, et Maggie tortillait ses jambes aux gros bas de coton noir autour des pieds de sa chaise. Elle prit sa tasse à deux mains pour boire, accoudée des deux bras sur la table de la cuisine. Elle avait l'air pensif, et sa mère ne fut pas surprise quand elle parla, car souvent déjà elles avaient discuté à ce même sujet.

— M'man, lequel crois-tu que c'est ? demanda-t-elle.

— Je t'ai dit ce que je pense, Maggie, et pour sûr c'est perdre son temps que de recommencer. Pourquoi que tu y reviens comme ça ? Sûr que c'est le plus jeune, à la façon qu'il aime cet enfant. Ça fait pitié, pas ?

— Peut-être. Moi, je ne suis pas si sûre.

— Tu as l'air de t'en tourmenter de plus en plus. C'est pas la peine. Ça ne nous regarde pas.

— J'en dis pas autant, M'man. C'est tout ce que j'ai à faire. On peut pas s'empêcher de se demander, autrement ça serait pas naturel.

— Vois-tu, l'aveugle a pas fait attention au petit pendant si longtemps et a fait un tel grabuge quand il est arrivé. Ça ne pourrait pas être le père.

— Au contraire. Il peut avoir honte et que sa conscience l'ait tourmenté.

Mrs. Quinn fit une grimace.

— C'est pas de la même manière que l'autre l'aime.

— Mais maintenant l'aveugle l'aime aussi. Il se met à devenir jaloux de comment John aime Mr. Randall.

— Maggie, tu t'imagines des choses!

— Pas du tout, M'man. Tu ne les vois pas autour de l'enfant tout le temps comme moi. L'aveugle essaye de commander à la place de son frère, et ça va faire du vilain un de ces jours, c'est moi qui te le prédis. Ils feraient mieux de dire tout de suite le père au lieu d'aller droit vers la dispute qui les attend. C'est mauvais pour John aussi.

Mrs. Quinn fit remuer son râtelier et dit lentement :

— Auquel trouves-tu qu'il ressemble vraiment?

— Le plus fort, M'man, c'est que je ne peux pas dire. Je regarde John et je le regarde encore, et quelquefois je crois voir l'un, et quelquefois l'autre. Ça peut être simplement un air de famille, naturellement. Vois notre James, c'est le portrait tout craché de l'oncle Terrence.

— Ils doivent avoir leurs raisons.

— Oh! je les connais, leurs raisons. S'ils voulaient bien s'y tenir, ça n'en vaudrait sûrement que mieux. Ils ont dit que, quand John serait d'âge à aller à l'école, ils iront s'installer dans une petite ville où personne ne les connaîtra et diront que c'est le fils d'un frère mort et que sa mère est morte à sa naissance. Ils se font appeler « oncle » tous les deux. C'est une bonne idée.

— Maggie, dit Mrs. Quinn pensivement, tu crois vraiment ça?

— Quoi, M'man?

Maggie versa jusqu'à la lie le thé acajou et y mit du sucre. Elle ne regardait pas sa mère.

— Qu'ils s'en iront jamais d'ici, de cette maison?

— Eh bien!...

Maggie, embarrassée, leva les yeux vers sa mère qui avait pris une expression sagace.

— Ils en parlent depuis les trois ans et plus que je travaille ici, et tout le voisinage...

— M'man, tu as encore bavardé avec cette femme, McBane?

— Je ne lui parle jamais la première, mais je ne peux pas l'empêcher de me rencontrer dans la rue.

— Tu ne devrais pas l'écouter, dit Maggie.

— Ça, je ne le fais pas, Maggie, pour de vrai. C'est une espèce de malpropre, et je n'aime pas ça. Mais pour sûr elle a rempli le voisinage de racontars sur ces deux frères.

— Ils sont assez bizarres, M'man, il faut bien le dire. Je ne serais jamais restée ici aussi longtemps s'il n'y avait pas John. Il est trop mignon, et on ne peut pas s'empêcher de l'aimer.

— Je sais bien. Je ne t'aurais pas laissée venir si je n'avais pas eu pitié du pauvre petit.

— M'man, est-ce qu'on parle de lui aussi ?

— Maggie, dit Mrs. Quinn, j'ai essayé de t'élever convenablement et, grâce à la Sainte Vierge, j'ai mieux réussi que je ne comptais. Tu dois être vraiment innocente si tu n'imagines pas ce qu'on dit.

— Oh ! je ne suis tout de même pas si ignorante. Je voulais dire seulement : parle-t-on de lui comme si on savait lequel est le père ?

— Non, comment pourrait-on ? Ils bavardent sur tous deux, et aussi sur le pauvre enfant. Ils le voient par-dessus la palissade de derrière, quand il joue dans le jardin.

— Ça sera une bonne chose quand ils s'en iront. Il faudra qu'ils le fassent, pour le bien de l'enfant.

— J'ai essayé de dire à Mr. Randall quoi faire le jour où il est venu dans la maison.

— Oh ! M'man, vous n'auriez pas voulu qu'ils le mettent dans un orphelinat ! N'importe quelle maison vaudrait mieux que ça !

Les lèvres de Maggie tremblèrent légèrement.

Mrs. Quinn souleva sa masse fortement corsetée avec effort de sa chaise et se prépara à s'attaquer à la lessive. Elle regarda vers sa fille du coin de l'œil et dit :

— N'importe quelle maison ? Même celle-ci ?

Elle leva le menton vers le plafond et tourna son pouce vers le sol comme pour embrasser le bâtiment en son entier. Elle secoua lentement la tête et se tapa le front de son index rouge. Et Maggie poussa un soupir et partit s'occuper de John.

Seymour s'affaira des semaines à ses nouvelles installations dans la cave. Randall se sentait tout heureux d'avoir trouvé ce lot de marchandises. Il n'avait aucune idée de ce que Seymour fabriquait en bas et il n'était pas sûr que Seymour le sût plus que lui. Peut-être ne faisait-il rien et se contentait de s'exercer graduellement à se servir du tour et des outils nouveaux. Sur de pareilles matières, Seymour n'était pas facile à questionner, pas plus d'ailleurs que sur le reste. Mais, un jour, Seymour se mit à émerger de son sous-sol, parut soit à la nursery, soit au salon ou dans la cour, et commença à poser des questions péremptoires sur ce que faisait John ou sur ce qu'on lui donnait à manger, et Randall trouva dur de rester patient. Seymour se mêlait de tout avec un ton pédant, simplement pour le plaisir de montrer son autorité. Randall vit souvent Maggie rougir de ressentiment en recevant de Seymour un ordre qui était le contraire de ce qu'elle avait l'habitude de faire pour John ou de ce que Randall avait arrangé avec elle. Elle adopta une façon tranquille de répondre : « Bien, monsieur », et de continuer comme si Seymour n'avait rien dit, et Randall non seulement l'approuva, mais la soutint chaque fois que Seymour ne les observait pas.

Un après-midi d'octobre, il pleuvait, et Randall et John étaient dans le salon. Randall lisait *Le Petit Nègre Sambo* à John qui était assis sur ses genoux, serrant contre lui son bien-aimé petit ours en peluche, Teddy. C'était son inséparable compagnon. Il dormait dans le lit de John, s'asseyait à table dans un petit fauteuil de poupée, auprès de la haute chaise de John, et montait sur sa patinette devant John, attaché au guidon par une ceinture de cuir bleu. Il avait été caressé jusqu'à la trame en plusieurs endroits, son rembourrage aurait fui si Maggie ne l'avait raccommodé, et il était un peu mou. John l'avait dans son bras gauche et, de la main droite, il montrait les images qu'il connaissait par cœur, répétant en écho chaque fois que Randall faisait les pauses classiques toujours aux mêmes endroits : « Maintenant, c'est *moi* qui suis le plus formidable Tigre de toute la Jungle. » Il connaissait par cœur presque tout *Le Petit Nègre Sambo*, et aussi *Peter le petit lapin*, et *La maison que Pierre a bâtie*. Mais *Le Petit Nègre Sambo* était son favori.

— Quand la négresse Mumbo vit le beurre fondu, comme elle a été contente ! lut Randall. A présent, dit-elle...

— Nous aurons tous des crêpes pour dîner ! cria John.

La porte s'ouvrit. Il vit Seymour entrer et lui dit joyeusement :

— Des crêpes pour dîner, oncle Seymour, des crêpes pour dîner !

Seymour resta un moment près de la porte, puis, au lieu de s'asseoir comme il le faisait souvent, il s'avança jusqu'à eux. Il étendit la main et tâta les boucles épaisses de John contre le veston de Randall et Teddy serré dans son bras.

— Ne penses-tu pas, Randall, qu'il devient trop âgé pour rester assis tout le temps ainsi sur tes genoux ?

— Il n'y est pas tout le temps, mais il veut regarder les images pendant que je lui lis, Seymour. C'est comme ça qu'il apprend, il connaît les mots qui vont avec les images.

— Il peut très bien les regarder en restant assis sur une chaise tout seul. Tu le traites beaucoup trop comme un bébé. Ne le garde pas sur tes genoux. Et il a toujours cet ours. C'est un jouet de bébé.

— Il ne le considère pas comme un jouet, expliqua Randall d'un ton si prudent que Seymour aurait dû être averti. C'est pour lui un compagnon, une personne réelle.

— De la farine et des œufs ! cria John. Finis l'histoire !

— Tu la connais par cœur, John, dit Seymour. Tu es trop grand pour entendre toujours raconter la même chose.

— Finis l'histoire ! répéta John sans faire attention à Seymour.

— Oncle Ran ne va pas finir l'histoire, dit Seymour. Il va t'en lire une autre.

— Je n'en veux pas une autre. Finis *Le Petit Nègre Sambo*, oncle Ran.

— Seymour, dit Randall, ça ne te ferait rien de monter chez toi ? Si tu as une observation à faire là-dessus, nous verrons ça plus tard.

— J'aurais quelque chose à dire plus tard, reprit Seymour, mais d'abord veux-tu, s'il te plaît, l'enlever de tes genoux et cesser d'en faire une petite poule mouillée. Il ne devrait pas non plus être tellement attaché à ce bête d'ours. Donne Teddy à oncle Seymour, John.

Il tendit la main et s'empara d'un des bras de l'ours.

— Non ! Laisse Teddy tranquille !

Les yeux de John s'écarquillèrent et se remplirent de larmes, et il serra son ours plus fort et se colla contre Randall.

— Donne-moi cet ours, John ! dit Seymour d'un ton dur.

— Non !

John se mit à pleurer.

— Seymour, je t'en supplie ! Je ne peux rien te dire devant lui, mais voudrais-tu...

— Il faut obéir, John, dit Seymour. Donne-moi l'ours.

— Non !

John hurlait.

— Donne-moi cet ours !

Seymour tira brusquement sur le bras de l'ours, John tira frénétiquement de son côté et chercha un refuge dans les bras de Randall en criant. Le bras resta dans la main de Seymour. John hurla avec une telle terreur qu'ils entendirent Maggie descendre en courant l'escalier. Elle entra dans la pièce et s'arrêta net dans la porte en bégayant :

— Qu'est-ce... qu'est-ce... ?

Randall tenait John serré contre lui et regardait Seymour par-dessus la tête de l'enfant. Sa figure était blême, et Maggie Quinn mit vivement sa main devant sa bouche quand elle vit son expression. Il respira profondément et força sa voix à prendre son ton ordinaire.

— Ce n'est rien, Maggie. Il est arrivé quelque chose à l'ours de John, et ça l'a effrayé. Mais ça va maintenant. Je vous l'amène en haut dans quelques minutes.

— Oui, monsieur, dit-elle.

Et elle se retira.

— Maintenant, va-t'en, Seymour, dit Randall. — Son visage était encore blanc de colère. Seymour resta là, le bras de l'ours à la main. — Donne-moi ça et va-t'en d'ici.

John se serra contre Randall en sanglotant.

— Fais-le descendre de tes genoux, dit Seymour.

— Donne-moi ça et fiche le camp !

Randall étendit brusquement la main et prit à Seymour le bras de l'ours. Il se pencha sur John et lui dit :

— Teddy va aller très bien, John. Nous allons le guérir tout de suite. Personne n'a voulu lui faire de mal. Il dit que ça ne lui fait pas mal. Pas mal du tout.

— Si, ça lui fait mal, pleura John. Teddy a mal !

— Ça va aller très bien. Il me l'a dit.

Randall consola John et ne regarda pas quand Seymour se retourna et quitta le salon. John finit par s'arrêter de pleurer, et Randall lui essuya les yeux et le moucha, puis, recommençant du début, il lui lut *Le Petit Nègre Sambo* en entier.

Ce soir-là, assez tard dans la soirée, il s'expliqua à fond avec Seymour. Il ne l'avait pas vu de tout l'après-midi et le laissa aller lui-même à la cuisine chercher tout seul des fruits ou des restes pour son dîner. Généralement, Randall apportait quelque chose dans la bibliothèque où ils mangeaient, mais, ce soir-là, il resta dans sa chambre jusqu'à ce qu'il entende Seymour bouger pour aller se coucher. Il ne voulait pas parler dans la bibliothèque, parce qu'elle était juste au-dessous de la chambre où dormaient John et Maggie. Mais de celle de Seymour il était sûr que les voix ne s'entendraient pas à l'autre bout de la maison.

Randall essaya de garder son calme, mais il ne fallut qu'un moment pour qu'ils soient engagés dans leur querelle la plus terrible depuis les premiers jours de John dans la maison. Ils se disputèrent brutalement, mais tout de même, de temps en temps, tous deux s'arrêtaient au moment de dire la seule chose qui les justifiait chacun à leurs propres yeux, mais pourtant la seule chose qu'ils ne pouvaient pas prouver et par conséquent qu'ils n'osaient dire.

— C'est de ta faute, dit Seymour. Tu n'aurais jamais dû le garder au début.

— C'est que je n'avais pas peur comme toi d'endosser la responsabilité de mes actes. Rappelle-toi seulement la façon dont tu as agi.

— J'avais raison.

— Alors pourquoi ne le laisserais-tu pas tranquille à présent ? Qu'est-ce que tu essayes d'obtenir, Seymour ?

— Je veux l'empêcher de devenir la poule mouillée que tu en fais.

— Il en est loin. Tout est dans ton imagination.

— Pas du tout. Tu le gâtes et tu le dorlotes. Il lui faut de la discipline.

— A deux ans et demi ? Ta cruauté d'aujourd'hui, tu appelles ça de la discipline ?

— Il faut le priver quelquefois. Il lui faut de la sévérité. Il doit obéir.

— Mais il obéit, comme tous les enfants de son âge. Il obéit raisonnablement. Mais, quand tu veux l'interrompre au milieu de quelque chose qui l'intéresse et lui prendre quelque chose qu'il aime, et le forcer à obéir pour le seul plaisir de lui imposer ton autorité, ce n'est pas lui apprendre l'obéissance, c'est le tyranniser.

— Tu es mou et sentimental, Randall, tu l'as toujours été. Avec l'hérédité de cet enfant...

— Si tu pensais un peu plus à ses sentiments qu'à son hérédité...

Randall s'interrompit et regarda le plancher, comme s'il venait d'y voir s'ouvrir un abîme devant ses yeux horrifiés.

« Dans ses profondeurs, s'il y regardait, il retrouverait tout ce qu'il redoutait le plus, les racines agrippantes, les volontés tortueuses, les efforts douloureux et inutiles de la faiblesse pour subsister en face de la force brutale, l'image pitoyable de sa mère, la vieille femme despote à qui Seymour... Non, il ne fallait jamais voir cela en lui. Il faut l'effacer, comme le souvenir de Renata, de Seymour même, de nous, de ce que nous avons fait, il faut tout oublier pour l'amour de John. Non... — il se cacha les yeux de sa main — il ne faut jamais voir le passé de Seymour, ni sa ressemblance, jamais ne se rappeler rien. » Mais sa main retomba, et il regarda son frère, couché sur cet affreux lit, gris et sans regard. Il le regarda fixement et la force le quitta, et il ne put taire les mots qu'il entendit, épouvanté, sortir malgré lui de sa propre bouche, d'une voix épaisse et étrange.

— Seymour, dit-il, sais-tu ce qui t'arrive ?

Seymour eut une exclamation qui sonna bizarrement. Randall se pencha sur lui et continua tout près de son oreille :

— Tu veux te persuader que tu es son père. Tu agis... de la même façon qu'*Elle*... Seymour, c'est horrible ! Arrête, pour l'amour de Dieu ! Arrête avant que tu ne nous détruises tous ! Tu vas me haïr, peut-être me hais-tu déjà. Tu veux croire que tu es son père et tu me détestes parce que c'est peut-être moi. Oh ! mon Dieu !...

Il se détourna, frissonnant, malade.

Voilà ! C'était dit. Seymour était couché sur son lit, les yeux fermés, la bouche serrée avec une expression de mépris, sa longue mâchoire saillante. Randall vit avec désespoir, comme jamais encore, la ressemblance effrayante avec la vieille femme dont il occupait la chambre, ressemblance soulignée par l'ombre et la vacillante lumière de l'unique bec de gaz du plafond.

— Sans aucun doute, dit Seymour sans presque remuer les lèvres, tu éprouves exactement la même chose que moi. Que voilà un bel état de choses ! Et sain, et salubre ! Et c'est toi qui nous vaut ça !

— Oui, moi tout seul. Aussi je transformerai cela, moi tout seul. Je l'emmènerai.

— Oh ! non... Tu ne peux pas faire ça !

— Mais tu l'as toi-même à peu près suggéré. Que veux-tu donc dire ?

Seymour se tourna sur le côté et mit sa main sur ses yeux, geste curieux, comme s'il voulait cacher à leur cécité quelque chose que même la cécité pouvait voir.

— Ne comprends-tu pas ? dit-il avec un tremblement inusité dans la voix. Je... je l'aime, moi aussi, Randall !

Ils restèrent muets. Randall lutta contre son envie d'observer : « Tu appelles ça de l'amour, mais ce n'est qu'un penchant destructeur... » Quand il fut maître de sa voix, il dit lentement :

— Si tu l'aimes véritablement, Seymour, il faut le lui montrer de façon qu'il puisse comprendre. Il est habitué à une confiance absolue envers les personnes qui l'entourent et il sait où il en est avec elles. Cela ne produira rien de bon si tu agis comme aujourd'hui et ensuite si tu lui donnes demain un jouet magnifique. Déjà il ne sait plus à quoi s'en tenir sur ton compte. Si tu lui fais peur, je jure par Dieu que je l'emmènerai. Et cela veut dire que je le ferai avant qu'il ait trop peur.

— En attendant, tu le gâtes jusqu'à l'os !

— Mais non, il n'est pas gâté. Il est simplement un enfant normal qui aime les gens dont il dépend. Il se trouve que Maggie et moi faisons tout pour lui, mais nous n'y sommes pour rien. Tu ne peux pas faire grand-chose à cause de tes yeux. C'est infiniment dommage, mais c'est un fait. Ne lutte plus là contre. Cesse avant d'en arriver à quelque chose que tu regretteras ensuite toute ta vie.

Il regarda autour de lui la chambre à demi éclairée, sans air, où chaque meuble et chaque objet répondait aux efforts pathétiques de l'aveugle pour organiser son existence. La pièce était rébarbative et l'avait toujours été, et, bien que Seymour eût changé quelques meubles et remplacé quelques-uns de ceux de sa grand-mère par les siens, elle était encore imprégnée de sa personnalité. Les souvenirs submergèrent Randall : souvenir de son pas lourd et de sa voix résonnante, souvenir de lui-même se cramponnant à sa mère avec terreur, tandis qu'ils l'entendaient donner des ordres, traiter Seymour avec dédain, gronder les domestiques, malmener Lily... « Maman, pensa Randall, Maman a littéralement perdu la tête à cause d'elle. Tout cela est de l'histoire ancienne, c'est soi-disant oublié et disparu. Mais, si cela était, serions-nous aujourd'hui tels que nous sommes ? »

En dépit de ses efforts les plus tenaces, il avait laissé libre cours à une suite de pensées, toutes découlant de la même source, et elles se déroulaient rapidement le long de son existence en partie consacrée à ramasser et à rassembler les témoignages qui la composaient. Ainsi il avait gardé tout ce qu'il avait gardé, écrit ce qu'il avait écrit et caché ce qu'il avait caché, d'abord, sans but précis, mais avec une sorte de prescience qu'un jour le but se ferait connaître. Il pensa qu'en ce moment ce but était en vue, et il fallait essayer de le discerner.

— Bonne nuit, Seymour, dit-il. J'ai éteint le gaz.

Quittant la chambre obscure, il monta sans bruit au troisième étage et s'enferma dans l'ancienne nursery. Là, à la lueur d'un autre bec, il prit son petit pupitre dans sa cachette, l'ouvrit, s'assit et parcourut tous ses papiers. Cette lecture dura longtemps, puis il prit une feuille blanche de papier à musique et, de sa fine écriture, se mit à écrire. Il pensa, médita, griffonna et pensa encore toute la nuit, presque jusqu'à l'aube.

Des scènes analogues se reproduisirent de plus en plus souvent. Chaque fois que Seymour s'y laissait aller et que Randall le forçait à reculer, un intervalle de paix et de contrainte suivait. Au cours de ces périodes, Seymour était repentant et Randall conciliant. John, avec son heureux caractère, semblait trop gai, trop intéressé par son actif petit univers pour lui en garder rancune ou, malgré son âge, en être effrayé. Mais savait-on vraiment ? pensait Randall. Il observait soigneusement John pour voir s'il se contractait instinctivement en présence de Seymour, ou montrait par quelque autre signe que ses violences avaient laissé leur marque. Apparemment non. Mais Randall pensait de plus en plus que la maison n'était pas un endroit favorable où élever un enfant. Ce que Maggie avait entendu... et Randall l'avait dit à dessein devant elle à Seymour... au sujet d'aller vivre dans une petite ville n'était pas seulement une intention éventuelle. Il commençait à trouver qu'il faudrait partir bientôt. Il avait d'abord associé l'idée de ce changement avec l'école, mais il se rendit compte que très tôt, bien avant l'âge de l'école, il faudrait à John des camarades de jeu. Il ne pouvait fréquenter la racaille qui vivait dans leur voisinage. Il ne pouvait connaître les enfants de leurs anciennes relations, dont les Holt s'étaient coupés pour toujours. Randall parla de tout ceci un soir à Seymour peu de temps avant Noël. Seymour réfléchit un moment et répondit sans hâte :

— Peut-être as-tu raison.

— En tout cas, dit Randall, même si ce n'était pas pour le bien de John, c'est toujours toi qui as désiré t'en aller d'ici.

— Je sais. C'est curieux, n'est-ce pas, comme les événements sont toujours intervenus pour nous empêcher de le faire.

— Enfin tu n'as plus que trois mois à attendre pour que ton revenu soit doublé. Ça va faire une grosse différence.

— Oh ! dit Seymour, ainsi tu comptes sur mon revenu ? C'est bien aimable à toi !

— Écoute, frère, sois raisonnable. Tu comprends très bien ce que je veux dire. Je suis tout prêt à y mettre le mien à peu près en entier ; si tu y mets la même chose que moi, nous aurons très suffisamment pour vivre tranquilles dans un endroit comme ce dont nous avons parlé, et il te restera environ deux mille dollars par an pour toi seul. Cela ne te paraît pas équitable ?

— Peut-être, dit Seymour à contrecœur.

Randall le regarda avec surprise. Serait-il possible que Seymour soit mécontent de payer sa part de leurs dépenses communes ? Randall ne vit aucune raison pour dissimuler sa pensée et l'examina sans ambages.

— N... non, je ne m'y refuse pas. Mais après avoir pris deux ans pour sortir de dette vis-à-vis de toi et avoir attendu tout ce temps pour me sentir enfin muni du nécessaire...

Randall secoua la tête et dit avec douceur :

— Je n'avais pas prévu que tu avais des projets de ton côté, étant donné les circonstances.

— Oh ! ce n'est pas ça, dit Seymour. Je veux seulement dire que je trouve agréable de me sentir plus à l'aise et d'avoir la satisfaction de garder cet argent sans avoir à tout dépenser pour la tenue de maison que tu nous as mise sur le dos.

— Mais, frère, il faut bien faire un foyer à John.

Seymour lissa sa moustache.

— Oui, mais est-il nécessaire d'y manger tout ce que nous avons ?

— Je viens de te dire que cela ne t'en prendra que la moitié. Ça m'est égal si tout le mien y passe, ça me fait plaisir, et que puis-je en faire d'autre ?

« Qu'il aille au diable, pensa Seymour, avec ses pieuses vertus ! Il les étale pour me blâmer ! » Il se leva et se retira dans sa chambre sans s'être engagé en rien.

Quelques jours après, Seymour attendit jusqu'au milieu de l'après-midi que John soit sorti avec Randall pour construire dehors un bonhomme de neige. Ses oreilles exercées lui apprirent que Maggie repassait à la cuisine. Du palier en haut des marches de la cave, il entendait le bruit des fers quand elle les changeait et sentait l'odeur du linge fraîchement repassé. Mrs.

Quinn était repartie chez elle. Seymour monta sans bruit au deuxième étage, jusqu'à la chambre de John, et tâta dans son petit lit pour trouver l'ours en peluche assis contre l'oreiller. On ne le sortait jamais dehors par temps humide, « pour qu'il ne prenne pas froid ». Seymour prit l'ours dont le bras avait été raccommodé et le descendit avec lui. Il voulait l'emporter à la cave. En haut des marches du premier, il entendit Maggie qui montait à l'improviste, précédée par le frottement de ses jupes. Il s'arrêta et jura sous cape.

— Oh ! Mr. Holt, dit-elle, John avait donc oublié son ours dans la bibliothèque ?

— Non, je l'ai pris dans sa chambre.

Il ne put voir la colère subite qui monta à la figure de Maggie. Elle proposa :

— Je vais le rapporter en haut, monsieur.

Une pause. Il comprit qu'elle réfléchissait. Puis elle ajouta poliment :

— Ou peut-être voulez-vous prendre sa mesure pour un autre jouet comme sa petite chaise ? Pour Noël ?

— Non, Maggie. Je vais le jeter, John est trop grand pour l'avoir encore. Il devient mou comme une fille, et cet ours est exactement le genre de jouet qui le fait tendre à cela. Il devrait aimer d'autres jouets, de vrais jouets de garçon. Il en a, et je vais lui en donner d'autres pour Noël. Il...

— Pardon, monsieur.

Seymour entendit la voix de la jeune fille trembler, et il en conclut qu'elle avait peur de lui. Il haussa les épaules. Mais elle reprit tranquillement :

— Mr. Holt, donnez-moi cet ours, je vous prie.

— Allez-vous-en en haut, Maggie... — la voix de Seymour se fit glaciale — et mêlez-vous de ce qui vous regarde.

— Ceci me regarde, monsieur, dit-elle. — Sa voix était froide aussi et parfaitement maîtrisée. — Aussi longtemps que je suis dans cette maison, John me regarde, et rien d'autre. Je sais ce qui convient le mieux à un enfant de son âge.

— Si c'était une fille, oui, peut-être. Je n'ai pas l'intention de le laisser devenir une fille manquée. On ne doit plus le traiter comme un bébé.

— On ne le traite pas comme un bébé, monsieur. Et, comme il n'a pas de mère, il est moins traité comme un bébé qu'aucun enfant à ma connaissance. Il lui faut quelque chose à aimer comme il aime cet ours. Vous lui ferez beaucoup de mal si vous le lui enlevez, c'est moi qui vous le dis.

Seymour savait reconnaître le courage et ne put s'empêcher d'admirer la façon dont cette fille lui tenait tête. Mais ce sentiment qui aurait tout sauvé fut rapidement noyé dans le remous de secrètes aigreurs qu'il dissimulait sous le terme de « souci légitime au sujet de John » et qui n'était que sa jalousie de Randall, son amour passionné et égoïste pour l'enfant, pour qui son incapacité physique le privait de faire beaucoup, et aussi son idée fixe que John devienne vite — trop vite — un vrai garçon. Il reprit :

— Otez-vous de mon chemin, Maggie.

— Pas avant que vous m'ayez donné cet ours, monsieur.

— Sacré non !

Seymour aurait pu se porter violemment en avant et renverser cette femme, mais, dans sa rage, il resta immobile et tremblant avant de le faire. Elle regarda sa figure rouge et convulsée, ses yeux aveugles injectés de sang, ses muscles tendus et saillants comme des cordes. Elle cessa soudain de se dominer, et, son caractère irlandais prit le dessus : elle étendit sa forte main droite et la fit tomber avec vigueur comme un couperet sur le poignet de Seymour. Celui-ci hurla un effroyable juron. L'ours vola de sa main par-dessus la rampe et tomba par terre dans le vestibule en bas. Maggie se retourna, releva sa jupe, descendit en courant l'escalier et traversa le vestibule en ramassant l'ours au passage. Elle courut à la porte de derrière et cria :

— Mr. Holt ! Mr. Randall ! Venez tout de suite !

Randall leva la tête. Ils mettaient en place, John et lui, les boutons du costume — des morceaux de charbon — du bonhomme de neige. Prenant la main de John, il alla vers Maggie aussi vite que leurs gros caoutchoucs et les petites jambes de John le leur permirent.

— Qu'est-ce qu'il y a, Maggie ? Qu'est-ce qui est arrivé ?

Elle le lui raconta en tâchant d'employer des mots que John ne comprenne pas. Mais celui-ci, pensant qu'elle lui avait apporté Teddy pour lui faire voir son bonhomme, ne s'intéressait nullement à ce qu'on disait. Il tira Randall par la main en disant :

— Montre l'homme de neige à Teddy ! Teddy veut voir !

— C'est ça, John, dit Randall. Va vite ! Va lui montrer toi-même et reviens. — C'était le meilleur moyen pour que l'enfant n'entende pas. — Oh ! Maggie ! Je suis désolé ! C'est terrible !

— Oui, monsieur. Il faut que je parte tout de suite, Mr. Holt. Je ne peux pas faire autrement.

Randall resta confondu. Il jeta à Maggie un regard plus éloquent que les mots les plus suppliants, puis il baissa la tête en un geste de découragement accablé et murmura :

— Mon Dieu ! Que vais-je devenir ?

— Je suis navrée, monsieur, dit-elle, mais vous saviez bien que ça arriverait tôt ou tard. Et ces derniers temps n'ont pas été commodes, Mr. Holt, avec votre frère me commandant et intervenant tout le temps. Personne n'aurait pu supporter ça plus longtemps. On ne peut pas travailler pour deux maîtres. Mais après ce que je viens de faire...

— Vous avez eu parfaitement raison, Maggie, mais... — il la regarda d'un air profondément malheureux — que vais-je devenir maintenant ? répéta-t-il.

— Si vous voulez vraiment que je vous dise, monsieur, il n'y a pas deux moyens. Prenez John et quittez cette maison aussi vite que vous le pourrez.

Randall ôta ses gants de laine et passa la main sur son front et dans ses cheveux.

— Mon Dieu ! Maggie, dit il, c'est épouvantable !

— Vous dites bien, monsieur, dit-elle, frissonnant dans sa robe mince.

— Rentrez, dit Randall, je vais faire monter John tout de suite.

Dans la nursery, tandis que Maggie retirait à John ses guêtres, Randall marcha de long en large nerveusement.

— Ça va être si dur pour lui quand il se rendra compte, dit-il. Il va être tellement malheureux !

— C'est toujours comme ça quand leur première bonne s'en va, et ça va durer un certain temps. Mais ce n'est pas le pire, monsieur. Vous ne pouvez pas continuer comme ça, dans cette maison avec... avec tout.

— Je le sais bien. Il faudra penser à tant de choses : la nourriture, et le reste...

La pensée de Seymour, trop menaçante pour qu'ils aient besoin d'en parler, était leur souci dominant.

— C'est vrai, monsieur. M'man ne voudra pas rester ici sans moi. Pas après ce qui s'est passé.

Randall s'assit et se prit la tête à deux mains.

— Je suis complètement désespéré. Je n'ai pas le droit de vous demander de rester...

— Ça ne servirait à rien, monsieur. Quand une chose arrive, elle arrive !

Ils commencèrent par un pis-aller et engagèrent une négresse appelée Essie qui habitait San Juan Hill et n'était jamais venue dans le quartier. Elle fit l'ouvrage de Mrs. Quinn et confectionnait une cuisine meilleure. Elle préparait le repas de midi et les bouillies pour le dîner de John, puis retournait chez elle l'après-midi en emportant tout ce qui restait et sur quoi Seymour et Randall avaient compté pour leur repas du soir. Et elle les volait en faisant le marché que Randall dut lui confier, comme il le faisait depuis quelque temps avec Mrs. Quinn, parce qu'il fallait rester avec John. Il avait amorti le choc du départ de Maggie en allant prendre sa place dans la chambre de John, et il la remplaçait aussi de toute manière. Au début, il était trop abasourdi pour chercher une autre bonne et, quand il se demanda s'il n'en faudrait pas une, il comprit que personne ne consentirait à venir travailler ici. Le conseil que Maggie lui avait donné en partant faisait écho à son propre bon sens. Le temps était venu de déménager ailleurs comme il l'avait dit. Mais comment se mettre à chercher un endroit où s'installer, ou bien une maison où habiter sans emmener John partout avec lui ? Car Randall en était arrivé à ne pouvoir envisager — ou à avoir peur — de laisser John ici seul avec Seymour. Il ne savait pas exactement ce qu'il craignait, mais il avait appris depuis longtemps que la peur de l'insaisissable était infiniment pire que la peur d'un danger concret. Il était envahi de pressentiments et paralysé par la crainte d'emmener John avec lui dans la rue. Rien ne lui semblait plus intolérable que l'idée de subir le feu de ces yeux et de ces langues diaboliques. Aussi John, qui aurait trois ans dans cinq mois, n'était jamais sorti de la maison ni de l'arrière-cour depuis sa venue. Il n'y a pas besoin d'en savoir long sur l'éducation des enfants pour comprendre que cet état de choses devait être changé rapidement pour que l'enfant ne devienne pas encore plus excentrique que les Holt qui le précédaient. Toute l'adoration de Randall et son amour protecteur ne pourrait lui épargner cela ; au contraire, cela pourrait l'y engager plus irrémédiablement si Randall ne trouvait pas la force d'agir dès maintenant.

Parce que tout ce qui s'intégrait à ses sentiments les plus profonds se cachait parmi ses papiers et tout ce qu'il avait renfermé dans son refuge au troisième étage, il y retourna plus souvent que jamais, très tard dans la nuit, quand John et Seymour étaient endormis. Il lut et relut les pages de papier à musique sur lesquels il avait consigné de sa bizarre écriture filiforme tout ce qu'il avait vécu, tout ce à quoi il avait pris part, tout ce qui lui avait été dit en ce passé récent mais étrangement lointain. C'était, pensa-t-il, le sol et la substance sur lesquels John avait grandi, quelquefois vulgaires et crûment odorants comme ce mélange de limon et de fumier sur quoi de bonnes plantes poussent et des fleurs s'épanouissent. Il pensait continuellement à la ferme des Maynard et à Renata telle qu'elle s'y était fait connaître à lui, partie et parcelle, en dépit d'elle-même, de cette vie élémentaire, même quand elle la considérait d'un point de vue complètement étranger. Les vies de ces gens avaient un sens, c'étaient des existences de dur travail, certes, et de perspectives limitées. Mais Randall les comparait à la vie qui attendait John, même en la considérant sous le meilleur angle possible. Quelle qu'elle soit, il y avait là Seymour, Seymour aveugle, jaloux, de plus en plus despotique, problème critique, gros de conséquences. Il y avait aussi Randall lui-même, et ici il lui fallut explorer des profondeurs douloureuses pour en sortir avec la conviction brutale que son propre sentiment pour John ne pouvait exister et pénétrer l'enfant qu'en se heurtant la tête la première à un autre sentiment, également intense et peut-être violent chez Seymour. Voilà ce qu'ils cachaient entre eux deux, voilà ce qui restait déraisonnablement voilé derrière le projet d'aller s'installer dans une ville de province pour reconstruire devant leur existence une façade sous la protection de laquelle ils jugeraient faussement que John pouvait grandir et devenir un homme normal, sinon un homme heureux.

Randall resta des heures assis dans cette chambre humide et sale, quelquefois lisant, quelquefois non, fixant sans le voir le mur taché au papier décollé, ou tenant sa tête entre ses mains en essayant de parvenir à une conclusion qui allait au-delà des bornes de son courage. Très longtemps avant de se résoudre à la regarder en face, il en connut la teneur : il ne pouvait pas garder John à grandir dans la même maison que Seymour. Un jour, un jour d'une proximité menaçante, il lui faudrait choisir entre les deux. Et il choisirait dans l'intérêt de John seul, il ferait le choix qui assurerait à John une vie meilleure. Des semaines durant, ce choix ne sembla comporter que le départ de cette maison pour n'importe quel endroit propre à servir de cadre à l'existence que John devrait avoir. Puis il toucha le dernier obstacle, en ce labyrinthe de pensées trop terribles pour les regarder en face : « Es-tu certain que toi, plus que lui, tu es le meilleur moyen de mener à bonne fin le plein développement de John ? Qu'as-tu à lui offrir, en dehors d'un amour si grand qu'il serait capable de l'étouffer ? Seymour n'a-t-il pas raison ? Es-tu trop doux, trop protecteur, sous prétexte que cet enfant n'a pas sa mère ? En feras-tu une réplique de toi-même et, si tu le fais, sera-ce mieux qu'une réplique de Seymour ? Es-tu tellement exempt de bizarrerie, de crainte, de secrets et des gages d'un passé trop lourd ? Regarde cette chambre. Pense à ce qu'elle renferme... Et la chambre à côté ? Et celle de Maman ? Pense au grenier, à ces *choses* — ces choses... Seras-tu un être différent si tu brûles tout et t'en vas pour faire à John une autre vie ? Les brûleras-tu ? Le peux-tu ? En as-tu vraiment l'intention ? Pour toutes sortes de raisons, pour John même ? »

Ce fut alors que la vigueur sans complications du monde de la terre, des semences, des durs travailleurs, se fit jour en une pensée si puissante que Randall reconnut sa présence permanente, bien qu'ignorée de lui jusque-là. S'il envisageait son devoir strict envers John, c'était là un élément qu'il ne pouvait laisser de côté. « C'est la moitié de son hérédité, songea-t-il, et, parce que moi et mon frère nous sommes tels que nous sommes, ce sera peut-être cette moitié-là qui le sauvera. »

Il comprit maintenant pourquoi il n'avait pas seulement écrit, mais appris par cœur instinctivement les mots, les phrases incorrectes formant tout ce qu'il connaissait de cette moitié de John. Ces gens étaient pauvres, oui, et la pauvreté était la raison de toutes les rigueurs qu'ils s'imposaient. De la pauvreté, oui, mais ni crainte, ni bizarrerie, se dit-il. Ne pas avoir peur, ne pas avoir de secrets, ne pas être tenu par des murs, des cadenas, des choses et des souvenirs. La pauvreté était tangible, on pouvait quelque chose contre la pauvreté. Enlever cet obstacle, et on trouverait une chance, peut-être la seule, que cette plante, grâce à ses racines profondément enfoncées dans la terre et la chaude réalité, puisse parvenir à l'épanouissement. Était-ce une illusion ? Impossible de le savoir, mais il fallait essayer. Et que voulait-elle dire au juste en prononçant cette phrase : « En

Italie, cela suit toute la vie un enfant né comme cela... » Elle avait sûrement parlé d'un monde où la pauvreté ne cesse pas d'être. Avait-elle eu cette crainte ? Était-ce pour résoudre ce problème posé par la pauvreté qu'elle était venue le supplier dans la rue cette nuit-là ? Et, s'il l'avait écoutée, serait-elle partie désespérée en abandonnant l'enfant comme elle l'avait fait ? Ces questions perdirent de leur importance, et Renata n'était plus une entité tangible. Mais la terre en était une, comme les hommes forts qui lui appartenaient et dont le sang formait la moitié de celui de John. Randall savait maintenant qu'il n'aurait fait son devoir vis-à-vis de John que lorsqu'il aurait appris d'eux ce qu'ils pouvaient lui dire. Il lui avait fallu pour cela des semaines d'efforts à travers cette masse de souvenirs et d'instincts, portant autour du cou la meule de moulin de ses craintes. Quand il sortit de là avec ses connaissances nouvellement acquises et les éléments d'une décision, il n'était que temps, car Seymour devenait impossible.

Son idée fixe que Randall gâtait John et le dorlotait exagérément, et que lui, Seymour, devait en conséquence être d'autant plus strict et exigeant, et dresser John à une obéissance instantanée, ne reposait sur rien de réel. Mais il fit du troisième Noël de John un supplice en apparaissant à tout instant avec ses gronderies perpétuelles, ses critiques, ses interventions incessantes. Il s'arrangea pour avoir toujours une bonne raison de les interrompre chaque fois que Randall s'asseyait au piano avec John pour jouer et chanter les chants de Noël que le petit garçon aimait. Il faisait subir un véritable interrogatoire à Randall à propos de chaque jouet que John devait recevoir et il le mit hors de lui en essayant de détruire la croyance heureuse de John en saint Nicolas. Randall avait raconté à John que les jouets de Noël étaient toujours apportés par saint Nicolas. Seymour, cette année, donna une énorme importance à son propre cadeau, un cheval à bascule, immense et d'apparence presque vivante, recouvert d'une vraie peau de cheval pie, avec des naseaux rouge vif et un éclair menaçant dans ses yeux de verre. John ne l'aimait pas. Il recula au moment où il l'aperçut. Quand Seymour lui dit : « C'est oncle Seymour qui te donne le cheval, John », l'enfant éclata en sanglots et dit :

— Alors, saint Nicolas n'est pas venu !

Seymour devint tout rouge et, à partir de ce moment, il se mit à obliger John à monter sur ce cheval, ce qui au début l'ennuya, puis devint bientôt une épreuve qu'il redoutait. Il n'avait pas la permission de passer un jour sans une séance sur le dos du cheval. En moins d'une semaine, l'enfant hurlait : « Non! non! » quand Seymour le menait jusqu'au cheval et le soulevait pour le mettre dessus. Randall intervint et dit :

— Seymour, si j'étais toi, je laisserais le cheval de côté pour le moment. John y reviendra de lui-même un beau jour si tu le laisses tranquille.

— Et, pendant ce temps, il jouera avec des poupées de chiffons et des épingles à linge!

— Mais non! Il ne joue plus avec ça depuis longtemps, dit Randall avec lassitude. Si tu faisais vraiment attention à ce qu'il fait, tu verrais comme il s'amuse avec ses constructions. Tu pourrais bâtir des choses avec lui et tu l'intéresserais bien plus que moi.

— Et je continuerais à le laisser avoir peur d'un cheval à bascule? Il faut qu'il devienne un vrai garçon! Il lui faut une vraie activité. Il faut...

Randall prit la main de John et l'emmena tranquillement hors de la pièce, laissant Seymour parler tout seul.

Mais il continua à essayer d'arranger les choses en menant John à Seymour chaque après-midi pour jouer près de lui pendant une heure avant son dîner. Il avait acheté une boîte de gros crayons de couleur et un cahier de dessins à colorier pour l'occuper dans la bibliothèque, car John commençait à s'y ennuyer ferme. L'enfant se mettait par terre, sur le ventre, et remplissait maladroitement les vides entre les lignes avec des arrangements de couleurs dont le choix correspondait certainement chez lui à une idée, mais n'avait aucun rapport avec les objets qu'il coloriait. Comme Seymour ne pouvait participer à cette occupation qu'en lui en parlant, il demandait de temps en temps ce qu'il coloriait et comment. A un moment, John, tout en crayonnant vigoureusement, expliqua :

— C'est un lion. Un lion bleu.

— Les lions ne sont pas bleus, dit Seymour. Il faut que tu fasses ton lion brun.

— Je n'aime pas le brun.

— Mais, John, c'est ridicule. Tu ne peux pas faire un lion bleu quand ça n'existe pas!

— Celui-là est bleu.

John crayonna de plus belle.

— Je te dis qu'il faut le faire brun.

— Non, je ne veux pas.

— John, donne-moi ce cahier!

— Non!

Randall montait justement avec le dîner de John sur un plateau. Il entendit la discussion dans la bibliothèque et le « non! » de John, aigu, entêté. Il entendit Seymour dire :

— John, obéis-moi immédiatement. Apporte-moi ce cahier.

— Non, tu feras du mal à mon lion!

— Viens ici avec ce cahier!

Randall, arrivant sur le palier, put voir par la porte ouverte John par terre, ses genoux repliés sous lui et ses petites mains carrées étalées bien à plat pour protéger son livre et son lion. Seymour se leva de son fauteuil et marcha sur John, qu'il prit par l'épaule.

— Donne-moi ce livre! dit-il d'un ton qui arracha de l'esprit de Randall le dernier voile qui lui avait dissimulé ce qu'il craignait tant.

Il se dépêcha d'entrer, posa le plateau sur une table près de la porte et dit :

— Seymour! Qu'est-ce que tu essayes de faire?

John se retourna et se jeta contre les genoux de Randall qu'il entoura de ses bras. Seymour l'attrapa et voulut lui faire lâcher prise.

— Va-t'en! hurla John. Oncle Ran, fais-le s'en aller.

— Cet enfant va m'obéir, cria Seymour. John! Lève-toi immédiatement et mets-toi debout. Fais ce que je te dis!

John regarda une seule fois Seymour par-dessus son épaule, eut un air terrifié et se mit à hurler. Randall se pencha, le releva doucement et le mit un peu derrière lui en le retenant de son bras, tandis qu'il sanglotait contre son genou.

— J'ai vu cela arriver, dit-il. J'ai été fou. Cela s'est passé devant mes yeux.

Sa voix s'enroua, il avala avec peine. Si Seymour avait pu, il aurait vu les yeux bleus se dilater d'horreur, la couleur se retirer de la douce figure, la bouche s'ouvrir lentement. Il y eut un long silence contraint pendant que John pleurait toujours, le visage caché contre Randall. Seymour parla enfin, furieux, méprisant.

— Qu'est-ce que tu as si bien vu? dit-il. Qu'est-ce que tu vois, toi, avec ta précieuse vue?

— Quelle chose à demander, vraiment! Tu ne le sais donc pas? Tu ne le sens pas toi-même?

— Ma cécité ne s'étend pas à mon intelligence qui reste infiniment plus équilibrée que la tienne, à mon sens.

— Oh ! Dieu ! — Randall se pencha et tenta de consoler John, mais Seymour fit un pas vers l'enfant qui hurla plus fort. Randall regarda la longue figure osseuse de Seymour, figée, laide, les yeux aveugles donnant l'affreuse illusion de lancer des éclairs de colère, la bouche dure aux coins tombants sous la moustache. Randall essaya de nier la vérité terrible qui retentissait sur ses nerfs à vif comme des coups de marteau. — Vraiment, tu ne sais pas ? murmura-t-il, les yeux fixés sur Seymour.

— Quoi ? — La voix de Seymour était hargneuse. — Que diable marmonnes-tu ?

— Tu es... exactement... comme *Elle* ! prononça très lentement Randall en haletant.

Consterné, il vit la figure de Seymour se contracter et devenir la réplique méprisante et étrange du visage détesté, source de toutes leurs terreurs. Seymour eut un ricanement et avança encore d'un pas. L'enfant cria lamentablement, et Randall se rendit compte que cela n'avait rien de momentané, mais était le résultat d'une crise qui couvait depuis quelque temps. Il le sentit trembler contre lui, frissonnant de crainte et de nervosité.

— Fais-le partir ! cria-t-il, toujours cramponné à Randall.

Randall enleva John dans ses bras et resta un moment immobile, le lourd garçon entre les bras. Il jeta un regard sur la chambre. Chaque coin, chaque ombre, chaque objet accumulait des souvenirs d'enfer. Tout évoquait des terreurs, des menaces, les brisements de cœur qui l'avaient marqué pour sa vie entière. Et Seymour était au centre de tout cela.

— Tu m'as entendu, reprit-il presque bas, reconnaissant à peine sa propre voix. Tu es exactement comme Elle, voilà ce que j'ai dit, Seymour. Tu t'es transformé en Elle !... Oh !... haleta-t-il, cachant sa figure dans le cou de John. Oh ! c'est horrible ! Dieu te vienne en aide !

Il se retourna et emporta John hors de la pièce. Derrière lui, il entendit crier :

— Et toi, Dieu te damne !

Seymour se lança en avant, il y eut un terrible fracas, et Randall, regardant rapidement par-dessus son épaule, vit par terre la vaisselle en morceaux et le plateau renversé. Il monta l'escalier, John toujours serré dans ses bras.

Ses hésitations avaient disparu. Il n'avait plus qu'une décision à prendre, et il s'agissait de ses affaires. Il réussit à endormir John dans ses bras et put enfin le déposer dans son lit. Puis il s'étendit sur le sien pour prendre un peu de repos et réfléchir. Fallait-il se lever, aller chercher tous ses papiers, les descendre et les faire brûler dans la chaudière ? Cela demanderait du courage, il ne savait exactement pourquoi, mais il lui serait très dur de se résoudre à le faire. L'avenir, quoi qu'il advienne, en serait peut-être rendu infiniment plus dur. Il se sentirait perdu, il s'effondrerait sans ses papiers. Il ne pouvait les emporter avec lui, il ne le désirait pas. Il voulait les garder cachés.

Il descendit et téléphona à un serrurier dont il avait souvent vu la boutique en passant dans la 21e Rue. L'enseigne annonçait un service « de jour et de nuit ». Randall trouva son numéro dans l'annuaire et commanda à l'homme ce qu'il désirait. Au bout d'un moment, un ouvrier arriva et, sur les indications de Randall, il installa de forts cadenas au petit pupitre, à l'armoire dans laquelle il était caché et aux portes de l'ancienne nursery au troisième étage. Après un moment d'hésitation, Randall fit aussi poser un verrou de sûreté sur la porte de la chambre de sa mère. Puis il paya l'homme, mit toutes les clés neuves dans sa poche, monta chez John et empaqueta dans une grande valise les vêtements de l'enfant et les siens. Il leva John, trop endormi pour poser des questions, l'habilla et revêtit lui-même ses meilleurs habits. Il avait déjà descendu la valise en bas dans le vestibule avec son chapeau et son pardessus. Quand John fut prêt, toujours à moitié endormi, Randall le prit dans ses bras.

— Teddy, murmura John, Teddy vient avec nous.

Randall mit l'ours dans les bras de John, éteignit le gaz et porta John sans bruit en bas. Il était une heure et demie du matin quand ils quittèrent la maison.

CHAPITRE XVIII

La charrette s'engagea sur une route aux lacets accentués, et le conducteur marcha lourdement par-devant en guidant la mule qui tirait l'attelage avec effort. John s'accrocha à Randall avec frayeur et étonnement.

— Ne tombez pas ! cria-t-il au guide, les yeux écarquillés. Ne le laisse pas tomber, oncle Ran !

— Il ne tombera pas, John, il est habitué, il le fait tout le temps. N'aie pas peur. — Il lui montra le paysage en bas, comme ils s'élevaient toujours plus haut dans le fracas des roues grinçantes. — Regarde comme c'est beau.

L'air était froid, sans être piquant. Au dessous d'eux, la vue était une splendeur : une étendue triangulaire d'eau couleur de saphir, des pentes vertes comme au printemps, des villages dont les murs jaunes et gris et les larges toits rouges s'éparpillaient comme des joyaux au soleil matinal. Au-delà s'élevaient les montagnes, fières et luisantes dans leur vêture d'hiver. Leurs chaînes successives montaient de plus en plus haut sur le ciel d'un bleu inimaginable.

— Vois comme c'est beau, reprit-il. Rappelles-toi, c'est ce que je t'avais promis.

John acquiesça gravement. Le conducteur poussa un cri d'encouragement, la mule prit un autre tournant, et ils arrivèrent à une nouvelle courbe. Chaque fois, la vue s'étendait plus loin, la perspective grandissait à mesure qu'ils montaient. Randall avait l'impression de s'élancer vers de la beauté pure. Après un tournant, il ne put retenir une exclamation de joie, et le muletier regarda avec un sourire par-dessus son épaule.

— C'est si beau ! dit Randall timidement en italien, et

l'homme acquiesça avec autant d'enthousiasme que s'il entendait cela pour la première fois.

– *E molto bello!* fit John en écho fièrement.

Pendant les douze jours de la traversée, la rude mer hivernale avait rendu Randall affreusement malade, et Donata, la femme de chambre, avait aussitôt adopté l'enfant et lui avait appris des mots simples et des phrases, et, instinctivement, il s'était mis à imiter les sons entendus, puis à s'en servir. John avait passé un temps absolument délicieux et débarqua à Gênes, possédant un vocabulaire italien égal à son vocabulaire anglais. Il passait de l'un à l'autre sans effort et était beaucoup plus à l'aise au milieu des Italiens que Randall, qui consultait timidement à chaque instant son manuel de poche. Il était intimidé non pas tant par le langage, que par le but pour lequel il allait en avoir besoin. Quelquefois dans sa couchette sur le bateau, déjà incommodé par le mal de mer, il se sentait encore plus mal à l'aise en pensant à ce qu'il avait fait. Le doute l'assaillait. « Mon dieu ! pensait-il, ai-je été fou ou sage de m'en aller ainsi sans autre indication que deux noms dans la tête et sans une idée vraiment nette de ce que je veux faire. Que vais-je pouvoir prouver ?... » Puis il se dit, comme déjà souvent au cours des semaines passées, qu'il ne fallait pas devancer les événements. « Tu ne peux pas deviner, pensa-t-il. Tu veux les voir, tu veux apprendre quelque chose, tu veux un conseil. Attends et tu verras. »

Il regarda John, heureux et intéressé par tout ce qu'il voyait. Les joues du petit homme étaient rouges comme des pommes d'api dans l'air pur de l'hiver. Ses yeux, espacés et clairs, brillaient. Ses boucles brunes apparaissaient au bord de son bonnet. Ses lèvres s'entrouvraient sur ses petites dents blanches. Il était trapu et épaissi par ses vêtements chauds. Il battit de ses mains protégées par des moufles de laine, tandis que la mule prenait un nouveau tournant. Il n'avait plus peur maintenant et regardait tout... aussi avidement que Randall.

Le muletier tourna à droite dans une petite route plus étroite qui descendait un peu. La carriole cahotait rudement sur les pierres. Puis le chemin s'élargit, on arriva sur une petite piazza nue, et la mule s'arrêta. Randall examina autour de lui les maisons pauvres et l'humble église. Des visages parurent aux fenêtres et se retirèrent. Randall sauta à bas de la voiture et tendit les bras à John.

– Est-ce San Bernardo di Bellagio ? demanda-t-il.

— Oui, Signore. Vous savez où vous voulez aller ici ?

Il pouvait difficilement ne pas le savoir, dès qu'il rencontrerait quelqu'un auprès de qui se renseigner. Il se souvenait trop bien de ces mots qu'il avait trouvé amusants : « Tout le monde à San Bernardo est mes parents. » Il préféra s'en tirer sans l'aide du muletier, un paysan gai et courtois que sa curiosité polie rendait indésirable. Un *signor inglese*, arrivant au milieu de l'hiver avec un petit garçon et demandant à être conduit au plus petit hameau de la commune, ne pouvait que difficilement passer pour un touriste. Il répondit à l'homme qu'il resterait là peut-être une heure ou deux, et l'autre dit :

— *Va bene*, Signore. Je rentre déjeuner chez moi et je reviendrai ensuite quand le Signore sera prêt à revenir à Bellagio.

— Vous habitez près d'ici ?

— Au prochain village, dit l'homme en montrant là-haut la montagne.

Il emmena la mule, et Randall resta au milieu de la piazza, tenant John par la main et se demandant par où commencer. Il examina les maisons qui entouraient trois côtés de la place, l'église formant le quatrième. Dans un coin, il y avait une petite boutique avec une porte sombre, par où de temps en temps entrait ou sortait une femme portant un cabas ou panier. Toutes regardaient avec curiosité cet homme et cet enfant, puis continuaient leur chemin. Randall commençait à penser qu'il ferait bien d'aller frapper à n'importe quelle porte pour trouver quelqu'un à qui parler, quand John lui dit :

— Où sommes-nous, oncle Ran ?

Randall lui sourit :

— Dans un village qui s'appelle San Bernardo, dit-il. Nous avons fait tout ce chemin depuis New York pour le trouver. Maintenant nous allons chercher quelqu'un à qui demander ce que je veux.

Il s'avança vers la plus grande maison sans savoir pourquoi il la choisissait. Il se sentait embarrassé, peu sûr de lui, inquiet de son médiocre italien, inquiet parce que des gens étaient passés à portée de la voix et il n'avait pas compris un mot de ce qu'ils disaient. Le village semblait presque désert, et il se demanda si l'heure du jour y était pour quelque chose. Il regarda sa montre : dix heures et demie du matin. « Les hommes doivent être au travail et les enfants à l'école. Quant aux femmes, elles sont chez elles à faire leur ménage. »

Juste à ce moment, il entendit des pas claquer près de l'entrée de la grande maison, et une femme sortit sur le seuil, portant un lourd pot de fer. Elle était petite et maigre, âgée, et ses cheveux gris fer étaient réunis en chignon sur le sommet de la tête. Elle portait des vêtements noirs et de gros bas de laine à ses pieds dans des sabots. Elle s'arrêta devant la porte et regarda Randall et le petit garçon. Ses yeux étaient profondément enfoncés dans sa figure brune. Randall resta immobile, espérant que son italien lui serait compréhensible. Il s'avança vers elle et prononça lentement :

— Excusez-moi. Je cherche une famille Gandolfi. Pouvez-vous...

— Il y a ici beaucoup de familles Gandolfi.

Elle parlait aussi lentement que lui, et il la comprit très bien.

— Dans celle-là, il y a une Zia Paola, Signora.

Elle recula un peu en fronçant ses épais sourcils et regarda l'homme, puis l'enfant, et revint enfin à lui avec une expression à la fois compréhensive et méfiante. Elle réfléchit, mais déjà Randall avait deviné qui elle était. Elle dit comme à regret :

— On m'appelle Zia Paola.

Il eut un sourire timide et lui tendit la main. Elle ne bougea pas pendant un instant, puis posa son pot de fer par terre, essuya lentement sa main droite contre sa jupe et la mit dans celle de Randall, une main rude et dure. Elle ne dit rien, mais, après la poignée de main, elle regarda l'enfant. Randall mit son bras autour des épaules de John, le poussa vers la femme et dit :

— Je crois que vous savez à qui est cet enfant, Signora, n'est-il pas vrai ?

La bouche fermée, le visage sévère et impassible, elle acquiesça lentement. Ses yeux s'adoucirent en regardant la figure ouverte de John et son petit corps vigoureux. Elle n'avait évidemment rien à ajouter et ne savait pas quoi faire. John lui sourit et dit :

— Est-ce la dame que vous cherchez, oncle Ran ?

Les yeux de la femme regardèrent par-dessus la tête de John vers la place où Randall, quoique ne pouvant voir derrière lui, devina qu'il y avait près de la boutique des femmes qui suivaient la scène avec une curiosité bien naturelle.

— Entrez dans la maison, dit Zia Paola.

Elle reprit son gros pot et les invita à entrer, puis leur fit monter deux étages d'un escalier de pierre très sombre et très froid. Randall porta John presque tout le chemin. Elle ouvrit la porte d'une petite chambre qui avait une seule fenêtre donnant sur la piazza et meublée d'une grossière table carrée et de plusieurs dures chaises de bois. Au mur, une série d'étagères faites à la maison sur lesquelles étaient rangés de la vaisselle et des ustensiles de cuisine, et, dans un coin, un petit lit bas recouvert d'une couverture grise. Dans un autre coin, un fourneau en brique avec un trou rond sur le dessus. Le mur blanchi à la chaux était orné de quelques chromos aux sujets religieux, d'un calendrier illustré et d'un crucifix auquel était fixée une branche d'olivier. Le plancher, très propre, était nu. La femme traversa la pièce, mit du bois dans le fourneau et souffla dessus jusqu'à ce qu'il flambe.

— Il fait probablement plus froid qu'à votre habitude, dit-elle.

Randall resta debout, son pardessus sur le dos, son chapeau à la main, et regarda la pièce nue et propre. John lâcha sa main et, soudain, trotta vers la femme près du fourneau pour voir ce qu'elle faisait. Elle se retourna et examina l'enfant sans pouvoir dissimuler qu'il lui plaisait infiniment. Mais, quand elle se tourna vers Randall, son visage était tout différent, fermé, distant.

— Pourquoi êtes-vous venu ici ? demanda-t-elle.

Dans sa bouche, la question n'avait rien de brusque. Randall comprit qu'elle tâtait son chemin.

— Je suis venu vous voir pour vous parler.

Il s'arrêta, puis ajouta :

— Mais, comme vous voyez, je sais très peu l'italien.

Elle ne répondit pas tout de suite, puis, soudain, elle secoua les épaules et dit :

— Mon fils Domenico parle anglais. En été, il travaille au *Grand'Albergo*. Il pourra expliquer. Il va revenir bientôt pour déjeuner.

— Tant mieux.

Randall se sentit soulagé. Il prit courage et continua :

— Signora, vous êtes, je crois, la tante de Renata Tosi ?

Il eut l'impression qu'elle eût préféré ne rien répondre. Elle resta un moment silencieuse, le visage froid. Puis elle secoua de nouveau les épaules, acquiesçant à ce qui était l'évidence même. Elle avait certainement entendu sans plaisir prononcer le nom de Renata. Elle était embarrassée, et lui aussi. Mais elle continua à examiner John avec un intérêt de plus en plus chaleureux. Elle étendit la main, lui enleva son bonnet et passa ses doigts rudes dans ses épaisses boucles brunes.

— C'est un très bel enfant, dit-elle presque malgré elle. — Puis elle eut vers Randall un coup d'œil perçant qui exigeait de savoir une fois pour toutes la raison de sa venue. — Pourquoi m'avez-vous demandée, dit-elle. Pourquoi pas sa mère ?

— Renata ? — Randall fut surpris. — Je ne suis pas venu la chercher, dit-il. Je ne sais rien d'elle depuis son départ pour l'Amérique du Sud. N'y est-elle pas toujours ?

La tante ne répondit pas. Elle s'assit, prit John sur ses genoux et commença à lui enlever son gros manteau et ses guêtres.

— Il aura trop chaud, dit-elle. Vous allez rester déjeuner avec nous.

Randall ne sut que dire. Il ne s'était pas attendu à cela et il pensa qu'il ne devait pas accepter. Peut-être n'avaient-ils pas sous la main la nourriture de deux personnes de plus ; ils étaient certainement très pauvres. « Mais si je montre ce que je pense, se dit-il, elle s'en offensera, et c'est exactement ce que je ne veux pas. » Il regarda son visage penché vers John ; il était austère et patient, le front étonnamment peu ridé, malgré le tribut que les années et le dur travail avaient visiblement exigé d'elle. Elle faisait connaissance avec John, qui semblait tout content.

— Merci beaucoup, dit timidement Randall, qui écouta ensuite John lui dire son nom sur sa demande, bien qu'elle s'en soit déjà enquise auprès de Randall.

Elle sourit quand le petit garçon parla et s'exclama :

— Mais il comprend l'italien !

— Un peu, dit Randall qui expliqua ce qui s'était passé à bord du bateau.

— Il doit être intelligent. — Elle étudia le visage de l'enfant. — Il a... combien ? Pas tout à fait trois ans ?

— Dans quatre mois.

Il ignorait ce qu'elle savait ou non.

— John, dit-elle en imitant le son du mot et en secouant légèrement la tête. C'est Giovanni, n'est-ce pas ?

— Oui, Signora.

— Qui a choisi San Giovanni ?

Randall resta perplexe. Voici tout un aspect de la vie qui allait bientôt entourer John et que, dans ses diverses préoccupations, il avait complètement négligé. Il comprit maintenant sa suprême importance pour les gens d'ici. Il eut peur de répondre, voulant par-dessus tout éviter la chose à ne pas dire.

— John était le nom de mon père, Signora. Je...

— Mais San Giovanni est un saint, d'abord. — Elle prit un air méfiant. — Quand a-t-il été baptisé ?

Randall ne fut pas sûr d'avoir compris le sens du mot *battezzato*, mais il le devina. « Mon Dieu ! pensa-t-il, comment cette question ne m'est-elle jamais venue à l'esprit ? Comment puis-je lui dire que je n'en sais rien ? Que sait-elle de ce que faisait Renata en dehors du fait qu'elle a eu cet enfant ?... » Il ne voulait pas que la tante soit mal influencée et trouva préférable pour le moment de se réfugier dans un embarras simulé au sujet du langage. Butant sur ses mots, il dit :

— Signora, il y a tant de choses dont nous devrons parler, des choses importantes comme celle-ci. Peut-être un peu plus tard, quand votre fils... quand je pourrai...

Il s'interrompit. Zia Paola se leva, peu satisfaite, il le vit bien.

— Il faut que je fasse la polenta, dit-elle, embarrassée.

Elle s'immobilisa, écoutant un son que Randall entendit aussi : le claquement de sabots dans l'escalier. Son visage s'était tendu, elle serrait les lèvres, et John, qui était maintenant très à l'aise avec elle, se tourna vers Randall d'un air étonné. Qu'arrivait-il donc ? Peut-être ce prétexte de mal comprendre l'italien non seulement ne l'avait pas trompée, mais l'avait offensée... Il pensait à Zia Paola et pas du tout aux pas qui se rapprochaient dans le corridor. Puis la porte s'ouvrit. Randall resta pétrifié. Malgré lui, sans s'arrêter au visage, il perçut d'abord une longue jupe noire, une grossière chemisette grise, un petit châle de tricot. Alors seulement il leva un peu les yeux et plongea son regard sur le visage de Renata Tosi. Elle était devant lui, ouvrant des yeux immenses, pâle comme la mort, puis elle se pencha un peu en avant et fixa John. Elle avait à la main un cabas, et cette main se crispa tellement que Randall vit saillir les tendons. Elle ouvrit la bouche, laissa échapper le cabas, ses lèvres pâles formèrent des syllabes : « *Mio Bambino !* »

Elle tomba à genoux, ses bras entourèrent John, et elle le serra contre elle en cachant sa figure dans le cou de l'enfant. Randall l'entendit pleurer. Il se détourna, lui-même pris d'émotion, et se couvrit les yeux de sa main pour ne plus voir le spectacle déchirant ni l'examen scrutateur et menaçant de la vieille femme, là-bas près de son fourneau. Il était complètement désorienté.

En lui un tourbillon bouillonnait; l'esprit déchiré, conscient seulement de son énorme aveuglement en négligeant de prévoir ceci, il était incapable de penser. Quand il se reprit quelque peu, il se demanda comment pareille éventualité ne lui était jamais venue à l'esprit. « Je n'ai pas imaginé une seconde qu'elle pouvait être ici! Elle était partie pour l'Amérique du Sud, j'ai toujours cru qu'elle y était restée. Pourquoi, mon Dieu! pourquoi n'y ai-je pas pensé! — Son esprit tournait en rond. — Qu'ai-je fait! Qu'ai-je fait! »

Il fut arraché à ses réflexions par John qui demandait :

— Qui est-ce, oncle Ran? Qui est cette dame?

Renata Tosi, à genoux, entourait l'enfant de ses bras et leva les yeux vers Randall; des larmes coulaient sur ses joues pâlies. Rien, dans le souvenir de Randall, ne pouvait se comparer avec ce qu'elle était maintenant devenue. Les traits étaient les mêmes, les mêmes profonds yeux noirs étaient magnifiques derrière leurs larmes, mais c'était une autre femme.

— Vous l'avez amené, dit-elle en italien, vous l'avez amené! — Elle leva une main dans un geste inconscient, suppliant peut-être. — Que Dieu vous bénisse! — Elle posa sa joue contre la joue rose de John. — Que Dieu vous bénisse, mon ami!

— Mais qui est-ce, oncle Ran?

La voix aiguë de John traversa cet instant solennel. Il semblait content, mais son petit visage était perplexe. La tante restait dans son coin et regardait, impassible en apparence, mais Randall entendit un reniflement significatif. Il posa la main sur la tête de John et regarda fixement Renata Tosi.

— Elle est ta tante, John, dit-il lentement, ta tante d'Italie. — Les yeux de Renata s'agrandirent de surprise, il vit ce qui lui traversait l'esprit. — Dites-le-lui vous-même, Renata.

Elle baissa la tête légèrement comme pour montrer son assentiment.

— Zia Renata, dit-elle tendrement à John.

Elle parlait italien, le regardant avec adoration, et lui demandant de répéter son nom.

— Zia Renata, dit-il avec son intérêt habituel pour tout ce qui était nouveau.

Et elle se remit à pleurer et le couvrit de baisers. Randall regarda la vieille femme et la vit froncer les sourcils et plisser ses yeux. Elle n'avait pas besoin d'exprimer à haute voix sa surprise. Quelle était l'intention de Randall et qu'avait-il voulu faire?

Pourquoi commencer en disant à l'enfant que sa mère était sa tante? Randall jeta à Zia Paola un regard qui voulait dire clairement : « Je ne savais rien. C'est vous que je suis venu voir, vous. »

Elle retourna à son fourneau. Le feu était maintenant bien pris. Renata, toujours à genoux, avait le bras gauche autour de John et, de la main droite, lui caressait la joue et rejetait en arrière les boucles de son front. Zia Paola traversa la chambre, son pot de fer vide à la main. Elle allait chercher de l'eau quand elle avait rencontré Randall sur les marches.

Renata voulut se lever et prendre le récipient, mais sa tante refusa d'un geste et sortit. Randall se tourna vers Renata. Ses larmes ne coulaient plus, et elle contemplait John avec bonheur. Elle sourit craintivement à Randall en levant la tête vers lui, et, ce faisant, ses yeux tombèrent sur le calendrier suspendu au mur. Encore une fois elle pâlit, sa bouche s'ouvrit, elle écarquilla les yeux comme si elle voyait quelque chose d'extraordinaire, puis montra du doigt le calendrier et se signa lentement, courba la tête et recommença à pleurer. Randall n'y comprenait rien. John se mit à tortiller d'impatience, et Renata resta silencieuse. Enfin Randall demanda :

— Qu'y a-t-il, Renata? Que se passe-t-il?

Toujours à genoux, elle croisa ses mains sur sa poitrine.

— C'est un miracle, dit-elle doucement en italien avec une évidente sincérité. Un vrai miracle.

— Mais comment? Pourquoi?

Les yeux sur le calendrier, elle reprit :

— C'est aujourd'hui San Sebastiano, le 20 janvier. Vous ne pouviez pas savoir...

Elle rougit de honte et courba la tête en murmurant :

— C'est le nom que je lui ai choisi quand je l'ai fait baptiser.

— Vous l'avez fait baptiser, Renata?

Randall ne prit pas garde si John pouvait l'entendre ou non.

— Oui, naturellement, dit-elle tranquillement.

Il l'avait toujours comprise quand elle lui avait parlé en italien, ses sentiments pour elle avaient suppléé à ce que, chez d'autres, il n'aurait pas pu suivre.

— Vous ne pouviez pas le savoir, continua-t-elle, mais vous auriez dû deviner. Déjà si profondément enfoncée dans le péché, je ne pouvais imaginer comment réparer, mais il y a un péché que je n'avais pas à commettre, c'est de permettre à son âme immortelle de se perdre. Non. Bien sûr, je l'ai fait baptiser.

— Pourquoi n'avez-vous pas...

Il s'interrompit, ne voulant pas lui rappeler le bout de papier dans la corbeille.

Elle secoua la tête.

— Son nom n'était pas la chose la plus importante. Il serait américain, et je...

Elle fit un geste qui signifiait : « Je vous laissais pourvoir à tout. » Elle avait eu raison, pensa Randall. En supposant qu'elle lui ait fait savoir le nom italien qu'elle lui avait choisi, aurait-il prêté la moindre attention ? Pas plus qu'il n'aurait consenti au début à élever l'enfant dans la religion catholique. Comme toujours, elle avait été réaliste, et sage, et logique.

John, fatigué de rester tranquille, l'avait quittée et trottait autour de la pièce en examinant tout ce qui était à sa portée. Renata était restée à genoux, parfaitement inconsciente de l'image de Madone qu'elle présentait. Randall en fut touché, mais dérouté quand il essaya de rattacher son présent aspect à celui de la femme qu'il avait connue. Il n'avait pas le temps de la questionner, sa tante allait revenir d'un moment à l'autre. Il demanda seulement, parce que d'autres questions plus urgentes réclamaient plus de temps, de réflexion et d'intimité :

— Pourquoi avez-vous choisi ce nom de Sebastiano ?

Elle sourit.

— Ça a toujours été un de mes noms favoris. Je l'aime parce qu'il est si musical, si harmonieux. Mais comment pouvais-je savoir que ce serait le miracle qui me le ramènerait ? Vous me comprenez ? Pour moi, c'est...

Elle s'arrêta et hocha la tête avec étonnement, puis elle reprit comme si cette pensée la frappait soudain :

— Mais quel nom lui avez-vous donné, vous ?

— John. Et il serait difficile de changer maintenant et de lui expliquer.

— Ce n'est pas la peine. Il y est habitué. Appelons-le Giovanni, John. Ici, ils l'appelleront Giu'an dans leur dialecte. Mais son nom de baptême est Sebastiano. Dieu soit béni ! acheva-t-elle pieusement.

Elle se releva. Elle avait parlé avec une conviction si simple que Randall ne songea pas un instant à avoir un avis différent. Chaque aspect de la situation dans laquelle il s'était mis lui-même le troublait, mais, instinctivement, il sentit qu'il valait mieux laisser ces détails prendre la direction qu'elle leur avait donnée, innocemment ou avec sagesse. Elle n'avait pas prononcé un mot d'anglais, et peut-être, là aussi, elle avait fait ce qu'il fallait.

Elle sortit de son cabas ce qu'elle avait apporté et dit :

— Il faut nous dépêcher pour ne pas être en retard pour déjeuner.

Randall vit soudain qu'il avait gardé son pardessus. Il l'enleva lentement, tout en regardant autour de lui la cuisine primitive, et demanda :

— Vous habitez ici, Renata ?

Elle lui montra le petit lit de fer dans le coin.

— C'est là que je dors. Cette cuisine appartient à mon oncle et à Zia Paola. Ils ont deux autres chambres sur ce couloir : l'une est la leur, l'autre celle de mes cousins, leurs deux plus jeunes fils. Tous les autres sont mariés.

Randall n'osa pas parler davantage, il écoutait si Zia Paola ne revenait pas. Ses pensées étaient tumultueuses, tout avait été balayé de ses mains par cette conclusion inattendue de son voyage, dont le but, il le voyait maintenant, avait été laissé beaucoup trop dans le vague. Il n'essayait plus de prévoir au-delà des minutes suivantes, au-delà du retour de la tante. Tout ce qu'il put penser, ce fut : « Qu'ai-je fait ? Qu'ai-je fait ! »

Il plia son pardessus et le posa avec son chapeau sur le bout du lit, auprès du manteau de John. Embrassant du regard la chambre où ils étaient et ses pauvres vêtements paysans, son étonnement était si visible qu'elle remarqua :

— Je vous raconterai plus tard, une autre fois. Maintenant, ma tante...

— Jusqu'à quel point sait-elle ? A-t-elle...

— Ils savent tous, dit-elle tranquillement. — Elle regarda John qui était près de la fenêtre et observait quelque chose au-dehors. — Ils n'ont pas été contents de moi, mais ils l'aimeront. Je vous l'ai dit déjà, ils sont bons. Des gens comme ça n'ont pas de confusion dans l'esprit.

Zia Paola rentra. Elle portait son pot d'eau et une cruche de lait. Elle dit quelques mots en patois à Renata, et Randall ne comprit pas. Renata sourit et expliqua :

— Elle dit qu'elle fera aujourd'hui la polenta avec du lait parce que c'est une circonstance spéciale et que c'est bon pour l'enfant. Plus tard, je lui raconterai quelle circonstance c'est en réalité. Elle sera touchée.

John quitta la fenêtre et se haussa sur la pointe des pieds près de la table pour regarder ce qui était dessus. Zia Paola lui sourit en disant :

— Il a faim, il a bon appétit.

Elle coupa le croûton du pain et le lui tendit.

— *Grazie*, dit l'enfant gravement.

Et la femme se baissa, enchantée, et l'embrassa. Randall était mal à l'aise. Il aurait dû être soulagé devant cette acceptation indiscutée de l'enfant. Mais cela n'avait rien de souple comme une acceptation, cela ressemblait plutôt à une prise de possession. Elle aimait peut-être les enfants en général, mais, très certainement, elle regardait celui-ci comme sa chair et son sang. Il n'avait laissé entendre ni à elle ni à Renata qu'il était venu leur remettre l'enfant et aurait désiré les avertir immédiatement qu'il ne fallait pas le penser un instant. Il voulait demander son aide à Renata, mais il vit qu'en présence de Zia Paola, pour toutes sortes de motifs de discrétion, il lui fallait garder un mur entre lui et Renata. Et soudain, consterné, il comprit le plus terrible : la tante ne sait rien de ce qui se cache là-derrière. Elle ne suppose qu'une chose, c'est que je suis le père de John et que je l'ai amené parce que je me sens incapable de prendre soin de lui tout seul. Son front et les paumes de ses mains devinrent moites, il tremblait intérieurement de nervosité. Il se dit qu'il fallait tout de suite mettre fin à tout malentendu avant qu'il soit trop tard. Il se mordit les lèvres, avala et dit :

— Renata.

— Comment ?

Elle se retourna et le regarda. Pour la première fois, il saisit dans son expression quelque chose de la vivacité qui l'avait charmé autrefois, quand il observait à toute minute chaque nuance de ses yeux profonds sous leurs sourcils droits, chaque angle de son nez fin dont les narines palpitaient de malice comme les courbes souriantes de sa bouche, maintenant close si hermétiquement, qu'en ce moment étrange il sut de façon certaine ce qu'elle n'aurait nul besoin de lui apprendre : elle ne chantait plus. Comment il le savait, il n'aurait pu le dire, ni si elle était devenue silencieuse par choix ou parce qu'elle avait perdu la voix. Comment sans cela serait-elle ici ? se dit-il en considérant ses vêtements paysans, sa main qui tournait la polenta avec une curieuse cuillère de bois. Elle le regarda par-dessus son épaule, et son bras faisait tourner la spatule avec un rythme lent et régulier.

— Comment ? reprit-elle. *Com'è ?*

— Pourriez-vous, commença-t-il en anglais, Renata, pourriez-vous expliquer quelque chose à votre tante. — Il eut un sourire gêné qui voulait être rassurant, mais il se sentait lui-même très peu sûr de lui. — Tout ceci, voyez-vous, est très inattendu. Je ne pensais pas que... je n'étais pas sûr des personnes que je pourrais rencontrer ici.

Il réfléchit un moment et continua avec franchise :

— Je ne m'attendais pas à vous trouver. Je suis venu parce que je voulais voir les vôtres et parler à quelqu'un d'ici.

— Vous deviez avoir une raison, dit-elle en italien.

— La situation est devenue très difficile à New York. Il a fallu que je l'emmène. Ce n'est pas le moment d'en parler. Je veux seulement que vous sachiez tous que je n'ai pris aucune décision sur rien. Ceci n'est qu'une visite, vous comprenez ?

Elle acquiesça avec un soupir.

— Je suis infiniment reconnaissant à votre tante, continua Randall dont l'expression était solennelle. Elle a été très bonne. Je voudrais que vous le lui disiez.

Renata donna aussitôt l'explication demandée à sa tante en patois. Zia Paola fronça les sourcils, peut-être plus étonnée qu'ennuyée. Tant que la situation lui avait paru claire, elle avait réagi immédiatement et naturellement, en dépit de sa première hésitation. Si maintenant cette situation devenait confuse ou se compliquait, elle l'approuverait moins facilement. Mais, le regard fixé sur John qui grignotait son pain avec plaisir, elle dit :

— En tout cas, il est presque midi et vous allez déjeuner avec nous, vous et Giovanni. Après...

— Où irez-vous après le déjeuner ? demanda Renata. D'où veniez-vous ce matin ?

— De Bellagio. J'ai une chambre dans un petit hôtel, celui qui est ouvert tout l'hiver. Nous y sommes arrivés hier soir par le bateau de Côme.

Renata secoua la tête, perplexe. Son avertissement, Randall le comprit, la faisait hésiter à poser de nouvelles questions. Il répéta :

— Je n'ai encore rien décidé, mais il se peut que je reste un moment à Bellagio.

Sa voix était morne et lasse, et ses quelques mots apprirent à la Renata invisible, à la femme cachée qui le connaissait si bien, qu'il avait dû se débattre contre un fardeau beaucoup trop lourd pour sa douce nature. Sa brève allusion aux conflits et aux soucis qu'il avait fuis lui causa un douloureux remords. Mais l'heure n'était pas à de telles réflexions. Elle sourit et dit :

— J'espère que Giovanni aimera notre nourriture. Il n'a sûrement jamais mangé de ça encore.

Elle montra la polenta et une autre marmite dont sortait une vapeur odorante.

— Il a beaucoup aimé la nourriture italienne sur le bateau. J'ai été malade à peu près tout le temps, dit Randall en riant, mais la femme de chambre m'a dit qu'il avait mangé de tout ce qu'on lui donnait, et souvent en redemandait.

Renata traduisit à sa tante, et Zia Paola, qui avait écouté l'anglais de Randall avec méfiance, se détendit un peu et hocha la tête.

La voix humble, un peu fêlée, de la cloche de l'église sonna les premiers coups de midi. Les douze coups n'étaient pas finis que la porte s'ouvrit, et trois hommes entrèrent ensemble. L'oncle de Renata, Gandolfi, et ses cousins Nino et Domenico, de grands gaillards aux figures hâlées avec de brillantes dents blanches, des cheveux bouclés et un large sourire. Nino avait dix-huit ans environ et Domenico un peu plus. Zio Gandolfi était un paysan voûté et digne d'un âge incertain, avec une longue moustache hérissée et d'abondants cheveux blancs. Les trois hommes fixèrent attentivement sans parler Randall et le petit garçon. Puis Renata, avec un regard de détresse, se détourna et s'affaira près du fourneau. Zia Paola dit en patois d'un ton terne et lourd :

— C'est le fils de Renata, et voici son père.

Randall la comprit, mais espéra que John n'en avait pas fait autant. Il se sentit rougir, et son visage le brûla ; il ne savait où porter les yeux. Certainement pas vers Renata, encore plus sûrement pas vers les Gandolfi qui se tenaient là, bouche bée. Devant l'irruption de ces étrangers, John s'était rapproché de lui et continuait à manger les dernières bouchées de son pain. Domenico fut le premier à se ressaisir, peut-être parce qu'il était plus habitué aux figures nouvelles et toujours prêt à faire étalage de son anglais. Il eut un coup d'œil vers sa mère pour savoir quelle attitude prendre et, quand il la vit secouer les épaules comme pour dire : « Qu'y pouvons-nous ? », il s'avança vers Randall et lui tendit la main.

— Vous êtes américain, Signore ? dit-il en anglais, tandis qu'ils se serraient la main.

— Oui. — Randall réussit à sourire. — Comment allez-vous ? Je m'appelle Randall Holt.

— Et moi Gandolfi Domenico, répondit poliment le jeune homme avec un léger salut, étrangement élégant chez ce paysan vêtu de ses rudes habits de travail. Mon père, Gandolfi Luigi, mon frère Nino.

Papà et Nino émirent quelques sons indistincts : « Vous venez d'arriver ? Vous venez de Bellagio ? » Il présenta les banalités de mise à l'égard des voyageurs. Randall répondit brièvement, voyant que Renata, près du fourneau, restait toujours le dos tourné et que Zia Paola mettait sur la table des assiettes et des cuillères avec beaucoup de bruit, comme pour dissimuler l'embarras de la situation.

John tira la main de Randall, regarda les trois hommes gravement et demanda tout bas :

— Qui sont ceux-là, oncle Ran ?

Domenico l'entendit et leva les sourcils. Sans réfléchir, il laissa échapper :

— Il vous appelle « oncle » ?

Randall le regarda dans les yeux : maintenant ou jamais, il s'agissait d'établir une base d'entente avec celui de la famille qui parlait anglais.

— Naturellement, dit-il, étant donné les circonstances.

— C'est vrai, naturellement, Signore.

Domenico eut un sourire gêné, comme s'il s'excusait de son manque de tact. Il se pencha et mit sa main rude et tachée sur la tête bouclée de John.

— Tu es mon petit cousin, dit-il. Il faut que tu apprennes à parler italien.

— *Posso parlare italiano*, dit vivement John. *Ho fame.*

— *Eh ! Bello !*

— *Carino !*

— *Che bravo !*

— *Che intelligente !*

Ils parlaient tous à la fois, leurs visages s'animèrent, ils se mirent à sourire en hochant la tête et se placèrent autour de la table en y amenant Randall et John, tandis que Zia Paola et Renata arrivaient, chacune portant une marmite fumante. Randall sentit que, sans la remarque simple et gentille de John, ils seraient restés froids et méfiants très longtemps. Il vit aussi qu'il n'avait pas pensé à tenir compte de la vive affection des Italiens pour les enfants. Et, soudain, timidement installé à leur pauvre table mal équarrie, près de partager leur nourriture grossière, les larmes lui montèrent aux yeux. Enfin il avait rencontré un terrain riche en bonté humaine, lui prouvant, en dépit de tous les problèmes, de toutes les difficultés qui l'attendaient, que son instinct, en se tournant avec l'enfant vers ces gens, avait été juste. Il éprouva un infini soulagement à penser qu'après ces années affreuses et mornes à New York il y avait dans le monde un fond d'amour naturel où John pourrait puiser. Le visage de Renata ne confirmait guère cet optimisme. Elle gardait les yeux baissés et ne prononça pas une parole. Mais sa confusion et celle de Randall, et quoi qu'ils fassent plus tard pour arranger cela entre eux, ne regardaient pas les Gandolfi. Ils avaient accepté l'enfant parce que ce serait contre nature d'agir autrement.

Une quinzaine de jours plus tard, Randall, pour la première fois, vit la maison rose. Le temps devint si beau et si chaud, comme souvent au début de février, que Domenico offrit de les emmener, John et lui, se promener sur le lac. Il y avait eu plusieurs visites chez les Gandolfi, mais Randall eut grand soin de ne pas exagérer. Il ne voulait pas soulever de litige et n'avait découvert que peu à peu à quel point il était las, de toute manière. Il était trop fatigué pour décider ce qu'il désirait manger, quelle cravate choisir, ce qu'il fallait mettre à John. Il avait l'impression d'agir comme un somnambule et n'en cherchait pas plus long. Le calme, l'isolement, l'absence d'une durée déterminée et la perfection de son évasion l'entouraient d'une brume bienheureuse. En attendant qu'elle se dissipe d'elle-même, il n'essayait pas de prendre une décision quelconque, ni même de rien apprendre. Ainsi il n'avait pas posé une question à Renata sur ce qui lui était arrivé ces trois dernières années. Il gardait ses distances, et elle, de son côté, faisait de même, et plus encore que lui. Ils avaient à peine échangé un mot sans témoin, et, s'ils avaient voulu avoir une conversation privée, cela n'aurait même pas été faisable. Dans la cuisine des Gandolfi, il n'y avait aucune intimité possible, et, de fait, Randall n'y retourna que peu. Rien n'aurait décidé Renata à sortir se promener, ni à aller s'asseoir avec lui quelque part dans un lieu public à Bellagio, ni dans un des villages avoisinants. Elle l'avait ainsi évité, mais, ce qu'elle n'évitait pas, c'était ses propres pensées, bien qu'elle eût réussi à les dissimuler avec un plein succès. Randall était depuis si longtemps habitué à se nourrir d'illusions qu'il était incapable de découvrir cette réalité : derrière l'impassibilité apparente de Renata, elle vivait dans une angoisse passionnée et torturante dans l'attente de ses intentions au sujet du petit garçon, et la paisible tendresse qu'elle témoignait à l'enfant était un prodige de maîtrise de soi. Ses yeux baissés, son attitude déférente devant ses parents, son austère réserve en sa présence ne pouvaient révéler à Randall les tourments de son incertitude, encore aiguisés par le sentiment de sa faute et intensifiée par son adoration de l'enfant.

Domenico, parmi les membres de sa famille, se fit l'hôte, le guide, ou le courrier, n'ayant pas beaucoup de travail à faire dehors en cette saison et préférant de beaucoup quelque chose de semblable au travail de l'été qui le mettait en contact avec des étrangers. Randall fut d'abord un peu gêné vis-à-vis de lui. Il ne désirait ni l'obséquiosité que Domenico aurait manifestée à un véritable touriste, ni l'intimité qui convenait à un véritable parent. Peu à peu, ils trouvèrent un moyen terme et devinrent, sous réserve d'un certain formalisme prudent, des amis.

Le hasard les amena un jour derrière la pointe de la péninsule et sur la partie est du lac. De Bellagio, on ne pouvait la voir, et Domenico avait dit :

— C'est très beau aussi, comprenez-vous, mais différent. Il n'y a pas de grands hôtels ni de belles villas, c'est plus simple.

Il ajouta avec un sourire :

— Ça nous appartient plus.

— Oui, j'aimerais voir cela.

Ils se laissèrent mollement pousser par la brise et doublèrent la pointe, puis suivirent les courbes de la côte avec ses petites baies et ses calanques, ses collines aux pentes douces, couvertes d'une herbe verte comme avril — « Mais tout est toujours si vert ici », expliqua Domenico —, ses oliviers d'argent aux troncs tordus se penchant tendrement vers le soleil, les taches plus sombres des cèdres et des sapins, la gravité élancée des cyprès.

— On ne croirait pas qu'il existe tant de différentes teintes de vert, dit Randall. Jamais je n'ai vu de nuances plus tendres et plus variées.

Ils continuèrent à avancer doucement, Domenico appuyait à peine sur les avirons. A leur droite, les collines étaient peu élevées, mais à gauche, de l'autre côté du lac, surgissait la Grigna, âpre et couronnée de neige. Des villes se pressaient à ses pieds le long de l'eau. Au-dessus et derrière eux, la chaîne devenait rocheuse et sévère.

— Tout le monde fait la remarque, je suppose, que cette montagne là-bas a l'air d'une figure humaine, dit Randall.

Domenico se mit à rire.

— En effet, dit-il. On l'appelle le Profil de Napoléon. On donne ce même nom, je crois, à toutes les montagnes de ce genre en Europe.

— Oh! regardez! cria John soudain. Une maison rose! Quelle drôle de maison rose, oncle Ran!

Au fond d'une petite anse, une maison haute et étroite, peinte en rose crevette, était nichée au milieu d'oliviers gris sans feuilles et de peupliers au tronc clair, tout près du bord. Sur les rochers tout auprès, quelques filets étendus séchaient.

— Elle est jolie, reprit l'enfant. Je n'ai encore jamais vu de maison rose.

— On n'admire guère les maisons roses dans cette région-ci, Giu'an, dit Domenico. Tu n'en verras pas beaucoup.

— Pourquoi? demanda Randall.

— Elles sont considérées comme très ordinaires. Dans la plupart des endroits, le stuc rose est pour les *contadini*. On dit pourtant qu'à Gênes les nobles et les riches font peindre leurs maisons en rose.

— Tiens! dit Randall. Tous les livres sur l'Italie sont pleins de maisons roses.

Domenico secoua la tête.

— Je n'ai jamais voyagé, dit-il, je ne connais que ce qu'on voit par ici.

Randall examinait la maison avec un curieux intérêt. A moitié assoupi, l'air et le soleil printanier le détendaient si bien qu'il tenait avec effort ses yeux ouverts. Pourtant l'aspect de cette maison était particulièrement plaisant. Il demanda à Domenico à qui elle appartenait.

— A un vieux pêcheur que tout le monde appelle Zio Pepe. Il doit avoir presque quatre-vingt-dix ans et il a toujours habité ici.

— L'endroit semble très bien entretenu.

— Oui. Zio Pepe est très actif, malgré son âge. Il n'aurait jamais pu gagner de quoi vivre en pêchant; nos poissons sont trop malins pour se laisser prendre en telle quantité. Mais il possède de l'autre côté de la route, derrière sa maison, une carrière qui donne une certaine qualité de sable que le *copomas-*

tri préfère pour fabriquer le stuc, et il en vend assez pour lui fournir de quoi vivre. Mais ce qui fait toute la différence, c'est qu'il y a dix ans environ un peintre anglais qui rêvait sur le lac dans un canot est tombé amoureux de la maison de Zio Pepe et a voulu y habiter.

Les yeux de Randall étaient maintenant grands ouverts, et il écoutait Domenico avec attention, tout en regardant la plage, les filets et la maison.

— Ils ont discuté longtemps, et ça a coûté quelque chose à l'Anglais, mais pas beaucoup tout de même parce qu'il n'était pas riche. Il avait pourtant plus d'argent que Zio Pepe, qui n'en avait pas, et, à eux deux, ils arrangèrent une moitié de la maison comme l'Anglais le désirait. Ce n'est pas vraiment une villa, vous comprenez, mais c'est beaucoup plus confortable que nos maisons.

Domenico aimait toujours à montrer ce qu'il connaissait des coutumes étrangères et il n'y avait jamais besoin de l'encourager pour qu'il parle. Randall le laissa continuer, et il reprit :

— C'était un bon jardinier et, quand il ne peignait pas, il plantait des fleurs. Il en reste encore beaucoup.

— Où est-il maintenant ?

— Il est resté ici jusqu'à il y a deux ans à peu près, puis il a dû retourner en Angleterre pendant l'hiver pour une raison de famille quelconque, et naturellement le climat l'a tué, *poveretto*. Il n'aurait jamais dû s'en aller.

— Et la maison ? Sa partie de la maison ?

— Elle est restée vide depuis. — Domenico lui lança un regard aigu. — Je ne sais pas pourquoi. On croirait que quelqu'un aurait pu la vouloir.

— Moi, je la veux, dit Randall.

— Vous ?

— Croyez-vous que je puisse la louer ?

Domenico s'arrêta de ramer et s'appuya sur ses avirons.

— Pourquoi pas ? dit-il, mais il était étonné.

John battit des mains.

— Je veux la maison rose, moi aussi, oncle Ran ! s'écria-t-il.

— Pouvons-nous aborder ? Zio... comment l'appelez-vous ? Zio Pepe est-il chez lui ?

— Je pense que oui. Voyez son bateau là-bas.

Domenico découvrait qu'il ne connaissait pas les étrangers aussi bien qu'il pensait. La plupart des gens ne prendraient pas une pareille décision de cette brusque façon.

— Allons lui parler tout de suite, Domenico, dit Randall. Parlez-lui, vous, et ayez-moi la maison.

Par un calme matin laiteux du milieu de février, ils s'y installèrent. Domenico les amena de la jetée de Bellagio avec leur grande valise et un panier de provisions. Randall était heureux du changement, et même assez excité, mais cette agitation était tempérée par ses doutes sur la sagesse de sa décision. Il était assis dans le bateau, le col relevé, car l'air était frais, contemplant le curieux ciel blanchâtre qui se reflétait dans l'eau, et tellement préoccupé qu'il ne fit pas attention au babil de John avec Domenico. Cette maison serait peut-être le havre de paix que Randall avait cherché à atteindre, avec l'instinct qu'un être affamé a pour la nourriture. Mais peut-être avait-il aussi détruit à tout jamais ses chances et fait quelque chose de désastreux et de fou quand il avait suivi la ligne de moindre résistance et consenti à son étrange situation vis-à-vis de Renata. Il n'arrivait pas à équilibrer ses sentiments. Chaque fois qu'il réussissait à en accepter l'idée, son anxiété le minait de nouveau.

Eh bien ! si à l'usage cela s'avérait impraticable, il s'en irait tout simplement. Par moments, les semaines précédentes, il avait eu des instants difficiles, déconcerté par le fait que les Gandolfi, parfaitement à leur aise devant John, étaient toujours réservés et sur leurs gardes en face de Randall. Comment aurait-il pu en être autrement ? Et même pouvait-il désirer qu'il en soit autrement ? Non, certes. Ils avaient adopté une attitude parfaitement raisonnable, étant donné leur différence de classe, de langage et de nationalité. Renata avait répondu à l'une de ses rares questions en expliquant que cela venait seulement de ce qu'il n'était pas Italien et que seule sa nationalité différente lui permettait d'accepter sa présence dans ces conditions. Mais il sentait perpétuellement leurs interrogations silencieuses et le poids de leur jugement en ce qui les concernait, lui, Renata et John. Ils trouvaient difficile à comprendre qu'il soit venu ici simplement en badaud, en temporisateur. Il connaissait maintenant la source d'où Renata tenait son sens profond de la vérité naturelle. Visiblement, ils s'attendaient à ce que le résultat de sa présence ici soit ou bien qu'il remette l'enfant à Renata et s'en aille, ou qu'il reste et l'épouse. Sa conduite indécise, en même temps que son affection si profonde pour le petit garçon et sa façon de rester dans le pays sans se résoudre à rien laissaient les

Gandolfi de plus en plus perplexes à mesure que le temps s'écoulait.

Il avait un tel désir de s'installer dans la maison rose et de se perdre dans la rêveuse beauté de l'endroit qu'il mit ces questions de côté. Au cours de son existence, il avait toujours rendu invisible ce qu'il ne voulait pas voir, et personne ne soupçonnait à quel point il y était devenu habile. Comment pourrait-il rester ici, par exemple, s'il n'effaçait pas toute pensée lui rappelant Seymour, des souvenirs, un livre aux pages blanches ou écrites, un pupitre...

Un jour, il demanda à Zia Paola devant Renata comment il trouverait une femme pour tenir son ménage, ou si elle pouvait se charger de lui en trouver une.

Elle haussa d'abord les épaules lentement et émit un son qui pouvait passer pour n'importe quoi. Puis elle dit : « *Ma!* » et mit son châle en disant :

— Parlez-lui-en, indiquant du menton Renata.

Elle prit son panier à provisions et sortit.

Randall resta près de la table, regardant Renata qui ourlait un foulard de soir. Il était stupéfait et embarrassé. John était dehors et jouait sur la place avec des enfants, il les entendait bavarder par la fenêtre ouverte. Renata avait la tête penchée sur son ouvrage et ne dit pas un mot. Après un moment, Randall lui demanda en anglais :

— Que veut-elle dire ?

Les doigts de Renata tiraient l'aiguille rapidement, et elle ne leva pas la tête. Elle répondit, également en anglais, employant cette langue pour la première fois :

— Qu'en pensez-vous ? C'est assez clair.

Sa voix était terne et étouffée.

Il attira une chaise et s'assit près d'elle, le coin de la table entre eux.

— Je n'oserais pas y penser, dit-il. Je n'en aurais jamais eu l'idée.

— Non, dit-elle, certainement non. Cela vous ressemble bien, Randalo, de ne pas voir ce qui est le plus simple, le plus naturel.

Il réfléchit. Il était encore à peine habitué au fait que Renata était ici et non pas perdue pour toujours quelque part dans l'Amérique du Sud — encore une autre preuve de ses oublis caractéristiques. Et le voici en face de l'étonnante proposition qu'elle vienne habiter dans sa maison avec lui! Pourquoi n'était-ce pas impossible et choquant? Comment sa tante, plus particulièrement, avait-elle suggéré une telle idée? Embarrassé et confus, il regarda Renata.

Elle leva alors la tête, et il se remémora nettement d'autres circonstances où elle lui avait jeté ce regard froid, presque condescendant, et toujours quand son opinion sur la situation, raisonnable, réaliste, était venue se heurter à ses idées à lui, incertaines, fuyantes, romanesques.

— N'est-ce pas tout naturel? dit-elle. Une mère est la meilleure femme qui puisse s'occuper de son enfant. Vous croyez que Zia Paola pense à autre chose? Si la cuisine est bonne, ou... ou...

Elle se tut un instant, puis continua :

— A qui croyez-vous qu'elle pense? A vous ou à Giu'an?

L'emploi du nom en patois fut un coup pour Randall.

— Mais si vous venez, dit-il lentement, ne croiront-ils pas tous...

Elle soupira, secoua la tête et laissa tomber son ouvrage sur ses genoux.

— Vous n'avez pas changé, dit-elle. Vous n'avez pas compris ce qu'ils pensent depuis le moment où vous êtes arrivé?

— Ils pensent que nous sommes les parents de John, dit-il à regret.

Il continua encore plus lentement, presque en un murmure :

— Ils pensent que je suis son père.

— Eh bien?

En dépit de son calme jusqu'ici et de sa pâleur, il la vit peu à peu rougir. Elle se détourna de son regard et balbutia :

— Voudriez-vous qu'ils pensent autrement?

— Mon Dieu! — La pensée lui en revint pour la première fois depuis des semaines avec un coup brutal, écœurant. — Dieu non!

— Eh bien! alors..., dit-elle.

Il y eut un silence.

— Désirez-vous vraiment venir, Renata? dit-il enfin.

— Vous avez amené Giu'an ici. Personne ne comprend pourquoi, mais pensez-vous que je ne désire pas être avec lui?

— Et avec moi aussi?

Elle secoua les épaules, l'antique geste expressif de sa tante et de toutes les femmes qui lui ressemblaient.

— Pourquoi pas, s'il le faut, pour être avec Giu'an.

— Et ça ne vous fait rien si les gens d'ici, ceux du village...

— Croyez-vous qu'ils diront autre chose que ce qui a déjà été dit ? Vous ne les comprenez pas. Comme moi, ils sont réalistes. Je vous l'ai toujours dit, nous...

— Je sais. Mais... — Il s'interrompit. Il ne savait pas comment continuer, mais il le fallait pourtant, il en avait assez de vivre avec tout ce dont il craignait de parler. — Ils diront tous que je devrais vous épouser. — Il était affreusement gêné. — Et moi...

Il avala péniblement, elle leva la tête et vit se crisper sa mâchoire. Elle eut une pensée soudaine et fronça les sourcils, mais il était trop préoccupé pour s'en apercevoir. Il avait perdu l'habitude d'étudier sa figure et d'être suspendu avec crainte ou espoir à ce qu'elle exprimait.

— Vous n'en avez pas l'intention ? dit-elle, parfaitement calme. Ni moi. — Ses sourcils restèrent parfaitement droits, comme ses lèvres, ses délicates narines. Une de ses expressions indéchiffrables assombrit son regard. — Je n'ai jamais voulu. Ce n'est pas différent aujourd'hui.

Le souvenir revint à Randall de la femme suppliante qui l'avait arrêté dans la rue ce soir de décembre, cette unique faille dans le mur de sa fermeté. Le temps avait-il comblé cette faille ? Pouvait-il être sûr que les duretés de son existence ne l'avait pas élargie ? Il ne voulait pas de problème nouveau posé par elle.

Elle examina son visage et le vit jeter un coup d'œil, comme au premier jour, sur cette pauvre cuisine nue, puis sur ses mains durcies par le travail, puis sur ses laids vêtements et enfin sur ses lèvres fermées, silencieuses.

— Vous ne m'avez pas raconté comment tout ceci est arrivé, dit-il.

— Ce n'est pas nécessaire. Il n'y a pas grand-chose à raconter. Il suffit que vous sachiez ceci : j'ai été très malade, j'ai perdu la voix, je suis revenue ici. — Elle s'arrêta, mais non pour lui donner l'occasion de poser des questions. Son expression l'obligea au silence. — Je l'ai fait de mon propre choix, dit-elle.

Et elle reprit son ouvrage.

Il soupira après un autre long silence.

— Eh bien ! dit-il — et Renata perçut dans sa voix son incertitude — si vous voulez vraiment essayer, Renata...

— Je le veux, dit-elle. Et, pour Giu'an, je suis toujours la Zia

Renata, et aussi, ajouta-t-elle vivement, il ne saura pas que je peux parler anglais.

Randall essaya de sourire, comme pour donner son accord, ou ses remerciements, ou son encouragement. Mais il détourna rapidement la tête, repris par un autre poignant souvenir. Il revit la ravissante figure rieuse, encadrée de dentelles, lui faisant face à une table de restaurant, et entendit sa voix claire gazouiller : « Est mieux je vous apprends italien. » Et pour quelle raison alors ? Et pour quelle raison à présent ?

Domenico fit aborder le bateau sur l'étroite plage de galets, souleva John pour le poser à terre et lui dit de courir jusqu'à la maison pendant qu'ils déchargeaient le bateau. Quelques marches biscornues conduisaient à la petite loggia qui enfermait l'entrée de la partie « anglaise » de la maison. Renata se tenait sur le seuil et souriait. John escalada vivement les marches et se jeta dans ses bras.

— *Ciao !* cria-t-il. *Ciao ! Zia !*

Elle l'embrassa, le souleva dans ses bras et le reposa à terre. Il courut dans la maison et parcourut les pièces qu'il connaissait déjà, car ils y étaient souvent venus la semaine d'avant pour mettre la maison en ordre.

Domenico hissa la lourde valise sur son épaule et, ainsi chargé, monta légèrement l'escalier. Randall suivit avec le panier. La maison avait une odeur nette et fraîche, et les chambres étaient chaudes et plaisantes à voir. Dans chacune il y avait un petit poêle de terre cuite, comme avait annoncé Domenico, et dans la cuisine un fourneau moins archaïque que celui de Zia Paola. On avait supputé avec de nombreux hochements de tête la quantité de bois qu'il fallait acheter si Randall voulait allumer tous les poêles, mais tout le monde tomba d'accord pour convenir qu'une heure ou deux de feu par jour suffirait pour donner une agréable chaleur à tout le logement.

John arriva et prit la main de Randall pour l'entraîner à la cuisine.

— Regarde ! s'exclama-t-il en montrant ce qui était préparé sur la table pour le déjeuner.

Du risotto ! Ses yeux dansaient de joie. Un vrai festin ! Un luxe, selon les Gandolfi, dont l'invariable polenta commençait à fatiguer l'enfant. John continua sa tournée d'inspection, toujours avec Randall. La maison était accueillante et convenablement meublée. Personne ne connaissait la situation de l'Anglais et de ses meubles, personne n'était rien venu réclamer, et Zio Pepe les avait simplement gardés là. A présent, aérés et nettoyés, ils semblaient très confortables. Outre la cuisine, il y avait une grande pièce qui avait été l'atelier du peintre, avec une haute fenêtre ouverte dans le mur au nord, et en haut il y avait deux chambres à coucher avec de bons lits et plus de draps et de couvertures qu'on ne pourrait en employer.

— Ils viennent d'un pays si froid, expliqua Domenico tout en portant la literie dehors pour la mettre à l'air, ils n'arrivent pas à croire que ce n'est pas partout la même chose.

— Là d'où je viens, dit Randall, il fait encore plus froid, mais je n'ai pas encore remarqué par ici de ces nuits méridionales embaumées. Il ne fait vraiment bon que s'il y a du soleil.

— L'hiver est l'hiver, dit Domenico en riant.

Puis, montrant du doigt les ravissantes pentes vertes que Randall admirait tant :

— Est-ce comme ça tout l'hiver en Amérique ?

A la fin de la matinée, Randall le remercia de tout ce qu'il avait fait et de l'aide de son bateau que Domenico empruntait quand il en avait besoin. Avec beaucoup d'embarras d'un côté comme de l'autre, un paiement fut offert et accepté. Un pareil détail était de ceux qui rendraient la situation un peu gênante. « Mais au moins là, pensa Randall, je puis être tout aussi positif qu'ils le sont eux-mêmes. » Cette résolution s'arrêtait toutefois à Renata. Il n'avait pas encore trouvé une façon appropriée d'aborder le sujet de ses gages, et quelque chose lui disait qu'il ferait mieux de se taire, du moins pour le moment.

Il fit un signe d'adieu à Domenico, qui s'éloignait dans le bateau, et revint à la maison pour sortir de la valise et ranger ses vêtements et ceux de John. En haut, dans la plus grande chambre, il y avait une armoire et une commode, une table de toilette, un petit lit pour John et le grand lit de l'Anglais qui serait celui de Randall. Quand il eut mis en ordre toutes leurs affaires, il sortit sur l'étroit balcon muni d'une balustrade de fer, sur lequel donnait la longue fenêtre. Ceci était un luxe, une élégance hors de proportion avec les maigres moyens de l'artiste, semblait-il, mais, dans le pays, Randall découvrit que c'était partout chose commune. Il adorait cela. Le balcon semblait donner directement au-dessus de l'eau, bien que la maison fût placée à quelques mètres de la plage et nichée au pied de la pente au fond de la petite baie. La brume blanche de ce matin se levait, le soleil brillait au travers, et une légère brise du nord balayait la mince couche des nuages et dévoilait un ciel bleu vif que l'eau reflétait. « Oh ! pensa-t-il, quelle bénédiction que cette eau ! Quel sentiment de calme et d'espace ! Le matin est ici une chose ravissante, chaque nouveau matin est un visage fraîchement lavé. » En ville, c'est le bruit, un bruit ordinaire et sympathique de gens commençant leur travail de la journée. Ici, on n'entendait aucun son, si ce n'est là-haut, loin sur la route, un garçon qui sifflait faux. C'était bon, un peu bête, très humain. Et comme il était reconnaissant de cette vue ! L'autre branche du lac était plus imposante, plus vaste et plus théâtralement belle. De la hauteur de San Bernardo, la vue était un panorama et ressemblait à une grande carte en relief. Ceci, par contre, était intime, doux, accueillant. Même les pics sévères de la Grigna avaient une humilité particulière et ne semblaient pas avoir été mis là pour intimider l'humanité, comme les chaînes plus majestueuses qui s'élançaient vers le ciel dans la direction des Alpes suisses. « Ceci était très, très bon », se dit-il, et il soupira avec un immense sentiment de soulagement.

Il se retourna et rentra. En bas, Renata et John parlaient et remuaient, et il décida de jeter un coup d'œil dans la seconde chambre, pour être sûr, se persuada-t-il, que Renata était bien installée. Il resta sur le seuil de la porte et examina la chambre : petite, très simple, les murs blanchis à la chaux, scrupuleusement propre ; la chambre de quelqu'un possédant peu de choses et sans habitudes de confort. Mais, songea-t-il... Il resta là, perdu dans le temps. Pouvait-on faire reculer la roue du temps et se retrouver en un lieu, à un moment du passé... un matin tardif, une femme rieuse, taquine, insouciante, de la vapeur qui sentait bon, des roses fanées, des meubles de pacotille encombrés de dentelles, de plumes, de rubans... Il entendait de nouveau le rire cristallin, voyait les cheveux bruns humides et bouclés, entendait le clapotement des pantoufles qui couraient... Elle courait toujours en ce temps-là. Maintenant elle ne court jamais. Elle marche, elle est calme, lointaine, résignée. Résignée à quoi ? Elle dit qu'elle a choisi cette vie. Que pouvait-elle faire d'autre ?... *La vie me changera, comme vous, comme* tutti. *Quand c'est le temps, c'est le temps.* Il baissa la tête, regarda les murs nus, la chambre blanche et vide, les meubles grossiers sur lesquels il n'y avait nulle marque du papillon d'autrefois.

Poussé par une impulsion irrésistible, il s'avança sans bruit jusqu'à la commode et ouvrit un peu le premier tiroir. Quelques objets de lingerie, communs et blancs, étaient rangés proprement. Il referma vite le tiroir. Les souvenirs lui revenaient autant qu'il en voulait. Mais sa mémoire était un plateau élevé et absolu, qui s'étendait jusqu'au bord d'un précipice abrupt et s'arrêtait net.

Il recula et se dirigea vers l'escalier et, juste à ce moment, entendit un son qu'il avait cru relégué pour jamais sur ce haut plateau isolé, un éclat de rire clair, rapide, joyeux. Il s'arrêta et écouta, la gorge serrée. Il n'avait pas entendu cela une seule fois depuis son arrivée ici et il essaya de trouver cela tout naturel, il voulut ignorer les battements désordonnés de son sang qui amplifiaient le son dans ses oreilles. Lentement, il descendit les marches raides qui tournaient dans un coin de l'atelier et se terminaient en face de la porte donnant sur la cuisine, puis s'arrêta pour regarder. Renata et John jouaient à se poursuivre autour de la table de la cuisine. John avait attrapé un des croissants venus dans le panier de Bellagio pour la circonstance et avait commencé à le grignoter pendant que Renata avait le dos tourné. Elle avait fait semblant de se fâcher et avait couru après lui. John courait devant pour lui échapper, et ils tournaient autour de la table, avec des feintes et de brusques crochets. John était tout excité, autant par la surprise que par le jeu, car il ne la connaissait pas sous ce jour, et Randall n'avait pas revu depuis très longtemps la figure illuminée, l'œil malicieux qu'il croyait disparus à tout jamais. Il se retourna vivement en reprenant son souffle et fit effort pour ne pas laisser voir ses yeux humides et brûlants. Renata arrêta la chasse en attrapant John et en lui donnant une correction pour rire sur le fond de sa culotte, puis elle dit en agitant son index :

— Mange ton pain si tu veux, petit bandit, mais tu n'auras plus faim pour déjeuner!

Elle avait mis le couvert avec des faïences du pays aux couleurs vives laissées par l'Anglais. Au centre de la table, il y avait une coupe de fleurs fines d'un blanc verdâtre, entremêlées de branches aux baies rouges avec un feuillage d'un vert brillant, que Randall avait vu cueillir par les enfants dans la campagne. On les trouvait sur les collines tout l'hiver, et Renata raconta que la fillette de son cousin Ambrogio avait apporté celles-ci ce matin.

— Comment les appelle-t-on ? demanda-t-il comme elle apportait le plat sur la table et commençait à servir.

— Les blanches sont des *bucaneve*, dit-elle, et rouges, nous les appelons *pungitopo*.

Elle remplit les assiettes d'un risotto jaune et fumant.

— Quel drôle de nom ? Tu as compris ça, John ? demanda-t-il en anglais. Des pique-souris, c'est un drôle de nom pour une plante.

La figure de Renata était indéchiffrable quand elle s'assit à table et commença à manger.

— C'est bon, ce risotto ! dit John, la bouche pleine.

Randall leva les sourcils, et Renata se pencha vers John et dit doucement :

— Ne parle pas en mangeant, Giu'an.

— C'est vrai, il est excellent, dit Randall.

Mieux valait que sa connaissance de l'italien soit très limitée, songea-t-il, sans quoi il se serait écrié étourdiment : « Je n'avais pas idée que vous faisiez la cuisine aussi bien ! », produisant ainsi l'impression qu'ils voulaient éviter devant John.

Quand Randall parlerait plus couramment, John, avec la courte mémoire des enfants et leur rapide adaptation, aurait dépassé le stade des questions auxquelles ils ne voulaient pas répondre. En attendant, il fallait à Randall réfléchir avant de parler et traduire d'abord dans sa tête de l'anglais en italien. Sa conversation ne sortait forcément pas de la banalité.

— Je n'aimerais pas manger de la polenta tous les jours, reprit-il.

— Ni moi non plus, dit Renata. Quand on a vécu à Milano et dans d'autres villes, on devient difficile, et on aime la variété. Je préfère de beaucoup le risotto, seulement le riz est cher et la polenta ne nous coûte rien.

Randall n'avait jamais dîné chez les Gandolfi le soir et demanda ce qu'ils mangeaient.

— Une minestra, une soupe. Faite avec ce qu'on a : des légumes, des haricots généralement. Et nous y mettons une poignée de farine pour la rendre plus nourrissante.

— Rien d'autre ?

Elle secoua la tête.

— Du pain, naturellement. Toujours du pain.

— Et pour le déjeuner du matin ?

— Le reste de la soupe du dîner.

— Pas de café ?

— Du café ? Tous les jours ? Jamais, sauf dans les grandes occasions.

— Mais..., commença-t-il.

Une fois encore il s'arrêta, pris au piège des souvenirs. Une fois encore il entendit la voix qui, parlant un anglais ridicule, semblait légère, haute, vive. Quel contraste avec le calme, le ton froid qu'elle employait aujourd'hui pour parler son propre langage ! Et ses innombrables allusions au café ! Un vrai esclavage du café : d'abord il faut boire le café... cela faisait partie d'elle, comme ses ruchés, son parfum et son rire.

Il leva la tête de son assiette vide et dit :

— Nous aurons du café chaque matin pour le petit déjeuner, Renata.

Il aurait voulu que sa pensée et l'ordre qu'il lui donnait intentionnellement traversent l'armure de son impassibilité. Elle se leva pour enlever le couvert, gardant les yeux baissés sur ce qu'elle faisait.

— Comme vous voudrez, dit-elle.

Le soir seulement, quand John était endormi, Randall avait l'occasion de lui parler un peu longuement, et c'est alors qu'il vit sa réserve se refermer sur elle comme un volet sur une fenêtre. Toute la journée, elle était occupée par le ménage et par John. Aux repas, ils parlaient italien, et Renata, à la demande de Randall, le reprenait et lui apprenait comment s'exprimer. Le reste du temps, Renata n'était guère avec eux. Il se mettait à s'intéresser au jardin de l'Anglais et découvrit que Zio Pepe y avait autant travaillé que le peintre. Il se rappelait les quelques misérables oignons qu'il avait autrefois plantés dans leur cour poussiéreuse de New York et de la pelouse avec des corbeilles aux dessins géométriques qui les avaient précédés très autrefois, quand il avait l'âge de John. Et même, alors, les choses ne semblaient pas réellement y pousser, mais seulement s'exhiber un moment pour être recouvertes bientôt par la saleté de la ville ; on les remplaçait alors par des plantes fraîches. Il ne s'était pas rendu compte qu'il aimait beaucoup les fleurs et qu'il était capable de jardiner. Ici, lui semblait-il, on n'avait qu'à piquer une racine ou une graine dans le sol, et il en sortait quelque chose de vert qui bourgeonnait, grandissait ou grimpait comme par magie. Zio Pepe le délivra bientôt de sa naïveté. Jardiner était un travail, et le vieil homme était prêt à lui montrer comment faire.

Quand Randall avait passé sa matinée dehors à tailler des haies, à couper des roses de l'an passé, à attacher les plantes grimpantes ou à bêcher les plates-bandes et à y introduire du fumier, il rentrait affamé pour déjeuner et tout disposé ensuite à faire une sieste. L'air du matin le mettait en joie, mais Renata et Zio Pepe lui annoncèrent tous deux en hochant la tête que cet air-ci était calmant et soporifique et que l'existence allait du même train. C'était exact. Personne ne se dépêchait, personne ne voyageait, personne ne faisait de projets. On se contentait de vivre, jour après jour, à des heures toujours les mêmes, dormant plus longtemps qu'on ne l'aurait cru possible, allant se coucher tôt et se levant de bonne heure, prenant place graduellement dans le rythme antique et le caractère du lieu. Le soir seulement, pendant une heure ou deux entre le souper et le coucher, Randall garda l'habitude de s'installer dans son fauteuil pour lire. Il mettait quelques bûches dans le poêle de l'atelier et s'asseyait près de la table ronde où l'éclairait une lampe de bureau à abat-jour vert qui donnait une bonne lumière. Dans chacune des autres chambres, il y avait une lampe à pétrole plus petite et des bougeoirs. L'Anglais savait s'organiser confortablement. Randall lisait le *Corriera* qu'un gamin lui apportait chaque jour du village voisin, en même temps que le pain et le lait. Quand il avait terminé, il était plus que prêt à aller se coucher.

Les premiers soirs, il resta seul dans l'atelier, paraissant plus absorbé qu'en réalité dans son journal, car il se demandait ce que faisait Renata et si elle accepterait de venir passer là un moment, ce qui serait bien naturel, après tout. Il l'entendit terminer son ouvrage dans la cuisine et attendit que la lampe s'éteigne et que Renata paraisse. Rien ne vint. Dès qu'elle eut soufflé la lampe, elle monta tranquillement en haut, s'arrêtant seulement pour dire : « *Buona notte*, Randalo. » Il répondit, et elle disparut. Après plusieurs soirs, comme elle s'arrêtait au bas des marches, il dit :

— Pourquoi ne venez-vous pas vous asseoir un instant ici, Renata ! On est très bien.

Elle hésita. Un moment, son regard lointain et sévère lui fit croire à un refus. Mais pourquoi n'aurait-il pas dit cela ? Pourquoi s'attendrait-elle à être traitée comme une servante quand son attitude, tout au long du jour et malgré sa réserve, n'avait rien de semblable ? Garder une telle distance en présence de John aurait été absurde et, en outre, aurait profondément troublé l'enfant.

Randall s'excusa :

— Je vous en prie, ne faites pas attention à ce que je viens de dire. Après tout...

Il eut un pauvre sourire. N'importe quelle prière silencieuse valait mieux que la maladresse des mots. Il vit ses paupières s'abaisser lentement, puis se relever ; un frémissement passa sur son visage. « Il vaudrait mieux, pensa-t-il en ressentant douloureusement les sentiments qu'elle éprouvait, ne pas la regarder. Ce n'est pas du reproche qu'elle exprime, elle est effrayée, confuse, inquiète. Nous avons des montagnes à gravir, plus hautes que les pics qu'on voit d'ici, et des abîmes à sonder, plus profonds que les creux de ce lac, avant de nous rencontrer de nouveau sur un plan où nous nous sentions sûrs de nous. » Il baissa les yeux et dit tranquillement :

— Je comprends, vous savez. J'aimerais que vous vous asseyiez ici un moment si vous le voulez bien.

— Je vais chercher mon ouvrage, dit-elle.

Et bientôt elle revint avec un de ses mouchoirs aux couleurs vives. Elle prit une chaise de l'autre côté de la table et commença à ourler le carré de soie. Il lut sans beaucoup fixer son attention. De temps en temps, ses yeux suivaient le travail de Renata.

Encore une fois sa mémoire intervint et prit l'initiative. Tout ce qu'il la voyait faire maintenant évoquait ce qu'elle avait fait autrefois. Il l'avait souvent vue coudre ; il se rappela les ruchés blancs sur les jupons d'Emma Maynard, les petites robes de toile qu'elle s'était faites pour le chaud été de New York. Il écoutait l'écho du passé, si net, à l'accompagnement des doux craquements du feu. « Je cousais des *fazzoletti*, avait-elle dit, des *fazzoletti* comme mes tantes. Deux lires par semaine. »

Il posa son journal et, se penchant, la regarda, laissant de côté toute tentative d'empêcher ses yeux de refléter l'émotion qui débordait, le poids du souvenir à la vue de ses pauvres habits et du monotone travail de ses mains. Il lui parla, elle leva la tête et le regarda aussi, et il lut sur son visage que ses yeux bleus l'avaient émue. Telle était bien son intention.

— Ce travail que vous faites, dit-il en anglais, me rappelle des foules de choses, Renata. — Elle resta silencieuse, et il la vit respirer profondément. — Et à vous aussi, continua-t-il en prenant du courage. Je vous en prie, ne le faites plus. Je vous assure, ce n'est pas nécessaire.

Elle s'arrêta et visiblement chercha quoi répondre, puis elle parla, elle murmura plutôt en anglais :

— Vaut-il pas mieux garder le travail dont je suis assurée, demanda-t-elle, quand je ne suis sûre de rien d'autre ?

Un moment il ne put parler, puis reprit :

— Je sais. Je voudrais... je voudrais avoir réponse à tout. Je sais que je suis difficile à comprendre. Je tâte mon chemin, Renata, vous en rendez-vous compte ? Il y a des choses que je n'arrive pas à décider maintenant et d'autres que je ne sais pas. Mais ceci, je le sais.

Avec une soudaine audace, il allongea la main et la posa sur son bras. Il la sentit se raidir, puis se détendre lentement. Alors il lui tapota doucement ce bras et retira sa main.

— Vous pouvez être sûre de ceci : vous n'aurez plus besoin de continuer ce travail plus longtemps.

Il courba la tête, confondu au souvenir de sa façon d'agir à New York, au souvenir des paroles de Seymour : « Il n'y avait pas d'autre façon de la traiter... », et il frissonna intérieurement.

— Quoi que je fasse, reprit-il, vous ne serez plus... — il chercha ses mots, attendit un instant, puis montra son ouvrage — dépendante de cela, jamais.

Elle tint le morceau de soie crispée entre ses mains, la tête baissée. Il ramassa son journal, le déplia et fit semblant de reprendre sa lecture. Il l'entendit parler, s'arrêter, parler de nouveau, et il cessa son manège et leva les yeux vers elle.

— Comme vous êtes bon ! dit-elle, et elle lui fit plaisir en levant la tête avec un mouvement de fierté qui était sain et rassurant après tant d'humilité. Vous avez toujours été bon, reprit-elle, et ses yeux brillaient de larmes.

— Non, dit-il, ce n'est pas vrai. Ne faisons pas semblant de le croire. Mais, quoi que je prétende faire ici, je puis essayer...

Il s'interrompit.

— Vous ne m'avez pas dit pourquoi vous êtes réellement venu, dit-elle.

— C'est à cause de Seymour.

— Oh !

Il soupira. Mieux valait lui dire, pensa-t-il, espérant trouver les mots qui ne la blesseraient pas trop profondément. Tant qu'il ne lui aurait pas tout raconté, elle resterait troublée et inquiète. Il se mit à parler, d'abord en hésitant, puis avec plus d'assurance. Le vent d'est s'était levé et sifflait au-dehors, fouettant l'eau du lac sur les galets de la plage. Y avait-il des semaines, ou des mois, ou des années, un espace de temps fantastique, une distance planétaire, entre cette dernière affreuse scène dans la bibliothèque et le long défilé de scènes analogues, et la sombre nuit où leur querelle avait été interrompue par le son de la cloche rouillée ? Bien avant qu'il en soit arrivé là, elle avait plongé la tête dans ses mains en haletant : « *Dio! Dio! Madonna Santa!* »

Quand il décrivit la conduite de Seymour avec l'ours de John, qui maintenant était là-haut dans ses bras pendant qu'il dormait, il l'entendit pousser un gémissement comme si on l'avait souffletée et battue ; et, quand il lui dit comment l'enfant avait été séparé de Maggie, elle eut un bref sanglot et leva la tête, pâle, les coins de sa bouche retombants, les yeux grands ouverts. Elle porta ses mains crispées à sa poitrine et dit :

— C'est de ma faute ! Tout a été de ma faute !

— Non, dit Randall, lui-même profondément ému. C'était une faute, Renata, Dieu sait quelle terrible faute. Vous appelez cela « péché ». Mais nul de nous ne l'a commis tout seul. Il semble presque, ajouta-t-il lentement en regardant la petite grille à travers laquelle rougeoyaient les tisons, que le commettre était notre destin à tous. Et nous sommes encore, moi du moins, condamnés à faire toujours du tort à quelqu'un, quoi que je fasse, quel que soit le côté où je me tourne.

— Cela vous trouble d'avoir laissé le Seymour comme vous avez fait ? Ça vous trouble beaucoup ?

— Dieu !... Aveugle, tout seul, et dans cette maison !

Il s'effondra sur son siège.

— Ah ! Randalo ! Je suis si désolée ! Mais il n'est pas pauvre, le Seymour. Il peut payer quelqu'un pour s'occuper de lui ?

— Si tant est qu'on puisse payer ces soins-là, murmura Randall. Mais nous sommes devenus, moi aussi quand je suis là-bas... cette maison ! répéta-t-il.

Puis il respira avec force et ferma la bouche. Elle regardait ses propres mains crispées sur ses genoux.

— Et par comparaison, dit-il après un long moment, les choses que vous m'avez dites sur la vie d'ici, et votre famille, et la façon dont ils jugeaient ce que les hommes et les femmes faisaient... — Il s'arrêta et fit un geste exprimant une sorte de capitulation définitive. — Je savais qu'il fallait sortir John de cette maison, l'éloigner de Seymour. Et j'ai pensé que j'irais trouver les vôtres et que j'apprendrais comment était réellement l'autre partie de son sang. Parce que ma moitié... la nôtre... — Il devint rouge brique et évita soigneusement son regard. — Comme vous savez, termina-t-il gauchement, je ne m'attendais nullement à vous trouver ici.

CHAPITRE XIX

Un an plus tard, les trois occupants de la maison rose étaient devenus pour le pays aussi familiers que la glycine formant un rideau devant la loggia, ou les oliviers penchés sur les pentes et tordus au soleil. On raconta au début qu'ils étaient mariés. On raconta qu'ils n'étaient pas mariés. On dit en haussant les épaules que Renata Tosi avait plus de chance qu'elle n'en méritait. D'autres demandèrent pourquoi elle ne mériterait pas une vie convenable et bonne comme celle-ci. N'avait-elle pas manifesté la pénitence et l'humilité que réclamaient ses péchés de jeunesse ? Elle allait fidèlement à l'église chaque dimanche de fête et jour de jeûne à San Bernardo et amenait le petit garçon avec elle. Elle élevait l'enfant en bon chrétien sans égard au fait que l'Americano était un païen. « Non, dirent quelques-uns, seulement un protestant » ; la discussion sans passion se perdait généralement dans le nuage de savoir si les protestants étaient vraiment des chrétiens. « Oui, dit le curé de la paroisse, ils sont chrétiens. » Mais il donna aussi peu d'éclaircissements à ce sujet qu'à ce qu'il savait du fils de Renata.

Après un peu de temps, on éprouva un agréable chatouillement d'orgueil à l'idée que la localité possédait quelque chose d'aussi original que le ménage de la maison rose. Puis vint par degrés l'acceptation complète et souriante du fait. Les gens approuvaient la tenue modeste de Renata et son entier dévouement à l'enfant. Ils approuvaient le travail acharné de l'Americano dans son jardin, sa bienveillance paisible, son inlassable générosité pour les bonnes œuvres de l'église. Il aurait pu savoir, s'il y avait seulement pensé, que l'opinion locale l'avait élevé au-dessus des barrières qui séparaient le village des voyageurs étrangers, par qui un bon nombre d'entre eux trouvaient leurs moyens d'existence, et l'avait intégré à la vie locale sans continuer à trop en bavarder.

Randall était parvenu à une sorte d'équilibre dans ses pensées sur le passé et l'avenir, entre son identité actuelle et celle qui était enfermée sous clé dans des chambres pourrissantes à quatre mille milles de là. Il y fut aidé par la présence de John, par le spectacle de son heureuse vitalité et le témoignage évident de sa remarquable intelligence. Il fut aidé par Renata qui apportait à son existence près de lui une profondeur paisible, enflammée de temps à autre par des expressions naturelles de passion qui lui apportaient un bien-être extraordinaire. Il n'était pas aidé du tout par les souvenirs épars de son autre personnage qui lui arrivaient à de longs intervalles avec le rare courrier qu'il recevait. Il n'avait jamais eu un mot de Seymour, bien que Randall eût essayé de calmer sa conscience inquiète en envoyant un message dès son installation dans cette maison. Il avait écrit à sa banque de New York une lettre en demandant qu'on la téléphone à Seymour et il n'avait jamais reçu de réponse. Par la suite, la poste ne lui apportait que ses relevés de compte et, de temps en temps, une communication des administrateurs, ou, à mesure que le temps passait, de leurs successeurs. Une fois, Randall avait cédé à sa profonde préoccupation pour Seymour et avait écrit à Mrs. Quinn en lui demandant de s'informer, si elle le pouvait, de la façon dont Seymour s'en tirait et de le lui écrire ; la pensée lui en fut pénible, car il faudrait qu'elle aille bavarder avec les gens du quartier, mais il s'y sentit obligé. La réponse brève et presque illisible de la brave femme lui apprit seulement qu'on n'avait jamais vu Seymour sortir de la maison et « qu'une négresse, monsieur, une autre, pas la même, s'occupait de son ménage ».

Quand Randall était repris par cette pensée qui le torturait, Renata agissait avec une délicatesse et une compréhension admirables. Plus soigneusement encore que d'habitude, elle se tenait à l'écart. Elle avait vu une fois Randall assis, une lettre ouverte à la main, regardant fixement John qui, étendu sur le ventre, copiait l'alphabet. Le visage de Randall, hâlé par le soleil, se durcissait avec une expression de consternation et de souffrance. Il secoua lentement la tête et l'appuya sur sa main brune et calleuse, et Renata s'était éloignée sans bruit. Ces jours-là, elle découvrait une raison d'aller retrouver Zia Paola tout l'après-midi et revenait tranquillement au crépuscule pour préparer le dîner, se retirant ensuite dans sa chambre dans laquelle le petit lit de John avait été installé depuis longtemps.

Son tact inné, enveloppé de chaude tendresse et de naturel, avait facilité ce que Randall désirait forcément, mais dont il avait peur d'aborder le sujet. Elle le connaissait mieux qu'il ne se connaissait lui-même et savait aussi comment utiliser son savoir. Jamais il n'oublierait sa gentillesse en ces premiers jours où elle avait consenti à venir s'asseoir dans l'atelier avec lui après le dîner. Quelquefois ils causaient, tout aussi souvent ils restaient silencieux ; il lisait son journal, et elle cousait la première des robes qu'il lui avait persuadé de se faire, pour remplacer les jupes et les blouses grossières auxquelles il ne s'habituait pas. Elle acheta un jour au marché une étoffe toute simple, qui, à la main, semblait pareille à la flanelle grise de ses blouses, mais, une fois terminée, avait le reflet des jolies toilettes portées autrefois, mais plus calme, plus tempéré.

Elle venait de coudre une double rangée de boutons au corsage, quand il posa son journal et dit en la regardant :

— Renata, j'ai toujours déploré la façon dont, vous tous ici, vous fermez les volets des fenêtres toute la nuit.

Il parlait anglais comme ils faisaient généralement quand ils étaient seuls le soir. Dans la journée, quand John était là, ils ne parlaient qu'italien.

— Pourquoi est-ce déplorable ? dit-elle en souriant. C'est notre habitude. En Amérique, je n'ai jamais pu comprendre. Pas de volets, quelquefois les fenêtres ouvertes !... Nous croyons empoisonné l'air de la nuit.

— Je sais bien, dit-il, mais ce n'est pas vrai. Je ne pensais pas à l'air, mais à la beauté. C'est tellement beau, la nuit ! Quelquefois je passe une heure sur mon balcon à regarder tout. Vous n'avez jamais vu cela la nuit ?

Elle rit.

— C'est magnifique, oui, naturellement j'ai vu. Quand j'étais plus jeune... eh ! — Elle fit un geste malicieux et rapide des yeux et du menton. — Mais la beauté, vous savez... quand on a toujours vécu ici, on y est habitué.

— Allons donc ! Les gens d'ici connaissent chaque rocher, chaque arbre, chaque ondulation de ce lac, et ce qu'y fait le vent, et chaque changement de lumière, et les étoiles et la lune...

— Comme vous devenez poétique ! murmura-t-elle en cousant fébrilement.

— Je pense à la lune, dit-elle. Elle est pleine, cette nuit.

— Vraiment ?

Il ne lui avait pas entendu ce ton de taquinerie depuis des années.

— Vraiment. Vous le savez mieux que moi, comme tout le monde ici. Comment ? Mais personne ne fait rien sans consulter la lune !

— Vraiment ? répéta-t-elle.

Elle riait doucement.

— Je suis resté réveillé la plus grande partie de la nuit il y a quatre semaines quand la lune était pleine. J'ai ouvert tout grands les volets et, de mon lit, je voyais le reflet de la lune dans l'eau et les lumières de l'autre côté du lac, et les montagnes qui s'assombrissaient à mesure que la lune les quittait. C'était le spectacle le plus magnifique qu'on puisse voir.

Elle ne fit aucune remarque. Après un moment, il reprit :

— Vous rappelez-vous cette nuit chez les Maynard quand vous êtes venue dans ma chambre ? La lune était pleine aussi.

Il parlait sans la regarder et fixait le globe vert de la lampe.

— Je me rappelle, dit-elle presque en un murmure.

Le silence fut ensuite si prolongé qu'elle termina son aiguillée et, pour renfiler son aiguille, dut lever les yeux vers la lampe et rencontra ses yeux. Les mains de Renata retombèrent sur ses genoux, et il se pencha à travers la table, la regardant bien en face. Ses paupières battirent faiblement, il la vit essayer de retrouver le rideau de réserve qu'elle voulait tirer devant son visage. Mais elle n'y réussissait pas, comme s'il lui était impossible de fuir ce visage que dans le passé elle avait ingénument trouvé beau. Il ne l'avait jamais vue si peu consciente de sa beauté à elle : le front bas et serein, les calmes lèvres, les yeux profonds qui ne souriaient pas tout à fait.

— Renata, dit-il, et l'effort de garder sa voix unie fut difficile.

— Oui ?

— Si... — Il respira profondément. — Si je vous demandais de venir dans ma chambre comme vous l'avez fait cette nuit-là, que feriez-vous ?

— Je viendrais, dit-elle paisiblement.

Elle continua à le regarder en face comme pour lui dire qu'elle ne perdait aucune des moindres nuances de sa pensée. Le potier du destin avait tourné et modelé Randall, l'avait durci au feu des jours d'autrefois, le jeune homme à l'argile encore molle, de la souffrance, et il venait de lui demander ce que l'homme n'aurait jamais osé. Aujourd'hui, si elle voyait dans son visage de la bonté et une expression de délivrance, une chaleur rayonnante et de la gratitude, elle n'y lut nulle passion, nulle vague subite d'amour ardent. Cela viendrait peut-être, pensa-t-elle, et sinon ? Eh bien ! elle lui donnerait ce qu'elle pourrait. Elle considéra aussi son air interrogatif.

— Vous pensez à Giu'an ? demanda-t-elle.

Il acquiesça. Elle sourit et leva la tête, et son fin menton prit l'angle qu'il avait tant plaisir à contempler.

— Ne vous inquiétez pas. Tout sentiment naturel et sincère ne heurte pas les enfants. Il est en ce moment au bon âge : trop jeune pour questionner, assez jeune pour nous prendre comme nous sommes. Il nous aime tant ! Il accepte tout ce que nous faisons. — Elle plia son ouvrage et le posa sur la table. — Venez, dit-elle, vous allez voir.

Elle alluma une bougie et monta l'escalier. Elle alla d'abord dans sa chambre, enleva du lit le couvre-lit et ouvrit les draps. Puis elle entra dans la chambre de Randall, où John dormait dans un petit lit, ses deux bras entourant son ours. Elle mit la bougie sur la table de chevet, s'agenouilla auprès de John et mit sa joue contre celle de l'enfant. Il bougea un peu, mais ne se réveilla pas. Elle glissa un bras sous sa tête, le souleva en lui murmurant à l'oreille. Il lâcha l'ours et lui entoura le cou ; elle l'embrassa.

— Tu vas dormir dans la chambre de Zia Renata, dit-elle, toi et Teddy. Tu vas aimer ça beaucoup.

Elle fit signe à Randall de prendre l'ours et la bougie et de les précéder. Tout en traversant l'étroit corridor entre les deux chambres, il regarda par-dessus son épaule. Elle portait John, toujours profondément endormi, le coucha dans son propre lit et remit l'ours dans ses bras. Il se retourna avec un petit grognement, elle borda les couvertures, l'embrassa encore et regarda Randall.

— Allez ouvrir vos fenêtres à la lune, murmura-t-elle avec un étrange sourire mélancolique.

Et regardant John :

— Je serai auprès de lui quand il se réveillera demain matin.

Les barrières entre eux s'abaissèrent lentement. L'impression de Randall persista : comment croire qu'il ait jamais pu connaître de cette femme une précédente incarnation qui n'avait été que jeu, bavardage, taquinerie, verve, et qui ressemblait à cette créature calme, tendre, ardente, comme l'écume fouettée par le vent ressemble à l'eau dans ses profondeurs. Lui semblait encore plus différent à Renata, mais elle acceptait sans surprise le travail du temps et des épreuves. Il n'avait jamais vraiment compris la clé de sa véritable nature : elle était incapable de s'étonner devant les manifestations du caractère humain. En ceci elle était née vieille, c'est-à-dire née paysanne d'une race ancienne, au jugement de qui tout est déjà arrivé, pour qui les hommes et les femmes ne peuvent inventer des actes et des besoins, dévoiler des défauts, découvrir des instincts, qui n'aient pas existé déjà en eux dès l'origine.

Elle ne le prit donc pas seulement tel qu'il était : hésitant, secret, quelquefois capricieux, quelquefois démonstratif ; elle lui laissa entendre qu'elle était satisfaite. Autrefois, elle pétillait de paroles qui animaient chaque mouvement de ses traits expressifs, de son corps gracieux. Maintenant, elle parlait étonnamment peu. Elle avait, pensa-t-il, acquis d'une façon extraordinaire l'art d'un silence communicatif. Ce fut sa gratitude à lui qui le livra à ses bras sages et bienveillants, et non pas celle de Renata qu'il avait repoussée aux jours de ses illusions déclamatoires.

Les mois du printemps furent incomparables, comme l'enchantement qu'ils répandaient à profusion. Il n'avait probablement jamais entendu d'oiseaux chanter, ou alors ceux d'ici étaient aussi rares dans leur étonnante musique que ces fleurs sauvages qui ne poussent que sur les Alpes. Renata rit quand il lui posa la question. Il était depuis une heure assis sur la plus haute marche de la loggia, sifflant d'abord pour inciter l'oiseau à commencer, puis pour le faire continuer, et le chant de cet oiseau l'enthousiasma.

— Écoutez, dit-il. C'est une *aria* ! Mais quel est donc cet oiseau ?

Elle se pencha sur la balustrade du balcon, un essuie-meubles à la main. Le soleil de mai brillait sur ses cheveux, et son visage s'encadrait dans la masse des roses grimpantes. Des abeilles bourdonnaient et volaient tout autour d'elle, et elle restait complètement immobile, sans se troubler. Elle recommença à rire.

— C'est un merle, dit-elle, un vulgaire merle. Oui, il chante très bien, mais attendez seulement que les cerises soient mûres !

— Ce n'est pas possible ! Un vulgaire merle ? Qui aurait pu croire qu'il chantait si merveilleusement !

— Qui aurait pu croire autrement ?

— Et celui qui chante comme ceci ? Celui que j'appelle l'oiseau du *bel canto* ?

Il siffla le chant : deux notes ridiculement enjolivées à l'italienne, suivies par des triples croches dans un ton sans aucun rapport.

Elle rit encore.

— Ça, c'est un *fringuello*.

— Seigneur ! — Le dictionnaire dévoila que le *fringuello* était un pinson. — Je ne sais pas distinguer un oiseau d'un autre, même en anglais.

— Qu'est-ce que cela fait ? Ne vous contentez-vous pas que ceux-ci soient italiens ?

Il leva la tête vers elle. Il avait le soleil dans les yeux et dut les cligner, puis, prenant avantage de la grimace, il dit presque en un murmure :

— Oui, je m'en contente.

La nuit, ils se couchaient et laissaient la fenêtre et les volets ouverts, ce qu'elle avait appris à accepter pour lui faire plaisir, et écoutèrent le rossignol.

— Il est comme beaucoup de chanteurs, dit languissamment Renata. — « Elle doit ne pas être sur ses gardes, se dit Randall. Généralement elle évite ce genre de sujet. » — Sa réputation vaut mieux que son chant.

— Quelquefois il est prodigue de sa musique, il en est tout excité, comme hier, par exemple.

— Comme tout le monde. Mais, en réalité, il ne fait que des *piou-piou-piou-piou-piou*.

— Avec des variations. — Il roula sur le côté et souleva la masse sombre des cheveux de Renata en se haussant sur son coude pour voir sa figure. — Renata, dit-il, je ne vous ai jamais demandé de me pardonner.

Elle ne dit rien, elle restait étendue les yeux grands ouverts, mais la nuit n'était pas claire, et on ne distinguait pas son expression. Après un moment, elle dit :

— Ni moi à vous.

— Ce n'est pas... c'est différent. Vous avez pu être... ne parlons plus de ça. Je me suis maudit chaque jour pour la manière dont je vous ai traitée quand vous... quand nous avons parlé dans la rue à New York.

— C'était absolument naturel.

— C'était absolument inhumain.

— Je ne trouve pas, vraiment. Ce qui était inhumain, c'est quand... — elle s'arrêta, et, même dans l'ombre, il vit le durcissement grave de ses traits — quand je suis partie, reprit-elle, pour Buenos Aires.

— C'était de la panique, du désespoir. A ce moment-là, je vous ai crue absolument insensible. Mais maintenant que je vous vois avec John...

Elle tourna la tête, et il vit que les barrières s'étaient relevées. Elle garda le silence un long moment, puis dit enfin avec raideur :

— Que vous ayez cru cela fait partie de ma *penitenza*. Je ne l'ai pas fait d'un seul coup, j'ai eu plusieurs mois pour réfléchir. Il fallait décider ce qui valait le mieux pour le *bambino*. Je ne pouvais pas savoir, continua-t-elle d'un ton qui fit monter les larmes aux yeux de Randall, ce que serait le *disastro* avec le Seymour. On ne peut pas tout savoir.

Jamais, ces derniers mois, elle n'en avait tant dit. Craignant de l'effrayer et de l'arrêter, il resta appuyé sur le coude, silencieux, et, de temps en temps, caressa doucement ses cheveux en les relevant sur son front.

— La seule chose que je savais, dit-elle d'une voix terne et comme recouverte d'une pellicule de plomb, c'est la vie qu'aurait à supporter cet enfant si je l'amenais ici, sans argent.

Il n'eut pas besoin de lui rappeler qu'il avait vu la bonté des siens et la difficulté qu'il avait à comprendre son point de vue. Elle continua comme s'il l'avait dit.

— Vous avez connu seulement l'existence dans mon village, chez mes parents qui sont bons. Vous ne savez pas ce qu'est la vraie vie des pauvres en Italie dans les villes. Il fallait que j'y pense. Que deviendrait cet enfant ? Un *contadino*, comme Nino, comme le Domenico ? Ils ne seront jamais différents de ce qu'ils sont maintenant. C'est bon pour eux, *va bene*. Mais cet enfant ?... Ou encore un *artigiano*, ou un *operaio*, travaillant dans une usine à Sesto ?

— Comment pouviez-vous savoir tout cela avant qu'il soit né ? murmura-t-il.

— Une femme devine beaucoup de choses. Je le savais.

— Et aussi aviez-vous un pressentiment pour vous-même ? Pensiez-vous que vous ne pourriez pas toujours chanter, ni gagner assez d'argent ?

Elle acquiesça, un pli amer aux lèvres.

— Je n'ai jamais eu une voix forte, dit-elle, jamais une vraie carrière devant moi. Je l'ai toujours su, même quand vous jugiez que je n'étais jamais sérieuse. Quand j'ai eu cette diphtérie si grave à Buenos Aires et que cela m'a laissée sans voix, je n'ai pas été surprise.

Après une autre longue pause, elle reprit :

— Probablement, parce que je l'avais mérité.

— Je veux vous demander quelque chose depuis que je suis ici, dit-il lentement.

Puis il s'arrêta, craignant de poursuivre.

— Quoi donc ? Continuez.

— Vous avez dit cet affreux soir-là : « En Italie, c'est une tragédie à briser le cœur, cela suit toute sa vie un enfant, comment il est né. » — Il l'avait citée exactement, en détournant les yeux. Il lui avait déjà rappelé trop de souvenirs cruels. — Que vouliez-vous dire, Renata ? Je me le suis demandé.

— J'ai voulu dire, expliqua-t-elle, ce qu'on découvre quand on veut faire donner une éducation à un enfant, quand on espère qu'il deviendra quelqu'un... comment dire ?... quelqu'un de pas *ordinario*.

Randall acquiesça gravement.

— Oui, qu'arrive-t-il ?

— Comprenez qu'ici, toute la question, c'est l'*identità*. Chaque personne est connue non seulement par son propre nom et le *cognome di famiglia*, mais par le nom de son père également. Il y a toujours les *documenti*, les papiers qui permettent d'aller à l'école, de travailler, de se marier, tout dans la vie. A chacun est attaché le nom de son père. Si le père vit, on appelle par exemple mon cousin : Gandolfi Domenico di Luigi. Si le père est mort, ce serait : Gandolfi Domenico fu Luigi. Ainsi est fixée l'identité de chaque Italien.

Elle s'arrêta, et le silence qui suivit portait en lui la prochaine question, celle qu'on n'avait pas besoin de demander. Randall n'ignorait pas ce qu'elle venait d'expliquer. On ne pouvait vivre ici quinze jours sans l'avoir observé. Il s'obligea enfin à exprimer ce qu'il fallait tout de même dire.

— Et quand l'enfant n'a pas de... quand ses parents ne sont pas mariés ?

— Alors, dit-elle d'une voix sans timbre, la personne est appelée du *cognome* de la mère, suivi de N. N., *Anonimo*. Ainsi, *par exempio*... — ses narines frémirent, elle respira profondément comme pour mieux se maîtriser — Tosi Sebastiano di N. N. Alors tout le monde sait pendant toute sa vie que celui-là est un *bastardo*.

Randall se retourna lentement. La main qui caressait le front de Renata retomba sans force sur l'oreiller. Il n'avait jamais rien entendu de si cruel. Jamais il n'avait ressenti jusqu'à ce moment toute la terrible importance de ce qu'ils avaient fait tous trois. Renata semblait en quelque sorte diminuée, repoussée à une distance incalculable par le battement des grandes ailes noires de sa conscience angoissée. Là, devant ses yeux et au plus profond de son cœur, se trouvait le visage innocent du petit garçon. Jamais il n'avait aimé et n'espérait aimer ou désirer aimer quelqu'un comme il aimait cet enfant. « C'est mon amour pour lui qui m'a fait l'amener ici, pensa-t-il. Je l'ai amené vers un abri et une protection, pour qu'il y trouve un peu de paix, dans laquelle il pourrait se développer. Mais cette paix n'est-elle pas illusoire ? Derrière cette douceur souriante, il y a, comme elle l'a toujours dit, la réalité, le rocher gris de l'inexorable. »

Il resta étendu, les yeux fermés, suivant le battement sombre des ailes qui se heurtaient d'abord à une porte muette, puis à une autre. « Laquelle s'ouvrira ? Ou bien sont-elles cadenassées, l'une après l'autre, comme celles que j'ai scellées sur mes secrets ? » Une par une, espace après espace, chambre après chambre, il les revit toutes. Et, enchaîné dans les oubliettes les plus profondes de l'esprit, il se trouva face à face avec son frère, impuissant, abandonné, condamné, seul. Étendu, les yeux fermés, il lutta contre ces furies, mais comme en rêve. La femme près de lui le regarda un instant, comme lui sans sommeil. Puis elle fit un mouvement pour se retirer très doucement et regagner l'autre chambre. Secoué dans sa torpeur, il se retourna et, soudain, avec un gémissement déchirant, il se jeta contre sa poitrine.

— C'est l'endroit qui veut cela, dit Renata, un soir de décembre, alors que Randall venait de lire tout haut le *Corriere* et le reposait sur la table en remarquant : « Tout cela semble si peu réel, si lointain ! »

Hier, c'était Santo Stefano, et il avait lu la critique musicale et la chronique de la Société et de la Mode à la grande soirée de gala de la saison milanaise et l'ouverture de cette saison à la Scala.

— Impossible d'imaginer que vous en ayez jamais fait partie, Renata. C'est purement fantastique. Ou alors c'est un rêve.

Elle eut un léger rire.

— Milano n'est qu'à soixante kilomètres, dit-elle. Mais, j'en conviens, c'est un autre monde. Ici, rien n'a changé depuis des *secoli*. L'air conserve les gens tout pareils, je crois.

— Vous pouvez en dire de même de toute l'Italie, et même en Europe...

— Peut-être. Mais c'est plus qu'une *leggenda*, ce que nous disons du lac. Il a quelque chose qui empêche les gens de vouloir bouger, ou s'en aller, ou changer quand on est resté assez longtemps pour attraper cette *malattia*. Ou quand on est né ici.

— Cependant vous êtes partie.

— Un certain temps. J'étais jeune, je vous ai raconté, il y a longtemps, comment j'étais. Mais, quand je n'ai plus eu l'instrument qui avait rendu possible une vie d'art et de plaisir, il était temps de l'oublier, non ?

— Vous êtes revenue ici tout droit de l'Amérique du Sud ? Vous n'avez pas pensé à reprendre votre ancien métier à Milan ?

— La couture ? Travailler pour une *sarta* ? — Elle secoua la tête, puis regarda le mur. — Vous ne savez pas ce que gagne une ouvrière à Milano. — Elle lui cita un chiffre, il tressaillit. — Alors, que voulez-vous qu'elle fasse pour avoir de quoi manger, ou simplement pour rester décemment vêtue ?

— Je peux facilement l'imaginer.

— Eh bien ? — Elle haussa les épaules. — Et, quand vous m'avez retrouvée ici, voilà l'existence que j'ai gagnée par ce que j'ai fait.

— Comme vous avez changé ! dit-il après un silence.

— Non, *caro*, ce n'est pas moi qui ai changé, mais c'est la vie qui change tout le monde. Je vous l'ai dit autrefois. Vous aussi, la vie vous a changé.

— Tout de même, votre ancienne existence ne vous manque jamais ? Toute cette activité, la musique, le théâtre qui vous entre dans le sang, n'est-il pas vrai ?

— Et votre musique ? Elle vous manque ? demanda-t-elle.

— Mais... — Il écarquilla les yeux. — C'est ma foi vrai, je n'y pense jamais. — Il regarda autour de lui les meubles peu nombreux, mais confortables. — Savez-vous, s'il y avait un piano ici, je crois que je n'aurais pas idée d'y toucher.

Elle rit et le regarda, railleuse.

— Vous voyez ! C'est comme je vous dis.

Il réfléchit.

— Ce que je vois, c'est que je n'aie jamais été réellement un musicien. Je n'ai jamais eu à donner mon avis là-dessus.

— Et vous trouvez étrange que j'aie pu oublier que j'ai autrefois chanté ?

Et combien plus étrange... Il frissonna intérieurement en pensant à la musique qui s'était infiltrée en lui et avait pénétré dans des recoins sombres et fermés dont elle n'avait aucune idée. « Que dirait-elle, songea Randall avec une horreur soudaine, si elle connaissait l'existence des pianos... ces pianos... » Il crispa les mains sur les bras de son fauteuil, comme pour s'accrocher à quelque chose de solide, tandis qu'une vague montait, se soulevait, se brisait sur son esprit... « Combien de pianos ? Était-ce là ce que tu pensais ? Cinq ? Sept ? Un orgue... Non. Ceci dépasse toute raison. A quoi vas-tu penser ? Comment est-ce arrivé ?... » Assis sur son fauteuil, rigide, il serra fortement les lèvres et lutta pour éloigner cette vague en tournant la tête de l'autre côté pour qu'elle ne voit pas sa figure. « Quand on est malade, quand on a le mal de mer, on sent ces mêmes battements au-dedans de soi, on a une sueur froide et un goût amer dans la bouche. Qu'est-ce que tout cela a à voir avec le fait d'être ici, avec rien au monde ? Cela existe-t-il, ou est-ce seulement moi qui l'imagine ? Et, si cela existe, alors qu'est-ce qui est réel ici ? »

Il respirait fort, exactement comme quelqu'un qui va avoir une nausée. Renata entendit les respirations brèves, haletantes, elle aurait voulu se lever, aller vers lui, le toucher et voir s'il se sentait réellement malade. Mais elle craignit de bouger, certaine qu'il ne fallait pas le regarder, au moins ne pas lui laisser voir qu'elle avait jeté un coup d'œil de son côté. Elle resta très tranquille, et, graduellement, sa respiration se ralentit, devint plus calme. Sous ses paupières baissées, elle vit sur le bras du fauteuil sa main gauche détendre son étreinte crispée. Il s'appuya au dossier, un peu affaissé, et dit :

— C'est curieux, je me suis vraiment senti malade une minute.

— Ça va mieux maintenant ?

Elle eut soin de ne pas paraître trop inquiète.

— Oh ! oui, beaucoup mieux. J'ai dû avaler trop de *minestrone* à dîner.

— C'est un peu lourd, admit-elle. En hiver, nous y mettons plus de saindoux.

Après un moment, il jeta un coup d'œil vers le journal qui gisait là où il l'avait laissé échapper et demanda :

— Renata, cela vous plairait-il d'aller à Milano pour la journée, ou un soir ?

— Vous voulez dire à la Scala ?

— Eh bien ! oui. C'est une de ces idées qui n'ont aucune importance. De ce genre de choses dont vous avez envie ou non, et moi... — son expression était timide et triste — je suis trop maladroit pour le comprendre.

— Cela ne m'était jamais venu à l'idée, dit-elle. Et, maintenant que vous en parlez, j'en suis même étonnée. Quant à moi, je ne crois pas que j'aimerais aller à la Scala. Mais, si cela vous faisait plaisir, je vous accompagnerais très volontiers. Qu'en pensez-vous vous-même ?

— A vous dire vrai, avoua-t-il, je suis quelque chose d'étrange. Je sens que je devrais en avoir envie, mais, en fait, je ne le veux pas. Je suis certainement très paresseux, ignorant, bizarre. Qui donc aurait vécu ici presque depuis un an sans même penser à aller jusqu'à Milan, et encore moins à la Scala ?

Elle eut un geste de mi-assentiment.

— Celui qui pourrait le désirer, dit-elle, serait soit un touriste, soit un *musicista*. Pour eux, cela semblerait indispensable, ce serait important. Pour vous...

— Vous résumez parfaitement la situation. Je ne suis pas un touriste et je ne suis certainement plus un musicien. Je suis seulement...

Il regarda ses mains calleuses, sa chaude chemise de flanelle, puis la pièce où ils se tenaient, puis Renata. Ils se mirent à rire.

— En outre, reprit-elle, pour aller à la Scala, il faut avoir des habits convenables. Je n'ai plus ceux qu'il faudrait, et vous, avez-vous apporté votre habit de soirée, Randalo ?

— Seigneur Dieu !

Il pensa à son départ de sa maison. Puis ses pensées s'y collèrent comme des mouches prises à la glu et parcoururent du haut en bas les chambres dont il connaissait seul le contenu. Une idée lui vint, suggérée par la question des habits qui venait d'être évoquée, et il dit, songeur :

— Je me suis longtemps demandé et j'essayais de n'y pas penser...

— A quoi, Randalo ?

— Ces malles qui étaient... que vous...

— Qui étaient restées dans votre maison à New York ? Eh bien ?

— Elles étaient pleines de costumes d'opéras et de jolies robes. Pourquoi ne les avez-vous jamais envoyé chercher, Renata ?

Elle ne répondit pas tout de suite. Justement elle ne cousait pas ce soir, et il pensa que, si elle avait eu son ouvrage dans les mains, elle aurait gardé les yeux baissés. Aujourd'hui, elle resta immobile, regardant le mur derrière lui. Il aurait voulu retirer sa question, il aurait donné sa langue pour pouvoir l'effacer. Quand elle parla, sa voix était si basse et si tendue qu'il prit soin de ne pas se tourner de son côté.

— Parce que, dit-elle, j'ai pensé que, si je les laissais, vous essaieriez peut-être de me retrouver pour me les renvoyer, quand... quand vous ne vous sentiriez plus tellement en colère.

Elle murmura les derniers mots.

Dirigeant alors les yeux vers elle, il vit qu'une rougeur intense lui avait douloureusement envahi le visage. Il fit un geste soudain qui l'amena à genoux près de sa chaise et il dit, lui enserrant les mains entre les siennes :

— Vous saviez ? Vous saviez que je ne voudrais... que je ne pourrais pas rester tel que j'ai été pour vous cette terrible, cette cruelle nuit ?

Il se cacha la figure sur leurs mains jointes.

— Cher Randalo, dit-elle, je l'ai toujours su. Ne vous l'ai-je pas dit ? Vous êtes bon. Personne, je le répète, n'est aussi bon que vous.

Il secoua la tête sans la relever et sentit un instant la joue de Renata caresser ses cheveux. Il leva la tête, la regarda et ne chercha plus à cacher les larmes de ses yeux. Elle aussi avait les yeux humides, très beaux, et leurs larmes qui ne coulaient pas ne troublaient pas le calme de ses traits classiques.

— Oh ! dit-il doucement, Renata, mon amour...

Sa tête se secoua imperceptiblement.

— Mon cher, mon très cher ami, dit-elle.

Zio Pepe, né en un temps où les paysans n'allaient pas à l'école et n'apprenaient pas à parler facilement le langage national, répondait toujours à Randall en patois, et celui-ci, à force d'habitude, arriva à le comprendre assez bien. De temps en temps, il sortait avec lui dans son bateau pour relever les filets, à la place de son neveu qui l'aidait ordinairement. Le procédé était pittoresque et ravissant à observer de la rive. Deux bateaux ou trois, travaillant ensemble, ramaient des extrémités du filet jusqu'à un but central en tirant le filet derrière eux. Un des pêcheurs se tenait debout à l'arrière et ramait à rebours en se penchant sur les avirons avec un lent mouvement rythmé. Le second était à l'avant et embarquait le filet. Au début, Randall, étonné de cette façon de procéder pour faire avancer un bateau assez lourd, le fit remarquer à Zio Pepe, qui répondit en demandant comment on pourrait faire autrement, et il resta muet. Impossible de suggérer les seules manœuvres qu'il connaissait, les voiles ou les petits moteurs à vapeur des bateaux de pêche autour de l'Ile aux Lièvres. Ces rudes bateaux de pêche en mer n'avaient aucun rapport avec ceux-ci, relevés en pointe aux deux bouts, avec au-dessus des têtes une bâche arrondie. Ils semblaient lourds et maladroits et n'étaient pas faciles à manier ; cependant, vus dans leur propre décor, ils avaient une certaine grâce particulière, héritage de deux millénaires. Ils n'étaient probablement pas différents des barques romaines qui avaient autrefois fendu les eaux du lac. Il se demanda ce que Seymour en penserait. Comment contempler des bateaux sans introduire Seymour dans ce cadre ?

Il exprima pourtant à Domenico l'opinion qu'il lui paraissait ridicule, pour faire avancer un bateau, de ramer debout et à l'envers.

— Nous trouverions beaucoup plus ridicule de mener une barque comme un canot, en regardant par-dessus son épaule comme un voleur voulant échapper aux *carabinieri*. Comment un homme peut-il voir ainsi où il va ?

Maintenant qu'il connaissait les pêcheurs et leurs façons de faire, il riait aux taquineries de Renata qui l'avaient tant ennuyé au début de son premier été ici. Par une merveilleuse nuit chaude, debout sous la loggia et respirant les parfums qu'un doux vent frais transportait, il avait souligné toutes les séductions qu'elle apportait aux sens : la beauté pour les yeux, le parfum de la nuit, l'accompagnement de l'eau clapotante.

— Même les clochettes des vaches, dit-il, ont un son si doux, si gentil...

— Les *quoi* ? Comment avez-vous dit ?

Le rire de Renata s'égrena dans l'ombre.

— Les clochettes des vaches. Je ne comprends pas comment leur tintement semble venir de l'eau, mais...

— Oh ! Randalo ! *Come sei buffo !*

— Qu'est-ce que j'ai dit ? Seulement cela semble drôle que vous autres vous ne fassiez sortir vos vaches que la nuit.

Elle fut prise d'un fou rire.

— Les vaches passent leurs nuits comme leurs journées enfermées dans leurs étables, jusqu'à ce qu'elles aillent à l'herbe dans la montagne en été. Ces clochettes que vous entendez sont celles des filets pour que personne ne les heurte et ne les déchire la nuit.

Après cette explication, le tintement des cloches pendant ces douces nuits de l'été les fit rire quand ils restaient sans bouger, jouissant de la vue, des sons et des parfums qui devenaient de plus en plus inouïs à mesure qu'on restait dans ce lieu incomparable.

Un jour, ils s'en allèrent pour la journée à Côme acheter des livres pour John. Renata en avait eu l'idée, bien que ce fût avec l'aide de Randall que l'enfant, âgé de presque cinq ans maintenant, avait appris à lire. Il connaissait par cœur depuis longtemps ses albums favoris qu'ils avaient apportés avec eux de New York, et il savait lire aussi facilement en anglais qu'en italien et commençait également à bien écrire. La réaction naturelle devant cette manifestation précoce de son intelligence fut, de la part des Gandolfi, des sourires admiratifs, des coups d'œil émerveillés et des hochements de tête. Mais, à mesure qu'il voyait apparaître chez l'enfant ces témoignages évidents d'une réelle facilité, Randall... ou son cœur, ou quelque partie de lui-même que le nirvana ne tenait pas sous son charme... se rapprochait graduellement de ce qu'il avait toujours redouté : une décision grave, irrévocable. Ses composants lui échappaient encore, il se sentait parfois arrêté, incertain, conduit par un destin aveugle : comme autrefois à New York le problème suscité par Seymour et suspendu comme une épée de Damoclès sur la tête de l'enfant l'avait mené à la seule évasion qu'il ait pu imaginer. Dès les premiers jours, il avait appelé ce temps-ci une visite : il avait fait comprendre et même déclaré ouvertement qu'un jour il emmènerait John vers une autre existence, inévitablement aux États-Unis, mais dans son esprit une existence entièrement libérée de la présence de Seymour. Renata n'avait jamais exprimé une seule syllabe de commentaires. Mais, un soir, il devina d'après son expression plus de choses que des heures de conversation ne lui en auraient expliqué. Après avoir parlé de l'intérêt que John portait à ses lectures, il remarqua :

— L'année prochaine, il faudra le faire aller en classe, n'est-ce pas ?

A sa pâleur, à ses lèvres closes, il comprit qu'elle aussi avait un combat à soutenir devant les problèmes terribles que contenait cette éventualité qui devrait être toute naturelle dans la vie d'un enfant, et aussi une source d'orgueil et de joie quand un enfant était aussi remarquable que John. Renata se contenta de regarder Randall, et, dans ses yeux, il y avait un pitoyable poids d'angoisse. Lui non plus ne put parler un moment. Il l'observait, assise sous la lampe, son ouvrage tombé sur ses genoux, les mains jointes, et on sentait que, si elle les bougeait, elle trahirait son agitation.

— Randall, dit-elle enfin, vous y avez pensé ?

— Tout le temps, de plus en plus, chaque fois que je le regarde. Oh ! Renata, soupira-t-il, il y a tant de choses que j'ai peur de dire !

Elle fit avec peine un signe d'assentiment.

— Moi aussi.

— Pour commencer par le commencement, la première question qui se pose, c'est : où lui faire commencer ses études ?

Il dut se pencher pour entendre ce qu'elle répondit, tant elle baissait la tête.

— C'est à vous de le dire, Randalo.

— Cela signifie qu'il va falloir décider plusieurs choses, reprit-il avec une hésitation qui prouvait combien lui était pénible cette nécessité.

— Je sais.

— Si je le remmène aussi vite en Amérique...

Elle leva la tête, il la vit avaler sa salive et faire effort pour rester calme. Elle dit :

— En Amérique, Randalo, il y a le Seymour.

— Oh ! pas avec lui, bien sûr, dit-il vivement, une note de panique dans la voix. Rien de pareil.

— Comment le savez-vous ? reprit-elle du même ton sans timbre. Comment pouvez-vous le dire ? Seymour est un homme *afflitto*, tragique, qui ne peut rien faire. Croyez-vous qu'il va toujours rester seul comme à présent ? Ce n'est pas possible. Un jour, il aura très besoin de vous. Avec votre bon cœur, vous croyez que vous refuserez ?

— Oui, si j'ai à choisir entre lui et John.

— Ce que vous dites n'est pas raisonnable. Cela n'arrive pas !

Le garçon deviendra un homme splendide, un homme capable de faire lui-même sa vie.

Il mit sa tête dans ses mains et appuya ses coudes sur ses genoux. Elle continua :

— Il vous faut décider seulement ce qui sera vraiment le mieux pour... pour... — il leva la tête, étonné de son hésitation — pour Sebastiano, termina-t-elle fermement.

Il laissa retomber sa tête et parla dans ses mains.

— Vous voulez dire par là, demanda-t-il, qu'il lui faudrait rester en Italie ?

— Pas nécessairement. Si certaines choses étaient différentes, il est possible que je les suggérerais. Vous-même, bien des fois, vous avez dit qu'il était heureux ici, et que ce n'était pas comme à New York quand vous le teniez caché.

— Mais je n'habiterai pas New York !

— Non, dit-elle, un avertissement dans la voix, pas jusqu'à ce que le Seymour ait besoin de vous.

— Et s'il... si John faisait ici ses études, dit Randall lentement, il faudrait envisager... tout. Son nom, son identité.

— Oui.

Elle manqua défaillir devant le regard perdu et malheureux de ses yeux bleus.

— Je suppose, dit-il, que le problème serait résolu si... si nous étions mariés.

Il n'avait pas prévu le soudain voile de froideur qui lui passa sur le visage. Il resta stupéfait et se rendit compte en même temps de son propre malaise et du fait qu'il s'était obligé à avancer sur un terrain qu'il aurait préféré ne pas toucher. Il attendit sa réponse avec une douloureuse anxiété, et il avait peur de l'entendre.

— La question serait peut-être résolue, Randalo, mais c'est une chose que je ne veux pas faire.

Il la regarda avec surprise.

— Mais, Renata...

Elle secoua lentement la tête avec un air étrangement vieilli.

— Mais, Renata, reprit-il, vous venez de dire que nous devions prendre cette décision uniquement dans l'intérêt de John. Vous avez raison. Alors, pourquoi refuser de m'épouser, puisque cela lui apporterait le nom dont il a besoin s'il doit être élevé et instruit en Italie ?

Elle murmura quelque chose si bas qu'il dut le lui faire répéter.

— J'ai demandé, dit-elle, si vous oubliez ma raison en refusant ?

Elle lui jeta un long regard, puis baissa de nouveau les yeux et continua tout bas :

— Vous ne voulez pas m'épouser, vous non plus, et pour la même chose.

Un abîme de souffrance s'ouvrit devant eux, révélant un fantôme dans ses profondeurs. Il haleta :

— Oh ! oh ! mon Dieu !...

Il resta la tête basse, puis la leva et regarda Renata. Il ouvrit la bouche, puis la referma parce que les mots ne venaient pas. Puis il se redressa, se leva vivement, marcha autour de la table et, lui mettant la main sous le menton, lui leva le visage et la regarda fixement. Il était pâle sous son hâle, il aurait voulu fermer les yeux devant les siens, assombris par l'humiliation et la douleur. Mais il se força à parler et dit doucement :

— Avez-vous un moyen de savoir, Renata ? Ne pouvez-vous vraiment pas me dire... avec certitude... lequel de nous...

Elle lui saisit la main et la poussa de côté brusquement pour pouvoir de nouveau baisser la tête et ne plus le regarder. Puis elle secoua lourdement la tête de droite à gauche et ne dit rien. Jamais sa force d'âme, simple, raisonnable, n'avait paru à Randall aussi déchirante qu'en ce moment. Il resta là de longues minutes, les yeux sur sa tête baissée, lui-même si épuisé que ses pieds et ses genoux étaient engourdis. De nouveau, le battement des lourdes ailes noires se laissa percevoir ; une fois de plus, des coups furent frappés aux portes scellées, prisons de son âme, prisons de son héritage. Comme il l'avait fait en d'autres terribles circonstances, il se mit à genoux, prit ses mains et dit :

— Renata, aidez-moi, aidez-nous tous les deux, tous trois, John aussi. Dites-moi... dites... quelque chose... — Il posa sa figure sur ses genoux et la sentit trembler. — Dites-moi ce que vous savez, supplia-t-il en un murmure frémissant, dites de qui il est !

Ses mains vinrent se poser doucement sur la tête de Randall.

— Je ne peux pas, dit-elle, la voix pleine de larmes.

— Vous n'avez aucun moyen de le savoir ? Même par instinct ? Quelque chose ne vous le dit pas ?

— Je sais seulement, entendit-il, quel est celui que je souhaiterais.

Il renonça à lutter contre lui-même. Quand il put parler, il reprit :

— Et voilà pourquoi vous ne voulez pas m'épouser ?

— Et aussi pourquoi vous ne voulez pas m'épouser.

— Oh ! je ne sais pas, dit-il, je ne sais pas. Je ferais n'importe quoi... pour résoudre ceci, pour racheter nos torts, pour réparer vis-à-vis de John. Et vous aussi, n'est-il pas vrai ?

— Si je croyais que c'est bien de le faire.

— Renata, votre Église, votre prêtre vous a-t-il dit que nous ne pouvions pas nous marier ?

— Au contraire.

— Alors qui êtes-vous pour vous mettre au-dessus...

— Ce n'est pas cela que je fais. J'essaye de penser ce qui vaut le mieux pour l'enfant. Il est très important qu'il ait un nom, une bonne éducation, la possibilité d'une place dans le monde. C'est un cerveau, Randalo !

— Mais vous vous contredisez ! Il lui faut un nom, vous avez raison, alors pourquoi refuser...

— Un nom, oui. — Elle le regarda avec une soudaine résolution. — Mais pourquoi le vôtre ?

— *Pourquoi le mien ?* — Il s'assit sur le plancher, s'appuya sur ses mains et plissa les yeux de stupéfaction. — Que dites-vous là ? Que voulez-vous dire ?

— Essayez de me comprendre, dit-elle avec un sourire mélancolique, si vous avez la patience. Vous pensez bien que je n'ai pas vécu ici comme ça sans réfléchir à cette question. N'est-ce pas vrai ?

Il acquiesça, s'émerveillant de tant de détermination là où il en manquait tellement. Il ne pouvait même pas dire qu'il y avait réfléchi. Il avait gardé la tête sous l'aile jusqu'au dernier moment.

— Naturellement, continua-t-elle, je ne pouvais savoir quelle était votre intention, et même si vous en aviez une. Je ne pouvais vous le demander, j'avais peur de vous le demander. Mais aussi je ne pouvais m'empêcher de penser.

— Eh bien ?

— Si vous allez en Amérique en emmenant l'enfant, c'est la fin de sa situation ici. Ce que vous faites là-bas ne me regarde plus. Mais, quelquefois, il me semble... Randalo, vous comprenez, c'est très difficile ce que j'essaye d'expliquer.

Elle porta la main à sa poitrine comme pour calmer une douleur. Il l'observa avec attention.

— Continuez, dit-il, Renata. Ce n'est plus le moment d'avoir peur.

— *Dio ti benedica!* murmura-t-elle.

Puis, avec un long soupir, elle reprit :

— Quelquefois, il m'arrive un sentiment, comme... oh! je ne sais pas le mot en anglais... quelque chose qu'on voit dans l'avenir.

— Un pressentiment.

— Je pense que c'est ça, oui.

— Que voyez-vous?

— Le Seymour, dit-elle la voix tremblante, basse et sourde. Ce n'est pas parce que nous ne parlons pas souvent de lui que nous n'y pensons pas.

— Vous me connaissez assez pour cela, dit-il en secouant la tête.

— Je vous connais, aussi je connais quand quelque chose arrive pour vous faire penser que ce serait bien d'aller vous occuper de l'*afflitto*, le Seymour aveugle. Je crois que vous n'emmènerez jamais plus le garçon dans ce mauvais endroit, dans cette vie de tragédie. Ce n'est pas moi qui le demanderais, ajouta-t-elle en lui prenant la figure entre ses deux mains et en le regardant intensément dans les yeux. C'est vous qui choisiriez.

Il se sentit sans force devant sa sagesse. Il ne put que chercher attentivement sur ses traits comme une preuve réelle de la femme qu'elle était devenue, celle qui parlait maintenant. Où était la créature qui l'avait conduit à tout cela, le feu follet étincelant de ses illusions? Il se sentit un moment perdu dans l'espace du temps passé, puis il revint à son visage grave et tendre qui le regardait avec tant de ferveur.

— Je l'aime tant, Renata, dit-il. Je l'aime... oh! vous ne pouvez imaginer combien. Plus que je n'ai jamais aimé personne, ma mère même, plus que vous que j'ai tant aimée.

— C'est bien. C'est ce qui doit être.

— Et je ne peux pas supporter l'idée d'une vie sans lui. Renoncer à lui...

Il se détourna et se cacha la figure dans les mains. Il sentit qu'elle lui touchait doucement l'épaule, la nuque, ses mains tendues et jointes. Tous deux s'absorbèrent dans leurs pensées. Enfin il releva la tête. Au prix d'un immense effort, elle resta immobile, bouleversée intérieurement à la vue de sa souffrance. Elle parla très tranquillement.

— C'est votre amour, dit-elle, qui vous dira ce qu'il faut faire pour lui.

— Même... Oh ! Dieu miséricordieux ! Même renoncer à lui ?

— Même cela, si cela vaut mieux pour lui.

Elle avait les yeux lourds.

Il savait qu'elle ne jugeait pas son angoisse indigne d'un homme, ni rien de ce qu'il faisait un objet de honte. Quand il fut enfin capable de parler, il dit :

— C'est maintenant le moment de m'expliquer ce que vous entendiez quand vous avez parlé de son nom.

— J'en ai eu l'idée quand j'ai réfléchi à tout cela. Quand est venue dans ma tête la possibilité qu'il reste peut-être ici, j'ai compris que le mieux n'était pas forcément pour lui que nous nous mariions et qu'il porte votre nom, surtout si vous partez un jour. S'il doit être italien, continua-t-elle en pesant tous ses mots, il vaudrait mieux qu'il ait un nom italien, une identité italienne. Tout pour rendre sa situation parfaitement normale.

— Un nom américain, anglais, ce serait-il un obstacle ?

— Pas absolument. Seulement il serait différent des autres, il faudrait toujours expliquer. Ici, dans le *paesino*, on n'en aurait jamais besoin, tout le monde connaît la vérité, tout le monde l'aime, *di fatto* tout le monde le protégerait. Mais, au-dehors, dans les villes, dans le reste du monde, s'il est italien, il pourrait porter fièrement un nom italien.

— Et comment lui donner cela ?

L'imagination de Randall entrevoyait avec révolte ce qu'elle allait, pensa-t-il, proposer. Aussi c'est avec stupéfaction qu'il entendit la suite.

— Je le ferais adopter par Zio Matteo.

— Renata ! Que dites-vous ?

— Mon Zio Matteo, répéta-t-elle, toujours impassible. Le plus jeune frère de mon Zio Gandolfi. Vous l'avez rencontré, vous le connaissez.

— Mais... — Il ouvrit de grands yeux. — Je ne comprends pas.

— Si mon oncle l'adopte, alors il devient comme tout le monde, ce qui est bien pour un enfant quand il commence à aller en classe. Il serait *registrato* le fils de Matteo Gandolfi, ce que tout le monde comprendrait ici, et...

— Mais, *moi*, je ne comprends pas, répéta Randall en secouant la tête. — Il était abasourdi de ce qu'elle eût pensé à tout cela si nettement. — Pourquoi votre oncle Matteo ? Pourquoi pas...

— Parce que, d'après la loi ici, ne peut adopter un enfant qu'une personne qui n'en a pas, et aussi que cette personne ait au moins cinquante ans. Ils ont toujours regretté, Zio Matteo et sa femme, de n'en pas avoir. *Cosa vuoi?* Pour Sebastiano — elle prononça de nouveau le prénom en le soulignant —, ce serait la meilleure chose. Et, quand il ira à de meilleures écoles qui seront nécessairement dans des villes, quand il se fera une place dans la vie en Italie, alors il aura un bon nom, un nom respecté, un nom que tout le monde connaît pour un honnête *cognome* de Lombardie.

Il resta pétrifié et silencieux. Puis, le front plissé, le menton raidi de surprise incrédule, il dit :

— Tout cela! Vous avez pensé à tout cela!

— Oh! oui, dit-elle avec un sourire triste. Pour cela, j'ai longtemps étudié ce que je pourrais faire si j'en avais l'occasion.

Elle se redressa en un ultime effort pour rester maîtresse d'elle-même, puis soudain ce fut trop. Elle céda, fondit en larmes et sanglota :

— L'occasion de réparer! Pour lui, pour mon fils dont le monde ne doit jamais savoir qu'il est mon fils!

Le printemps continua, trop sec. Les oiseaux se turent et furent remplacés par le grincement des cigales. L'été fut exceptionnellement chaud cette année-là, amenant des nuées d'insectes nuisibles et jolis, des lézards qui se faufilaient gracieusement sur les pierres. L'herbe était grillée pour la première fois cette année, il y eut peu de fruits et peu de grain. L'automne arriva de bonne heure et brutalement, accompagné de féroces orages de grêle. Puis la chaleur s'enfuit, il y eut des torrents d'une pluie incessante. Le lac se souleva en de furieuses tempêtes. Octobre, généralement le mois le plus magnifique de tous avec son rayonnement splendide, ne fut que boue détrempée. Novembre fut encore pire, humide, sombre et froid. Randall avait vu les deux précédents mois de novembre, de merveilleux interludes des dernières couleurs de l'année, le bleu aveuglant du ciel porté par le vent du nord, l'éclat doré des peupliers, les oranges mûres brillant comme des lanternes sur leurs arbres sans feuilles. Cette année, elles tombèrent et pourrirent dans la pluie froide et torrentielle. Les épaules de la Grigna restèrent encapuchonnées de nuages, et beaucoup de gens furent malades.

Dans leur maison, Randall les tint au chaud et au sec grâce à une consommation prodigue de bois qui choqua Domenico et Zia Pepe quand ils l'aidèrent à le ranger et Renata à qui il recommanda de le brûler. Il y avait de l'inquiétude dans l'air et de la misère. Et, parce que ces gens et leur pays étaient ce qu'ils étaient, il y avait aussi de la résignation. Et, quand le coup s'abattit sur eux, ni pour lui ni pour Renata quand elle l'apprit, il n'y eut de véritable surprise. Un matin, elle jeta un coup d'œil dans l'atelier, après l'arrivée du courrier qu'apportait le fils du voisin, et elle vit Randall debout, pâle comme un mort, une lettre froissée à la main. « Voilà, pensa-t-elle, ce que j'ai prévu, voilà la substance de mon pressentiment. » Il tourna la tête vers elle à cet instant et, tendant la lettre d'une main qui tremblait, il dit :

— Lisez ceci et voyez. Vous avez toujours raison.

Elle lut.

« Seymour, écrivait quelqu'un qu'elle comprit être l'*avvocato* de la famille, est tombé dans l'escalier, toute la hauteur du premier étage. Son bras gauche a été fracturé et est maintenant dans le plâtre, et, chose beaucoup plus grave, il semble avoir le bas de la colonne vertébrale atteint, ce qui a affecté le mouvement de ses jambes. La paralysie qui en a résulté sera-t-elle permanente, c'est ce qu'il est impossible aux médecins de dire pour le moment. Votre frère ne les aide absolument pas. Il est dans un triste état, et les circonstances sont telles que je me sens obligé de vous en informer, bien que votre frère, qui n'a jamais un instant perdu conscience, m'ait formellement interdit de vous envoyer ce câble et ne sait pas à l'heure qu'il est que je vous écris ceci, contrairement à ses instructions les plus expresses. Toutefois, sa situation dans cette maison, sans une personne véritablement compétente pour s'occuper constamment de lui, et son refus absolu de se laisser transporter dans un hôpital, ne me permettent pas d'accepter plus longtemps la responsabilité de vous laisser dans l'ignorance de ce qui s'est passé. »

Renata regarda Randall avec une lueur dans les yeux qui ressemblait à de la terreur devant l'exactitude de son intuition. Il était toujours debout, immobile comme s'il dormait, mais les yeux fixes et grands ouverts. Elle continua à lire la lettre. Il y avait un dernier paragraphe, et ses lèvres tremblaient quand elle eut achevé sa lecture.

« Aucune des personnes consultées par moi à votre banque, ou dans les bureaux de Payne, Morrison et Jerrold, successeurs de feu le juge Bronson en qualité de coadministrateur avec moi de la fortune de votre grand-mère, ne savent s'il entre dans vos intentions de revenir aux États-Unis à un moment quelconque. Comme je n'en ai pas non plus été informé, je prends la liberté de vous suggérer de revenir, le présent état de votre frère pouvant être un facteur déterminant dans l'établissement de vos projets. J'ai l'honneur, etc... »

Le papier vola à terre. Dans le poêle, le feu flamba et pétilla, on entendit à la cuisine le soudain sifflement de quelque chose qui bouillait trop fort. John, qui venait de la loggia, poussa une exclamation à l'odeur de brûlé qu'aucun des deux n'avait remarquée. Sans se retourner, Renata attrapa l'enfant et, en lui caressant la tête, lui dit :

— Il est trop tôt pour manger, *tesoro mio*. Tu as le temps d'aller en haut et de lire un peu.

Ils écoutèrent ses pas qui grimpaient l'escalier et gagnaient sa chambre, où se trouvaient ses livres. L'odeur de brûlé s'accentua. Renata poussa une exclamation d'ennui, alla à la cuisine et revint peu après. Le visage gris, Randall dit d'une voix sourde :

— Naturellement il faut que je parte.

Elle hocha la tête, lentement, de haut en bas, comme une poupée désarticulée. Elle avait toujours ce regard étrange, fixe, obsédé.

— Quelle coïncidence ! C'est trop ! dit-il, courbé et affaissé comme si une menace planait sur lui. Ce n'est pas naturel.

— Exactement, dit-elle très bas et très lentement en italien. C'est pour cela que nous sommes tellement horrifiés. Randalo, écoutez. — Elle s'approcha très près et avança sa figure blanche presque à toucher la sienne. — Ce n'est pas une coïncidence. Vous pouvez me croire ou non, *mais, ceci, je le savais*. Depuis très longtemps.

— Je vous crois, dit-il. Vous me l'avez fait comprendre depuis... depuis la conversation que nous avons eue au sujet de John.

Soudain il se retourna, la prit aux épaules et dit d'une voix rauque :

— Si vous avez une telle intuition, pourquoi ne pouvez-vous pas me dire... — il fit un signe de tête vers la chambre là-haut où John venait de monter — cela ! Pourquoi ne savez-vous pas ?

— Ah ! haleta-t-elle, *abbi pietà* ! Croyez-vous que je ne voudrais pas pouvoir le dire ? Je donnerais mon âme immortelle si je le pouvais en toute vérité. Mais je ne peux pas, et c'est là une part de mon expiation. Je ne sais pas. Il me faut souffrir cela jusqu'à la fin de mes jours.

— Pardonnez-moi, murmura-t-il. Je n'ai pas le droit, moi moins que personne... Nous n'en reparlerons jamais plus.

— Nous ne parlerons plus beaucoup de rien, dit-elle en secouant la tête. Ça ne sert à rien quand le devoir est tellement clair.

Il remarqua la douceur dont elle enveloppait chacune de ses paroles, chaque expression de son visage. Elle pencha la tête, tendit la main pour prendre celle de Randall et dit en les tenant jointes toutes deux contre sa joue :

— Cher, cher Randalo, ami bien-aimé, je prierai pour que vous ayez du courage.

Il aurait voulu crier, pris d'une panique soudaine, qu'il n'avait pas besoin de ses prières, de sa foi, de sa doctrine. Il voulait John. Il voulait le garder, ici ou ailleurs, n'importe où qui ne serait pas la menaçante prison moisie, infestée de rats, à laquelle il lui fallait retourner en rampant, en se creusant un trou, agglutiné dans des souvenirs tangibles, encombrée d'objets qui ne voulaient pas rester des objets, mais qui prenaient vie pour le faire tomber dans un piège et railler l'ombre effrayée et furtive à qui l'homme qui était ici se sentait tellement étranger. « Non, dit-il presque à haute voix, ils ne demeurent pas des objets. Ils vivent, et c'est de moi qu'ils tiennent la vie, ces boîtes, ces paniers, ces roues, ces souliers, et ces manteaux, et ces bouillottes, ces lampes... les pianos, les bruits, le mouvement, les vagues... Voilà encore une vague !... C'est de moi qu'ils prennent vie, alors que je ne demande qu'une seule chose, c'est que ce soit moi qui lui aie donné la sienne ! »

Il tremblait dans les bras de Renata, et elle retint sa tête contre sa poitrine. Il entendit ses mots murmurés, sentit la fraîche bénédiction de ses lèvres sur ses paupières.

— Je sais, entendit-il, oh ! comme je sais ! Pensez-vous que je ne comprenne pas ?

Son visage exprimait sa torture. Il essaya de parler, étouffa, essaya encore.

— Je ne peux pas le quitter ! sanglota-t-il.

Elle garda un moment le silence. Quand il la regarda comme pour la supplier, elle dit :

— Avons-nous le choix ? — Sa voix était très belle, un peu

comme le son d'un alto. — J'essaierai de vous réconforter, dit-elle, si cela peut vous être une consolation de savoir que, moi aussi, je vivrai une vie de sacrifice, moi qui me suis privée du droit à la joie magnifique de me montrer sa mère. Si jamais j'oubliais et si je tentais de prendre ce qui ne m'appartient pas, je ferais du tort à l'avenir de l'enfant, à son véritable intérêt qui doit toujours être mon seul but.

— Vous êtes sûre que vous savez vraiment quoi faire, Renata ?

Il parlait anglais, et elle répondit de même :

— Oui, je le crois. Je vous ai expliqué le principal. Pour l'adoption, je consulterai en premier lieu le meilleur *avvocato* de Milano.

— Est-ce que..., commença-t-il lentement et avec un peu d'embarras, vous pourrez entrer en rapport avec quelqu'un de ce genre ?

Elle acquiesça avec un sourire triste.

— Eh ! vous oubliez ! J'ai été... — Elle haussa les épaules. — *Non importa* comment on a rencontré quelqu'un il y a longtemps. Quand on se trouve en face d'une question telle que celle-ci, tout le monde est très sérieux ici.

— Vous aurez tout l'argent nécessaire, toujours.

— Bien.

Son acceptation tranquille, sans remerciements gauches, le rassura et lui donna le sentiment qu'il participerait à sa responsabilité

— Et vous... je ne sais comment dire... vous dédommagerez votre oncle et votre tante ? Vous leur ferez une vie meilleure, pour compenser...

— Soyez sans inquiétude, Randalo. Ils aiment tous l'enfant, c'est le plus important.

— Et ses études ? Les meilleures, n'est-ce pas ? Vous demanderez conseil ?

— Le meilleur. Nous sommes actuellement les seuls à savoir que son intelligence est *straordinario*. Peu à peu, nous découvrirons pour quelle chose il est le plus doué.

— Il ne... vous ne le garderez pas trop longtemps ici dans un village ?

— Les premières années seulement, les classes élémentaires, à Bellagio. Ensuite il lui faudra aller dans une ville pour les *Scuole Medie*. Dans une ville comme *Como*, ou même plus grande.

— Vous irez avec lui ?

Solennellement elle acquiesça.

— Comme sa tante. Mais seulement jusqu'à un âge où il ne faudra plus l'attacher à une protection.

— Et ensuite ? Après les petites classes ?

— Ici, c'est différent. Après deux classes inférieures, vient le *Liceo*, à Milano ou dans une grande ville. Et enfin viendra l'Université.

— Je ne voudrais pas qu'il devienne un musicien, dit tout à coup Randall avec énergie.

Renata rit un peu.

— N'ayez pas peur, dit-elle. Il a trop d'esprit.

— Vous écrirez, Renata ? Allez-vous lui apprendre à m'écrire ?

Elle appuya son menton sur ses mains et le regarda attentivement, lui donnant à entendre qu'elle ne savait pas quoi répondre. Il secoua un peu la tête, effrayé et surpris par son silence.

— Que voulez-vous dire ?

— Simplement que je ne sais pas, dit-elle doucement. Je vous réponds oui, naturellement. Mais seulement aussi loin que je peux voir. Ceci peut beaucoup changer avec le temps, Randalo. — Elle soupira tristement — Comment faire une pareille promesse ? Et pour combien de temps ?

— Mais, insista-t-il comme un enfant qui tient à se faire des illusions, je reviendrai, quand... vous savez bien... quand je pourrai quitter Seymour. Il n'y a pas de raison pour qu'il continue à vivre de cette façon. S'il... — il se mordit les lèvres — s'il ne...

— Il vivra, dit-elle.

— Bien sûr, reprit-il trop vivement. Mais cette maison, Renata, tout cela... — Il grimaça en essayant de rejeter loin de lui les images qui clamaient et se heurtaient derrière leurs murs. — Nous avons toujours pensé à la quitter. Quand je vais y être, je verrai ce que nous ferons.

— Oui, dit-elle.

Son ton n'exprima rien. L'esprit de Randall tourna rapidement en cercle autour du nœud de la question. « Cette maison ! Pourquoi y sommes-nous restés ? Qu'avons-nous attendu ? Comment sera-ce différent maintenant ? » Il ne voulait pas savoir, et, derrière ce refus, il y avait tout ce qu'il ne verrait jamais, ne dirait jamais, ne sentirait jamais. Une vie féconde pour John ne pouvait se payer à trop haut prix, même s'il fallait pour cela son propre emprisonnement. Une vie féconde pour John, pour John une voie large vers le dehors, où ni murs, ni portes, ni chambres, ni cadenas, ni ombre, ni cachette, ni influences malignes, ni objets, ne pourraient se saisir de lui. Il sera libre et n'aura jamais connu cela, cela ni aucun de nous qui avons amené cela. Dans les espaces les plus lointains de sa mémoire planait la vieille femme rapace, plus près sa mère écrasée par elle, l'esprit perdu, plus près encore l'impérieux et immédiat fardeau de son malheureux frère. Et ils étaient loin, tandis qu'ici il y avait un petit poêle d'argile, une table nue sous son coude, la pluie qui dehors frappait les vitres et, devant lui, la femme qui avait prévu son devoir et lui donnait le courage de l'accomplir ; et, là-haut, le petit garçon qu'il aimait du plus grand amour que le cœur puisse connaître.

Il se pencha vers Renata, la prit dans ses bras et lui dit, le visage contre ses cheveux :

— Aidez-moi à partir sans l'attrister, Renata. Aidez-nous à faire comme s'il ne s'agissait pas d'un adieu.

CHAPITRE XX

Tapis dans le coin pour éviter de regarder par la vitre, Randall ne bougea pas quand le taxi s'arrêta. Il resta tranquille, faisant exprès de ne pas savoir où il était. Le chauffeur dit :

— Hé! monsieur! voilà l'adresse que vous m'avez donnée!

— Oui?

Randall ouvrit la portière, descendit en vacillant et traîna sa valise après lui. Le sol sembla basculer. Le voyage avait été un cauchemar, et il était encore poursuivi par le mouvement du bateau. Sans faire attention, il paya l'homme en lui laissant toute la monnaie de son dollar plutôt que d'avoir à compter. Il resta sur le trottoir, le dos tourné à la maison, luttant contre son envie de crier : « Arrêtez! je vais plus loin! » derrière la voiture qui s'en allait. « Comme par un fait exprès, pensa-t-il, c'est le moment le plus sombre de la journée, par le mois le plus sombre de l'année. » L'horrible temps des mois passés avait continué pendant toute la traversée de l'Atlantique et, ici aussi, sous la forme d'un grésil violent tombant dans les rues où l'on enfonçait jusqu'à la cheville dans une neige fondue infecte. Il n'était qu'un peu après quatre heures de l'après-midi, mais déjà c'était presque la nuit. On n'avait pas encore allumé les réverbères, mais de l'autre côté de la rue, dans la rangée de maisons meublées pauvres et grises, des gens avaient allumé le gaz, et quelques lueurs pâles et laides surgissaient çà et là. Randall regarda stupidement une fenêtre éclairée où une petite couronne de Noël pendait entre des rideaux élimés.

« Quel temps lugubre », pensa-t-il encore, puis il se boucha les oreilles avec ses mains, sursautant violemment au bruit d'une trompette de fer-blanc. Deux petits garçons sales gambadaient derrière lui en criant : « Bonne année ! Bonne année ! », enchantés de lui avoir fait peur. On devait être le 31 décembre, il ne savait pas exactement. Il soupira, ramassa lentement sa valise et leva la tête à regret pour un premier et pénible regard sur la maison. Elle ne semblait aucunement différente, aveugle, vide, chaque fenêtre semblant un œil fermé. « L'étage du haut et le troisième, pensa-t-il, personne n'a pu y entrer, ni dans la chambre de Maman ni au deuxième. » Les fenêtres de Seymour au premier sont fermées tout comme les autres, comme celles du salon en bas, telles que Randall les avait laissées. « Il y a combien de temps ? », pensa-t-il en traînant sa valise dans l'allée. Une partie de son cerveau refusa de répondre, une autre partie énonça le fait froidement : trois ans moins deux semaines. « Tu le sais exactement. Non, je ne le savais pas, je ne veux pas y penser, ni à aujourd'hui, ni à là-bas, ni à rien. Je ne veux pas y penser... Et surtout je ne veux pas me rappeler mon dernier retour ici. »

Mais comment s'en empêcher ? Comme alors il avait ses clés, comme alors il ne pensait nullement revenir à la maison. « Mais, cette fois-là, je croyais que j'allais quitter Seymour pour toujours. Oui, et tu as cru cela aussi une autre fois. Et maintenant tu es là. Je ne vais pas y rester cette fois, se répéta-t-il comme il l'avait fait souvent depuis ses affirmations pathétiques à Renata. Je trouverai un moyen pour... pour que Seymour reçoive les soins nécessaires... Ah ! sortir de là, être débarrassé de tout ça ! »

Il était dans le vestibule en bas, sa valise à ses pieds et la porte fermée derrière lui. Il faisait nuit noire, et, par une vieille habitude, il étendit la main vers la boîte d'allumettes en cuivre pendue au mur à côté du portemanteau. Il y avait toujours là des allumettes soufrées que Seymour petit garçon allumait avec joie contre le fond de sa culotte — chose défendue, naturellement, — comme il l'avait vu faire au cocher Reilly. Pourquoi y penser en ce moment ? Il resta dans le noir, une allumette à la main, s'étonnant d'en avoir trouvé dans la boîte. Qui les achetait et les mettait là ? Il remit à plus tard l'allumage du gaz, parce qu'il ne voulait encore rien voir autour de lui. Tout aurait le même aspect que cette odeur qu'il sentait, une odeur morte, sèche, vaguement corrompue, composée de poussière, de mauvais air, de maladie et d'autres odeurs qu'il n'identifiait pas. Plusieurs fois, il avala péniblement. Puis d'en haut il entendit la voix de Seymour qui appelait :

— Haggerty, n'êtes-vous pas en avance ? Quelle heure est-il donc ?

Randall alluma le gaz et monta rapidement l'escalier en disant :

— C'est moi, Seymour, ce n'est personne d'autre.

Il s'arrêta sur le palier du premier pour y allumer aussi le gaz. La porte de la chambre de Seymour était ouverte, et, à la lumière du palier, il vit dans le noir la figure pâle encadrée de longues moustaches, le haut front chauve, les yeux aveugles fixés sur quelque chose non seulement comme s'ils y voyaient, mais comme s'ils voyaient quelque chose d'horrifiant. La bouche était grande ouverte. Seymour, assis dans un fauteuil roulant, était en face de la porte. Randall resta muet, frappé d'un coup, regardant la main gauche de Seymour qui pendait inerte sur son genou. La droite se crispait sur la roue de son fauteuil. Les yeux de Randall passèrent lentement de la main aux yeux aveugles, puis revinrent aux genoux et à la main infirme.

— Que diable fais-tu là ? demanda Seymour d'une voix stridente et dédaigneuse.

— Je suis venu quand j'ai su ce qui t'était arrivé.

— Qui te l'a dit ?

— J'ai... Ça n'a pas d'importance. As-tu vraiment cru que personne ne me l'apprendrait ?

— Pourquoi n'as-tu pas annoncé ton arrivée ?

— Pourquoi l'aurais-je fait ?

— Où est l'enfant ?

— Ça ne te regarde pas, dit Randall, surpris lui-même de son ton cassant.

— Tu l'as laissé en Italie ?

— Je ne suis pas revenu pour te faire mon rapport. S'il y a quelque chose que je puisse faire pour toi, dis-le, et je le ferai. Je ne dirai rien du reste.

— Tout à fait charmant d'arriver et de faire l'autoritaire avec moi !

— Ce n'est nullement mon intention, en ce qui te concerne, toi. Je suis infiniment désolé de l'accident que tu as eu et, si tu veux bien me dire comment tu vas et comment on s'occupe de toi, je serais heureux de le savoir.

— Oh ! dit Seymour avec un geste de la main droite, c'est un infernal gâchis.

Randall s'avança dans la pièce, tout en enlevant son pardessus.

Il était, comme n'importe quelle créature humaine, soulevé de consternation et de pitié. Il s'en tiendrait fermement à son refus de discuter John et tout ce qui le regardait, mais, par ailleurs, l'état présent de Seymour aurait touché un cœur de pierre. Sa main gauche était visiblement infirme, et ses jambes sous la couverture restaient d'une immobilité impressionnante. Et le pire, c'est que Randall était sous l'impression d'avoir oublié que Seymour était déjà aveugle avant qu'il l'eût quitté. La cécité était si tangible qu'elle semblait reprocher à Randall qu'un individu sain d'esprit eût été capable d'abandonner cet homme depuis trois ans. Randall étendit la main instinctivement pour toucher Seymour au bras ou à l'épaule, mais il ne put compléter le geste. « Seymour en aurait peut-être horreur, pensa-t-il, et il aurait des raisons pour cela. »

— Frère, dit-il — et Seymour entendit pour la première fois la voix habituelle de Randall —, ne me diras-tu rien ? Qui prend soin de toi ?

Seymour haussa les épaules.

— Un infirmier de l'hôpital. Le docteur l'envoie deux fois par jour, et il me transporte de mon lit à ce damné fauteuil et de ce fauteuil à mon lit, et il s'occupe aussi des autres détails nécessaires. — Il désigna d'un geste une table avec des tasses et des cuvettes. — Je ne voulais pas de toutes ces sales affaires...

— Ainsi, dit Randall lentement et visiblement peiné, tu... tu es...

— Je ne peux absolument rien faire par moi-même, dit sèchement Seymour. Tu es satisfait maintenant ?

— Frère, je t'en prie !... Je ne veux que t'aider. Ne sois pas si...

— Oh ! marmonna Seymour, va-t'en au diable !

— Mais pourquoi ne vas-tu pas dans un hôpital ! Tu y serais convenablement soigné.

— Oui, pour être le phénomène numéro 1 ? Je te l'ai dit, va au diable ! — Seymour criait presque. — Si je dois pourrir vivant, je le ferai enfermé ici.

Randall ne dit pas un mot. L'écho des paroles de Seymour le submergeait avec la sensation d'être aux prises avec une masse grouillante comme les serpents attaquant Laocoon, des monstres dont l'atteinte mortelle ne résidait pas dans leur morsure, mais dans le son : des bruits meurtriers, étouffants, répercutés de tous les côtés : enfermé ici, enfermé ici... Randall tordit ses mains glacées, les élevant lentement vers sa bouche, comme pour pouvoir la fermer de force si par hasard le torrent de ses terreurs venait à déborder. Ses yeux se fixaient avec une horreur incrédule sur la longue figure mal rasée de Seymour qui restait silencieux, la tête enfoncée dans les épaules, un peu penché en avant dans une position qui dénotait un être perpétuellement aux aguets. Autour de sa bouche amère demeurait une vague expression diabolique. Mais quand il parla sa voix était normale.

— Voilà, dit-il, mon gardien qui arrive.

Randall n'avait pas entendu la porte d'en bas s'ouvrir.

— J'exécrais d'avoir à donner une clé à cet homme, dit Seymour. Je déteste qu'il sache où je mets mon argent.

— Mais n'es-tu pas du moins grâce à lui... un peu moins inconfortable ?

— Il m'empêche d'avoir des escarres, à ce que prétend le docteur. C'est l'unique raison de ces sacrés déplacements. Va-t'en maintenant, Randall, que j'épargne aux premiers instants de ton retour le spectacle de mes fonctions.

Randall retourna à son ancienne chambre, la petite près de celle de Seymour qu'il occupait avant la fuite de Maggie Quinn. Il ouvrit la porte et entra, cherchant le gaz à tâtons et presque étouffé par l'air rempli de poussière morte. Quand il eut allumé, un coup d'œil lui montra que la pièce n'avait pas été touchée depuis son départ. Il y avait de quoi dégoûter. Sa main, qui s'était posée sur sa commode, se retira noire de poussière et laissa après elle une empreinte comme celle d'un animal dans le sable. La chambre sentait non seulement la poussière et le renfermé, mais une odeur qui réclamait qu'on en cherche l'origine, ce que personne n'entreprendrait s'il ne le faisait pas lui même. Les bibliothèques vitrées étaient toujours là, vides, parce qu'il avait tout transporté et enfermé au troisième étage. Ses affaires étaient là-haut. Sa main se porta à son trousseau de clés dans sa poche, témoignage que tout était à l'abri, tout ce qui, même si Seymour n'existait pas, restait toujours le lien indissoluble entre lui et ce lieu. Il en avait d'autres en bas dans sa valise. « Il faudra que je voie cela demain, pensa-t-il, pour les mettre également à l'abri. » Il s'assit sur le bord de son lit branlant. Dans la chambre à côté, il entendit la voix de Seymour, atténuée pour ne pas être entendue et suivie d'un tintement de verre ou d'un objet métallique. Il resta assis là, longtemps perdu dans un genre de pensées qui n'ont étrangement rien à voir avec la mémoire.

Le lendemain matin, il vit avec dégoût le petit déjeuner, servi n'importe comment dans de la vaisselle ébréchée sur un plateau disloqué, qu'une négresse gigantesque, sale et insolente, apporta à Seymour. Elle n'offrit rien à Randall, qui descendit à la cuisine se faire une tasse de café. La saleté qu'il y vit, les traces accumulées de rats et de souris, les cafards, les planches pourries sous l'évier fuyant, le chassèrent de là, frissonnant, et il se rappela la claire cuisine, propre et ensoleillée, la tasse de café matinale, le jardin accueillant autour de la maison rose. A John et à Renata il ne voulait pas penser, pas maintenant, pas encore. C'était son vœu, et il avait juré de l'observer. Il alla chez Seymour pour lui dire qu'il avait l'intention de se débarrasser de cette femme, mais Seymour parla le premier et dit de son lit :

— Vas-y, Randall, commence. Si tu ne sais pas quoi faire, je te dirai.

— Bien sûr. Faire quelque chose pour toi, veux-tu dire ?

— Oui. Maintenant que je suis habitué à être assis toute la journée dans ce fauteuil du diable, je peux aussi bien continuer. Mais je veux dire que j'enverrai promener cet imbécile de docteur comme je l'ai fait avec son infirmier.

— Oh ! l'homme de l'hôpital ?

— Oui. Je lui ai donné son congé hier soir. Pourquoi payer quelqu'un pour ce que tu peux faire aussi bien que lui ?

— C'est vrai, dit lentement Randall. Naturellement je veux prendre soin de toi, frère. Ne te l'ai-je pas dit hier ?

Les jours n'avaient plus aucun sens à mesure que le temps passait, et les mois s'écoulèrent comme les jours, et les années semblaient avoir moins d'importance que le soin d'un instant. Chaque jour ressemblait à mille autres, et totalement indifférent le millésime de l'année où ce jour se trouvait. Chaque matin voyait les mêmes spectacles monotones, entendait les mêmes questions maussades et aigres.

— Randall !

— Oui, frère.

— Où es-tu ?

— Dans ma chambre. Je viens.

— Je t'ai déjà appelé.

— J'arrive.

Randall se rendait d'un pas traînant à la bibliothèque où dix minutes avant il avait poussé le fauteuil devant la fenêtre, car Seymour avait dit qu'il avait froid et voulait être au soleil. On était en mai. Plusieurs mois de mai s'étaient écoulés, il faisait très chaud.

— J'ai trop chaud ici, dit Seymour.

— Alors nous allons changer.

Randall prit le guidon du fauteuil et le recula dans la pièce sombre. Tous les stores étaient baissés, sauf celui qu'il avait un peu soulevé pour laisser entrer le soleil.

— Pas trop loin ! — Seymour étendit sa main droite et tâta l'espace autour de lui. — Pas près de la table.

— Bien, frère.

— Baisse le store.

— Très bien.

— Que faisais-tu ?

— Moi ? Oh ! rien. Je ne sais pas.

— C'est l'heure de mon orange, je crois.

— Pas encore, à moins que tu ne la veuilles maintenant.

— Non. — Seymour renifla comme s'il était froissé. — Je ne devrais pas avoir à y penser avant toi.

— Je... — Randall referma la bouche. — Tu peux en avoir une chaque fois que tu voudras.

— Je la veux quand c'est l'heure. Tu peux voir la pendule, toi.

Quand onze heures sonnèrent, Randall avait l'orange prête, pelée, soigneusement débarrassée de tout filament et séparée par quartiers. Seymour la mangea nerveusement, sa bouche remuant avec de brèves saccades qui faisaient trembler ses moustaches grises en broussaille. Si son nez avait été plus court, pensait souvent Randall, il aurait eu l'air d'un lapin poilu. Il crachait les pépins dans sa main gauche, puis les envoyait promener d'un geste coupant de sa main droite, prétendant que la plupart allaient dans son assiette sur ses genoux. De fait, ils tombaient par terre, et Randall ne se donnait pas toujours la peine de les balayer.

— Combien les as-tu payées cette fois ? demanda Seymour tout en grignotant.

— Vingt et un cents la douzaine.

— Deux cents de plus que la dernière fois !

— J'ai bien été dans quinze endroits, Seymour. J'ai trouvé celles-ci sur un éventaire là-bas près de la rue Mulberry.

— Tu en trouverais de meilleures si tu y allais de bonne heure le matin. Naturellement, au milieu de la nuit, il faut bien prendre ce qu'on trouve, et moi — sa voix se fit aigre — il faut que je paye. Comme tout le reste.

Les yeux aveugles donnèrent l'illusion de jeter des regards furieux.

— Merci. Je veux bien marcher n'importe où pour te chercher les oranges les moins chères de New York, mais j'irai à mon heure. Tu m'entends ?

— Bien sûr. Je n'entends jamais que toi.

— Bon. Je ne veux sortir que la nuit. Voilà tout.

— Mais pourquoi ? demanda Seymour, comme s'il entendait cela pour la première fois.

— Tu veux que je t'explique ? Si je commence...

— Oh ! non. — Tout à coup, l'accès de mauvaise humeur était passé. — Je comprends. De fait, je ne te blâme pas.

Après un moment, Randall revint d'en haut, où il venait de se livrer à une besogne qui faisait dans la maison le bruit étouffé de quelque chose qu'on traînait, avec de temps en temps un vague choc. Il demanda :

— Frère, aimerais-tu que je te lise le journal aujourd'hui ?

— Sur quoi sont les articles ?

— Oh ! un tas de choses sur ces palabres à Versailles.

— Une Conférence de la Paix ! ricana Seymour. Bon Dieu ! le plus grand génie depuis Platon ne s'y retrouverait pas au milieu de ces bavardages. J'en ai soupé !

— Bien. Alors je vais ranger ces journaux avec les autres.

— Bon. Si nous voulons les consulter, il y aura toujours la table des matières. Dieu sait qu'il y a assez de place...

— C'est vrai... Et, frère, ne serait-ce pas merveilleux... — Par moments, la figure hagarde de Randall reflétait un peu de la chaleur et de l'espoir d'autrefois. — Ce serait miraculeux, mais...

— Ça n'aurait rien d'un miracle. L'homme que tu es allé voir ne proclamait pas cela comme un miracle. Il se contentait de prouver les cas où on avait été guéri.

— Oui, dit Randall. Il avait certes des preuves. Trois cas différents où un régime d'oranges leur avait rendu la vue ! Oh ! si cela te produisait ça ! Je marcherais cent milles chaque nuit pour t'acheter des oranges !

— Tu es un brave garçon, Randall... Dis donc, j'ai froid.

Le fauteuil fut de nouveau roulé devant la fenêtre. Il n'y avait pas trop d'espace pour le manœuvrer, tant la chambre était encombrée de tout ce qui était utile à leur existence quotidienne et que Randall y avait amené peu à peu, en partie pour les mettre à la portée de Seymour, en partie pour s'éviter d'aller les chercher ailleurs dans la maison. Retrouver quelque chose demandait à présent une longue, patiente et épuisante recherche. Même avec l'étage du haut complètement bloqué et solidement rempli de paquets de journaux bien ficelés, il y avait tant de chambres à fouiller si on voulait trouver la moindre chose ! Les objets qu'elles contenaient étaient déjà nombreux, et Randall ne voulait pas les changer de place. Il avait donc rassemblé ici tout ce dont Seymour pourrait jamais avoir besoin. Seymour passait sa vie dans la bibliothèque, sauf le bref moment de la nuit où Randall le poussait dans sa chambre à coucher et trouvait moyen, avec adresse et ingéniosité, soit en le soulevant, soit en le faisant glisser, de l'étendre sur son lit. Au matin, le procédé, avec plus de difficulté, était le même à rebours, puis Randall dirigeait le fauteuil avec précaution le long du vestibule encombré et de la bibliothèque pleine, jusqu'au coin entre la fenêtre et la cheminée, où Seymour était installé pour la journée.

Après leur déjeuner, composé d'un potage en boîte, de pain, d'un morceau de fromage pour Randall et d'une autre orange pour Seymour, celui-ci remarqua :

— Ne disais-tu pas qu'il y avait une lettre ce matin ?

A l'heure du courrier, il était d'une humeur exécrable et avait refusé que Randall la lui lise.

— Oui.

Cette année, il y avait de nombreuses lettres pour Seymour, résultat de son quarantième anniversaire. L'exécuteur testamentaire de sa grand-mère lui avait remis la totalité de son héritage. Il avait immédiatement rompu toutes relations avec les successeurs des premiers administrateurs et avait pris pour s'occuper de ses affaires un notaire qu'il avait connu autrefois à son club. Il ne voyait jamais cet homme qui s'appelait Cullom. Tout se faisait par lettres ; Randall écrivait les instructions de Seymour sous sa dictée et lui lisait les réponses de Cullom et les autres communications. Seymour apporta l'attention la plus minutieuse à ses valeurs, qu'il replaça toutes différemment, et, tant que ses affaires ne seraient pas arrangées à son gré, il y aurait une importante correspondance avec ce Cullom. Plusieurs fois par semaine, il y avait des lettres de lui pour Seymour. Mais il n'y avait pas eu de lettre pour Randall depuis assez longtemps, pas depuis... il embrouillait un peu les dates. L'Italie était entrée dans la guerre il y avait bien longtemps, Randall avait reçu de rares et brefs petits mots ouverts par la censure, et, après un certain temps, ils avaient cessé.

Randall se savait plus pourquoi ni à quelle époque il n'avait plus répondu, ni depuis combien de temps il n'écrivait plus. Beaucoup plus longtemps qu'il ne croyait, et, si quelqu'un avait consigné les dates par écrit et les lui avait montrées, il aurait été stupéfait. Peut-être croyait-il avoir toujours continué. Dans ce compartiment secret de son esprit qui était le complément de ses autres secrets là-haut sous les toits, il n'avait jamais cessé. On ne laissait pas ses affaires traîner en public, accessibles aux accidents ou aux grands regards curieux. On n'écrivait pas ses pensées les plus intimes sur du papier, pour les exposer ensuite à la curiosité d'un monde en guerre. Une lettre censurée, c'était une serrure forcée, une attaque contre la forteresse de ses secrets. Quelqu'un pouvait aussi bien arracher les cadenas de son pupitre, enfoncer les portes des chambres où tout était en sûreté. Non, il n'écrirait pas, ou, s'il écrivait, il n'irait certainement pas confier ses lettres au danger de la censure et de ne pas arriver à destination. Ses lettres devinrent peu à peu partie intégrante de tous ses autres papiers, quelque chose à conserver précieusement, à cacher, à enfermer sous clé. Le lien avec là-bas n'en était que plus fort s'il le chérissait et le conservait dans son esprit : il ne le violerait pas en courant le risque de le révéler.

Six années avaient émoussé la pointe de la mémoire. On circula de plus en plus difficilement dans la maison, et, quand on cherchait quelque chose, il fallait agir comme le balayeur du jardin public piquant çà et là des papiers, les levant, les examinant pour voir sous la poussière et l'eau et la substance du papier ce qui avait été écrit dessus quand il était neuf. Randall se sentit plus satisfait quand il renonça à tenter l'expérience. Il avait fait un effort violent et concret quand les journaux quotidiens, quelquefois lus à Seymour, et le plus souvent mis de côté pour le jour espéré où il pourrait les lire lui-même, forcèrent à son attention la rude réalité de la guerre. Par des moyens dont il n'arrivait pas à comprendre le détail, il s'assura que son argent continuerait à parvenir à destination, suivant une route compliquée qui passait par la Suisse. Il aimait à penser que l'argent allait là-bas. Il avait encore mieux aimé cela depuis 1914 où son revenu avait doublé, et il s'était mis dans colère ressemblant à celles de Seymour quand les administrateurs lui avaient fait des remontrances parce que tout, à un cent près, partait pour l'étranger. Toute sa violence s'épuisa ce jour-là. Ensuite le sujet s'effaça peu à peu, s'estompa dans un rêve où il avait laissé bien à l'abri le plus grand trésor de son cœur à qui il ne fallait surtout pas garder une place dans la même maison que Seymour.

Randall lut tout haut à son frère la lettre de Cullom, et ils eurent une aigre discussion sur leurs dépenses journalières que Seymour payait en retirant l'argent du coffret de fer enfermé dans le tiroir de son bureau. Quand Seymour l'ouvrait, il priait Randall de se retirer à l'autre bout de la pièce pendant que ses longs doigts gris, la main droite un instrument infiniment sensible, la gauche faible et atrophiée, tâtaient lentement, comptaient et recomptaient les billets. Quand Seymour soupçonnait Randall de regarder dans sa direction, il se mettait en colère. Il plaçait les quelques dollars qu'il en sortait sur le bord de son bureau, refermait soigneusement le coffret et le remettait dans le tiroir qu'il refermait aussi à clé, puis il faisait rouler son fauteuil jusqu'au coin du bureau en tournant la roue de la main droite, tandis que la main gauche tenait la direction. Cette manœuvre entre le tiroir et le coin du bureau était la seule qu'il se donnait la peine de faire par lui-même. Autrement, c'était toujours Randall qui poussait et bougeait le fauteuil.

Randall s'était habitué aux sarcasmes interminables, indéfiniment répétés de Seymour sur les questions d'argent. Son avarice était un fait comme sa cécité et ses jambes paralysées. Ils avaient eu au début une dispute terrible, quand Randall était revenu d'Italie. Contradiction perverse, la situation se trouvait renversée par rapport aux jours d'autrefois où Randall avait payé toutes leurs dépenses et où Seymour avait freiné et ergoté tant qu'il avait pu pour rembourser sa dette. Ce jour-là, Seymour tendit quelques dollars à Randall et dit :

— Tiens, voilà ce que me coûte ma vie de tous les jours.

— Et moi ?

— Toi ? Tu paies tes propres dépenses, naturellement.

— Non, Seymour, je ne peux pas, je n'ai pas d'argent.

— Tu... Qu'est-ce que tu dis ?

La longue figure osseuse grimaça.

— Je te répète que je n'ai pas d'argent.

— Que veux-tu dire ? Qu'est-ce que tu en as fait ?

— Ça ne te regarde pas.

— Je sais bien ce que tu en as fait ! hurla Seymour. Sacré idiot ! Sentimental imbécile !...

— Tais-toi. Je suis revenu pour prendre soin de toi et je t'ai trouvé dans un bel état ! Si tu veux que je reste, tu peux payer tout. Si tu ne veux pas, je repars.

— Tu...

— Inutile de m'insulter. C'est à prendre ou à laisser.

Seymour eut un accès de rage effroyable, hurlant des litanies de protestations irritées. Randall ne resta pas là à l'écouter. Mais, pendant qu'il montait tranquillement jusqu'au troisième où il s'enfermait quand il voulait être seul avec ses papiers, il entendit un torrent de monstrueuses imprécations. Ils furent plusieurs jours sans se parler après ça. Dans l'intervalle, Seymour trouva le moyen, à l'aide du téléphone qu'il fit enlever par la suite, de s'informer et d'apprendre que Randall, à son retour d'Europe, avait clos son compte avec sa banque et avait donné l'ordre aux administrateurs de sa fortune d'envoyer tous ses revenus à l'étranger, sans rien garder à New York. Il fallut choisir. S'il voulait que Randall reste, il devait le prendre entièrement à sa charge. Seymour paya à contrecœur, avec d'amères invectives, chicanant sur tout, laissant échapper les insultes les plus mesquines. Chaque moyen imaginable de gratter sur un cent fut recherché par lui avec une avidité plus qu'insensée chez un homme possédant ses ressources. Le deuxième enlèvement du téléphone fut suivi du refus de jamais acheter du charbon, sauf pour la cheminée de la bibliothèque, si bien que l'eau chaude devint un souvenir du passé. On pouvait se raser à l'eau froide si tant est qu'on eût envie de se raser. Depuis son accident, Seymour n'avait pas eu la possibilité de se baigner. Peu à peu, Randall perdit aussi l'habitude de se servir du vieux monstre de zinc habillé d'acajou dans la salle de bains. « Pourquoi se plonger dans tant d'eau froide d'un seul coup ? Ce serait plus facile, pensa-t-il, de se laver, s'il le désirait, par places successives, comme il lavait de temps en temps Seymour, en prenant dans une cuvette l'eau au robinet. » Ce détail prit de jour en jour moins d'importance. Il n'y avait plus d'ennuyeuse femme de ménage exigeant de l'eau chaude pour les nettoyages ; la dernière d'une succession de grossières souillons fut renvoyée, et ensuite ce fut Randall qui s'occupa du peu de ménage qui se faisait.

— J'aime autant ça, dit-il, sans avoir l'intention de couper l'herbe sous le pied de Seymour, ce qu'il fit en fait. Je ne veux personne à rôder dans la maison. Je n'aime pas les intrus.

— Ni moi, dit Seymour, tout surpris de se trouver d'accord une fois par hasard.

— Nous sommes beaucoup mieux seuls tous les deux.

Ses contradictions ne semblaient pas extraordinaires à Randall ni difficiles à accepter. Quelquefois, après avoir fait une scène affreuse en retirant de l'argent de son coffre pour la nourriture, toute sa violence tombait. Il restait un moment affaissé dans son fauteuil en retenant le coffret de sa main crispée sur ses genoux insensibles. Randall entendait sa respiration haletante s'apaiser peu à peu, et finalement sa main osseuse et grise tâtait le papier plié en quatre qui représentait un billet de dix dollars et le tendait à Randall.

— Tiens, disait Seymour en détournant la tête, prends ça...

Pourquoi refuser ? Pas plus que l'argent, la fierté n'avait plus aucune signification. C'était quelque chose d'une importance lointaine, embrumée, vaguement mise au rancart. Randall ne remerciait pas, les mots auraient impliqué une importance que le sujet ne comportait pas. Il marchait des semaines avec des billets de dix dollars oubliés dans sa poche, et puis, tout à coup, dans ses courses nocturnes à la recherche d'oranges pour Seymour, il voyait un objet dans la tanière en sous-sol de quelque marchand de ferraille ou de bric-à-brac et quelquefois l'achetait. Dans certains quartiers de la ville, on semblait faire peu de différence entre la nuit et le jour, des quartiers pauvres, des quartiers bizarres, des quartiers d'étrangers. Leurs habitants vivaient le tour entier de l'horloge, travaillant aux heures où ils trouvaient du travail, achetant quand ils avaient de quoi acheter ou le temps de marchander. Randall partit à la dérive vers ces parties de la ville, sans savoir pourquoi, mais attiré sans trop s'en douter par le fait que personne ne le regardait. Personne ne remarquait des cheveux trop longs, une barbe pas rasée, un pardessus râpé, du linge douteux, des souliers éculés : tout le monde était de même. S'il apercevait un trombone cassé qui sortait d'un tas de vieux cuivre chez un revendeur d'Essex Street, il pensait : « Tiens ! quand Seymour aura envie de bricoler quelque chose, je lui ferai raccommoder ça. J'essaierai peut-être d'en jouer. » Et personne ne remarquait ni ne se souciait s'il entrait l'acheter. Il le ramenait chez lui et le mettait de côté au cas où Seymour aurait jamais envie de bricoler.

Un soir d'été très chaud... cela faisait-il dix étés depuis son retour, ou douze ?... il sortit après avoir mis Seymour au lit. Il était environ neuf heures et demie, une nuit noire sans lune, et il envisageait ses heures de vagabondage et de recherche avec un sentiment de refuge sous l'obscurité lourde du ciel. Ici à Chelsea, où les derniers vestiges de respectabilité avaient disparu dans le sillage des maisons meublées de dernier ordre, les réverbères étaient placés loin les uns des autres et éclairaient peu. Vers le bas de la ville, dans la direction où il allait généralement, les rues étaient plus ou moins bien éclairées selon le voisinage et à proportion de leur activité nocturne. Là où il y avait des boutiques ouvertes et des rues pleines de passants bruyants échappant à la fétidité de leurs taudis, marchandant avec des vendeurs des articles de rebut sur des petites voitures, et des fruits pourrissant, personne ne faisait attention à lui, et il n'avait pas à éviter les lumières.

Dans ses longues randonnées vers ces quartiers éloignés, les rues sombres étaient vides et les échos y retentissaient, et il aimait à penser qu'elles lui appartenaient puisque personne d'autre ne les employait.

Ce soir, il resta un moment sur la plus haute marche du perron, son panier au bras, avant de se décider pour une direction quelconque. Le panier était de la même forme que plusieurs autres dont il se servait, la forme *du panier* qu'il avait soigneusement rangé et enfermé au troisième étage. Il en voyait de plus en plus rarement, de ces paniers oblongs aux coins arrondis et à la panse renflée, contrastant avec les coins carrés qu'on donne habituellement aux paniers ordinaires. Si jamais il en rencontrait un, il l'achetait, poussé par une sorte d'instinct. Or l'habitude de suivre son instinct était si ancrée en lui à présent qu'elle fonctionnait d'elle-même. Si le panier était à vendre, il l'achetait ; s'il était bon à prendre, il le prenait. Il en portait toujours un à son bras quand il sortait la nuit. Il y ramenait les oranges de Seymour et ses autres emplettes et, s'il pouvait les y faire entrer, ses achats plus particuliers.

Il commençait à descendre les marches de pierre, dont quelques-unes étaient ébréchées aux angles comme des dents cassées, quand une silhouette surgit de l'ombre de la cour avec un long cri aigu. Randall sursauta, sa main s'agrippa à son panier, et il s'affaissa, terrifié, sur les marches. Un second hurlement suivit, un miaulement grondant à l'imitation des chats qui se battent.

— Iaou ! cria la voix. Au fou-ou-ou-ou !... Au fou-ou-ou-ou !

Cela hululait comme une chouette.

— Iaou ! Tu n'as pas honte ?

Une seconde voix se joignit aux miaulements. Des ombres se glissèrent vers les marches, des silhouettes noires presque invisibles.

— Allez-vous-en ! cria Randall d'une voix aiguë. Allez-vous-en d'ici !

— Au fou-ou-ou !

La lamentation montait et descendait. Randall tremblait de peur en haut des marches et se cachait la figure.

— Maison de fous !... Aux fou-ou-ous !... Maison de punaises ! Iaou ! Iaouououou !...

Deux voix, trois, quatre...

— Arrêtez ça !

Randall essaya de se redresser, tremblant tellement qu'il lâcha le panier qui roula au bas des marches. Quelqu'un bondit, il entendit les craquements de l'osier piétiné et des rires grossiers.

— Taisez-vous ! cria-t-il. Allez-vous-en d'ici. Laissez ça tranquille !

— Venez ! cria une voix grasse. Assez, Smithy ! Laisse le pauvre type tranquille.

— Au fou ! Maison de punaises !

— Ta gueule ! Finis-en ! Viens-t'en, Skinnay !

— Ouaou-ou-ou-ou !... Ou-ou-ou !

— Non ! sanglotait Randall, accroupi sur l'escalier. Non... non...

— Ça suffit. Allez ! Toi, McBane, file !

— Non, pleura encore Randall.

Les silhouettes fourmillaient dans la cour. Une d'elles s'approcha du perron, il vit deux mains, deux index qui se frottaient l'un à l'autre.

— T'as pas honte ? reprit un des voyous. Au fou-ou-ou ! Iaou ! iaou !

— Finis, tu entends ! T'as fait ce que tu voulais, maintenant, file !

Les hululements et les hurlements s'éloignèrent, les ombres se glissèrent vers la grille, il y eut des ricanements rudes, des moqueries, des pas traînants, des obscénités proférées. Randall resta immobile, assis par terre, courbé en deux, tremblant, la tête cachée entre les mains. Il demeura là longtemps, bien après qu'il eut fini d'entendre le dernier des traînards, les voix railleuses et grossières. Puis, plié en deux, ne regardant ni à droite ni à gauche, il rampa jusqu'au bas des marches, ramassa les morceaux de son panier, remonta l'escalier et rentra dans la maison. Avec un gémissement, il ferma violemment la porte derrière lui et y resta, le dos appuyé contre le battant, haletant. D'en haut, il entendit la voix criarde de Seymour, affolée, prise de panique. Lui aussi hurlait :

— Non, non ! Arrêtez ! McBane ! Je les ai entendus crier McBane !...

Randall monta et le trouva tremblant, ses mains battant l'air, la figure convulsée. Il dit :

— C'est moi, frère, je suis revenu. Je...

Seymour gémit :

— Ils ont dit McBane, cria-t-il de nouveau. Cette femme, cette horrible...

— Oh ! elle est morte, dit Randall d'une voix si positive qu'elle l'étonna lui-même. Ce voyou doit être son fils.

— Ils ont dit McBane, pleurnicha encore Seymour. Il faut les empêcher d'entrer, Randall. Ne les laisse pas nous approcher. Ce sont des démons ! Ils veulent... — Il étouffa et bredouilla d'une façon incohérente. — Laisse-les dehors, empêche-les...

— Oui, dit Randall en lui passant la main sur le front. Oui, frère. Tu as parfaitement raison. Nous les empêcherons d'entrer. Nous resterons à l'abri.

— Mais comment faire ? Que feras-tu ?

— Tranquillise-toi, Seymour, dit doucement Randall. Essaye de te calmer. Je trouverai un moyen, ne t'inquiète pas. Je ne les laisserai pas entrer ici.

— Non, non, continua Seymour, éperdu de terreur. Il ne faut pas qu'ils entrent. Ils prendront mon coffret, ils me voleront mon argent !

— Non, frère. — Randall s'assit sur le bord du lit, caressant doucement les cheveux de Seymour. — Ne t'en inquiète plus. Ils n'entreront pas.

Il n'avait pas de coffre, il n'avait pas d'argent, mais il avait ses affaires, il ne pouvait pas non plus souffrir la pensée d'intrus pénétrant dans la maison.

Sans l'existence des journaux, ils n'auraient eu aucune idée du passage des années. Les saisons offraient une réalité plus immédiatement saisissable : la nécessité d'acheter plus de pétrole quand il faisait sombre, moins de pain quand il faisait chaud, parce que le pain devenait rassis trop vite. Ils n'employaient plus de gaz depuis des années. Quand ils décidèrent que rien ne les persuaderait de permettre à qui que ce soit de pénétrer dans leur maison, ils pensèrent qu'ils pouvaient aussi bien se passer de gaz, et qui signifiait plus exactement qu'ils ne laisseraient plus jamais entrer le releveur du compteur. Randall trouva d'occasion un réchaud à pétrole à deux feux, qu'il installa dans un coin de la bibliothèque, derrière un paravent, et deux antiques lampes à pétrole qui, avec quelques bougies, leur procurèrent toute la lumière dont ils avaient besoin. Un jour, ils se demandèrent pourquoi ils auraient plus longtemps l'ennui de se procurer du charbon pour le feu de la bibliothèque. S'ils ne voulaient pas que le livreur de chez Tony, dans la Dixième Avenue, entre même dans la cour pour vider quelques sacs par le soupirail de la cave, il faudrait que Randall aille les chercher lui-même, et il n'était pas assez vigoureux pour cela. Et puis il devenait trop difficile de traverser les murailles d'objets entassés pour parvenir à la caisse à charbon au pied du soupirail. Randall déclara qu'il était beaucoup plus simple de ramener à la maison le bidon plein de pétrole quand ils en auraient besoin. Il acheta deux vieux poêles à pétrole en tôle chez un marchand de ferraille à moins de deux dollars pièce.

Quant aux journaux, ils arrivaient régulièrement, matin et soir, la série complète de tous les quotidiens publiés à New York. Les deux frères ne se demandèrent jamais pourquoi ils toléraient que le vendeur de journaux approche de la maison et dépose son paquet de journaux pliés à la porte de service. Randall entrait et sortait par la porte de devant, mais le porteur de journaux les avait toujours mis près de celle de côté et continuait à le faire. Cette porte n'avait pas été ouverte depuis des années. Matin et soir, Randall guettait en bas dans le vestibule, dissimulé derrière une grande vitrine qu'il avait traînée hors du salon et placée devant la porte. Quand il entendait au-dehors le choc sourd du paquet de papier tombant à terre contre la porte de service, il attendait un instant pour être sûr que le garçon était bien parti, puis il sortait rapidement, tournait en courant le coin de la maison, ramassait la brassée de journaux et rentrait bien vite en verrouillant le battant derrière lui.

De fait, il les lisait rarement à Seymour. Le jour tant attendu où Seymour devait recouvrer la vue et serait de nouveau capable de les lire lui-même était un talisman si puissant qu'ils pensèrent qu'il ne fallait pas risquer d'y faire obstacle en émettant le moindre doute sur cette éventualité. Ils observèrent donc obstinément le régime, ce qui signifiait que Seymour absorbait une centaine d'oranges par semaine, et Randall avait fort à faire pour l'en tenir approvisionné.

Le soir, si par hasard Seymour se sentait particulièrement énervé et refusait d'être mis au lit, préférant rester dans son fauteuil à la bibliothèque, il demandait alors à son frère de lui lire un journal. Le reste du temps, Randall rassemblait dans la salle à manger tous les journaux, qu'à des intervalles réguliers il ficelait en paquets, et il continuait méthodiquement ce qu'il appelait depuis longtemps son travail. Ce qu'il avait commencé pour boucher le passage aux rats et aux bruits, il le poursuivait, parce que cela lui semblait un moyen pratique d'obtenir d'autres résultats qu'il recherchait. Après avoir fait un seul bloc compact de tout l'étage du grenier : chambres, couloirs, palier et marches d'escalier, il avait découvert que les chambres du devant à l'étage en dessous, le troisième, moisissaient, pelaient, pourrissaient et présentaient tous les signes que le haut du mur de la façade principale, ou le toit au-dessus, prenait l'eau. Il ne pensa même pas à en parler. Seymour, avec ses scènes violentes chaque fois qu'il était question de dépenses, ne ferait que se mettre dans un état épouvantable, et Randall était trop vague, quand il s'agissait d'argent, pour aller contre l'avis de son frère. La seule idée de faire des réparations à la maison s'effaça d'elle-même. Une seule fois dans sa vie, un motif suffisamment puissant l'avait poussé à y donner attention, mais maintenant ce motif n'existait plus. Il prit l'endroit tel qu'il était et il traita la question comme il l'entendait. Il se sentait rassuré et satisfait du blocage solide accompli à l'étage du haut. Il recommencerait en débutant par le mur de façade du troisième et construirait un autre bloc. Le papier absorberait l'humidité visqueuse qui imprégnait les murs et qui devait être la cause de cette odeur nauséabonde. Son endroit favori, l'ancienne nursery, sur l'autre côté de la maison, semblait tout pareil à autrefois. Naturellement, l'accumulation de ses propres papiers avait depuis longtemps débordé du petit pupitre. Il les avait triés et n'y conservait que les plus importants, les plus secrets, les plus précieux. Il gardait le reste dans l'armoire, dans la commode, dans les autres différents meubles qu'il avait traînés dans la pièce, munissant chacun de serrures et de clés. Il avait toujours dans sa poche un énorme trousseau de clés, et il fallait maintenant beaucoup de temps pour trouver celle qui convenait quand il voulait ouvrir un meuble.

De temps en temps, il restait debout au milieu de la chambre, dans le peu d'espace resté libre, et supputait la quantité de papiers qu'il pourrait encore y faire entrer. Depuis des années, il avait fini tout son papier à musique et, déjà ancré dans son habitude de ne jamais rien acheter de neuf, il avait simplement apporté là toute sa bibliothèque musicale, dont les marges lui procuraient suffisamment de place pour les remplir de son écriture minuscule. Quand il n'eut plus de meubles convenables où enfermer les feuilles et les pages de musique couvertes de notes manuscrites, il se mit à rassembler des malles, des valises, toutes sortes de vieux bagages dans lesquels il pourrait les ranger. Rien n'était plus facile à trouver chez les revendeurs et les chiffonniers, ou même sur des tas d'ordures. La seule chose qu'il regardait, c'était l'état de leurs serrures. Quant aux clés, il arrivait toujours à en trouver une qui convenait dans son énorme collection.

A quelle année était-on parvenu ? Quand Seymour le lui demandait, ce qu'il faisait quelquefois, il regardait le journal du jour. Il lut un soir que c'était le 19 novembre 1925, et tous deux, stupéfaits devant la fuite du temps, s'exclamèrent ; mais, finalement, l'espace écoulé ne signifiait plus rien. Ils n'avaient jamais beaucoup parlé du temps, du passé, des diverses personnalités qui rôdaient dans l'ombre, oubliées à dessein. Dès les premiers jours où Randall était revenu partager cette existence avec Seymour, son frère avait gardé un silence complet sur ce qui s'était passé pendant l'absence de Randall et tout ce que cela lui avait amené, aussi opiniâtre dans son silence que dans l'avarice qui régentait chaque détail de leur vie. Et avec les mêmes brusques et brèves inconséquences qui lui faisaient jeter en cadeau à Randall quelques dollars d'argent de poche, à de rares intervalles, Seymour brisait le mur de son silence par une question sur le passé.

Un de ces soirs où Randall avait eu pour lui une attention particulièrement affectueuse, Seymour était resté dans son fauteuil plus tard qu'à l'heure habituelle où il allait au lit et où Randall sortait ensuite pour ses courses nocturnes. Randall fit allusion à l'heure qui se faisait tardive, et Seymour éluda une réponse en lui demandant s'il ne restait pas suffisamment d'oranges pour aller jusqu'au lendemain. Randall avait trouvé la veille des prix avantageux et en avait acheté plus qu'à l'ordinaire.

— Si, dit Randall, certainement.

— Je n'ai pas envie d'aller me coucher, dit Seymour. Ça pourrait recommencer comme hier soir. Je me suis mis à... à penser.

— Ah ? dit Randall qui ne demanda pas à quoi Seymour avait pensé.

Mais Seymour continua avec une certaine gêne :

— Oui, j'ai pensé à toi, et aussi... à tout ça.

— Il n'y a pas à penser à moi.

— Quelle idée ! Tu n'y penses donc jamais toi-même ?

— A quoi, frère ?

Les yeux de Randall s'écarquillèrent, aussi bleus qu'autrefois, mais s'étonnant à présent au milieu d'un visage mal rasé et blême, sortant d'un cou couvert de crasse et d'un col en papier défraîchi.

— A ta vie en Italie, à elle, à l'enfant ?

Les lèvres de Randall tremblèrent. Ses muscles se crispèrent, son visage frémit. Il avala, tordit ses mains avec embarras et se sentit faible et pris de vertige. Mais Seymour ne pouvait le voir et il réussit à feindre le calme. Après un moment de silence, il dit lentement :

— Je n'y pense guère. Je ne crois pas l'avoir fait, ajouta-t-il, depuis mon retour.

— Douze ans ! dit Seymour, songeur. Ne te demandes-tu pas quelquefois ce... ce qui est arrivé ?

— Je sais ce qui est arrivé, dit Randall paisiblement.

— Oh ! Ils t'écrivent donc ?

Une panique bouleversa Randall un instant, le sentiment qu'on l'avait espionné. « Mais Seymour ne peut pas, il ne voit pas. Eux, ils n'écrivent pas. Pourquoi ? J'ai dû leur dire de ne pas le faire. » Mais tout va bien, il savait cela, il n'en avait jamais douté.

— Non, mais je le sais, simplement, dit-il.

— C'est étrange, dit Seymour.

Ils restèrent sans parler un long moment, puis enfin Seymour reprit :

— Ne penses-tu jamais à cet endroit là-bas ? Le moins qu'on en puisse dire, c'est que ça devait être très différent d'ici.

— Naturellement. Mais sais-tu, frère, je n'ai jamais eu le temps d'y penser beaucoup depuis que je suis revenu, et je ne me rappelle plus très bien. C'est curieux... C'était très beau. — La voix de Randall prit une douceur particulière, plus douce que le ton tranquille qu'il employait généralement. — C'était si beau que j'ai presque l'impression que cela n'a pas été réel. Depuis que je n'y suis plus, chaque fois que j'ai essayé de me rappeler et de rassembler mes souvenirs, j'ai à peine été capable de le faire... Tout est vague, et de plus en plus à mesure que le temps passe.

Seymour ne fit aucune remarque, et soudain Randall reprit :

— Mais la chose curieuse, c'est que, quand j'étais là-bas, j'avais quelquefois... — il agita les mains comme pour trouver autour de lui les mots qui lui manquaient — des espèces de vagues, des crises, je ne sais pas trop comment expliquer ça.

— Des crises de quoi ?

— De souvenirs d'ici. Je peux me rappeler quand j'étais là-bas et que j'avais toutes ces idées sur ici. Mais depuis mon retour... J'ai dû perdre le pouvoir de me rappeler ce qu'il y avait là-bas. Cela m'a toujours semblé très loin, comme quelque chose qu'on a rêvé.

— Ça n'a pas été un rêve quand tu as pris des dispositions matérielles pour le garçon, et pour elle aussi, je suppose.

Randall haleta, avala avec peine, soulagé parce que Seymour ne pouvait pas le voir. Il dit avec effort :

— Ne parlons pas de ça, veux-tu ?

— Pourquoi ? — Seymour se pencha en avant, ses épaules étroites haussées, sa maigre figure broussailleuse aux aguets comme un reptile entre ses épaules. Ses paupières battirent sur ses yeux aveugles. — Pourquoi ? N'est-ce pas aussi bien mon affaire que la tienne ?

— Je t'en prie !

Randall se détourna et essaya de surmonter son impression de nausée, la bouche dans la gorge qu'il ne voulait pas faire entendre à Seymour sous la forme de mots étouffés.

— N'est-ce pas vrai ? dit de nouveau Seymour.

Randall ne répondit rien, et soudain Seymour reprit avec une insistance cruelle :

— Randall, l'as-tu épousée ?

— Non !

C'était presque un cri.

— Ah ? — Le corps osseux s'affaissa en arrière dans le fauteuil d'infirme. — Pourquoi pas ? demanda-t-il.

— Je ne veux pas en parler, dit Randall. Après tant d'années, ce n'est pas la peine de le rappeler. Laissons tranquille ce qui est.

— J'ai le droit de savoir, dit brusquement Seymour.

Randall resta écrasé de surprise. Seymour répéta :

— J'ai le droit de savoir !

Et Randall, poussé à bout, répondit :

— Pourquoi ?

Seymour eut un horrible rire du nez et dit lentement :

— Peux-tu prouver qu'il est à toi ? Peux-tu prouver qu'il n'est pas à moi ?

— Oh !... oh !... — Randall cacha sa figure dans ses mains et parla d'une voix étranglée. — Tais-toi ! Ne parle plus de ça !

— Maintenant que j'ai commencé, je ne vois pas pourquoi. J'aimerais savoir que j'ai eu un fils, réfléchit-il. Elle devrait pouvoir le dire.

— Seymour, je ne peux pas supporter ça ! Vas-tu te taire ?

— Tu as toujours été idiot et sentimental. — Seymour ne fit pas attention à la protestation angoissée de Randall. — Je ne l'aurais pas épousée pour tous les trésors de la Chine, mais je suppose que tu le lui as proposé. Ça te ressemblerait bien !

Il se pencha de nouveau en avant avec un lent mouvement qui rappela à Randall une tortue dardant sa tête hors de sa carapace. Son sens des lieux, des sons et des contacts était si développé qu'il pouvait par moments fixer ses yeux sans regard exactement sur un endroit précis. C'est ce qu'il fit vers Randall. Il demanda :

— Pourquoi n'a-t-elle pas voulu ?

— Je n'ai pas dit que je lui avais demandé, grommela Randall entre ses dents.

— Mais tu l'as fait. Pourquoi a-t-elle refusé ?

— Oh ! frère ! cria Randall, suppliant, pourquoi me tourmentes-tu ?

— Parce que je veux savoir. J'ai le droit de savoir. Pourquoi a-t-elle refusé ?

— Tu connais la réponse aussi bien que moi.

Il baissa la tête et la détourna.

— Tu veux dire qu'elle ne savait pas ? Ou qu'elle ne voulait pas le dire ?

Randall eut un son inarticulé, assentiment ou négation, dont Seymour put décrire lui-même ce qu'il voulait.

— Alors elle est une fichue idiote. Je n'aurais pas cru ça d'elle. Tu veux me dire que, pour une raison pareille, elle n'a pas voulu se marier et légitimer l'enfant ? Je ne peux pas le croire.

— Il est légitimé. L'enfant a une meilleure identité que la nôtre, pour l'endroit où il est.

— Non? Comment diable a-t-elle fait? Elle a épousé quelqu'un d'autre?

En quelques mots, Randall expliqua. Seymour, secouant la tête, écouta, incrédule et surpris. Il remarqua soudain :

— Pourquoi ne t'ai-je pas questionné là-dessus depuis longtemps, dès que tu es revenu?

— Je suppose qu'il t'est aussi douloureux qu'à moi d'y penser.

— Je ne suis pas un pauvre idiot sentimental, moi. Je veux savoir de qui il est le fils.

— Tu ne le sauras jamais, Seymour.

— Ne dis pas de bêtises. Je le lui ferai bien dire.

Il eut un rire brusque, forcé.

— Elle ne le dira jamais. Si elle le pouvait, elle ne le dirait pas.

— Ah! tu crois ça, hein?

Seymour recommença ce son inquiétant, ce rire grinçant qui ne contenait aucune gaieté. Il frappa ses genoux sans mouvement de ses poings fermés et inégaux, rit encore et dit :

— Ah! elle ne voudrait pas? Eh bien! tu verras ça! Je trouverai le moyen de la faire parler.

Randall était trop déchiré pour en écouter plus long. Il se leva, s'en alla dans sa chambre et se jeta sur son lit, d'où quelque chose sauta dans l'ombre sans qu'il s'en aperçût. Le lit était un fouillis désordonné de couvertures dévorées par les mites et d'oreillers recouverts seulement de leur coutil taché, sans la moindre taie. Par quel hasard le blanchissage avait-il disparu de leur existence? On ne pourrait le dire. Peut-être parce que le dernier drap de leur grand-mère était devenu de la charpie. Il était étendu là dans une grande douleur d'âme et d'esprit, les recoins sombres des souvenirs oubliés se remplissaient de clameurs et se précipitaient sur lui. Sa figure était enfouie dans l'oreiller nauséabond, dont il ne percevait plus l'odeur, tout comme d'autres odeurs, d'autres spectacles, et le contact de son propre corps négligé, étaient maintenant des sensations atrophiées. Mais, comme Seymour, il entendait... oh! avec quelle acuité il pouvait entendre!... des sons et des échos de voix réelles et les faibles voix imaginées des jours d'autrefois! Il y eut en bas un épouvantable fracas, du verre brisé, et Seymour hurla de terreur dans la bibliothèque.

Randall bondit, courut à lui. Seymour, dans son fauteuil, poussait des cris inarticulés, ses mains battaient l'air à la recherche de Randall. Il y eut encore un tapage de verre cassé, puis des voix hurlant, hululant, les mêmes mots affreux, les mêmes brutaux et grossiers éclats de rire que l'autre jour.

— Ne les laisse pas entrer, hurla Seymour, qui n'était plus qu'une loque tremblante s'accrochant à Randall. Ils sont entrés, ils sont dans la maison!...

— Chut!

Randall avait la gorge serrée, il était malade de terreur, mais essaya de calmer son frère. Ils se serrèrent l'un contre l'autre.

— Allons-y, les gars! Démolissons la maison aux punaises!

— McBane! sanglota Seymour, haletant. Ce sont eux!

— Allez-vous-en! cria Randall, élevant avec effort une voix qu'il ne reconnut pas. Sortez d'ici! Nous sommes en haut, nous avons téléphoné à la police... Sortez d'ici!

Il se pencha et chuchota à Seymour :

— Il faut que je descende, que je voie...

— Non, gémit Seymour, ne me laisse pas seul, ne me quitte pas, ils vont venir prendre mon coffret...

— Il faut que je les fasse sortir, frère, avant qu'ils ne viennent et ne découvrent qu'il n'y a pas de téléphone. — En bas, tout était déchaîné, les mêmes voix criaient les mêmes hululements moqueurs. — Il faut que j'y aille. Lâche-moi, frère.

Il s'arracha à la main de Seymour crispée sur son bras et jeta un coup d'œil affolé autour de la pièce. Dans un coin, il y avait un vieux dictionnaire de Webster sur un grand pupitre de fer qu'on pouvait remuer en le roulant. Il le saisit d'une main, se retourna et prit la lampe de l'autre main. La tenant haute, il traîna le pupitre avec l'énorme livre dans le vestibule et en haut des marches. Il regarda en bas. Ils étaient partout, donnant des coups de pied, démolissant les meubles avec de gros rires braillés, d'indescriptibles obscénités. Un vacarme épouvantable!

— Sortez! cria-t-il en hurlant pour dominer le bruit.

Puis il plaça le grand pupitre en haut de la première marche, appuya son pied et poussa de toutes ses forces. Le pupitre tomba avec un fracas formidable, démolissant au passage quelques-uns des barreaux de la rampe. Les hurlements et les moqueries cessèrent. Randall leva la lampe au-dessus de sa tête et se mit lentement à descendre l'escalier.

Au pied des marches, deux faces blêmes regardaient, frappées d'horreur, la bouche ouverte. Il entendit :

— Oh ! regarde le fou !

— Seigneur Jésus ! Sortons !

Les autres quittaient le salon et sautaient par les fenêtres par lesquelles ils avaient passé après avoir brisé les carreaux à coups de briques. Les deux derniers restaient pétrifiés à l'aspect de l'espèce de fantôme aux cheveux flottants, aux yeux fixes, qui continuait à descendre dans un faible cercle de lumière.

— Viens, pour l'amour du ciel ! dit une voix rauque. T'en n'as donc pas assez ?

— Tu parles ! dit l'autre en se retournant.

Ils étaient partis.

Randall alla jusqu'à la dernière marche, posa la lampe sur une table dans le vestibule, puis ses genoux faiblirent sous lui, et il s'effondra. Il resta là assis, tremblant, baigné de sueur, terrifié, quand les gémissements et les cris de Seymour le rappelèrent — Seymour seul et impotent sur son fauteuil dans le noir —, mais c'est toujours le noir pour Seymour, prononça un écho isolé dans l'esprit de Randall, toujours noir. « Pourtant ceci est autre chose, c'est la peur, la terreur. Ils ont pénétré de force, voilà ce que nous avions craint. Je n'ai pas trouvé assez vite le moyen de les en empêcher. J'aurais dû faire quelque chose plus rapidement après l'autre fois. » Il se leva, essuya sa figure trempée de sueur avec sa manche usée. « Je vais faire quelque chose à l'instant. Mais d'abord il faut calmer Seymour. » Il se mit à remonter l'escalier en laissant la lampe en bas et en se collant au mur aux endroits où la rampe était brisée et où les marches s'ouvraient sur un vide béant. Il monta péniblement, respirant fort, tâtant devant lui le mur au papier en lambeaux.

Le jour suivant, il fit venir un vitrier pour remplacer les carreaux cassés et, quand l'homme fut reparti, regardant par-dessus son épaule avec malaise la maison d'où il sortait, Randall se mit à l'œuvre pour rendre impossible toute nouvelle tentative d'effraction. Pour le moment, il suffirait de traîner les plus gros meubles contre chaque fenêtre du rez-de-chaussée. C'était un travail long et épuisant, bien au-dessus de ses forces. Mais il trouva quand même moyen, à la tombée de la nuit, de bloquer les fenêtres par quelque objet. Ensuite, épuisé, il tomba affalé sur sa chaise près de Seymour pour essayer de regagner assez de forces avant de sortir faire les courses. Seymour se demanda tout haut ce qu'ils pourraient encore faire pour rendre la maison inexpugnable. Au début, Randall était trop fatigué pour faire attention à ce qu'il disait, mais graduellement il se sentit mieux et, quand Seymour suggéra :

— Si nous pouvions seulement la remplir et en faire un bloc compact partout sauf aux endroits où nous voulons aller...

Randall se surprit à répondre d'un ton parfaitement uni et ordinaire :

— Mais c'est ce qui existe en haut depuis longtemps, frère. Ce n'est pas tellement difficile.

Et il lui expliqua le travail qu'il avait accompli.

Seymour écouta attentivement. Ce n'était pas exactement quelque chose de nouveau pour lui, seulement il ne s'était pas rendu compte de ce que Randall avait fait, parce qu'il ne s'était jamais donné la peine d'y monter quand il en était encore capable.

— C'est parfait, dit-il lentement en pesant bien la situation. Tu as eu une bonne idée, Randall. Tout ce qu'il y a à faire, c'est de continuer. Tant pis si cela prend du temps. Tu devrais commencer à présent par le rez-de-chaussée, là où ils sont entrés, et, peu à peu, tu rempliras tous les vides comme en haut. Et si nous trouvons que cela vaut mieux, tu pourras continuer en remontant aussi bien qu'en redescendant depuis le haut.

— Naturellement il faudra que je puisse aller de certains endroits à d'autres, frère, et que j'aie la place de te bouger.

Ils pensaient tout haut maintenant.

— Oui, dit Seymour en réfléchissant. Il faut penser à ça. Il faudrait établir un plan de façon à te garder des passages...

Et il continua avec l'ingéniosité de son esprit mathématique à imaginer ce qui devait aboutir, après des années de laborieux et pénibles efforts, à tout un système de tunnels. Randall écouta, hochant de temps en temps la tête, et dit avec admiration :

— C'est merveilleux ! Jamais je n'aurais pensé à ça ! Tu as toujours eu des idées étonnantes !

Ils parlèrent si tard dans la nuit que les courses de Randall furent oubliées, et, quand enfin, tremblant d'épuisement, mais rassuré par l'esprit inventif de Seymour, il suggéra qu'il était temps de dormir, il eut la surprise de voir l'aube se lever dans le ciel devenu grisâtre, comme il jetait craintivement un coup d'œil au-dehors par la lisière d'un store abaissé.

Randall était tellement habitué à croire que tout le courrier était pour Seymour qu'il faillit lui remettre la longue enveloppe qui arriva un certain jour de 1928. Seymour était loin maintenant de recevoir tout le courrier qu'il avait autrefois, et celle-là, ainsi qu'il le vit à la faible lumière passant encore par l'entrée barricadée, était adressée à Randall Holt. Il s'assit sur la marche du bas et l'ouvrit. Il lut plusieurs fois les feuilles de papier qui s'y trouvaient. C'était confus, troublant, dépourvu de sens. Il les laissa tomber à terre et resta la tête dans ses mains, essayant de les comprendre. Il y avait tant de mots et tant de références ennuyeuses à des choses passées depuis beau temps qu'il dut réfléchir longuement pour se rendre compte qu'il allait avoir bientôt quarante et un ans et que, ce jour-là, la tutelle établie, en ce qui le concernait par sa grand-mère, allait prendre fin. L'auteur de la lettre lui demandait un rendez-vous pour discuter de tout cela et aussi... suivaient ici des lignes auxquelles Randall ne comprit goutte... pour que les administrateurs puissent lui rendre leurs comptes et lui remettre les valeurs qui maintenant lui revenaient.

Que faire ? Il n'avait l'intention de voir personne, de ne rien lire, de ne rien signer, ni d'être assommé par de telles questions. Cela n'avait aucun sens. Il n'avait pas d'argent, il était pauvre, il était un misérable sans le sou, Seymour le lui répétait assez ! Il le lui disait depuis des années ! Mais pourquoi ? Il secoua lentement la tête entre ses mains durcies et sales. Ceci avait-il quelque chose à voir avec Seymour ? Il essaya de raisonner et de trouver aussi la réponse à cette question. Il sentit vaguement que ceci intéresserait Seymour, vaguement il se rappela que, deux ou trois ans auparavant, Seymour avait reçu toute une correspondance au sujet de quelque chose qui ressemblait probablement à ceci, mais il ne se souvenait pas bien. Son premier mouvement fut de cacher cette lettre, comme tout ce qui était écrit sur du papier. Il se baissa, rassembla les feuilles éparses, les remit dans l'enveloppe déchirée, les cacha sous son veston et grimpa à son refuge du troisième étage. Il les mit de côté au fond d'une vieille malle cerclée de fer qu'il avait trouvée un jour. Elle avait une serrure de sûreté et un cadenas par-dessus le marché. Quand il eut remis tout son contenu par-dessus la lettre et refermé la caisse, il se sentit débarrassé de tout cet ennui.

Mais alors le facteur commença à le poursuivre. Comme le porteur de journaux, le facteur était toléré : ils le considéraient comme un allié. Il passait le matin et poussait les lettres par la fente de la porte d'entrée, sonnait une fois et se retirait. Quand la corde de la sonnette cassa, Randall n'en avait plus besoin pour savoir si le facteur était venu : les quelques lettres, peu fréquentes, gisaient par terre dans le vestibule. Et personne n'aurait pu monter les marches du perron ni les redescendre sans que Randall, aux aguets et anxieux de l'autre côté de la porte, ne le sache. Bien qu'il connût le pas du facteur et l'heure exacte de la matinée où il faisait sa tournée, Randall fut malade de frayeur quand un jour il entendit des coups frappés et une voix à l'accent irlandais qui criait :

— Hé! là-dedans! Votre sonnette est cassée, elle ne sonne pas! Il y a une lettre recommandée!

Randall mit la main sur le verrou, essayant de rassembler assez de courage pour le tirer, mais sa main retomba, heurta la chaîne sous le verrou et la fit cliqueter.

— Je vous entends, cria le facteur. Je ne veux rien, j'ai seulement une lettre recommandée à vous donner, et il faut signer pour l'avoir.

— Je... je n'en veux pas, bégaya Randall d'une voix enrouée.

— Oh! ce n'est pas grave, dit la bonne grosse voix. Ce n'est qu'une lettre. Il faut que je suive le règlement, que voulez-vous! Je ne peux pas vous la donner sans votre signature.

Randall avala sa salive et commença en tremblant à retirer le verrou. Il ouvrit la porte juste la largeur d'une fente et la tenant de telle façon que le facteur ne puisse voir à l'intérieur. Il griffonna son nom sur le registre que l'homme lui passa par l'ouverture, prit une autre longue enveloppe épaisse, puis referma la porte. Au-dehors, une femme regardait le facteur qui regagnait la rue en secouant la tête.

— Ils sont toqués là-dedans, pas? bredouilla-t-elle en ricanant.

L'homme se tapa le front en haussant les épaules et s'en fut vers la maison suivante.

Randall n'ouvrit pas du tout l'enveloppe. Il alla simplement la mettre en haut avec l'autre. Mais, après cela, il en reçut plusieurs. Il ne sut jamais très bien à quels intervalles elles apparaissaient, mais il se passa certainement un bon bout de temps, car, un jour, Seymour, qui entendait chaque son dans la maison et beaucoup d'autres au-dehors, lui dit :

— Je pense qu'on t'a remis tes titres, Randall. Il y a plus de six mois que tu as quarante et un ans.

— Comment le sais-tu ?

La figure de Randall, entourée d'une masse poussiéreuse et incolore de cheveux trop longs, était tourmentée d'inquiétude.

— Oh ! je sais ça. Et parmi beaucoup d'autres choses, est-ce que tu comptes te faire entretenir par moi le reste de tes jours ?

— Oh ! dit Randall, qui, après un silence, marmonna : Je n'ai pas d'argent, j'ai tout donné.

— Tu n'as pas pu, dit Seymour d'un ton bref. A ce moment-là, tu ne pouvais disposer que de ton revenu.

— Tu crois ?

— Aussi je te préviens, au cas où tu voudrais aussi donner le principal, que tu feras bien de faire attention et de garder quelque chose pour toi.

— Mais je n'ai pas besoin d'argent, dit Randall, très vague.

— Vraiment ? Maintenant que tu en as, t'imagines-tu que je vais continuer à payer tous les impôts de la maison, et tout ce que tu manges, et tout le reste ?

— Des impôts ? Mais je croyais...

— Tu ne croyais rien du tout. Tu n'y as jamais pensé. Maintenant, écoute-moi bien.

Seymour se pencha en avant, crispé sur les bras de son fauteuil, et il dirigea sa tête droit vers Randall, à sa manière étrange. Il expliqua en quelques mots incisifs que la maison avait toujours été indivise entre leurs deux parts. Depuis qu'il avait touché la totalité de sa fortune, lui, Seymour, avait payé les impôts proportionnellement à sa part, et les administrateurs le reste. Ce reste était maintenant à la charge de Randall.

— Et si tu ne le fais pas, ajouta Seymour, on viendra un jour saisir la maison pour impôts non payés, et ce n'est certes pas moi qui les en empêcherai. Qu'en penses-tu ?

— Mais...

— Oh ! assez de « mais ». Ressaisis-toi, Randall, voyons ! Tu vas te trouver responsable de ta part dans toutes nos dépenses, sans parler de ton impôt sur le revenu, et...

— Un *impôt sur le revenu* ? Qu'est-ce que c'est que cette histoire-là ?

Le front de Randall était plissé de perplexité.

— Sacré nom de nom ! hurla Seymour, va découvrir ça toi-même. Je ne fais que t'avertir, c'est tout. Tu es tout juste assez idiot pour te rendre sans un cent toi-même. Et si je mourais, ajouta-t-il avec un petit rire gloussant, tu n'aurais pas un nickel.

S'il avait pu voir l'égarement de Randall qui tremblait, éperdu, il aurait peut-être parlé moins durement. Mais il se renfonça contre le dossier de son siège, la tête rentrée dans les épaules, sa moustache jaunâtre traînant sur ses joues décharnées, et il frotta longuement le dos de sa main atrophiée avec les longs doigts sales et nerveux de sa main droite.

A la suite de cet entretien, Randall passa des jours entiers — combien, il n'avait pas idée, ni que c'était devenu une suite de mois — à essayer de composer une lettre à ces gens qui le poursuivaient, leur disant comment arranger les choses en ce qui concernait son argent. Il ne voulait plus avoir à y penser jamais, une fois qu'une certaine partie — et cela comprenait presque le tout — irait là où son revenu avait été envoyé jusque-là. Il pensait avoir tout clairement expliqué, il était presque prêt à recopier cette lettre à laquelle il avait si longtemps travaillé, il se mettait même à chercher du papier à lettre sur quoi l'écrire, quand il trouva un matin à la porte une lettre qui avait été glissée sans bruit dans la fente. Elle lui était adressée, écrite à l'encre violette d'une écriture penchée et vaguement familière, et ses timbres bleus étrangers venaient d'Italie. Il la regarda sans y toucher et resta là accroupi, penché sur la lettre un certain temps. Enfin, d'une main qui tremblait violemment, il la ramassa. Par comparaison avec ces horribles enveloppes qui le poursuivaient, celle-ci était mince et légère. Il la mit dans sa poche intérieure et monta dans sa chambre. Toute la matinée, il resta assis, absorbé, avant de la reprendre et de l'ouvrir. Il déplia l'unique feuille de papier mince et, commençant à lire, il plissa les yeux et appuya son front dans sa main en se demandant quoi faire. La lettre était écrite en italien. « Mais je sais l'italien, pensa-t-il, je savais. Ne le sais-je plus ?... Je ne peux pas le lire. Oh ! ce n'est pas vrai, naturellement si, tu sais l'italien. Mais non. Comment vais-je savoir ce qu'elle dit ? Peut-être vaut-il mieux ne pas le lire... C'est peut-être pour cela qu'elle est écrite en italien, pour que je ne sache pas ce qu'elle dit. Mais il n'y a rien là-bas dont il faille se cacher. Il n'y avait rien à cacher là-bas. » Il prit quelques longues respirations sifflantes, essayant de surmonter cette impression d'étouffement et les battements dans sa gorge. Quand il y fut parvenu, il reprit la lettre. Elle n'avait rien de difficile à comprendre. Il lut :

« Mon bien cher ami,

« Le temps est venu de vous dire les résultats de votre générosité si sage et de votre bienveillance. Il y a longtemps que je veux vous écrire, mais je n'en ai pas l'habitude, et j'aurais encore remis cet effort à plus tard si je n'avais pas reçu de New York des avis que je ne comprends pas bien, mais qui semblent avoir rapport avec les fonds que vous avez déposés pour moi en Suisse toutes ces années passées. Cela ne fait rien si je n'ai pas bien compris ces dernières lettres, car ce que je veux vous dire, en tout cas, c'est qu'il n'est plus nécessaire de m'envoyer de l'argent.

« Sebastiano a reçu il y a six mois son doctorat ès sciences à l'Université de Pavie, avec les mentions les plus honorables qu'on ait jamais encore décernées. Il a fait des classes brillantes au *Liceo Scientifico de Milano* et il a complété ses études à l'Université, de telle sorte que son avenir est assuré dans la voie qu'il a choisie.

« Il a été gardé à Pavie pour un certain nombre de cours et de conférences, mais la plus grande partie de son temps sera consacrée à des travaux de recherche scientifique. Il doit recevoir un traitement qui lui permettrait de vivre modestement, mais votre générosité pendant tant d'années et les conseils de l'*avvocato* Stucchi, de Milano, m'ont permis de placer en Suisse une partie des fonds, si bien que Sebastiano possède maintenant une aisance suffisante pour s'établir dans la vie.

« Quant à moi, il me faut extrêmement peu, et Sebastiano désire tout particulièrement être le seul à me le procurer. Je suis persuadée que vous accéderez à sa requête, car il la présente d'un cœur sincère et reconnaissant. Il me charge de vous assurer de son profond dévouement et de son affection, qu'il n'est pas au pouvoir des mots d'exprimer convenablement.

« Cher ami, c'est avec l'expression de ma meilleure estime que je prends congé de vous maintenant. J'ai depuis longtemps l'habitude de vivre seule, et vous comprendrez que tout effort plus grand pour écrire est au-dessus de mes forces. Je vous demande instamment en conséquence de ne pas répondre à cette lettre, ni de penser que je récrirai encore. Que la bénédiction de Dieu soit avec vous chaque jour de votre vie.

« R. T. »

Combien de temps passa-t-il à relire la lettre avant de la replier soigneusement et de la remettre dans son enveloppe ? Il n'aurait pu le dire. Puis lentement, péniblement, il déplaça une montagne d'objets accumulés pour arriver à son petit pupitre, si profondément caché dans cette chambre. Il mit la lettre tout au fond du pupitre, la recouvrit de ses papiers les plus intimes et, après avoir tout remis sur la lettre, il replaça même par-dessus les traces jaunâtres et à demi en poussière que diverses petites bêtes avaient laissées, referma le tout et refit le travail de remettre à la même place tout ce qu'il avait dû déranger. La nuit tombait quand il eut terminé. Il était debout près de la porte de la chambre, pressant du bout de ses doigts sa tête comme pour s'obliger à se reconnaître là où il se trouvait et non où ses souvenirs l'avaient ramené. Soudain il se rendit compte qu'à deux étages plus bas Seymour appelait et criait avec des gémissements effrayés. Il secoua plusieurs fois la tête et comprit qu'il venait de percevoir un bruit qu'il entendait depuis un certain temps déjà. Mais... oui, c'était Seymour qu'il avait laissé tout ce temps seul, sans soins... Depuis combien de temps ? Randall jeta sur la pièce un dernier regard, ferma et verrouilla la porte et descendit l'escalier, tâtant son chemin dans l'obscurité jusqu'à la chambre où Seymour gémissait et tremblait de peur, de colère et de malaise. Randall alluma une bougie.

— Tiens ! regarde ce que tu as fait ! cria Seymour. Je t'ai appelé des heures !... Ma bouteille, ma bouteille ! Espèce de... !

Il tapa ses genoux de ses mains.

— Oh ! je suis désolé ! dit Randall qui se dépêcha et fit tout ce qu'il put pour réparer le dommage. Excuse-moi, frère. J'étais... Là !... continua-t-il, voilà. Te sens-tu mieux ?

— Mieux, hurla Seymour, frissonnant et furieux. Ah ! toi et tes remarques !... Comment te sentirais-tu s'il t'avait fallu attendre le bon plaisir d'un sacré imbécile pour s'occuper de toi, au lieu de pouvoir descendre au cabinet !

— Au cabinet ? Mais...

— Oui. Tu ne comprends plus l'anglais ? Tu attends que j'emploie un mot plus distingué ?

— Mais, frère, tu ne sais donc pas ? Je croyais que tu étais au courant.

— Au courant de quoi ?

Seymour eut un petit rire, mais redonna immédiatement un air furieux à sa longue figure.

— Le cabinet... la cuvette est cassée depuis longtemps.

— Vraiment ? Pourquoi ne me l'as-tu pas dit ?

— Oh ! je supposais que... Tu as l'oreille tellement fine... Tu ne t'es pas aperçu que tu n'entendais plus l'eau fonctionner ?

Seymour ricana avec son expression sardonique qui ne portait en elle aucune gaieté, mais seulement de la malignité.

— C'est trop drôle que tu ne m'en aies rien dit, observa-t-il.

— Pourquoi l'aurais-je fait ? dit Randall d'un ton terne. Tu ne veux jamais que je te parle de choses comme ça, tu ne fais que te mettre en colère et tu cries que tu ne veux faire aucune réparation. Alors...

— Alors quoi ?

— Je... je m'arrange. Je sais que nous ne voulons rien dépenser en réparations.

— C'est exact, dit Seymour en hochant la tête énergiquement. Brave petit Randall !... Et comment t'en tires-tu ?

Randall était trop égaré pour discuter plus longtemps.

— Que faisaient les gens quand ces installations-là n'existaient pas ?

— Ça m'est complètement égal. Je te demande ce que tu fais, toi. Que fais-tu du seau dans lequel tu vides ma bouteille et mon bassin ? Où vas-tu toi-même ?

— Ça m'est désagréable d'en parler.

— Pas moi. Je suis très curieux.

— Oh ! Seymour !...

Randall essaya de sortir de la chambre sur la pointe des pieds, mais Seymour l'entendit et cria :

— Arrête ! Dis-moi !

— L'arrière-cour... il y a... il y a un trou.

— Tu as creusé un trou ?

— Non, cria Randall, exaspéré. Un trou qui se trouvait là. Maintenant tais-toi.

Seymour eut un petit rire grinçant et murmura :

— Un trou de rat ! Ça peut aller. — Il éclata d'un rire mauvais. — Tu n'es pas aussi bête que tu en as l'air.

Un événement familier mais rare était sur le point de se produire : l'arrivée d'une voiture de livraison apportant quelque chose dont Randall pensait avoir besoin. Sans doute il avait besoin de tous les objets qu'il introduisait dans la maison ; la plupart lui étaient nécessaires pour ce qu'il appelait son travail, mais aussi il se sentait obligé de prendre soin de certaines autres parce que personne ne semblait y faire attention. C'est ce qui lui semblait le cas aujourd'hui en ce qui concernait les pianos. Il était tout à fait choqué, au cours de ses longues courses, du manque d'attention qu'on semblait donner aux pianos, plus spécialement aux pianos droits. Quel dommage ! Pareille chose ne devait pas exister. Tous les pianos avaient de la valeur. Toute sa vie il les avait considérés comme importants, non seulement en eux-mêmes, mais pour pouvoir étudier et jouer à Seymour, ce qu'il avait l'intention de se remettre à faire dès qu'il serait à jour dans son travail. Seymour aussi aurait besoin de pianos, parce qu'ils étaient pleins de matériaux qu'il pourrait utiliser, même s'ils étaient vieux et abîmés. Il avait suivi depuis si longtemps son régime d'oranges que Randall en espérait le succès dans très peu de temps maintenant. Un jour, un jour prochain, Seymour pourrait voir de nouveau et, quand cela arriverait, non seulement il voudrait lire les journaux que Randall avait mis de côté, mais il recommencerait à fabriquer des choses et il serait enchanté de trouver tout ce que Randall avait collectionné pour lui.

Les jours où la voiture devait lui amener un piano ou quelque grand meuble, il ne tenait pas en place. Les frères ne se disputaient presque plus jamais maintenant, comme au temps des grandes querelles qu'ils avaient autrefois quand il s'agissait d'argent. Ils n'avaient plus de raisons pour le faire, puisque Randall avait dû céder au refus de Renata d'accepter plus longtemps les sommes qu'il envoyait et, par conséquent, possédait son héritage en totalité. Seymour, dévoré de curiosité, avait souvent essayé de savoir ce que son frère en faisait, mais, malgré ses efforts, n'avait pas réussi. Chacun payait sa part des dépenses jugées par eux inévitables, et l'agitation antérieure de Seymour à propos d'argent était encore excédée à présent par sa peur panique qu'on ne tente de cambrioler la maison. Tout bruit inusité lui faisait craindre cette éventualité, aussi il fallait une bonne dose de préparation préalable pour le prévenir et le rassurer quand on devait venir livrer quelque chose d'important. Randall aurait souvent souhaité qu'il n'eût pas une ouïe si étonnante. Tout en aurait été infiniment simplifié.

Cette fois, par extraordinaire, Seymour le prit avec plus de calme qu'à son habitude. Il appela bien Randall plusieurs fois d'une voix criarde pendant que la porte d'entrée était ouverte, tandis que les porteurs amenaient deux malheureux pianos droits fort maltraités là où ils seraient à l'abri.

— N'a-t-on pas bientôt fini ? cria-t-il d'en haut. Ne vont-ils pas bientôt partir ?

— Une minute, frère ! Tout va bien. Encore un instant... Oui, dit Randall à l'homme à figure de dogue avec qui il avait fait le prix du transport, mettez-les là contre ces portes. Tous les deux, l'un à côté de l'autre.

— Alors comment ferez-vous pour ouvrir ces sacrées portes ?

— Faites comme je vous le dis, ordonna Randall. Là, ce sera très bien. Je vous remercie.

Tout tremblant dans sa hâte de les voir partis, il les poussa presque vers la rue et leur donna nerveusement un demi-dollar à chacun. Avant qu'ils aient fini de descendre les marches du perron, il avait refermé la porte d'entrée et recommençait à entasser les caisses, les boîtes de conserves vides, les casseroles, les couvercles de pots, le pupitre cassé, le gros dictionnaire et tout le reste dans le vestibule. Il était si habitué à faire cela chaque fois qu'il entrait ou sortait, et cette besogne était si importante pour la tranquillité d'esprit de Seymour, qu'il n'y voyait nul inconvénient. Cela prenait beaucoup de temps, mais c'était nécessaire. Seymour avait insisté pour qu'un système quelconque soit organisé de façon à rendre impossible à quiconque de pénétrer d'un pouce dans la maison sans qu'ils en soient prévenus par un énorme tapage. Randall se rappelait vaguement qu'il s'était demandé d'abord à quoi cela servirait à Seymour si l'alarme était donnée la nuit quand il était dehors à faire ses courses, mais cette question était de celles qu'on ne posait jamais à Seymour.

Cette terreur particulière des intrus était parfaitement justifiée. Ils en avaient toujours trouvé l'idée intolérable, mais, deux ou trois ans auparavant, il y avait eu cette histoire du compteur à gaz.

Depuis un temps indéfini, ils n'employaient plus de gaz et ils ne devaient donc pas un cent à la compagnie. Mais la compagnie avait jugé, pour on ne sait quelle raison ridicule, qu'elle voulait reprendre le vieux compteur inutile et oublié dans la cave. Il y avait eu des lettres, que les deux frères avaient déchirées, et des avis collés à la porte, que Randall enlevait avec indignation, et plusieurs fois, chose terrible, quelqu'un avait frappé à la porte, en plein jour, tandis que les frères se serraient l'un contre l'autre, terrifiés, dans la bibliothèque. Le dernier coup avait été l'appel d'une voix rude au-dehors, accompagnée de coups formidables frappés à la porte. Quelqu'un prétendant être de la police était venu, disait-il, avec un ordre de la compagnie du gaz pour exiger la restitution de sa légitime propriété. Si on ne lui ouvrait pas, il retournerait au commissariat et rendrait compte que le propriétaire de la maison était mort, et il reviendrait avec une autorisation de fracturer la porte et d'entrer.

Seymour, qui ordinairement était plus frappé de terreur que Randall à la seule idée d'étrangers pénétrant dans la maison, se raidit soudain dans son fauteuil, croisa ses mains sur ses genoux et dit d'une voix glacée :

— Randall, fais-les entrer.

— Frère, non... Tu ne prétends pas... Je...

— Descends, commanda sèchement Seymour. Descends et fais-les entrer. Dis à cet imbécile du gaz d'aller prendre son... compteur. — Il employa un qualificatif d'une grossièreté ignoble. — Et, quant à celui qui se dit de la police, envoie-le-moi ici.

Randall, troublé, était sur le point de pleurer. Il resta, tremblant, auprès du fauteuil de Seymour.

— Va et fais ce que je te dis, rugit Seymour, oubliant ses gémissements habituels.

Les appels et les coups continuaient dehors. Randall se glissa en tremblant dans l'escalier. Il fit entrer trois hommes, dont deux en bleus de travail, munis de grosses clés à molettes pour démonter les tuyaux du compteur. Randall alla en traînant les pieds jusqu'à la porte de la cave sous l'escalier, l'ouvrit et l'indiqua sans rien dire.

— Où est la lumière ? demanda un des hommes, cherchant à tâtons un commutateur.

— Il n'y en a pas, dit Randall.

Il se tourna vers l'agent de police et entendit derrière lui un des hommes jurer en regardant à l'aide d'une lampe électrique les marches noires qui descendaient à la cave.

— Mon frère voudrait vous parler là-haut, dit-il au policier qui restait là, la bouche ouverte et le nez pincé.

— Oh ! ce n'est pas la peine.

— Amène-le ici ! cria Seymour de la bibliothèque.

Randall fit un mouvement, et l'agent, haussant les épaules, le suivit dans l'escalier en regardant au passage la rampe cassée. Seymour s'était redressé autant qu'il avait pu et restait immobile dans son fauteuil roulant. Le policeman resta stupéfait au spectacle du personnage qui s'offrit à sa vue : une longue figure jaune et grise, une moustache tachée, des yeux fixes et sans couleur, des cheveux blancs pendant en mèches malpropres jusqu'aux épaules. Le visage de Seymour était dur comme du granit. Il dit d'une voix que Randall reconnut à peine :

— Vous prétendez être un agent de police ?

— Euh !... oui.

— Et vous vous êtes permis de crier dans la rue, dans un lieu public, que je suis mort ? Je ne suis pas mort. — La voix était unie et froide. — Je suis Seymour Holt, ingénieur maritime. Je ne suis pas mort. Je suis paralysé et je suis aveugle. Votre nom et votre numéro.

— Hmmm ! dit l'agent.

— Écrivez-les et donnez-les-moi.

Randall n'osa pas regarder l'agent, mais il l'entendit respirer fort et froisser un papier et il le vit remettre à Seymour une feuille de carnet. Seymour la tendit à Randall en disant :

— Le numéro est-il exact ? Regarde son écusson et...

— Dites donc, protesta l'agent, qui représente la loi ici ?

— Moi, dit Seymour. Je suis dans ma propre maison. Maintenant sortez et restez dehors désormais.

Randall, à peine capable de marcher tant il était étonné et terrifié par son frère, le reconduisit en bas. Les hommes de la compagnie du gaz étaient sur le perron et portaient à deux le vieux compteur rouillé. Ils étaient pâles et regardèrent l'agent de police avec un air malade de dégoût. Randall claqua la porte derrière eux et y resta appuyé, trempé de sueur par tout le corps.

— Sacrédié ! entendit-il.

Et quelqu'un sembla à moitié étouffer.

— Jamais je n'ai encore vu ça ! Bon Dieu ! ce que j'ai vu dans cette cave !...

— Tu as vu ? Dis donc, j'y étais aussi. Une automobile, Seigneur ! Une automobile tout entière... plus vieille que moi !

— Si ce n'était que ça ! dit une voix, moins forte à mesure que les pas s'éloignaient. Moi, j'ai vu des rats ! — La voix s'étrangla. — Des rats gros comme des chats !...

Ce fut après cet événement qu'ils tinrent un conseil de guerre et que Seymour conçut tout un système d'alarme pour les avertir en cas d'intrusion nouvelle. L'endroit le plus important était l'entrée, naturellement. Puis, à mesure que Randall avançait dans son travail, laborieusement, mais avec une expérience sans cesse accrue, ils décidèrent de ponctuer les tunnels ménagés dans les journaux entassés de combinaisons avertisseuses qui feraient un bruit terrible si quelqu'un d'autre que Randall s'aventurait à y passer. Randall connaissait le chemin et savait exactement quels étaient les morceaux de ferraille, les bouteilles, les boîtes de fer-blanc et les ustensiles de cuisine cassés qu'il fallait remuer pour pouvoir passer lui-même. Il savait aussi, par contre, ceux qu'il ne fallait pas toucher.

Mais, de temps en temps, Seymour avait des accès de mauvaise humeur, amenés, ainsi que le pensait Randall tout naturellement, par l'arrivée des voitures livrant ce que Randall avait acheté. Il ne voulait pas troubler Seymour inutilement et il avait à peu près décidé de ne plus rien faire apporter de grand dans la maison, même si cela semblait utile pour boucher certains espaces et même si c'étaient des pianos. Il pensa que Seymour serait satisfait de cette décision et lui en fit part le soir où les deux derniers pianos droits eurent été apportés et placés de façon à obstruer les portes du salon. Le salon lui-même était maintenant terminé et formait un bloc compact du parquet au plafond ; tout l'ancien mobilier et le grand Steinway de Randall étaient engloutis. Il n'y avait même pas de tunnel parce qu'il ne pensait pas avoir à aller jamais dans cette pièce. Il se sentait satisfait, calme et content, comme après un travail bien fait. Il le dit à Seymour et expliqua comment il y avait mis la dernière main, grâce aux deux pianos.

— Voilà qui est bien, considéra Seymour. Tu fais vraiment des choses étonnantes, Ran. Je suis désolé de me sentir aussi nerveux quand des objets sont amenés dans la maison.

— J'en suis désolé aussi. Et je n'ai vraiment plus besoin d'en faire apporter davantage. Il y en a assez, et je n'aime pas plus que toi à être dérangé.

— Combien de pianos as-tu fait amener ? demanda Seymour, d'un ton étonnamment vague pour lui.

— Oh !...

Randall fut encore plus vague. Il y en avait eu six. Il dit :

— Quatre, je crois.

— Bon, dit Seymour, songeur. Ça devrait suffire. Combien les as-tu payés, Ran ?

Cette fois, la voix était toute différente, indiscrète.

— Oh ! ça n'a pas coûté cher.

— J'espère bien. Je m'étonne même que tu aies assez d'argent pour ça, avec tout ce qu'il faut donner maintenant pour l'impôt sur le revenu.

— Mais je ne paye pas d'impôt sur le revenu, dit naïvement Randall.

— Comment ? Quoi ?

Enfin Seymour allait connaître ce que, depuis des années, plus de dix peut-être, Randall avait fait de son argent. Plusieurs fois il était presque arrivé à le lui faire dire, et puis, on ne savait trop comment, la conversation avait dévié. Mais, ce soir, ils se sentaient particulièrement détendus, intimes. Peut-être parce que Randall était tellement soulagé d'avoir fini son ouvrage en bas.

— Qu'est-ce que tu as fait de ce que tu possèdes ? demanda Seymour de son ton le plus doux, le plus nonchalant.

— Moi ? Oh ! je l'ai mis à la banque.

— A la banque ? Le revenu, naturellement, mais...

— Je n'ai pas de revenu, dit Randall, enchanté. Je n'en voulais pas. Tu sais, ce jour où je suis allé parler à ces horribles gens et où ils m'ont dit toutes les choses que j'aurais à faire... Comme toi, frère. Tu le fais toujours, ou tu dis à Mr. Cullom de le faire pour toi. Mais jamais je n'aurais voulu me mettre sur les bras une affaire pareille. Seigneur ! j'ai trop de travail !

— Je vois, dit Seymour, bouche bée. Ainsi tu...

— Je leur ai dit de mettre l'argent à la banque, c'est tout.

— Alors ils ont dû vendre tous les titres, dit Seymour qui se mit à glousser comme une poule, et tu as déposé environ cent soixante-quinze mille dollars à la banque ! — Ses épaules osseuses se secouèrent. Il rit et rit encore, et Randall dut tenir son fauteuil pour le caler, et Seymour essuya ses yeux aveugles qui pleuraient de rire avec le dos de sa main. — Oh ! Seigneur ! Oh ! oh ! A la banque Seaboard, Randall ?

— Non.

— Pourquoi pas ?

— Je ne sais pas.

— Alors à quelle banque ?

— Je ne sais pas.

— *Tu ne sais pas ?* — Seymour eut un autre accès de fou rire. — Eh bien ! haleta-t-il quand il put parler, c'est vrai que tu n'es pas forcé de le déclarer.

— Je ne sais vraiment pas, dit Randall, toujours sérieux. Je veux dire que je ne me souviens jamais. Je la connais quand j'y vais. C'est quelque part dans la Huitième Avenue. J'y vais de temps en temps prendre un peu d'argent.

Nouveau fou rire.

— Oh ! Randall ! C'est admirable ! De la bouche des enfants... Et tu n'as jamais payé un sou d'impôt sur le revenu ?

— Non, dit Randall, sincèrement innocent. Pourquoi paierais-je ?

Plus le temps passait, moins Seymour dormait. Il ne voulait plus maintenant être roulé dans sa chambre et mis dans son lit pour la nuit. Randall en fut ennuyé parce qu'il le laissait à regret assis dans son fauteuil quand il sortait faire ses courses. Mais Seymour avait d'autres idées en tête et ne comprenait pas pourquoi Randall pensait qu'il était mieux au lit qu'à la bibliothèque. Ils eurent quelques discussions là-dessus. Souvent, maintenant, Randall renonçait à ses expéditions nocturnes et restait tranquillement avec Seymour. Il gardait les journaux à portée de sa main, au cas où Seymour aurait désiré qu'il les lui lise, et, en de rares occasions, Seymour haussait les épaules, soupirait et disait :

— Oh ! très bien, lis-les si tu veux. Su tu vois un article qui en vaille la peine...

Alors Randall tournait les pages lentement, cherchant quelque chose d'intéressant. Les premières pages étaient pleines des nouvelles de la guerre, mais cette guerre-ci n'avait aucune réalité, comparée avec l'autre. Elle était dispersée, confuse, elle se passait dans le monde entier, dans des endroits qui ne représentaient rien. Randall lisait les titres des nouvelles, surveillant Seymour pour voir si l'un d'eux attirait son attention. Mais Seymour restait assis, la tête dans les épaules comme une tortue à demi rentrée sous sa carapace, les paupières presque fermées, tout à fait comme une tortue endormie. Il restait assis ainsi, tandis que Randall murmurait des fragments de ceci ou de cela. Parfois, Seymour levait les sourcils, comme s'il attendait une réponse. D'autres fois, son attention était suffisamment éveillée pour attirer à Randall une aigre remarque :

— Eh bien ! continue. Pourquoi t'arrêtes-tu comme ça ?

Ainsi Randall lut un soir le récit d'un incendie dans une maison non loin de Hoboken, qui était habitée par un vieil homme tout seul qui mourut suffoqué pendant que les pompiers versaient des tonnes d'eau sur sa demeure.

« Cette eau, lut Randall, plongea dans tous les secrets du vieillard, les fit sortir de leurs cachettes et les exposa aux yeux de tous. La police et les pompiers, en train de vider la cave de dix pieds d'eau, ont trouvé, flottant à la surface, des billets de dix, de vingt et de cinquante dollars. Quand l'eau fut épuisée, ils découvrirent des paquets de pièces de monnaie qui, plus lourds, avaient collé au sol de la cave. »

— Quel imbécile ! observa Seymour. Continue.

« Cet argent n'était pas toute la fortune de Mr. Fayer. Des chercheurs trouvèrent aussi des valeurs mobilières. Les billets et les titres ont été déposés à la Police Judiciaire. Cela représente jusqu'ici un total de cent mille dollars. »

— Quel imbécile ! répéta Seymour.

— Oh ! frère, écouta ça :

« L'argent et les titres ne sont pas tout ce que Mr. Fayer avait caché dans tous les coins comme un écureuil. Du parquet au plafond, les sept chambres de la maison contenaient ce que le reclus devait considérer comme de précieuses possessions, conservées depuis une date reculée ou pour quelque éventualité connue de lui seul. Le plus inexplicable de tout... de véritables tours construites en bâtons de sucettes, quelques-unes hautes de plus de trois mètres... »

— Des bâtons de sucettes ? Qu'est-ce que ça peut bien être ? dit brusquement Seymour, qui écoutait avec attention.

— Tu sais, ces petits bâtons sur lesquels sont collés des bonbons. Nous en avions quand nous étions enfants, tu te rappelles ? Maintenant on en fait avec des glaces. J'ai vu en ville des enfants qui en suçaient.

— Et qu'est-ce que cet individu en faisait ?

— Il semble les avoir collectionnés.

Randall parcourut la fin de l'article :

« La maison entière était pleine de ces tours qu'il avait construites en bâtons de sucettes, des millions probablement. Il le faisait depuis des années. »

Ils restèrent silencieux un moment. Puis Randall dit :

— Frère, tu crois possible qu'il existe des gens comme ça ? Penses-tu qu'on ait inventé cette histoire ?

— Tu viens de la lire dans le *New York Times*. Je ne pense pas qu'on ait pu l'inventer.

— Comme c'est drôle, dit Randall de sa voix pensive. C'est presque impossible à croire.

Seymour haussa les épaules. Son intérêt momentané s'était déjà dissipé parce qu'il avait cru entendre du bruit en bas. Il se pencha en avant, écoutant, le visage attentif. Randall, l'observant, écouta aussi.

— Je n'entends rien, frère, dit-il.

— Va voir en bas.

— Mais...

— Assez de tes « mais ». Sacrebleu ! Descends et va voir.

Randall revint en assurant que tout était absolument tranquille. Mais Seymour était nerveux. Il fallut longtemps pour que Randall réussisse à le rassurer et à l'installer pour la nuit. Depuis l'intrusion de l'agent de police, il était constamment absorbé, obsédé par la pensée qu'une chose pareille pourrait se renouveler. Jour après jour, il questionnait Randall sur les progrès de son travail et sur chaque détail dont beaucoup étaient des idées à lui. Randall trouvait qu'ils formaient tous deux une excellente équipe, Seymour dressant les plans et Randall les exécutant. Le travail avait maintenant avancé aussi bien en haut qu'en bas, si bien que le troisième étage tout entier, comme le grenier, était rempli, sauf la pièce où Randall gardait ses affaires. Presque tout le second étage était également terminé. Randall n'avait laissé qu'un étroit passage lui permettant de monter à l'ancienne nursery. En bas, la cuisine et l'office étaient faits en partie. Il avait gardé la salle à manger comme atelier, où il conservait les journaux jusqu'à ce qu'il en eût assez pour les mettre en paquets. Il fallait bien aussi laisser en bas la place de passer devant les portes obstruées du salon. Et l'escalier devait rester libre pour pouvoir monter et descendre du premier étage, où ils habitaient.

Seymour y pensait tellement qu'il ne parlait plus que de cela. Il prétendait qu'il avait l'esprit plus libre assis dans son fauteuil que couché dans son lit et, de plus en plus fréquemment, il ne se couchait pas et restait dans son fauteuil roulant, même la nuit.

— Ton dos ne se fatigue pas trop, frère ? demanda Randall un soir.

— Ta sollicitude est touchante, dit Seymour. Tu oublies bien facilement la raison pour laquelle je suis dans cet état. La paralysie, ajouta-t-il aigrement, signifie généralement que les parties affectées sont insensibles.

— Excuse-moi, frère. — Randall toucha le bras de Seymour et lui caressa doucement la joue. — Je n'avais pas l'intention de te froisser.

— Oh ! rien ne peut me froisser. Je t'en fais simplement la remarque.

— Je voulais seulement..., bafouilla Randall, je pensais que ça te reposait un peu d'être mis... d'être dans une position différente pendant la nuit.

— Oui, quelquefois, en effet..., dit Seymour, qui frappa ses mains nerveusement pour écarter le sujet. En ce moment, j'ai trop à penser, je ne veux pas être distrait... Dis-moi, au sujet de ces tunnels...

Et il se mit à parler lentement, fiévreusement, avec l'exactitude décidée qui ne l'avait jamais quitté et moins que jamais quand le sujet touchait à la technique. Point après point, il exposa le projet qu'il avait élaboré dans sa tête depuis des mois avec une infinie précision de détails. Par moments, un bloc de papier sur les genoux et un crayon à la main, il dessinait même des plans grossiers mais intelligibles.

— C'est entièrement une question de leviers, dit-il, et d'équilibre. Tu vois ça ?

Il avait expliqué si clairement qu'un enfant de dix ans aurait pu le comprendre, et Randall était habitué depuis des années à travailler avec les matériaux propres à réaliser le projet.

— Oui, dit-il en hochant la tête et en s'arrêtant pour confirmer qu'il se sentait parfaitement capable de mener à bien chaque détail du dessein de Seymour. Oui, je te suis parfaitement.

— Donc si tu empiles les paquets dans les endroits restés libres de la façon que je t'ai indiquée et si tu construis environ quatre de ces pièges dans les tunnels à distances égales, il n'y a pas une seule chance au ciel ou en enfer pour qu'un individu qui se serait introduit jusque-là arrive aussi loin que cette chambre-ci. Il serait mort avant d'arriver. — Seymour ricana dans son nez.

— Une vingtaine de tes paquets... Hi ! hi ! hi !... — Il semblait enchanté. — Ça les aplatirait comme des punaises !

— A propos de punaises, je voudrais bien que tu inventes quelque chose pour aplatir immédiatement les nôtres !

— Comment, Randall ? Comment, frère ? Seigneur ! Tu ne veux pas dire...

Seymour tortilla le haut de son corps avec une satisfaction malicieuse.

— Elles ne te mordent pas, toi, peut-être ?

— Je ne sais pas, dit Seymour avec indifférence. Je me sens

infiniment plus confortable depuis que j'ai cessé ces lavages idiots que tu essayais de m'imposer. Les vêtements sont les vêtements ! — Il réfléchit un moment. — A propos, à quoi sert la salle de bains en bas, dans le vestibule ?

— A rien, je suppose.

— Tu vas prendre de l'eau depuis un certain temps au robinet d'arrosage dans l'arrière-cour, il me semble ?

— Oui, depuis que le tuyau du lavabo a éclaté. J'ai pris une de tes clés à molette et je les ai tous arrêtés, celui de l'évier de la cuisine aussi. Ainsi ils ne couleront plus sur nous si quelque chose arrive.

— Parfait, dit Seymour en hochant la tête. Absolument parfait. Mais, alors, tu peux te mettre à travailler aussi dans la salle de bains. Tôt ou tard, tu auras fini le reste, au-dessus et au-dessous de cet étage-ci, et nous terminerons dans tout l'espace dont nous n'avons pas vraiment besoin ici. Et, alors, qu'ils essayent donc d'entrer !

— Bien, dit Randall.

Il pensait à ses papiers au troisième. Il avait plus ou moins eu l'intention de laisser, cette pièce-là comme elle était, avec le moyen d'y accéder, mais, s'il faisait cela et ensuite voulait y monter de temps en temps, Seymour l'entendrait et se mettrait à l'interroger. Il se demanda pourquoi il n'avait pas pensé plus tôt à la salle de bains inutilisée. S'il apportait dans sa propre chambre tout ce qu'il voulait regarder et cachait soigneusement dans la salle de bains ses choses les plus intimes, comme son pupitre, par exemple, il les sentirait suffisamment près de lui pour qu'il les protège et il pourrait alors continuer et terminer l'espace libre au troisième. Il y resterait évidemment encore beaucoup de musique et d'autres objets, mais il ne s'en inquiéta pas.

— Excellente idée, dit-il à Seymour. Je vais continuer, c'est ça.

— Bien. Et, tu sais, il va falloir acheter une bonne corde solide et de la corde *neuve*. Ça m'est égal si je la paye, celle-là.

Seymour fit mouvoir son fauteuil pour atteindre son coffret dans le tiroir. Il conservait toujours son vieux système pour identifier les billets, mais il y avait des années que l'employé de la banque ne venait plus les lui apporter dans la maison. Randall allait à sa rencontre jusqu'à la grille le premier de chaque mois et rapportait à Seymour le paquet cacheté de la banque.

— De la corde neuve, répéta Seymour, qui indiqua exactement à Randall où s'en procurer chez un certain marchand de fournitures pour la marine de South Street. Tu lui diras que tu viens de ma part et demande exactement ce que je t'indique. — Il réfléchit un moment. — Pour l'amour du ciel, ne te mets pas à installer la corde avant que j'aie un peu plus réfléchi à la combinaison. Il faut qu'elle soit à l'épreuve des idiots et sans danger pour toi et que ça ne te donne pas trop de peine pour en arrêter l'effet ou le retendre chaque fois que tu voudras passer.

— Oh! ça ne me donnera pas trop de peine, frère.

Rien ne lui donnait trop de peine, parce que chacune des choses qu'il faisait avait un motif urgent. Randall ne lisait jamais les journaux pour lui seul. Pourtant, à certains moments, des mots le frappaient, soit le soir quand il lisait à Seymour, soit quand il attachait ses paquets. Une fois, en tournant la page, son œil avait attrapé quelques lignes dans le bas, l'histoire d'une femme aveugle miraculeusement guérie. Elle attribuait sa vue retrouvée à une certaine espèce de pain complet qu'on lui avait recommandé de manger. Randall voulut trouver où l'on pouvait se procurer ce pain et, après des semaines de recherches, découvrit qu'il était fabriqué par un boulanger allemand de Brooklyn. Il marcha cette nuit-là jusqu'à la ville basse, traversa le pont de Brooklyn, puis demanda patiemment son chemin à travers un labyrinthe de rues inconnues. Il marcha deux ou trois kilomètres, tournant quelquefois en rond, jusqu'à ce qu'il ait trouvé la boulangerie. Quand il fut tout près de la boutique sombre aux volets clos, il réfléchit soudain qu'elle serait peut-être fermée. Il s'assit sur la marche devant la porte et attendit jusqu'à ce qu'une lumière paraisse au sous-sol derrière une fenêtre protégée par des barreaux. Il sourit avec bonheur : il n'avait pas perdu son temps. Les boulangers font généralement leur pain avant l'aube. Il frappa au soupirail, et l'homme vint, ouvrit, écouta, stupéfait, la requête de Randall.

Par la suite, il marcha jusque-là chaque mardi pour prendre la provision d'une semaine de pain complet qui était moins cher que tout le pain acheté jusqu'alors et coûtait encore moins s'il le prenait rassis. Seymour commença par se moquer de lui, mais il insista tellement qu'il finit par le manger. Comme tout le reste, le pain complet devint une habitude, et Seymour aurait été indigné s'il lui avait manqué un seul jour. Il ne demanda jamais pourquoi Randall ne prenait pas le métro pour aller à Brooklyn et en revenir. La question n'aurait pas eu de sens. Randall n'avait plus été qu'à pied partout où il allait depuis une période qui devait approcher trente ans, laps de temps qu'il avait perdu la faculté d'évaluer. Les innombrables milles et les innombrables heures de ses marches nocturnes se perdaient dans la brume de la routine. Son seul souci dans ce domaine était ses chaussures. Il en usait une quantité alarmante. « Le cuir, déclara-t-il tristement à Seymour, ne vaut plus celui d'autrefois. » Très souvent, le cordonnier lui disait avec mauvaise humeur que la tige de ses chaussures ne valait pas le ressemelage renouvelé qu'il réclamait. Il connaissait un coin dans le bas de la ville où il y avait des chaussures à vendre sur des petites voitures. Elles coûtaient moins cher et lui allaient mieux. Il n'avait pas acheté un seul autre article pour s'habiller depuis un temps immémorial. La maison semblait une réserve inépuisable de pantalons, de vestons et de bien d'autres choses parfaitement utilisables. Seymour avait été fort élégant dans son jeune temps et avait réuni une garde-robe importante avant de devenir aveugle, et Maman, bien sûr, avait pieusement conservé chaque fil des vêtements de Papa. Randall avait toujours trouvé ce qu'il lui fallait. Mais son costume favori était un pantalon gris rayé et le veston d'appartement en velours brun que Seymour lui avait donné pour Noël bien des années auparavant. Il n'aimait pas les chapeaux, qu'il ne trouvait pas confortables. Il préférait les casquettes, et une en particulier, une casquette haute que Seymour avait achetée pour aller en automobile. Randall avait découvert que, s'il la tournait sens devant derrière, la visière empêchait ses cheveux de voler et de venir dans sa figure et les retenait chaudement sur sa nuque.

Randall était fort satisfait de constater que la fin de son travail lui donnait beaucoup moins de peine que le début. Les tunnels étaient presque achevés, et Seymour, quand Randall lui décrivit le fonctionnement des signaux avertisseurs et des traquenards à l'équilibre délicat, fut enchanté. Il prit tant de plaisir à son plan qu'il décida d'abandonner complètement sa chambre. S'il restait nuit et jour dans la bibliothèque, bien à l'abri dans son coin entre la fenêtre et son bureau, il serait plus confortablement installé, et Randall pourrait faire le travail dans sa chambre. Tout ce dont il avait besoin était à portée de sa main dans la bibliothèque, où il pourrait le toucher ou se le faire donner par Randall. Et Seymour se sentait mieux protégé, pour quelque raison obscure, s'il ne passait jamais dans une pièce donnant sur le devant. C'est par là que les gens du dehors étaient venus et que se produisaient leurs tentatives. « Finissons-le tout entier, et jamais plus nous n'aurons à nous en inquiéter. »

Dans la bibliothèque, ils bloquèrent toutes les fenêtres, sauf celle devant laquelle s'asseyait Seymour. Quand le soleil brillait, il aimait parfois à le sentir quelques instants sur ses épaules. Et, très rarement en été, il demandait même à Randall d'ouvrir la fenêtre de quelques centimètres la nuit. Mais, la plupart du temps, il la voulait fermée et verrouillée, avec trois stores en lambeaux et superposés, soigneusement tirés.

Son ouïe semblait plus fine que jamais.

— J'en ai besoin, expliqua-t-il quand Randall lui en fit la remarque. Maintenant que tu as rempli de papier la chambre et que les tunnels sont organisés avec les pièges, le papier étouffe le son, naturellement, et il me faut écouter encore plus attentivement pour être sûr de ce que j'entends. Heureusement, ajouta-t-il avec un de ses rares sourires, c'est toujours toi.

L'été fut très chaud cette année-là où Randall termina son travail. Il n'avait aucune idée du temps qu'il y avait passé, ni d'aucune autre mesure du calendrier. Mais il pensa qu'il devait se faire vieux parce qu'il n'accomplissait plus aussi facilement ses longues randonnées de la nuit. Les jours où il avait marché jusqu'à Brooklyn pour chercher du pain, il se sentait très fatigué. Il était satisfait quand il restait toute la journée auprès de Seymour et ne prenait plus la peine de défaire et de refaire le grand piège, une besogne énervante et nécessaire chaque fois qu'il entrait ou sortait. Une fois rentré, il trouvait beaucoup plus simple de peler une orange pour Seymour ou d'ouvrir une boîte de haricots ou de soupe à la tomate, leur seul menu avec le pain complet. Par temps chaud, il ne les faisait même pas réchauffer, et ils mangeaient en plongeant la cuillère à même la boîte. Après un certain temps, ils s'y accoutumèrent si bien qu'ils ne firent plus rien réchauffer.

A la nuit, Randall avait tellement pris l'habitude de sortir qu'il prenait tout de même quelquefois la peine de passer à travers le grand piège et les deux pièges avertisseurs dans le tunnel de la bibliothèque, puis par tous les autres, de système et d'importance variable, pour parvenir jusqu'en bas à la porte d'entrée. Il sortait lentement, son panier au bras, après avoir consciencieusement bloqué l'entrée derrière lui, et, si la nuit était particulièrement chaude ou s'il se sentait très las, il restait longtemps assis sur la première marche du perron, ne pensant à rien, ne se décidant ni à partir ni à marcher. Il se reposait simplement.

Le voisinage était devenu plus populeux qu'autrefois, mais les visages qu'il voyait quand il levait les yeux étaient tous nouveaux, ce qui lui donnait une impression de sécurité. Tous ceux qui les avaient tourmentés, Seymour et lui, ces voyous d'autrefois, tous ceux qui les avaient connus auparavant, avaient disparu dans le flux et le reflux de la vie des taudis. Il n'entendait plus jamais derrière lui ni miaulements, ni sifflets moqueurs, ni ces ricanements qui le faisaient trembler de peur. Il savait bien que les gens s'arrêtaient, par groupes de deux ou trois, au pied des marches, se contentant quelquefois de le regarder, risquant parfois une remarque sur le temps ou les augmentations des loyers ou quelque autre lieu commun. Il s'étonna de ce qu'ils osaient franchir la grille et entrer dans la cour, puis découvrit un jour qu'elle avait disparu, il ne savait quand ni comment. Quelques piquets de fer demeuraient encore entre la cour noire et nue et le trottoir entretenu. « Eh bien !... », pensa-t-il, puis il oublia.

Des hommes misérables, des femmes en cheveux s'arrêtaient et se mettaient à lui parler quand il était assis sur ses marches, parce que tout le monde le faisait dans le quartier par ces soirées étouffantes. Quelques-uns étaient curieux, d'autres sordides, d'autres posaient des questions, et, d'après les réponses de Randall, ils discutaient entre eux autour d'un pot de bière si le type aux longs cheveux et aux drôles de vêtements était complètement fou ou seulement un peu dingo. Randall n'avait pas idée de ce qu'ils pensaient. Quand on lui demandait des nouvelles de son frère, il souriait avec gratitude et répondait : « Très bien, merci. Il fait de constants progrès. »

Il avait une telle foi et depuis si longtemps dans le traitement aux oranges et au pain complet qu'il lui semblait parfaitement naturel d'exprimer sa confiance à quiconque lui en parlait.

— Vraiment ? dit un voisin en secouant la tête. Qu'est-ce que vous en savez ?

— Je vous assure, répondait Randall, courtois et naïf, convaincu qu'enfin les voisins étaient devenus bienveillants.

Il faisait sombre, il se tenait en haut des marches et il ne pouvait voir les gens s'envoyer des clins d'œil ou se pousser du coude. Il y en avait parmi eux qui disaient volontiers que les deux frères dans cette baraque n'étaient pas aussi fous qu'ils le prétendaient. « Celui qui sort, disaient-ils, il n'est pas plus fou que vous. C'est un vrai vieux monsieur d'autrefois. »

Randall savait très bien que, si Seymour apprenait jamais qu'il faisait connaissance avec les gens du quartier, il en serait malade de terreur. Il fallait donc être très prudent, ne pas raconter trop de choses et parler presque bas. Là-haut au premier étage, dans la bibliothèque retranchée derrière les murs de papier, Seymour lui-même ne pouvait entendre les voix tranquilles près du perron. Mais il y avait tout de même un danger. Quand le temps se rafraîchissait, Randall ne restait plus là, il se contentait de faire un signe de tête amical et de dire bonsoir à ceux qu'il rencontrait en allant faire ses courses.

Ces dernières semaines pourtant, l'effort devenait de plus en plus pénible. Quelquefois il n'arrivait pas à aller bien loin sans s'arrêter. Il passait sa langue sur ses lèvres sèches et essayait d'avaler, malgré une bizarre sensation de faiblesse qui semblait venir de son estomac. Il se dirigeait vers une rue précise, du même pas qu'à son ordinaire, et puis il se retrouvait appuyé contre un bâtiment, tremblant, mouillé de sueur, son panier tombé à ses pieds, là où il l'avait lâché. Il regardait à la lumière du réverbère et un moment était incapable de lire le nom de la rue dont les lettres dansaient et se brouillaient devant ses yeux. Puis, quand il réussissait enfin à lire, il s'apercevait qu'il était à des milles de sa véritable destination. Il commença à s'inquiéter en secret. Ne fallait-il pas qu'il reste en bonne santé pour pouvoir s'occuper de Seymour ? Peut-être ses longues courses étaient-elles trop fatigantes ? Il tâcherait de changer ses habitudes et de faire ses achats plus près, dans la Neuvième ou la Dixième Avenue, où quelques boutiques restaient ouvertes la nuit. Il s'arrangerait. Mais le pain complet ? Quand il prit enfin la décision de ne plus aller jusqu'à Brooklyn et de l'acheter dans le voisinage, Seymour ne remarqua pas la différence.

Seymour n'avait pas bougé depuis longtemps de son coin, et maintenant c'était devenu impossible, car les murailles de journaux occupaient les deux tiers de la bibliothèque. Randall crut apercevoir chez lui un changement, mais sans pouvoir dire en quoi il consistait. A certains moments, il lui semblait que son frère était devenu la tortue à quoi il avait si longtemps ressemblé. Si quelque chose ne lui faisait pas glisser sa tête en avant hors de sa position rentrée dans ses épaules ou remuer ses mains avec un mouvement sinueux comme un reptile au lieu de les tenir crispées sur ses genoux, il restait la plupart du temps sans bouger. Depuis un temps inimaginable, il n'avait plus laissé Randall le laver, ni lui couper les cheveux, ni lui changer ses vêtements. Il ne se rasait plus depuis des années, et pourtant il était arrivé autrefois à le faire seul par le toucher. Sa barbe n'avait jamais autant poussé que sa longue moustache tachée ou les maigres mèches de cheveux gris sur son crâne couvert de croûtes. Son menton était long et anguleux sous le poil malpropre qui le couvrait. « Et d'ailleurs, pensait Randall en se glissant avec une précaution haletante à travers le grand piège pour parvenir jusqu'à l'étroit espace autour de Seymour, je ne vois à peu près rien de tout ça tant il fait sombre. » Les lampes à pétrole avaient été abandonnées depuis longtemps, et, s'il lui fallait de la lumière, ce qui ne lui arrivait presque plus jamais, il allumait une bougie, la plaçant soigneusement à distance des murs de papier. De la lumière ? Pourquoi ? Il n'y pensait même plus. Il ne se rappelait plus avoir jamais vu un miroir dans la maison, il y avait si longtemps que le dernier avait été englouti sous le papier. Et si, au cours de ses sorties, il passait devant une glace ou une vitre qui reflétait l'image d'une silhouette voûtée, tremblante, hirsute, traînant les pieds et frissonnant sous ses vieux vêtements, il n'avait aucune idée de qui cela pouvait être.

A présent que son travail était terminé, il restait souvent assis près de Seymour, silencieux, immobile, perdu dans le vide de ses pensées absentes. Sa mémoire était hors de sa portée, comme ses affaires, gages de ses souvenirs, la plupart d'entre elles cachées là où il ne pourrait jamais plus les atteindre. Il n'avait pas eu cette intention, mais c'était arrivé tout naturellement au cours de son travail. Il était satisfait, et Seymour aussi, semblait-il.

Il rentra un soir pas très tard, puisque ses courses ne duraient plus aussi longtemps, et se prépara à apporter à Seymour de quoi manger. Il ne pouvait porter que peu de choses à la fois, une ou deux boîtes de conserves, deux ou trois oranges, pour traverser les tunnels. Le grand traquenard de la bibliothèque était très étroit, et, même quand le système de cordes n'était pas enclenché, il fallait se garder de toucher les murs de papier, placés en un équilibre précaire. Il savait exactement comment s'y prendre, les coudes au corps, un pied exactement en avant de l'autre. Il mit des oranges dans ses poches et prit du pain et une boîte de soupe pour Seymour. Puis il s'engagea dans le long et tortueux trajet en s'arrêtant pour disjoindre les obstacles avertisseurs et, avec encore plus de précautions, pour détacher les cordes des différents pièges dont il connaissait les moindres détails. Il arriva dans le tunnel de la bibliothèque et approchait du grand piège, quand il entendit Seymour qui l'appelait d'une voix aiguë :

— Est-ce toi, Randall ? Est-ce toi ? Réponds-moi !

— Oui, frère, cria Randall. Je suis là, j'arrive dans quelques minutes. Ne t'inquiète pas.

— J'ai faim ! gémit Seymour. — La voix était plus grêle, avec un ton plus haut et plus grognon que jamais. — J'ai faim.

— Je viens, frère.

Randall allait commencer à défaire les cordes. De l'autre côté du tunnel, il entendait Seymour qui s'agaçait et criaillait. Il fit de son mieux pour se dépêcher.

Il ne savait trop, dans l'obscurité étouffée du tunnel, si cette sensation bizarre qu'il éprouvait venait de l'air confiné ; il l'avait déjà ressentie précédemment, ou peut-être était-ce pareil à cette faiblesse qui l'avait pris plusieurs fois dans la rue et l'avait laissé haletant et tout en sueur. Il essaya de prendre une profonde respiration et se persuada qu'il se sentait très bien. Il tâta devant lui pour trouver les nœuds à défaire et, quand il ne les sentit pas, il éprouva un réel soulagement. « Mais c'est ça, pensa-t-il, j'ai tout confondu tout à l'heure, je les ai déjà défaits ; le chemin est libre. » Il ramassa les boîtes posées par terre et, serrant les coudes, la main droite un peu en avant, il cria :

— Me voici, frère, j'arrive !

Et il fit un pas.

Un bruit de tonnerre fit trembler le plancher pourri et les murs lézardés. Le fauteuil de Seymour fut secoué comme un rat dans la gueule d'un ratier. L'aveugle se cramponna aux bras et cria :

— Randall ! Randall ! — Il se tapit, poussa des cris inarticulés et s'affaissa de terreur. — Randall !

Une poussière épaisse lui remplit la bouche, il étouffa, toussa. Il essaya de crier encore, mais il ne put que cracher de la boue.

— Randall ! — Il cracha et se racla la gorge, il frappa les bras de son siège. — Randall ! Parle-moi !

Il avança la tête, l'oreille tendue dans la direction du tunnel. Il retint son souffle. Aucune réponse. Il se tordit dans son fauteuil, s'étouffant dans la poussière, les yeux pleurants, et il appela encore en criant :

— Randall !

Le cri sombra en une lamentation grinçante. Silence. Seymour gémit.

TROISIÈME PARTIE

On trouva le corps de Randall Holt le treizième jour après que je me sois joint aux chercheurs dans la maison. J'étais en haut, dans ce qui — je le sais maintenant — était l'ancienne nursery au troisième étage et je triais des fragments de musique effrités dans la masse compacte d'autres papiers que deux hommes du ministère de la Santé séparaient avec précaution. De temps en temps, l'un d'eux portait en bas ce que j'avais retiré et le mettait dans la salle à manger au rez-de-chaussée, d'où tous les journaux et les détritus avaient été enlevés. Les morceaux de gros meubles, de deux pianos droits et d'un harmonium restaient encore. Chaque après-midi, quand je quittais la maison, j'emportais le butin de la journée en taxi jusqu'à l'agence centrale de la banque, où une pièce m'avait été réservée. Et chaque soir, jusqu'à une heure tardive de la nuit, je restais là, triant, lisant, méditant, repérant les dates sur les calendriers qui étendaient sur près d'un demi-siècle les indices dispersés qui, à ce moment, étaient loin de constituer une relation suivie des événements.

Du troisième étage, nous entendîmes des mouvements, des exclamations et des bruits qui ressemblaient à des cris d'horreur et de dégoût et qui me prévinrent d'avance que la recherche avait atteint son but. Je saisis ma lampe électrique et me précipitai dans l'escalier. Deering m'entendit venir et me cria :

— Dites, Mr. Wicherly, si j'étais vous, je n'entrerais pas ici.

— Vous l'avez trouvé ? demandai-je.

Deering sortit jusqu'au palier du premier étage et avança jusqu'au pied des marches branlantes. La lumière de ma lampe me montra que sa lourde figure carrée était jaunâtre : son front ruisselait. Je n'eus pas besoin de réponse. Deering me fit signe de ne pas avancer. L'odeur était plus effroyable que jamais. Je dis :

— Je suis obligé d'être témoin, même si je n'ai pas envie de regarder.

Il haussa les épaules et retourna dans la bibliothèque. Je le suivis. La pièce était encore très assombrie par les amas de journaux qui n'avaient pas encore été enlevés : et cela valait mieux. Tout ce que mes yeux purent supporter de voir avant que je les referme, horrifié, ce fut un pied, plus exactement un soulier, une vieille bottine démodée aux lacets défaits, avec un trou béant dans la semelle. Elle entourait une cheville en décomposition.

Quand je pus me dominer de nouveau, je rouvris les yeux, en tenant mon mouchoir devant mon nez et ma bouche, et je regardai. Le corps de Randall Holt était couché sur le côté, tourné vers le coin de la fenêtre où Seymour Holt avait été trouvé mort dans son fauteuil roulant. La main droite était étendue en un geste qui parut suppliant à nos yeux épouvantés. Juste au-delà, une boîte de potage en conserve était complètement aplatie. Le pied que nous ne pouvions voir était replié sous la masse suintante de tissus en pourriture, enroulé dans la corde qui avait déclenché le piège. Il m'est impossible de décrire la tête, les mains, tout ce que j'aperçus et qui avait été dévoré par les rats. Le corps était en pleine décomposition. On n'avait pas encore ramassé une vieille valise écrasée et deux boîtes de pain en fer-blanc aplaties. Le tout n'était pas à trois mètres de l'endroit où l'on avait trouvé Seymour Holt, et, pendant trois semaines entières, on avait fouillé la maison pouce par pouce, tandis que l'alarme était donnée au sujet de Randall Holt dans les postes de police douanière du pays entier.

On avait envoyé chercher le médecin légiste dès qu'on avait aperçu le bout du pied. Il arriva pendant que nous étions là, accompagné d'hommes portant un long panier étroit à couvercle. Je ne restai pas là pendant son examen. Je dus même pendant ce temps aller en bas dehors prendre un peu l'air extérieur. Quand je revins à la bibliothèque, ils étaient en train, avec des sortes de pelles, de ramasser la chose dans le panier, et, tandis qu'ils l'emportaient, nous les suivîmes en bas jusque dans la cour lugubre.

— Au moins un mois, dit le médecin légiste. — Nous étions là, frissonnants dans le vent âpre de novembre, mais, comme le dit Blyfeld, nous étions tous dans un état qui nous aurait fait frissonner même avec quarante degrés à l'ombre. — Il est mort depuis au moins un mois. Quand le travail du laboratoire sera terminé, je pourrai vous le dire à un jour près.

J'étais ainsi en possession des faits. Randall Holt était mort le premier, pris et tué par son propre piège, et Seymour Holt avait continué à vivre des jours inimaginables avant de mourir lentement de faim. J'eus ensuite deux ou trois très mauvaises nuits. Je dormis à peine, poursuivi par des cauchemars atroces, indescriptibles et révoltants. Mais j'arrivai à me ressaisir, car maintenant nous étions en possession des faits qui nous permettraient, à Cullom et à la banque, de faire le travail confié à notre responsabilité.

Bowen Dugdale me fit temporairement transférer du département étranger à celui des dépôts, pour que tout mon temps puisse être consacré à l'affaire Holt jusqu'à ce qu'elle soit clairement établie. Nous eûmes de nombreuses conférences à ce sujet avec Rodney Cullom. La découverte du corps de Randall Holt jetait un jour nouveau sur la situation; nous nous assurâmes qu'il n'avait laissé aucun testament. Nous n'eûmes pas à rechercher ses relevés de banque, car je les avais retrouvés tous rassemblés dans un coffret à thé japonais enseveli sous un tas de vaisselle cassée et de paquets de journaux dans la salle de bains. Maintenant que j'écris ce qui s'est passé, je me trouve constamment ramené à l'état d'esprit dans lequel je me trouvais au cours de ces journées, un état étrange qui, si je puis le décrire, englobait aussi bien les faits brutaux qui m'avaient conduit vers cette situation fantastique, que des choses intangibles, des nuages, des brumes, des rêves presque, le tout formant l'histoire des frères Holt et de Renata Tosi telle qu'elle me parvint à travers les archives croulantes des papiers cachés par Randall Holt. L'élément brutal me fit rechercher un but unique : tout détail pouvant amener Renata Tosi à répondre à la question requise par le testament de Seymour Holt. Le reste, la partie nébuleuse, la partie qui, de plus en plus, me remplit de compassion et d'émotion, m'écarta de ce fait positif, nécessaire pour parvenir à l'exécution d'un testament, et me transporta dans ces régions hantées de l'imagination que j'ai tenté de décrire.

Je travaillai quatre semaines dans le bureau qui m'avait été réservé à la banque, lisant, triant, classant les affaires de Randall Holt, car nous avions décidé qu'il me fallait préparer une transcription soigneusement faite de chaque mot se référant à Renata Tosi. Muni de ces documents, décidâmes-nous, je retournerais en Italie et je les montrerais à la vieille femme. Nous ne pouvions croire qu'en présence de cet assemblage de faits elle refuserait de donner l'assurance permettant à elle-même et à Sebastiano Gandolfi d'hériter d'une fortune que nous considérions comme leur appartenant de droit.

Le jour vint où j'eus fini cette transcription du mieux que je pus. Tandis que je travaillais sur les papiers de Randall Holt et devant les objets qu'il avait gardés et cachés, aussi bien que devant la masse énorme de ses griffonnages minuscules, écrits pour la plupart sur les marges de partitions musicales, j'avais mis à part ceux dont le sens était si catégorique qu'à mon idée Renata Tosi ne pourrait pas plus longtemps refuser de parler. Tout jaunis et effrités qu'ils étaient, la seule chose à faire, pensai-je, était de les lui montrer. Je les cachetai dans des enveloppes épaisses pour les empêcher de se réduire en poussière pendant le voyage et je les plaçai, en même temps que mon long manuscrit tapé à la machine, dans une petite mallette, plus sûre pour le transport de ces documents fragiles qu'une simple serviette. J'étais prêt à partir. Je devais être à l'aéroport à quatre heures, mon avion partait à cinq. Je regardai ma montre, il était un peu après deux heures. J'avais à faire une course personnelle pendant cette heure libre, mais une autre impulsion me vint, et je décidai de la suivre. Il n'y avait aucune raison pour faire cette démarche, et elle était inutile, mais tant pis. Je pris un taxi et me fis conduire à la maison Holt.

Je n'y étais pas retourné depuis trois semaines et, à ce moment-là, j'en avais emporté tout ce que j'avais pu trouver des affaires de Randall. Ensuite le nettoyage de la maison avait avancé rapidement et était pour ainsi dire terminé. A mesure qu'on dégageait les murs et les parquets pourris des chambres tombant en ruine et remplies de rats, le plâtre se réduisait en miettes, les planches par endroits étaient molles comme du fromage, et on découvrait l'état réel de cette carapace vide. L'Office du Logement et de la Construction avait fait les démarches nécessaires pour déclarer ce bâtiment un danger public, et Rodney Cullom m'avait raconté que, lui et la banque, en qualité d'exécuteurs testamentaires de Seymour Holt, ainsi que l'Administration publique, agissant en l'absence d'un testament en ce qui concernait la propriété de Randall Holt, avaient demandé l'autorisation de faire démolir la maison. Je savais donc que je ne la reverrais plus.

Je restai dans la cour nue couverte d'une litière de débris, ayant à la main ma mallette qui contenait l'histoire de cinquante ans d'une existence dans cette maison condamnée. Des fils se tendaient et se tissaient à travers mon imagination. Je reculai encore de vingt ans vers l'enfance de ces frères nés pour un destin sans espoir. Quand j'avais vu la maison, pendant les jours d'attente avant les macabres découvertes, son aspect m'avait d'abord choqué, mais en même temps j'éprouvais un sentiment d'exaltation d'avoir été désigné pour prendre part à cette sensationnelle affaire. Maintenant tous ces sentiments n'existaient plus. Je tenais dans mes mains le texte, pour ainsi dire, de la tragédie, dont tout ceci avait été le décor. La maison, tandis que je la regardais, était irrévocablement muette, elle n'avait plus rien à révéler. Ses fenêtres n'étaient plus que des vides morts, comme devaient être à mon idée les yeux de Seymour Holt. Je pensai à lui avec pitié, avec sévérité, avec amertume, même avec amusement, et aussi avec consternation en me rappelant sa mort affreuse. « C'est curieux, pensai-je, pourquoi me revient-il à l'esprit en ce moment, alors que ma réelle préoccupation est avec les autres ? »

Un agent de police solitaire était en faction, protégeant la maison contre les chercheurs de curiosités. Il semblait gêné et ennuyé, par ce froid du début de décembre. Je le connaissais, il était là depuis le commencement de l'affaire. Il me salua.

— Bon après-midi, Mr. Wycherly. Avez-vous besoin d'entrer ?

— Non, merci, Leary, dis-je. J'avais cru un instant que j'avais oublié quelque chose.

Il me fit un signe de tête, je revins à mon taxi, qui m'emmena à l'aéroport.

Devant moi s'étendait de nouveau un vide de vingt-quatre heures. Inévitablement, ma pensée combla ce vide en se remémorant ma première entrevue avec Renata Tosi. En face de ce que je connaissais maintenant de son histoire, la vieille femme semblait une création mineure du Dante. Son entourage augmentait l'illusion, car San Bernardo est un de ces villages croulants remontant au XIᵉ siècle et perché dans un creux du promontoire qui partage le lac de Côme en deux longs bras.

L'aspect du village semble montrer qu'on n'a jamais fait grand-chose pour le transformer, lui ou ses habitants. Il est situé au bout d'une route étroite et consiste en une petite place entourée d'une poignée de bâtiments et d'une modeste petite église. Les maisons sont uniformément d'un gris pâle, avec une mince couche de crépi sur une pierre grossièrement taillée, qui est le matériau de construction habituel du pays, et qu'on a peut-être peinte à la chaux ocrée à un moment quelconque de son histoire. Les toits révèlent leur ancienneté, leurs creux et leurs bosses ressemblent à des mains noueuses de vieillards, et leur couleur rouge a tourné au brun vineux. L'église donne la véritable mesure de l'antiquité du lieu, car elle n'a pas reçu depuis sept ou huit cents ans la restauration qui si souvent a recouvert tant d'églises de villages en Italie : une façade de style baroque collée un peu n'importe comment sur le devant, tandis que les trois autres murs gardent sans retouche leur nudité médiévale.

J'avais laissé ma voiture, cette première fois, dans un coin de la piazza et je m'en éloignai en regardant la maison à l'ombre de laquelle je m'étais garé : un haut bâtiment triste de quatre étages, très grand et visiblement très ancien. Il y avait de petites fenêtres toutes de guingois, et je pus dire d'après celles du bas qu'elles étaient ménagées dans des murs très épais et que les châssis étaient de fabrication nouvelle, car ordinairement ces fenêtres-là n'ont pas de vitres. Je n'avais pas pu, de ma voiture, examiner la façade en son entier, mais, maintenant, de la place, je la voyais jusqu'au toit. Au coin le plus éloigné, il y avait en haut une toute petite fenêtre, et je vis là une vieille femme. Sa tête, son cou et la courbe de ses épaules étaient seuls visibles. Elle était tellement immobile qu'il suffisait d'un coup d'œil pour comprendre que telle était son habitude. Elle n'était pas venue à la fenêtre pour regarder dehors, mais, de toute évidence, elle y passait tout son temps. Elle était très âgée.

Je levai les yeux vers elle. Elle fixait quelque chose, mais ce n'était pas moi. Ses regards semblaient rivés sur un point lointain et, tout le temps que je la regardai, elle ne les changea pas de direction. Cette fixité des yeux me donna l'impression, comme si je percevais cela grâce à un sens spécial, qu'elle avait quelque chose de particulier. Elle était légèrement tournée, si bien que je voyais sa tête à peu près de trois quarts : une tête remarquable. Des cheveux blancs encadrant un front petit, le nez d'un dessin très pur, légèrement aquilin, la bouche mince et fermée, mais pas du tout rentrée, comme le serait la bouche d'une vieille femme édentée; le menton était peut-être le trait le plus surprenant, car, tandis que le reste du visage indiquait un âge avancé, le menton avait une ligne ferme et sculpturale et sortait sans taches ni rides d'un col noir qui entourait la gorge. Le visage avait la couleur brune de l'Italienne âgée, et de loin je ne pouvais discerner les détails, sauf le contraste entre la peau hâlée et le blanc pur des cheveux. Je restai là peut-être cinq minutes, la regardant franchement, et elle resta immobile, réservée, digne, ne faisant nulle attention à moi.

D'après l'étendue de San Bernardo, je devinai qu'il ne me serait pas difficile de trouver Renata Tosi si elle vivait encore, et je ne fus pas surpris quand le *padrone* de la poussiéreuse petite *trattoria* répondit à ma question par un geste de la main indiquant la femme à la fenêtre en disant :

— *Eccola lì.*

Il haussa les épaules quand je lui demandai s'il la connaissait.

— Personne ne la connaît, Signore, dit-il. Elle ne parle jamais.

— Jamais ?

— Jamais. Elle ne quitte pas cette chambre, elle ne parle à personne. Elle est...

Il se frappa le front.

Muni de ces renseignements, je traversai la piazza jusqu'à la maison où était sa fenêtre.

L'escalier était sombre et raide, et je montai longtemps pour atteindre le haut. Dehors, l'air était tiède et pur, mais là il faisait humide et l'odeur de renfermé semblait l'effluve des siècles. Les rudes marches de pierre avaient au milieu des creux profonds. L'odeur étrange n'était pas celle d'une maison aux habitudes primitives non touchée par l'hygiène moderne, ce qui me surprit, mais plutôt une odeur aigre de vieillesse, se mélangeant par-dessus le marché aux odeurs du repas de midi qui se préparait dans chaque logement. D'après mon examen de la fenêtre de Renata Tosi, je pus correctement repérer sa porte, la dernière au bout d'un couloir bas sous les toits. Je frappai. J'eus la sensation troublante de savoir d'avance ce qui allait se passer et, en effet, je n'entendis aucune réponse. Je frappai encore deux ou trois fois et j'attendis en écoutant attentivement. Une fois de plus, je frappai plus hardiment, avec une succession de petits coups pressés indiquant une affaire urgente. Cette fois, j'entendis avec grande difficulté un son étouffé, un murmure plutôt, qui ressemblait à un soupir :

— *Avanti!*

La porte n'était pas fermée à clé, je l'ouvris et j'entrai.

La femme avait le dos tourné, elle n'avait pas changé sa position à la fenêtre, et, malgré ce qu'on m'avait dit d'elle, je m'étonnai de ce qu'elle n'eût pas la curiosité de se retourner pour examiner qui entrait. Je restai là, mon chapeau à la main, ne me sentant pas aussi vexé que j'aurais cru, parce que cela me donna le temps de regarder la chambre. C'était plutôt une cellule, rien de plus, meublée d'une couchette dans un coin, d'une toilette avec une cuvette et un broc, d'une table sur laquelle étaient une bougie dans un chandelier d'étain, un livre de prières usé, une tasse et une assiette, et aussi une photographie dans un cadre, tournée de telle façon que je n'en vis que le dos. La seule chaise était celle au dossier droit et au siège dur sur laquelle Renata Tosi était assise. Et, finalement, à ma stupéfaction et à ma déconvenue parce que c'était totalement imprévisible, il y avait par terre, dans un coin, plusieurs numéros du *Corriere*, tous repliés à la troisième page, là où l'histoire incroyable de Seymour Holt, de sa maison stupéfiante et de son frère disparu avait été publiée tous les jours. Je me sentis la bouche sèche, j'avalai et je me demandai comment faire pour aborder le motif de ma venue. J'en étais là et je regardais le dos de la femme, puis les journaux et de nouveau son dos, quand elle murmura du même ton soupiré :

— *Chi è?*

— Quelqu'un qui voudrait vous parler, Signora, répondis-je. J'ai été envoyé de Milano et de New York et je m'excuse d'avoir pénétré chez vous.

Elle eut un lent mouvement des épaules, comme malgré elle, et ne tourna pas la tête. Quand elle parla, elle n'éleva pas la voix au-dessus de cet étrange bredouillement qui était presque un soupir.

— Qu'avez-vous à dire ? demanda-t-elle.

Il n'y avait pas moyen d'en venir à un tel sujet autrement que progressivement. Je dis :

— *Mi dispiace*, mais la mort d'un certain Mr. Seymour Holt à New York a soulevé une question à laquelle son testament, aussi bien que la loi, rend nécessaire une réponse de vous.

On n'entendit pas un bruit pendant un long moment. Enfin elle dit :

— Qui êtes-vous ?

— Mon nom est Richard Wicherly, dis-je. Je travaille pour une banque de New York, la banque Seaboard. Elle est parmi les exécuteurs testamentaires de Mr. Holt, et on m'a donné l'ordre de venir ici.

— Et alors ? murmura-t-elle après un long silence.

Avec prudence, j'expliquai les choses. J'aurais pu parler à un mur, aussi ajoutai-je sans détours :

— Seymour Holt vous a laissé une grosse fortune à condition que vous déclariez en toute vérité qui était le père de votre fils, connu sous le nom de Sebastiano Gandolfi.

Alors elle me regarda. Elle tourna la tête et me fixa avec des yeux bruns extraordinaires ; ils semblaient pénétrants et pourtant me laissaient supposer qu'elle ignorait ma présence.

— Je n'ai pas de fils, dit-elle.

Je regardai la photographie encadrée dont je pouvais voir en me penchant un peu que c'était un portrait d'homme. Elle m'examinait. Je dis :

— Signora, voulez-vous réellement dire cela ?

— Je n'ai pas de fils, répéta-t-elle.

Je repris :

— Il y a là une très grosse somme d'argent, et votre fils en hériterait après votre mort.

— De l'argent ? *Per che cosa ?* — Pour la première fois, je vis ses mains comme elle levait la droite de sa cachette dans ses larges manches et fit un geste méprisant. — Je n'ai pas besoin d'argent. Vous pouvez vous en aller.

— Il n'est pas aussi simple que vous le pensez de laisser tomber la chose et de m'en aller, dis-je. C'est en raison du devoir qui m'incombe aujourd'hui que j'ai été informé de quelque chose au sujet du professeur Gandolfi avant de venir vous voir. Je crains, Signora, qu'il ne nous soit bien difficile d'accepter votre affirmation que vous n'êtes pas sa mère. Il y a de nombreuses preuves du contraire.

Elle ne bougea pas plus qu'une pierre.

— Et, peut-être, s'il devient nécessaire de prouver que vous êtes sa mère, il pourrait éprouver un certain ressentiment à l'idée que vous le privez...

Elle eut un mouvement brusque et se retourna vers moi aussi rapide qu'un lézard.

— Si j'avais un fils aussi distingué que le professeur Gandolfi, aurais-je le droit de le déshonorer publiquement devant le monde par un *scandalo* comme celui que vous voudriez me faire confesser ? Allez, vous dis-je. *Allez !*

Sa voix était un grincement rauque, un soupir éteint.

Je retournai encore une fois chez Renata Tosi à San Bernardo. Il faisait un froid noir, humide, de ce froid qui monte après des jours sans soleil et qui peut être plus pénétrant qu'une vraie température d'hiver. La vieille femme était assise comme si elle n'avait pas remué un muscle pendant les sept semaines écoulées depuis ma dernière visite. Le ton ocre de son teint avait un aspect terreux, ses lèvres décolorées se serraient fortement, ses paupières étaient baissées. Elle portait le même vêtement noir sans forme, un châle de tricot sur les épaules, et une rude couverture grise était étendue sur ses genoux. Un petit brasero au charbon de bois rougeoyait près d'elle sans presque donner de chaleur. Elle était assise exactement dans la même position qu'auparavant et, les mains dissimulées dans ses manches, regardait au-dehors. Elle ne marqua par aucun signe qu'elle entendait ce que je lui dis. J'avais espéré au moins que, puisqu'elle m'avait déjà vu, elle serait peut-être moins rébarbative, mais il n'en fut rien. Elle me donna l'impression de s'être emmurée sous une nouvelle couche de glace. On ne voyait plus aujourd'hui aucune trace des journaux qui étaient sur le sol, et la photographie avait été enlevée de la table : ce qui m'indiquait d'ailleurs qu'elle s'attendait à mon retour et qu'elle avait appris la terrible mort de Randall Holt de la même façon que celle de son frère. Mais, quand je lui dis : « Signora, me permettez-vous de parler ? On m'a renvoyé vers vous de New York », elle eut seulement un faible haussement d'épaules qui exprimait une totale indifférence.

Je restai là. S'offenserait-elle si je m'asseyais sur le bord du lit puisqu'elle occupait le seul siège de la pièce ? J'avançai d'un pas vers la couchette et compris à un froncement sévère de ses sourcils que la hardiesse serait trop grande, aussi je restai debout, sentant mes pieds devenir de glace, non seulement à cause des courants d'air qui passaient sous la porte, mais aussi par l'attitude fatigante qu'elle m'imposait délibérément.

— Signora, repris-je, comme la première fois que je suis venu, vous me faites sentir qu'il est inutile d'essayer d'aborder adroitement ce que j'ai à vous dire.

Son silence de tombe me montra son complet accord.

— Et cette fois, continuai-je, j'apporte ici la relation complète de vos rapports avec... — je me rappelle que je dus m'arrêter et reprendre haleine avant de réussir à prononcer — avec les frères Holt, les deux frères, Seymour Holt et Randall.

Je présentai la mallette de telle façon qu'elle ne pouvait éviter de la voir. Elle la vit et même elle ne put maîtriser l'émotion qui fit palpiter ses fines narines. Si elle m'avait rendu l'autre fois la parole difficile, elle la rendrait maintenant virtuellement impossible. J'avais fait ce que je pouvais pour lui dire que j'étais au courant de son histoire et, encore une fois, j'essayai de reprendre l'argument sur lequel j'avais déjà compté pour la désarmer. Je repris :

— Croyez-moi, il n'est question de juger personne. Je vous ai déjà dit, Signora, que, pour des hommes comme moi, des banquiers, des hommes de loi, notre seul souci est la disposition légale de ce qui appartient aux personnes. Nous sommes convaincus, plus que jamais, que la fortune des frères Holt revient de droit à vous et... au professeur Gandolfi. Il ne vous reste qu'à faire la déclaration nécessaire pour l'obtenir.

— Je n'ai rien à déclarer, dit-elle d'une voix métallique.

— Mais votre... je vous en prie ! Ne penserez-vous pas à lui, à votre fils ?

— Je n'ai pas de fils.

— Oh ! Signora !

Je jetai encore un coup d'œil sur la chambre, comme si je supposais qu'une chaise allait soudain se matérialiser devant moi et, puisqu'il n'y avait pas d'autre moyen, je posai la valise par terre à ses pieds et me mis à genoux à côté. Elle regarda droit devant elle par-dessus ma tête la place vide où avait été la photographie. Mon mouvement involontaire mais dramatique n'avait pas réussi à l'émouvoir. Lentement, j'ouvris la mallette de cuir.

— J'ai ici, dis-je en prenant l'épaisse liasse reliée en bleu de ma transcription, une copie des notes, quelque chose comme un journal quotidien, que Randall Holt avait pris l'habitude de rédiger pendant une grande partie de sa vie. Saviez-vous qu'il le faisait ?

Pas de réponse.

— Il le faisait, continuai-je.

Et j'expliquai du mieux que je pus ce que j'avais trouvé dans l'incroyable fouillis de la maison Holt. Maintenant que je savais tant de choses sur elle, tout ce qui auparavant était un livre scellé, j'étais ému et excité par ce que je me rappelais des notes de Randall. J'avais devant moi la créature ravissante, insouciante, étonnamment sage, infiniment tendre qui avait tenu sa vie dans la paume de sa main et avait tenu une place suffisante dans son existence pour avoir suscité en moi, un étranger pourtant, une intense émotion. Ce matin même encore, sur la route qui longeait la branche est du lac, j'avais arrêté ma voiture sur la petite hauteur qui dominait l'anse au fond de laquelle se trouvait la maison rose, rêveuse et toujours la même dans son doux cadre de verdure, et cette vue avait rempli mon cœur de pitié pour les âmes tendres qui y avaient vécu et pour les terribles sacrifices qui les en avaient violemment arrachés.

J'essayai de lui suggérer ces pensées, mais elle semblait posséder le pouvoir de vaincre mes supplications par une imperturbabilité toujours plus marquée. « J'avais parlé, pensai-je, beaucoup plus longtemps que ses forces ne pouvaient le supporter, et, dans un dernier effort désespéré, je soulevai les enveloppes cachetées de la valise, et, bien qu'elle eût frissonné à l'approche de ma main, je les lui posai doucement sur les genoux.

— Ces enveloppes, Signora, contiennent tout ce que Randall Holt considérait comme son bien le plus précieux. Ce ne sont pas des copies, ce sont des originaux, et tous vous concernent. Quelques-unes des feuilles sont écrites par vous, je les considère comme votre propriété.

— Je n'en veux pas, dit-elle.

Je continuai comme si je n'avais pas entendu.

— Il y a une lettre ici, dis-je, que vous avez écrite à Randall Holt en 1928, lui disant qu'il n'était plus nécessaire d'envoyer plus longtemps de l'argent pour l'éducation de Sebastiano Gandolfi.

Elle resta silencieuse, les lèvres serrées, les yeux détournés. Je m'émerveillai de son empire sur elle-même. Je la laissai attendre, elle me fit attendre encore plus longtemps. Je repris doucement :

— Votre fils John, l'enfant que Randall Holt adorait... vous l'appeliez Giu'an.

Je vis ses muscles se contracter derrière son col noir. Elle refusait de manifester aucun signe. Je me penchai plus près, indiquant du doigt les enveloppes sur ses genoux.

— Le papier est là, murmurai-je, le papier qui était dans la corbeille...

— *Taci!* cria-t-elle d'un cri soudain et rauque.

La chambre nue sembla faire écho à sa torture.

— Je suis infiniment désolé, dis-je avec autant de douceur que je pus, je voudrais que vous me croyiez quand je dis combien je désire vous aider, Signora. Ne comprenez-vous pas ? Aux termes du testament, cela ne fait rien si vous désignez l'un ou l'autre comme le père, l'important est que l'un d'eux soit désigné.

J'essayai, par tous les efforts de la suggestion et de ma volonté, de lui conseiller de désigner Randall Holt. Elle resta assise, la tête baissée, telle qu'elle était avant son cri désespéré.

— Il y a beaucoup de raisons, continuai-je, pour lesquelles cela n'a aucune importance si c'est l'un des frères ou bien l'autre qui est désigné. — Je laissai le silence s'établir entre nous un long moment. — Ne le direz-vous pas ?

Sa tête était baissée, je ne voyais rien d'elle que le bonnet de cheveux blancs, l'angle de sa joue ridée et son oreille au lobe allongé. Je me penchai plus près, sentant pour la première fois que son revêtement de pierre était sur le point de craquer.

— Ne le direz-vous pas ? dis-je presque en un murmure. — Sa tête fit un insensible mouvement de refus. — Vous ne pouvez pas le dire ? — Encore ce même mouvement. — Vous n'avez jamais su ?

Elle rentra sa tête, ses épaules maigres se soulevèrent comme pour dissimuler son visage sous sa honte. En dépit du froid perçant de la chambre, j'avais la figure en feu. Je suffoquais presque sous le poids de ce que je m'étais obligé à dire, à lui faire entendre. Je me levai, me dirigeai vers l'autre côté de la pièce et j'y restai, les mains dans les poches de mon pardessus, résolu à ramener les choses sur le premier terrain et à lancer mon dernier appel, obligatoire, froidement rationnel.

— Je comprends tout ce que votre refus contient implicitement, dis-je, mais nous ne pensons pas que vous ayez le droit de priver Sebastiano Gandolfi d'une fortune. Vous ne comprenez pas, peut-être, que la situation est transformée par la mort de Randall Holt. Il est mort avant son frère Seymour et sans laisser de testament. Cela signifie que la propriété de Seymour Holt a hérité de la fortune de Randall. Tout cela, si vous vous conformez à la condition requise, ira éventuellement à votre fils.

— Je n'ai pas de fils.

Cette fois, j'en aurais crié. Mais je parvins à dire :

— Vous avez si longtemps vécu dans la retraite, Signora, que vous ne vous rendez probablement pas compte des immenses changements intervenus dans le monde d'aujourd'hui. Ni l'opinion publique ni celle des individus ne s'agite plus de ce qui autrefois était considéré comme choquant. Même si quelque événement semble d'abord scandaleux, l'allure de la vie est telle que les gens oublient presque immédiatement aujourd'hui ce que nous pourrions appeler le fait sensationnel d'hier. Cette question qui se présente à vous pourrait être arrangée de telle façon que votre déclaration au sujet de la paternité serait à peine remarquée.

Pour la première et seule fois, ce jour-là, elle leva la tête et me regarda droit dans les yeux. Son visage était creusé par le mépris, ses yeux noirs étaient immenses.

— *Siete ignoranti tutti!* dit-elle. Tous tant que vous êtes, vous ne comprenez rien. Non seulement je ne voudrais pas déshonorer Sebastiano Gandolfi par une scandaleuse déclaration de paternité, mais *je n'ai pas de fils*. Vous m'avez entendu ? — Ses mains griffues sortirent hors des manches noires et frappèrent furieusement sa poitrine affaissée. — *Je n'ai pas de fils!*

La voix était un cri strident, arraché du fond des poumons. Je restai pétrifié de surprise.

Après un moment, la griffe tremblante me tendit les enveloppes que j'avais posées sur ses genoux.

— Prenez-les, dit-elle. — Elle désigna la mallette de cuir à ses pieds. — Prenez tout. Et sortez.

Je retournai à Milan et je télégraphiai au ministre du Conseil pour demander un rendez-vous. Sa réponse arriva immédiatement, et je pris l'avion pour Rome le lendemain matin. Le trajet fut pour moi un interlude angoissé. Je pensais que je parviendrais à présenter la question de telle sorte que je réussirais à convaincre tout homme raisonnable, à plus forte raison un homme exceptionnel, que son propre intérêt exigeait qu'il persuade la vieille femme de satisfaire aux conditions du testament. Et je serais professionnellement confondu si j'échouais. J'avais lu et entendu trop d'horreurs et d'excentricités, et je ne voulais pas que leurs conséquences soient marquées d'un échec sur mon dossier personnel à la banque.

J'arrivai au ministère à deux heures et demie et je fus introduit, en passant par d'étonnantes salles à colonnes du Bernin et des antichambres ornées de peintures de Raphaël et du Caravage, jusqu'au bureau du ministre. Il se leva, tandis que les portes se refermaient derrière moi, et s'avança pour me serrer la main. Puis il retourna à son bureau, une simple table à écrire nue et austère en complet contraste avec l'ornementation de style baroque qui nous entourait. Il m'indiqua un siège de l'autre côté du bureau en face de lui, et nous nous assîmes.

Le moment était embarrassant, car c'était à moi à aborder le sujet, mais il m'encouragea d'un sourire cordial. Ses manières étaient aimables et naturelles. On m'avait dit que ce savant, un des plus distingués du monde dans sa branche, n'avait été amené qu'après des appels répétés et pressants à accepter ce poste dans le cabinet à un moment où l'Italie, comme toutes les autres nations, avait un besoin désespéré des services de son élite. Un si grand nombre avait péri, victime des destructions de ce temps.

Fort naturellement, je regardai Sebastiano Gandolfi avec un extraordinaire intérêt et je suppose qu'il le comprit, car il me mit parfaitement à mon aise pendant ces quelques instants de silence. C'était un des plus beaux hommes que j'aie jamais vus. Il avait environ quarante-cinq ans, une tête aux proportions sculpturales, la bouche et le menton sereinement calmes, les yeux d'un clair gris-bleu, profondément enfoncés et au regard extrêmement vif. Son teint était hâlé. Ses cheveux bruns ondulés avaient quelques fils gris. Mais ses mains étaient particulièrement remarquables. D'une beauté unique, elles étaient fortes et masculines, les doigts droits, assez larges, carrés, musclés, suggérant fortement celles d'un musicien. Ses muscles fins étaient visibles sous la peau satinée. Chaque ligne et chaque mouvement dénotaient des mains d'une sensibilité extrême.

Je levai les yeux, le regardai et dis :

— *Eccellenza*, savez-vous pourquoi je suis ici ?

— Je puis aussi bien vous dire que oui, dit-il en un anglais parfait et sans accent. Cela nous épargnera beaucoup d'explications.

— Je le crois. Et puis-je vous parler absolument librement ?

Il inclina la tête en signe d'assentiment.

— J'ai vu hier à San Bernardo Signora Tosi, dis-je lentement. Je suis venu directement de New York, où je viens de travailler six semaines sur les papiers découverts dans la maison des défunts Seymour et Randall Holt.

D'abord il ne dit rien, puis il acquiesça.

— Je parle en supposant, *Eccellenza*, que vous êtes au courant des conditions imposées par le testament de Seymour Holt, dont dépend la transmission de sa fortune. Si je ne me trompe...

— Vous ne vous trompez pas, monsieur.

— Alors vous connaissez ma conversation avec Signora Tosi en octobre, quand elle a refusé absolument de satisfaire à cette condition... de répondre à cette question.

— Je sais.

Nous sourîmes tous deux, d'un sourire un peu forcé, je suppose, car personne ne pouvait s'empêcher d'éprouver un sentiment d'admiration en présence de cet homme, et il comprit que je trouvais ma mission difficile.

— La situation est changée maintenant, repris-je, du fait que Randall Holt, on l'a prouvé, est mort intestat avant son frère ; sa propriété a donc passé à celle de Seymour Holt. Ceci double presque la première valeur en cause, et nous avons à New York la très ferme conviction que vous en êtes l'héritier légitime.

Il eut un petit geste d'indifférence amusée.

— Mais, *Eccellenza*, continuai-je, j'ai complètement échoué auprès de Signora Tosi pour la convaincre de faire la déclaration nécessaire pour satisfaire aux conditions du testament de Seymour Holt.

Je m'arrêtai, ne sachant trop comment aborder la suite, puis je me décidai à abattre carrément mes cartes et j'ajoutai :

— Franchement, je ne suis pas sûr que Signora Tosi soit en état (mentalement en état) de décider seule ce qu'elle doit faire à ce sujet.

— Et vous êtes venu ici, monsieur, pensant à me demander de la persuader ?

— Oui, dans votre propre intérêt.

— Mon cher monsieur, dit-il en se penchant un peu en avant avec un léger sourire, je n'aurais pas une minute l'idée d'une chose pareille.

— Mais vous croyez vraiment qu'elle a raison de refuser ?

— Oui, je le crois.

— Vous approuvez sa position dans cette affaire ?

— Tout à fait.

Complètement découragé, je demandai :

— Vous soutenez entièrement l'insistance de Signora Tosi quand elle assure qu'elle n'est pas votre mère ?

— Entièrement.

— Vous connaissez tous les témoignages du contraire ?

— Je le pense, oui.

— J'ai découvert à New York et apporté ici une foule de preuves irrécusables.

Je le regardai droit dans les yeux.

— Avec lesquelles Signora Tosi n'est pas d'accord, dit-il doucement.

— Et les gens du village de San Bernardo, leurs souvenirs de votre enfance, vos visites à Signora Tosi, votre photographie qu'elle semble garder précieusement ?...

— J'aime tendrement Signora Tosi, monsieur. Toute ma vie, elle a été la personne la plus proche et la plus chère à mon cœur. Je lui dois tout, je ferais pour elle tout ce qu'elle désirerait.

— Vous iriez même jusqu'à refuser un quart de million de dollars qui sont légitimement à vous ?

— Même jusque-là.

— Et vous refusez d'affirmer qu'elle est votre mère ?

— Je n'ai aucune raison d'affirmer qu'elle l'est, j'ai toutes les raisons de corroborer ses paroles, d'être d'accord avec elle et de lui donner la paix de l'esprit.

Le ministre joignit ses mains avec un geste concluant, et son visage animé d'Italien avec ses doux yeux bleu-gris me sourit par-dessus son bureau.

Achevé d'imprimer
sur Roto-Page
par l'Imprimerie Floch
à Mayenne, en décembre 2017.
Dépôt légal : décembre 2017.
Numéro d'imprimeur : 92013.

ISBN 978-2-07-072757-5 / Imprimé en France.

318330